Gail Z. Martin avait cinq ans lorsqu'elle a écrit sa première histoire… de fantômes ! De longues années plus tard, elle réalise son rêve et rencontre un succès immédiat avec cette saga, les *Chroniques du Nécromancien*, nourrie par sa passion pour la Fantasy, l'Histoire et les esprits…

Du même auteur :

Chroniques du Nécromancien :
1. *L'Invocateur*
2. *Le Roi de sang*
3. *Havre Sombre*
4. *L'Élu de la Dame Noire*

Gail Z. Martin

L'Invocateur

Chroniques du Nécromancien – 1

Traduit de l'anglais (États-Unis) par Mélanie Rouger

Milady

Milady est un label des éditions Bragelonne

Titre original : *The Summoner*

Suivi d'un extrait de : *The Blood King*

Carte :
Justine Tellier d'après la carte originale de Kirk Caldwell

ISBN : 978-2-8112-1124-0

Bragelonne – Milady
60-62, rue d'Hauteville – 75010 Paris

E-mail : info@milady.fr
Site Internet : www.milady.fr

Ce livre n'aurait jamais existé sans la patience et le soutien de ma famille, mes amis et mes collègues, qui ont toujours cru en ce projet. Je remercie du fond du cœur mon époux, Larry, et mes enfants, Kyrie, Chandler et Cody, pour leurs encouragements, leurs relectures et pour avoir rendu ce travail possible. Merci aussi à ma famille et mes amis pour leurs corrections et leurs suggestions, malgré de nombreuses ébauches. Je tiens à remercier particulièrement Ethan Ellenberg, mon agent, ainsi que Christian Dunn et Mark Newton, de Solaris, pour avoir cru en moi.

LES ROYAUMES DE L'HIVER

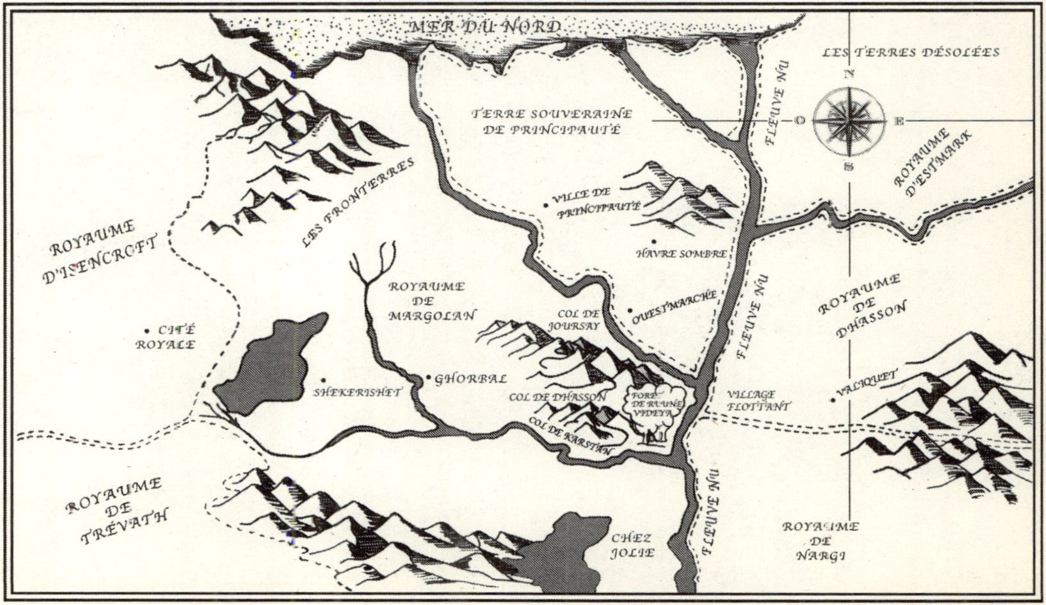

Chapitre premier

— Soyez prudent, mon prince, le mit en garde le fantôme. Cette nuit, un grand danger vous menace.

Derrière les fenêtres à meneaux, Martris Drayke entendait la foule animée, en ce soir de réjouissances. La lumière des torches brillait à travers les vitres, et des personnages costumés dansaient, chantaient et sifflotaient au pied de la tour du château. Vêtus selon les quatre faces de la Déesse Unique, la Dame vénérée par tout Margolan, les festivaliers étaient attroupés derrière une image de la Croulante Mère, beaucoup plus résolus, en ce jour de Fête des Disparus, à étancher leur soif de bière qu'à commémorer les morts.

— Qui dois-je craindre ?

Tris reporta son attention sur son visiteur spectral. Les fantômes du palais de Shekerishet étaient si nombreux qu'il ne parvenait pas à se rappeler s'il avait déjà croisé celui-ci. C'était un homme au visage fin et aux paupières lourdes, et son costume ancien laissait deviner qu'il avait appartenu à la cour une centaine d'années auparavant.

Le spectre vacilla et essaya d'en dire plus, mais il ne réussit à produire aucun son.

Tris se pencha vers lui. À cet instant plus que jamais le fantôme aurait dû être aisément visible. En effet, à l'occasion de Revenante, comme était communément appelée la fête du moment, les esprits circulaient librement et même les sceptiques ne pouvaient refuser de les voir. Les spectres du palais étaient les amis de Tris depuis son enfance, bien avant qu'il découvre que tout le monde ne pouvait pas distinguer aussi facilement que lui ses compagnons incorporels.

— Les esprits… bannis, réussit à dire le fantôme en disparaissant. Attention… le Happeur d'Âmes.

Tris dut se concentrer pour entendre les derniers mots du revenant, qui disparut complètement. Médusé, il s'accroupit, raclant le dur sol de pierre avec son épée. Un coup à la porte lui fit presque perdre l'équilibre.

— Qu'est-ce que tu fais là-dedans ? Tu n'es pas seul ? le taquina Ban Sotérius, de l'autre côté de la porte.

La clenche se souleva et le robuste capitaine de la garde entra à grands pas. Rien dans son apparence ne venait corroborer la forte odeur de bière qui émanait de son haleine, à part peut-être ses cheveux bruns en bataille et le léger froissement de son élégante tunique.

— Je suis seul, maintenant, répondit Tris en regardant de nouveau l'endroit où s'était tenu le fantôme.

Le regard de Sotérius passa de son interlocuteur au mur vide.

— Je n'arrête pas de te le dire, Tris, dit le garde, tu devrais sortir plus souvent. Moi, ça ne m'intéresse pas de parler à un fantôme… sauf si c'est une jolie fille avec une pinte de bière !

Cela fit sourire Tris.

— As-tu vu les esprits, cette nuit ?

Sotérius réfléchit quelques instants.

— Pas autant que d'habitude, maintenant que tu m'en parles. Surtout pour Revenante. (Son visage s'éclaira.) Mais tu sais comme ils aiment les bonnes histoires. Ils sont sûrement en bas, en train d'écouter celles que raconte Carrovet. (Il tira Tris par la manche.) Allez, viens. Il n'y a aucune loi qui interdise à un prince de s'amuser, et en étant ici avec toi, je rate peut-être l'amour de ma vie, là-bas, dans le grand hall !

La bonne humeur de Sotérius fit rire Tris. Le capitaine de la garde avait beaucoup de succès auprès des filles des nobles de la cour. Ses fins cheveux bruns étaient courts, pour permettre le port d'un heaume. Il était de corpulence moyenne, musclé et bronzé par l'entraînement des soldats. Tout, dans son maintien et ses manières, trahissait son expérience militaire, mais l'étincelle malicieuse de ses yeux noirs adoucissait ses traits et semblait attirer comme des abeilles les jeunes filles à marier.

Tris, lui, se réjouissait de voir ainsi l'attention de ces jeunes personnes et de leurs ambitieuses mères détournée. Il dépassait Sotérius d'une tête, et était plus mince, plus élancé que lui. On lui avait souvent dit qu'avec ses traits anguleux et ses pommettes hautes, il avait pris le meilleur de chacun de ses parents ; les cheveux blond platine qui encadraient son visage et tombaient sur ses épaules venaient de toute évidence du côté de la reine Serae, de même que ses yeux verts étaient ceux de sa grand-mère, la célèbre sorcière Bava K'aa. C'était un mélange que les dames de la cour trouvaient assez séduisant.

— C'est promis, je vais descendre juste après toi, déclara Tris. (Sotérius fronça les sourcils d'un air sceptique.) Je veux juste allumer une bougie et déposer un cadeau dans la chambre de grand-mère avant d'y aller. Ensuite, tu pourras m'emmener faire cette tournée des brasseries que tu m'as promise.

Sotérius fit un large sourire.

— Je vous prends au mot, prince Drayke, s'esclaffa-t-il. Fais vite. Étant donné la tournure que prend la fête cette nuit, ils vont bientôt manquer de bière et tu sais que je ne m'entends pas avec l'eau-de-vie.

Tris perçut les pas de son ami qui s'évanouissaient dans le couloir alors qu'il prenait la direction des appartements familiaux. Les regards silencieux d'une rangée de portraits et de tapisseries représentant les souverains de Margolan morts depuis longtemps, les aïeux du roi Bricen, semblaient le suivre. La lignée de Bricen était l'une des plus anciennes monarchies des Royaumes de l'Hiver. En observant leurs visages solennels et en songeant à tout ce qu'ils avaient enduré pour protéger leur trône, Tris fut heureux de ne pas être l'héritier de la couronne. Il détacha une torche d'une applique murale et ouvrit la porte de la chambre de sa grand-mère. Le parfum de l'encens et des potions emplissait toujours cette pièce, cinq ans après la mort de la sorcière. Tris referma la porte derrière lui. Il nota que personne n'avait dérangé les affaires de la mage spirite, preuve de la crainte et du respect qu'éprouvaient encore maintenant les membres de la famille à l'égard de cette femme. Toutefois, la sorcière Bava K'aa méritait une telle considération, et même s'il se souvenait d'elle comme d'une grand-mère prévenante, les légendes qui couraient sur sa puissance suffirent à le faire hésiter, juste un instant, avant d'aller plus avant dans la chambre.

— Grand-mère ? murmura Tris.

Il déposa une chandelle sur la table qui se trouvait au milieu de la pièce et l'alluma avec sa torche. Puis il disposa des biscuits au miel et un verre de bière en offrande, au-dessus desquels il fit le signe de la Déesse pour les bénir. Ensuite, en s'assurant du regard que la porte était bien fermée et qu'on ne le surprendrait pas, il s'avança sur le tapis galonné, au centre de la salle. Tressé avec ses vêtements de sorcière, le tapis marquait la limite du cercle de la zone de travail de sa grand-mère, et Tris sentit le fourmillement familier de sa magie, comme les résidus d'un vieux parfum. Son épée en guise d'athamé, Tris pénétra dans le périmètre du tapis comme sa grand-mère le lui avait appris, et sentit le cercle de protection s'élever autour de lui. Il percevait clairement dans son esprit sa lumière d'un blanc bleuté, bien qu'elle soit invisible. Tris ferma les yeux et tendit la main droite.

— Grand-mère, je vous appelle, murmura-t-il, les sens en alerte vers la présence familière. Je vous invite à la fête. Rejoignez-moi dans le Cercle.

Tris s'interrompit, mais, pour la première fois depuis la mort de son aïeule, il ne reçut aucune réponse. Il essaya de nouveau.

— Bava K'aa, votre descendant vous invite à la fête. Je vous ai apporté un cadeau. Joignez-vous à moi.

Rien ne se produisit dans la pièce. Inquiet, Tris ouvrit les yeux.

Puis une lueur attira son regard. Elle semblait venir de loin hors du cercle ; vacillante, elle se débattait, comme prise au piège derrière un voile transparent, mais, alors que Tris s'efforçait de comprendre, il reconnut la silhouette de sa grand-mère qui se tenait à distance, obscurcie par un nuage.

— Grand-mère ! appela-t-il.

Cependant l'apparition ne s'approcha pas plus.

Ses lèvres remuèrent ; pourtant aucun son ne parvint jusqu'à lui, et un frisson lui parcourut le dos. Il n'avait pas besoin de mots pour comprendre que l'attitude de sa grand-mère était destinée à le mettre en garde. Tris n'entendait pas la voix de Bava K'aa, mais il était clair qu'elle lui signalait un danger.

Sans prévenir, un vent froid s'engouffra dans la chambre close, faisant crachoter la torche et soufflant la bougie. Il secoua le cercle que Tris avait fait apparaître, et l'image de sa grand-mère disparut dans un clignotement. Deux bibelots en porcelaine s'écrasèrent par terre et les tentures du lit s'agitèrent quand la bourrasque arracha des parchemins au bureau et fit basculer une chaise. Tris serra les dents et se concentra pour maintenir sa protection, mais il sentit la chair de poule envahir ses bras au moment où l'air glacial s'infiltra jusqu'à l'intérieur du cercle de tissu. Comme s'il avait fugitivement entraperçu quelque chose, un pressentiment se forma dans son esprit. Une chose malveillante, une chose ancienne et puissante, perdue, à l'affût, dangereuse.

Puis, aussi vite qu'il s'était levé, le vent disparut, emportant avec lui l'intuition de Tris. Quand il fut sûr qu'il n'y avait aucun mouvement dans la pièce, ce dernier leva sa main tremblante pour remercier silencieusement la Déesse aux Quatre Visages, et il referma le cercle en frissonnant lorsque la lumière magique s'évanouit dans son esprit. Il parcourut la pièce du regard. Seuls les parchemins déchirés, les bibelots brisés et la chaise renversée indiquaient que quelque chose n'allait pas. Encore plus troublé qu'avant, Tris se retourna pour partir.

Depuis le couloir, un cri de femme retentit. Tris bondit vers la porte, son épée à la main. Au milieu des ombres du corridor, il put distinguer deux personnes en train de lutter, la silhouette noire d'un homme se dessinant au-dessus d'une femme de chambre qui se débattait.

— Lâchez-la !

Tris leva son épée en un geste de défi. Profitant de cet instant, la femme enfonça les dents dans le bras de son agresseur, se dégagea de son étreinte et s'enfuit dans le couloir pour sauver sa vie. Tris sentit sa gorge se serrer lorsque son adversaire se redressa et fit volte-face. Il le reconnut avant même que la torche ait fait briller le fin diadème en or sur le front de l'homme.

— Tu joues encore les rabat-joie, mon frère, lâcha Jared Drayke, les yeux plissés, en lui décochant un regard noir.

Le fils aîné du roi Bricen commença à s'éloigner dans le corridor, et Tris put constater que Jared n'avait pas eu la main légère sur la boisson, en cette nuit de festivités. Tris se retint, même s'il avait le cœur au bord des lèvres. La bière n'avait jamais affaibli le bras de Jared, ni amoindri son habileté à l'épée, et Tris avait reçu assez de bleus de la main de son frère pour savoir exactement de quelle humeur était Jared cette nuit-là.

— Tu es ivre, grogna-t-il.

— Assez sobre pour te botter les fesses, rétorqua Jared, qui commençait déjà à remonter les manches de sa tunique.

— Essaie toujours.

— Tu oses lever ton épée contre moi ? rugit Jared. Je pourrais te faire pendre. Personne ne menace le futur roi de Margolan !

— Tant que père régnera, je doute qu'on puisse me pendre, répondit Tris, qui sentait son cœur battre à tout rompre. Pourquoi ne couches-tu pas avec une fille de noble, au lieu de violer les servantes ? À moins que ça te coûte trop cher de payer leurs familles quand elles disparaissent…

— Je vais t'apprendre le respect, gronda Jared.

Il se tenait assez près de Tris pour lui permettre de sentir son haleine chargée d'une odeur rance de bière.

D'un geste presque trop rapide pour être vu, Jared leva son épée et chargea.

Tris para à l'aide de ses deux mains et détourna le coup qui, il n'en doutait pas, était vraiment destiné à frapper. Il recula d'un pas devant l'assaut de Jared, contrant à peine l'attaque enragée de son frère. Ce dernier le poussait en arrière, et la colère qui brûlait dans ses yeux n'avait plus rien de raisonnable. Tris se défendit au péril de sa vie, sachant pertinemment qu'il ne pourrait plus retenir bien longtemps les charges de Jared, alors que celui-ci le poussait à la lueur d'une torche murale.

Au loin, des pas résonnèrent sur la pierre.

— Prince Jared ? appela Zachar, le sénéchal. Mon prince, êtes-vous ici ? Votre père vous fait mander.

En jurant, Jared dégagea son épée de celle de Tris et fit quelques pas en arrière.

— Prince Jared ? appela de nouveau Zachar, à présent plus proche et plus insistant.

— Je vous ai entendu, aboya Jared en réponse, tout en regardant Tris avec méfiance.

Prudemment, celui-ci baissa son arme mais ne la rengaina pas tant que Jared n'eut pas rangé sa propre lame.

— Ne va pas croire que j'en aie fini avec toi, mon frère, grogna Jared. Tu me le paieras. Avant l'aube, tu me le paieras ! promit-il.

Les pas de Zachar résonnaient tout près d'eux, maintenant, et Jared se retourna pour aller à la rencontre du sénéchal avant que celui-ci les surprenne.

Tris resta là où il était pendant un moment, le temps que son cœur se calme et qu'il reprenne son souffle, encore tremblant à la suite de cette altercation. Quand il eut retrouvé ses esprits, il se dirigea vers le grand hall, ne ralentissant que quand les bruits et les odeurs de la fête lui parvinrent, à l'approche des portes de la salle du banquet.

Sotérius regarda son ami d'un air sceptique quand celui-ci l'eut rejoint.

— Tu as couru ?

L'homme d'armes était beaucoup trop observateur pour ne pas voir la sueur qui brillait sur le front de Tris par cette froide nuit d'automne, ni la rougeur évidente causée par la lutte.

— Juste une petite conversation avec Jared, répondit Tris, sachant que leur vieille complicité permettrait à Sotérius de comprendre le reste.

— Ton père ne pourrait-il pas… ? demanda Sotérius à voix basse.

Tris secoua la tête.

— Père ne peut pas… ou ne voudra pas… reconnaître qu'il a engendré un monstre. Même les bons rois ne voient pas tout.

— Bonne fête à toi, mon frère, lança dans son dos une jeune fille à la voix rieuse juste à cet instant.

Tris se retourna. Sa sœur, Kait, se tenait derrière lui, son faucon adoré perché sur son gantelet. Kait avait une douzaine de printemps, cet âge où tant de princesses brillaient par leur démarche élégante et leurs robes élaborées ; elle resplendissait dans sa tenue de fauconnier, son ample tunique et son pantalon cachant ses formes naissantes. Elle avait les cheveux noirs, comme Bricen, commodément retenus en une tresse qui ne faisait qu'accentuer sa ressemblance avec Tris et Jared. Avec ses yeux aussi noirs que ceux de son père, et la grâce de sa mère, Kait ne tarderait plus à attirer le regard de prétendants, songea Tris avec un pincement protecteur au cœur.

— Personne ne t'a dit que tu étais censée porter un costume, pour Revenante ? la taquina-t-il.

Même ce qui venait de se produire dans le corridor ne put empêcher un sourire de se dessiner sur son visage quand Kait le gratifia d'un regard noir.

— Mon cher frère, tu sais très bien que c'est la seule nuit de l'année où je peux porter des vêtements confortables sans choquer complètement mère et ces bonnes dames de la cour, rétorqua-t-elle.

Le faucon, un représentant de la dizaine de ses congénères qu'elle élevait comme des enfants, marchait nerveusement dans ses pas, agité par le tumulte de la foule.

— As-tu l'intention de te promener avec cet oiseau le jour de ton mariage, aussi ? plaisanta Tris.

Kait fronça le nez comme si elle venait de sentir de la viande avariée.

— Laisse-moi le temps ! Peut-être le prendrai-je avec moi pour ma nuit de noces, ainsi, je ne me mettrai pas tout de suite à faire des gosses !

— Kaitie, Kaitie, que dirait mère ?

Tris gloussa, faussement étonné, et Sotérius éclata de rire, en réponse à quoi Kait décocha un coup de poing dans l'épaule de son frère.

— Elle dirait ce qu'elle dit toujours, répondit-elle, imperturbable. Qu'elle ferait mieux de me trouver un prétendant avant que je scandalise la cour tout entière. (Elle haussa les épaules.) La course est lancée.

— Tu sais, déclara Sotérius avec un clin d'œil, elle pourrait te trouver quelqu'un qui te plaise vraiment.

Kait leva un sourcil.

— Comme toi ? demanda-t-elle sur un ton si cinglant que Tris et Sotérius gloussèrent de nouveau.

Sotérius leva la main pour la calmer.

— Tu sais que ce n'est pas ce que je veux dire.

Kait sembla vouloir faire une autre remarque, mais elle posa les yeux sur Tris, qui restait muet.

— Tu es bien calme, Tris.

Tris et Sotérius échangèrent un regard.

— J'ai eu une petite explication avec Jared, expliqua-t-il. Ne t'approche pas de lui cette nuit, Kaitie. Il est d'une humeur massacrante.

Kait cessa ses plaisanteries, et Tris lut une totale compréhension dans ses yeux qui semblèrent soudain avoir bien plus d'une douzaine d'années.

— J'en ai entendu parler, dit-elle avec une grimace. Il y a des rumeurs dans les écuries. Il a battu à mort un valet, là-bas, parce qu'il n'avait pas préparé son cheval. (Elle roula des yeux.) Au moins, j'ai réussi à rester loin de lui depuis quelques jours.

Tris la regarda et plissa le front.

— Où t'es-tu fait cette marque au bras ?

Kait resta volontairement évasive.

— Ce n'est rien, répondit-elle en regardant ailleurs.

— Ce n'est pas ce que je t'ai demandé, Kaitie, insista Tris.

Il sentait sa colère brûler de nouveau, pour cette marque de coup et toutes celles qu'elle avait eues depuis des années.

Kait évitait toujours ses yeux.

— Je l'avais mérité, soupira-t-elle. Jared s'en prenait à un des chiens des cuisines, et je lui ai jeté une miche de pain à la figure pour permettre au chiot de s'échapper. (Elle tressaillit.) Il n'était pas très content de moi.

— Qu'il soit maudit ! jura Tris. Ne t'inquiète pas, Kaitie. Je vais m'assurer qu'il demeure loin de toi, promit-il ; mais ils savaient tous deux que les précédentes tentatives avaient eu peu de succès.

Kait esquissa un sourire triste.

— Après la fête, tu crois que tu pourrais me faire un de tes cataplasmes ? Ça brûle un peu.

Tris lui ébouriffa les cheveux, avec un sentiment mêlé, de colère après Jared et d'amour pour Kait, si fort qu'il songea que son cœur pourrait bien exploser.

— Bien sûr. Je n'ai même plus besoin d'aller chiper les herbes dans les cuisines.

Il y avait longtemps de cela, quand ils n'étaient encore que des enfants, Tris s'était permis des escapades nocturnes dans les cuisines pour se procurer les herbes dont il avait besoin pour soigner les bleus et les coupures que Jared infligeait à sa sœur. Bien qu'il ne soit que de huit ans l'aîné de Kait, il s'était autoproclamé son garde du corps personnel depuis sa naissance. Peut-être avait-il été touché par cet être si petit et apparemment si seul quand il l'avait vue dans les bras de la nourrice. Ou peut-être avait-il craint qu'un bébé soit une cible plus amusante pour l'humour cruel de Jared que les pauvres chiens et chats qui disparaissaient de la chambre des enfants avec une régularité consternante.

Ils se serraient les coudes, et Tris subissait souvent le plus gros des humeurs de Jared à la place de Kait. Avec ses accès de rage, Jared avait fait fuir les nourrices les unes après les autres. Quand Kait avait grandi, elle et Tris s'étaient protégés en s'alliant tous les deux contre Jared, l'incitant ainsi à les laisser tranquilles, puisque, unis, ils ne constituaient plus des proies aussi faciles qu'auparavant.

— Il faudra bien que père finisse par t'écouter, siffla Kait, le sortant de ses pensées.

Tris secoua la tête.

— Il ne m'écoutera pas, pas encore, la contredit-il. Il n'écoutera pas un mot, bien qu'il se dispute de plus en plus avec Jared. Un jour, je suis sûr qu'ils en viendront à se quereller à cause d'un simple « bonjour ».

Kait soupira, et l'oiseau s'agita sur son gantelet.

— Peut-être que mère…

Encore une fois, Tris répondit par la négative.

— Chaque fois qu'elle essaie de dire quelque chose, père l'accuse de favoriser ses enfants par rapport à Jared. Je crois qu'il n'a jamais vraiment accepté la mort d'Eldra, ajouta-t-il.

La mère de Jared était morte en donnant naissance au premier-né de Bricen, et il avait fallu presque dix ans au roi pour avoir de nouveau envie de se marier ; une décennie durant laquelle le jeune prince Jared n'avait été que peu surveillé et encore moins puni, son père s'isolant dans son désespoir.

— Mère ne reparlera plus de ça, ajouta Tris. Elle essaie juste de te garder à distance de Jared.

— Oh ! Oh ! murmura Kait. Encore des ennuis.

Le regard de Tris suivit celui de sa sœur à travers l'assistance du grand hall, vers le personnage en robe rouge qui se tenait à l'entrée de la salle. Le silence s'abattit sur la pièce. Vêtu de l'habit couleur sang des mages du Clan du Feu, Foor Arontala, le premier conseiller de Jared, se fraya un chemin à travers l'assemblée. La foule s'écarta sur son passage, dans une tentative désespérée de ne pas gêner ses pas. Mais l'homme au visage fin et au teint cireux dont le regard était masqué par une épaisse capuche et de longs cheveux noirs n'avait même pas conscience de la présence de tous ces gens.

— Je le hais, lança Kait dans un chuchotement que seuls Tris et Sotérius pouvaient entendre. J'aimerais que grand-mère soit là. Elle l'écraserait comme un insecte, ajouta-t-elle en mimant ses paroles pour leur donner plus de poids.

— Grand-mère n'est plus, répondit Tris d'une voix blanche, en pensant à sa tentative infructueuse de contacter l'esprit de Bava K'aa plus tôt dans la soirée.

Il s'apprêtait à raconter cet épisode à Kait, mais une vieille habitude l'arrêta. Bava K'aa avait toujours scrupuleusement gardé le secret de son apprentissage, au point que, encore maintenant, Tris était réticent à en parler.

— J'aurais aimé que votre père engage plus vite un nouveau mage pour Shekerishet, souffla Sotérius. Même une vieille envoûteuse vaudrait mieux que ça, dit-il avec un dégoût soigneusement masqué.

Foor Arontala avança parmi les convives muets comme s'il n'avait pas conscience de leur existence, se déplaçant avec une aisance surnaturelle à travers la foule pour sortir de l'autre côté de la salle. Toutefois, plusieurs minutes s'écoulèrent avant la reprise des festivités, et encore plus longtemps avant que toute réserve disparaisse.

— Que la Croulante l'emporte, le maudit Tris dans sa barbe.

— On jurerait qu'elle l'a déjà emporté, gloussa Kait.

Sotérius prit sur lui pour remettre l'humeur de ses compagnons au beau fixe.

— Dois-je vous rappeler à tous les deux que c'est la fête ? rouspéta-t-il en prenant un air sévère. Carrovet raconte ses histoires depuis presque une chandelle entière, là-bas, déclara-t-il, et vous avez raté ça.

— Y est-il encore ? demanda Kait avec un intérêt soudain. Reste-t-il de la place ?

— Allons voir, proposa Tris, espérant que ce changement de conversation ferait passer sa mauvaise humeur.

Carrovet, le maître barde de Margolan, était assis au milieu d'un public captivé. À en juger par le nombre de convives qui se pressaient autour de lui, son histoire atteignait son apothéose.

Carrovet était penché en avant et faisait le récit d'une aventure du temps du règne de l'arrière-arrière-grand-père de Tris, d'une voix basse qui obligeait le public à se courber vers lui.

— Les assaillants estmarkiens avançaient toujours, se frayant un passage vers le palais. Des hommes vaillants tentaient en vain de les repousser, mais les attaquants avançaient encore. Les portes du palais étaient en vue ! Ils avaient du sang jusqu'aux chevilles et, partout autour d'eux, les mourants gémissaient, suppliant qu'on les achève. (Tout en parlant, Carrovet se pencha sur le côté et alluma négligemment deux chandelles grises.)

» Le roi Hotten se battait de toutes ses forces, alors que les épées s'entrechoquaient et que la bataille faisait rage autour de lui. Par deux fois, des assassins l'encerclèrent. Par deux fois, les dagues atteignirent presque leur cible. (Avec une grâce nonchalante, Carrovet agita son bras et « paf, paf ! » deux lames sorties de nulle part se plantèrent avec un bruit sourd dans les boiseries, derrière les spectateurs du fond. Les enfants crièrent, puis rirent du tour de passe-passe de Carrovet.)

» Mais les défenseurs épuisés n'avaient plus de troupes en réserve, reprit le barde. C'était la veille de la Fête des Disparus – Revenante, comme nous l'appelons – où les esprits circulent ouvertement parmi nous. On dit que, la nuit de Revenante, ces derniers peuvent devenir solides s'ils le désirent, et créer des illusions si réalistes que les mortels sont incapables de comprendre ou ressentir la duperie avant que... (il s'interrompit et, d'un jeu de mains habile, fit apparaître un nuage de fumée accompagné d'un petit « pouf ! » parfaitement synchronisé) tout ce qui était si solide la nuit précédente s'évanouisse avec le matin. Sachant cela, le roi Hotten pria son mage de faire tout son possible pour arrêter l'envahisseur. Le mage lui-même était presque à bout de forces, et il savait que formuler un sort puissant causerait probablement sa mort, mais il rassembla toute l'énergie qu'il avait en lui et appela l'esprit des terres en personne, la Déesse Vengeresse, et les esprits des morts. Et à l'instant où il émit son dernier souffle, le brouillard se mit à changer.

» Une brume commença à s'élever des pierres imprégnées de sang. Tout d'abord, elle resta en suspension au-dessus de la rue, s'enroulant autour des jambes des assaillants, mais elle se fit plus épaisse et atteignit la bride des chevaux. Rapidement, elle se changea en un vent hurlant et, sous le regard terrifié des attaquants, elle dessina des visages et des silhouettes déformés par la tempête. Et c'est cette nuit-là, il y a fort longtemps, que les esprits décidèrent de prendre forme, de se manifester complètement, d'apparaître aussi solides et réels que vous et moi.

Une légère brume s'éleva des chandelles de Carrovet, tourbillonnant au ras du sol du château, s'insinuant au milieu des spectateurs qui sursautèrent dès qu'ils la remarquèrent et dévisagèrent Carrovet avec des yeux exorbités. Comme ils observaient le phénomène, le léger voile de fumée prit l'apparence des personnages de l'histoire, de minces volutes fantomatiques en forme de chevaux cabrés et de spectres flottants.

— Les esprits de Shekerishet se levèrent pour défendre leur cité contre les assaillants, à l'aide de la puissance des morts et de la volonté de tous les braves combattants qui avaient un jour péri pour défendre leur roi et leur royaume. Les plaintes et les cris d'avertissement des fantômes couvrirent le bruit du vent, et le brouillard devint si épais que les attaquants furent séparés les uns des autres. (D'un léger coup du poignet, Carrovet lâcha deux petites billes qui crissèrent et gémirent en percutant le sol de pierre. Ses spectateurs bondirent de leurs sièges, les yeux exorbités de peur.)

» Déconcertés et terrifiés, les assaillants s'enfuirent, reprit Carrovet. (Avec sa robe grise de barde, faiblement éclairée par la flamme vacillante des torches, il ressemblait à un personnage tout droit sorti d'une légende.) Le mur d'esprits les fit reculer sur les lames de l'armée de Margolan qui les attendait. Les gardiens fantômes du palais repoussèrent l'ennemi, poursuivant les agresseurs jusqu'à ce qu'ils se dispersent hors de la ville, raconta-t-il en tendant la main. (Son public poussa un cri d'effroi quand la fumée s'éleva au commandement de Carrovet, prenant la forme d'un squelette guerrier de la taille d'un homme, prêt à sortir son épée du fourreau qui pendait le long de sa jambe décharnée.)

» On dit que les fantômes protègent toujours Shekerishet, poursuivit Carrovet avec un large sourire. On dit que les esprits du palais protègent la ville des envahisseurs et qu'ils ne laisseront personne faire de mal à ses habitants. On dit que le sortilège lancé par le mage du roi Hotten agit toujours, et que tous les sorciers qui l'ont précédé ont affermi sa puissance de leur dernier souffle.

» Ainsi, conclut Carrovet en se rasseyant avec satisfaction, se termine l'histoire de la bataille des Portes de la cour.

Tris rit en voyant les enfants, bouche bée, défiler vers la sortie, laissant le conteur déguisé rassembler ses affaires. Kait sautilla vers Carrovet et lui envoya un baiser malicieux.

— J'ai adoré ! lança-t-elle avec enthousiasme. Mais tu devrais rendre ça plus effrayant. (Elle fit un clin d'œil au barde.) Si je n'avais pas déjà juré de ne jamais me marier, je te choisirais, ajouta-t-elle.

Tris soupçonnait Kait de ne badiner qu'à moitié, même si elle connaissait l'ami d'enfance de Tris depuis si longtemps que Carrovet était comme un frère pour elle.

— Tu vas lui faire faire des cauchemars, plaisanta Tris pour venir au secours du ménestrel dont les joues rougissaient.

Carrovet sourit de toutes ses dents.

— Je l'espère bien. C'est tout l'intérêt de Revenante.

Il se leva en secouant les plis de sa cape. Un groupe de convives en costume passa devant eux, bras dessus, bras dessous, en chantant à tue-tête et horriblement faux.

— Joyeuse Revenante à vous, barde et compagnie, lança l'un d'eux en jetant une pièce d'or à Carrovet ; le conteur l'attrapa en plein vol.

— Joyeuse Revenante à vous, messire ! répondit Carrovet avec reconnaissance.

À ces mots, il leva la pièce en l'air et, avec un grand geste du bras, la fit disparaître, pour le plus grand plaisir des invités. Carrovet était aussi grand que Tris, mais il était plus mince et avait la grâce d'un danseur. Ses longs cheveux bleu ardoise encadraient un visage aux traits d'une telle finesse qu'elle le rendait beau. Ses yeux bleu clair aux cils longs brillaient d'intelligence et témoignaient de son esprit vif.

Ban Sotérius apparut à côté de Carrovet.

— Si les prêtresses t'entendaient l'appeler comme ça ! le reprit son ami sur un ton faussement sérieux. On dit la « Fête des Disparus », jeune homme. (Sotérius sourit et se frotta les doigts.) On me l'a rappelé plus d'une fois, quand j'étais à l'école.

— C'est beaucoup plus facile de dire « Revenante », répondit Carrovet avec un grand sourire malicieux. En plus, comment veux-tu appeler autrement des réjouissances dédiées aux morts ?

— J'ai bien peur que tu oublies un détail important, dans tout ça, rit Tris.

— Je vous retrouve plus tard, tous les trois, déclara Kait en tendant le bras pour calmer son faucon comme un groupe de festivaliers bruyants passait à côté d'eux. Joyeuse Revenante à vous, lança-t-elle. Ne vous attirez pas trop d'ennuis.

— Facile à dire, pour toi, rétorqua Tris. (Alors que Kait se mêlait à la foule qui s'éloignait, il se tourna vers Carrovet.) Viens, ou nous serons en retard pour le festin.

Âgés d'à peine vingt printemps, les trois jeunes hommes, de loin les meilleurs partis de Margolan, étaient les cibles des mères pleines d'ambition de la cour. Alors que Sotérius aimait attirer l'attention et était rarement vu sans une dame à son bras, Carrovet avait plutôt tendance à choisir ses partenaires parmi les artistes de la cour, chanteuses ou musiciennes, dont il respectait le talent et qui se laissaient moins éblouir par son rang et par son amitié avec Tris.

Au grand désespoir de nombreuses mères de la cour, et même, comme le soupçonnait parfois Tris, de la sienne, Serae, Tris était parvenu à échapper à l'attention des marieuses. Les frasques de Jared le maintenaient sur ses gardes, et il n'avait encore trouvé aucune fille de noble capable de soutenir plus d'une conversation intéressante. La solitude qu'il s'imposait contrastait avec le dévergondage de Jared, et Tris était conscient que certains plaisantins trouvaient une explication peu flatteuse à son refus de choisir des compagnes et de s'en débarrasser avec la même régularité que le reste de la cour. *Laisse-les parler*, se disait-il. Il n'avait aucunement l'intention d'attirer une épouse à Shekerishet tant que Jared y serait, et souhaitait encore moins exposer ses propres enfants à la cruauté de celui-ci.

Un jour, peut-être, songea-t-il avec tristesse, en considérant l'aisance dont faisaient preuve Sotérius et Carrovet pour plaisanter avec les jeunes filles qui passaient devant eux. *Un jour, quand je serai en sécurité, loin de Shekerishet, quand je me serai installé dans un des manoirs de campagne de père, loin de la cour, loin des fêtes, loin de Jared.*

— La bonne aventure ? grinça une voix derrière eux.

Surpris, Tris se retourna pour découvrir une vieille femme, dans un renfoncement, qui lui faisait signe avec son doigt noueux. Il sut tout de suite qu'il s'agissait de l'un des fantômes du palais, bien que, cette nuit-là, les esprits soient visibles de tous et solides en apparence.

— Pour vous et vos amis, prince Drayke, c'est offert.

— D'où sort-elle ? demanda Sotérius dans un murmure.

Carrovet haussa les épaules.

— Voyons ce que le sort nous réserve.

— Je ne suis pas vraiment sûr de vouloir le savoir, se déroba Sotérius, alors que Carrovet tirait déjà Tris par la manche.

— Allez, insista le ménestrel. Je veux savoir quel célèbre barde je vais devenir.

— Parle pour toi, marmonna Sotérius dans sa barbe. Vraiment, ça ne me dit rien…

— Je suis d'accord avec Ban, chuchota Tris.

— Aucun sens de l'aventure. Allez, pressa le barde.

À leur approche, la vieille leva les yeux et ils la virent mâchonner une boulette d'herbe à rêves. Un filet de bave coula le long de son menton duveteux quand elle tira en arrière une mèche de cheveux gras et hocha la tête, englobant toute la scène de ses yeux verts perçants qui semblaient lire à travers eux. Elle portait une robe de soie, jadis luxueuse, mais maintenant délavée et ayant perdu de sa splendeur d'antan, et elle dégageait un parfum d'épices et de musc.

La voyante était assise derrière une table basse ornée de gravures très élaborées, dont la surface usée était recouverte de runes complexes. Au centre de la table, une boule de cristal reposait sur un socle en or. La boule et son support étaient d'une bien meilleure qualité que ce à quoi Tris s'était attendu, aussi observa-t-il la vieille de plus près.

Celle-ci leva un doigt squelettique et le pointa vers la poitrine du barde.

— Vous d'abord, ménestrel, grinça-t-elle en faisant signe à Carrovet de s'agenouiller. (Elle leva le regard vers Tris et Sotérius, et plissa les yeux.) Patientez en silence.

Elle fredonna une mélopée grinçante, étrange et ancienne, juste assez bas pour que Tris n'en perçoive pas les paroles. Ses mains noueuses caressèrent le cristal, en effleurèrent la surface et l'épousèrent délicatement, flottant juste au-dessus de ses contours lisses.

La boule se mit à briller d'un bleu froid qui naquit en son cœur et emplit en tourbillonnant le cristal tout entier d'une lumière flamboyante. La vieille ferma les yeux ; elle chantonnait et se balançait.

Quand elle reprit la parole, ce fut avec la voix fluette d'une fillette, bien différente du timbre râpeux de fumeuse qu'ils avaient entendu auparavant.

— Tu es un façonneur d'histoires et un preneur de vies, déclara la voix d'enfant, surnaturelle, dans un tintement de cloche. Tes histoires seront les meilleures que Margolan aura jamais entendues, mais ces chansons te seront dictées par le chagrin ; oui, un grand chagrin. Prends garde, tisseur de rêves, l'avertit la voix. Ta route est parmi les immortels. Prends garde à ton âme.

Tris prit conscience qu'il retenait sa respiration. Sotérius était bouche bée, immobile. Carrovet, les yeux exorbités, regardait avec stupéfaction la voyante qui se balançait toujours. Le visage de la femme se détendit, comme si un rideau était tombé, et la voix se tut.

— Allons-nous-en d'ici, proposa Sotérius.

— Restez, ordonna la vieille, et même si elle n'éleva pas sa voix grinçante, son ordre figea Sotérius. À ton tour, soldat, dit-elle alors que Carrovet, toujours abasourdi, se hissait sur ses pieds.

Livide, Sotérius obéit.

La vieille sorcière sortit un paquet de cartes très usé des énormes poches de sa robe effilochée. Des cartes de Jalbet. Tris reconnut là l'habitude des oracles de rue et le jeu très répandu chez les dames de la cour. Adroitement, la vieille en étala quatre.

— Le Bœuf, lâcha-t-elle, nommant les cartes d'une voix râpeuse. Le Fleuve Noir. La Pièce. La Dame Noire. (Elle eut un rire rauque.) C'est la Déesse qui parle à travers ces cartes, grinça-t-elle. Regarde attentivement.

— Je ne comprends pas…

— Silence ! (Ses doigts tordus caressèrent la première des vieilles cartes.) Le Bœuf représente la force. Ta santé et ta force te seront fidèles, soldat. Combinée avec le Fleuve Noir, cette carte évoque la guerre. (Elle parla comme pour elle-même, sa voix sèche commençant à psalmodier.) Tu prospéreras.

C'est ce que signifie la Pièce. Mais attention, siffla-t-elle alors qu'un ongle cassé tremblait au-dessus de la dernière carte, car ton voyage pourrait te mener sur des routes obscures, en compagnie des morts et des non-morts. Tu seras avec les serviteurs de la Dame Noire. Prends garde à ton âme.

La gorge de Sotérius se serra, et son regard resta rivé sur les cartes. Il jeta un coup d'œil nerveux vers la boule de cristal, qui restait vide et banale. La vieille leva les yeux vers Tris et lui fit signe sans mot dire. Le cœur battant sourdement, celui-ci obéit et s'installa nerveusement sur son siège pendant que Sotérius s'empressait de libérer la place.

— Donne-moi la main, ordonna la vieille en tendant le bras au-dessus de la table.

Lentement, Tris avança la main en tournant la paume vers le haut pendant que la vieille la tirait vers elle.

— Une grande quête va se présenter à toi, Fils de la Dame, murmura la vieille en suivant une ligne à peine visible de la main de Tris avec son ongle. Qui peut en voir la fin ? marmonna-t-elle, son ongle parcourant les plis de la paume. Le sort de beaucoup d'âmes est en jeu. Ta route est dans l'ombre.

Le doigt tremblant, elle retint sa respiration.

— Qu'y a-t-il ? souffla Tris, prenant garde à rester dans le registre du murmure.

— Tu appartiens vraiment à la Dame, grinça la vieille. Ta main n'indique aucun moment pour ta mort.

— Tout le monde meurt.

— Si la Dame le veut. Ta vie relève de sa volonté. Tu es réellement entre les mains de la Dame, chuchota-t-elle. Prends garde à ton âme, ou tout est perdu.

Puis, sous leurs yeux, l'image de la vieille vacilla et, alors que sa bouche remuait, ils ne purent rien entendre de ses paroles. Tris ressentit qu'une étrange puissance entraînait l'esprit, une force qu'il n'aurait su identifier. Le fantôme sembla se désintégrer ; il se mua d'abord en brume puis disparut.

Sotérius tira sur la chemise de Tris, presque assez fort pour le remettre sur ses pieds.

— Viens ! le pressa le soldat d'une voix paniquée. Allons-nous-en.

Un parfum de viande rôtie flottait dans l'air depuis la salle de banquet. Une belle flambée craquait dans l'énorme foyer et les musiciens jouaient un air entraînant pendant que les invités se pressaient. Arborant un grand sourire, Carrovet alla rejoindre ses compagnons ménestrels, et accepta avec enthousiasme le luth que l'un de ses amis lui mit entre les mains. Tris vit Jared à l'entrée de la pièce, près de la table du roi, en train de réprimander avec colère un domestique. Sur le visage du sénéchal, il lut l'effort que faisait ce dernier pour se contenir. En effet, Zachar luttait pour ne rien laisser paraître de sa désapprobation ni de son embarras. Kait désigna à Tris deux chaises proches de la sienne, et lui et Sotérius se faufilèrent à travers la foule pour y prendre place. L'animal de Kait s'agitait nerveusement, et la jeune fille fit un signe au fauconnier, qui prit volontiers son oiseau sur son bras ganté, emportant le prédateur vers le calme de sa volière.

— Ton père n'a jamais autorisé de faucons à la table du manoir, murmura Sotérius à Kait. Je vais devoir lui rapporter ce qui se passe à la cour.

Kait lui jeta un regard de déception feinte.

— Encore une habitude que tu as prise chez les nobles de campagne, répondit-elle, faussement ennuyée.

Tris dévisagea Sotérius, conscient de la tension soudaine de celui-ci.

— Quelque chose ne va pas ? demanda-t-il en examinant la foule qui attendait l'arrivée du roi Bricen.

Sotérius secoua la tête et, même s'il n'affichait aucune expression, ses yeux trahissaient son inquiétude.

— Les gardes affectés au banquet ne sont pas ceux que j'avais désignés, expliqua-t-il à peine plus fort qu'en chuchotant. Je vais en toucher deux mots au lieutenant, annonça-t-il ; mais au moment où il commençait à quitter l'estrade une trompette annonça le roi Bricen de Margolan.

» Plus tard, marmonna-t-il, frustré par ce contretemps.

Tris regarda Bricen et la reine Serae progresser au milieu de la foule, s'arrêtant pour rendre leurs salutations à ceux qui se pressaient autour d'eux. À l'exubérance et à l'apparence rougeaude de son père, Tris comprit que le roi avait dû savourer quelques pintes de bière dans ses appartements privés avant de rejoindre les festivités. Serae, toujours détendue et maîtresse d'elle-même, semblait glisser au-dessus du sol, acceptant avec grâce les révérences et les saluts des dames et des nobles qui formaient une allée au milieu des tables. Bricen aida son épouse à monter sur l'estrade juste à l'instant où Jared terminait de sermonner le domestique. Le souverain jeta un regard noir à son aîné, dont le coup d'œil muet laissa entrevoir à l'assistance la tension qui existait entre le père et le fils.

— Messires, gentes dames, lança le roi d'une voix tonitruante. Cette nuit, que les vivants et les morts soient en fête ! Un jour, ils furent tels que nous sommes aujourd'hui. Et, par la Déesse, un jour nous serons tels qu'ils sont aujourd'hui, alors mangeons et buvons tant que nous le pouvons !

Il prit place et se lava les mains dans un bol qu'on lui tendit. Les porteurs des coupes se mirent au travail et une procession de domestiques suivit l'intendant jusqu'à la table du roi avec des plats fumants de viande rôtie. Carrovet et ses amis musiciens entonnèrent un air joyeux, et le brouhaha des conversations interrompu par l'arrivée du roi reprit son cours.

Pourtant, en dépit de l'atmosphère de fête qui régnait, Tris sentit comme un froid s'installer autour de lui. La mise en garde énigmatique du fantôme résonnait dans son esprit. Le jeune homme parcourut le grand hall du regard et ne put distinguer aucun des esprits du palais, eux qui étaient habituellement si visibles, même pour ceux qui n'avaient pas l'once d'un quelconque talent magique. Il ne se rappelait aucune fête de ce genre à laquelle les fantômes n'auraient pas assisté, et surtout pas Revenante.

À mesure que le dîner avançait, Tris pouvait percevoir que la tension de Sotérius augmentait. À la première occasion, celui-ci fit ses excuses et fila s'entretenir avec le lieutenant en poste. Quelques instants plus tard, il revint, l'air toujours aussi inquiet.

— Que se passe-t-il ? demanda Tris à voix basse.

— Tout ça ne me plaît pas. Le lieutenant prétend que c'est Jared qui lui a ordonné de changer les sentinelles. (Sotérius secoua imperceptiblement la tête.) Vois autour de nous. Tous ces gardes sont nouveaux : ce sont les jeunes qui soutiennent Jared dans sa volonté d'agrandir l'armée. J'avais choisi beaucoup plus d'anciens, dont je suis sûr de la loyauté envers le roi.

Tris regarda au-delà de la foule. Sotérius avait raison. Depuis des mois, Jared se rendait régulièrement dans les quartiers des gardes. C'était pour leur « remonter le moral », avait répondu le prince aux questions de son père. Bricen, peut-être fatigué par ses incessantes disputes avec son héritier, avait fermé les yeux sur ces agissements. À présent, Tris s'inquiétait de nouveau du comportement de Jared. Il remarqua, en examinant les invités, que la même appréhension marquait les visages qu'il voyait – et certainement ceux qu'il ne voyait pas. Peu des nobles les plus âgés étaient de service, ces seigneurs et ces barons dont la loyauté envers la couronne était absolue. Ceux d'entre eux qui figuraient parmi les convives paraissaient mal à l'aise, ce qui était inhabituel. En revanche, Tris aperçut beaucoup de nouveaux nobles, une nouvelle génération de propriétaires terriens qui avaient gagné leur statut sur le champ de bataille ou se l'étaient vu conférer par une récente faveur. Et, comme les gardes, Tris savait que ces hommes nouvellement titrés écoutaient d'une oreille bienveillante les discours enflammés de Jared sur la conquête et l'expansion, les trouvant beaucoup plus excitants que la sage diplomatie de Bricen.

Sous prétexte de rapporter une coupe de mauvais vin, Tris fit signe à Zachar. Une question silencieuse et une confirmation lui donnèrent la réponse qu'il attendait, n'allégeant en rien son inquiétude.

— Zachar me dit que la plupart des plus anciens seigneurs ont répondu en retard à l'invitation, comme s'ils n'avaient pas reçu la nouvelle à temps, murmura Tris à l'attention de Sotérius. Très étrange. Et c'est comme si chacun avait eu un empêchement de dernière minute.

— Tu crois qu'ils sont au courant de quelque chose que nous devrions savoir ?

Tris jeta un regard discret à l'extrémité de la table occupée par Jared, à côté duquel Foor Arontala était assis, jouant avec la nourriture dans son assiette, mais n'avalant rien.

— On les a peut-être « aidés » à avoir ces empêchements de dernière minute, suggéra Tris en détournant les yeux au moment où le regard fixe d'Arontala se dirigeait dans sa direction.

— Alors, qu'est-ce qu'on fait ? demanda Sotérius, la bouche pleine de gibier.

Tris réfléchit un instant.

— J'ai bien envie de voir ce qui se trame dans le laboratoire d'Arontala.

Sotérius avala sa viande de travers, au point que le domestique qui se trouvait derrière lui dut lui taper dans le dos.

— Tu veux voir quoi ? lâcha-t-il d'une voix râpeuse après avoir bu une gorgée de vin. Tu as perdu la tête ?

Tris ne répondit pas tout de suite, préoccupé par le fait que Jared les regardait. Quand celui-ci reprit sa conversation avec le mage en robe rouge, Tris se tourna de nouveau vers Sotérius.

— Si Jared prépare un coup, tu peux être certain qu'Arontala y est pour quelque chose. Et nous ne saurons pas de quoi il retourne tant que nous n'aurons pas jeté un coup d'œil à ce laboratoire.

Tris n'était pas prêt à raconter la mise en garde du fantôme, mais il en avait conclu que, si le Happeur d'Âmes constituait une menace, alors le premier endroit où le chercher était la bibliothèque du mage du Clan du Feu.

— Tu sais que je ne crois pas vraiment à la magie, répliqua Sotérius. Mais je crois mes gardes lorsqu'ils prétendent que les portes des appartements d'Arontala sont verrouillées par des sortilèges. Personne n'y entre ni n'en sort sans lui.

Tris mâchonna pensivement un morceau de cuisse de mouton.

— Alors essayons par la fenêtre.

Sotérius mordit dans son pain.

— Oh ! Non. Très mauvaise idée. En plus, il me semblait que tu avais le vertige.

— C'est vrai, reconnut Tris. Mais c'est pour la bonne cause. Allez, depuis l'année dernière tu meurs d'envie de me faire grimper dans tes gréements. Et tu tentes toujours d'accomplir un ou deux exploits la nuit de Revenante, juste pour donner quelques cheveux blancs à Zachar. (Il ricana.) Une année, tu as même décidé de descendre en rappel de la tour et les gardes ont failli nous abattre. L'année suivante, quand tout le monde dormait, tu as choisi d'essayer de voltiger depuis les chambres jusqu'à l'autre côté de la cour, mais tu as atterri dans les écuries.

— Et grâce à la Mère et à l'Enfante, c'était du foin, et pas du fumier, répondit Sotérius d'un ton moqueur. Donc tu parles sérieusement ?

Tris hocha la tête.

— Il y a trop de choses qui ne se passent pas normalement. Nous tenterons le coup quand le dîner sera fini et que les festivités se déplaceront en ville.

Le long festin se poursuivit sans incidents, avec un défilé de jongleurs, d'acrobates et de magiciens qui réussirent même à redonner le sourire à Tris. Carrovet, le chef d'orchestre de ces réjouissances, semblait assez content de lui alors qu'il s'affairait au milieu de ses amis acteurs, ajustant les costumes et les maquillages élaborés à l'autre bout de la salle du banquet, et regardait avec fierté les groupes se disputer la vedette devant le roi. Comme Carrovet achevait une longue et entêtante ballade – l'une des préférées de Serae –, Bricen, montrant autant d'entrain pour festoyer que celui qu'on lui connaissait pour la chasse, applaudit et rugit de satisfaction, suscitant un redoublement d'applaudissements de la part des convives. Toutefois, Tris eut le sentiment que sa mère était préoccupée, comme si elle comptait les minutes en attendant de pouvoir s'éclipser dans ses appartements privés. *C'est inhabituel*, songea-t-il avec inquiétude. En effet, bien que jamais aussi exubérante que Bricen, Serae était connue pour ses qualités d'hôtesse et goûtait d'ordinaire ostensiblement les ballades de Carrovet.

Lorsque les cloches de la tour sonnèrent les douze coups de minuit, les portes du grand hall s'ouvrirent. Un personnage en robe noire, le visage masqué par un impressionnant capuchon, se tenait dans l'embrasure, une coupe scintillante à la main. Sans un bruit, il s'inclina avec déférence devant Bricen, qui se leva, comme le voulait son rôle dans cette comédie.

— Bienvenue, Esprit de l'Aïeule, entonna le roi. Nous sommes prêts pour la marche.

Trois comédiens en costume apparurent derrière celui qui représentait la Croulante, chacun vêtu de l'habit représentant l'un des trois autres visages de la quadruple Déesse : la Mère, l'Enfante et l'Amante. Quatre visages pour une seule déesse, les faces lumineuses d'une déesse unique. Le roi offrit son bras à Serae et, ensemble, ils guidèrent la procession dans l'allée qui menait vers les acteurs, les tables se vidant au fur et à mesure que les convives se joignaient à la file. Tris vit le regard de Sotérius croiser celui de Carrovet ; le capitaine de la garde lui fit un signe discret ; le ménestrel hocha la tête en signe de compréhension, alors que le cortège quittait la salle du banquet.

Tris entraîna Sotérius dans un couloir latéral, et ils laissèrent derrière eux le chahut des invités du festin. Carrovet fit irruption dans le petit corridor quelques minutes plus tard.

— Que se passe-t-il ? demanda le barde, comme les derniers convives passaient.

Les trois amis s'enfoncèrent un peu plus dans l'ombre, et Tris jeta un regard inquiet vers l'entrée principale encore éclairée, pour s'assurer qu'ils étaient bien seuls.

— Père et le reste de la famille vont se séparer des festivaliers quand ils arriveront à la grande porte, souffla-t-il. Étant donné l'heure, ils vont sûrement tous aller se coucher. Quand tout sera redevenu calme, nous pourrons nous rendre à la tour et descendre en rappel.

Sotérius observa Tris du coin de l'œil.

— Mettons tout de suite au clair les intentions de Sa Majesté, râla-t-il. Tris a eu une idée complètement farfelue qui pourrait bien nous faire réduire en bouillie, nous carboniser ou nous changer en grenouilles, se plaignit le garde.

Son visage prit une expression résignée quand Tris expliqua le programme de la nuit à Carrovet.

— J'en suis, accepta le ménestrel quand son ami eut terminé. Nous, les bardes, n'avons rien contre la magie, dit-il en feignant un certain snobisme pour se moquer de Sotérius, qui se renfrogna. Contrairement à la populace des militaires qui ne croient que ce qu'ils voient. Tu peux compter sur moi.

— Ce que je vois suffit à m'inquiéter, ronchonna Sotérius. Attendez-moi ici. Je vais chercher mon équipement.

Chapitre 2

Sotérius alla dans ses quartiers récupérer un gros sac puis, ensemble, les trois amis se mirent en route à travers les couloirs de Shekerishet. C'était déjà le petit matin et, au château, les festivités de la nuit touchaient à leur fin. La plupart des convives étaient partis. Quelques traînards déguisés traversaient encore la cour quand Tris et ses amis gravirent les marches qui menaient aux plus hautes chambres.

Ils se dirigèrent vers la zone située au-dessus des salles d'audience du roi. Tris s'efforça de laisser de côté le pressentiment qu'il avait eu plus tôt. Malgré la mise en garde du fantôme et l'apparition de sa grand-mère, aucun danger ne se présenta. Dans d'autres circonstances, l'aventure de cette nuit aurait été amusante, comme toutes les escapades qu'il avait partagées avec les deux autres depuis qu'ils avaient quitté leurs familles d'accueil. Ces garçons pleins d'entrain constituaient la malédiction personnelle de Zachar, comme ce dernier se plaisait à les appeler. Tris avait beau être le fils puîné du roi, cela ne l'empêchait pas de se faire remonter les bretelles si la situation leur échappait.

— Tu es bien calme, lui souffla Sotérius.

Tris haussa les épaules.

— Je suis éreinté. La semaine a été longue. (Il s'interrompit.) Carrovet, appela-t-il en se tournant vers le barde, as-tu vu des esprits du palais après le départ de la diseuse de bonne aventure ?

Carrovet secoua la tête.

— Maintenant que tu en parles, non. Bizarre, surtout pour Revenante. J'ai aperçu beaucoup de gens déguisés en fantômes, mais les vrais spectres ne se sont pas montrés.

Tris hocha la tête, mal à l'aise.

— Il y a quelque chose qui ne va pas. Avez-vous vu de quelle manière la voyante a disparu, comme si on l'avait attirée loin d'ici ? Et où sont les autres fantômes ? Ils sont toujours aussi nombreux que les mortels, pour la fête. Pour Revenante, les esprits apparaissent davantage, traditionnellement.

— Tu crois que c'est pour cela qu'on appelle cette fête comme ça ? sourit Carrovet. C'est étrange, je te l'accorde. (Il haussa les épaules.) Ils sont peut-être en train d'amuser les invités dans la cour. Ou peut-être ont-ils trop festoyé et sont-ils retournés là où les fantômes se reposent.

— Peut-être, répondit Tris sans conviction.

Carrovet reprit son sérieux.

— Cela vient-il corroborer ton pressentiment que des ennuis se préparent ? demanda-t-il.

À son regard, Tris sut qu'il le comprenait plus que ce que ses paroles le laissaient croire.

Alors que Tris minimisait toujours consciemment ses talents magiques devant Sotérius, Carrovet avait toujours aidé de bon cœur quand Bava K'aa demandait l'assistance des deux garçons pour les sorts mineurs. Carrovet était également à l'aise avec l'étrange capacité de Tris à parler avec les esprits à n'importe quelle période de l'année – pas uniquement à Revenante – et tirait certaines de ses meilleures fables et chansons des histoires de ces gens de la cour morts depuis longtemps. Tris avait appris très tôt à cacher cette aptitude à presque tous les autres, malgré les encouragements discrets de Kait et de Bava K'aa. Instinctivement, il avait su éviter que Jared suspecte le moindre de ses talents magiques, et il se réjouissait de ne pas fournir aux bavards de la cour une occasion de plus de cancaner.

— Vite ! murmura Sotérius en tenant la porte ouverte.

Ils le suivirent à l'intérieur de la chambre obscure. Carrovet alluma une torche.

— Alors, quel est le plan ? demanda Tris.

Sotérius sourit en ouvrant son sac. Deux énormes et lourds rouleaux de corde tombèrent au sol. Comme le capitaine de la garde préparait le tout, Tris reconnut deux harnais d'escalade constitués de sangles et de boucles de cuir. Sotérius se contorsionna pour enfiler l'un d'entre eux et lui tendit l'autre.

— Vous voulez bien me donner un coup de main ? demanda-t-il.

— Et maintenant ? s'enquit Carrovet, sceptique. Les hommes ne sont pas censés marcher sur les murs comme les mouches.

— Au pays de mon père, tout le monde descend contre les parois de cette manière, expliqua Sotérius.

— Tout le monde ? le taquina Tris.

— Bon, d'accord, seulement les gens des montagnes, et parce que les pentes sont tellement raides que, sinon, ils ne pourraient aller nulle part. Mais les montagnards sont très nombreux, chez nous, et il y a beaucoup de falaises, donc presque tout le monde, oui ! répliqua Sotérius. Aidez-moi à fixer ça avant que nous nous fassions prendre. Si je dois encore me faire remonter les bretelles par Zachar, je veux que ce soit mérité !

— Tu as de bien curieux passe-temps, murmura Carrovet en serrant la corde autour de son piton.

— De la part d'un adulte qui gagne sa vie en fabriquant des fantômes avec de la fumée, je prends ça pour un compliment, rétorqua Sotérius.

Son propre harnais attaché, il se retourna vers Tris, vérifia à deux reprises la solidité du cuir et testa les boucles. Quand les deux hommes furent satisfaits de leur équipement, ils fixèrent les cordes à des anneaux de fer profondément enfoncés dans les murs de pierre, près du foyer. Sotérius ouvrit la fenêtre et se pencha pour regarder alentour. Il s'assit sur le large rebord de la croisée et laissa ses jambes se balancer au-dessus du mur du château, puis jeta un coup d'œil vers le sol pavé, quatre étages plus bas. Ils se trouvaient dans la partie la plus élevée de Shekerishet, dont les niveaux inférieurs avaient été creusés dans la montagne sur laquelle se dressait le palais.

Excavées dans la falaise, les parties les plus anciennes de la construction avaient été édifiées quelque cinq cents ans plus tôt. Construit dans le même granit gris que la montagne, le vieux palais était une forteresse sans fioritures, carrée et menaçante, parcourue de meurtrières et de créneaux. Au fil des générations, les rois de Margolan avaient agrandi l'ancien château, lui ajoutant des ailes entières et de nouvelles tours, de sorte qu'à présent Shekerishet s'étalait au pied des rochers escarpés de la montagne, surplombant de manière troublante la cité et les fermes.

Avec un sourire, Sotérius fit signe à Tris de se joindre à lui en tapotant le rebord de la fenêtre. Quand il baissa les yeux vers la cour, Tris dut réprimer son vertige pendant quelques instants.

— Très bien, c'est parti.

Sotérius sauta dans le vide, se balança un moment avant de réussir à tourner le dos à la cour et posa les pieds contre la paroi.

— Nous aurions dû vous peindre une cible dans le dos pour faciliter la tâche aux archers, siffla Carrovet.

— Très drôle, marmonna Sotérius. Tris, garde donc ton drapeau à portée de main, juste pour le cas où quelqu'un aurait une idée de ce genre.

Tris fouilla dans sa poche pour s'assurer que la bannière du second fils du roi s'y trouvait bien. Elle lui permettait de révéler son identité au cours d'une bataille, mais cette nuit, si une sentinelle les surprenait, l'étendard déployé inciterait l'archer à retenir ses flèches aussi longtemps qu'il n'aurait pas identifié son porteur.

— Très bien, Tris. À ton tour.

La gorge serrée, Tris se laissa tomber par-dessus le rebord.

— J'avais oublié à quel point j'avais le vertige.

Il retint nerveusement sa respiration au moment où il se balança dans l'air froid, et dut faire un effort pour ne pas fermer les yeux. Conscient que ses amis le regardaient, il leur signala qu'il était prêt, d'un hochement de tête.

Sotérius descendit prudemment le long du mur de pierres lisses du château. Tris suivait, essayant de ne pas tirer constamment sur la corde pour se rassurer. Tris avait l'habitude d'escalader les falaises qui entouraient Shekerishet avec Sotérius les jours de beau temps, mais il n'avait entrepris aucune sortie de ce genre depuis la fin de l'été, et ses muscles se faisaient sentir douloureusement.

Le froid était plus intense qu'il s'y était attendu, et l'air glacial lui mordait le visage. Tris jeta un coup d'œil à Sotérius, mais le garde souriait de toutes ses dents derrière ses cheveux noirs que le vent faisait voler devant ses yeux. Si le roi venait à regarder par l'une de ses fenêtres à cet instant précis, ils auraient quelques explications à fournir, mais c'était tout le charme de Revenante. Presque tout pouvait être pardonné au nom des festivités de cette nuit.

Comme il s'approchait des croisées du deuxième étage, Tris fronça les sourcils. Une lumière brillait derrière les carreaux ;

une lueur étrange, rouge, qui ne ressemblait pas à celle d'un feu. Elle venait des appartements de Foor Arontala et palpitait, comme des battements de cœur. Sans tenir compte du regard inquiet de Sotérius, Tris poursuivit sa descente.

Il se rapprocha de la fenêtre et, de tous ses sens, ressentit le fourmillement familier qui annonçait la présence de magie. Toutefois, cette magie-là semblait différente de celle de sa grand-mère, songea Tris, dont le souffle produisait de la buée dans l'air froid de la nuit. Même à une longueur de bras de la croisée, il percevait une aura terrifiante qui le fit presque reculer. Il insista, bien que le danger soit presque palpable et, alors qu'aucune barrière physique ne le ralentissait, il eut l'impression de plonger dans une eau de plus en plus profonde et glacée à mesure qu'il approchait de son but.

Tris se força à dépasser sa peur et se pencha vers le mur pour jeter un coup d'œil à travers la fenêtre. Il faisait sombre dans la pièce, mais les braises de la cheminée éclairaient suffisamment pour lui permettre de reconnaître toutes les babioles propres au laboratoire d'un sorcier. Des calices et des athamés, des cordes tressées dans des matériaux de toutes sortes, une vasque de divination, des notes et des osselets – pour la divination – et des bouquets d'herbes séchées entassés, pour économiser de l'espace, avec des fioles de poudres et de potions. Pourtant, une seule chose, dans la chambre du sorcier, attira l'attention de Tris, le clouant sur place. Sur un socle, dans un coin de la pièce, reposait un globe en cristal de la taille d'une tête humaine, et de cette boule émanait une lumière palpitante couleur sang. Comme Tris la regardait fixement, la lueur sembla se concentrer et, l'espace d'un instant, il aurait pu jurer qu'elle se tournait vers lui, tel un œil injecté de sang, conscient de sa présence. Son cœur battait à tout rompre dans sa poitrine, et il se mit soudain à douter de sa capacité à se sortir de la situation.

— Tu as perdu la tête ? siffla Sotérius derrière lui, le faisant sursauter.

— Tu ne sens rien ? murmura Tris en s'éloignant de la fenêtre à reculons.

Sotérius le regarda d'un œil sceptique.

— Je sens que j'ai les fesses qui gèlent, si c'est ce que tu veux dire.

Des voix d'hommes en colère leur parvinrent depuis l'autre côté de la porte de la chambre du sorcier. Tris et Sotérius se jetèrent alors en arrière, s'aplatissant contre le mur au moment où la lumière d'une torche illumina la pièce et où les voix se rapprochèrent. *Jared et le roi*, pensa Tris, la mort dans l'âme. Et quel que soit le sujet de leur dispute, celle-ci était beaucoup plus enflammée que d'habitude. En effet, dans son courroux, Bricen semblait à la limite de l'apoplexie, même si Tris ne pouvait saisir ses paroles à cause du vacarme de la fête qui se poursuivait au village. En se rapprochant juste assez pour scruter l'intérieur de la pièce, Tris eut le souffle coupé par une vision d'horreur.

La lumière qui éclairait la salle ne provenait pas d'une torche : elle était de source magique. Il y avait quelque chose qui n'allait pas, qui allait même très mal. La lueur bleue émanait des mains d'Arontala et clouait le roi contre le mur de pierre dure. Tris n'entendait rien de ce qui se disait, mais l'expression du visage de Bricen ne nécessitait aucune explication, ni le regard mauvais qui déformait les traits de son héritier alors qu'il s'approcha de son père en brandissant sa dague.

Le bon sens et la terreur l'emportèrent finalement sur le choc. Sotérius se mit à tirer sur sa corde par secousses, avec la même panique que s'il en était à sa première escalade, pour signaler à Carrovet qu'il devait commencer à les remonter. Le cœur de Tris se mit à battre sourdement quand Jared enfonça profondément sa dague dans la poitrine de Bricen. Juste à l'instant où son ami s'apprêtait à briser les carreaux d'un coup de pied, Sotérius se jeta contre lui et le plaqua au mur, si vigoureusement qu'il en eut le souffle coupé.

— Tu es fou ! siffla Sotérius. Tu n'as aucune chance. Nous devons appeler la garde, le raisonna-t-il en luttant de toutes ses forces contre Tris, qui se débattait.

Alors Carrovet obéit au signal et commença à les hisser vers le ciel. Absorbant le choc, Tris eu la présence d'esprit de grimper par ses propres moyens sur les derniers mètres et plongea plus qu'il se glissa par la croisée, haletant de terreur.

— On dirait que vous venez de voir la Vengeresse en personne ! s'étonna le barde en aidant Sotérius à se relever.

— Le roi ! balbutia ce dernier, transi de peur et de froid. Ils ont tué le roi !

— Ce n'est pas drôle, répondit Carrovet en regardant par la fenêtre une fois de plus pour s'assurer qu'ils avaient échappé à l'attention des gardes.

Sa voix s'éteignit quand ses yeux se posèrent sur Tris, et il blêmit.

— C'est vrai, haleta Tris en se penchant en avant et en s'agenouillant. (Son cœur battait si fort qu'il pouvait à peine parler.) J'ai vu Jared…

— Tu n'as pas dû bien voir, avança Carrovet en jetant un regard incertain vers Sotérius. Vous n'êtes pas restés là-bas très longtemps.

Le capitaine de la garde commença à se libérer de son équipement aussi vite que ses doigts gelés le permettaient.

— C'était bien Sa Majesté, et c'était bien Jared, répéta-t-il, comme s'il s'adressait à un enfant un peu lent. Et Arontala. Il y avait une lumière bleue qui clouait le roi au mur. Et puis Jared s'est approché et, par la Déesse, il a poignardé Bricen, encore et encore, expliqua-t-il en fermant les yeux pour échapper à ce souvenir.

Tris passa devant lui et se dirigea vers la porte de l'escalier de service.

— Je dois prévenir mère et Kait.

— Tris ! cria Sotérius en l'attrapant par le bras. Si Jared a tué le roi, il va vouloir ta peau aussi. Nous devons te sortir d'ici, annonça-t-il d'une voix râpeuse, avec le sang-froid d'un militaire. Bricen mort, la couronne est en jeu. Jared va vouloir se débarrasser de tous les détails gênants. Nous devons t'emmener en lieu sûr.

— Pas sans mère et Kait, aboya Tris.

Le choc laissait place à la colère. Il dégagea son bras et ouvrit furieusement la porte de l'escalier de service.

— Très bien, alors nous venons aussi, déclara Sotérius en lançant la corde à Carrovet. Tiens. Prends ça. J'ai une épée, mais pas toi. (Il barra la porte de la chambre et sortit son arme de son fourreau.) Au moins, s'ils viennent nous chercher, ça les retiendra un moment.

Il se tourna vers Carrovet, mais le barde avait déjà tiré une petite dague des plis de sa tunique.

— Tu croyais que ce n'était que pour mes histoires ? demanda Carrovet. Certains de tes amis de l'armée aiment bien malmener les ménestrels dès qu'ils en ont l'occasion.

Sotérius se glissa devant Tris et ouvrit le chemin vers le bas de l'escalier. Il fit jouer la poignée de la porte du bas et, comme elle n'était pas verrouillée, il réussit à l'ouvrir. La chambre à coucher était sens dessus dessous. Le corps de la reine Serae était ramassé près de l'entrée, sa robe de soirée tachée de sang.

— Mère ! appela Tris, sentant la panique l'envahir comme il bousculait Sotérius et titubait à travers la pièce.

— Grande Déesse Lumière, souffla Carrovet. C'est un coup d'État !

Sotérius atteignait déjà la porte du couloir, qui pendait sur ses gonds, cassée et inutile.

Pitié, pitié, non ! lança Tris à l'adresse de la Déesse, en avançant vers Serae. Son corps était encore chaud, toujours mou ; il la retourna face à lui en réprimant un cri. La dague qui avait mis fin à ses jours dépassait de sa poitrine et sa tête bascula sur le bras de Tris. Sa gorge se serra et ses yeux s'embuèrent quand il chercha en vain les battements du cœur de sa mère. *Elle est morte.*

Un sanglot lui déchira la gorge alors qu'il berçait Serae, fermant les paupières sur les larmes incontrôlables qui coulaient le long de ses joues. Haletant, Tris les essuya d'un revers de manche et parcourut la pièce du regard une nouvelle fois. Il étendit doucement le corps de Serae par terre, passa une main sur ses yeux immobiles pour les fermer, et murmura une prière à la Dame.

Une plainte le fit sursauter, et Sotérius se retourna, l'épée levée. Presque entièrement cachée par le lit retourné, Kait gisait au sol. Tris et Carrovet coururent vers elle, poussant sur les côtés les débris et la dépouille d'un garde inanimé ; ils la libérèrent des draps dans lesquels elle était enchevêtrée. La jeune fille était pâle et immobile, sa tunique tachée de sang avertissant son frère de ne pas trop espérer.

— Kait, tu m'entends ? chuchota Tris en la prenant dans ses bras contre son propre vêtement maculé du sang de Serae.

Dame Noire, je vous en prie, pria-t-il en silence. *Pas toutes les deux. Par pitié, épargnez-la.*

— Que s'est-il passé ? demanda-t-il tout bas, alors qu'un spasme de douleur traversait le visage de Kait.

Ses lèvres se teintaient de bleu, et sa respiration était rapide et superficielle. Son sang couvrit les mains de son frère et coula entre ses doigts quand il tenta de comprimer la profonde entaille qu'elle avait au ventre. Sa blessure était trop grave, sauf pour le plus expérimenté des soigneurs de guerre, mais aucun guérisseur de cette trempe n'était présent à proximité.

Les yeux de Kait s'ouvrirent. Elle le dévisagea et réussit à lui sourire faiblement.

— Je savais que tu viendrais, Tris. Tu es mort, toi aussi ?

Tris réprima un sanglot, mais ne cacha pas les larmes qui coulaient sur son visage. Il chercha sa voix et secoua la tête.

— Non, Kaitie, parvint-il à répondre d'une voix rauque. Du moins, pas encore. Et toi non plus.

— Bientôt. J'ai vu la Déesse. Elle attend.

— Qui a fait ça ? insista Tris avec autant de douceur qu'il pouvait, en lui serrant la main comme pour garder son esprit près de lui.

Kait toussa et le sang moucheta ses lèvres.

— Les hommes de Jared, murmura-t-elle. Ils nous attendaient. J'ai essayé de protéger mère. Tu aurais été fier de moi.

— Je suis fier de toi, murmura Tris en chassant ses larmes d'un battement de paupières.

— Si tu m'avais vue, grand frère ! Je crois que j'en ai eu un.

Tris jeta un coup d'œil en arrière vers le corps du garde.

— Oui, Kaitie. Tu en as eu un.

— Je dois y aller.

— Kaitie, reste avec moi !

Les yeux de la jeune fille s'ouvrirent un peu plus.

— Tris… tu es là, toi aussi. Comme grand-mère. (Elle toussa plus violemment, et Tris crut qu'elle était partie.) Si tu le veux, je peux rester, murmura-t-elle en battant des paupières. Je n'aurai qu'à te tenir la main, de ce côté.

Une image apparut avec la clarté d'une flamme dans l'esprit de Tris ; celle de Kait le prenant par la main et la serrant. De tout son être, il souhaita qu'il en soit ainsi. Pourtant, alors qu'il s'efforçait de retenir l'esprit qui flottait déjà, quelque chose d'autre, quelque chose de fort, s'acharnait à la tirer loin de lui.

Kait frissonna dans ses bras et ses muscles se relâchèrent. Tris enfouit sa tête au creux de l'épaule de sa sœur et pleura en se balançant sur ses talons et en berçant son corps sans vie.

Tris, il faut que tu partes, dit une voix dans son esprit, celle de Kait, lointaine. Tris leva les yeux et fronça les sourcils. Sa sœur se tenait devant lui, réelle mais sans substance, brillant de la même pâle luminescence que les fantômes du palais.

— Kaitie ? demanda-t-il d'une voix râpeuse.

Le spectre miroitait.

— Tu as réussi, Tris. Tu m'as retenue ici. Tu as le pouvoir de grand-mère, lui annonça Kait. (Son image vacilla encore, s'effaçant presque, et un regard plein de détresse, puis de peur, marqua son visage au moment où le fantôme sembla être attiré ailleurs, comme un nuage de fumée pris dans un courant d'air.) Un sortilège pèse sur les revenants du palais. Arontala… Au secours, Tris, supplia-t-elle au moment où son image disparaissait.

Un hoquet de Carrovet avertit Tris que tous avaient pu voir l'apparition. Sotérius paraissait abasourdi, lui qui n'avait jamais vu Tris pratiquer aucune sorte de magie. Le barde observait l'endroit désormais vide où s'était tenu le fantôme de Kait, et son teint blafard confirmait qu'il venait d'assister à un sortilège bien plus puissant que ce à quoi il aurait pu s'attendre de la part de son ami. Doucement, le jeune homme étendit le corps de sa sœur au milieu des draps et le recouvrit d'un linge.

— Sortons d'ici avant de la rejoindre, proposa doucement le ménestrel.

Tris sentit la peine et le choc faire vibrer tout son corps et l'emplir de rage.

— Maudit Jared ! cria-t-il en se relevant d'un bond.

Son épée déjà en main, il s'élança vers la porte du couloir en une course folle. Sotérius l'arrêta net.

— Laisse-moi y aller ! grogna-t-il. Bon sang, laisse-moi passer !

Le sang lui monta aux oreilles alors qu'il se débattait pour se frayer un chemin derrière Sotérius, qui le retint et le força à s'éloigner de la porte. Carrovet le saisit à bras-le-corps par-derrière, le bloqua au sol et lutta pour écarter son épée, pendant que Tris battait l'air furieusement de sa main libre, à bout de souffle, aveuglé par les larmes. Sotérius se joignit au combat pour aider Carrovet à maintenir leur ami loin de la sortie.

D'un vif coup de lame, le capitaine de la garde envoya l'arme de Tris tournoyer hors de portée, et il lui assena un coup de poing qui le cloua au sol.

— Tu n'arriveras jamais jusqu'à Jared avant que son mage t'ait changé en crapaud, aboya Sotérius en s'efforçant de maintenir Tris sous contrôle. Tu ne peux plus rien faire pour ta mère, ni pour Kait. Mais tu peux encore sauver Margolan en t'enfuyant d'ici pour revenir avec ta propre armée.

— Et pouvons-nous faire ça en vitesse ? siffla Carrovet qui avait pris la relève de son ami et surveillait la porte.

Le souffle court, Tris ferma les yeux et se rendit.

— Par l'escalier de service, répondit Sotérius en relâchant sa prise et en rendant à Tris l'épée qu'il avait lâchée. Il conduit aux quartiers des domestiques. De là, nous courrons aux écuries. Allez !

Ils descendirent l'étroit et sombre escalier et déboulèrent dans les cuisines, l'épée à la main, effrayant au passage les servantes qui hurlèrent et sortirent de la pièce en courant. Depuis le couloir, Tris entendit à l'extérieur un martèlement de pas couvert par le bruit de l'acier. Les portes de la salle du banquet s'ouvrirent d'un coup sur trois soldats portant la livrée du roi et chargeant deux hommes qui tentaient de sauver leur peau. Tris et ses compagnons se plaquèrent le long de la cheminée, interrompus par cette lutte. Tris n'avait eu qu'un rapide aperçu des combattants, mais parmi les deux personnes qui se défendaient, il reconnut Harrtuck, un huissier d'armes, un homme trapu, au torse puissant, à l'épaisse barbe noire et au teint olivâtre, qui avait souvent escorté Bricen lui-même.

— Je n'abandonnerai pas ce palais sans me battre ! jura Harrtuck tout en esquivant et en parant les coups.

Son compagnon, un autre garde du roi, allongea une botte et atteignit sa cible. Tris et les autres se regardèrent et levèrent leurs armes. Dans un cri, Tris et Sotérius se jetèrent dans la bataille aux côtés de Harrtuck, prenant ainsi les agresseurs par surprise, et les repoussèrent.

— Heureux de vous voir, haleta l'huissier d'armes, profitant de leur soudain avantage.

— Attention ! s'écria Carrovet.

Alors Tris fit volte-face, son épée prête à frapper, juste à temps pour voir l'un des soldats porter ses mains à sa poitrine, étonné, et s'effondrer à terre. Une tache rouge se forma autour de la dague de Carrovet, plantée profondément entre les côtes de l'homme.

Avec un cri, Tris défia le compagnon de celui qui avait été abattu.

— Vous serez bientôt aussi mort que le roi, railla le soldat en faisant reculer Tris d'un pas.

Enivré par la rage et la peine, Tris lui rendit ses coups de toutes ses forces, brandissant son épée à deux mains. Surpris par la férocité de la charge, le traître bascula en arrière, puis attaqua de nouveau, une lueur meurtrière dans les yeux, comme trois gardes le rejoignaient au pas de course. Du coin de l'œil, Tris vit Carrovet s'emparer d'une torche à l'aide de laquelle il tint à distance l'un des agresseurs. Sotérius et Harrtuck se concentrèrent sur les deux autres nouveaux arrivants, laissant Tris entraîner le soldat persifleur dans un duel mortel.

Un éclair rouge explosa dans le foyer, et Tris s'élança, reconnaissant l'un des tours de passe-passe de Carrovet. Cette diversion lui laissa juste le temps de percer la défense de son ennemi et permit à sa lame de trouver sa cible. Le garde s'effondra en avant, et Tris chancela sous le poids de l'homme agonisant qui lui fit presque lâcher son épée.

Seul un éclat métallique prévint Tris qu'un deuxième adversaire fonçait sur lui, le menaçant d'une dague alors que Tris contrait l'épée qu'il tenait dans l'autre main. Tris tituba quand le garde lui planta sa lame dans le côté. Le garde s'arqua et se raidit, puis il tomba à genoux en jetant ses mains en arrière, révélant un couteau planté dans son dos et Carrovet, qui se tenait derrière lui, empreint d'une sinistre satisfaction.

Tris porta la main à son flanc, et Sotérius et Carrovet accoururent vers lui. Harrtuck ne mit pas longtemps à en finir avec le reste des agresseurs. Son allié gisait à terre, inanimé. D'un coup de botte, Carrovet fit rouler sur lui-même l'adversaire de Tris et se pencha pour reprendre sa dague ; il l'essuya en deux mouvements rapides sur la tunique de l'homme mort, puis tomba à genoux à côté de Tris.

— D'autres soldats vont arriver, les prévint Sotérius.

— Ils ont tué le roi, prince Martris, haleta Harrtuck. Personne n'a pu le sauver. Vous devez fuir !

Tris hoqueta quand le barde l'aida à s'asseoir. Sotérius s'agenouilla à côté de Tris, et Carrovet recula pour laisser le soldat expérimenté examiner la blessure de leur ami. Sotérius ne dit rien, mais Tris comprit à l'expression de son visage combien sa blessure était vilaine.

— Nous devons te conduire chez un guérisseur, déclara gravement le capitaine de la garde.

D'un signe de tête, il demanda à Carrovet de soutenir Tris et, tous les deux, ils le remirent sur ses pieds.

— Oui, mais d'abord, il nous faut sortir de Shekerishet, ajouta Harrtuck.

Comme pour confirmer ses paroles, des pas résonnèrent dans l'escalier de service. D'un geste, l'huissier d'armes demanda à Carrovet de couvrir Tris pendant que lui et Sotérius s'occuperaient des nouveaux arrivants. Un garde de forte carrure vêtu de la livrée du roi, tachée de sang, apparut. Deux autres soldats l'encadrèrent. Harrtuck attendit en silence que les trois hommes soient à sa portée.

— Maintenant ! hurla-t-il en s'élançant, l'épée baissée, pour foncer sur ses adversaires.

Il y eut un sifflement, puis un claquement sourd, et l'homme de tête tomba en avant, les mains crispées sur la dague de Carrovet, alors que l'épée de Sotérius s'abattait, sortant de l'ombre, tranchant presque le soldat de l'épaule jusqu'à la hanche.

— Venez ! cria Sotérius.

Il se retourna vers l'endroit où Tris et Carrovet attendaient, ne s'arrêtant que pour récupérer la dague du barde, et aida son ami blessé à se relever de nouveau. Le sang battait dans les oreilles de Tris et ses genoux menaçaient de céder sous son poids.

— Il ne va pas être facile de sortir d'ici, siffla Carrovet comme ils se dirigeaient vers la porte.

— Tu as une meilleure idée ? grommela Sotérius.

— En fait, oui, rétorqua le ménestrel. Par ici.

Carrovet tira, plus qu'il les accompagna, Tris et les autres dans un débarras situé sous l'escalier de service. Des capes et des tuniques, des masques et des costumes, utilisés pour la soirée, jonchaient le sol.

— Voilà, à vous de voir si ça vous va, lança-t-il en attrapant une tunique noire, une cape et un masque et en les jetant vers Sotérius.

— Tu as sûrement perdu la tête, déclara le soldat avec incrédulité. Nous essayons de nous sauver, et toi, tu veux…

— Ne pose pas de questions, aboya Carrovet, qui piocha d'autres vêtements dans le fouillis et les lança vers Tris et Harrtuck.

— Au nom des Royaumes de l'Hiver, qu'est-ce que…, s'interrogea Harrtuck.

— C'est ici que les artistes se changent avant d'aller au banquet, expliqua Carrovet, essoufflé, tout en enfilant lui-même une cape. (Déchirant presque sa tunique, il la passa autour de son cou.) Ils vont revenir demain pour récupérer leurs affaires, mais grâce à la Déesse, cette nuit, ils ont trop à faire pour s'inquiéter de leurs vêtements.

Lorsque Carrovet s'approcha de lui, une énorme cape à la main, Tris sentit le sang lui monter à la tête et ses jambes céder sous son poids. Il entendit vaguement les cris de ses compagnons quand il tomba à terre. Puis tout devint noir dans la pièce.

Le jeune homme fut réveillé par une secousse, et il ouvrit les yeux sur le ciel étoilé. Le souffle froid du vent lui mordit le visage et une foule qui dégageait des odeurs de bière et de sueur se pressait autour de lui. Les chansons entraînantes couvraient les chants plus subtils des prêtresses.

Tris essaya de s'asseoir, mais une main le maintint allongé.

— Ne bouge pas, siffla Sotérius. Nous sommes dans la procession qui se dirige vers les portes de la cité.

Tris faillit s'évanouir de nouveau tant sa douleur était intense, mais il serra les dents et repoussa la vague d'ombre qui le menaçait. Une robe grise et une lourde capuche recouvraient son corps et assombrissaient son visage. Ses mains étaient enduites de peinture noire. Une mèche qui dépassait de son capuchon lui indiqua que ses cheveux blond platine étaient devenus d'un noir de jais.

— Détends-toi, le rassura Sotérius. Carrovet a improvisé des déguisements. Tu as revêtu ce que nous avons pu faire de mieux, étant donné les circonstances, s'excusa-t-il.

Tris comprit alors qu'il était étendu dans un cercueil décoré à l'effigie d'un des nombreux disparus que l'on portait jusqu'au fleuve lors de la cérémonie. Là, une procession de personnages, d'offrandes et de fleurs descendrait les eaux jusqu'à la mer. Les gens faisaient des présents et priaient la Déesse ou les défunts ; ils émettaient des supplications pour régler des problèmes ou rétablir des torts ; ils témoignaient du regret qu'ils éprouvaient pour ceux qui reposaient auprès de la Dame.

Toutefois, même si Revenante était un moment sérieux, la ville entière faisait la fête en cette nuit qui ne semblait pas faire exception. Des bannières pendaient à toutes les fenêtres et volaient dans le vent froid. Les chariots des vendeurs avaient envahi les rues, et les festivaliers en costumes devaient jouer des coudes pour se frayer un passage à travers l'assistance. Dans la cité flottait un parfum de saucisses et de bière, de bougies et d'encens. Quelque part sur les remparts de la ville, des cloches carillonnèrent et Tris entendit la plainte des flûtes et le battement de tambours.

Avec un peu de chance, se dit Tris, ils pourraient se mêler à la foule et se fondre dans la procession sur la plus grosse partie du trajet qu'il leur faudrait parcourir pour atteindre la Porte Marchande. Au vu de l'humeur festive qui régnait, Tris était certain qu'aucun écho de la trahison qui avait eu lieu au palais n'était parvenu jusqu'à la cité. Et la ville n'en saurait jamais rien.

Jared était malin, tout comme son mage. Personne, à part Tris, Sotérius et quelques gardes, n'avait été témoin de l'agression. Jared pourrait inventer une histoire d'assassinat et accuser les soldats morts. Arontala saurait certainement fabriquer des preuves à l'aide de la magie, ou brouiller la vue de ceux qui seraient susceptibles de deviner des choses.

Bricen était un monarque apprécié du peuple, car il n'avait jamais réquisitionné le port et ses troupes n'avaient jamais ni pillé les fermes locales, ni enlevé les filles des fermiers. De toute la famille royale, Serae était celle qui avait conquis les faveurs des nobles, ses manières douces contrastant du tout au tout avec les sautes d'humeur d'Eldra. C'est pourquoi la cour prodiguait beaucoup plus d'attentions à Tris et Kait qu'à Jared, dont le caractère maussade et les habitudes abjectes nourrissaient les commérages. Cependant, Bava K'aa avait un jour dit à Tris que, pour le peuple, les rois étaient tous les mêmes tant que les taxes ne changeaient pas. Personne ne se soucierait jamais de la façon dont Bricen était mort, même si Tris était certain que son frère ne gouvernerait pas de manière tendre.

Il lui était impossible de distinguer la parade de la foule. Les gens se pressaient dans la grand-rue de la cité, avançant comme une marée vers les portes et le cimetière qui se trouvait derrière. Au milieu, de grandes litières portaient des statues représentant les quatre faces de la Déesse. Les tambours battaient, les flûtes sifflaient et la vibration des tambourins résonnait par-dessus le brouhaha des festivaliers. Les palanquins et leurs statues se balançaient au-dessus de la foule, dont la densité les maintenait en l'air.

Tris n'avait jamais vu de déguisements aussi bien réussis. Il y avait des nobles et des dames en robes de couleurs vives, des marchands fluviaux et des héros légendaires, et de nombreuses personnes dont le costume représentait les différents aspects de la Dame : des femmes d'âge mûr et des enfants portaient la robe blanche et vaporeuse de l'Enfante ; des gens des deux sexes avaient revêtu les séduisants atours de l'Amante ; d'autres, hommes ou femmes, étaient habillés des vêtements de matrone de la bienfaisante Mère ; et on croisait des spectres sombrement encapuchonnés dans la robe rouge de Chenne, la Déesse Vengeresse. Revenante était aussi la nuit des faces obscures, et cette nuit, les ténèbres dominaient. Nombreux étaient ceux qui préféraient les parures colorées de la Déesse de la Fortune, Chance, et qui lançaient des pièces en chocolat et des cartes illustrées à la foule. D'autres fanfaronnaient dans les rues dans la tenue sordide et aguicheuse d'Athira la Putain ; leur démarche chaloupée ne nécessitait aucun don de comédien. Ombres noires surgies dans la lumière des torches, des festivaliers en robe grise jouaient le rôle d'Istra, la Déesse Démone, semblant avoir aussi peu de substance que des spectres dans la lueur vacillante et la fumée qui flottait dans l'air. Des personnages voûtés, jeunes et vieux, avaient pris le visage et les guenilles de Sinha, la Croulante.

Une déesse, huit faces : quatre lumineuses et quatre obscures. Tris avait toujours considéré que la face qu'un individu vénérait le plus en disait aussi long sur sa personne que sur le royaume et les traditions dont il était issu.

Margolan était fidèle à la Mère, même si nombre de ceux qui y vivaient adoraient l'Enfante. L'Isencroft, à la frontière ouest de Margolan, honorait Chenne, la guerrière. La Principauté, au nord-est, foyer des caravanes et des groupes de mercenaires, des négociants et des ouvriers, vénérait l'Amante. L'Estmark, à l'est de la Principauté, vénérait la Putain, la favorite des joueurs et des mercenaires. Dhasson, à l'est de Margolan, encourageait l'adoration de tous les visages de la Dame, excepté celui de la Croulante. Le refus de Dhasson d'accueillir les fidèles de la Croulante était logique si l'on tenait compte de son voisin du sud, le Nargi, dont les aigres prêtres faisaient respecter sans la moindre pitié les doctrines ascétiques de la Croulante. Trévath, le voisin du sud-ouest de Margolan, et son ennemi héréditaire, partageait la vénération du Nargi pour la Croulante, à la différence qu'en Trévath, connu pour ses mines et ses tapis précieux, cette croyance était beaucoup plus concrète et servait à renforcer les pouvoirs du roi.

La Dame Noire était la patronne des vayash moru, les non-morts, qui arpentaient la nuit. Peu de mortels l'honoraient, mais son nom était souvent utilisé comme juron. Encore moins nombreux étaient ceux qui parlaient du huitième aspect de la déesse, l'exact opposé de l'Enfante. La vénération de l'Informe avait cessé des générations auparavant, et à présent, si par hasard on mentionnait le plus terrible des visages, c'était avec un regard nerveux et un signe de protection. Presque tous les habitants des Royaumes de l'Hiver honoraient au moins le nom d'une face de la divinité, même si Tris avait entendu dire que certains suivaient en secret les vieilles croyances, fidèles à l'esprit et au pouvoir de la pierre et des arbres, des ruisseaux et des obscurs souterrains.

On disait que ces croyances étaient celles des Royaumes de l'Hiver un millénaire auparavant, avant l'invasion de

Gréthor Bras-Long depuis les steppes de l'est, grâce à laquelle il étendit son périmètre d'influence et fit prospérer son règne sur Margolan tout en accroissant son pouvoir. Ses mages étaient suffisamment redoutables et ses richesses et sa puissance assez attrayantes pour que la foi en la Déesse Unique aux Maints Visages supplante les vieilles croyances, même si les superstitions et les sacrifices de sang qui y étaient attachés continuèrent à exister dans le culte cruel des Nargis, à peine cachés derrière la représentation de la Croulante.

Comme Tris observait la scène depuis son cercueil, il vit une fillette déguisée en Déesse Enfante émerger de la foule sur le bord de la route. Elle jouait son rôle jusqu'au bout des ongles, jetant des tissus colorés et de la paille, au lieu des légendaires multitudes de fleurs de l'Enfante, à ceux qu'elle préférait. Quand Tris passa devant elle, la petite leva les yeux et leurs regards se croisèrent.

Tu es l'arme que j'ai choisie, entendit Tris dans son esprit. C'était une voix carillonnante, déroutante de clarté, venant de partout et de nulle part à la fois. Lorsqu'il observa la fillette dans les yeux, il crut voir une lueur d'ambre au milieu de ce visage qui ne semblait plus à présent être celui d'une mortelle, mais de la Déesse Enfante en personne. *Ne meurs point avant le jour où je t'appellerai. Ton heure n'a pas encore sonné.* Et à l'instant où l'enfant plongeait les yeux dans les siens, Tris sentit un feu toucher sa blessure au côté, comme si on appliquait un tisonnier chauffé à blanc sur sa chair déchirée. Il se raidit, s'arqua, et se mordit la lèvre pour s'empêcher de crier.

La voix disparut aussi vite qu'elle était venue, et quand Tris regarda autour de lui, la fillette n'était plus là.

Troublé, il ferma les yeux. *J'ai des hallucinations*, se dit-il, la gorge serrée. *Déesse, aidez-moi, je dois être en train de mourir.*

— Si Harrtuck nous a trouvé des chevaux, murmura Sotérius, il nous attendra avec eux dans la prochaine ruelle.

Carrovet tourna pour quitter la procession et s'engouffrer dans la première rue sombre. Puis ils avancèrent sur la voie encombrée et tortueuse, juste assez large pour que deux hommes s'y tiennent de front. Harrtuck sortit de l'ombre et vint à leur rencontre. Carrovet et Sotérius suivirent le soldat là où quatre vigoureux chevaux, attachés à des poteaux, les attendaient impatiemment. Précautionneusement, l'huissier d'armes les aida à déposer la litière de Tris par terre.

— Pouvez-vous monter, mon prince ? demanda-t-il en se penchant au-dessus de Tris.

Celui-ci hocha la tête.

— Je n'ai pas le choix, répondit-il en serrant les dents pour se lever.

À son grand étonnement, aucune douleur ne lui cingla le côté en réponse à son mouvement. Tris accepta l'aide de Harrtuck pour se hisser sur sa monture nerveuse, puis, prudemment, les quatre hommes reprirent le chemin de la procession.

— Malédiction ! siffla Sotérius alors qu'ils s'engageaient au milieu des pèlerins et des festivaliers.

Un groupe de gardes du palais fourmillait autour des portes de la ville, loin de leurs postes habituels. Ils étaient à pied, mais leurs chevaux étaient sellés et attendaient à proximité. Tris et Harrtuck échangèrent un regard inquiet.

— Tout le monde est prêt ? s'enquit la voix grave de Sotérius au-dessus du vacarme.

— Nous allons devoir y aller au culot, annonça Harrtuck. Si nous sommes séparés, retrouvons-nous sur la route de l'est.

— Quand vous voudrez, acquiesça Tris sans jamais quitter des yeux les sentinelles qui se tenaient aux portes.

Ils attendirent que la procession s'éloigne pour prendre un virage et suivirent le courant de la foule aussi près que possible des portes. Il leur restait une vingtaine de mètres à parcourir, mais, bien que les battants soient ouverts, quiconque voulait entrer ou sortir devait passer entre les gardes.

— Maintenant ! cria Sotérius, poussant sa monture hors de la procession et droit vers les portes.

Les autres l'imitèrent, alors que les festivaliers les plus proches se bousculaient pour s'écarter de leur chemin. Tris eut l'impression que les portes étaient à des kilomètres quand il se pencha sur son cheval et l'éperonna pour le lancer au triple galop.

Leur mouvement surprit les gardes, ce qui permit aux fugitifs de prendre l'avantage et de traverser leur rang. Sotérius et Harrtuck chargèrent les premiers, libérant leur épée pour frapper les soldats qui bloquaient la sortie. Tris pouvait presque sentir le souffle de la monture de Carrovet derrière lui au moment où leurs chevaux plongèrent dans les ténèbres, au-delà des portes de la cité. Derrière eux retentirent les cris des gardes qui se lançaient à leur poursuite.

— On y est presque, hurla Sotérius.

Les montures dévalèrent la pente qui descendait de la ville vers la route. En arrivant sur le chemin, Tris eut une brusque sensation d'étourdissement, comme s'il venait de traverser une barrière invisible. Il s'accrocha à ses rênes, alors qu'un brouillard les enveloppait, s'élevant de la chaussée tandis que leurs poursuivants réduisaient la distance qui les séparait.

La brume s'épaissit et tourbillonna jusqu'à la bride des chevaux. Une chose froide et solide frôla la jambe de Tris. Terrifiés, les animaux poussèrent des hennissements paniqués, ruèrent et firent des embardées. Une horrible plainte s'éleva de la forêt et emplit les ténèbres. Tris se cramponna à ses rênes, le cœur battant. Tout autour d'eux, le brouillard tournoyait. Il prit la forme de revenants hurlants à la bouche grande ouverte. Ce nuage fantomatique qui s'échappait de la forêt noire affluait dans leur direction. Des filets de brume se changèrent en des tendons et les nuages de fumée s'étirèrent, dessinant d'effrayants visages sans yeux. Une multitude d'esprits défila autour de Tris et de ses compagnons, leurs mains spectrales et griffues prêtes à frapper, gémissant comme des damnés. Sur leur passage, l'air était lourd et humide et Tris ne put s'empêcher de frissonner. Il s'agrippa à ses rênes, essayant de contrôler la panique qui l'envahissait.

— Regardez ! hurla Sotérius comme ils poursuivaient leur fuite effrénée.

Tris risqua un coup d'œil par-dessus son épaule. Les esprits se regroupaient autour des gardes en un brouillard de plus en plus épais et tourbillonnant. Les plaintes des revenants se mêlaient aux cris des soldats.

— Sortons d'ici ! cria Harrtuck, lançant son cheval au triple galop.

Les autres le suivirent de près, mais les vociférations des sentinelles et les plaintes des morts les poursuivirent encore sur plus d'un kilomètre.

— Bon sang, qu'est-ce que c'était ? demanda Sotérius quand ils arrêtèrent enfin leurs montures épuisées à un carrefour.

— Nous avons retrouvé les fantômes du palais, répondit Tris en jetant un regard incertain derrière lui.

Autour d'eux, la nuit était froide et silencieuse.

— Que faisaient les revenants du château en dehors de la ville ? s'interrogea Carrovet, dont le souffle se changea en buée au contact de l'air froid.

— Je ne sais pas, mais remercions l'Enfante qu'ils se soient trouvés là, dit Harrtuck d'une voix râpeuse.

— Nous n'avons pas vu les esprits de toute la nuit, vous vous souvenez ? rappela Tris en observant de nouveau les ténèbres.

— Ouais, Tris a raison, répliqua Sotérius en scrutant attentivement la nuit autour d'eux. Nous n'avons pas aperçu un seul fantôme dans les parages après la diseuse de bonne aventure, et ça n'arrive jamais, au palais… surtout le soir du banquet.

— Et si Arontala les avait chassés ? avança Tris, non désireux de parler au reste du groupe de sa rencontre avec l'esprit de sa grand-mère. Les fantômes ont juré de protéger le roi, n'est-ce pas ? Vous vous souvenez de l'histoire de Carrovet ? Si Arontala a pu les éloigner, père était privé de leur protection, poursuivit-il d'une voix enflammée.

— Vous avez raison, prince Drayke, dit une voix profonde venue du carrefour, qui fit sursauter les quatre hommes.

Le cheval de Tris broncha, et celui-ci dut tirer sur ses rênes pendant quelques instants pour calmer l'animal effrayé. Ils se retournèrent et virent un individu monté sur un coursier gris, presque invisible dans les ténèbres, à quelques pas d'eux, sur la route de la forêt. Malgré l'ombre qui masquait partiellement son visage, Tris reconnut Comar Hassad, l'un des plus fidèles hommes d'armes de son père. Tous les sens de Tris fourmillèrent quand les compagnons s'approchèrent de lui et, alors que ses amis ne semblaient rien remarquer d'étrange, Tris s'aperçut que leur nouveau guide était un esprit.

— Comar, qu'est-ce qui s'est passé ? demanda-t-il, en essayant toujours de calmer son cheval paniqué.

— L'heure tourne, mon prince. Suivez-moi et je vous mènerai en lieu sûr, répondit Hassad.

Sans un mot, il fit faire demi-tour à sa monture et partit au galop sur la route de la forêt.

Tris dut éperonner sa monture pour garder le fantôme en vue. Ils avancèrent les uns derrière les autres, Hassad à l'avant, suivi de Tris, puis de Carrovet. Harrtuck et Sotérius fermaient la marche. Tris dut plisser les yeux pour suivre leur guide dans l'obscurité presque complète de la forêt. Seul le bruit des sabots brisait le calme de la nuit. Au-dessus d'eux, la lune était cachée par les arbres à l'épais feuillage, et les chevaux avançaient avec précaution. Hassad ouvrait le chemin en gardant une allure régulière malgré l'obscurité.

Les rayons de lune se déversèrent dans une des rares trouées. Hassad était déjà de l'autre côté de la clairière, et patientait dans l'ombre. Tris sentit ses poils se dresser sur sa nuque. Quand ils entrèrent de nouveau dans la forêt, il écouta plus attentivement les bruits de sabots autour de lui. Le son qu'émettaient les quatre chevaux résonnait clairement dans le silence de la nuit. Lorsque Tris examina leur guide, il s'aperçut que les naseaux de sa monture n'émettaient aucune buée, contrairement à ceux des autres chevaux essoufflés.

Le froid qui les enveloppait n'avait rien à voir avec l'engourdissement croissant qui s'emparait de lui, alors qu'il luttait contre la douleur, la peur et le chagrin. Comme il fit presser le pas à sa monture, ces sentiments qui menaçaient de le terrasser se dissipèrent.

Ils suivirent le revenant pendant presque une chandelle, jusqu'à ce que Shekerishet et la cité royale soient loin derrière eux et qu'ils aient quasiment traversé cette forêt aussi noire que du charbon. Finalement, Hassad ralentit, puis s'arrêta.

— Je ne peux aller plus loin, Majesté, annonça l'homme, presque caché dans l'ombre. Mais j'ai quelque chose pour vous. Prenez ceci, dit-il en tendant révérencieusement à Tris un paquet long et fin enveloppé dans un tissu. C'est l'épée du père de votre père. Puisse-t-elle vous guider pour régner sur Margolan comme un vrai et bon roi, déclara-t-il solennellement comme Tris acceptait le paquet.

» Vous êtes presque à la lisière des bois, poursuivit Hassad en levant les yeux vers les autres. De l'autre côté, vous trouverez un petit village. Il y a une auberge appelée *L'Œil d'Agneau*. Passez-y la nuit. Vous y serez en sécurité. Ceux qui tiennent cet établissement vous donneront des provisions pour votre voyage.

— *L'Œil d'Agneau* ? répéta Harrtuck derrière Tris. Quand le bâtiment a-t-il été reconstruit ? Il a brûlé l'année dernière.

— Réfugiez-vous dans cette auberge. Vous y serez en sécurité, répéta Hassad.

Les feuilles bruissèrent derrière eux sous les pas d'un animal courant vers une cachette. Quand Tris se retourna pour interroger leur guide, la route était vide devant eux.

— Il est parti, dit Carrovet à voix basse en regardant autour de lui.

— Il n'a pas pu disparaître comme ça, protesta Sotérius en donnant un coup de rênes à sa monture nerveuse pour lui ordonner de marcher. (À une dizaine de pas, il s'arrêta net.) Je crois que vous devriez voir ça, lança-t-il en faisant signe aux autres de le rejoindre.

Tris, Harrtuck et Carrovet avancèrent et se glissèrent vers l'endroit où la monture de Sotérius attendait nerveusement. Un cheval mort portant la livrée des soldats de Margolan gisait sur le bord de la route, abattu par un carreau d'arbalète. Son malheureux cavalier, à moitié écrasé par l'animal sans vie, gisait immobile, son armure ne lui offrant aucune protection contre le projectile qui lui avait transpercé la poitrine.

— C'est lui, non ? demanda Carrovet d'une voix enrouée. Et ça ne vient pas de se produire, n'est-ce pas ?

— Hum ! oui, répondit Harrtuck, mal à l'aise, considérant la scène avec le détachement d'un habitué des champs de bataille. Décédé il y a plusieurs heures, je dirais.

— J'avais peur que vous disiez ça, marmonna Carrovet.

Sotérius jeta un regard oblique au barde.

— Encore de la matière pour tes contes, ménestrel… enfin, si nous vivons assez longtemps pour ça. Tu vas tous les épater, avec celle-ci.

— Si nous vivons assez longtemps, répéta Tris en regardant vers la sombre forêt qui les entourait.

Le visage de Carrovet reflétait clairement sa terreur.

— Toutes ces histoires, à propos d'esprits capables de se matérialiser pour Revenante, je n'ai jamais vraiment cru que…

— Plus vite nous sortirons de cette route, mieux ce sera, l'interrompit Sotérius. (Il ne semblait pas plus à l'aise que les autres, mais son expérience de la bataille prenait le dessus.) Nous ferions mieux d'y aller.

— Où ? demanda Carrovet d'une voix presque inaudible.

Tris se retourna vers le ménestrel et vit le visage pâle et les yeux exorbités du jeune homme. Son propre cœur battait à tout rompre, et Tris se dit qu'il ne devait pas avoir meilleure mine.

— À *L'Œil d'Agneau*, répondit-il en haussant les épaules, avant de pousser son cheval au petit galop. À moins que quelqu'un ait une meilleure idée.

Ils arrivèrent à la lisière de la forêt, au sommet d'une colline. En contrebas, les feux de cheminées du village produisaient une lumière rassurante dans l'obscurité. Même les gens de la campagne célébraient Revenante, bien qu'avec moins de désinvolture que leurs cousins de la ville. Il était certain qu'il n'y avait pas de pénurie de bière ni de coureurs de jupons dans les rues qui s'étalaient sous leurs yeux, alors que les plus fervents avançaient en procession à la lueur de bougies vers les galgals. Au loin, Tris vit une longue file de pèlerins qui se dirigeaient vers le cimetière. Les croyants semblaient minoritaires, alors que la rumeur de la musique et des festivités s'élevait au-dessus des ténèbres froides et immobiles.

— Là, ce doit être l'auberge, supposa Carrovet en montrant du doigt une bâtisse isolée qui se dressait près d'une route, en périphérie du village.

De la lumière brillait à travers ses fenêtres, de la fumée sortait de sa cheminée et, même à cette distance, Tris pouvait sentir un parfum de viande rôtie.

— Plutôt solide, pour une auberge qui n'est plus censée exister, lança Sotérius en regardant Harrtuck d'un air sceptique.

Ce dernier haussa les épaules.

— Je ne suis pas passé par ici depuis longtemps. Si elle rapportait assez d'argent à l'aubergiste, je suppose qu'il la reconstruite.

— Ou alors, c'est une sorte d'illusion, comme dans les histoires, marmonna Carrovet.

— Est-ce que tes contes fournissent des informations utiles pour faire la différence entre une chose réelle et une illusion ? grommela Sotérius.

— Pas que je sache, répondit Carrovet d'une voix un peu plus aiguë et pincée que d'habitude.

— Je ne vais pas essayer de désobéir à un fantôme, remarqua Tris d'un ton moqueur, en poussant son cheval au bas du chemin escarpé. Hassad devait avoir de bonnes raisons de nous envoyer ici. Allons-y.

Une énorme porte en bois céda sous la main de Tris, qui en fut rassuré. La salle commune était vide, mais une odeur de viande rôtie et de tabac emplissait la pièce. En dépit du feu de bois qui crépitait dans l'âtre, l'air était glacial.

— Cet endroit est affreusement calme, pour une nuit de fête, vous ne trouvez pas ? murmura Sotérius, la main sur le pommeau de son épée.

— Vu la tête que nous devons avoir, c'est peut-être une chance, répliqua Tris à voix basse en regardant leurs costumes dépenaillés.

Ils s'approchèrent prudemment du bar désert, et Tris toqua le bois avec son poing pour appeler l'aubergiste.

— Nous voudrions une chambre pour la nuit, demanda Harrtuck d'une voix grave quand le maître des lieux apparut à la porte de la cuisine.

L'homme était rougeaud et trapu, et son large tablier était taché de bière et de viande.

— Ah ! Oui, répondit-il avec impassibilité depuis l'ombre, en leur faisant signe d'entrer. Deux pièces de cuivre par personne. Choisissez une chambre à l'étage.

Tris mit tous ses sens en éveil, car il venait de sentir le fourmillement qui indiquait la présence de fantômes. Elle était forte, en ce lieu, mais étrangement rassurante. Il examina l'aubergiste silencieux, et fit appel à sa sensibilité magique. L'image, apparemment solide, vacilla et se voila sous ses yeux, et le revenant inclina la tête d'un air entendu. *Sur mon âme, et que la Dame en soit témoin, vous et les vôtres serez ici en sécurité cette nuit*, entendit Tris dans son esprit. Il tourna les yeux vers ses compagnons, qui étaient tendus par le combat qu'ils avaient mené et fatigués par leur chevauchée, mais qui ne semblaient rien ressentir d'anormal chez leur hôte. Alors que tous montaient l'escalier, il garda le silence et remarqua qu'aucun des combattants n'avait les mains loin de son épée : Carrovet lui-même maintenait sa main près du couteau qui pendait à sa ceinture.

— Ici, de la place pour quatre, annonça Sotérius après avoir ouvert la première porte.

Quand ils entrèrent, une bougie était déjà allumée sur le chevet. Sur la table, on avait servi un plateau de saucisson, de fromage et de biscuits secs, et deux pichets remplis de bière ainsi que quatre chopes.

— Ce n'est que de la viande séchée et du fromage, râla Carrovet en se laissant tomber dans un fauteuil. Et vous n'allez pas me dire que ce n'est pas du ragoût de viande que je sens !

— Ouais, bon, c'est de la nourriture et nous sommes hors de la route, grogna Sotérius en traversant la pièce de long en large comme un animal en cage. Je suis juste content de manger ici, à l'étage.

Il s'arrêta à côté de l'unique fenêtre et observa la rue en dessous, mais seuls quelques voyageurs passèrent dans la nuit.

— Pas vraiment chaleureux, hein ? demanda Harrtuck dans un murmure alors que Carrovet passait avec le plateau de nourriture et commençait à remplir les chopes. Cet endroit ne me dit rien qui vaille, poursuivit-il. J'ai hâte que le jour se lève.

— J'ai eu ma dose d'aventures pour la nuit, répondit le barde en avalant sa bière. Mais Sotérius avait raison. Après cette nuit, on me donnera de l'or pour entendre mes ballades !

Tris les laissait parler. En ce lieu, il sentait la présence rassurante des esprits, qui lui assuraient vigilance et protection. Et il y avait autre chose, l'omniprésence d'une magie qui semblait les envelopper, comme un écran de protection. Il s'apprêta à toucher un mot à ses compagnons de la nature fantomatique de leur hôte, puis il se ravisa. Il ne se rappelait que trop clairement le malaise qui était apparu sur le visage de Sotérius et la peur qui brillait dans les yeux de Carrovet, au palais, quand ils l'avaient vu parler avec l'esprit de Kait et avaient eu un aperçu de ce qu'étaient réellement ses pouvoirs. *Ils ne resteront pas, si je leur en parle*, comprit-il. *Nous sommes plus en sécurité ici que sur la route, j'y mettrais ma main à couper, mais je ne pourrai jamais les en convaincre.* Trop las pour essayer d'argumenter, ne voulant pas sentir le poids des regards incrédules de ses compagnons, Tris se résigna au silence.

Il était gelé et courbatu par cette chevauchée nocturne, trop accablé pour comprendre les événements du soir. Le roi, assassiné. Sa famille, massacrée. Jared, un traître. Et maintenant, lui et ses amis étaient recherchés et en fuite. Il lutta contre les images des corps de Serae et de Kait, et contre celles du meurtre de Bricen. L'engourdissement qui fourmillait dans ses doigts et le glaçait était autant l'effet de la douleur qu'il ressentait dans son cœur que du froid nocturne. Ils étaient morts. Tous morts.

— Voyons un peu ta blessure, proposa Sotérius.

Un pichet d'eau bouillait déjà sur le feu.

— Regardez, dit Harrtuck d'une voix méfiante. (Au-dessus de la cheminée étaient posés un sachet d'herbes de soin et deux fioles d'huile, ainsi qu'une pile de bandes de tissu usées.) Je n'aime pas du tout ça, si vous voulez mon avis, murmura-t-il. Foutrement bizarre.

Sotérius s'agenouilla à côté de Tris et souleva doucement sa chemise déchirée et tachée de sang.

— Par la Putain ! bégaya-t-il en observant son ami avec incompréhension. Qu'est-il arrivé à ta blessure ?

Tris baissa les yeux. Là où aurait dû se trouver une plaie béante, sa chair était intacte.

Carrovet échangea un coup d'œil étonné avec Sotérius et Harrtuck.

— Avant d'en conclure que j'ai perdu la tête, déclara le barde sur un ton incrédule, quelqu'un pourrait-il me dire qu'il a vu un couteau planté là-dedans ? Ban ? Tov ?

Sans un mot, Sotérius et Harrtuck hochèrent la tête.

— Oui, une sale blessure, aussi, murmura Sotérius.

Carrovet et Harrtuck se rapprochèrent, et Tris sentit le regard résolu de Sotérius.

— Par la Dame et l'Enfante, jura Harrtuck. Je n'ai jamais rien vu de pareil.

Les yeux de Carrovet croisèrent ceux de Tris ; le barde attendait patiemment une explication.

Conscient que tout cela avait vraiment l'air d'une histoire de fou, le jeune homme raconta ce qui s'était passé au cours de la procession. Sotérius continuait à considérer l'endroit où aurait dû se trouver la plaie, et Tris comprit que son explication mettait à rude épreuve l'esprit pratique de son ami. Harrtuck fronça les sourcils, mais, face à la preuve que ses propres yeux lui apportaient, il ne put rien faire d'autre que secouer la tête d'étonnement. À la mention d'une réelle intervention de la Déesse, les yeux de Carrovet s'éclairèrent, et Tris supposa que seuls un énorme effort et son respect pour la tragédie qui avait eu lieu dans la soirée permettaient à Carrovet de refréner son envie de l'interroger sans relâche sur cette expérience.

Ils mangèrent leur repas froid en silence. Dans la rue, quelqu'un jouait du luth et des voix ivres s'élevaient pendant que des bottes marquaient la mesure. L'établissement, lui, était silencieux. Tris s'enroula dans sa cape.

— 'Fait plus froid dans cette maudite auberge que dans toutes celles que j'ai connues, se plaignit Harrtuck, du saucisson plein la bouche. Plus vite nous sortirons de cet endroit, mieux je me sentirai.

Quand ils eurent décidé que Sotérius prendrait le premier tour de garde, Carrovet et Harrtuck allèrent se reposer, après que le ménestrel eut placé une bûche dans l'âtre et que Harrtuck se fut installé dans un fauteuil. Quand ils furent endormis, Tris s'approcha de la fenêtre.

Pour la première fois depuis la tragédie, le jeune homme sentit le désespoir l'envahir ; il se laissa glisser à côté de la croisée et pleura en silence. L'énormité de ce qui s'était produit, l'irrévocabilité de la perte de toutes ces personnes et la conscience grandissante du danger qui le menaçait à présent le submergèrent tel un raz de marée. Finalement, tiré de son chagrin par un courant d'air froid qui soufflait à travers la fenêtre close, Tris leva le regard vers la nuit étoilée. Il retint sa respiration. Là, à la vue de tous, un anneau brûlait légèrement autour de la pleine lune, signe qu'un roi était mort dans la nuit. Les yeux toujours braqués sur les étoiles, Tris mit un genou à terre et posa son épée à plat au creux de ses mains.

Chenne, Vengeresse des Injustices, entendez-moi ! Par toute la magie de Margolan, sur les âmes de ma grand-mère et de ma famille, faites que je sois l'instrument de votre jugement. Prenez ma vie, mon âme, tout ce que vous voudrez, mais permettez-moi de réparer ce qui a été commis cette nuit.

À la fois de partout et de nulle part résonna une voix de femme, si belle qu'elle transperça l'âme de Tris, si puissante qu'elle fit vibrer son cœur dans sa poitrine.

Comme pour ta grand-mère avant toi, j'accepte ton serment, déclara-t-elle. Tris sentit une présence invisible le frôler, beaucoup plus puissante que tous les fantômes de Shekerishet. Pourtant, rien, à part le vent, ne s'agitait dans la nuit. Puis, aussi vite qu'elle était venue, la présence s'évanouit.

— Tout va bien ? s'enquit une voix des plus humaines, derrière lui.

Tris sursauta et se retourna pour trouver Sotérius debout, les mains sur les hanches. Malgré l'inquiétude que son visage trahissait, rien ne permettait à Tris de penser que son ami avait entendu la voix qui résonnait encore dans ses propres oreilles, la promesse de la Dame. Tris abaissa son épée, la rengaina sans aucune explication, et se releva.

— Je veux apprendre tout ce que toi et Harrtuck savez sur la guerre, annonça Tris posément, de façon claire et forte. Et je suis prêt à retenir tout ce que vous pourrez m'enseigner sur le maniement de l'épée. (Il planta ses yeux dans ceux de son ami, et il sut que Sotérius entrevoyait précisément la trahison qu'ils s'apprêtaient à commettre, et combien les enjeux étaient importants.) Je sais quel genre de monarque sera Jared. Je dois l'en empêcher.

Avec pondération, Sotérius hocha la tête.

— J'espérais que tu en arriverais à cette conclusion, avoua-t-il. (Et, à la surprise de Tris, il posa un genou à terre et prit la main de son ami en signe d'allégeance.) Ce que j'ai été pour ton père, je le serai pour toi, déclara-t-il d'une voix cassée par l'émotion. Par la Dame, je serai là pour te voir monter sur le trône de Margolan, mon prince, jura-t-il. (Puis il leva les yeux vers Tris, et des larmes y brillaient.) Je ne peux pas laisser ce monstre diriger le pays.

Il fallut un moment à Tris pour retrouver la parole, tant il était bouleversé.

— Je te remercie, réussit-il à dire. (Il fit signe à son ami de se relever, et le vent glacé de la nuit qui soufflait en rafales à travers la fenêtre fissurée le fit frissonner.) Mais avant de faire tout ça, reprit-il, peut-être devrions-nous retourner dormir un peu, ou cette brise nocturne fera ce que Jared n'a pas fait… pas encore, en tout cas.

Tris retira ses bottes et s'étendit entièrement habillé sur son lit, s'enfonçant dans les draps, pas le moins du monde découragé par les profonds ronflements de Harrtuck. Malgré les images de la soirée à cause desquelles il pensait ne jamais réussir à s'endormir, l'épuisement finit par l'emporter, lui offrant un peu de répit, loin de ces noirs souvenirs.

Chapitre 3

Tris fut réveillé par le bruit d'un volet qui claquait dans le vent. Il ouvrit brusquement les yeux, le cœur battant à tout rompre, et regarda autour de lui, perdu. Les événements de la nuit lui revinrent d'un coup en mémoire et il s'assit avec difficulté, les muscles endoloris par la chevauchée de la veille.

Il examina la pièce dans laquelle il se trouvait. Un seul volet pendait à un loquet cassé, et claquait librement dans le vent. Des morceaux de verre, brisés en dents de scie, étaient encore accrochés au châssis de la fenêtre, et le soleil matinal ruisselait dans la salle par de larges trous qui perçaient le plafond brûlé. Tris frissonna et s'assit au bord de son lit rudimentaire, un simple cadre de bois usé par le temps. De l'autre côté de la chambre, il aperçut son reflet dans les restes cassés d'un miroir terni par une trop longue exposition aux éléments. Il fit appel à sa sensibilité magique. Les esprits qu'il avait si fortement perçus pendant la nuit étaient partis, de même que la puissance omniprésente qu'il avait décelée.

— Harrtuck, réveillez-vous, appela Tris d'une voix enrouée. (Endormi dans un fauteuil auprès du feu, l'huissier d'armes répondit par un ronflement et se retourna.) Réveillez-vous ! insista Tris et, avec une grimace, le robuste garde se réveilla en sursaut.

— Quoi ? Ah ! Tris. Par la Déesse, je dormais profondément, marmonna Harrtuck en s'étirant avant de se frotter les yeux. (Il se redressa et s'arrêta net.) Au nom de la

Sainte Enfante, que se passe-t-il ici ? maugréa-t-il en regardant la pièce en ruine qui les entourait.

Au même moment, la porte de la chambre s'ouvrit sur Sotérius, qui entra, le teint livide et l'air perplexe. Carrovet déboula derrière lui en observant toute la salle.

— Nom d'un chien, qu'est-il arrivé à cette auberge ? demanda Sotérius en scrutant autour de lui.

— C'est pareil en bas ? l'interrogea Tris, qui ne fut pas surpris lorsque le soldat acquiesça.

— Ouais. Et le pichet et la coupe que j'ai utilisés cette nuit sont par terre, en mille morceaux, mais à aucun moment je ne les ai entendus tomber, répondit Sotérius.

— Regardez, dit Harrtuck d'une voix râpeuse en désignant le fauteuil qui se trouvait à côté des restes de la commode.

Pliées avec soin, quatre tenues de voyage étaient empilées à côté d'un tas de capes de cheval d'un brun indescriptible.

— Elles sont solides, vérifia Tris après avoir traversé la pièce pour examiner l'une d'entre elles. Et la Déesse sait que nous en aurons besoin.

Ils descendirent vers la salle commune, leurs épées en main. Les restes calcinés des tables brisées n'échappèrent pas à leur vue quand ils traversèrent prudemment l'escalier à moitié brûlé. La lourde porte d'entrée pendait de travers sur ses gonds, et des feuilles mortes volaient le long du bar en ruine.

— Là, lança Carrovet en tendant le doigt.

Sur l'une des quelques tables qui tenaient encore debout, un tas de provisions avait été posé. Des biscuits secs dans une serviette, assez de viande séchée et de fromage enveloppé pour nourrir chacun d'entre eux pendant une semaine, un gros paquet de fruits secs et quatre nouvelles outres pleines de vin. Près de celles-ci, ils trouvèrent une bourse remplie de pièces d'argent, qui leur suffiraient pour se procurer abris et nourriture pendant une quinzaine de jours.

— Regardez les pièces, dit Harrtuck d'une voix grave. (Tris vida la bourse dans sa main et leva l'une d'entre elles à la lumière.) Observez la date.

À la lueur de l'aube, il put tout juste déchiffrer l'année frappée sur l'objet, sous la représentation du visage de son père. Vingt-cinq ans plus tôt.

Sans voix, les quatre hommes échangèrent des regards. La peur faisait clairement briller les yeux de Carrovet, et Tris vit que Sotérius et Harrtuck masquaient à peine leur propre malaise. Même en Margolan, où les esprits circulaient souvent librement parmi les vivants, de telles manifestations allaient bien au-delà de ce dont on avait l'habitude, jour de fête ou non. Carrovet prit les provisions de ses mains tremblantes. Silencieusement, Tris retournait dans sa tête la décision qu'il avait prise pendant la nuit, le choix de se taire sur la vraie nature de leurs bienfaiteurs. Il suivit lentement les autres vers les écuries, tout en réfléchissant à ce qu'ils allaient faire ensuite. *Si je leur dis ce que j'ai vu, ce que je peux voir, seront-ils trop effrayés pour continuer ? Mais si je cache ce dont je suis capable, qu'est-ce que cela fait de moi ? La Dame m'en est témoin, je ne suis pas sûr de le savoir moi-même… Si je ne leur en parle pas, alors ils suivront un menteur. Ils ont le droit de savoir*, conclut-il, même si l'idée de passer pour un étranger auprès de ses compagnons le déprimait encore plus qu'auparavant.

À leur grand soulagement, leurs chevaux les attendaient là où ils les avaient laissés, nerveux et les yeux exorbités.

— Ils ont été étrillés et couverts, remarqua Sotérius, mal à l'aise, en levant le regard vers le toit à moitié brûlé des écuries et le ciel clairement visible à travers ses trous béants.

— Oui, on leur a donné à boire et à manger, aussi, ajouta Harrtuck en secouant la tête. Jamais rien vu de pareil de toute ma vie. (Il se tourna vers Tris.) On dirait que vos fantômes du palais ont décidé de s'occuper de vous, dit-il.

C'était exactement la perche dont Tris avait besoin.

— Je vous dois des excuses à tous, commença-t-il en se forçant à soutenir le regard sceptique de Sotérius. Cette nuit, dès que nous sommes arrivés, j'ai compris que l'aubergiste était un esprit. Je vous le jure sur la Dame, je ne savais pas que l'établissement était dans cet état, promit-il avec un geste de la main vers la bâtisse délabrée. (Il s'interrompit sous le poids de leurs yeux braqués sur lui.)

» J'avais peur que vous ne vouliez pas y passer la nuit si vous appreniez la vérité. Je sentais que les revenants nous voulaient du bien. Je savais que nous serions plus en sécurité ici que sur la route, mais je n'étais pas sûr de pouvoir vous en convaincre. Et je n'étais pas sûr… que vous accepteriez de rester… si vous appreniez ce dont j'étais capable. (Il prit une profonde inspiration.)

» J'ai toujours eu la capacité de voir les fantômes, alors que les autres ne le pouvaient pas… de leur parler, de les appeler. Grand-mère m'a appris un peu de magie. (Il s'arma de courage et redressa la tête.) Mais les choses qui se sont produites hier, cette nuit, ont surpassé de loin tout ce dont nous avions l'habitude… Le fait de retenir l'esprit de Kait, de percevoir la présence des fantômes en dehors du palais. Je peux sentir, ressentir, voir des choses que je n'avais jamais vues auparavant. Je crois que grand-mère ne m'a pas tout expliqué, qu'elle ne m'a pas dit la vérité sur ce que je peux faire. Je ne sais pas qui je suis. Je ne vous en voudrai pas si vous ne voulez pas m'accompagner plus loin, conclut-il simplement.

— Tu es un Invocateur, lâcha Carrovet dans un souffle, en ouvrant de grands yeux pleins d'admiration, et non de peur, pensa Tris. Il paraît que tous les grands mages ont un héritier, quelqu'un qui a été formé pour reprendre leur pouvoir après leur mort. D'après les contes, parfois le pouvoir se transmet dès la disparition du sorcier. Mais parfois, expliqua-t-il d'une voix s'amplifiant à mesure qu'il se laissait emporter par son histoire, parfois il faut un choc, une tragédie, pour que le successeur s'ouvre à son héritage. (Il regardait Tris avec un enthousiasme croissant.) Tu es l'héritier mage de Bava K'aa, déclara-t-il avec déférence. Et si Arontala vient à le soupçonner, il va vouloir te tuer bien plus que Jared en a envie.

Tris pouvait lire des émotions contradictoires dans les yeux des deux soldats. Il n'était pas très proche de Harrtuck, mais il connaissait très bien Sotérius. Ban Sotérius était un homme à l'esprit pratique, habitué aux choses qu'il pouvait voir, toucher et combattre. Les hommes d'armes étaient connus pour se méfier des mages, songea Tris en voyant sur le visage de son ami les efforts qu'il faisait. Puis, à sa surprise, Harrtuck posa lentement un genou à terre, imité une seconde plus tard par Sotérius.

— Vous êtes toujours Martris Drayke, déclara l'huissier d'armes. Et vous êtes toujours le dernier espoir de Margolan. La Dame doit savoir que seul un mage peut vaincre ce démon qui occupe le palais. Où vous irez, je vous suivrai, mon prince.

— Tris, corrigea Tris d'un air absent, toujours bouleversé par les révélations de cette matinée. Juste Tris. (Il sourit à Harrtuck d'un air contrit.) Il ne reste rien dont je puisse être le prince.

— Je ne peux pas dire que je comprends la magie, ni même que j'y crois, avoua Sotérius d'une voix hésitante, mais j'ai foi en toi. Tu peux compter sur moi.

Embarrassé, mais soulagé, Tris leur fit signe de se lever.

— Merci, leur dit-il. (Carrovet fit une profonde révérence.) Merci à tous les trois.

Harrtuck lui donna une tape dans le dos.

— Laissez faire la Déesse, Tris. Elle a ses voies propres.

— Et nous La rencontrerons plus tôt que nous le voulons si nous ne partons pas d'ici, ajouta impatiemment Sotérius. Prenons la route avant d'avoir de la compagnie.

— Quelle route ? demanda Carrovet en caressant d'un air absent le museau de son cheval. La nuit dernière, nous tentions juste de fuir. Mais maintenant, nous devons prendre une direction précise.

Tris s'aperçut qu'ils le regardaient tous.

— La route de l'est, décida-t-il finalement. (Le peu de temps qu'il avait eu pour réfléchir pendant la nuit, il l'avait passé à chercher une réponse à cette même question.) Vers Dhasson, le royaume de mon oncle. Le roi Harrol a épousé la sœur de père. Nous serons en sécurité, là-bas.

— Ce plan en vaut bien un autre, convint Sotérius. Le roi Harrol est un bon souverain, et je trouve qu'il a une bonne armée, donc si je dois finir là-bas, ce ne sera pas si mal.

— Il a une bonne cour de ménestrels, aussi, ajouta Carrovet en flattant sa monture. En tout cas, c'est ce qu'on dit.

— Adjugé pour l'est, consentit Harrtuck. Mais il y a deux mois de voyage à cheval et nous sommes recherchés, ajouta le soldat grisonnant. Aucun doute que votre frère a mis votre tête à prix, Tris. Probablement en vous accusant du meurtre du roi, un crime qui mérite plus que la pendaison. Avec un avis de recherche et une rançon, nous n'aurons aucune chance de raconter notre histoire si nous nous faisons prendre.

» Et la route de l'est est la pire de toutes, surtout à cette époque de l'année, avec l'hiver qui approche, poursuivit Harrtuck. Impossible sans un guide. Une épée supplémentaire ne nous ferait pas de mal non plus, car plus nous approchons des montagnes, plus nous risquons de croiser des bandits.

— Nous n'avons pas les moyens de nous offrir les services d'un guide, objecta Sotérius en resserrant les sangles de sa selle et en ajustant les brides de sa monture.

— C'est vrai, répondit Harrtuck, songeur, avant de se tourner vers Tris. Pouvons-nous lui promettre de le payer en arrivant en Dhasson ?

Tris réfléchit un instant, puis acquiesça.

— À moins que nous engagions une armée entière, c'est une petite faveur à demander. Mais où allons-nous trouver un guide ? Et comment saurons-nous qu'il ne nous livrera pas en échange de la récompense ?

Harrtuck sourit en sautant en selle.

— Si nous mettons la main sur l'homme auquel je pense, il ne le fera pas. Je me suis battu à ses côtés. Ce n'est pas un traître. Un sacré bon guide, aussi, s'il n'a pas réussi à se faire tuer, avec ses petits trafics.

— Et où rencontrerons-nous ce faiseur de miracles ? s'enquit Sotérius sur un ton moqueur en s'installant sur sa selle.

Harrtuck se gratta la tête.

— Aux dernières nouvelles, Vahanian faisait du commerce près de la rivière. Il faisait passer de la soie et de l'eau-de-vie de la Principauté dans le Nargi.

Sotérius jeta un regard de biais au garde.

— De l'eau-de-vie et de la soie, dans le Nargi ? Leurs prêtres ont une bien mauvaise opinion de la boisson, et avec leurs femmes cloîtrées, je ne vois pas à quoi peuvent leur servir les étoffes.

Harrtuck ricana.

— Tout l'intérêt est là, petit. Les religieux en pensent du mal… mais ce n'est pas le cas de tous les « fidèles ». On peut se faire pas mal d'argent en leur fournissant ce qu'ils veulent, tant que les prêtres ne s'en aperçoivent pas. (Il fit claquer sa langue et secoua la tête.) Bien sûr, s'ils le découvrent, ils font de vous un exemple. Il n'y a pas beaucoup de fins pires que celle-là, à ce qu'on m'a dit.

— Charmant, marmonna Sotérius. Ce fou est soit riche, soit mort.

— Je n'imagine pas qu'on puisse vouloir aller dans le Nargi, commenta Carrovet en montant sur son cheval avant de jeter un regard vers l'auberge par-dessus son épaule. Là-bas, les prêtres ont chassé les ménestrels il y a des années. Maintenant, il ne reste plus que les bardes du temple, et comme ils sont dévoués à la Croulante, cela m'étonnerait qu'ils aient beaucoup de choses agréables à chanter.

— C'est peut-être pour ça qu'ils ont besoin de soie et d'eau-de-vie, renchérit Sotérius en enfonçant ses talons dans les flancs de sa monture. Allez, en route !

Ils restèrent sur les voies les moins empruntées, le plus près possible de la forêt. Les jours de fête touchant à leur fin, et l'hiver approchant, les voyageurs étaient rares. Il faisait de plus en plus froid, et Tris était heureux de porter son épaisse cape. Il chevauchait en silence, laissant les autres bavarder à côté de lui.

Il avait un peu trop de choses à l'esprit. Quand il leva la tête dans le vent, une détermination glaciale s'empara de lui ; il avait toujours du mal à croire qu'il était un fugitif, sans roi ni patrie, une cible pour les chasseurs de primes et les tueurs à gages. Et l'idée que Sotérius, Harrtuck et Carrovet avaient tout quitté pour l'accompagner était bien humiliante à ses yeux.

Tris n'avait aucun doute sur la façon de régner de Jared. Plus d'une fois, ce dernier avait protesté contre ce qu'il considérait comme la manière « faible » dont Bricen exerçait son pouvoir. Un souverain à la poigne de fer, des magiciens espions et des taxes pour soutenir une grande armée, c'était ce en quoi Jared croyait. *Que la Déesse soit avec ceux qui se mettront en travers de sa route, et avec les marchands et les paysans à qui on soutirera ces taxes.*

Et personne n'y pouvait rien, à part lui. Il en avait la bouche pâteuse. Tris aimait son rôle de fils puîné, à l'abri des regards. Il avait reçu les mêmes leçons que Jared : droit, histoire et art de régner. En effet, les fils aînés ne vivaient pas toujours assez longtemps pour monter sur le trône. Toutefois, Tris n'avait jamais ressenti la pression dont héritait de plein droit le successeur légitime. Il se serait bien contenté de passer sa vie dans l'une des résidences de campagne de son père, au milieu de ses livres et de ses chiens, loin des intrigues de la cour. Maintenant, cette option n'était définitivement plus envisageable. Elle était morte avec le roi Bricen, et Tris s'aperçut qu'il pleurait sa tranquillité autant que sa famille.

Une pluie fine et froide battait sa cape et rendait le voyage insupportable. Pis que tout, d'autres questions le tourmentaient. Qu'avait voulu dire Kait quand elle lui avait affirmé qu'il était à la fois vivant et dans le royaume des morts ? Ou que, à ses yeux de fantôme, il ressemblait à leur grand-mère, la sorcière Bava K'aa ? Tris frissonna. Il pensa vaguement à quelques explications possibles, des conversations dont il ne se souvenait qu'à moitié et des rêves trop réalistes pour être oubliés, mais il était encore trop malheureux pour y réfléchir posément. Alors, il laissa voguer ses pensées et ne se concentra finalement sur rien de plus important que le bruit des sabots sur la route froide et trempée.

Quand ils arrivèrent à la halte qu'ils s'étaient fixée pour la nuit, une auberge miteuse, Tris tira Harrtuck par la manche avant que le soldat ait eu le temps de décharger son cheval.

— J'ai besoin que vous m'appreniez à me battre, déclara-t-il posément en regardant son compagnon droit dans les yeux, déterminé.

Harrtuck rit doucement.

— Vous avez étudié avec Jaquard, mon prince… euh, Tris, se corrigea-t-il. Comme maître d'armes, il est aussi bon qu'un autre.

— Pas ici. Pas pour ce qui m'attend, insista Tris. Jared a bien failli m'abattre, dans le couloir, alors qu'il était ivre et à moitié fou de rage. Ça ne suffira pas, si je dois reprendre Margolan.

Harrtuck hocha la tête, comme si la réalité que sous-entendait la proposition de Tris devenait claire pour la première fois.

— Oui, vous avez raison, admit-il finalement. Comme vous voudrez. Allons faire soigner les chevaux et mettons-nous au travail dès maintenant. Rien de tel que ce temps-là pour débuter.

Plus tard, quand Tris ne put plus rien tirer de Sotérius et Harrtuck, ils retournèrent à la salle commune pour le dîner. Trempés de sueur et hors d'haleine, les trois hommes étaient certains d'avoir l'air de revenir d'une folle chevauchée. Carrovet se tenait déjà au coin du feu et divertissait les rares clients de l'auberge avec des ballades romantiques et des contes sur les héros du passé de Margolan. Bien que méconnaissable avec ses cheveux teints et sa tunique démodée, son talent faisait de lui le barde le plus doué que l'établissement avait dû recevoir depuis longtemps, supposa Tris au vu de l'intérêt que lui portaient le personnel et le tavernier. Le ménestrel minimisait ses époustouflants tours de passe-passe et limitait délibérément son répertoire aux airs les plus anciens que n'importe quel chanteur ambulant pouvait connaître. Satisfaits, les clients jetèrent quelques piécettes à Carrovet, et ce dernier les reçut de bonne grâce.

L'aubergiste, un homme à la mine défaite et aux épaules voûtées, apporta à Tris et ses compagnons d'épaisses tranches de viande accompagnées de poireaux, ainsi qu'un gros pichet de bière. Au son de bris de vaisselle dans la cuisine de la taverne, l'homme grimaça et secoua la tête.

— Toujours à ce moment-là, marmonna-t-il.

— On dirait que vous avez des problèmes avec votre serveuse, compatit Harrtuck en vidant d'un trait la moitié de son verre.

Aux abois, le tavernier soupira.

— Par la Déesse, j'aimerais que ce soit ça.

À l'étage, une porte claqua et des pas lourds martelèrent le plancher. L'homme maigre s'essuya les mains sur son tablier et retourna hâtivement dans la cuisine.

Tris frissonna sous l'effet d'un froid soudain. Il leva les yeux, alors qu'un fourmillement familier commençait à faire dresser les poils de sa nuque. Il ne voyait rien, mais il sentait la présence d'un esprit, un fantôme en colère qui flottait juste au-dessus de son champ de vision.

— Il n'y a pas beaucoup de monde, pour une nuit si froide, remarqua Sotérius par-dessus sa chope.

— Oui, et ce n'est pas à cause des autres auberges, répondit Harrtuck. Il n'y en a pas une seule à moins d'une heure de cheval.

— Ce n'est pas pire qu'ailleurs, dit Tris pensivement. Je me demande pourquoi…

Un grand fracas à l'étage fit sursauter les clients de la taverne. Soit des voyageurs se battaient là-haut, soit une partie du toit venait de s'effondrer. Tris jeta un regard à l'aubergiste, mais l'homme roula simplement des yeux d'un air résigné, marmonna quelque chose dans sa barbe et se remit au travail, décidé à ne pas faire attention au bruit. Du coin de l'œil, Tris aperçut un mouvement discret, comme une ombre qui aurait disparu aussi vite qu'elle serait apparue.

— Sacrebleu ! s'exclama Harrtuck se levant d'un bond pour échapper à la cascade de bière qui s'écoulait de sa chope renversée. (Une serveuse accourut près de lui avec un torchon, et se répandit en excuses tout en épongeant le liquide.) Je n'ai même pas frôlé du coude ce satané machin, grogna Harrtuck en essuyant sa cape.

— Pas de problème, messire, lui assura l'aubergiste en lui fourrant une nouvelle chope dans la main. Ne vous inquiétez pas pour ça. Je vais retirer la première de votre ardoise, s'empressa-t-il d'offrir en débarrassant le verre vide d'un air affairé.

Tris et Sotérius échangèrent un regard.

— Bizarre, ce type, dit Sotérius en regardant vers le bar où le tavernier discutait à voix basse avec la cuisinière. Si les clients à l'étage ne se calment pas, ajouta-t-il, nous ne risquons pas de nous reposer beaucoup cette nuit.

Carrovet termina ses chansons et accepta une chope que lui tendit un client reconnaissant. Avec un sourire malin, le ménestrel se lança dans une conversation avec son bienfaiteur, un homme dont Tris était certain qu'il fournirait beaucoup plus d'informations à son ami que ce dernier lui en donnerait en retour. Comprenant que le spectacle était fini, les clients terminèrent leur repas et prirent congé. Voyant que les autres s'apprêtaient à partir, le compagnon de Carrovet s'empressa de les rejoindre, laissant les quatre fugitifs seuls dans la salle commune.

— On dirait qu'ils sont attendus quelque part. C'est étrange, à cette heure de la nuit, commenta Harrtuck.

Tris regarda à travers la vitre sombre.

— Est-ce que nous avons des raisons de nous inquiéter ? demanda-t-il tout bas à Carrovet qui venait de déposer dans un coin le luth qu'on lui avait prêté, avant de les rejoindre.

De nouveau, une ombre fugace tremblota à la limite du champ de vision de Tris. Le barde n'avait traversé que la moitié de la pièce quand son instrument glissa sur le sol avec un bruit de cordes pincées et un craquement déconcertant.

Avec une expression peinée, Carrovet courut pour ramasser l'objet.

— Je ne comprends pas, dit-il, médusé, en soulevant son luth et en le retournant dans ses mains. (Il fit volte-face vers Tris et les autres.) Je l'avais posé délicatement… il n'aurait pas dû tomber, poursuivit-il en baissant les yeux vers l'instrument en morceaux, dont le manche pendait au bout des cordes.

» Je suis désolé, dit-il avec regret à l'aubergiste, en emportant le luth vers le bar.

L'aubergiste saisit brusquement l'objet.

— Les accidents arrivent, répondit-il rapidement. Si vous avez fini votre repas, je vais vous montrer vos chambres.

À ce moment précis, un jeune garçon ouvrit la porte avec fracas et courut vers le tavernier.

— Papa ! Viens vite ! lança-t-il, à bout de souffle.

L'aubergiste se pencha pour écouter le récit pressant que le garçon lui murmura, tandis que Tris et ses amis se regardaient d'un air inquiet. Au bout d'un moment, il se redressa.

— Mon fils me dit que trois gardes de Margolan viennent par ici, leur annonça l'homme maigre. Ils arrêtent les gens pour leur demander s'ils ont vu quatre fugitifs venant de la ville. (Il s'arrêta et sembla prendre une décision.) Si vous n'avez pas l'intention de faire demi-tour tout de suite, accompagnez-moi, lança-t-il brusquement en leur faisant signe de le suivre.

Tris devina les pensées de Sotérius à l'expression qui brillait dans ses yeux et à la façon dont sa main se plaça promptement sur le pommeau de son épée. Ils n'avaient pas vraiment d'autre choix que d'accepter l'offre de l'aubergiste, à moins de vouloir combattre les hommes d'armes sur-le-champ. Toutefois, la soudaineté avec laquelle leur hôte avait pris la décision de cacher quatre étrangers était assez curieuse pour éveiller leurs soupçons.

— Vite, les pressa le tavernier.

Sans cesser de surveiller la porte, Tris et ses amis suivirent l'homme dans la cuisine, où une femme rondelette se tenait près des fourneaux et une jeune fille grande et mince – la serveuse – repoussait de son visage une mèche trempée de sueur. Tris supposa qu'elles constituaient le reste de la famille de l'aubergiste, toute l'aide qu'il avait les moyens d'engager pour une si pauvre clientèle. Le garçon les précéda, et les autres se rangèrent sans un mot quand le tavernier conduisit Tris et ses amis dans un petit débarras.

Comme s'il avait entendu leurs pensées, leur hôte esquissa un faible sourire.

— Il y a une porte à l'arrière, si c'est ce qui vous inquiète. Vous pourrez l'enfoncer au besoin. Mais je ne les conduirai pas à vous, leur promit-il. Je me suis trop souvent fait racketter par ces types-là. Quoi que vous ayez fait pour qu'ils vous recherchent, que la Déesse vous bénisse, conclut-il en leur faisant signe de se dépêcher.

La porte se referma derrière eux, les abandonnant à la faible lumière qui filtrait à travers les planches de bois. Les quatre hommes tirèrent leurs armes et se cachèrent derrière un tonneau de provisions et des barriques de vin. Ils entendirent une conversation étouffée, puis une suite de bruits violents, comme si l'auberge entière était mise sens dessus dessous. Quand des pas lourds se rapprochèrent de leur abri, Tris recula dans l'ombre. La porte grinça puis s'entrouvrit de la largeur d'une main, mais un bruit de vaisselle cassée retentit et le soldat se retourna en jurant.

— Rien ici, lança-t-il.

— Personne à l'étage non plus, répondit une deuxième voix.

— Toi, l'aubergiste, aboya un troisième personnage, j'ai de l'or pour toi, là-dedans, si tu les vois et nous les livres. On dirait qu'un peu d'or ne te ferait pas de mal.

— Ça ne ferait de mal à personne, répondit effrontément le tavernier. Je m'en souviendrai.

— Allons-y, abrégea la troisième voix.

Les pas s'éloignèrent. On entendit une chope s'écraser contre un mur, comme si quelqu'un l'avait lancée de toutes ses forces, et les pas se rapprochèrent de nouveau.

— Qu'est-ce que ça veut dire ?

— Je vous en prie, messire, elle a glissé, s'excusa la jeune serveuse.

— Glissé ! hurla le garde, offusqué. J'ai failli me la prendre en pleine tête !

— Nous avions dû la poser trop près du bord de cette étagère, intervint l'aubergiste. Veuillez nous excuser. Personne n'a été touché. Puis-je vous offrir une outre de vin à emporter, messieurs ?

Cela sembla apaiser le garde, car les pas s'éloignèrent et ne revinrent pas. Tris pouvait à peine distinguer le visage de ses amis dans l'obscurité, mais ses pensées fusèrent à la suite de la conversation qu'il venait d'entendre. *Comment l'étage peut-il être vide, alors qu'une bagarre semblait y faire rage ?* se demandait-il. Ses interrogations furent interrompues par les pas légers de l'aubergiste qui venaient dans leur direction et s'arrêtèrent pour ouvrir la porte de leur cachette.

— Ils sont partis, chuchota-t-il en leur faisant signe de sortir.

Prudemment, en clignant des paupières le temps que leurs yeux se réhabituent à la relative lumière de la cuisine,

Tris et les autres émergèrent du débarras, leurs armes toujours prêtes à frapper.

— Qu'est-ce que c'était que tout ça ? questionna Sotérius.

Son interlocuteur haussa les épaules.

— Il est naturel qu'ils passent par ici s'ils sont à la recherche de fugitifs, répondit-il avec un regard en coin pour sa femme qui donna à Tris l'impression que l'aubergiste ne répondait que partiellement à la question de Sotérius.

— Quelles que soient vos raisons, merci, dit Tris.

Pendant ce temps, Sotérius s'approcha de la porte d'entrée, jeta un coup d'œil dehors et leur indiqua que tout était désert.

— Maintenant qu'ils sont partis, vous êtes les bienvenus pour la nuit, proposa nerveusement le patron de la taverne.

Tris regarda Harrtuck, qui haussa les épaules.

— Sûrement plus prudent, répondit le soldat pensivement, en se grattant le menton comme si sa barbe fraîchement rasée y était encore. Nous savons que les gardes sont déjà passés par ici. Donc ils n'ont aucune raison de revenir. Et il n'y a rien d'autre dans les parages pour dormir.

Tris se retourna vers l'aubergiste.

— Merci pour votre hospitalité. Nous vous en sommes reconnaissants.

— Il y a une chose que je ne comprends pas, fit remarquer Carrovet alors que leur hôte les guidait en dehors de la cuisine. Si personne ne se trouve à l'étage, qui faisait tout ce tapage ?

Son interlocuteur se figea, puis échangea un regard inquiet avec la cuisinière courtaude. Finalement, comme résigné à perdre ses clients d'une manière ou d'une autre, l'homme hagard pivota.

— Vous ne verrez rien d'humain là-haut, ça, c'est sûr, admit-il lentement. Mais il y a un fantôme au caractère épouvantable qui a ruiné cette auberge, et moi avec, se lamenta-t-il. (Sur ces mots, il s'appuya contre le mur et cacha son visage entre ses mains.)

» J'ai gagné cet établissement honnêtement à une partie de cartes, à la fête de l'été dernier, poursuivit-il. J'aurais dû me douter que rien de bon ne pourrait en découler. J'ai découvert que le spectre était apparu juste avant ça. Il faisait fuir les voyageurs, cassait la vaisselle, empêchait les gens de dormir… enfin, vous voyez ce que je veux dire. (Il soupira.) À cause de lui, nous sommes au bord de la faillite, poursuivit-il. Chaque nuit, c'est la même chose. On dirait qu'une armée retourne tout l'étage, mais quand je monte voir, rien n'a bougé. Même plus un bruit. Puis il vient dans la salle commune et joue des tours, comme avec le luth, tout à l'heure, et la bière de votre ami. (Il haussa les épaules.) Il aime bien embêter les filles à la cuisine, aussi. (Il soupira.) Personne n'y peut rien ; seul un Invocateur serait à même de faire quelque chose, et il n'y a plus d'Invocateur en Margolan depuis que Bava K'aa a rejoint la Dame. (D'un air abattu, l'aubergiste les conduisit à leurs chambres.)

» C'est toujours comme ça, se lamenta-t-il. Aussi froid que dans une tombe. Dur de garder une lanterne allumée. Mais personne n'a jamais rien vu. Juste entendu des pas et des coups.

Pendant que l'homme parlait, Tris essayait de voir dans l'obscurité. Son cœur battait fort. Il n'était pas effrayé par la présence de l'esprit, mais il sentait juste monter l'adrénaline en prévision de son contact. Il regarda dans le couloir et plissa les yeux. Presque à l'autre bout du corridor, il aperçut une légère clarté, comme un rayon de soleil miroitant dans la brume. Il fit un pas dans sa direction, et la lueur commença à se dissiper. Par réflexe, Tris ferma les paupières et s'adressa au nuage en pensée.

Vous, là-bas ! Ne bougez pas !

La lueur hésita, puis s'intensifia. Enhardi, Tris tendit la main, les yeux toujours fermés. *Montrez-vous ! Nous ne vous voulons aucun mal.*

Progressivement, la brume se concentra pour se matérialiser et finalement prendre l'apparence d'un homme qui se dressa devant eux. Derrière Tris, la cuisinière eut un hoquet et l'aubergiste jura à voix basse, apportant ainsi la preuve que tout le monde voyait le spectre. Tris examina la forme silencieuse. Il s'agissait d'un jeune homme, peut-être plus vieux que lui de quelques années à peine ; ses larges épaules étaient celles d'une personne travaillant dans les champs ; il portait les vêtements simples d'un paysan. Pourtant, ce qui frappa le plus Tris, c'était la colère qui irradiait du revenant, sur son visage, dans sa posture et en lui.

— Monsieur, avança-t-il prudemment en osant ouvrir les yeux. (Le fantôme se tenait devant lui, aussi réel que lorsqu'il s'était matérialisé dans son esprit.) Nous venons ici en paix, déclara-t-il avec un geste de bienvenue. Pourquoi voulez-vous nuire à cette auberge ?

Tout d'abord, Tris n'entendit rien quand le spectre prit la parole. Il ferma les paupières pour se concentrer et put distinguer sa voix, comme si elle venait de très loin.

— … à l'époque des dernières plantations, disait l'esprit. J'avais une bourse pleine de pièces, tout ce que ma famille possédait, pour acheter des vaches au marché. Là, dehors, raconta le revenant en pointant le doigt derrière lui, je me suis fait agresser par un brigand. (Le spectre leva la main vers son cou.) Il m'a tranché la gorge, a pris mon argent et m'a jeté dans les bois. Je veux récupérer mon argent, exigea-t-il simplement. Et qu'une pierre soit érigée sur mon corps.

— Par la douce Mère et l'Enfante, hoqueta l'aubergiste derrière Tris.

Il y eut un bruit sourd, et Tris supposa que la cuisinière ou la serveuse s'était évanouie.

Il s'approcha un peu plus de l'esprit et, lentement, prit quatre pièces dans la bourse qui pendait à sa propre ceinture : l'argent de la première taverne.

— Si le garçon apporte ceci aux membres votre famille, ils pourront acheter les vaches et même plus, proposa Tris en montrant à l'esprit les pièces qu'il tenait dans sa main ouverte. Et mes compagnons et moi érigerons un cairn dans les bois, si vous le désirez. (Il fit une pause.) Si nous faisons cela, reposerez-vous en paix, et cesserez-vous d'ennuyer ce brave homme ?

Le spectre hésita, comme s'il réfléchissait à ce marché, puis hocha lentement la tête.

— C'est une offre honnête, acquiesça-t-il. Je reposerai en paix.

Tris fit signe au garçon de s'avancer et, bien que tremblant, le petit obéit. Tris demanda au fantôme d'indiquer la direction de la maison de sa famille, et fit répéter le jeune homme.

— À l'aube, dès que le petit pourra voyager sans danger, il apportera l'argent à l'endroit que vous avez indiqué, dit Tris d'une voix égale. (L'esprit hocha de nouveau la tête.) Maintenant, reprit Tris en faisant signe à ceux qui se trouvaient derrière lui de commencer à descendre l'escalier, voulez-vous nous montrer où vous gisez, afin que nous puissions vous apporter le repos ?

Le revenant disparut dans un clignotement.

— Où est-il parti ? demanda l'aubergiste dans un hoquet, en reculant vers les marches.

— Dehors, à l'arrière, je suppose, avança Carrovet. (Il haussa les épaules quand les autres se retournèrent pour le dévisager.) Eh bien, il n'a pas vraiment besoin d'escalier !

En effet, lorsque le groupe arriva derrière l'auberge, l'esprit les attendait à l'orée des bois. Tris fit signe à ses compagnons de le rejoindre et les entraîna à la suite du fantôme, qui s'arrêta à quelques pas seulement du sentier. Le spectre tendit le doigt, et Tris avança un peu sur sa droite, jusqu'à ce que le fantôme hoche la tête en signe de satisfaction.

— Donnez-moi un coup de main, demanda Tris en se penchant pour soulever une pierre de la taille d'un melon, qui gisait près de là.

Son pied buta contre quelque chose qui était partiellement enfoui sous les feuilles et, sous la lumière éparse de la lune, il distingua le blanc jauni d'un os usé par le temps. Délicatement, Tris posa la pierre par-dessus et se retourna pour prendre celle que Carrovet lui tendait. Au bout d'un quart d'heure, ils eurent élevé un petit cairn au-dessus duquel Tris fit le signe de la Déesse. Il reporta son attention sur l'esprit. La colère avait disparu des traits du jeune homme, et une expression mélancolique l'avait remplacée.

— Reposez en paix, monsieur, dit-il solennellement en levant une main, paume ouverte.

Le spectre commença à disparaître, il devint de plus en plus pâle, jusqu'à ce que, de nouveau, on ne voie plus qu'une brume. Puis celle-ci se fondit dans les rayons de lune.

Tris garda les yeux rivés sur l'endroit où s'était tenue l'apparition, à la fois satisfait d'avoir su libérer l'esprit du fantôme, et embêté que tant de personnes en aient été témoins.

— Je vais aller voir les chevaux, annonça Sotérius en s'éloignant.

Tris fronça les sourcils en regardant son ami partir à grands pas, mais Harrtuck se rapprocha de lui et posa sa main sur son bras.

— Ne vous inquiétez pas pour lui, le rassura-t-il d'une voix rauque. Il va probablement lui falloir un peu de temps pour réfléchir. Après tout, conclut l'homme d'armes avec un petit rire, nous, les soldats, nous n'apprécions guère les mages. Moi, j'aurais plus fait confiance à l'acier dur et froid qu'à ces salamalecs. (Il fit une pause.) Jusqu'à aujourd'hui.

Tris observa Sotérius. *Au nom des Quatre Faces, que m'arrive-t-il?* se demanda-t-il avec un mélange désagréable de fierté et de peur. *Faire apparaître un feu dans la paume de ma main, allumer des bougies sans utiliser un chalumeau, pratiquer un peu de magie simple, c'est une chose. Être l'hériter mage de grand-mère, contrôler le même genre de pouvoirs que les siens, ce ne peut pas être vrai! Et si c'est bien réel, si Carrovet a raison, si je suis un Invocateur, un mage… par la Dame, qu'est-ce que cela signifie?* Avant qu'il ait pu se poser plus de questions, Carrovet le tira par la manche.

—Les bois ne sont pas faits pour les vivants, la nuit, l'avertit le barde. Retournons auprès du feu. Tu as l'air d'avoir bien besoin d'un peu d'eau-de-vie, et je crois que je vais manger un morceau de ce fromage que j'ai aperçu sur le bar.

À contrecœur, Tris laissa ses compagnons l'entraîner à la lumière accueillante de l'auberge. Le tavernier et sa famille les y attendaient, et ils le reçurent avec les honneurs réservés à un roi, à tel point que Tris rougit d'embarras.

—Tout ce dont vous aurez besoin est à vous, s'emballa l'aubergiste, soulagé. À manger, à boire, des lits, et de la nourriture pour vos chevaux. (Son visage s'épanouit en un large sourire et il parut grandir un peu.) Maintenant, nous allons peut-être pouvoir faire de ce tas de poutres un endroit chaleureux! s'écria-t-il en entraînant la cuisinière rondelette dans une petite danse dont la femme au visage joufflu sortit rougie et essoufflée.

Avec un soupir, Tris accepta la nourriture et la boisson qu'ils leur offraient, bien que tout ce dont il avait besoin était un bon verre d'eau-de-vie et un lit pour la nuit. Il supplia l'aubergiste de ne parler de tout cela à personne, et l'homme et sa femme promirent de se taire. Tris comprit que la réaction irréfléchie qu'il avait eue à l'égard de l'esprit troublé les mettrait en bien plus grand danger si Arontala venait à l'apprendre. Harrtuck s'assit à côté de lui au coin du feu, sans dire un mot. Sa présence le rassura : les événements de cette soirée n'avaient en rien entaché sa loyauté. *Douce Dame, tout cela changera inévitablement leur regard sur moi*, songea Tris comme un verre d'eau-de-vie lui réchauffait la gorge. *Moi-même, je ne sais pas ce que cela signifie.*

La boisson agit, et Tris s'aperçut qu'il avait du mal à garder les yeux ouverts. Il refusa le pain et les fruits secs que la famille pleine de reconnaissance lui offrit encore, arguant que les hôtes en avaient déjà trop fait, et il monta se coucher en trébuchant dans l'escalier.

Chapitre 4

Le lendemain, quand ils laissèrent l'aubergiste et sa taverne libérés de leur esprit frappeur, Tris et ses amis s'assirent autour d'un petit feu dans leur camp de fortune, entourés par les bruits de bêtes sauvages et plongés dans l'obscurité de la forêt. Tris était encore dégoulinant de sueur à la suite d'un entraînement intense à l'épée avec Sotérius et Harrtuck, et il sourit en repensant à leurs compliments quant à ses progrès. Ce soir-là, les voyageurs firent rôtir le gibier qu'ils avaient réussi à attraper, et restèrent assis en silence, observant le foyer. Ils étaient encore à un jour de cheval de Ghorbal, une ville commerçante très animée située sur un affluent du Nu, en amont de l'endroit où les courants de ce fleuve étaient les plus rapides avant de se précipiter dans la mer.

Finalement, Tris leva le regard vers Harrtuck.

— Dites-moi encore ce qui s'est passé, dans les quartiers des soldats, demanda-t-il en imaginant que, malgré sa voix assourdie par l'effort, son interlocuteur lirait facilement son émotion dans son regard.

Tris joignit les deux mains, les yeux rivés sur les flammes, espérant qu'il réussirait à garder sa contenance.

— Tout le monde savait qu'il y avait de l'animosité entre Jared et votre père, commença calmement Harrtuck en regardant dans le feu. Votre frère ne s'en cachait pas dans les quartiers, et ceux des nôtres qui étaient fidèles à votre père ont tenté de prévenir Bricen. Mais beaucoup de soldats aimaient Jared, poursuivit Harrtuck, parce qu'il avait des idées simples, faciles à suivre.

» Au bout d'un moment, l'idée d'avoir un jeune guerrier à la tête du royaume – comme Jared l'a toujours souhaité, j'en suis sûr – a commencé à plaire à certains soldats. (Il s'interrompit.) Pourtant, je ne suis pas sûr qu'ils aient eu cette pensée tout seuls, ajouta-t-il en jetant un regard entendu à Tris.

— Arontala. (Tris marmonna le nom du mage comme une malédiction.) J'aurais dû m'en douter.

— L'un des hommes de Jared est arrivé en courant dans les quartiers pour annoncer la mort du roi, poursuivit Harrtuck. Avec une dizaine de ceux qui lui étaient fidèles, nous sommes allés au palais dans l'espoir de vous sauver, vous, la reine et Kait, mais nous avons échoué… sauf pour vous, mon prince.

— Et ceux avec qui vous êtes venus ? demanda doucement Tris.

— Tous morts, rapporta Harrtuck. Comme j'aurais dû l'être. Vous connaissez la suite.

— Je vous remercie, dit Tris d'une voix à peine plus forte qu'un murmure.

Il regardait les flammes, essayant de chasser ses souvenirs. Cela ne servait à rien. Ils hantaient ses rêves et se cachaient derrière la moindre de ses pensées conscientes. *Si seulement j'avais trouvé un moyen pour que père m'écoute*, pensa-t-il tristement, en serrant les poings. *J'aurais pu me démener davantage, essayer plus sérieusement de lui faire prendre conscience du danger que représentait Arontala, de lui montrer qui était réellement Jared.* Ses ongles se plantèrent dans ses paumes jusqu'au sang. *Mais père ne voulait écouter ni Kait ni moi quand nous essayions de lui dire comment Jared frappait les domestiques… et comment il nous frappait. Mère a essayé. Il ne l'écoutait pas non plus. Peut-être n'ai-je pas tenté cela avec suffisamment de conviction, ni assez souvent. J'aurais pu en faire plus. Et maintenant, à cause de moi, Kait et mère sont mortes.*

— Tris, dit doucement Carrovet. (Tris s'aperçut alors que celui-ci l'appelait en vain depuis plusieurs minutes.) Tu n'as rien à te reprocher. Tu as fait tout ce qui t'était possible.

Tris se releva d'un bond.

— Si j'avais fait tout ce que je pouvais, nous n'en serions pas là, lança-t-il d'une voix pâteuse. Mère et Kait ne seraient pas mortes. J'aurais dû ouvrir les yeux de père. J'aurais dû défier Jared. Par la Putain, si je suis un mage, j'aurais dû essayer d'arrêter Arontala dès qu'il est arrivé. Il était plus faible, à l'époque.

— Et tu n'étais qu'un enfant, lui rappela calmement Carrovet. Ton père n'a jamais essayé de trouver un nouveau mage pour le palais quand ta grand-mère est morte. Peut-être ne savait-il pas comment s'y prendre. Peut-être ne voulait-il pas partager son pouvoir. Quand Jared a pris cette initiative, je crois que ton père s'en est trouvé soulagé. J'ai toujours pensé qu'il espérait que Jared avait agi ainsi parce qu'il mûrissait et perdait de l'intérêt pour les bagarres et les jeunes filles.

— Et si grand-mère m'avait formé uniquement pour cette raison ? demanda Tris d'une voix rauque. Et si elle avait deviné qu'une telle chose se produirait, et qu'elle m'avait enseigné son art pour que j'y mette un terme ? Si j'avais étudié plus sérieusement, si je m'étais davantage entraîné, peut-être que mes pouvoirs seraient apparus plus tôt. Peut-être que j'étais censé arrêter Arontala… et j'ai échoué.

— Bien des hommes ont perdu la raison avec des « si », observa Harrtuck, plein de compassion pour Tris qui passait sa manche sur ses yeux. Ce qui est fait est fait. Et, à mon avis, il faut que nous mettions le plus de distance possible entre vous et Margolan. Quand nous serons en Dhasson, nous pourrons réfléchir à la façon de faire tomber ce bâtard.

Mais nous ne pourrons rien entreprendre cette nuit, il nous faut juste rester en vie pour voir le jour se lever demain matin.

Tris hocha la tête, même s'il lui semblait improbable de trouver le sommeil.

— Je sais, reconnut-il d'une voix grave. Mais fuir ne me semble pas être l'attitude la plus noble à avoir.

Harrtuck le regarda d'un air cynique.

— Mourir serait mieux ?

Quand Tris se retourna dos au feu, Harrtuck haussa les épaules et aida Sotérius à rapprocher du brasier quelques branches de pins qui leur serviraient de matelas. Carrovet regarda Tris en silence pendant plusieurs minutes alors que ce dernier marchait à la lisière de la forêt, absorbé par le conflit intérieur qui le secouait.

Lorsque Sotérius et Harrtuck allèrent voir les chevaux, Carrovet s'aventura plus près de lui.

— Je n'ai pas vraiment eu l'occasion de te dire combien j'étais désolé, pour Kait et tout le reste, confia-t-il.

— Merci, murmura Tris d'une voix étranglée. J'ai l'impression de faire un cauchemar et que je vais me réveiller d'une minute à l'autre, pour retrouver Kait et lui dire combien je l'aime. (Il serra les paupières pour retenir des larmes qui coulèrent malgré tout, l'empêchant d'en dire plus.)

» Le pire, c'est que je sais qu'elle est là-bas, poursuivit-il d'une voix rocailleuse quand il put de nouveau parler. Je peux la sentir, mais je ne peux pas l'amener à moi. Quelque chose la retient. (Ses yeux croisèrent ceux de Carrovet, et Tris sut que son ami percevait clairement sa douleur.) Elle est retenue prisonnière, elle est terrifiée, et je ne peux pas l'aider, avoua-t-il d'une voix rauque. À quoi bon être capable de parler aux esprits si on ne peut pas aider ceux qu'on aime le plus ? Je ne peux pas l'abandonner encore une fois, mais je ne sais pas comment l'aider.

Carrovet posa une main apaisante sur son épaule.

— Je ne sais pas comment, mais je te connais. Et si tu étais en état de m'écouter, je te dirais que tu n'aurais rien pu faire différemment à Shekerishet, mais je suis sûr que tu n'en entendrais pas un mot.

Tris secoua la tête.

— C'est vrai, mais merci de me le dire.

— Dors un peu, lui conseilla Carrovet. Ban prend le premier tour de guet.

Dans les rêves de Tris, Bava K'aa, cette femme aux cheveux noirs à qui les années n'avaient apporté que de rares cheveux gris et peu de rides, était aussi droite et intransigeante que de son vivant. Bava K'aa avait une aura de puissance, même sans la robe grise et le manteau aussi noir qu'un corbeau, ses vêtements de sorcière spirite, d'Invocatrice.

— Tris, appela le personnage dans son rêve.

— Oui, grand-mère, je suis là.

— L'heure est venue, déclara Bava K'aa.

— L'heure de quoi faire, grand-mère ?

— Celle de te souvenir de mes leçons, répondit-elle. (Elle tendit le bras pour lui prendre la main, et il sentit sa chaleur envelopper ses doigts.) Tu dois te souvenir de ce que tu as appris. N'aie pas peur. Le pouvoir viendra à toi, Tris. Je t'ai préparé.

— À quoi ? demanda-t-il encore.

L'image de Bava K'aa semblait si réelle, et son toucher si ferme, qu'il lui était difficile de se rappeler qu'il s'agissait seulement d'un rêve. Il approcha d'elle son bras, dans un besoin de sentir son contact réconfortant, et les yeux du fantôme répondirent à sa douleur en adoucissant leur expression, puis Bava K'aa reprit son air préoccupé.

— Un danger bien plus grand que Jared menace Margolan et les Royaumes de l'Hiver, annonça le fantôme avec l'assurance parfaite dont sa grand-mère faisait preuve lorsqu'elle conseillait les rois. Un ancien démon est de retour. Le Roi d'Obsidienne s'éveille de nouveau. Arontala tente de le libérer de la prison où nous l'avons enfermé longtemps avant ta naissance. Tu dois l'en empêcher, annonça-t-elle avec un regard qui sembla le transpercer et lire dans son âme. Choisis bien tes maîtres.

— Pourquoi mon pouvoir n'est-il pas apparu avant... avant qu'ils meurent ? l'interrogea Tris. J'aurais pu arrêter Arontala...

— Tu n'étais pas encore prêt, répondit le fantôme. Le pouvoir sait quand son hôte est mûr. Dès ta naissance, j'ai compris que tu étais mon héritier mage, Tris, avoua sa grand-mère. Pour te protéger de... des autres... il aurait été imprudent que je te le dise, tant que tes dons ne se manifestaient pas. (Son regard était inflexible.) Je t'ai enseigné beaucoup de choses, et je t'ai appris à les oublier, en attendant que cette heure arrive, déclara-t-elle avec un léger sourire. À présent, tu dois te rappeler.

— Grand-mère ! appela Tris. Qu'est-ce que le Happeur d'Âmes ?

L'esprit se figea, comme piqué au vif, et une grande inquiétude emplit ses yeux.

— Que sais-tu à propos du Happeur d'Âmes ? (Tris lui rapporta l'avertissement du fantôme. Bava K'aa écouta avec gravité, puis hocha la tête.)

» J'aurais dû voir cela, soupira-t-elle. Quand le Roi d'Obsidienne fut vaincu, nous étions trop peu nombreux et trop épuisés pour le détruire complètement. Alors nous avons emprisonné son esprit dans un orbe ancien, un portail ouvert sur les abysses. Cet orbe porte le nom de Happeur d'Âmes. Nous pensions que ce serait un endroit sûr, mais peut-être avons-nous été trop confiants, trop pressés d'en finir, supposa-t-elle pensivement. Si Arontala parvient à relâcher l'âme du Roi d'Obsidienne, tout ce pour quoi nous avons œuvré aura été vain. Le Roi d'Obsidienne va allier son pouvoir à celui du sorcier, prendre possession de son corps et revenir pour gouverner le monde. (L'image vacilla, et Tris craignit qu'elle disparaisse complètement.) Il n'existe plus assez de mages suffisamment puissants pour le vaincre comme nous l'avons fait, s'il devait s'élever de nouveau. Il faudrait le temps d'une génération pour en former, mais il n'attendrait pas et s'assurerait que tous ceux qui pourraient constituer une menace pour lui soient détruits. (Elle reposa les yeux sur Tris.)

» Tu dois vaincre Arontala. Tu dois trouver un moyen de détruire complètement l'âme du Roi d'Obsidienne. Tous les espoirs reposent sur toi, mon enfant.

Puis, avant que Tris ait pu lui poser ne serait-ce qu'une des questions qui le hantaient, l'apparition s'évanouit, et avec elle le songe, le laissant abasourdi et réveillé, glacé de sueur.

Le feu était éteint et un léger givre recouvrait le sol, mais le froid matinal n'était pas le seul à engourdir Tris. Jamais, de toute sa vie, un rêve ne lui avait semblé aussi réel. Il prit conscience qu'il tremblait. Il soupira, ce qui produisit une légère brume dans l'air matinal.

Alors que Carrovet s'occupait du dernier tour de garde, Tris rassembla du bois et raviva le feu. L'effet glacial que son rêve avait produit sur lui ne l'avait toujours pas quitté, et il pouvait encore entendre la voix de Bava K'aa tinter dans ses oreilles. Il accepta avec reconnaissance une coupe de la boisson chaude et forte que Harrtuck avait préparée au-dessus du feu.

— Nous ne sommes plus très loin de l'endroit où Vahanian fait son commerce, d'après ce qu'on m'a dit, annonça Harrtuck en s'appuyant contre un arbre, le visage masqué par la vapeur qui s'élevait de sa tasse.

Ce que les fantômes de l'auberge ne leur avaient pas laissé, Harrtuck l'avait déniché dans le dernier village qu'ils avaient traversé. Ils ne possédaient pas grand-chose, mais c'était assez pour tenir le coup en attendant d'avoir davantage. Tris s'étira, plus courbatu par la chevauchée qu'il l'avait jamais été de toute sa vie, ce qui lui fit prendre conscience, avec regret, qu'en temps de paix l'exercice manquait cruellement dans l'existence d'un prince.

Harrtuck remarqua son inconfort et lui adressa un sourire malicieux.

— Attendez une semaine, Tris, rit-il. Vous allez vous endurcir.

Tris se consola comme il le put en constatant que même Sotérius avait l'air de souffrir de courbatures. Toutefois, Harrtuck ne semblait pas être le plus mal-en-point d'entre eux après ces quelques jours d'aventure, bien qu'il ait une dizaine d'années de plus que Tris et ses amis. C'était la rançon de tout ce temps passé sur la route avec l'armée du roi.

— Pourquoi Vahanian accepterait-il d'être notre guide ? s'enquit Sotérius en s'asseyant lentement auprès du feu, et en acceptant volontiers la chaude ration que Harrtuck lui tendait.

Sotérius se faisait plus distant, et Tris ne se souvenait pas de l'avoir jamais vu aussi froid.

— Parce que nous allons le payer, d'une part, répondit Harrtuck. Et puis, d'autre part, parce qu'il me doit quelques services non négligeables.

— Non négligeables au point d'en mourir ? Il est assez dangereux de nous connaître, en ce moment.

Harrtuck haussa les épaules.

— Je n'ai pas l'intention de lui dire qui vous êtes au moment des présentations, si c'est ce que vous voulez savoir. Vahanian a l'habitude de transporter des cargaisons suspectes. Il y a des choses qui se demandent, et d'autres pas. Ce ne serait pas la première fois qu'il se promènerait avec un chargement susceptible de le faire tuer. (Il s'interrompit.) Je sais que les mercenaires ne vous intéressent pas, Sotérius, mais parfois, avoir recours à eux constitue un mal nécessaire. Et Jonmarc Vahanian est un homme de confiance. On ne peut pas en dire autant de tout le monde.

» Il voudra sûrement nous faire voyager avec une caravane, au moins pour une partie du trajet, poursuivit Harrtuck en mâchonnant un morceau de viande grillée. Nombreuses sont celles qui recherchent des mercenaires. Ceux qui sont bons n'aiment pas se promener avec un groupe de marchands en attendant d'avoir du travail, et comme même les plus riches convois paient moins que les maisons nobles, tous les hommes d'épée que peuvent trouver les caravanes s'en vont dès qu'ils ont acquis un peu d'expérience.

— Des mercenaires, hein, répondit Tris, sceptique.

— Leur vie n'est pas si dure, si on la compare aux autres choix d'existence qu'ils ont, répondit Harrtuck, en prenant une pause pour boire une gorgée de sa boisson fumante. Déjà, vos repas sont gratuits. C'est chouette, quand vous êtes seul sur les routes. Et les caravanes sont pleines de types intéressants, ajouta-t-il d'un ton moqueur.

» Nous irons un peu moins vite que si nous voyagions seuls, poursuivit Harrtuck, mais nous ne ferons pas des cibles aussi voyantes. Jared a dû deviner que vous vous dirigiez vers le royaume de votre oncle, et il va envoyer des gens à votre recherche. Le convoi vous apportera la sécurité du nombre. Et si vous réussissez à tenir les bandits à distance, cela vous permettra de voir la vraie vie dans les royaumes d'une autre manière, ajouta Harrtuck en finissant sa boisson et en déposant sa tasse sur une souche. Ce pourrait être très intéressant pour vous, mon prince.

C'était vrai, songea Tris. Il en savait très peu sur la vie de tous les jours. Il avait reçu les enseignements classiques d'un membre de la famille royale, avait été placé chez son oncle pendant plusieurs années durant son adolescence, avait été entraîné et poussé par des foules de tuteurs et de conseillers ; mais il ne savait que très peu de chose sur le peuple. En effet, Harrtuck avait raison, ce pourrait être intéressant.

—En tout cas, je pense que c'est ce qu'il nous conseillerait, dit Harrtuck en s'étirant. Mais avec Vahanian, on ne peut jamais savoir.

—Alors, où trouverons-nous ce légendaire aventurier ? demanda Sotérius d'un ton acide.

Harrtuck haussa les épaules.

—Eh bien, c'est là que ça devient difficile. La dernière fois que j'ai entendu parler de lui, il faisait du commerce près de Ghorbal, sur la rivière. Nous commencerons par là. Bien sûr, rien ne nous garantit qu'il s'y trouve encore. (Il cracha.) Parbleu, rien ne nous garantit qu'il soit encore en vie.

—Nous sommes à une journée de cheval de cet endroit, au moins, objecta Sotérius.

—Sûrement, oui, acquiesça Harrtuck. Mais c'est à peu près sur notre route ; donc, si nous ne le trouvons pas, nous n'aurons pas perdu de temps.

—Ça me semble raisonnable, répondit Tris.

—Je suis d'accord avec tout ce qui augmentera nos chances d'atteindre Dhasson en vie, intervint Carrovet. J'ai beaucoup trop d'idées d'histoires à raconter pour mourir maintenant.

Ghorbal était une petite ville effervescente, au carrefour des grandes voies qui reliaient Margolan, la Principauté, la rivière et les routes de l'est se dirigeant vers l'Estmark et le Nargi. Les caravanes se ravitaillaient à Ghorbal avant de se diriger vers le nord, dans les terres prospères de la Principauté, ou pour se décharger de leurs marchandises « peu orthodoxes » interdites par les prêtres revêches du Nargi ; elles prenaient ensuite la route de l'est qui menait vers cette théocratie. Le marché noir prospérait dans les régions limitrophes du Nargi, près de Ghorbal, où connaître les bonnes personnes et payer de bons pots-de-vin assurait aux trafiquants de doubler leurs profits en leur permettant de transporter des marchandises de contrebande dans ce royaume inhospitalier. Plus au sud-est, la rivière était gardée par les garnisons nargies, et les marchands assez fous pour s'aventurer au-delà de la frontière n'en revenaient jamais.

Les Monts Tordassiens se dressaient entre Ghorbal et la Principauté, au nord ; une région qui n'était que cols dangereux et forêts noires. Ces caractéristiques avaient découragé les incursions du voisin du nord, même si les pierres précieuses et l'or de la Principauté, ainsi que les marchés florissants de l'Estmark, attiraient les négociants les plus intrépides malgré la difficulté du parcours. Une importante route marchande bifurquait vers le nord juste au-dessus de Ghorbal, menant au meilleur gué existant pour se rendre en Dhasson après un mois de chevauchée, puis traversant les cols qui conduisaient en Principauté et à ses riches mines, et enfin à la légendaire cour d'Estmark. Ghorbal était donc un avant-poste de ravitaillement très apprécié. Sur la rive est du Nu, en aval et à l'est de Ghorbal, les Nargis n'avaient officiellement aucun intérêt à commercer avec Ghorbal. Pourtant, les contrebandiers trouvaient à la frontière nord du Nargi un marché profitable ; un trafic sur lequel les autorités de Margolan fermaient les yeux. Bien que les patrouilles soient fréquentes au sud de Ghorbal, ainsi qu'à la frontière du Nargi formée par le fleuve, elles étaient rares au-delà de Ghorbal, laissant la plaine aux marchands et les montagnes aux hors-la-loi.

Ghorbal était nichée sur une courbe de l'un des plus gros affluents du Nu. Ce fleuve constituait l'artère la plus grande et la plus rapide pour se rendre au sud et à l'ouest. Alors que plus au nord le Nu devenait si tumultueux qu'il était presque impossible de naviguer dessus, il était idéal pour les marchands entre Ghorbal et la Mer du Sud.

Ils laissèrent leurs montures attachées à un taillis au nord de la ville, par pure précaution, comme le recommanda Harrtuck, ce qui leur permettrait de traverser la cité à pied et de fuir rapidement si cela se révélait nécessaire. Ghorbal s'étendait à travers les plaines en un mélange de bâtisses blanches et basses et de grandes places de marchés. Ils entendirent son effervescence avant même d'y entrer ; l'air matinal était empli d'une odeur de chevaux et d'encens, de bétail et de viande cuisinée.

— C'est plein à craquer, remarqua Sotérius comme ils se faufilaient entre un marchand qui conduisait une pleine charrue et un commerçant obèse dont l'âne était chargé de tapis cartélasiens.

— Restez sur vos gardes, les avertit Harrtuck à voix basse. Ghorbal n'est pas un endroit pour les peureux.

— Génial, marmonna Carrovet. (Il regarda autour de lui, puis s'égaya en voyant un ménestrel faire de la musique non loin de là.) D'un autre côté, ajouta-t-il sans détourner les yeux du barde, ce n'est peut-être pas si mal, ici, après tout.

— En imaginant que Vahanian soit bien ici, où avons-nous des chances de le trouver ? demanda Tris, mal à l'aise dans la cohue.

Même si Carrovet avait de nouveau teint ses cheveux en noir pour masquer son blond platine, Tris se sentait vulnérable, comme s'ils formaient tous les quatre une cible facile totalement repérable au milieu de la foule. Plus vite ils quitteraient Ghorbal, mieux il se sentirait.

Harrtuck haussa les épaules.

— Il pourrait très bien ne même plus être en ville, à ma connaissance. Ce n'est pas en restant immobile qu'il gagne son pain, rit-il. En fait, vu sa façon de se faire de l'argent, il serait plus juste de dire que ce n'est pas en restant immobile qu'il demeure en vie. (L'aîné des quatre hommes s'arrêta pour prendre ses affaires.) Voilà un moment que je ne suis pas venu à Ghorbal, reprit-il d'une voix rauque en jetant des coups d'œil autour de lui. Mais il y a deux endroits par lesquels il serait bon de commencer. D'abord, le marché, juste par-là, indiqua-t-il en montrant le nord. Et puis *L'Auberge du Venin de Dragon*, dans le quartier est, ajouta-t-il.

— Par où commençons-nous ? l'interrogea Sotérius.

— Par les deux, répliqua Harrtuck. Vous et Carrovet, vous allez à l'auberge. Ça ne surprendra personne qu'un soldat et un ménestrel se rendent au *Venin*, sauf s'ils arrivent ensemble, précisa-t-il en regardant Carrovet d'un air sceptique. Séparez-vous, mais restez en vue l'un de l'autre. Sotérius, vous suivrez Carrovet. Carrovet, ouvrez l'œil.

» Tris et moi allons au marché. Rendez-vous auprès des chevaux au coucher du soleil. Il nous faudra peut-être plusieurs jours, les prévint Harrtuck. Si vous trouvez Vahanian, dites-lui que Harrtuck a une offre à lui faire, et qu'il y a de l'or pour lui, ajouta-t-il avec un sourire.

— Nous n'avons qu'à entrer dans la taverne et le demander ? demanda Carrovet, perplexe.

Harrtuck leva un sourcil.

— Rares sont ceux qui ne connaissent pas Jonmarc Vahanian, à Ghorbal, en bien ou en mal. À l'auberge, ils l'aimaient plutôt bien, aux dernières nouvelles, car il paie toujours sa note et met rarement le mobilier sens dessus dessous.

— Ce type a l'air fantastique, marmonna Sotérius.

Harrtuck passa outre cette remarque.

— Nous perdons du temps, les enfants, grogna l'homme d'armes. Ça ne me surprendrait pas que Jared ait envoyé des troupes jusqu'ici.

— C'est vraiment de mieux en mieux, répondit Carrovet d'un air sinistre en partant vers l'auberge avec Sotérius.

Plus Tris et Harrtuck approchaient du marché, plus la foule devenait compacte dans les voies tortueuses de la cité. Finalement, les rues débouchèrent sur une grande place pleine de chariots marchands sur lesquels flottaient des drapeaux représentant ce dont ils étaient chargés ; une odeur de cuir, d'épices et de viande rôtie emplissait l'air. Tout autour d'eux, des vendeurs négociaient avec les clients en élevant la voix. D'autres ventaient leur marchandise en criant, appelaient les passants et exhibaient leurs produits. La cacophonie des voix se mêlait au fracas des chariots et au rythme des sabots. Quelque part sur le marché, un ménestrel jouait, et sa musique s'élevait au-dessus du brouhaha.

— Où devons-nous regarder ? demanda Tris, mal à l'aise au milieu de cette foule.

Harrtuck haussa les épaules.

— Il pourrait être n'importe où. Et même ne pas être ici du tout. S'il y a une justice, il se trouve dans une prison nargie. Ou il s'est fait tuer dans un trafic qui a mal tourné, ajouta-t-il.

— À quoi ressemble-t-il ? interrogea Tris en examinant la foule, tous ses sens en éveil.

Harrtuck haussa encore les épaules.

— À sa démarche, on devine tout de suite qu'il manie bien l'épée. Il est né dans les Fronterres, mais il a passé tellement de temps sur le fleuve qu'il parle le dialecte comme s'il y était né. Cheveux noirs, yeux noirs, poursuivit Harrtuck. Rusé comme un renard, mais le plus souvent il est incapable de rester tranquille et va taper sur quelqu'un.

Tris examina la foule du marché. Aucun des marchands qu'il voyait ne ressemblait de près ou de loin à la description de Vahanian. Trop vieux, trop grands, trop gros. Ils fouillèrent la place pendant plus de trois chandelles, mais chaque fois que Harrtuck émergeait d'un étal, il secouait la tête.

— Il croit l'avoir vu il y a une quinzaine de jours, mais depuis, rien, rapporta Harrtuck après son dernier interrogatoire, en se frottant le menton là où aurait dû se trouver une barbe. Le dernier à qui j'ai parlé a dit qu'il l'avait aperçu la semaine dernière. À mon avis, nous devrions trouver un endroit pour la nuit. On dirait que Jonmarc vient par ici régulièrement, donc si nous ne le trouvons pas aujourd'hui, nous devrions avoir plus de chance demain.

Tris fronça les sourcils.

— Sauf si les gardes de Margolan nous attrapent avant.

Harrtuck haussa les épaules.

— Possible, mais beaucoup de routes partent de Margolan. Nombreuses sont celles qui se dirigent vers l'est sans passer par Ghorbal. Et à moins que l'armée entière soit à nos trousses, il va leur falloir un moment pour fouiller tous les villages qu'ils trouveront sur leur chemin. Et puis, nous n'avons pas de meilleur plan.

— Je le sais, répondit nerveusement Tris, mais cela ne me plaît pas pour autant.

Le deuxième jour, ils concentrèrent leurs recherches sur les rues étroites et sinueuses de Ghorbal. Sur la base d'une information, ils traînèrent pendant deux chandelles près de l'entrée de l'entrepôt d'un marchand de soie, où le témoin disait avoir vu Vahanian le matin même. Malheureusement, avant que quiconque soit sorti du bâtiment, Tris aperçut trois gardes portant la livrée de Margolan qui arrivaient à cheval.

— Nous avons de la compagnie, murmura-t-il à Harrtuck.

Ils se réfugièrent dans une brasserie jusqu'au départ des hommes d'armes, mais cette rencontre accrut le sentiment de vulnérabilité de Tris.

— Nous ne pourrons pas attendre ici éternellement, chuchota-t-il à Harrtuck.

Ils étaient assis dans l'ombre d'une boutique de kérif et buvaient cette boisson chaude et amère en observant les passants.

— Patience, conseilla Harrtuck. Il est là. J'en suis sûr. Il doit avoir de bonnes raisons de ne pas se montrer. Mais trop de gens l'ont vu récemment. Il va revenir.

Ils réitérèrent leurs investigations les jours suivants, rassemblant plus d'indices sur les déplacements de Vahanian. Finalement, le septième jour, Harrtuck fonça sur l'étal d'un négociant de tapis qui vantait ses articles dans le patois cartélasien très accentué des marchands du fleuve.

Tris resta en arrière, vérifiant que Harrtuck et lui n'attiraient pas trop l'attention. Les vendeurs et les acheteurs semblaient absorbés par leurs échanges, insensibles à la présence de quelques étrangers de plus parmi eux.

— Nous cherchons un marchand, commença Harrtuck, mais il poursuivit dans ce patois inintelligible pour Tris, qui ne put plus suivre la conversation.

Au bout de quelques minutes, il revint là où son compagnon l'attendait et planta les poings sur ses hanches.

— Bon, il dit que ce chariot, là-bas, appartient à Vahanian, mais il ne l'a pas vu dans le coin de toute la matinée, rapporta Harrtuck en désignant une solide charrette remplie de rouleaux de tissu.

Elle était harnachée à un robuste cheval, attaché près de l'entrée de trois rues adjacentes. *Un endroit idéal pour une fuite rapide*, songea Tris.

— Donc, en partant du principe qu'il ne s'est pas fait attraper pas les autorités, si nous gardons l'œil sur son chariot, nous devrions le trouver.

— Enfin, ajouta Tris.

Il n'était pas à l'aise à découvert. Carrovet avait modifié leur apparence, teint les cheveux blond platine de Tris en une sorte de brun passe-partout, et avait taillé ses propres vêtements à la mode de la cour dans un style plus ordinaire. La chevelure de Sotérius avait été éclaircie en un blond terne, et Harrtuck s'était rasé la barbe. Pourtant, ces changements ne pourraient pas faire de miracles pour les cacher à la vue de ceux qui les cherchaient vraiment.

Des cris éclatèrent, et Tris se pencha pour mieux voir. Au moins une dizaine de prêtres nargis encerclaient un groupe de marchands près du quai, et s'agitaient avec colère en vociférant dans leur langue sèche et saccadée. La situation commençait à s'envenimer : les voix s'élevaient de plus en plus. Les prêtres commencèrent à saccager leurs articles, en hurlant encore plus fort alors qu'ils confisquaient leurs biens et les secouaient avec emphase. Tris fit un pas en avant pour mieux voir, mais Harrtuck l'attrapa par le bras et le tira dans un renfoncement.

— Nous avons des ennuis, mon garçon, souffla le maître d'armes. Les gardes de Margolan sont de retour, et ils viennent par ici. Ne vous retournez pas, siffla-t-il.

— Nous devons avertir les autres.

— Pas le temps. Ils sont assez malins pour retourner en lieu sûr, grommela Harrtuck en reculant derrière une pile de paniers.

— Ces gardes ne sont pas là par hasard, ils cherchent quelqu'un, ajouta Tris sans quitter des yeux les soldats, qui fendaient la foule en posant des questions. (Depuis sa cachette derrière le tas de paniers, Tris vit les hommes d'armes approcher une femme en robe bleue qui hocha la tête quand ils lui parlèrent et tendit un bras vers l'endroit où il s'était tenu un instant plus tôt avec Harrtuck.) Ils viennent vers nous.

— Par ici, lança son compagnon d'une voix râpeuse, en le tirant par la manche vers le chariot de Vahanian.

La grosse charrette débordait de tapis cartélasiens et de rouleaux de fine soie kourdite. Quand elle se trouva entre eux et la rue, Harrtuck donna un coup de coude à Tris.

— Grimpez là-dedans, mon garçon, murmura-t-il. À moins que les gardes fouillent tous les marchands, nous pouvons attendre Vahanian ici.

Ils venaient à peine de s'enfoncer sous les tapis et la soie que les voix des prêtres nargis arrivèrent jusqu'à eux, plus fortes et plus stridentes qu'auparavant. Ils commencèrent à crier et des marchandises s'écrasèrent au sol. Depuis leur cachette, Tris et Harrtuck ne virent que peu de chose, mais ils entendirent les pas de personnes qui se rapprochaient en courant.

Soudain, le chariot bondit en avant et se mit à rouler de plus en plus vite, droit vers les gardes margoliens.

Derrière eux, les religieux en colère atteignirent presque la portière arrière du véhicule.

— Vous ! Arrêtez-vous ! ordonnèrent les soldats.

Celui qui tenait les rênes ne répondit pas à cette injonction et lança sa charrette et son cheval à fond de train.

Avec un cri, il fonça droit sur les pauvres gardes, ne leur donnant d'autre choix que de se jeter hors de son chemin ou de se faire écraser. Les prêtres en colère étaient à leurs trousses, parcourant la route juste devant les hommes d'armes, qu'ils envoyèrent valdinguer dans leur course désespérée derrière le chariot en fuite.

Tris et Harrtuck luttaient pour s'accrocher au véhicule qui faisait des embardées sur la rue défoncée. Les rouleaux de tapis et de soie les heurtaient en tombant et en remuant.

— Accrochez-vous ! siffla Harrtuck quand le chariot bascula sur deux roues, laissant une partie de son précieux chargement derrière lui.

Les prêtres nargis, incapables de poursuivre leur course, jetèrent en l'air la soie et les tapis abandonnés, sans cesser de hurler et de menacer.

Sans prendre garde à la foule, le conducteur faisait pencher dangereusement le chariot sur le côté, en pleine rue.

— Où va-t-il ? parvint à demander Tris à travers ses dents serrées alors qu'il s'accrochait de toutes ses forces.

Un tapis le frappa derrière la tête, puis deux rouleaux de soie lui glissèrent dessus et l'ensevelirent. Des morceaux de tissu volaient dans les airs autour d'eux, comme des drapeaux richement colorés.

— Aucune idée, mais il conduit comme si la Vengeresse en personne nous poursuivait, rétorqua Harrtuck, qui s'efforçait de ne pas lâcher prise malgré les tapis qui tombaient sur lui.

Le cocher poussa un cri d'exultation quand le chariot sortit comme une flèche des portes de la cité par la route dégagée.

— Le chemin du retour va être long, à pied, murmura Tris.

Les bras endoloris par l'effort, il s'agrippait du mieux qu'il le pouvait. Ils n'avaient pas d'autre choix que de rester dans le véhicule, où qu'il les conduise, au moins tant qu'il ne ralentirait pas. Finalement, plus d'une demi-chandelle après leur sortie de la ville, la charrette réduisit son allure folle, puis s'arrêta près d'un petit bosquet.

— Où sommes-nous ? chuchota Tris. (Harrtuck haussa les épaules.) À votre avis, sait-il que nous sommes là ?

Harrtuck secoua la tête.

— Impossible. Qui que ce soit, il n'était pas dans les parages quand nous…

À cet instant, un carreau d'arbalète se planta dans un tapis, à deux doigts de l'épaule de Harrtuck.

— Je vous conseille de bouger très lentement, avertit l'homme d'une voix traînante. Je vise beaucoup mieux la seconde fois.

Un large sourire fendit le visage de Harrtuck.

— Par la Putain ! cracha-t-il. C'est ton plus joli coup, lança l'homme d'armes.

Tris regarda le soldat comme s'il était devenu fou, mais le sourire de Harrtuck s'élargit encore.

— Sortez ! ordonna le conducteur du chariot.

Toutefois, Tris perçut légèrement moins de certitude dans le ton de l'inconnu. Lentement, les mains en l'air, Tris et Harrtuck repoussèrent les rouleaux de soie et les tapis qui les recouvraient puis se levèrent.

L'arbalète de leur ravisseur était encochée et visait leur poitrine. Il était jeune, peut-être de dix ans l'aîné de Tris, et ses cheveux châtains lui arrivaient aux épaules, attachés en une queue-de-cheval. Ses yeux noirs brillaient d'une vive intelligence, et son teint trahissait de longues années passées en plein air. Une cicatrice descendait dans son cou depuis son oreille droite, mais ce qui frappa le plus Tris, c'était l'assurance avec laquelle il tenait son arme, qui prouvait à ses prisonniers qu'il ne mentait pas sur ses capacités de tireur.

— Vahanian ? souffla Tris, toujours les mains en l'air.

— Tu veux bien poser ce jouet, Jonmarc ? grommela Harrtuck avec entrain. Mon sang ne circule plus dans mes doigts.

Jonmarc Vahanian regarda son interlocuteur avec étonnement le temps d'un battement de cœur, puis, lentement, il désarma son arbalète et la baissa. Un court instant plus tard, un large sourire de travers fendait son beau visage.

— Harrtuck, c'est toi, vieux démon ! s'esclaffa-t-il en marchant vers lui.

Harrtuck l'embrassa et lui donna une grande tape dans le dos.

— Tu es toujours en vie, Jonmarc, le félicita-t-il. Les affaires doivent marcher.

Vahanian répondit à cette remarque par un haussement d'épaules.

— Tu me connais, Tov. Je me débrouille.

— Qui étaient tes amis, au marché ? demanda Harrtuck. De toute ma vie, je ne t'avais jamais vu avec autant de prêtres. J'étais persuadé que la Croulante te porterait le coup de grâce.

Vahanian éclata de rire.

— Je me faisais juste gentiment réprimander par… euh… la guilde des marchands du coin, expliqua-t-il, mais à son expression, il était évident que cette altercation lui avait fait plaisir.

— Depuis quand les prêtres s'intéressent-ils à ce que tu peux fournir ? demanda Harrtuck, sceptique. Ne me dis pas que tu as changé de vocation, plaisanta-t-il.

Vahanian rit de bon cœur.

— Ce n'est pas demain la veille, sauf peut-être pour la Dame Noire, pouffa-t-il. Je lui dois sûrement plus de services que je pourrais en rendre en une vie. (Il reprit son sérieux.) Je fais passer quelques marchandises dans le Nargi, ajouta-t-il. Des tapis cartélasiens, ce genre de choses.

Harrtuck le regardait fixement, perplexe.

— En quoi des tapis peuvent-ils provoquer une telle réaction de la part des prêtres ?

Vahanian leva les yeux au ciel en feignant l'innocence.

— Aucune idée. À part qu'en cours de route quelqu'un a glissé de la soie de Mussa et de l'eau-de-vie tordassienne entre les tapis.

Tris observait la scène en silence, essayant de comprendre le marchand aventurier. Si Vahanian avait survécu en faisant de la contrebande sous le nez des Nargis pendant si longtemps, il était certainement à la hauteur des éloges de Harrtuck. Cependant, s'il était aussi attiré par le profit qu'il y paraissait, pensa Tris avec inquiétude, alors le prix que Jared offrait sûrement pour leur tête l'emporterait sur n'importe quelle amitié à laquelle Harrtuck pourrait prétendre. Tris regardait les deux hommes plaisanter et il essaya de se détendre, mais il garda son épée à portée de main.

— Tu ne m'as toujours pas expliqué pourquoi tu te cachais dans mon chariot, Tov, rappela Vahanian.

Harrtuck prit une profonde inspiration.

— J'ai un marché à te proposer, Jonmarc. Nous avons besoin d'un guide.

Vahanian promena son regard de Harrtuck à Tris, et de Tris à Harrtuck.

— Nous ?

— Moi, ce jeune homme, et deux autres, répondit Harrtuck en éludant les présentations. Nous devons nous rendre à l'est, en Dhasson.

— Eh bien, allez-y, rétorqua Vahanian. Beaucoup de gens y arrivent sans l'aide de personne.

Harrtuck secoua la tête.

— C'est un peu plus compliqué que ça, Jonmarc. Tu sais combien les routes de l'est peuvent être dangereuses l'hiver venu, et c'est presque la saison des orages. Un guide est indispensable pour y arriver sans mourir de froid en cours de route, et je n'ai pas l'intention de provoquer la Déesse, cette fois. (Il s'interrompit.) Et il y a un autre détail dont je n'ai pas parlé, avoua-t-il lentement. Nous avons une livraison très spéciale à faire.

Vahanian sourit.

— Là, tu parles ma langue ! (Il plissa le front.) Mais les frontières de Dhasson sont ouvertes. Avec toutes les marchandises qu'on laisse circuler librement, il ne reste pas beaucoup de trafic à faire, à part celui de l'herbe à rêves, et tu sais que je ne touche pas à ça.

Harrtuck lui jeta un regard ferme.

— Je ne m'attends pas à avoir des difficultés en Dhasson, Jonmarc. Le problème, c'est de sortir de Margolan, précisa-t-il calmement. Et la marchandise est humaine.

Vahanian examina longuement Tris d'un regard placide, avant de se retourner vers Harrtuck.

— Continue, l'encouragea-t-il d'une voix sceptique.

Harrtuck haussa les épaules.

— J'ai trois amis qui ont été témoins d'une scène à laquelle ils n'auraient pas dû assister. Ils ont vu un seigneur relativement important en assassiner un autre. Ils ont réussi à s'enfuir, mais le meurtrier sait qu'ils ont assisté à l'assassinat. Il a mis leurs têtes à prix pour être sûr qu'ils meurent avant de pouvoir en parler aux amis de la victime. Ces trois jeunes hommes n'envisagent pas les choses de cette manière, conclut-il avec une touche d'humour.

Le visage de Vahanian n'était qu'un masque indéchiffrable, et ses yeux noirs semblaient dubitatifs.

— Ah, je te considère comme un ami, Tov, répondit-il en tournant autour du pot, avec une pointe du patois du fleuve dans la voix. Mais je n'ai pas l'habitude de transporter de la marchandise humaine, et c'est pour une très bonne raison : je tiens à ma tête.

— Jonmarc, je sais parfaitement que, pour un bon prix, tu peux tout transporter, sauf des esclaves et de l'herbe à rêves.

— Il faudrait me proposer une bien belle somme.

— Le double de la récompense, dès que nous arriverons en Dhasson, sains et saufs, offrit Harrtuck, une expression de méfiance se peignant sur son visage scarifié de guerrier.

Vahanian avait l'air sceptique.

— En or ?

— En or, promit Harrtuck.

— Et qui sera heureux de retrouver ces témoins au point de payer une somme si exorbitante ?

— Le roi Harrol.

Vahanian se tut pendant quelques instants et examina sérieusement Tris, comme pour essayer de décoder la conversation qui venait de se tenir.

— Le roi, hein ? répéta-t-il avec incertitude au bout d'un moment. Donc quand tu disais « spéciale », le mot devait être faible ? demanda-t-il d'un ton moqueur.

— Peut-être un peu, admit Harrtuck.

— Et ce seigneur qui recherche ces deux-là, il est noble jusqu'à quel point ?

— Il dispose d'un très gros trésor, répondit Harrtuck. Assez pour embaucher des éclaireurs et des chasseurs de primes, et pour payer des espions d'ici jusqu'à la frontière.

— Hum…, reprit Vahanian. (Il regarda Harrtuck.) Et qu'est-ce qui m'empêche de m'assurer que cette personne ne veut pas augmenter sa mise ? demanda le mercenaire.

Harrtuck haussa les épaules.

— Rien. Excepté qu'il dispose d'un mage du sang qui le maintient au pouvoir et soumet le peuple à son joug. (Harrtuck leva les yeux pour les planter dans ceux de Vahanian, et Tris eut le sentiment que beaucoup plus de choses étaient en train de se dire entre les deux hommes par ce regard que par leurs paroles.) Celui-là même auquel tu t'es heurté à Chauvrenne, ajouta-t-il en plissant les paupières.

Un bref instant, Tris crut voir une réaction dans les yeux du contrebandier, puis son masque impassible reprit sa place. Vahanian jaugea de nouveau Tris du regard, puis il serra la mâchoire.

— Je n'aime pas ça, Tov, mais je vais le faire, déclara-t-il. Tu le savais avant même de me trouver.

Harrtuck sourit de toutes ses dents.

— Je m'en doutais, mais je n'en étais pas certain. Tu es un homme bien, Jonmarc.

— Je suis un fou en affaires, et les fous meurent jeunes dans ce milieu, rétorqua Vahanian. N'oublie pas un seul instant que j'attends une bonne paie.

— Même dans mes rêves, je m'en souviendrai, Jonmarc, l'assura allègrement Harrtuck. Maintenant, trouvons un endroit où passer la nuit et détachons ce cheval pour que je puisse retourner à Ghorbal chercher les deux autres membres du groupe.

Sotérius suivit Harrtuck et Carrovet dans une taverne au bord de la route, en amont de Ghorbal, où ils trouvèrent Tris qui les attendait en compagnie de Vahanian.

— Et voici le dernier d'entre nous, dit Harrtuck quand Sotérius se joignit à eux. Ban, ancien capitaine de notre douteux seigneur, ajouta-t-il avec un regard entendu à l'adresse de Sotérius.

Vahanian regarda ce dernier d'un œil aguerri.

— Capitaine, hein ? répéta-t-il d'une voix qui indiquait clairement qu'il n'était pas impressionné. Vous devez vous débrouiller, avec ce truc-là, non ? demanda-t-il en désignant du menton l'épée qui pendait à la ceinture de Sotérius.

Celui-ci planta les yeux dans les siens et entra dans son jeu.

— Je ne suis pas devenu capitaine par hasard, répliqua-t-il calmement. Je pouvais battre chacun de mes hommes, et ils étaient tous entraînés par un maître d'armes.

— Hum…, répondit Vahanian en détournant le regard négligemment, comme s'il en avait déjà tiré une conclusion. Bien, je suis votre guide à partir de maintenant, ce qui signifie que vous me payez pour arriver en Dhasson en vie, donc vous suivrez mes règles. (Il se retourna vers le feu.) Règle numéro un : tuez le brigand ou foutez le camp.

Sotérius se hérissa, mais un regard d'avertissement de Harrtuck tempéra sa réponse.

— Et règle numéro deux ? demanda-t-il sans même essayer d'adoucir son intonation insolente.

Vahanian posa de nouveau les yeux sur lui, avec une touche d'amusement ironique.

— Ne me pompez pas trop l'air, répondit-il énigmatiquement.

— Pour qui se prend ce type ? marmonna Sotérius plus tard, quand il monta l'escalier vers leur chambre avec Tris.

Celui-ci gloussa.

— Apparemment, Harrtuck pense que Vahanian vaut bien l'opinion qu'il a de lui-même, dit-il, amusé par la réaction de Sotérius. Vu la somme que Harrtuck a accepté de lui donner, il vaudrait mieux que cela s'avère.

Ils entrèrent dans la chambre pour laquelle les cinq hommes avaient payé un supplément afin d'y être seuls, et Sotérius hocha la tête en direction de Vahanian, qui regardait la route à travers la fenêtre.

— Que lui a dit Harrtuck ? murmura-t-il.

— Pas grand-chose, répondit Tris. Il lui a raconté ce qui s'est passé, en omettant quelques détails. Il lui a offert le double de la récompense si nous arrivons en vie en Dhasson. Donc Vahanian sait que nous sommes spéciaux, mais n'a aucune idée de qui nous sommes.

— En tout cas, il sait à peu près combien nous sommes spéciaux, ajouta Sotérius en regardant de nouveau l'homme. As-tu confiance en lui ?

Tris haussa les épaules.

— Non. Du moins, pas encore. Si c'est un honnête mercenaire, il ne changera pas de camp en pleine bataille. Harrtuck a combattu à ses côtés, ce n'est pas rien.

Mais je ne pense pas qu'il doive sa survie à un excès de sentimentalisme.

— Donc nous sommes d'accord, répliqua Sotérius. Je vais le tenir à l'œil.

Chapitre 5

L'épée étincela au soleil en atteignant sa cible. Les dents serrées et les bras endoloris par la force des coups, la jeune femme aux cheveux auburn contra l'attaque.

— Bien, approchez-vous, siffla l'instructeur.

Alors elle s'élança, frappant avec détermination, la mâchoire résolument contractée. Puis l'ouverture qu'elle attendait se présenta. Dans un cri, elle se jeta en avant, déjouant la garde de l'homme, pour le frapper à l'épaulette matelassée de sa veste d'entraînement. Au-dessus de sa tête, un petit gyrgon aux écailles vertes, Jae, battait des ailes et grognait d'excitation, en bon spectateur aérien.

— Bien joué, Votre Altesse, bien joué ! la félicita l'entraîneur, à bout de souffle, mais satisfait.

Kiara Sharsequin, princesse d'Isencroft, eut un sourire fatigué et essuya la sueur de son front à l'aide de sa manche matelassée. Ses cheveux auburn, attachés en une queue-de-cheval, encadraient un visage qui trahissait à la fois le sang estmarkien de sa mère et celui de l'Isencroft de son père. Des yeux noirs en amande et un teint légèrement basané ajoutaient un air exotique aux traits nordiques qu'elle avait hérités de son père ; c'était d'ailleurs une femme grande, aux pommettes hautes. Le petit gyrgon virevolta jusqu'à son épaule, et elle leva la main pour caresser ses écailles.

— Par la Maîtresse, vous m'avez bien fait travailler, Darry ! s'exclama-t-elle en reprenant son souffle.

— Ça suffira pour aujourd'hui, répondit son interlocuteur, souriant toujours de la victoire de la jeune femme. Mais votre esquive s'est nettement améliorée et vous attaquez plus énergiquement ces derniers temps. C'est pour calmer votre frustration ?

Kiara leva les bras pour dénouer le lacet qui retenait ses cheveux en arrière, puis elle secoua la tête et ses cheveux auburn tombèrent en cascade autour de son visage.

— Bien deviné. Parfois, je me dis que vous et vos cours êtes les seuls à m'empêcher de devenir folle.

Darry reprit son sérieux.

— Oui, je m'en doutais, Kiara. Mais vous êtes l'Élue de la Déesse, lui rappela-t-il. La Sainte Dame vous protège.

Kiara soupira et rengaina son épée, puis se laissa tomber sur un banc pour délacer son gilet matelassé.

— Je l'espère, Darry. Étant donné la chance que j'ai eue ces derniers temps, Elle a dû se désintéresser de moi, ou m'oublier.

— Ça m'étonnerait, princesse, répondit Darry. (Un sourire adoucit son visage à la peau tannée, et il passa la main dans son épaisse chevelure parsemée de gris.) Je me rappelle quand Elle vous est apparue, ma dame. Tous ceux qui étaient déjà nés à cette époque s'en souviennent ! Non, Elle a une mission pour vous, répéta-t-il avec conviction. Mais, tout comme vous, je prie pour que ce soit de bon augure pour l'Isencroft.

Kiara poussa sa veste matelassée sur le côté.

— Moi aussi, Darry, dit-elle pensivement. Ces derniers temps, rien ne semble être de bon augure pour l'Isencroft, je le crains.

— Vous êtes fatiguée, princesse, répondit le maître d'armes. Peut-être que tout cela ne semblera pas aussi grave demain matin, répliqua-t-il en tendant la main pour lui caresser affectueusement le menton. (Le sourire qu'elle se força à faire n'atteignit même pas ses lèvres.) Et si ce n'est pas le cas, peut-être vous sentirez-vous plus à la hauteur. (Il s'interrompit.) Au moins, vous pouvez être heureuse qu'un autre jour soit passé sans que vous soyez désignée pour le Voyage.

Kiara secoua la tête et leva les yeux vers le plafond de la salle d'armes.

— Encore un sujet d'inquiétude, lâcha-t-elle d'un air résigné. Les tensions à la frontière nord, aucune nouvelle de Cam et Carina partis depuis toutes ces semaines, père… (Sa voix était gagnée par le sommeil.) Et maintenant, d'un moment à l'autre, je pourrais être appelée par la Consœurie pour mon Voyage…

— Peut-être découvrez-vous qu'il n'est pas si facile de gouverner, hein, mon petit faucon ? demanda-t-il en rengainant sa propre épée. Mais faites confiance aux Sœurs. Elles ne font pas ce genre de choix à la légère. Et pour vous, l'Élue de la Déesse, je m'attends à un Voyage de passage à l'âge adulte hors du commun.

— Peut-être essayez-vous de me réconforter, mais je ne sais pas si c'est très rassurant, commenta Kiara, sentant déjà ses muscles crier de douleur quand elle se leva.

Une fois de plus, elle maudit cette tradition de l'Isencroft qui voulait que tous les membres de la noblesse, hommes ou femmes, excellent dans le maniement de l'épée, un art qui distinguait ce royaume de ses voisins. Elle s'assura que Darry ne l'entendait pas, le maître d'armes ayant coutume de lui rappeler que même les paysans, à l'exception des femmes ayant des petits à allaiter, et les enfants trop jeunes, devaient s'exercer au maniement des armes. Être de l'Isencroft signifiait savoir utiliser l'épée. Elle priait pour que l'entraînement de son peuple soit suffisant.

Elle craignait le contraire. Vaste et étendue, l'Isencroft était plus habitée par des troupeaux que par des gens ; des foyers éparpillés de citadins avaient établi des maisons durement acquises sur les grandes plaines au sol fertile et aux bons pâturages du territoire. De mémoire d'homme, il n'y avait pas eu de famine dans cette contrée, mais, au cours des générations précédentes, les guerres avaient éclaté presque aussi régulièrement que les orages, contre tel ou tel voisin appâté par les terres de l'Isencroft et son accès à la Mer du Nord.

Kiara ne croyait plus dans les compétences de son peuple au combat. Le danger qui menaçait les frontières était de nature magique, pas humaine.

— Et puis, il y a Margolan, soupira-t-elle en aidant Darry à ramasser les armes qu'ils avaient éparpillées pendant leur entraînement.

— J'ai entendu dire qu'ils avaient envoyé un messager, répondit évasivement Darry.

Sans aucune dignité, Kiara fit une grimace.

— Tout à fait, un messager. Une petite fouine enfarinée est arrivée avec une invitation de la part de Sa Majesté Jared de Margolan, avec ses royales salutations et la proposition de lui rendre visite au palais. Sans oublier de me rappeler le contrat de fiançailles qui fut signé à ma naissance. (Elle grimaça encore, tout en aidant Darry à ranger les armes.) Sa Majesté, répéta-t-elle d'un ton railleur. Tous nos espions nous rapportent la même chose : qu'il a assassiné sa famille pour s'emparer du trône…

— Ce sont de dangereuses allégations, princesse, la prévint Darry. Même si elles sont vraies.

— Bien sûr qu'elles sont vraies ! rétorqua-t-elle en posant la main sur sa hanche et en regardant Darry droit dans les yeux. Et maintenant, il veut agrandir son empire. En se mariant.

— Votre père ne vous forcerait jamais…

— Mais mon père n'est plus lui-même, répondit Kiara en s'effondrant d'un air abattu sur le banc de la salle d'armes. Nous le savons tous les deux. Et si Jared a quelques espions – en dehors des mages noirs qui sont censés être sous ses ordres – il le sait. S'il n'est pas à l'origine de ce changement soudain, ajouta-t-elle d'un air sinistre. Ce démon qui l'accompagne, Arontala, est sûrement capable de jeter un sort au moins aussi fort que celui qui pèse sur père, et d'un claquement de doigt, c'est certain.

— Vous vous faites trop de soucis, Élue de la Déesse, dit Darry avec douceur, en posant un pied sur le banc à côté d'elle et en s'appuyant sur son genou. Notre peuple ne vous laissera pas vous marier contre votre volonté.

Kiara haussa les épaules.

— Vous m'avez vous-même répété assez souvent que nous, personnes de sang royal, avons souvent moins voix au chapitre sur nos vies que les paysans les plus pauvres. Il y a tant de choses qui ne tiennent qu'à un fil, en ce moment, Darry, répliqua-t-elle en ramassant ses genoux contre elle comme une enfant et en les serrant dans ses bras. Les nobles doivent soupçonner que père ne va pas bien. Il ne peut même pas sauver les apparences, et plus longtemps il sera « indisposé », plus ils parleront. Avec deux maigres récoltes d'affilée et le mauvais temps de cette année, la famine nous pend au nez cet hiver. Margolan a toujours été un fidèle allié. Mais maintenant, l'Isencroft s'est tellement affaiblie que Margolan ne peut plus nous apporter qu'une menace depuis l'est, ou des créatures ensorcelées au nord, pour ne nous laisser aucun choix. Pour ne me laisser aucun autre choix, murmura-t-elle, que celui de me vendre afin d'acheter la sécurité de l'Isencroft.

— Par l'Enfante et la Croulante, que vous êtes morose aujourd'hui ! s'exclama Darry. Y a-t-il d'autres désastres que vous voudriez envisager ? La peste ? Le déluge ? Les sauterelles ? (Il sourit malicieusement.) Peut-être qu'un peu plus d'entraînement changerait les idées de notre morne princesse...

Kiara leva juste assez la tête pour lancer un regard torve au-dessus de ses bras repliés.

— Il y a des sanctions pour ceux qui tuent les princesses à force d'entraînements. Il en existe forcément. Et si ce n'est pas le cas, je vais m'arranger avec Allestyr pour qu'il en invente une tout de suite.

Darry éclata de rire.

— Depuis le départ de Carina, vous broyez du noir, princesse, la rabroua-t-il. Faites confiance à la Dame de Lumière. Dans quelque temps, vous et l'Isencroft vivrez des jours meilleurs.

Avec un soupir, Kiara se leva et s'étira. Elle tapota affectueusement l'épaule de l'instructeur.

— J'espère que vous avez raison, Darry. Pour nous tous, dit-elle en prenant douloureusement conscience de ses muscles fatigués. Elle savait que, même avec un bain chaud, elle sentirait les effets de leur entraînement jusque dans ses os le lendemain matin.

Son bain chaud tant espéré se termina bien trop tôt, et la tâche qui l'attendait cette nuit-là inquiétait beaucoup plus Kiara que ses muscles courbaturés. Dans le salon privé, à côté de sa chambre à coucher, les plus proches conseillers de la princesse attendaient son arrivée. Elle se glissa dans la pièce et salua le groupe. Leur réserve trahit leur inquiétude.

— Est-ce que tout est prêt, Tice ? demanda Kiara à un homme mince aux cheveux blancs.

Tice hocha la tête.

— Tout est prêt, Votre Altesse. Mais je vous en supplie, réfléchissez-y encore. Le risque est trop grand.

— Vous savez aussi bien que moi qu'il n'y a pas d'autre moyen, s'obstina Kiara.

Elle tendit la main pour accepter la petite bourse de velours que son interlocuteur lui tendait. Elle en sortit un collier finement ouvragé, incrusté de pierres qui scintillèrent à la lumière des chandelles. Kiara donna sa bougie à Tice, elle attacha le bijou autour de son cou et leva la tête.

— Vous êtes trop jeune pour de si grandes responsabilités, s'inquiéta Tice.

La princesse lui jeta un regard en biais.

— Vous me dorlotez trop, Tice, le gronda-t-elle doucement. Père ne vous a-t-il pas encore dit que j'étais déjà trop vieille pour faire une épouse « convenable » ? À mon âge, presque vingt printemps, à la campagne, les jeunes femmes ont déjà pondu quatre gamins, cinq si elles commencent jeunes et récidivent tous les ans, lança-t-elle avec un sourire malicieux.

— Votre Altesse, dit Tice en cachant mal son amusement, j'espère que vous surveillez votre langage en public.

Kiara eut un petit rire.

— Ça dépend. J'aimerais que l'ambassadeur de Margolan puisse convaincre son roi que je ne suis pas du tout une épouse convenable pour un si grand souverain, répondit-elle d'une voix lourde de sarcasme.

— Une autre séance de divination n'est peut-être pas nécessaire, insista Tice. Vous devriez garder vos forces. Vous vous surmenez.

Kiara effleura des doigts les motifs complexes du vieux pendentif. Il était incrusté de pierres ovales taillées dans chacune des cinq gemmes consacrées à la Déesse : le diamant, la pierre des profondes cavernes ; le rubis, de la couleur du feu ; l'émeraude, verte comme les mers ; le saphir, bleu comme le ciel ; et l'ambre, comme les yeux de la Dame. Son métal avait été poli par les années, et ses pouvoirs fourmillaient dans ses doigts.

— Vraiment, Tice, reprit Kiara en lui touchant délicatement le bras, vous vous faites trop de souci.

Elle lui offrit son plus charmant sourire, et il secoua la tête, résigné.

— Vous êtes toujours arrivée à vos fins, avec moi, Kiara, répondit-il. Et je ne m'attends pas que cela change. Je vous implore juste d'économiser vos forces. L'Isencroft a besoin de vous.

— Tout le monde est là, Votre Altesse, déclara Kellen, un garde des plus fidèles.

Le soldat avait assisté à tous les Rituels depuis le début, mais il semblait toujours profondément mal à l'aise.

Kiara examina le petit groupe anxieux. Ses cinq plus proches conseillers attendaient la Séance, avec appréhension mais avec conviction. Allestyr, le sénéchal du roi, hochait la tête dans une prière silencieuse, tout comme frère Félix, un acolyte de l'Oracle.

— Je vais commencer la procédure de protection, annonça Cerise, la guérisseuse de la défunte mère de Kiara, en prenant place.

Elle avança et prit un calice sur l'autel qui se trouvait au centre de la pièce. Même ses talents de guérisseuse ne pouvaient empêcher son dos de se courber, ni la fatigue d'opérer sur son corps sous le poids des années.

Les autres formèrent un cercle au centre duquel Kiara alla se placer. Cette fois, Jae se percha sur l'épaule de Tice. Frère Félix leva les mains avec déférence, révélant un second calice qu'il serrait délicatement entre ses paumes rugueuses.

Celui-ci était bas et large, rempli d'eau plate. Kiara saisit l'objet en verre et le leva devant elle. Puis elle prit une profonde inspiration et commença.

— Pouvoirs tout-puissants, entendez-moi ! Déesse de la Lumière, écoutez ! récita-t-elle, les yeux fermés, concentrée. Je suis l'Élue d'Isencroft, l'héritière du sang. Nous sommes rassemblés pour invoquer les anciens Pouvoirs. J'appelle les Pouvoirs par le sang de ma famille et par la couronne. Au nom des visages de la Sainte, protégez ce royaume. Puisse la Mère le défendre comme son premier-né et la Vengeresse garder ses frontières. Puisse la Dame Noire le choyer comme un amant et l'Enfante, dans toute son innocence, le préserver comme son bien-aimé. Qu'il en soit ainsi !

Le calice flamboya, éclairant le visage de Kiara d'une sinistre lueur bleue. La jeune femme hoqueta quand l'air commença à s'agiter autour d'eux. D'abord doux, il devint de plus en plus fort jusqu'à tourbillonner en sifflant, et Kiara crut distinguer des visages dans ce vent magique.

— Esprits de la terre, entendez-moi ! reprit-elle. Vents du nord, obéissez ! Eaux des terres du sud, pliez vos courants à la volonté de l'Élue. Feux du soleil de l'est, soumettez-vous à mes ordres. Royaume de nos pères sous le soleil de l'ouest, par le droit des héritiers d'Isencroft, j'exige que vous révéliez ce qui est caché et que vous trouviez ce qui nous est cher. Ainsi soit-il !

Une lueur apparut au fond de l'eau immobile. Kiara regarda dans le calice et ses vapeurs tourbillonnantes.

À l'intérieur, l'image était presque complète.

— Cam et Carina, commenta Cerise quand l'image des cousins de Kiara, partis pour leur Voyage, emplit la coupe.

Les vapeurs bougèrent et le reflet s'estompa. Quand tout s'effaça dans l'eau, Cerise haleta.

Les images changèrent de nouveau ; elles se transformèrent en fragments de scènes si brefs qu'il était à peine possible de les identifier, on aperçut des flammes et des épées étincelantes. Kiara vit les images trembloter dans la vapeur ambrée. Carina était en danger, et Cam avait le visage sombre, les cheveux trempés de sueur, il se battait à l'épée. Puis un brouillard gris masqua le reste.

Kiara se laissa tomber à genoux, et l'image disparut.

— Rompez le cercle ! siffla Cerise. Nous ne pourrons pas vous aider tant que vous n'aurez pas rompu le cercle !

— Vent et Feu, Terre et Mer, je vous libère ! murmura Kiara.

La lumière du calice diminua puis s'évanouit dans les ténèbres. Tice et Allestyr bondirent en avant alors que Kellen entourait Kiara de ses bras et la soulevait doucement du sol. Frère Félix prit la coupe à Cerise.

— Qu'a-t-elle vu ? demanda Allestyr.

La guérisseuse secoua la tête.

— Rien de bon, j'en ai bien peur. Cam et Carina sont en danger, mais les eaux ne sont pas claires. Impossible de dire si notre vision a eu lieu ou si elle doit se produire et si elle peut être changée.

— Merci, murmura Kiara, qui s'appuyait toujours lourdement sur Kellen.

Elle sentait vibrer les derniers vestiges des pouvoirs qu'ils avaient invoqués.

D'un coup d'épaules, le garde ouvrit la grande porte de la chambre de Kiara, et Cerise aida la princesse à se coucher. Frère Félix s'avança pour l'assister, pendant que Tice et les autres attendaient derrière, le long du mur de la pièce.

— Alors ? demanda Tice.

Cerise leva le regard et dégagea une mèche de cheveux gris de ses yeux.

— Elle va s'en remettre, le rassura-t-elle. Mais elle s'affaiblit à chaque nouvelle séance.

Kiara tourna la tête pour observer la vieille guérisseuse.

— Vous savez que je déteste quand vous parlez de moi comme si je n'étais pas là, se plaignit-elle, un sourire fatigué adoucissant son reproche.

Cerise lui tapota la main et lui appuya une coupe sur les lèvres. Ils avaient eu leur réponse pour cette nuit, pensa Kiara. Cam et Carina, le champion et la guérisseuse du roi, étaient en danger. Leur quête de la Consœurie et d'une solution pour soigner la maladie du souverain était toujours incertaine.

Cerise termina ses soins et se leva. La princesse luttait contre le sommeil, déterminée à rester éveillée tant que les autres seraient près d'elle. Jae quitta l'épaule de Tice et alla se poser sur la tête du lit de Kiara, comme une sentinelle.

Allestyr prit une bouilloire dans la cheminée et leur servit à chacun une tasse de vin chaud. Cerise saisit délicatement la sienne entre ses mains et s'enfonça dans un fauteuil, le regard plongé dans les flammes.

— Elle exige trop d'elle-même, en prenant la place de son père et en s'entraînant pour son Voyage. L'absence de Carina ne fait qu'aggraver les choses, remarqua-t-elle.

— Peut-être que l'Oracle…, commença Allestyr.

— Vous savez que le roi n'a aucune patience avec l'Oracle, répondit Cerise d'une voix fatiguée. La Déesse garde trop souvent ses conseils pour elle, en ce qui concerne les problèmes de l'Isencroft.

— Il nous faudra bientôt une réponse, intervint Kellen en vidant sa tasse.

— Je sais, Kellen, murmura Cerise. Je sais.

Ils en dirent peut-être plus après cela, mais le vin chaud, la chaleur du feu et la fatigue de la soirée eurent finalement raison de la volonté de Kiara, et malgré tous ses efforts, elle sombra dans un profond sommeil.

Chapitre 6

Jared Drayke tapait des doigts.

— Il ne nous dit pas tout ce qu'il sait, grogna-t-il.

Foor Arontala fit un signe en direction du bourreau en robe noire, et l'objet de l'irritation de Jared cria de nouveau sous la brûlure du fer rouge.

— Je vous en prie, arrêtez ! supplia le soldat. Messire, je vous jure que je vous ai tout dit !

Jared se renfrogna dans l'instant.

— Où est mon frère ? aboya-t-il.

Le visage du soldat était blême de terreur.

— Personne ne le sait, Sire, je vous jure que c'est la vérité. Nous avons perdu sa trace à Ghorbal, quand il s'est enfui avec le mercenaire Vahanian. C'est comme s'ils avaient été complètement engloutis. Je ne peux rien révéler de plus. Pitié, Majesté, je vous en prie, gémit l'éclaireur.

Enchaîné et forcé de s'agenouiller devant son roi, l'homme était à peine cohérent ; une série de brûlures fraîches suintaient sur son visage et son bras, témoignant de la frustration de Jared.

Ce dernier explosa dans un chapelet de jurons.

— Non, bien sûr, tu ne peux rien me dire. Tu as échoué. (Il fit un nouveau signe de tête au bourreau, qui reposa son tisonnier et prit une hache.) Tu connais les conséquences de l'échec.

Avant que l'éclaireur ait eu le temps de se retourner pour regarder, le bourreau souleva son arme et, d'un geste précis, sépara la tête du soldat de ses épaules. Le corps s'effondra à côté de l'échafaud en se vidant de son sang, qui s'écoula dans l'étroite rigole courant au bord du promontoire jusqu'à une coupe ornementée. Écœuré, Jared détourna les yeux.

— Exposez sa dépouille devant les baraquements, ordonna-t-il. Qu'il serve d'exemple. Peut-être que le prochain éclaireur sera plus appliqué. (Le roi fit volte-face vers le sorcier en robe rouge qui se tenait silencieusement auprès de lui.) On ne peut pas dire que mon mage ait fait beaucoup mieux, dit-il sur un ton ironique après que le bourreau eut traîné le cadavre et sa tête en dehors de la pièce.

Foor Arontala était un homme mince, aux épaules légèrement voûtées ; ses longs cheveux bruns et ternes tombaient négligemment autour de son visage blafard et juvénile. Sa robe couleur de sang séché ne faisait que souligner sa pâleur. Les yeux bleu clair d'Arontala laissaient soupçonner son âge réel – plusieurs siècles, et non quelques simples décennies – et ses lèvres fines cachaient des incisives qui confirmaient la rumeur prétendant qu'il faisait partie des Sans-Mort. Son expression était aussi indéchiffrable qu'à l'accoutumée.

— Je ne suis pas sûr de comprendre ce que vous dites, Sire.

Jared émit un son méprisant.

— Mon œil ! Vous m'aviez assuré que tout se passerait bien.

— C'est le cas, répondit le mage, insensible à la colère du souverain. Vous êtes sur le trône de Margolan, et tous ceux qui vous ont résisté ont été réduits au silence.

— Mon frère est en vie, aboya Jared. Il pourrait organiser une révolte et me défier pour s'emparer de ma place…

— Votre frère n'a jamais manifesté le moindre intérêt pour les choses du gouvernement.

— Il n'a pas besoin de ça, fulmina Jared. Il lui suffit de vivre assez longtemps pour arriver en Dhasson, et d'autres feront de lui un symbole de ralliement.

— Alors nous devons nous assurer qu'il n'atteindra jamais Dhasson.

Le roi se leva et se dirigea vers la fenêtre de la pièce. C'était l'automne, et seuls les épais murs de pierre du palais protégeaient la salle du froid. Ses cheveux noirs ondulaient légèrement sur ses épaules, encadrant un visage qui aurait pu être charmant sans le rictus arrogant qui tordait ses lèvres et l'étincelle sévère qui animait ses yeux bruns. La ressemblance entre Jared et son jeune demi-frère ne pouvait tromper personne, bien que Tris ait la peau aussi claire que lui l'avait brune.

— Que suggérez-vous ?

— Vous êtes certain qu'il se dirige vers l'est. Les routes qui y mènent sont peu nombreuses. Engagez un pisteur pour le retrouver et récompensez-le généreusement pour cette chasse.

Jared pivota vers son interlocuteur.

— Et c'est tout ? J'aurais pu trouver ça seul. Un mage ne peut pas avoir de meilleure idée ?

Arontala lui jeta un regard glacial.

— Il y a un temps pour la magie et un temps pour les hommes. Mon art me confirme que votre frère est en vie et qu'il se déplace vers l'est. Mais, sans informations plus précises, je ne peux invoquer le mal, à moins de provoquer des ravages sur une bonne partie de la population qui occupe la route de l'est.

— Eh bien, faites-le !

Arontala eut l'air légèrement amusé.

— Ce ne serait pas sage, Sire, répondit-il en s'éloignant du mur. Même vous régnez avec le consentement du peuple. Mon pouvoir ne pourrait rien si les habitants se soulevaient en assez grand nombre pour changer les choses. Des rumeurs courent toujours sur la mort de votre père. Et sur votre mage noir si suspect, ajouta-t-il avec une pointe d'ironie. Vos sujets vous craignent, mais ils ne vous détestent pas. Pas encore. Attendez que votre frère soit mort pour leur rendre votre présence plus pénible, ou bien vous lui fournirez précisément l'occasion que vous voulez éviter.

Jared se retourna pour regarder par la fenêtre.

— Alors engagez vos assassins et payez-les correctement. Je veux que Tris disparaisse.

— Comme vous voudrez, Monseigneur.

Jared le regarda par-dessus son épaule.

— Et l'autre problème ? L'avez-vous réglé ?

Arontala traversa la pièce, mais Jared ne le vit pas bouger. C'était une mauvaise habitude que le mage avait prise, et il le soupçonnait de continuer à agir ainsi précisément parce que cela l'ennuyait. Arontala souleva la coupe qui contenait le sang du soldat et fit courir ses doigts sur son rebord. Le mage se passa la langue sur les lèvres, leva l'objet et se mit à boire. Jared aperçut alors l'éclat de ses dents blanches, qui le fit frémir.

— Allez faire ces choses répugnantes ailleurs, aboya-t-il. Un mage qui peut se déplacer seulement dans les ténèbres ne m'est que partiellement utile.

Arontala n'obéit pas à son ordre et reposa le récipient vide ; sa bouche était immaculée.

— Vous ne devriez pas parler de ce que vous n'êtes pas en mesure de comprendre, Majesté, dit le mage, moqueur. Si vous préférez, je peux me nourrir autrement, mais je ne suis pas sûr que vous soyez vous-même assez fort… à l'heure qu'il est… pour entretenir impunément un vayash moru solitaire.

— Votre cher don ténébreux ne m'a pas beaucoup servi, grommela Jared. Quant aux rumeurs, pensez-vous que la populace me croirait capable de protéger quelqu'un dans votre genre… après tout le mal que nous nous sommes donné pour exterminer tous vos semblables ? (Il s'arrêta un instant.) Je suis toujours convaincu que nous aurions pu faire d'eux… quelque chose d'utile.

— Oh oui, acquiesça Arontala d'une voix mielleuse que son interlocuteur trouva un peu trop ironique. Jared Drayke, chasseur de vayash moru, défenseur du royaume. Même moi, je ne pourrais maîtriser et contrôler autant de… mes semblables, comme vous les appelez…

— Même vous ? ricana Jared. (Arontala fit un geste dédaigneux de la main.) Il y a toujours les fantômes du palais.

— La dague qui a abattu votre père a été ensorcelée pour détruire son âme autant que son corps. Sa dépouille a été brûlée, et les cendres mélangées à de la racine de digitale puis dispersées par une nuit de pleine lune. Il n'existe aucune magie capable de le ramener, répondit Arontala.

— Et les autres ?

— Certains spectres ont été bannis, répondit le mage. Ils ne peuvent pas revenir tant que je ne les y invite pas. En ce qui concerne votre belle-mère et sa gosse, leur esprit est toujours ici, sous ma garde attentive, dit-il avec un sourire assassin, tout en marchant autour de l'orbe rouge qui palpitait au centre de la pièce. Elles attendent le Festin, précisa-t-il en promenant sa main juste au-dessus de la surface de la sphère. Elles sont en lieu sûr, dans mon Happeur d'Âmes, sourit-il.

— Il y a toujours Bava K'aa, fit brutalement Jared. J'ai vu de quoi elle était capable.

— Bava K'aa est morte.

Jared se retourna vers le mage et secoua la tête.

— C'était une magicienne. Très puissante. Elle était en mesure de commander à son esprit de rester.

— C'est pour ça que nous avons mis en place une protection autour de la salle du trône quand votre père est tombé, rétorqua Arontala. Et c'est pour ça que j'ai invoqué ce sortilège afin de bannir les fantômes du château. Si son esprit est ici, ce que mes sens ne confirment pas, elle n'est pas venue en aide à Bricen.

Jared commença à faire les cent pas.

— Oui, c'est vrai, répondit-il doucement, comme s'il se parlait à lui-même et non à Arontala. Mais elle a toujours préféré les gosses de Serae. Et je crois qu'elle voulait que ce soit le fils de Serae qui gouverne. (Il leva les yeux vers le mage.) Je veux que vous trouviez son corps et que vous le détruisiez.

Arontala lui renvoya un regard sceptique.

— Bava K'aa a été enterrée dans une citadelle de la Consœurie. Rien, à part une guerre, ne pourrait abattre les protections de cet ordre.

— Pourquoi êtes-vous aussi certain de ce qui ne peut pas être fait, et pas de ce qui peut être fait ? explosa Jared. Vous êtes censé vous assurer que rien ne contrarie mes plans. Si vous n'en êtes pas capable, peut-être existe-t-il un mage plus puissant qui le pourra !

Arontala eut l'air légèrement amusé.

— Peut-être. Mais je sens qu'il y a une chose que vous craignez plus que le fantôme de Bava K'aa.

Jared s'arrêta net devant l'âtre vide et plongea le regard dans les ténèbres qui l'emplissaient.

— J'ai toujours entendu dire que les sorciers devaient avoir un héritier mage. (Il se retourna face à Arontala et se força à river ses yeux dans les siens, noirs et railleurs.) Et celui de Bava K'aa était mon maudit frère ?

Comme toujours, le regard d'Arontala ne dévoila rien.

— Vous n'avez aucune raison de croire cela. Votre frère n'a jamais montré plus d'intérêt pour la magie que pour les choses du gouvernement. Vraiment, Jared, si vous pensiez qu'il serait si dangereux, pourquoi ne l'avez-vous pas tué vous-même ? Vous en avez souvent eu l'occasion.

— S'il a les pouvoirs de Bava K'aa, poursuivit Jared obstinément, comprenez-vous ce que cela signifie ? Il pourrait invoquer son esprit pour me combattre, utiliser ses pouvoirs contre moi et prendre mon trône. S'il devient Invocateur, s'il a hérité du don de grand-mère, alors les revenants et les non-morts lui obéiront.

— Vous vous laissez impressionner par des contes pour enfants et des histoires de fantômes.

— Dans ce cas, prouvez-moi que j'ai tort, siffla Jared en se retournant vers le mage. Éliminez la Consœurie. Assurez-vous que Bava K'aa ne peut revenir d'entre les morts. Et trouvez mon frère !

— Comme vous voudrez, Sire, répondit Arontala avec une profonde révérence dont Jared n'était pas certain qu'elle était respectueuse. Mais il y a quelques détails qui pourraient vous intéresser.

— Parlez.

— J'ai placé une barrière magique à la frontière avec Dhasson, lui apprit Arontala en souriant de sa propre ingéniosité du coin de ses fines lèvres. Elle est destinée précisément à votre frère. Elle invoquera tous les êtres maléfiques des Terres du Nord dès qu'il quittera le territoire. (Arontala eut un rictus de contentement.) Personne ne peut résister à ces… créatures… et y survivre.

— Personne, à part un mage, marmonna Jared d'un air sinistre. Mon frère a autant de vies qu'un chat. (Il se remit à faire les cent pas.) Et vous avez beau affirmer être le sorcier le plus puissant des Royaumes de l'Hiver, vous ne m'avez pas dit qui avait engendré ces créatures des ténèbres ; car elles sont au-dessus de ce que vous pouvez créer.

C'était la première fois que Jared marquait un point face à Arontala, qui se retourna avec un geste dédaigneux.

— Peu importe qui les a conçues, répliqua-t-il. Ce qui nous intéresse, c'est de les avoir rendues utiles.

— Peu importe qui les a conçues, répéta Jared d'un ton moqueur, jusqu'à ce que ce mage apparaisse.

— Il y a des problèmes plus urgents à régler, répondit impatiemment Arontala.

— Comme mon frère.

— Il n'est pas très doué pour le combat, Majesté, argumenta Arontala avec condescendance. Même avec de l'aide, il aura trop de créatures à affronter. Il ne passera pas la frontière vivant. Ou ne le restera pas longtemps.

— Vos promesses sont du vent ! aboya Jared. Je ne connaîtrai pas le repos tant qu'il ne sera pas mort.

— Vous n'attendrez plus longtemps, Votre Majesté, répondit Arontala en regardant par la fenêtre. Êtes-vous si peu confiant ?

— Oui, répliqua Jared. Vous ne m'avez pas remis l'Isencroft, et vous m'avez encore moins débarrassé de mon frère. Si des questions aussi simples vous échappent...

— Seul un roi faible utilise la magie, quand la politique suffit, répondit impatiemment Arontala en tournant le dos à la croisée. Vous êtes en possession d'un contrat signé de votre père et du roi Donelan d'Isencroft, scellant les fiançailles d'une princesse d'Isencroft avec l'héritier du trône de Margolan. J'ai tout arrangé pour que Catoril se rende dans cette contrée et revienne avec la princesse Kiara pour une visite. Il ne vous reste qu'à lui faire bonne impression. Je pensais que vous pourriez gérer cela.

Jared dévisagea le mage.

— Vous devriez déjà avoir réglé le problème de Donelan, à l'heure qu'il est, répliqua-t-il en se mettant à faire les cent pas. Il y a toujours des risques qu'il interdise le mariage. Tuez-le, et elle n'aura plus le choix. L'Isencroft est au bord de la famine. Même notre fière princesse guerrière doit voir qu'elle n'a pas d'autre choix que celui de rechercher la… protection de Margolan.

Arontala regarda Jared avec un amusement ironique.

— Il paraît que les personnes les plus dépendantes de la magie ne sont pas les mages. J'ai jeté à Donelan un sort débilitant. Il résiste. En faire plus, à cette distance, reviendrait à gaspiller mes pouvoirs.

— C'est à moi d'en juger ! aboya Jared. Je vous avais dit que je voulais sa mort.

— Patience, Majesté, dit doucement Arontala. Patience. Il ne serait pas judicieux de trop dévoiler l'étendue de nos pouvoirs. Pas encore. Donelan ne s'est pas montré depuis des mois. Si je ne pouvais voir ce qui se passe là-bas, nous penserions qu'il est déjà décédé. Et Kiara Sharsequin n'est pas simplement l'une de vos maîtresses sans cervelle. C'est l'Élue de la Déesse, et une habile guerrière. Vous devrez gagner son consentement pour l'épouser grâce à vos propres talents. (Il sourit froidement.) Quand le mariage sera prononcé, je ferai en sorte qu'elle meure.

— Encore des promesses, marmonna Jared. Laissez-moi. Je suis fatigué de vos bavardages. Apportez-moi des nouvelles quand vos espions seront arrivés sur les routes de l'est. Je veux être mis au courant dès que mon frère passera la frontière.

Arontala s'inclina profondément, avec une grâce exagérée.

— Comme vous voudrez, Majesté, murmura-t-il.

Pourtant, au coup d'œil que le sorcier lui décocha, Jared ne douta pas un instant que cette démonstration de servitude n'était qu'un jeu dangereux de plus.

Jared regarda le mage s'en aller et haussa les épaules. Il pouvait essayer de le rassurer autant qu'il voulait, songea-t-il, mais il sous-estimait Bava K'aa.

En dépit de son épaisse robe, le roi frissonna. En matière de fantômes, le château avait largement de quoi faire. Et à cet instant, malgré la protection d'Arontala, il aurait pu jurer qu'il ressentait leur présence, qu'ils attendaient, mesquins, en colère. Il devait s'assurer que Tris ne pourrait jamais s'appuyer sur leur pouvoir, jamais les retourner contre lui de la même manière qu'ils avaient anéanti les assaillants du roi Hotten, des générations plus tôt.

Arontala prétend qu'il les a bannis, mais ils sont peut-être juste derrière les portes, pensa-t-il. *Et ils attendent.*

Il regarda de nouveau dehors, s'efforçant de calmer son cœur battant. Les vivants, il pouvait les maîtriser, mais les morts, c'était un tout autre problème.

Chapitre 7

Tris et les autres établirent leur campement à la lisière d'une petite forêt, juste assez loin dans les arbres pour se cacher du village voisin. De retour des festivités ou profitant des dernières foires avant l'hiver pour vendre des marchandises, les gens passaient en nombre sur la route. Harrtuck fit donc un petit feu sans s'inquiéter.

— Et maintenant ? demanda Tris à Vahanian quand le mercenaire s'assit auprès du brasier, une tasse fumante de bière coupée d'eau entre les mains pour lutter contre le froid.

Vahanian leva les yeux vers lui.

— Maintenant, nous devons trouver une couverture pour aller vers l'est, répondit-il en vidant sa tasse avant de la poser. (Il serra les mains et plongea les yeux dans les flammes.) Les caravanes en font de bonnes, reprit-il après une pause. Elles servent de camouflage pour beaucoup de gens et font passer le temps plus vite sur la route.

— Ce ne sera pas trop lent ? interrogea Carrovet en finissant son dîner. Je veux dire, les convois doivent s'arrêter souvent pour vendre leur marchandise et donner leurs spectacles.

— Ça vaut le coup pour quatre fugitifs et un guide qui essaient de ne pas se faire remarquer, ajouta Vahanian sans détacher ses yeux du feu.

— Qu'allons-nous faire, alors ? s'enquit Sotérius en posant son assiette. Juste aller vers une caravane en disant : « Bonjour, nous voudrions que vous nous engagiez comme mercenaires » ?

Harrtuck éclata de rire et Vahanian lui-même sourit.

— À peu près, répondit ce dernier. Si les convois passent dans le coin, je pense à une caravane en particulier. Le propriétaire, Maynard Linton, est un ami à moi. Il nous emmènera, sans poser de questions, et gardera ses états d'âme pour lui s'il remarque que nos gardes sont un peu trop bien élevés, précisa-t-il avec un regard bien dirigé vers Tris et Sotérius.

— Comment allons-nous le trouver ? demanda Tris.

Vahanian haussa les épaules.

— Il y a un hameau, de l'autre côté de la forêt. Je vais descendre à la taverne. Les taverniers savent toujours où se trouvent les caravanes.

Il partit dans l'heure qui suivit pour le village situé en bas de la pente, pendant que Tris et les autres restaient cachés dans le bois. Vahanian s'arrêta à l'entrée du bourg pour faire le point. Tout avait l'air assez calme. Quelques drapeaux étaient encore sortis après les festivités, accrochés aux coins des bâtiments, flottant mollement et tristement dans le vent de l'automne.

La taverne se trouvait en bordure du hameau, et son enseigne était à moitié décrochée et illisible. Vahanian avança sur les marches qui s'affaissaient, repoussant du pied un ivrogne qui se trouvait en travers du passage, et poussa la porte crasseuse. Quelque chose frôla ses bottes quand il entra. L'établissement était plein, ce qui, Vahanian en était sûr, témoignait de l'absence de concurrence, plus que de la qualité de la nourriture et de la bière. Il examina la clientèle : un tiers de marchands, quelques assassins sans importance, des prostituées moins nombreuses et plus laides que d'habitude, et un ou deux guerriers solitaires qui n'étaient autres que de vulgaires voyous.

Il prit place au bar de manière à tourner le dos au mur, et posa négligemment sa botte sur l'accoudoir d'un fauteuil pendant que le barman lui apportait une chope de bière. Il passa toute une chandelle à écouter silencieusement les clients se plaindre des taxes et des gardes, des routes boueuses et du trop-plein de pluie. Il se fit plus attentif quand les discussions abordèrent les troubles à l'est, mais il n'entendit rien de plus précis que des rumeurs de magie noire et de bêtes féroces. Tout en écoutant, il observait l'assemblée. Il y avait assez peu de tavernes sur la route de l'est, ce qui permettait à ceux qui voyageaient de se reconnaître les uns les autres. Parmi ces personnes se trouvaient les chasseurs de primes, que Vahanian voulait éviter plus que jamais.

— Vous savez si des caravanes vont passer par ici ? demanda-t-il en vidant sa chope.

Il fit glisser une pièce sur le bois collant du bar.

Le barman haussa les épaules, mordit la pièce et la fourra dans la poche de son tablier.

— J'ai entendu dire qu'y en avait une sur la route, répondit-il d'une voix qui laissait entendre qu'il avait un peu trop goûté ses propres produits.

— Une en particulier ?

— Peut-être. On m'a parlé de la caravane de Couras. Elle passerait par ici dans quelques semaines pour aller vers le sud, ajouta le tavernier et essuyant un verre et en le rangeant pour le réutiliser. 'Paraît qu'la caravane de Linton va vers l'est. Y devrait être là dans deux ou trois jours.

Vahanian hocha la tête et but sa bière. Il se figea en reconnaissant un homme trapu aux cheveux blonds et gras qui se levait d'une table du fond. Il le soupçonnait de l'avoir recherché, quand il était à Ghorbal. Lorsqu'il s'agissait de traquer des proies, les chasseurs de primes semblaient avoir tout leur temps. Si celui-ci réfléchissait un peu à la direction que prenait Vahanian, il vérifierait les auberges avant lui. Une telle poursuite serait déjà ennuyeuse si le mercenaire était occupé à l'une de ses affaires habituelles, mais, avec les fugitifs qu'il traînait, il était hors de question qu'il coure cet énorme risque. Il allait devoir faire quelque chose. Sous le regard de Vahanian, le chasseur de primes traversa la foule attablée pour se diriger vers la porte. Vahanian se tourna légèrement pour masquer son visage quand l'homme passa près de lui, puis il posa sa bière au moment où le battant se referma derrière le personnage. Il le suivit dans la nuit.

Dans l'obscurité de la ruelle à l'arrière de l'auberge, Vahanian attrapa le chasseur de primes par-derrière et referma son bras autour de la gorge de l'homme.

— Alors, Chessis, tu es toujours sur le marché, lança-t-il en resserrant sa prise.

— Laisse-moi partir, Vahanian. Ce n'est pas toi, que je cherche.

— Bien, répondit le mercenaire en maintenant sa pression sur le cou de Chessis. Et mort, je ne rapporterais pas beaucoup d'argent.

— C'était il y a longtemps, dit Chessis d'une voix enrouée. Ils ont sûrement annulé la prime, depuis.

— Je ne sais pas pourquoi, mais j'en doute. Que fais-tu ici ?

Le chasseur de primes se retourna légèrement, juste assez pour rapprocher sa botte de sa main, et Vahanian comprit presque trop tard qu'il avait caché une lame. Le couteau déchira la jambe de son pantalon quand il relâcha sa prise et sauta en arrière, tirant sa propre arme. Chessis s'accroupit en une position défensive, et se mit à tourner autour de son adversaire en cherchant une issue du regard. Dans l'étroite ruelle, sous l'enchevêtrement de fils à linge, il était impossible de manier une épée. Vahanian préféra s'accroupir, son couteau à la main, prêt à s'élancer.

Chessis se jeta en avant. Vahanian para son attaque. Le chasseur de primes feinta, puis chargea de nouveau, frappant Vahanian au bras. Celui-ci pivota en jurant, et lança brusquement son pied vers son ennemi surpris. Sa botte percuta la main qui tenait le couteau et envoya l'arme faire des ricochets dans la petite rue. Avant que Chessis ait eu le temps de le récupérer, son adversaire tourna sur lui-même, pénétra la défense du chasseur de primes et lui enfonça profondément son couteau dans la poitrine. Dans un râle, l'homme aux cheveux gras plaqua ses mains sur la tache qui se répandait sur sa chemise et s'écroula au sol, juste au moment où Vahanian sentait la pointe d'une épée dans son dos.

— Nous sommes peut-être trop à l'étroit pour nous battre avec ça, dit une voix grave, mais j'ai largement la place pour te passer cette lame au travers du corps, Jonmarc.

Vahanian lâcha son couteau et leva les mains en l'air.

— Salut, Vakkis.

— Un jour, avant que je te tue, il faudra que tu m'apprennes ce jeu de jambes, déclara froidement Vakkis. Tu es vraiment fantastique, Jonmarc. Tu pourrais bien me manquer, quand tu seras mort. Échapper aux Nargis est une belle prouesse. Apprendre leurs techniques ancestrales de combat en est une autre. (Il émit un petit grognement du fond de la gorge.) Tout sera beaucoup plus calme pour moi, quand tu ne seras plus là, Jonmarc.

— Je ne savais pas que ça t'inquiétait, Vakkis, répondit Vahanian. Je serais ravi de te donner ta première leçon tout de suite, si tu veux.

Pour toute réponse, l'épée s'enfonça un peu plus entre ses omoplates.

— Tu sais, Chessis disait la vérité, poursuivit le chasseur de primes. Ce n'est pas toi, que nous cherchons ; en tout cas, pas en ce moment. J'ai un autre client.

— Il y a vraiment de la vermine partout, lâcha Vahanian.

Cette fois, l'arme lui tira une goutte de sang.

— Où est Martris Drayke ?

— Comment diantre veux-tu que je le sache ?

— Retourne-toi, lentement, et garde les mains en l'air, répondit Vakkis, en maintenant la pointe de son épée dans la chair de Vahanian pendant que le mercenaire se retournait, laissant ainsi la lame se poser au niveau de son cœur. Voilà, je vais te reposer la question. Où est Martris Drayke ?

— Tu te fais vieux, Vakkis, rétorqua Vahanian. Tu es dur de la feuille. Je ne sais foutre pas de quoi tu me parles.

Un léger sourire se dessina sur le visage de Vakkis.

— Tu ne sais vraiment pas, hein ? ricana le chasseur de primes. C'est encore plus jouissif que je l'imaginais. Jonmarc Vahanian, pris pour un imbécile.

— Content de voir que l'un de nous deux s'amuse. Tu veux bien partager la plaisanterie avec moi ?

Un sourire froid durcit encore plus les traits de Vakkis sous le clair de lune.

— Ils ont réussi à m'échapper à Ghorbal, mais j'ai entendu qu'ils allaient s'associer avec toi. Ce petit régicide de Martris Drayke de Margolan et ses amis ont l'air de s'être trouvé un guide, expliqua Vakkis en regardant Vahanian avec amusement. Tu ne le savais vraiment pas, hein ?

— Je ne sais pas de quoi tu parles.

À la surprise de Vahanian, Vakkis fouilla dans son manteau et en sortit une petite bourse remplie de pièces, qu'il jeta à ses pieds.

— Même selon tes critères, la récompense qui se trouve là-dedans est bonne ; elle est à toi si tu me donnes l'information, déclara Vakkis en reculant d'un pas et en abaissant son épée. Alors, où est Martris Drayke ?

— Crève.

— Toi, Jonmarc, loyal ? Je suis étonné, gloussa Vakkis. Je pensais que tu t'étais débarrassé de ta fidélité quand tu avais démissionné.

— Va te faire voir chez la Déesse.

— Chaque chose en son temps, répondit Vakkis avec un sourire froid. Réfléchis à mon offre. Tu me trouveras facilement. Cette bourse n'est qu'une avance. Jared de Margolan a promis de faire un homme riche de celui qui lui livrera son frère en vie. Et tu n'as jamais laissé un roi, l'honneur ni un pays se dresser entre toi et de l'argent. (Le chasseur de primes fit encore un pas en arrière, dans les ombres de la ruelle, de sorte que son visage et sa silhouette ne furent presque plus visibles.)

» Réfléchis bien, Jonmarc, poursuivit Vakkis, d'une voix emplie de l'air glacial de la nuit. Plus d'or que tu peux imaginer. Donne-moi le tuyau, et j'arrête de te chasser. Fortune et liberté, juste pour livrer une marchandise. Quel homme d'affaires pourrait y résister ? insista-t-il en se fondant dans les ténèbres.

Vahanian resta immobile pendant plusieurs minutes, jusqu'à être assuré que Vakkis était vraiment parti. Ce ne fut qu'à cet instant qu'il prit conscience de la force des battements de son cœur. *« Fortune et liberté. »* Il baissa les yeux vers la bourse qui gisait à ses pieds. *Il n'y a qu'une chose qui soit pire qu'un chasseur de primes*, dit une voix au fond de son esprit. *C'est le mouchard qu'il paie pour son meurtre.* Le froid de la nuit lui brûlait les poumons. Il s'arrêta et, à sa propre surprise, il enjamba la bourse puis se dirigea vers le bout de la ruelle, ne s'arrêtant que pour ramasser la lame qu'il avait dû lâcher.

À son retour, Vahanian retrouva Tris au bord de leur campement, en train de dépecer les lapins que Harrtuck avait rapportés pour leur dîner.

— J'ai tué un homme pour vous, ce soir, prince Drayke, lâcha-t-il d'une voix rauque. (Tris se raidit et se dressa sur ses pieds, mais Vahanian poursuivit.) Vous deviez penser que tout ça n'était pas assez important pour me dire la vérité, même si c'est ma peau que vous risquez pour arriver jusqu'en Dhasson.

— Jonmarc, je...

— Que les choses soient claires, poursuivit Vahanian. Vous ne pouvez pas vous passer de mes services. Nous ne bougerons pas d'ici tant que je ne saurai pas ce qui se passe. Je veux connaître toute l'histoire. Si ce que j'entends me plaît, et si j'y crois, je vous conduis en Dhasson. Sinon, je pars tout de suite, et vous pourrez vous trouver un autre pigeon. Et sachez, Votre Altesse, que je ne suis le vassal de personne. Si je vous mène en Dhasson, et ce n'est encore qu'un très grand « si », ce sera selon mes règles, et à ma manière. C'est clair ? (Tris prit une profonde inspiration et hocha la tête.)

» Bien, reprit Vahanian. C'est que vous êtes plus malin que beaucoup de personnes de sang royal. Maintenant, écoutons votre histoire... en entier.

— Vahanian, tu es de retour, s'exclama Harrtuck.

Il arrivait vers eux d'un pas tranquille depuis le feu de camp, et il s'arrêta derrière le mercenaire. D'un mouvement fluide, celui-ci pivota et projeta bruyamment son poing sur la mâchoire de Harrtuck.

— Nom d'un chien ! Mais qu'est-ce qui te prend ? hurla l'huissier d'armes.

— Un chasseur de primes m'a appris qui était vraiment ta « marchandise », lâcha Vahanian. Il a bien failli me trancher la gorge sans que je le voie venir.

— Jonmarc, tu ne comprends pas…

— Je comprends que ma vie vaut autant que celle de tes trois seigneurs, l'interrompit Vahanian d'une voix rauque, maîtrisant toujours le robuste maître d'armes. Et que je ne peux pas juger des risques à prendre si je ne connais pas les règles du jeu. (Avec un regard furieux, il se retourna et Harrtuck se hissa sur ses pieds.)

» En fait, je ne vois maintenant aucune raison, même votre argent, qui justifierait que je vous accompagne en Dhasson.

— Arontala est de retour. Et il dispose d'un roi, cette fois, pas seulement d'un général, répondit posément Harrtuck dans le dos de Vahanian, qui se raidit en entendant ce nom.

— Comment le sais-tu ?

L'huissier d'armes laissa échapper un rire bref et rauque.

— Comment ? C'est précisément parce que nous le savons que nous sommes en train de nous geler les miches dans la forêt au lieu de nous prélasser devant un bon feu de cheminée au palais, rétorqua-t-il.

Alors, Tris et lui racontèrent leur histoire. Cette fois, la seule chose que Tris omit fut ce qui s'était produit avec Kait dans sa chambre et le rêve qui avait suivi, à propos de sa sœur et de sa magicienne de grand-mère.

Vahanian resta assis en silence pendant plusieurs minutes après qu'ils eurent terminé, les yeux rivés sur ses mains, une expression indéchiffrable sur le visage.

— Je vous emmène en Dhasson, et après ?

— Après, tu récupères ton argent auprès du roi Harrol et tu repars, répondit brusquement Harrtuck. À ce stade, tu pourras retirer tes pions du jeu.

— Et vous ?

— Je reviendrai, dit Tris d'une voix égale. Il faut que quelqu'un arrête Jared. Il n'y a que moi qui puisse le faire.

— Vous allez arrêter Foor Arontala ? Vous savez, mon prince, même l'armée entière du roi Harrol n'y suffirait pas, objecta Vahanian en secouant la tête.

— Ne le sous-estime pas, le corrigea doucement Harrtuck. Sa grand-mère était Bava K'aa. C'est un Invocateur.

— C'est un mage ? demanda brusquement Vahanian, les yeux plissés, en promenant son regard de Tris à Harrtuck. Vous ne me l'avez pas dit.

— Je ne suis pas un mage accompli, répondit Tris. Du moins, pas encore.

— Ouais, eh bien, je déteste les mages.

— Pour l'instant, je ne suis même pas un apprenti mage.

— Eh bien, mon prince, si vous comptez vous dresser contre Arontala en espérant survivre, vous avez intérêt à devenir un sacré bon mage, commenta Vahanian. Content de ne pas devoir être là pour voir ça.

— Je vous avais dit que c'était une mauvaise idée d'engager un mercenaire, lâcha Sotérius en faisant irruption du campement. On ne peut pas plus leur faire confiance qu'on peut dépenser leur argent.

— La bave du crapaud n'atteint pas la blanche colombe, répliqua Vahanian en haussant les épaules. Puisque vous savez tant de choses, servez-leur de guide. J'ai d'autres moyens de gagner tout l'or que je veux.

— Tu veux Arontala depuis plus de dix ans, objecta Harrtuck. Après ce qui est arrivé à Chauvrenne, tu devrais être heureux qu'une telle occasion se présente.

Un sourire cynique tordit le visage de Vahanian.

— On ne peut pas savourer la victoire, si on est mort, rétorqua-t-il. Économise ta salive. Je vais vous conduire en Dhasson. Ensuite, vous vous débrouillerez.

Il s'éloigna, laissant les autres à la lueur du feu.

Tris regarda Harrtuck.

— Et maintenant ?

Frustré, le maître d'armes leva les mains au ciel et cracha.

— Laissez-le se calmer, dit-il finalement en frottant son menton glabre. Par la Putain, ma barbe me manque ! Cette saleté me démange sans arrêt.

— Je n'aime pas ça, reprit Sotérius avec un regard menaçant vers l'endroit où Vahanian avait disparu.

— Vous n'aimeriez aucun mercenaire, fût-il guidé par l'Enfante, envoyé par la Vierge en personne, et porté par les ailes de la Vengeresse, l'interrompit Harrtuck. Vraiment, Ban, je sais ce que les soldats pensent d'eux. Mais autrefois j'étais mercenaire, et vous avez confiance en moi, n'est-ce pas ?

— Vous savez que oui.

— Alors ayez foi en moi pour ça, insista Harrtuck. Jonmarc changera d'avis. (Il regarda en direction de l'homme en colère, à peine visible dans l'obscurité.) Laissez-lui juste un peu de temps.

Tris se pencha en avant pour ramasser le seau vide qui gisait à côté de leur gibier.

— En attendant, je vais chercher de l'eau, décida-t-il, content de pouvoir faire autre chose que rester assis à attendre.

Le soir était toujours le moment le plus difficile. Il se dirigea vers la pente qui menait au puits du village. À la lumière du jour, concentré sur la route, il réussissait à repousser la peine qui menaçait de l'envahir, mais la nuit venue l'épreuve devenait beaucoup trop lourde à supporter. De tout ce qu'il avait laissé derrière lui, c'était Kait qui lui manquait le plus. Parfois, sa perte lui faisait aussi mal que si quelqu'un avait brisé la pointe d'une épée au fond de son cœur. À d'autres moments, c'était trop douloureux pour qu'il ressente quoi que ce soit. Seule l'idée qu'il devrait défier les troupes de Margolan l'empêchait d'aller chercher du réconfort dans la flasque d'eau-de-vie que Harrtuck transportait. Ainsi, il luttait contre cette douleur sourde qui lui interdisait de se concentrer sur autre chose, et se demandait si elle s'atténuerait, et quand.

La manivelle en bois du puits protesta en grinçant quand Tris tira un seau rempli d'eau. Lorsqu'il s'approcha de la margelle, Tris sentit qu'on lui tapotait l'épaule avec insistance. Il se retourna, lâchant la manivelle pour dégainer son épée, mais personne ne se trouvait auprès du puits. Le vent d'automne lui piquait le visage, et Tris prit conscience que la nuit était soudain plus froide. Ses cheveux se dressèrent sur sa nuque, et il regarda de nouveau autour de lui quand la présence d'un fantôme lui causa des fourmillements.

— Montrez-vous, chuchota-t-il dans les ténèbres.

Il attendit. Comme rien ne se produisait, il fit demi-tour et recommença à puiser de l'eau, pour sentir de nouveau qu'on lui tapait sur l'épaule. Cette fois, il tira le seau jusqu'à la margelle du puits en pierre avant de se retourner. Il ferma les yeux, se concentra sur le fourmillement et canalisa toute sa volonté sur la présence qu'il invoqua. Quand il ouvrit les paupières, le spectre d'une jeune femme se tenait devant lui. Elle portait une robe de fille de cuisine qui datait d'au moins une génération. Elle avait la carrure robuste et épaisse d'une trayeuse, mais ses yeux étaient emplis d'une telle tristesse que Tris s'avança instinctivement vers elle pour la réconforter.

— S'il vous plaît, messire, avez-vous vu mon bébé ?

Tris secoua la tête, et la peur remplaça le chagrin dans les yeux de la jeune fille.

— Il était là il y a un instant, dit-elle en faisant un pas vers le puits. Je me suis juste retournée pour prendre un autre seau. (Elle pivota vers le puits, regarda au fond puis poussa un cri d'horreur.) Oh douce Déesse, je vois son bonnet ! gémit-elle en s'arrachant les cheveux avant de se jeter dans l'eau.

Tris n'eut pas le temps de faire le moindre geste.

Vaporeuse comme elle l'était, il n'eut aucun moyen d'empêcher le dramatique événement de se reproduire. Le cœur battant, il observait le puits silencieux, devinant la tragédie qui attachait l'esprit de la jeune femme à ce lieu. Il ne faisait aucun doute qu'elle avait laissé son petit garçon sans surveillance pendant un court instant. À son retour elle s'était aperçue qu'il avait grimpé sur la margelle et avait basculé, puis était mort. Mue par le chagrin, elle s'était jetée dans le puits après lui, condamnée à répéter cet horrible moment pour l'éternité.

Peut-être pas, songea Tris. Il posa une main sur la pierre froide et ferma les yeux. Il fut parcouru par un frisson de défi quand il se décida à tenter quelque chose qu'il pouvait à peine concevoir en esprit. Se fiant plus à son instinct qu'à ses pensées, il se tourna vers la jeune femme condamnée au royaume silencieux des spectres, là où il avait aperçu Kait au palais. Au bout d'un moment, il sentit un petit coup en réponse à son appel. Ce qu'il percevait prenait de l'ampleur à mesure qu'il se concentrait dessus afin de faire prendre corps à la revenante. Quand il ouvrit les paupières, elle se tenait devant lui, transparente mais visible.

— Je veux vous aider, dit-il doucement.

Si je peux retenir l'esprit de Kait ici, peut-être puis-je aussi aider ce fantôme à s'en aller, songeait-il, bien qu'il n'ait aucune idée de la façon dont il devait s'y prendre.

— Je ne partirai pas sans mon fils.

— Vous avez prouvé votre amour en restant avec lui. Vous avez payé votre dette. Vous pouvez reposer en paix.

Sur ces mots, Tris se retourna vers le puits au fond duquel il regarda, dans les eaux noires. Il ferma les yeux, se concentra, et tendit une main vers l'eau. Rien ne se produisit. Il sentait la fatigue le gagner, mais il essaya encore sans recevoir aucune réponse. La troisième fois, il avança le bras vers les ténèbres, et perçut un léger coup. Alors il tira de toutes les forces de sa volonté, et ressentit progressivement la présence d'un autre esprit, petit et léger. Quand il ouvrit les paupières, le spectre d'un tout petit enfant était assis au bord du puits. En le reconnaissant, la femme eut un hoquet et s'élança en avant pour le serrer dans ses bras.

— Perdu, pleurait le garçon en se cramponnant à sa mère. Perdu dans le noir.

Tris sentit sa gorge se serrer en regardant les deux formes enlacées. Finalement, il leva la main pour les saluer.

— Il est temps pour vous de partir.

La femme leva les yeux vers lui. Son regard était serein, maintenant qu'elle tenait son fils dans ses bras.

— Je ne sais pas par quelle magie vous pouvez faire ces choses, mais je vous remercie, dit-elle avec une courtoisie gênée. Vous devez être un élu de la Dame.

— Voulez-vous La rejoindre, à présent ? demanda Tris.

La femme fantôme hocha la tête.

— Nous sommes fatigués, répondit-elle sans cesser de serrer son enfant. Maintenant que nous sommes réunis, nous pouvons reposer en paix.

Tris tendit la main, comme le faisait sa grand-mère au-dessus de ceux qui étaient sur le point de mourir. Il se força à se rappeler ce que disait Bava K'aa dans ces moments-là, fit de son mieux pour en retrouver un souvenir précis, à défaut des mots exacts. Les efforts qu'il fournissait lui donnèrent des élancements dans la tête, assez douloureux pour troubler sa vision.

— Dors, ma sœur, prononça-t-il d'une voix à peine plus forte qu'un murmure. Que les vents te portent vers le repos éternel. Que les rivières te guident et que la terre chaude t'accueille. Tu es la bienvenue dans les bras de la Dame. Qu'il en soit ainsi.

À ces mots, l'image d'une vieille femme remuant le contenu d'un énorme chaudron surgit dans son esprit et, quand il ouvrit les yeux, les silhouettes de la mère et de son enfant commençaient à s'effacer. La femme portait son fils contre sa poitrine, sa main levée en signe d'adieu, et le petit garçon le salua de la main.

— Bon sang, mais qu'est-ce qui se passe ? lança une voix grave derrière Tris.

Il fit volte-face pour se retrouver devant Vahanian debout de l'autre côté du puits, les mains sur les hanches, avec une expression de colère mêlée d'incrédulité et de doute.

La gorge de Tris se serra et il se retourna vers son seau.

— Je suis venu chercher un peu d'eau, répondit-il, en espérant que sa voix semblait ferme.

Comme il imaginait les conséquences des événements qui venaient de se produire, la sueur perla sur son front.

— Ce n'est pas ce que j'ai demandé, insista Vahanian d'une voix grinçante. Vous êtes là, dans le noir, à parler aux fantômes. Votre ami disait la vérité, hein ? Vous êtes un mage, poursuivit-il en prononçant ce dernier mot sur un ton clairement accusateur.

Tris carra les épaules et pivota vers le mercenaire.

— Je ne sais pas ce que je suis, répondit-il avec brusquerie. Je suis un prince sans royaume, un fils sans famille, un fugitif et un mendiant. Qu'est-ce que cela peut vous faire ?

— Comme je vous l'ai dit, soit je suis au courant de tout, soit je m'en vais, répliqua Vahanian d'une voix glaciale. Je ne vais pas vous reposer la question, mais je pourrais vous la faire rentrer dans le crâne d'une façon plus concrète. Qu'est-ce que vous fichiez ?

Tris s'humecta les lèvres nerveusement.

— Je… n'en suis pas certain, admit-il. J'ai toujours été capable de voir les spectres, de leur parler, et pas seulement à Revenante, mais tout le temps. Même les fantômes que personne d'autre ne peut voir. (Il haussa les épaules.) Mais je ne les ai jamais aperçus en dehors du palais. Maintenant, depuis les… meurtres (il se força à poursuivre), je vois les esprits hors de Shekerishet aussi facilement que je rencontrais les fantômes du palais.

— Il n'y a pas eu d'Invocateur depuis la mort de la sorcière de Margolan, répondit Vahanian en mâchonnant sa lèvre. C'était il y a cinq, peut-être six ans. Personne pour leur donner le repos, personne d'autre que les voyants et les imposteurs désireux de faire passer un message de l'autre côté, aucune manière pour quiconque de recevoir une bénédiction et d'être sûr que tout cela soit réel. (Il regarda Tris pensivement.) Si vous êtes aussi bon que le croit Harrtuck, alors vous êtes vraiment l'être le plus puissant de Margolan. J'imagine qu'Arontala et ce nouveau roi rêveraient de vous mettre la main dessus. (Avant que Tris ait pu répondre, Vahanian attrapa le seau.)

» Demain, nous discuterons d'une solution pour ne pas faire de vous une cible facile, annonça le mercenaire d'une voix rauque en partant à grands pas vers le campement, de sorte que Tris dut accélérer l'allure pour le suivre. Je doute que votre oncle me paiera, si vous mourez.

Vahanian profita du dîner autour du feu de camp pour faire son rapport aux autres.

— Nous avons de la chance. La caravane de Linton vient par ici, et se dirige vers l'est : exactement là où nous voulons aller.

Sotérius engloutit son repas et alla voir les chevaux, dans l'intention évidente de rester éloigné de Vahanian. Tris était assis silencieusement de l'autre côté du brasier, pas le moins du monde pressé de répondre à d'autres questions du mercenaire, ni de penser aux conséquences de ce qui s'était passé auprès du puits.

Vahanian ne sembla pas le remarquer. Il regarda vers la pente qui descendait en direction du calme hameau. Le soleil venait de se coucher, et les villageois rentraient les troupeaux pour installer leurs bêtes à l'abri pour la nuit. La lueur des fourneaux réchauffait chacune des petites maisons, et des volutes de fumée s'élevaient des cheminées alors qu'une odeur de viande grillée parfumait l'air immobile du soir.

— Nous n'aurons aucun problème pour nous faire engager comme gardes, poursuivit Vahanian. Il y a de l'« agitation » dans l'est, bien que personne ne sache dire exactement quoi. Des bandits, c'est sûr, en tout cas pour partie. (Il secoua la tête et s'interrompit pour mordre dans le lapin que Tris lui avait servi.) Mais il y a autre chose. Je ne serais pas surpris que des problèmes aient surgi à la frontière. De l'autre côté de la Chaîne du Nord, certains clans de sauvages ont toujours été difficiles à tenir à distance.

Il s'arrêta et plongea son regard dans le feu. Harrtuck l'observa d'un air sceptique.

— Tu ne nous dis pas tout, souligna le soldat.

Vahanian haussa les épaules.

— Juste un sentiment étrange à cause de ce qu'on m'a dit, reconnut finalement Vahanian. Les gens ont peur, et certains clients de la taverne n'étaient pas du genre à s'effrayer d'un rien. J'ai eu le sentiment qu'il y avait de la magie noire là-dessous ; c'est du moins ce qu'on craint, ajouta-t-il.

— C'est génial, rétorqua Sotérius en revenant des chevaux. Des bandits, on peut les combattre. Mais nous ne serons d'aucune utilité face à de la magie noire.

Mal à l'aise, Tris remua quand Vahanian lui décocha un regard lourd de sous-entendus.

— Si les informations que j'ai obtenues à la taverne sont exactes, reprit Vahanian, la caravane se dirige dans notre direction. Nous pouvons attendre que le convoi nous rejoigne, dit-il, mais nos provisions se font maigres. Ou alors, ajouta-t-il, nous avons la possibilité d'aller à sa rencontre. Ainsi, nous ferions marche arrière, mais, une fois que nous l'aurions trouvée, nous n'aurions plus à chercher de nourriture. (Il s'interrompit.) Il ne nous resterait qu'à surveiller l'arrivée des soldats.

— Comme je laisse toujours mon estomac voter à ma place, déclara Carrovet, je choisis d'aller à la rencontre de la caravane.

Tris sourit à l'analyse rapide de son ami.

— Ça me semble raisonnable.

— J'en suis content, répondit Vahanian alors que Harrtuck haussait les épaules. Parce que je suis plus fait pour chevaucher que pour patienter sans rien faire. Nous partirons au matin.

Tard cette nuit-là, quand le feu ne fut plus que des braises, Tris resserra sa cape autour de lui, prêt à prendre son tour de garde. Il faisait un froid inhabituel pour la saison, et le gel recouvrait les feuilles des arbres, le glaçant jusqu'aux os. En dépit de l'heure tardive et de ses muscles douloureux, Tris était bien réveillé et attendait que Vahanian revienne de sa ronde autour du campement. Il arriva finalement en vue, et Tris prit son courage à deux mains pour aller à la rencontre du mercenaire.

— Que la Déesse veille sur ceux qui sont assez fous pour être dehors par une nuit pareille, jura Vahanian en tapant des pieds pour en décoller les feuilles mortes. (Dans le froid de l'air, il soufflait de la buée.) Je n'aimerais pas être le prochain à faire le guet, à votre place.

— On dirait que vous venez de vous battre.

Le mercenaire haussa les épaules.

— Il y avait quelqu'un, là-bas. Je l'ai attrapé, mais il a réussi à s'échapper. Maudit soit-il. (Vahanian secoua la tête.) C'était peut-être juste un voyou, mais ça pourrait aussi bien être un espion. (Il regarda Tris d'un air entendu.) Ouvrez l'œil. Il pourrait revenir.

— J'ai quelque chose à vous demander, Jonmarc, annonça Tris alors que son interlocuteur retournait vers le campement.

— Pourquoi pas demain, hein ? Je ne pense pas que je vais réussir à me réchauffer cette nuit, mais j'aimerais au moins m'allonger.

— Apprenez-moi à me battre.

Vahanian l'observa, puis se tut un moment avant de répondre.

— Oui, bien sûr. Vous allez devoir vous initier au combat, si nous devons gagner notre pain dans une caravane.

— Ce n'est pas ce que je veux dire. J'ai besoin de votre aide. Harrtuck affirme que vous êtes le meilleur.

— Vraiment ? ricana Vahanian. Ne croyez pas tout ce que vous entendez. (Il s'interrompit.) Même si, dans ce cas, Harrtuck a raison.

— Alors vous acceptez.

Le mercenaire éclata d'un rire grave.

— Nous ne sommes pas dans une de vos luxueuses salles d'entraînement, et je ne suis pas votre maître d'armes. Si je n'étais pas si bon, je serais mort depuis longtemps. J'ai appris tout ce que je sais au fil des combats. Je ne peux pas enseigner ça, et vous ne pouvez pas l'apprendre d'une autre manière.

— Je veux tuer l'homme qui a assassiné ma famille, déclara Tris.

À sa surprise, ces mots lui semblèrent bien creux alors qu'il y croyait de toute son âme.

— Et ça les ramènera ? Oubliez ça. Rien ne peut les ramener. Oubliez, et allez de l'avant.

— Je ne peux pas les ramener, mais je peux arrêter Jared, le faire payer pour ce qu'il a fait.

— Et tout seul, se moqua Vahanian. Abattre le monstre, sauver la princesse, être un vrai héros.

— Ce n'est pas ce que j'ai dit.

— J'ai connu beaucoup de héros, poursuivit Harrtuck. Tous enterrés de mes mains.

— Je veux avoir mes chances, si je dois me battre. Puisque vous êtes si bon, vous pouvez bien faire ça pour moi.

— Je n'entreprends rien gratuitement, répondit Vahanian en se retournant. On me paie. Et correctement.

— Alors je vous paierai. Le double.

— Le double ?

— Oui, le double. Dès que nous arriverons en Dhasson.

— Nous sommes loin de Dhasson, répondit sceptiquement Vahanian. Vous avez le temps de mourir, d'ici là.

— Vous aussi. Je suppose que nous allons tous les deux devoir faire attention.

Vahanian sourit froidement.

— Alors vous avez trouvé votre professeur. Soyez prêt à l'aube. Manquez un seul jour, et la transaction est annulée.

Tris hocha la tête, et son estomac se serra.

— Marché conclu.

— Maintenant, laissez-moi dormir un peu, d'accord ? grommela Vahanian en se dirigeant vers le lit de branchages qu'il s'était aménagé plus tôt. J'ai mon compte pour aujourd'hui.

Tris le regarda s'éloigner, puis prit une profonde inspiration et commença sa propre ronde. Il avait l'impression déconcertante que les pièces du puzzle commençaient à s'assembler, comme si les choses étaient entraînées par un même courant. *Oh, Kait*, pensa-t-il. *Je suis désolé de t'avoir abandonnée.* Dans le noir, l'esprit aux aguets, il sentit le fourmillement lié à sa présence si familière, loin de lui. L'esprit de Kait se troubla, comme si une chose puissante le retenait. Il perçut une sorte de lueur de sa présence, et sentit sa terreur. L'image disparut aussi vite qu'elle était apparue, de la même manière que la lumière peut être coupée par une lourde porte. Tris ouvrit les yeux, tremblant à la suite de ce contact.

Quelque chose emprisonnait l'esprit de Kait ; une chose assez puissante pour l'empêcher de répondre à son appel, assez maléfique pour effrayer même les morts. L'image de l'orbe qui luisait dans la chambre d'Arontala lui apparut fugitivement en pensée. La seule façon de libérer l'esprit de Kait serait de trouver le Happeur d'Âmes et de détruire l'âme du Roi d'Obsidienne. Pour y parvenir, l'unique solution était d'anéantir Arontala.

À l'aube, Tris secoua Vahanian d'un coup de botte.

— Va-t'en, grommela Vahanian en se retournant.

Tris réitéra l'opération ; alors son compagnon ouvrit un œil et grogna.

— C'est l'aube, dit Tris en savourant avec un malin plaisir la réaction du mercenaire. Allons-y.

Avec un juron, ce dernier grimaça et s'assit.

— D'accord, d'accord, marmonna-t-il. Il y a une clairière, par là, dit-il en tendant le doigt. Allons-y.

Tris l'y suivit, la main déjà posée sur la garde de son épée. Quand ils arrivèrent dans la trouée, Vahanian s'arrêta et croisa les bras sur sa poitrine.

— Tirez votre lame, ordonna le mercenaire qui semblait maintenant bien réveillé. Montrez-moi votre posture et votre prise. (Tris obtempéra, et Vahanian tourna autour de lui pour l'évaluer.) Pas mal, jugea le mercenaire au bout d'un moment. Au moins, vous avez été un peu entraîné.

— Il faut que j'en apprenne plus que ce qu'on m'a enseigné à la salle d'armes.

— Eh bien, si vous avez trouvé ça tout seul, vous êtes moitié plus malin que tous les bourgeois que j'ai rencontrés, marmonna Vahanian derrière lui.

Presque sans prévenir, une épée fendit l'air à côté de Tris. Plus par réflexe que par habileté, celui-ci pivota et dévia la lame au dernier moment, s'épargnant de justesse une vilaine entaille. Face à la force de l'attaque de Vahanian, Tris se demanda si le mercenaire avait vraiment essayé de le blesser. Il parait les coups les uns après les autres, mais la détermination qui habitait le regard de son partenaire l'informa que la leçon avait commencé.

Au moment où l'acier retentit, un cri s'éleva en provenance du campement. Avant que Tris et Jonmarc aient pu échanger une demi-douzaine de coups, les autres les avaient rejoints au pas de course. Bien que complètement absorbé par l'avancée de Vahanian, Tris vit du coin de l'œil que l'épée de Sotérius était prête, dans l'attente du pire.

— Juste une leçon matinale, leur cria le mercenaire.

Tris vit alors, en se détournant pour parer un coup, que son adversaire n'était même pas essoufflé. Alors que pour sa part, songea-t-il avec regret, il avait besoin de toute son attention pour éviter d'être blessé.

L'épée de Vahanian siffla à côté de l'oreille de Tris qui sentit son cœur battre à tout rompre quand il esquiva l'attaque en repoussant la lame. *Si je survis à ma première leçon, je devrais en tirer quelque chose*, pensa Tris en dégageant de ses yeux ses cheveux trempés de sueur.

Son instinct lui dicta de s'accroupir. Il agita son épée en avant pour qu'elle rencontre celle de Vahanian, la détournant sans pour autant l'arrêter. Tris cria quand la lame lui entailla le bras.

— Assez ! hurla Vahanian en baissant son arme. (Le souffle court, Tris rabattit la sienne, s'attendant à un piège, mais Vahanian rengaina son épée et s'approcha. Quand Tris porta la main à son épaule blessée, le mercenaire plissa le front, sincèrement inquiet.)

» Faites voir, commanda-t-il. (Tris retira sa main poissée par le sang.) Pas trop vilain, diagnostiqua-t-il en examinant la plaie. Nettoyez-la avec un peu de la décoction de Harrtuck et bandez-la. Dans quelques jours, il n'y paraîtra plus.

— Vous êtes fort, haleta Tris en se maudissant d'être hors d'haleine.

Vahanian le regarda d'un air amusé.

— Ouais. Je n'ai pas eu le choix, répondit-il en reculant. Celui qui vous a entraîné vous a enseigné de bonnes bases, ajouta-t-il. Mais il jouait selon les règles. La première règle, ici, c'est qu'il n'y en a aucune.

— J'ai remarqué, confirma Tris d'un air contrit.

Il avait remis sa main sur son épaule blessée. La plaie n'était pas profonde et ne l'empêcherait pas de se battre, mais Jaquard, le maître d'armes du palais, ne lui aurait jamais infligé une telle entaille intentionnellement. Vahanian serait un professeur beaucoup plus dur.

— Vous avez utilisé une bonne technique de défense, juste à la fin, poursuivit Vahanian. Juste avant de vous déconcentrer. Recommencez, la prochaine fois.

CHAPITRE 8

Le convoi était plus près que ce qu'avait annoncé le tavernier. Il leur fallut donc moins d'une journée pour le croiser. Tris et les autres descendirent de leurs montures et les menèrent dans le remue-ménage de la foire. Les caravanes avaient du succès car elles apportaient le divertissement autant que le commerce. Loin des villes, elles transmettaient les commérages de la cour et la mode que les femmes des campagnes pouvaient critiquer, à défaut de la copier.

Celle-ci arrivait de Trévath, au sud. Comme les compagnons se frayaient un chemin à travers la foule, à la recherche de Maynard Linton, Tris se demanda combien de personnes participaient à l'installation d'une telle foire et au transport des biens et des animaux. Il avait assisté à de nombreuses foires en Margolan, mais il était toujours arrivé une fois qu'elles étaient établies, et jamais dans le brouhaha des ouvriers et des artistes qui agissaient en coulisses.

— Toute une organisation, hein ? lui lança Harrtuck avec un coup de coude, devinant ses pensées.

— Une autre manière de voir les choses, admit Tris. Étonnant que tout le monde sache où aller.

— Ça vient avec l'expérience, commenta l'huissier d'armes en haussant les épaules. J'ai passé un peu de temps avec une caravane, dans l'ouest, voici quelques années. S'il n'y a pas trop d'agitation dans le coin où on s'installe, c'est une vie plutôt agréable, même si, pour des types comme nous, plus c'est calme, plus on s'ennuie.

Tris sourit à l'approbation désinvolte du soldat. Comme s'il lisait dans ses pensées, Harrtuck lui adressa un large sourire.

— Oh, Vahanian va vous endurcir, ne vous inquiétez pas, lui affirma-t-il avec un rire. Nous allons nous assurer que vous gagniez votre pain. (Il s'interrompit.) Je vais aller vérifier deux ou trois choses pendant que Vahanian fera les présentations. Évitez les ennuis.

— Pensez-vous que nous sommes en danger, ici ? demanda Carrovet dans un murmure.

— La vraie question, ronchonna Sotérius, c'est de savoir s'il nous serait possible de l'être encore plus.

— Venez, les appela Vahanian qui se trouvait à côté d'une grande tente usée. Et faites vite. Je veux vous présenter le chef de la caravane.

Avant que le mercenaire ait pu tendre le bras pour soulever le rabat de la tente, des voix énervées s'élevèrent dans l'air piquant.

— Kaine, je te l'ai déjà dit, lança un homme âgé. Nous sommes attendus en Dhasson. Si je laissais toutes les rumeurs diriger ce convoi, nous n'aurions jamais quitté notre base du sud.

— Comment pouvez-vous n'y accorder aucune importance ? s'opposa quelqu'un avec colère. Tous les voyageurs de l'est, les uns après les autres, nous disent qu'il y a des créatures ensorcelées en Dhasson, et vous, vous conduisez cette caravane comme si vous vous rendiez à un pique-nique !

— Ce ne sont pas des histoires de fous qui vont payer notre nourriture et nos chevaux, rétorqua la première voix. Nous avons survécu à la guerre, aux inondations et aux sauterelles. Nous n'allons pas fuir devant des ombres.

— Vous allez les rencontrer, ces ombres, renchérit la seconde voix. Et vous verrez ce qu'elles feront de votre précieux convoi, si vous vous rendez en Dhasson !

Vahanian s'éloigna du rabat de la tente quand des pas se rapprochèrent furieusement depuis l'intérieur. Un jeune homme roux se fraya un passage entre le mercenaire et ses compagnons à coups d'épaule, sans même lever les yeux. Tris et ses amis échangèrent des regards et dévisagèrent l'homme en colère qui s'éloignait rapidement dans la confusion de la caravane.

— On trouve de tout dans un convoi, même des lunatiques, commenta Vahanian en écartant jovialement le souvenir de cet incident. Suivez-moi.

Il entra le premier, suivi de Sotérius, puis de Tris, de Carrovet et de Harrtuck. À l'intérieur, la tente était équipée de tout le confort d'une chambre de la cour, remarqua Tris, même si l'ensemble des meubles et des décorations était facilement transportable. Au vu du tapis de sol et des tapisseries qui pendaient sur les parois, les affaires de cette caravane rapportaient beaucoup.

— Jonmarc ! Quelle surprise ! accueillit une voix tonitruante.

Un petit homme rond au teint cuivré se leva derrière un bureau de comptable portable et accourut à leur rencontre avec un large sourire. Il serra la main de Vahanian d'une poigne ferme et tapa le mercenaire sur l'épaule, bien que celui-ci le dépasse d'une tête.

— Salut Maynard, lui retourna Vahanian. Comment vont les affaires ?

— Tranquillement, répondit le gros marchand, mû par une énergie nerveuse. Le sud nous a bien réussi. On y a pris des épices et de la soie qui se vendront facilement à l'est. Ça faisait un moment qu'ils n'avaient pas vu une caravane ; ils avaient soif de divertissements, aussi, ajouta-t-il avec un sourire.

Vahanian gloussa.

— Je suis sûr que tes gens les ont satisfaits.

— Rien de moins que le meilleur, se vanta Linton. (Il tourna son attention vers Tris et les autres.) Mais tu n'as jamais été du genre à faire partie d'une caravane, Jonmarc.

— Nous voudrions que tu nous engages, au moins jusqu'en Dhasson.

Linton plissa les yeux pour examiner le reste du groupe, s'arrêtant sur Tris, puis revenant d'un air sceptique au mercenaire.

— Puis-je espérer que tu me dises pourquoi ?

Vahanian haussa les épaules.

— Les choses ont changé. C'est le bon moment pour aller à l'est.

— Donc vous avez besoin d'un endroit pour vous cacher ?

Vahanian sourit.

— Hum.

— Qui vous recherche ?

— Une personne sans importance : Jared de Margolan.

Linton fit un pas en avant pour se placer devant Tris.

— Ces trois-là ont l'air trop épuisés par le voyage pour être de vrais mercenaires, déclara le chef de la caravane. (Vahanian leva un sourcil en attendant la suite de la réponse de Linton.) Leurs mains ne sont pas assez rêches, ils n'ont pas dû beaucoup connaître le vrai travail.

À côté de lui, Tris sentait que Sotérius commençait à s'irriter. Carrovet semblait tendu, et promenait son regard à travers la pièce. Harrtuck était imperturbable. Tris commença à se demander si Vahanian avait eu une bonne idée. *Si nous nous distinguons autant…*

— Disons simplement que l'un de nos objectifs est de remédier à ces deux problèmes aussi vite que possible, répondit platement le mercenaire. Votre route vous mènera bientôt à Calluses. Tu en auras pour ton argent si tu les engages pour installer le campement, même si nous ne croisons aucun bandit.

Linton regarda de nouveau Vahanian, comme pour s'assurer que leur amitié valait le risque encouru. Puis, accompagné d'un haussement d'épaules, un sourire fendit le visage du marchand.

— Tu es le bienvenu aussi longtemps que tu le voudras, Jonmarc, offrit Linton en retournant à son bureau. Si ce qu'on dit sur la route est vrai, quelques mercenaires de plus – même des marginaux – pourraient nous être utiles.

Vahanian croisa les bras.

— Qu'as-tu entendu, Maynard ?

Le gros chef de la caravane haussa les épaules.

— Des histoires absurdes qui s'amplifient avec le bouche à oreille, répondit-il. J'ai ouï dire que l'agitation gagnait certains clans, à la frontière de Dhasson. Et si c'est vrai, poursuivit-il en souriant, alors les braves Dhassonites vont avoir besoin d'un peu de divertissement pour se changer les idées.

— Est-ce tout ce qui se raconte ?

Linton fronça les sourcils et baissa les yeux.

— Non, reconnut-il finalement. On parle de magie noire. De monstres. Tu connais les paysans, Jonmarc, répliqua Linton. Ils accusent la magie dès qu'il y a des nuages dans le ciel.

Vahanian sourit.

— Ou quand ils n'ont pas les bonnes cartes en mains, renchérit-il. Moi, personnellement, je ne m'en prends à elle que pour la mauvaise bière. (Il s'interrompit et s'éclaircit la gorge.) Maynard, nous n'avons pas pu nous empêcher d'entendre ton dernier… euh… invité…

Le visage de Linton s'assombrit, et il se retourna.

— Kaine. Que la Maudite Catin l'emporte ! Je l'ai engagé il y a une semaine : la semaine la plus longue de ma vie.

— Alors débarrasse-t'en.

Linton commença à faire les cent pas.

— La Déesse sait que j'aimerais. Mais c'est notre meilleur gréeur ; mon ancien gréeur est tombé et s'est cassé le dos. Je devrais pouvoir en engager un autre en Dhasson, mais ce n'est pas ici que nous en trouverons un, dit-il avec un grand geste du bras, au milieu de nulle part.

Vahanian fronça les sourcils.

— Une sacrée coïncidence, tu ne trouves pas, Maynard ?

Le vieux chef de la caravane leva les yeux et secoua la tête.

— Tu as toujours vu le mal partout, Jonmarc ; la Dame et l'Enfante savent que c'est ce qui t'a permis de survivre. Mais parfois, la malchance n'est rien de plus que de la malchance.

À cet instant, le rabat de la tente s'ouvrit vivement.

— Maynard, vous êtes là ?

Une femme aux cheveux noirs fit irruption dans la pièce et s'arrêta quand elle fut nez à nez avec le chef trapu du convoi.

— Que puis-je faire pour toi, Carina ? demanda Linton, sans se laisser impressionner par cette entrée soudaine.

Elle portait une robe de guérisseuse qui tombait lâchement sur sa silhouette mince, et n'était pas plus grande que le chef courtaud de la caravane. Des cheveux courts et bruns encadraient un joli visage à l'expression déterminée. Elle avait la peau claire des clans du bord de la Mer du Nord. Ses yeux verts étaient animés d'une flamme et brillaient d'intelligence, et sa mâchoire serrée montrait qu'elle saurait se faire entendre. Il était clair que Carina n'avait pas remarqué leur présence, mais Tris était sûr que Vahanian avait bien noté la sienne.

— Tu engages aussi des prêtresses, Maynard, ricana celui-ci.

— Vous devez faire quelque chose à propos de Kaine, réclama Carina sans prêter attention à la remarque de Vahanian.

— Qu'est-ce qui se passe encore ?

— Il sème le trouble chez les gréeurs, expliqua Carina. Quand il ne leur bourre pas le crâne d'histoires de fantômes, il les convainc que la neige nous ensevelira sur la route de l'est, bien avant d'arriver en Dhasson. Il a même réussi à persuader la moitié d'entre eux que des monstres attendent pour nous dévorer dès que nous traverserons la frontière. (Elle soupira, complètement exaspérée.) Mes deux assistantes ont démissionné ce matin. Elles sont parties en marmonnant des choses à propos de créatures. Ce ne sont pas les seules personnes que vous perdrez si vous ne faites pas taire Kaine.

— Je peux peut-être aider, intervint Vahanian en faisant un pas en avant.

Carina le dévisagea froidement.

— Et comment ?

Vahanian lui offrit son sourire le plus charmant.

— J'ai déjà croisé des types comme Kaine. Je peux le prendre à part, et lui faire entendre raison.

À l'expression qui s'afficha sur le visage de Carina, il ne faisait aucun doute que la guérisseuse avait compris exactement comment cette conversation se déroulerait.

— Non, merci. Quels que soient les os que vous lui briserez, il faudra que je les répare, et j'ai déjà bien assez de travail. (Elle se retourna ostensiblement vers Linton.) S'il y a un juste milieu entre faire comme si Kaine n'existait pas et le réduire en bouillie, je vous conseille de vite le trouver.

Linton rit doucement, pour l'apaiser.

— Je suis sûr que Jonmarc pensait à quelque chose de moins hostile, avança-t-il avec un regard d'avertissement en direction de Vahanian, qui haussa les épaules. Je vais parler à Kaine. Il est le seul gréeur que nous ayons sous la main.

Sotérius prit la parole.

— Je viens des montagnes, dit-il, en omettant volontairement de préciser desquelles il s'agissait. Là-bas, tout le monde sait escalader. Je ne m'y connais pas beaucoup en tentes, mais je n'aurai aucun problème pour en atteindre le sommet.

— Vous êtes vraiment pleins de surprises, chuchota Vahanian à Tris.

— Cela pourrait se révéler utile, répondit Linton en s'égayant. (Il posa son bras sur les épaules de Carina pour la reconduire à la sortie.) C'est promis, lui dit-il, je vais m'en occuper.

Avec un regard qui trahissait ses doutes, la femme hocha la tête et s'en alla. Linton se retourna vers Tris et ses amis.

— Allez visiter la caravane, leur proposa-t-il. Ce n'est peut-être pas la plus grande des Royaumes de l'Hiver, mais elle ne vous décevra pas. (Il marqua une pause.) Et ne vous inquiétez pas pour Carina. Elle s'emporte pour un rien, mais c'est la meilleure guérisseuse que j'aie jamais eue. J'ai de la chance de l'avoir. Il se trouve qu'elle se dirige vers l'est, exactement comme vous, ajouta-t-il.

— Où devons-nous aller pour trouver une tente et quelques provisions ? demanda Vahanian. Nous n'avons pas eu le temps de faire nos bagages pour le voyage.

Linton lui jeta un regard sceptique.

— À ce point-là ? Allez voir le responsable des réserves. Dites-lui que c'est moi qui vous envoie et il vous donnera ce dont vous avez besoin.

— Merci, Maynard, répondit Vahanian quand ils se dirigèrent vers le rabat de la tente.

— Tu me remercieras assez en ne m'obligeant pas à fuir la ville, cette fois, Jonmarc.

— Promis, sourit malicieusement Vahanian.

— Hum, marmonna Linton, sceptique. On verra.

Ils sortirent de la tente en file indienne, sous le soleil lumineux du milieu de matinée. L'air était piquant. Aller à l'est amènerait l'hiver plus vite, songea Tris alors qu'ils rejoignaient le tumulte de la caravane. Tris put regarder les commerçants installer des dizaines de baraques aux couleurs vives ornées de drapeaux colorés représentant leur marchandise. Le brouhaha des voix s'élevait dans l'air limpide au milieu des équipes d'ouvriers qui dressaient les grandes tentes. Déjà, la brise transportait des odeurs de viande en train de rôtir et de légumes cuisinés, et Tris sentit combien il avait faim.

— Nous avons beaucoup à faire avant de pouvoir manger, annonça Vahanian.

D'un côté de la caravane étaient réunis les dresseurs d'animaux, avec leur collection de créatures exotiques. Un grand staguar des jungles du sud au cuir épais remuait son énorme queue en s'ennuyant. Dans leur enclos, deux maccons adultes marchaient à pas feutrés de long en large ; ils avaient un magnifique pelage ondulé et leurs yeux noirs étaient animés d'une intelligence troublante. Des créatures de toutes sortes peuplaient les cages, ainsi que des centaines d'oiseaux piaillants au plumage brillant. Même à cette distance, leur odeur était étouffante.

De l'autre côté, on trouvait les marchands en train d'installer leurs articles : des épices de Trévath, des bijoux magnifiquement ouvrés et des gemmes des mines margoliennes, de fines étoffes de l'est, des bibelots, des poteries et des centaines d'autres babioles des Royaumes de l'Hiver. Un marchand sortit un petit tapis de Noorish de son paquetage, et le déroula sur son étal avec d'autres, en un grand désordre de richesses. Même les plus petits tapis étaient beaucoup trop chers pour quiconque ne faisait pas partie de la noblesse, Tris le savait, car beaucoup de tapisseries de ce type décoraient Shekerishet. Cela ne lui avait jamais paru extraordinaire, mais à présent il comprenait à quel point un seul de ces objets devait coûter cher.

Sur un autre étal, des pierres précieuses scintillaient devant un vieil homme au teint hâlé penché au-dessus de sa table. Tris n'aurait su dire si c'étaient des vraies ou de fidèles imitations, mais elles brillaient de mille feux sous l'éclat du soleil. La baraque suivante offrait du cuir souple des plaines de l'ouest, tanné et travaillé par des artisans chevronnés. Des bottes et des fourreaux, des selles et des sacs, ou encore de belles armures y étaient exposés. Le commerçant avait l'air aussi bien soigné que sa marchandise, avec sa peau sèche et brune tendue sur des os anguleux. Il observa les quatre nouveaux arrivants pendant quelques instants et retourna à son travail.

— Pas mal, cet endroit, quand on a de l'argent à dépenser, remarqua Harrtuck en fourrant ses mains dans ses poches.

— Eh bien ! Voilà notre « amie », annonça Sotérius, dont Tris suivit le regard. (Près d'un foyer de cuisson, non loin d'eux, Carina la guérisseuse discutait avec une vieille femme qui faisait rôtir de la viande à la broche.) Vous savez, Carina n'est pas mal, si on n'a rien contre ses petites sautes d'humeur.

— C'est une guérisseuse, Ban, répondit Tris d'un ton moqueur. Je doute qu'elle t'ait attendu pour vivre sa vie.

Sotérius sourit de toutes ses dents.

— Sait-on jamais ? L'art de la guérison peut être un travail solitaire.

À cet instant, un homme immense aux cheveux noirs sortit d'entre les tentes et avança d'un pas nonchalant vers le foyer. Il ne toucha pas Carina, pourtant il était clair, de par sa posture et la façon dont il s'approchait d'elle, que ces deux-là étaient ensemble. Il était plus grand que Vahanian, et deux fois plus corpulent que lui, avec des mains énormes et des bras épais. Un rideau de boucles noires ébouriffées encadrait son visage, assombrissant ses yeux verts. Il donnait l'impression de pouvoir soulever l'une des plus grosses tentes de la caravane à lui tout seul, pensa Tris. Carina lui parla avec douceur, et le géant sourit. *Il y a quelque chose d'étrange chez eux*, décida Tris. *Quelque chose qui n'a pas plus sa place ici que nous.* Ces réflexions furent interrompues par les appels de Vahanian qui les priait de le suivre.

L'après-midi passa rapidement tandis qu'on installait les tentes et les baraques. Sotérius utilisa ses talents de grimpeur pour prêter main-forte pour le gréement, alors que Carrovet se joignit aux bardes et aux ménestrels, et fut vite plongé dans des rigolades et des échanges d'histoires avec ce groupe. Tris s'étira et tressaillit quand ses muscles courbaturés le lancèrent. Comme il ne partageait pas les aptitudes à escalader de Sotérius, ni le don de conteur de Carrovet, il aida Vahanian et Harrtuck à installer le campement. Il fut alors frappé par une révélation : la formation d'un prince ne préparait en rien à ce qui se passait en dehors de la cour, et ce manque de compétences pour les tâches les plus simples chagrina Tris. Harrtuck restait près de lui pour lui souffler des instructions ou éloigner les curieux, mais Tris surprit assez de regards interrogateurs et d'ordres condescendants de la part des ouvriers pour avoir une vision réaliste de ses capacités.

Les quelques muscles qui n'étaient pas encore endoloris par la route le feraient souffrir le lendemain matin, pensa Tris comme lui et ses compagnons hissaient, retenaient, tiraient et poussaient pour préparer la caravane pour les visiteurs du soir. Les autres travailleurs du camp ne posaient aucune question. Harrtuck s'employait à cette tâche sans faire le moindre effort, alors que Vahanian restait aux aguets. Tris doutait que le mercenaire se sente jamais à son aise quelque part. Quand les derniers cordages furent tendus et tous les piquets plantés, il se redressa douloureusement. Il se demandait combien de temps encore il lui faudrait pour s'endurcir et s'adapter à sa nouvelle vie, et s'il survivrait longtemps.

Harrtuck s'arrêta à côté de lui et sourit largement.

— Et vous pensiez pouvoir dîner tranquillement ? Nous allons vous dégourdir avec quelques passes d'épée, lui promit l'huissier d'armes, dont le sourire s'élargit à la vue de l'expression de Tris. C'est ce que je connais de mieux pour se détendre après une longue journée. Pas mal non plus pour faire la connaissance des autres mercenaires engagés ici, ajouta-t-il en regardant autour d'eux. Je ne serais pas mécontent de savoir comment ces personnes se débrouillent avant que nous nous retrouvions en mauvaise posture.

— Exactement ce que je me disais, intervint Vahanian derrière Tris.

Ce dernier fit volte-face. Les cheveux noirs du mercenaire étaient décoiffés par le vent et ses manches retroussées pour le travail. Ses sourcils scintillaient de sueur quand il se passa un bras sur le front. Cependant Vahanian avait l'air plus à l'aise qu'à l'accoutumée, songea Tris, en se détendant un peu. S'il se sentait en sécurité ici, c'était certainement qu'il ne fallait pas s'inquiéter, se dit-il. Sotérius les rejoignit.

— Les discussions vont bon train, dans les gréements, leur confia le nouveau venu à voix basse. Personne ne veut croire que l'accident de l'ancien gréeur était vraiment fortuit. Évitez de tourner le dos à Kaine. Il est aussi apprécié qu'un putois en cage. (Il s'interrompit.) Et il y a autre chose. Il a quitté son poste pour venir me parler. Il est peut-être seulement curieux, mais il a tout essayé pour découvrir qui je suis et d'où je viens. Donc restez sur vos gardes. Je suis prêt à parier une bourse d'or qu'il va tenter le coup avec chacun de vous, les avertit Sotérius.

Vahanian haussa les épaules.

— On voit des types comme lui dans toutes les caravanes. Moins on leur en dit, mieux c'est.

— Pensez-vous que ce soit un espion ? demanda Tris.

Harrtuck fit la grimace.

— Tout est possible. Mieux vaut que vous ouvriez l'œil, et le bon.

Quand les feux du dîner furent allumés, une heure avant le coucher du soleil, Vahanian entraîna Tris et les autres dans une clairière à proximité du campement.

— Commençons à affiner un peu vos talents de bretteur, déclara Vahanian en dégainant son épée.

Sotérius fit un pas en avant pour répondre au défi.

— Je crois que vous sous-estimez les enseignements de Jaquard, lança-t-il en avançant prudemment.

Un léger sourire se dessina au coin des lèvres de Vahanian.

— Pas vraiment, répondit-il en levant son arme, et il se mit à tourner en rond.

Il attaqua, et Sotérius esquiva, dans un fracas d'épées. Sotérius pivota et fit tournoyer sa lame au-dessus de sa tête. Le fer résonna et il y eut un mouvement confus quand Vahanian plongea et trébucha. Sotérius ouvrit grand les yeux et commença à tourner autour de son adversaire qu'il attendait. Vahanian para et s'accroupit, perça la défense de son partenaire, puis se jeta en avant. Alors, haletant, Sotérius lâcha son arme et porta la main à son épaule, surpris. Le mercenaire recula et desserra son poing libre pour révéler une petite dague.

— Votre maître d'armes vous a enseigné les règles, dit calmement Vahanian pendant que Sotérius examinait son épaule qui n'avait qu'une simple égratignure, malgré la déchirure de sa chemise. Ici, il n'y en a aucune. Et plus vite vous apprendrez ça, plus longtemps vous vivrez.

— Vous m'avez fait saigner ! lâcha Sotérius, ébahi.

Harrtuck émit un son méprisant.

— Il aurait pu vous toucher en plein cœur, petit ! Il faut une sacrée maîtrise, pour frapper aussi doucement. Jonmarc a raison. Ce sont les réflexes de la rue, pas les règles des tournois, qui vous sauveront la vie ici.

— Prêt à relever le défi ? demanda Vahanian à Tris, avec un large sourire.

Tris lui rendit un sourire méfiant et prit une posture de combat. Il se faisait peu d'illusions sur la tournure qu'allait prendre ce duel, mais il serra les dents et se jeta en avant avec un cri, prenant l'initiative de l'offensive. Il vit une lueur de surprise dans les prunelles de Vahanian. Celui-ci bloqua la lame en plein élan, et la détourna. Tris attaqua et son adversaire fit un pas de côté, propulsant sa propre épée si vite que Tris s'appuya plus sur ses réflexes et sa vision périphérique que sur ses yeux pour parer le coup. Les lames tintèrent et glissèrent l'une contre l'autre pendant un moment, puis Tris libéra la sienne et fit pression sur Vahanian.

Il sentit plus qu'il vit le mercenaire plonger, rouler et pivoter pour le contrer. La pointe de son épée déchira la manche de Vahanian, mais Tris perçut un courant d'air derrière sa jambe droite et aperçut le mercenaire qui bondissait sur ses pieds avec un large sourire, l'arme baissée.

— Beau boulot, Tris ! le félicita Sotérius.

Harrtuck s'esclaffa. Tris baissa son épée et regarda Vahanian sans essayer de cacher sa déception.

— Je crois bien que vous m'auriez découpé en morceaux, si vous aviez laissé cette épée me toucher, n'est-ce pas ? supposa-t-il.

Vahanian planta la pointe de sa lame dans la terre molle et posa les deux mains sur le pommeau. Il n'était même pas essoufflé, remarqua Tris avec aigreur.

— Vous avez raison, confirma le mercenaire. Et c'est une bonne passe, si vous êtes assez rapide, car vous êtes sûr que l'adversaire ne vous poursuivra pas.

— C'est de la triche, rétorqua Sotérius avec un sourire entendu.

Vahanian haussa les épaules.

— Alors, souhaitez-vous apprendre des attaques comme celle-là, ou bien préférez-vous laisser un fils de chienne vous embrocher au premier combat ?

Sotérius leva une main en signe de paix.

— Pour ma part, rien à redire là-dessus, Jonmarc, concéda-t-il. J'ai passé assez de temps autour des baraquements des soldats pour avoir quelques doutes sur l'honneur et la chevalerie.

Vahanian souleva un sourcil.

— La chevalerie, oui. L'honneur, c'est un autre problème.

— Ce n'est pas une passe de débutant, intervint une voix grave.

Ils levèrent les yeux pour découvrir le géant solidement charpenté qu'ils avaient vu en compagnie de Carina.

— Je ne suis pas un débutant, répondit Vahanian sur un ton neutre.

Tris remarqua que le mercenaire ne levait pas son épée, mais qu'il ne la rengainait pas non plus, et il supposa que l'homme ne se sentait pas menacé.

— C'est évident, répondit le grand gaillard.

Ses cheveux noirs indisciplinés enveloppaient sa tête comme un nuage d'orage, et sa peau était bronzée par de longs mois passés dehors. Il portait une tunique et un pantalon tout simples, mais la ceinture à laquelle pendait son arme était finement ouvragée, et si la lame dans le fourreau était à l'image de son pommeau, elle était bien forgée, comme un objet fonctionnel, et non comme un accessoire de parade.

Tout ça cache quelque chose, songea Tris.

— Je m'appelle Cam, se présenta l'homme brun, en s'adressant à Vahanian mais en englobant tous les autres du regard. Je vous ai observés vous entraîner. J'aimerais me joindre à vous pour quelques passes, si c'est possible.

— Bien sûr, accepta aimablement Vahanian.

Peut-être qu'avec un peu de chance, pensa Tris, *ce colosse serait une bonne source d'informations.* Ils seraient au moins en mesure d'en apprendre davantage sur les autres gardes attachés à la caravane.

Cam était étonnamment agile pour sa taille, jugea Tris après avoir combattu contre le géant ; et bon à l'épée, aussi. Bien que les mouvements constants des armes en action lui aient peu laissé l'occasion d'apprécier la finesse de sa facture, Tris avait cru apercevoir des runes gravées sur le fil de la lame, ainsi que des inscriptions complexes et étrangères sur sa garde. Une arme peu commune pour un mercenaire. Il observait de loin pendant que Cam se battait contre Harrtuck. Soit l'épée était un objet volé, soit, comme eux, l'homme cachait une histoire particulière.

Les odeurs du dîner arrivèrent jusqu'à eux dans l'air piquant de la nuit, au moment où Tris et Vahanian terminaient un autre combat. Tris se passa une manche sur le visage et dégagea ses cheveux de son front. S'entraîner pendant plus d'une chandelle, cela faisait transpirer, même par temps frais. Il s'apprêtait justement à suggérer à ses compagnons d'aller prendre leur repas, quand un homme arriva du campement en courant.

— Cam ! Viens vite ! cria-t-il alors qu'il était encore loin d'eux. On a besoin de toi !

Sans un mot, le géant rengaina son épée et, avec un hochement de tête vers le groupe, partit au pas de course vers la caravane.

— C'est bon pour ce soir, de toute façon, déclara Vahanian en rangeant sa propre lame. Allons voir d'où vient tout ce bruit.

Il ne leur fut pas difficile de garder Cam en vue, même en le suivant à une allure plus tranquille. L'énorme guerrier faisait une tête de plus que la plupart des membres du convoi, et il était deux fois plus costaud que la majorité d'entre eux. Cam ralentit sa course en arrivant dans la partie la plus peuplée du campement, puis accéléra de nouveau quand le messager lui indiqua d'aller sur sa gauche.

À coup sûr, il y avait un problème, nota Tris ; mais ce n'était pas le genre de souci pour lequel il imaginait qu'on puisse appeler Cam. Il s'était attendu à une rixe ou à un vol. L'une des grandes tentes où les artistes devaient tenir leur spectacle le soir s'était écroulée. Une foule de caravaniers était rassemblée, et Tris et les autres se frayèrent un chemin vers l'entrée.

— Que s'est-il passé ? s'enquit Tris auprès d'un des hommes présents.

— Une de ces fichues perches s'est cassée net en deux, répondit l'inconnu. Kraveck installait le dernier gréement quand tout s'est écroulé, lui avec.

Carina était agenouillée auprès du gréeur en question. À l'approche de Cam, elle tendit la main vers le colosse, qui la prit, s'arrêta un moment pour discuter avec elle à voix basse, puis se plaça de l'autre côté du blessé. Cam leva son énorme main pour demander le silence, et l'assemblée se tut immédiatement en reculant de quelques pas.

Carina déploya de nouveau son bras gauche en direction de Cam et posa doucement sa main droite sur Kraveck. Elle ferma les yeux et fit glisser sa paume délicatement sur toute la longueur de son corps, lentement, juste au-dessus de sa peau. En l'observant, Tris vit son visage se tordre de douleur et ses paupières se serrer comme elle partageait la souffrance de l'homme.

Quand elle eut parcouru de la main l'intégralité de la silhouette une première fois, elle alla se placer à sa tête et posa doucement la paume sur son front, sans perdre le contact avec Cam, de son autre main. Ce dernier donnait l'impression d'être en transe, ses yeux clos et son visage relâché, complètement ouvert au travail de Carina.

Elle puise de la force en lui pour soigner, comprit Tris. *Kraveck doit être en mauvais état.*

La main de Carina resta immobile au-dessus du front du blessé pendant un quart de chandelle. Puis, lentement, elle se remit en mouvement, ralentissant cette fois au-dessus de son buste. Le visage de la guérisseuse se crispa, et il sembla à Tris que Kraveck respirait plus facilement.

Juste sous la cage thoracique, Carina arrêta la progression de sa main. Elle avala sa salive puis se pencha en avant, et Tris eut le sentiment qu'elle faisait appel à chaque once de ses forces pour fournir cet effort. Soudain, elle s'effondra et elle se serait évanouie sans les réflexes rapides de Cam, qui la rattrapa, la soulevant tendrement dans ses bras. Elle leva la tête et tendit une main, pour donner une instruction que seul Cam put entendre.

— Vous, là, interpella-t-il à l'adresse d'un gréeur qui se tenait à côté d'eux. Elle a fait tout ce qu'elle pouvait, et elle veut qu'il soit conduit dans son bâtiment, où il sera plus facile de l'examiner. Elle demande qu'on lui glisse une planche sous le dos pour que vous ne réduisiez pas à néant tout ce qu'elle a fait, et que vous l'emmeniez directement là-bas. Elle s'y rendra dès qu'elle se sera reposée.

Deux gréeurs s'empressèrent d'exécuter les ordres de Cam, et Tris remarqua que le grand gaillard avait lui-même l'air épuisé et vidé. Carina dans ses bras, celui-ci attendit que les hommes aient fait ce qu'il leur avait demandé. Quand il fut satisfait de l'exécution des vœux de Carina, Cam se retourna vers la tente de la guérisseuse, suivi par la foule, comme un prophète.

—J'ai déjà vu des guérisseurs, commenta Vahanian. Mais aucun qui lui ressemblait. Étrange qu'une guérisseuse ayant ce genre de talent soit ici, vous ne trouvez pas ?

—Ils ont peut-être été renvoyés d'une riche maison.

Vahanian secoua la tête sans les quitter des yeux.

—J'en doute. De telles aptitudes sont trop rares.

—Sympathique à regarder, aussi, si vous voulez mon avis, ajouta Sotérius, derrière eux.

Vahanian haussa les épaules.

—L'amitié et l'amour ne sont que les jouets du destin, et n'attendent que d'être repris, rétorqua-t-il. Quand vous avez passé assez de temps sur les routes, vous finissez par l'apprendre, dit-il avant de faire demi-tour et de retourner vers la tente qui s'était effondrée ; les ouvriers s'y affairaient déjà afin que l'endroit soit prêt pour les visiteurs de la nuit.

—On peut faire confiance à notre ami pour faire des commentaires acerbes sur tout, remarqua Sotérius d'un air sinistre en regardant Vahanian s'éloigner. Je n'avais jamais passé beaucoup de temps avec un mercenaire auparavant. Je crois que je n'ai pas manqué grand-chose, s'ils sont tous comme lui.

— Seulement ceux qui persistent longtemps, mon p'tit, répondit Harrtuck en arrivant dans leur dos. Quand vous aurez survécu à autant de pépins que Jonmarc, je parie que vous aurez vos propres états d'âme.

— Vivement que nous arrivions en Dhasson, répliqua Sotérius.

Cette nuit-là, Tris fit des rêves. Il entendit Kait crier son nom si clairement qu'il s'attendait à la voir apparaître dans sa tente. Elle l'appela encore, à présent plus distante, d'une voix si plaintive qu'il en eut mal au cœur.

— Kait, tu es là ? demanda-t-il tout bas, sans savoir s'il était éveillé ou endormi.

— Tris, au secours, appela la voix de sa sœur, étouffée et lointaine.

Tris se concentra et s'autorisa à tomber dans une légère transe. L'esprit de Kait restait éloigné.

— Kait, où es-tu ? lui demanda-t-il.

Si elle l'avait entendu, elle ne le montra pas. Sa voix était de plus en plus désespérée, ses supplications toujours plus angoissées, mais malgré tous ses efforts Tris ne put ni amener son esprit à lui, ni envoyer le sien auprès d'elle. C'était comme si une épaisse fenêtre les séparait, ou comme si une rivière les isolait l'un de l'autre, de sorte qu'il pouvait la voir mais qu'il était incapable de briser la prison transparente, ou de relier les deux rives.

— Au secours, Tris. À l'aide !

Tris se réveilla ébranlé, en nage. Son cœur battait à toute allure et, quand il leva la main pour repousser une mèche de cheveux trempée qui lui couvrait les yeux, il constata que ses doigts tremblaient. *Je deviens fou*, pensa-t-il. Il se força à prendre de profondes inspirations, afin de faire cesser ses spasmes, et tenta de mettre en application les exercices de concentration que sa grand-mère lui avait appris. Il échoua lamentablement.

Il prit son visage entre ses mains, au bord des larmes, comme souvent depuis la nuit des meurtres. *Je te retrouverai, Kait*, promit-il. *Mort ou vif, je te retrouverai. Je te libérerai, je le jure !*

— Tout va bien ? demanda quelqu'un à l'extérieur de la tente.

La tête de Sotérius apparut par le rabat.

— Juste un mauvais rêve, répondit Tris, en espérant que sa voix ne trahissait pas la faiblesse qu'il ressentait.

— Je crois que tu y as bien droit, reconnut Sotérius. Moi, je n'arrête pas de voir en songe toutes les jolies demoiselles de chez nous. J'ai dû poser un lapin à l'une d'elles, tu sais, la nuit où nous sommes partis.

Tris leva les yeux, distinguant à peine les traits de son ami au clair de lune.

— Je suis désolé, dit-il tout bas. À cause de moi, vous avez tout perdu.

Sotérius eut un sourire fatigué.

— C'est un peu trop tard pour changer d'avis, le taquina-t-il. Et tu ne nous as pas demandé de venir ; nous t'avons suivi volontairement. (Il haussa les épaules.) Je n'ai laissé personne d'important derrière moi, juste une ribambelle de cœurs brisés. (Il fit un grand sourire.) Harrtuck n'a jamais parlé d'une quelconque famille. Je crois que les quartiers des soldats étaient son seul foyer. Carrovet avait bien des vues sur cette jolie flûtiste, mais je ne crois pas qu'elle le savait, ajouta-t-il, donc il ne faut pas que notre sort t'empêche de te reposer. Je prends tout cela comme une occasion de voir le monde.

Tris étira un muscle endolori de son dos.

— De sillonner le monde, tu veux dire, corrigea-t-il. J'ai tellement mal d'avoir monté les tentes que, de toute façon, je crois que je n'arriverai plus à dormir.

— Je vois très bien de quoi tu parles, répondit Sotérius. Et si ce n'est pas l'installation des tentes qui nous fait mal, ce sont les maudits entraînements de Vahanian. Je n'ai pas eu autant de courbatures quand je suis entré dans la garde ! (Il marqua une pause.) Tu penses que ça va aller ?

— Oui.

Au doute qui s'afficha sur le visage de Sotérius, Tris sut que son ami prenait son mensonge pour ce qu'il était, mais Sotérius hocha la tête et sortit. Tris passa le cou à l'extérieur de la tente et regarda la pleine lune. La voix de Kait, à présent plus lointaine, l'appelait toujours. Il ne dormirait plus de la nuit, comprit-il en observant l'astre. Cette nuit, et peut-être plus jamais.

Chapitre 9

Des éclats de voix parvinrent aux oreilles de Tris quand il arriva pour remplacer Vahanian à son poste de garde. Quand il tourna à l'angle du chemin, il vit Vahanian et Carina absorbés par une dispute animée ; ils semblaient à la limite d'en venir aux mains.

— C'était un de mes patients ! se défendait ardemment Carina.

— Il n'était pas trop malade pour faire les poches de l'autre pauvre bougre, rétorqua le mercenaire. Voyez-vous, ma dame, quand je suis de garde, j'assure la garde. Et quand je vois quelque chose, je m'en occupe.

— Cela n'implique pas que vous tiriez un malade de son lit pour le traîner jusqu'à Linton ! répliqua-t-elle d'un ton brusque. Il avait de la fièvre.

— Il avait l'air d'agir avec tout son sang-froid, quand je l'ai attrapé, se défendit Vahanian. Un peu de spigélie sous la langue peut donner des bouffées de chaleur. Ça marche aussi avec quelques flocons séchés dans un verre de vin. Demandez à Linton. Il a passé pas mal de temps à Noor. Il connaît tout sur les drogues… et sur les poisons. Il prend un peu de cœur de veuve tous les jours, qu'il mélange à une petite dose d'eau-de-vie, pour améliorer ses défenses contre le poison. Ça renforce.

— Ça ne change rien, insista Carina. Vous avez sorti un malade de mon hôpital, vous l'avez traîné dans tout le campement et accusé de vol. Quand quelque chose concerne l'un de mes patients, je veux être mise au courant avant que vous le jetiez sur la route pour l'envoyez paître.

Vahanian jura et leva les yeux au ciel.

—Je l'ai surpris les mains enfoncées jusqu'aux poignets dans les poches d'un autre patient. Sauf votre respect, prêtresse, pourquoi ne faites-vous pas votre travail pendant que je m'occupe du mien ?

—J'en serais ravie, rétorqua-t-elle d'une voix rauque, rouge de colère, si votre travail ne me donnait pas plus de blessés à soigner. (Elle leva les mains au ciel en signe de résignation, juste au moment où Tris faisait quelques pas dans leur direction.) Je ne sais même pas pourquoi je me fatigue. Vous ne m'écouterez pas. Et je ne suis pas une prêtresse, ajouta-t-elle.

Elle secoua la tête et fit demi-tour vers le bâtiment de fortune qui servait d'asile pour les malades.

—Ne me dites pas ça, je suis déçu, lui lança Vahanian. Vous êtes tellement sûre d'avoir raison que je pensais que vous teniez toutes vos vérités de la Dame en personne.

Pour seule réponse, une tasse en terre cuite vola à travers la porte et frôla la tête du mercenaire de si près que celui-ci dut s'accroupir.

—Vous savez vraiment vous y prendre avec les femmes, remarqua Tris d'un ton moqueur.

Vahanian gloussa.

—Je crois que Carina n'aime aucun homme qui ne soit pas sur une civière.

—Vous avez vraiment attrapé un voleur ?

Vahanian haussa les épaules.

—Ouais. Ce n'est pas ce qui m'inquiète le plus. À mon avis, ce pourrait bien être le rôdeur que j'avais surpris en train de fureter autour de notre campement sur la route.

Il avait une marque à la mâchoire, exactement là où j'avais frappé ce type. Mais je n'en suis pas certain.

— Que ferait cet inconnu ici ?

— Bonne question. Toutes les réponses qui me viennent en tête seraient désagréables à entendre. Peut-être a-t-il trouvé ce qu'il cherchait, et garde-t-il un œil dessus, avança-t-il en regardant Tris d'un air entendu. Ou bien vous ne l'intéressez pas du tout, et il surveille la caravane et les autres voyageurs pour des bandits. Il est également possible qu'il ait été simplement à la recherche d'une bourse facile à voler quand il nous a remarqués.

Tris garda le silence pendant quelques instants.

— Je serai encore plus prudent, décida-t-il finalement. Vous avez l'air fatigué. Allez dormir un peu.

Un sourire fendit le visage de Vahanian.

— D'abord de la bière et de la boustifaille, et après je me reposerai un peu. Mais vous avez vu juste, dit-il et se détournant vers la tente du cuisinier.

Malgré les prédictions du mercenaire, aucun événement ne vint troubler le tour de garde de Tris, qui fut heureux de passer le relais à Harrtuck en fin de soirée.

— Il paraît que Vahanian a eu un autre accrochage avec la guérisseuse, remarqua l'huissier d'armes.

Tris haussa les épaules.

— Je ne suis pas sûr que ça l'ait autant contrarié que Carina. (Il haussa de nouveau les épaules.) Je serais plutôt d'avis que ça lui a plu.

Harrtuck eut un petit rire.

— C'est tout Vahanian. Il peut être un sacré emmerdeur dans ces cas-là.

Il leva le nez au ciel et se tut un moment.

— Qu'est-ce qui ne va pas ? demanda Tris.

Son compagnon secoua la tête en fronçant les sourcils.

— Je ne saurais le dire. Juste une impression. Il y a quelque chose qui cloche. Des yeux sur nous… on nous surveille. (Il haussa les épaules.) Je pense que je vais faire une ronde de plus autour du campement, ce soir. (Il s'interrompit.) En fait, pourquoi ne m'enverriez-vous pas Sotérius ? Ce n'est peut-être rien, mais j'apprécierais une épée de plus, cette nuit.

Tris hocha la tête.

— Bien sûr. Je vais le chercher.

Ce qu'il n'ajouta pas, c'était qu'il avait ce même pressentiment inexplicable. Il avait mis cela sur le compte de sa nervosité, jusqu'à ce que Harrtuck en fasse la remarque, mais à présent il n'en était plus aussi convaincu. En tout cas, songea-t-il en regardant les brasiers qui se détachaient sur le ciel froid de l'automne, il n'y avait rien d'inquiétant… pour l'instant. Cependant, il ne prévoyait pas de se coucher tôt ce soir-là… juste pour le cas où.

Quand les feux du dîner commencèrent à refroidir, des bruits de pas retentirent dans la forêt. Plus d'une vingtaine de cavaliers déguenillés sortirent des bois au pas de course, armes en main, en chantant à tue-tête une mélopée funèbre à glacer le sang. La confusion éclata dans le campement, les hommes et les femmes fuyant les assaillants ou courant vers leurs armes. Pris au dépourvu, le cuisinier de la caravane puisa ce qui restait de soupe dans sa marmite et, en jurant, envoya voler le bouillon fumant, ébouillantant le cavalier le plus proche de lui, qui battit l'air comme un fou et fut propulsé à terre par une ruade de sa monture.

— Des brigands ! hurla Vahanian en tirant son épée.

De la nuit surgit une pluie de flèches enflammées et, tout autour d'eux, les tentes et les chariots du convoi s'embrasèrent, alors que leurs propriétaires s'élançaient vers eux en jurant pour les éteindre.

Des hommes à cheval encerclèrent le campement. À leurs armures disparates et aux selles discordantes de leurs montures, Tris supposa que ces hommes s'étaient réunis plus par hasard qu'à dessein. Il était évident que d'autres attendaient dans la forêt et étaient à l'origine de la pluie de flèches. Comme les brigands chargeaient, Tris courut prendre place dans les rangs, l'épée tirée et prête à frapper.

Une flèche lui frôla l'épaule. Quelques caravaniers s'élancèrent en avant en hurlant, pendant que d'autres se mettaient à aligner des chariots en un mur défensif ou se précipitaient pour protéger les chevaux. Du coin de l'œil, Tris entrevit un esprit flottant dans les airs. Un instant plus tard, il y en eut un autre, puis un troisième.

Douce Chenne, je les vois mourir! pensa-t-il en luttant contre la panique. Depuis qu'ils avaient fui le palais, son don s'était renforcé, et il lui était de plus en plus facile de distinguer les fantômes. Il avait du mal à passer outre le bourdonnement des revenants invisibles qui entouraient les vivants. Pourtant, cette sensation était bien éloignée de celle qu'il percevait lorsque des esprits étaient tout juste tirés de leur corps, lorsqu'il percevait la séparation de l'âme et de l'enveloppe charnelle.

L'un des brigands galopait droit vers Tris, sur son cheval fumant dans l'excitation de la bataille. S'efforçant de rester concentré, Tris s'accroupit pour esquiver le coup d'épée du cavalier, se faisant presque piétiner par l'animal. L'attaquant fit demi-tour et chargea de nouveau. Cette fois, Tris tint bon. Il se jeta à terre et balaya l'herbe avec sa lame pour faucher la monture.

Le cheval s'écroula en hennissant, projetant son cavalier à terre. De son épée, Tris acheva la pauvre bête et se rapprocha du bandit alors qu'il se hissait sur ses pieds, les yeux fous de colère. Dans un cri, la lame levée, il s'élança vers Tris.

Le prince se jeta en avant, pénétra la garde de l'homme et enfonça son arme profondément dans sa poitrine. Le brigand haleta et tomba à genoux, les bras serrés contre son cœur. Il écarquilla les yeux en jurant sous l'effet de la surprise puis, le sang s'écoulant entre ses doigts, il tomba, mort.

Soudain, désorienté, Tris vacilla, comme si quelqu'un l'avait violemment frappé par-derrière. Il secoua la tête pour se reprendre, et regarda le bandit à l'agonie. Il aperçut l'homme qui remuait, et deux corps identiques se retrouvèrent étendus l'un sur l'autre. La seconde silhouette se fit de plus en plus transparente, puis se leva, à peine visible, et dévisagea Tris d'un regard triste et entendu avant de se fondre totalement dans l'air. Tris n'eut pas le temps de chasser l'image de son esprit, que des bruits de pas retentirent derrière lui et qu'un coup de poing brutal et puissant le fit chanceler. Alors tout devint noir.

Quand il revint à lui, la situation ne semblait pas avoir pris une bonne tournure. Les brigands se battaient comme des damnés. Vahanian luttait farouchement, maudissant ses adversaires tout en faisant tournoyer son épée. Sur leurs montures, les bandits bénéficiaient d'un avantage non mérité, aussi les caravaniers devaient-ils fournir deux fois plus d'efforts qu'eux. En regardant Vahanian et Harrtuck, Tris comprit que leur priorité était d'abattre autant de chevaux que possible. Quand il se hissa avec difficulté sur ses pieds, la tête douloureuse, les épées s'entrechoquaient et les haches tournoyaient alors que les membres du convoi défendaient leur territoire. La clameur des esprits que Tris percevait autour de lui menaçait de lui faire perdre la raison ; il murmura donc un sort de protection que Bava K'aa lui avait enseigné. Cela ne fit pas taire les fantômes, mais les éloigna juste assez de ses pensées pour lui permettre d'agir.

Tris put voir que l'adversaire de Vahanian tentait d'atteindre le cœur de la mêlée ; pis encore : le brigand maniait sacrément bien son arme. Des flammes s'élevèrent au milieu du champ de bataille, détournant de leur position de défense plus de la moitié des caravaniers, qui coururent pour sauver les tentes et les chariots. En un regard, Tris comprit que leurs ennemis choisissaient minutieusement leurs cibles, mettant le feu aux tentes et aux charrettes les moins susceptibles de contenir un butin. Il récupéra son épée au sol et avança.

À sa droite, Tris vit la vieille ensorceleuse faire tournoyer une hache à deux mains avec détermination. Les yeux enragés, ses doigts noueux et osseux serrés autour du manche de l'arme, ses lèvres formulant des paroles magiques, elle tenait son adversaire à distance. Soudain, comme piqué par un insecte, le bandit lâcha son épée dont le pommeau était chauffé au rouge. La vieille femme voûtée plongea dans la brèche que son sort avait ouverte et abattit sa hache, sans scrupule.

Tris courut vers la bataille, résolu à ne pas faire attention à sa tête douloureuse, ni aux revenants, de plus en plus nombreux. Carrovet le rejoignit à mi-chemin, émergeant de la fumée qui émanait du campement en flammes.

— Là ! Regarde ! cria Tris en tendant le doigt.

La carcasse du bâtiment que Carina avait transformé en hôpital de fortune avait attiré l'attention de l'un des brigands, qui tentait résolument d'y entrer. Simplement armée d'un long bâton, Carina barrait la porte. Du coin de l'œil, Tris vit Vahanian repousser son adversaire et se précipiter vers le refuge de la guérisseuse.

— Je peux peut-être l'aider, murmura Carrovet.

À ces mots, il fouilla dans les sachets accrochés à sa ceinture et en sortit l'une des billes qu'il utilisait pour la mise en scène de ses histoires. Un éclair vert fit sursauter le brigand, ce qui donna à Vahanian l'occasion d'agir.

Au moment où celui-ci frappait le bandit, Tris leva les yeux et vit une autre lueur verte s'élever de la paume du ménestrel.

— Simple tour de passe-passe, dit Carrovet avec un sourire malicieux.

Sa main bougea rapidement, et une lame vola, éliminant un brigand en se plantant précisément entre ses omoplates. La tunique du barde était crasseuse et tachée de sang. Carrovet partit en courant vers le bandit qui gisait à terre et récupéra froidement sa lame. Tris tituba sous l'effet de la libération des esprits qui s'extirpaient de leur chair mourante. *Que la Dame me vienne en aide ! Ils sont si nombreux !* pensa-t-il en s'efforçant de renouveler le bouclier qui le préservait de la folie.

Carina s'acharnait toujours à protéger les patients de son infirmerie, qu'un autre brigand attaquait. Celui-ci lui avait infligé une estafilade, et la jeune femme contrait ses coups avec son bâton, mais il était évident qu'elle commençait à fatiguer.

— Vous n'entrerez pas sans en payer le prix, lança Vahanian au bandit, dans son dos.

Celui-ci se retourna subitement.

— Et c'est combien ? ricana-t-il, l'épée levée.

— Il faut avoir besoin d'une guérisseuse, répliqua Vahanian en faisant tournoyer sa lame avec ardeur.

Il força la parade de son adversaire pendant que Carina projetait son bâton de toutes ses forces dans ses genoux. Fendu de l'épaule jusqu'à la taille par l'épée de Vahanian, le brigand tomba à terre, juste au moment où Tris et Carrovet arrivaient, l'épée tirée. Sous l'effet de la secousse qu'il ressentit à la suite de la mort subite de l'homme, Tris chancela et s'accrocha à son sort de protection de toute sa volonté pourtant déclinante.

— Vous vous êtes bien défendue, dit Vahanian à Carina.

Cette dernière était essoufflée, et sa tunique trempée de sueur lui collait à la peau. Ses courts cheveux bruns lui tombaient dans les yeux et sa main trembla en les rejetant en arrière.

— Vous allez bien ?

— Ça va aller, assura-t-elle, bien que ses paroles aient plus d'assurance que sa voix.

Des pas derrière lui ne donnèrent pas à Vahanian le temps de répondre et, quand il se retourna pour faire face à l'adversaire suivant, Carina reprit son bâton et le dressa dans l'ombre du bâtiment en ruine. Tris alla se poster à l'extérieur pour garder l'entrée.

Un fracas aussi puissant que le tonnerre retentit derrière lui. Un pieu de la tente principale s'était cassé net et était tombé sur le toit de l'hôpital de fortune, entraînant avec lui la tente enflammée. Il se retourna juste à temps pour voir la toile incandescente embraser le toit du refuge de la guérisseuse.

— Le toit est en feu ! hurla Tris par-dessus le vacarme.

Vahanian et Sotérius étaient assez proches pour entendre.

— Laissez les bandits et suivez-moi, cria Vahanian à Sotérius comme Tris se couvrait le visage avec sa tunique et pénétrait dans le bâtiment en se baissant.

La toile de tente en ruine crépita sous les flammes en tombant. Le feu se répandit rapidement jusqu'au toit en chaume de l'infirmerie, et la fumée s'éleva en tourbillons par la porte. Alors que Tris se frayait un passage à travers cette fumée, Carina traînait déjà un homme hors de l'édifice embrasé, bien qu'il lui faille faire usage de toutes ses forces pour déplacer le lourd patient. Malgré les exhalaisons qui accroissaient ses maux de tête, Tris aida la guérisseuse à tirer l'homme en lieu sûr.

Vahanian et Sotérius arrivèrent à pas lourds au moment où Tris et Carina sortaient à l'air libre, et Vahanian prit la jeune femme par les épaules alors qu'elle repartait vers la construction en flammes.

— Restez ici, cria-t-il. Nous nous occupons du reste.

— Mes patients, ma responsabilité ! répondit-elle d'un ton brusque en se libérant d'un coup d'épaules. Il y a encore des malades là-dedans.

Avant qu'aucun d'eux ait pu l'arrêter, Carina s'élança tête baissée et à toute allure vers le bâtiment fumant. Sotérius courut vers la porte, mais fit marche arrière en suffoquant. Vahanian déchira la cape de l'homme blessé et plongea le tissu dans un seau d'eau avant de se précipiter vers l'entrée avec les chiffons trempés.

— Tenez, utilisez ça, dit-il en déchirant le tissu mouillé en larges bandes.

Tris et Sotérius les lui prirent des mains.

— Nous n'avons pas droit à l'erreur, déclara Sotérius d'une voix étouffée par l'étoffe.

— Allons-y, ordonna Tris en appliquant le tissu imbibé d'eau sur son visage.

Les trois hommes s'élancèrent ensemble dans la fumée et se laissèrent tomber à genoux, presque aveuglés. Sotérius rampa jusqu'à l'arrière du bâtiment, où les silhouettes des patients étaient à peine visibles. Près de l'entrée, la main de Vahanian rencontra une jambe de pantalon. Tris le vit tâtonner à la recherche des épaules du blessé qu'il hissa sur son dos. Haletant, la fumée lui piquant les yeux, le mercenaire rampa aussi vite que possible en essayant d'équilibrer le poids de l'homme sans défense. Il se déchargea de son fardeau juste sur le pas de la porte et replongea dans l'infirmerie pendant que Tris continuait à avancer au ras du sol. Dans la quasi-obscurité, celui-ci put voir Carina se démener pour aider un patient. Un craquement semblable au tonnerre résonna au-dessus de leur tête, et Tris se retourna avec horreur.

— Carina ! hurla Vahanian en plongeant vers la guérisseuse au moment où la poutre située juste au-dessus d'elle s'affaissait dans une pluie d'étincelles.

Tris vit la pièce de charpente qui commençait à casser et il ressentit la terreur de Carina. Alors, la peur lui donnant de la force, il réagit.

— Non !

Ce cri rauque lui déchira la gorge quand il se laissa tomber à genoux, une main tendue vers la poutre. Tris sentit son pouvoir grandir et jaillir de sa main pour rejeter le madrier sur le côté.

— Courez ! s'écria Vahanian, pantelant, en poussant Carina et en tirant le dernier patient vers la porte.

Tris avança vers eux mais tomba en avant, suffoquant dans la chaleur torride. Au moment où il sentit le monde commencer à s'évanouir autour de lui, des mains puissantes l'attrapèrent par les épaules et le soulevèrent puis le traînèrent dans l'herbe. Derrière lui, le bâtiment gémit comme un homme à l'agonie, puis s'écroula dans une explosion de flammes et d'étincelles.

Quelqu'un renversa un seau d'eau sur Tris. Doucement, il se leva, les poumons douloureux, en toussant et en haletant. Il était vaguement conscient des brûlures présentes sur ses bras et ses mollets. Il essaya de regarder, aveuglé par les cendres et la fumée.

L'hôpital était en ruine et se consumait rapidement. Tout autour de lui, les cris des chevaux et le fracas des épées retentissaient dans la nuit. Pourtant, le combat ne se poursuivait plus au milieu du campement, mais un peu plus loin. Alors que Tris essayait de reprendre son souffle, il vit Vahanian hocher la tête.

— Ils ont repoussé les bandits. Tant mieux. Je ne peux plus respirer, et encore moins me battre, déclara le mercenaire d'une voix râpeuse.

À côté de Tris, la vieille ensorceleuse émergea de la fumée, une coupe grossièrement forgée entre les mains.

— Bois ça, dit-elle en lui mettant le bol entre les doigts.

Tris absorba son contenu avec soulagement et sentit le liquide brûler sa gorge irritée. Quelle que soit cette potion, elle fit effet immédiatement, lui éclaircissant les idées et lui redonnant assez de forces pour se lever.

Carina se hissa sur les genoux et se pencha au-dessus de l'un des patients qu'ils avaient tirés hors du bâtiment en feu. Elle lui martela la poitrine de toute la force de ses poings.

— Par la Dame, respire, bon sang ! Respire ! sanglota-t-elle.

Vahanian se fraya un chemin vers l'endroit où elle était agenouillée.

— Carina…

— Il respirait bien, avant l'incendie, s'emporta-t-elle.

Sa robe couverte de suie était brûlée et ses bras mouchetés de cloques causées par la pluie de braises. Des larmes traçaient des sillons sur son visage recouvert de cendres, et ses cheveux tombaient molle-ment dans ses yeux alors qu'elle se penchait au-dessus du malade.

— Respire, bon sang !

Vahanian tendit la main pour la prendre par les épaules, mais elle se dégagea violemment.

— Non ! pleura-t-elle en tendant les bras vers le patient. Je dois l'aider.

— Il est mort, dit doucement Vahanian. Regardez-le. C'est trop tard. (Carina s'assit sur ses talons et enfouit son visage dans ses mains.) Ce n'est pas votre faute, poursuivit-il calmement. Regardez où il a été blessé, juste sous les côtes.

Il aurait eu du mal à respirer, de toute façon, même avec des soins, mais la fumée…

Elle leva la tête pour le dévisager.

— Vous ne savez pas ce que c'est de perdre un patient.

— Non, concéda-t-il tout bas. Juste des soldats sous mes ordres.

— La Dame doit vous avoir à l'œil, pour que vous vous en soyez sortis vivants, remarqua la vieille ensorceleuse en reprenant la coupe des mains de Tris.

Elle l'emplit de nouveau et l'offrit à Sotérius, qui l'accepta volontiers. Tris vit les brûlures qui mouchetaient les bras et le visage de son compagnon, et il en déduisit qu'il ne devait pas être en meilleur état que lui.

— Merci de m'avoir sorti de là, le remercia-t-il.

Sotérius le regarda un moment sans rien dire, et Tris comprit que son ami l'avait vu utiliser la magie pour rejeter la poutre.

— Ce fut un plaisir, répondit le soldat, qui détourna les yeux, malgré la sincérité de sa voix.

Il ne sait plus que penser de moi, songea Tris, alors que la potion de l'ensorceleuse lui brûlait toujours la gorge. *Il ne s'attendait pas à être un jour le vassal d'un mage.*

La vieille reprit la coupe et la tendit à Vahanian, qui la repoussa en lui faisant signe de s'occuper de Carina. La vieille s'agenouilla à côté de la guérisseuse et la prit dans ses bras, la laissant sangloter contre son épaule comme un enfant au cœur brisé.

Vahanian observait Tris. Secoué et couvert de cendres, celui-ci croisa son regard. Ils savaient tous les deux que la poutre avait changé de trajectoire à la demande de Tris. *Il déteste la magie, encore plus que Sotérius*, pensa Tris en voyant l'expression de Vahanian. *Un prince hors la loi, et qui plus est, un mage sans expérience. Une source d'inquiétude en plus.*

— Si vous m'aviez écouté, rien de tout ça ne serait arrivé, lança une voix à travers la fumée. (Tris leva les yeux et vit Kaine s'en prendre à Maynard Linton alors que le chef de la caravane se frayait un chemin dans les ruines.) Où est la guérisseuse ? demanda Kaine en s'arrêtant là où ils se reposaient. Je suis blessé.

— La dame est occupée. Va-t'en, lâcha Vahanian en s'interposant entre Kaine et Carina.

Kaine le poussa d'un coup d'épaule pour avancer.

— C'est une guérisseuse, alors, qu'elle me soigne, aboya-t-il.

Cette fois, ce fut la lame de Vahanian qui lui bloqua le passage.

— J'ai dit : la dame est occupée, répéta-t-il d'une voix rauque. (Il avait l'air de ressentir la douleur de la bataille dans chacun de ses muscles et d'envisager de le faire payer à Kaine.) Va-t'en.

— Tu joues bien les protecteurs, Jonmarc Vahanian, lui retourna Kaine. À tous les coups, les brigands qui ont fait ça étaient des amis à toi, ricana-t-il avec mépris, mais en reculant d'un pas devant la lame scintillante. J'ai dit à Linton que t'engager ne ferait que nous attirer des ennuis. Rien de tout ça ne serait arrivé si nous n'avions pas accepté de cacher un voleur comme toi.

Le mercenaire fit un pas vers son interlocuteur en levant un peu plus son épée.

— J'ai encore assez de force pour te passer ma lame au travers du corps, Kaine, et je le ferai si tu n'es pas parti quand j'aurai compté jusqu'à cinq. Un…

— C'est bien ce que je disais, geignit l'autre en reculant encore d'un pas. Il est prêt à m'abattre de sang-froid…

— Deux…, grogna Vahanian en avançant.

— Je n'ai aucune envie de me faire embrocher, reprit Kaine en léchant le sang qui s'écoulait de sa lèvre coupée. Mais écoutez-moi bien, avertit-il en regardant Tris et les autres, nous ne serons pas débarrassés du mauvais œil tant que nous ne nous serons pas débarrassés de lui.

— Trois…

Avec un regard hésitant vers le mercenaire et son épée, Kaine leva les mains en signe de reddition et partit en reculant, puis disparut dans la foule des caravaniers qui revenaient dans leur campement en ruine.

— Je n'aurais pas été mécontent de voir ce fauteur de troubles passé au fil de l'épée, remarqua Sotérius d'un air sinistre alors que Vahanian rengainait son arme.

— Il n'en vaut pas la peine, répondit ce dernier.

Tris se retourna vers Carina, qui pleurait toujours dans les bras de la vieille.

— Je vais m'occuper d'elle, annonça l'ensorceleuse en tapotant le dos de la guérisseuse. Retournez à vos affaires.

Vahanian fit quelques pas et s'arrêta. Tris le rattrapa et baissa les yeux vers le cadavre du brigand qui se trouvait aux pieds du mercenaire. Celui-ci regarda le mort, puis Carina, et revint au défunt.

— C'est le voleur que j'ai chassé du campement hier, celui que j'ai pris pour un rôdeur, expliqua Vahanian sur un ton neutre. On dirait que nous avons fini par l'avoir. (Il jura.) Il y a des jours où je déteste avoir raison.

Le mercenaire entreprit de se retourner, mais surprit Carina qui les regardait. Le chagrin et le regret emplissaient ses yeux, aussi ne fit-il aucune remarque.

— Venez, ordonna-t-il aux autres d'une voix fatiguée. Il est temps de faire le ménage.

Avant le lever du soleil, le campement était redevenu tranquille. Assommé par la fatigue et toujours sensible aux effets de la fumée, Tris lança un coup de pied dans un tas de bois calciné sur le chemin pentu qui reliait la tente des ouvriers à la caravane. Sous le bandage qui recouvrait son crâne, sa tête le démangeait, et il sentait son cœur battre dans la plaie. Sotérius et les autres avaient entassé les corps des brigands pour les brûler. L'odeur de la chair en train de cuire donna des haut-le-cœur à Tris.

La confusion régnait sur le convoi. Des chariots, il ne restait plus que des amas brûlés. Au milieu de la clairière, la tente principale fumait et ses piquets émergeaient du sol comme des os calcinés. Maynard Linton errait parmi les ruines en secouant la tête.

— Ils ont détruit presque tous les bénéfices de la saison, se lamenta-t-il tristement, avec une expression misérable sur le visage. Tous les chariots fichus. Je ne sais combien de morts et de blessés. Et par-dessus le marché, l'hiver qui arrive. (Il secoua de nouveau la tête.) Ce n'est pas bon, dit-il, inquiet. Ce n'est pas bon du tout.

Tris aperçut Carrovet, courbé sous le poids de deux seaux d'eau. Sa tunique était déchirée, une manche ouverte de l'épaule jusqu'au poignet. Couvert de cendres et d'éclaboussures de sang, le barde sourit avec fatigue à la vue de son ami.

— Content de te voir en un seul morceau, lui cria Carrovet en s'arrêtant. Pourquoi ne viendrais-tu pas avec moi ? Carina a besoin de toute l'aide qu'elle peut trouver, là-bas, à la tente.

Tris accepta l'un des récipients et se dirigea vers la plus grande toile restante. Des brûlures ouvraient son plafond sur le soleil couchant. Tris se baissa et passa sous le rabat de la tente qui tombait mollement. Elle servait d'infirmerie, dans laquelle les blessés étaient étendus sur des rangées de couvertures. Sur une centaine de caravaniers, il semblait que presque la moitié attendait les soins de Carina.

La nuit tombait. Tris et Carrovet apportèrent des torches afin d'éclairer la guérisseuse. La vieille ensorceleuse travaillait aux côtés de cette dernière, préparant des cataplasmes et des décoctions. Cam et la vieille femme gardaient un œil protecteur sur Carina, l'obligeant à se reposer, à manger et à boire. En observant la jeune femme, Tris s'aperçut qu'elle ressemblait étrangement à Cam. *Frère et sœur, peut-être,* songea-t-il, *et non amants ?*

Quand la nuit fut bien avancée, Tris se dit que la charge d'un guérisseur, aussi impromptue puisse-t-elle être, était presque aussi épuisante que celle d'un guerrier. Carrovet se déplaçait avec assurance au milieu du chaos, transportant les blessés, dirigeant ceux qui amenaient des camarades à soigner, coupant du bois pour les attelles et les béquilles, et déchirant de larges morceaux de tissu pour les bandages. Au centre de la tente, un feu permettait à Carina de faire bouillir l'eau dont elle avait besoin pour ses potions et ses cataplasmes. Tris suivait les indications du barde en essayant de ne pas se concentrer sur ses propres maux de tête, ou, quand son crâne ne le faisait pas souffrir, sur les questions que soulevaient les visions qu'il avait eues pendant la bataille.

Quand les premières lueurs du jour apparurent derrière les collines, Carina arrivait à son dernier malade. L'épuisement marquait son visage et des cernes profonds assombrissaient ses yeux. Tris présumait qu'elle ne se déplaçait que par la seule force de sa volonté, et son estime pour la guérisseuse en fut grandie. Avec délicatesse, elle plaça sa main au-dessus de la blessure de l'homme et ferma les paupières en s'appuyant contre Cam. Au bout de quelques instants, le patient eut un sourire d'étonnement quand Carina souleva la main et révéla une plaie en bonne voie de guérison ; en temps normal, des semaines auraient été nécessaires pour que la cicatrice atteigne ce stade. Comme l'homme exprimait sa gratitude, la guérisseuse s'affaissa contre Cam, à bout de forces.

Quelques traînards s'approchèrent avec des blessures superficielles.

— Revenez demain, aboya Cam en serrant Carina dans ses bras en un geste protecteur. Elle a fait tout ce qu'elle pouvait pour cette nuit.

Il chuchota quelque chose à la jeune femme, qui lui répondit d'un hochement de tête, puis le guerrier la souleva comme une enfant et sortit à grands pas de la tente avec une expression grave qui défiait quiconque d'essayer de l'arrêter.

Maynard Linton suivit Cam et lui posa une main sur l'épaule.

— Est-ce que ça va aller, pour elle ?

Cam hocha la tête en berçant doucement la guérisseuse dans ses bras comme une fillette fatiguée.

— Elle sera bientôt complètement rétablie. On ne peut pas en dire autant de tout le monde, répondit-il en désignant la tente du menton.

Linton tendit une main et repoussa délicatement les cheveux noirs qui tombaient sur les yeux de la guérisseuse.

— Remerciez-la pour moi quand elle se réveillera, s'il vous plaît, dit-il tout bas.

Cam hocha la tête.

— J'y veillerai, promit-il avant de traverser la foule pour atteindre l'entrée de la tente, et de disparaître.

Harrtuck et Sotérius retrouvèrent Tris et Carrovet un peu plus tard. Sotérius leur offrit à tous deux des assiettes bien garnies.

— Tenez, mangez. Intéressant ou pas, cela ne justifie pas de sauter un repas, déclara-t-il.

Ils restèrent silencieux pendant un moment, le temps de dévorer leur nourriture.

— Linton engage toujours les meilleurs cuisiniers qu'il peut se procurer, commenta l'huissier d'armes, la bouche pleine. Ça pourrait bien être le seul point positif de ce voyage, ajouta-t-il en nettoyant son assiette avec une tranche de pain sec.

— Il doit vraiment bien s'en sortir, pour avoir les moyens de voyager avec une guérisseuse de première classe, pensa Tris à voix haute. (Il regarda autour de lui.) Où est Vahanian ?

Harrtuck haussa les épaules.

— La dernière fois que je l'ai vu, il aidait à brûler les corps. Ça ne m'étonnerait pas qu'on le retrouve en train de boire avec Linton dans sa tente, quand tout sera terminé.

Tris regarda au loin, à mi-chemin entre la caravane et l'extrémité du champ, là où se consumait un bûcher funéraire. Les dangers de la route devenaient douloureusement clairs. Il leur faudrait plus qu'un peu de chance pour arriver en vie en Dhasson.

Seul dans sa tente, épuisé et courbatu, Tris était trop fatigué pour dormir. Il observait la flamme tremblante de la bougie. Les visions qui l'avaient assailli au cours du combat étaient à la fois claires et troublantes. *Par la Dame,* songea-t-il, *si je ne peux pas faire mieux que ça, je ne servirai à rien. Je ne vivrai jamais assez longtemps pour arriver en Dhasson, et encore moins pour retourner en Margolan, si je vois tous les fantômes de chaque champ de bataille !* Il avait l'estomac noué à la seule évocation de son échec. Il se figea en pensant à la cible facile qu'il constituerait. Pis, il était à peine utile pour défendre le campement. Son pouvoir de mage semblait plus être une source de danger que de protection.

— Tris, ne sois pas si dur avec toi-même, dit une voix.

Tris sursauta et regarda partout autour de lui dans la petite tente. Il vit l'image de Bava K'aa, tremblotante et à peine visible.

— Je n'ai pas beaucoup de temps, l'avertit-elle. Je n'ai pas réussi à te préparer pour le moment où ton pouvoir se déclarerait. J'aurais dû prévoir… de telles circonstances… j'aurais dû provoquer l'arrivée du pouvoir. Pardonne-moi.

Tris avança la main vers l'apparition, qui s'approcha en flottant et lui tendit la sienne en retour. Tris perçut un fourmillement quand la main immatérielle frôla ses doigts tendus, et il ferma les yeux pour refouler ses larmes. La sensation se répandit dans tout son corps, et la présence de sa grand-mère s'imposa à lui, comme si, pendant un instant, elle partageait son esprit. Il ouvrit les paupières et dévisagea le fantôme d'un air interrogateur. L'apparition lui sourit tristement.

— Je ne peux pas rester, reprit-elle avec regret. Même maintenant, les puissances du mal sont à ta poursuite. Tu as le pouvoir de devenir un grand Invocateur, bien plus fort que moi. Mais tu dois apprendre à le contrôler. (Elle hésita et son image vacilla puis s'estompa.) Déjà, Jared cherche un moyen de bannir mon esprit à tout jamais ; sinon, je t'entraînerais moi-même. Va à la Bibliothèque d'Ouestmarche. Là, tu trouveras un maître pour te préparer.

— Mais la Bibliothèque d'Ouestmarche a été détruite pendant les Guerres des Mages, protesta-t-il. Elle n'existe plus.

— C'est ce que nous avons fait croire à tout le monde, répondit Bava K'aa avec un sourire entendu. Pour ceux à qui la Consœurie octroie le droit de savoir, la Bibliothèque révèle ses secrets.

— Montrez-moi comment contrôler ce que je vois, supplia Tris, la gorge serrée par la peur. Je ne suis d'aucune utilité à mes amis, si je ne peux pas les protéger.

— Je dois partir, dit l'esprit. Je ne sais pas si je pourrai revenir. À Ouestmarche, tu trouveras un point de départ à toutes tes recherches. Que la Dame bénisse ton voyage, conclut-elle en levant la main en signe d'adieu.

— Je vous en prie, attendez, la rappela Tris.

Le fantôme s'était déjà dissipé en un brouillard, pour ensuite disparaître totalement. Pendant un long moment, Tris plongea son regard dans le vide où s'était tenu l'esprit, jusqu'à ce que la flamme vacillante de la bougie lui rappelle l'heure qu'il était. Il sombra alors dans un sommeil agité tandis que l'aube commençait à éclairer le ciel.

Chapitre 10

Après l'attaque des bandits, il fallut deux jours à Tris pour trouver la possibilité de parler seul à seule avec Carina. Il faisait en sorte d'être affecté à des tâches qui lui permettraient de garder la tente de la guérisseuse en vue, mais elle mit un temps exaspérant pour en sortir spontanément.

Quand l'occasion se présenta finalement à Tris, la jeune femme revenait de l'autre côté du campement et retournait à son abri. C'était le dernier jour avant leur départ, et les équipes commençaient déjà à démonter les tentes et les baraques. L'installation et le démontage étaient les moments où se produisait le plus grand nombre d'accidents, et où la guérisseuse avait le plus de travail. Pas surprenant, par conséquent, que Tris ait du mal à la trouver.

— Je voulais vous remercier pour ce que vous avez fait, commença-t-il en la rattrapant et en touchant sa balafre au front, qui se trouvait en bonne voie de guérison.

Carina le regarda avec des yeux fatigués et fronça légèrement les sourcils, comme pour le resituer.

— Vous êtes l'un des gardes mercenaires, n'est-ce pas ? demanda-t-elle. Vous m'avez aidée à faire sortir les patients, quand le bâtiment a pris feu.

Tris hocha la tête. Elle l'observa en peu plus longuement, comme pour essayer de trouver ses mots, puis elle détourna le regard.

— Mes amis m'appellent Tris, dit-il.

Il ne pouvait pas cacher son accent margolien, il le savait, mais au moins son prénom était-il répandu. Sa mère, la reine Serae, avait rapidement gagné l'affection du peuple de son royaume. Ainsi, son prénom et celui de ses enfants étaient devenus tellement à la mode que c'en avait été embarrassant quand Tris était petit. Il semblait que personne n'appréciait suffisamment Eldra et Jared pour reprendre leurs prénoms, et cela avait ajouté à la rancœur que Jared nourrissait envers Tris et Kait. À présent, Tris était heureux qu'il n'y ait rien d'étonnant à ce qu'un paysan porte le même prénom qu'un prince.

La guérisseuse sourit timidement.

— Vous m'avez sauvé la vie, dans ce bâtiment. Merci.

Embarrassé, Tris écarta ses remerciements d'un geste de la main.

— Je voudrais vous parler. (Il s'interrompit, puis se lança.) Je voudrais vous parler... de votre façon de faire ce que vous faites.

Carina s'arrêta et le regarda dans les yeux.

— C'est une question étrange, de la part d'un simple homme d'épée, dit-elle sur un ton neutre. Je ne bénis pas les armes et ne maudis pas les ennemis, et je ne vous montrerais pas comment vous y prendre même si je savais le faire.

— Ce n'est pas ce que je voulais dire.

Carina l'observa plus attentivement, comme pour le jauger.

— Pendant l'incendie... vous avez utilisé la magie pour rejeter cette poutre... Aviez-vous déjà fait ça, avant ?

— Non, répondit Tris, mal à l'aise. Mais ma grand-mère était une ensorceleuse. (Tris supplia l'esprit de Bava K'aa de lui pardonner pour avoir ainsi minimisé la réalité.) Je dois apprendre... comprendre... comment contrôler mon pouvoir, avant de tuer quelqu'un, et comment repousser les esprits avant qu'ils me rendent fou.

— Entrez, dit Carina en lui faisant signe de le suivre dans son abri.

L'épuisement rendait sa voix un peu brusque, mais pas désagréable, et Tris supposa qu'elle était souvent assaillie de questions par les curieux. Elle lui indiqua où s'asseoir et rapprocha une petite théière en terre cuite du feu qui brûlait par terre, au centre de la tente.

— Pourquoi pensez-vous que je peux vous aider ?

— Je ne sais pas à qui d'autre m'adresser, répliqua Tris en se forçant à la regarder dans les yeux. Quand j'étais petit, ma grand-mère m'a enseigné un peu de ses connaissances, comme allumer un brasier sans faire d'étincelles. Mais maintenant, une porte semble s'être ouverte, expliqua-t-il avec un désespoir croissant dans la voix. Dans chaque rêve que je fais, je me rappelle une autre chose qu'elle m'a enseignée. Je ressens la magie, mais lorsque je l'approche, je ne sais pas vraiment si c'est moi qui l'utilise, ou elle qui m'utilise. (Il marqua une pause.) Carina, quand avez-vous su que vous pouviez faire ce que vous faites ?

La guérisseuse attendit quelques instants avant de répondre.

— Je crois que, quelque part, je l'ai toujours su, dit-elle doucement. Mais je ne m'y suis pas exercée avant… (Elle s'arrêta brusquement.) Avant l'adolescence.

— Mais comment avez-vous su ? insista Tris.

Alors, elle le dévisagea pendant un moment avant de reprendre la parole.

— J'ai juste… su, répondit-elle tranquillement. C'est indescriptible. C'est peut-être différent pour tout le monde. Je sentais le pouvoir, mais je ne savais pas à quoi il servait, ni comment en faire quoi que ce soit. Et puis un jour, mon cheval préféré a été blessé, et alors que je le soignais, j'ai pensé à ce dont j'aurais besoin pour le guérir, puis c'est arrivé. (Elle sourit.) J'ai failli en mourir de peur.

— Comment avez-vous su où aller pour en apprendre davantage ?

L'expression de Carina se durcit, et elle détourna le regard.

— Ça n'a pas été difficile, répondit-elle sur un ton froid. On s'en est chargé à ma place.

— Je suis désolé, s'excusa doucement Tris. Je ne voulais pas être indiscret.

La jeune femme secoua la tête.

— Ce n'est rien. C'est juste que, là d'où je viens, les gens sont superstitieux. Ils n'aiment pas les mages. (Elle sourit tristement.) En fait, ils les apprécient encore moins que les jumeaux. (C'était donc pour cela qu'une talentueuse guérisseuse et un guerrier de qualité voyageaient avec une vulgaire caravane, songea-t-il.) Écoutez, Tris, je ne peux rien vous dire de plus, dit-elle, mal à l'aise, comme si elle en avait trop révélé.

Ce n'est pas si simple, reprit Tris en secouant la tête obstinément. Quand les bandits ont attaqué, juste avant que je me fasse frapper, je les voyais mourir, raconta-t-il sans contrôler les mots qui sortaient de sa bouche. Je distinguais les esprits qui s'extrayaient de leur corps, confessa-t-il dans un murmure. J'ai cru que je devenais fou. Cela se passait partout où je regardais, jusqu'à ce qu'un des brigands me frappe à la tête, dit-il en touchant sa blessure d'un air contrit.

Carina fronça les sourcils, et Tris eut le sentiment qu'elle le prenait soudain au sérieux.

Vous avez vu… les fantômes sortir des dépouilles ? répéta-t-elle lentement.

— Si vous ne pouvez rien m'enseigner d'autre, apprenez-moi au moins à empêcher ça, supplia-t-il.

Vous devez certainement savoir repousser la douleur, pour faire votre travail. Sinon, je ne peux en rien aider mes compagnons, et je ne serai pas très utile à la caravane.

— Avez-vous parlé de ça à quelqu'un d'autre ?

— À propos de la bataille ? Non, admit-il en baissant les yeux. Les amis avec qui je voyage… savent que j'ai un pouvoir, mais ils sont loin de se rendre compte à quel point je ne le contrôle pas. Je ne leur ai rien dit de plus. Les gens penseraient que je suis fou. Je crois que l'ensorceleuse s'en doute.

— Oui, dit Carina pensivement. Alyzza doit le pressentir, confirma-t-elle. Elle était magicienne chez un petit seigneur. Un jour, ses pouvoirs n'ont pas réussi à sauver la vie du fils unique de cet homme. La mort de l'enfant l'a presque rendue folle, et la cour n'a plus voulu d'elle. Voilà pourquoi elle est ici, expliqua la guérisseuse en faisant un geste en direction de la foire, derrière la tente. Un endroit où aucun de nous ne pensait se retrouver un jour. (Elle se tut de nouveau, et juste à l'instant où Tris commençait à craindre qu'elle le mette à la porte, elle reprit la parole.)

» Je vous aiderai autant que possible, annonça-t-elle lentement. Je vais demander à Alyzza de vous assister aussi. Mais vous devez être prudent, l'avertit-elle. Ne dites rien de votre magie à qui que ce soit d'autre. Vous pourriez attirer sur vous plus d'attention que vous le voulez.

— Merci, répondit Tris en se remettant debout.

Carina sourit tristement.

— Attendez que je vous aie aidé, avant de me remercier, dit-elle. Revenez après votre entraînement à l'épée, si vous avez encore des forces.

Ce fut l'esprit chargé de centaines de questions que Tris se glissa hors de la tente.

— N'oublie pas que je l'ai vue en premier, retentit une voix à côté de lui. (Ban Sotérius le regardait avec un sourire ironique.) Je te l'accorde, tu as du courage, Tris, ajouta-t-il, vu la taille de Cam. Je n'aimerais pas me battre contre lui juste pour avoir fait la cour.

Tris lança à Sotérius un regard moqueur.

— Étant donné la façon dont tu collectionnes les conquêtes, moi aussi j'aurais peur, si j'étais toi.

Sotérius sourit de toutes ses dents.

— C'est ma façon à moi de répandre des rayons de soleil, répondit-il en tapant dans le dos de son ami. Aucune raison d'en combler une seule et de rendre toutes les autres malheureuses. Tu devrais tirer quelques leçons de mes enseignements, tu sais. (Il baissa la voix, et poursuivit sur le ton de la conspiration.) Et maintenant que tu n'as plus d'obligations officielles, tu es libre de choisir par toi-même. Ça ne regarde personne d'autre que toi, ajouta-t-il.

— Rappelle-le-moi si nous arrivons en Dhasson en un seul morceau, rétorqua Tris. Sérieusement, Ban, c'est vraiment le cadet de mes soucis.

— Je sais, répondit Sotérius. C'est ça, ton problème. Trop sérieux. Une femme bien choisie t'égaierait un peu. (Il sourit malicieusement.) Évidemment, n'importe quelle femme le pourrait.

Tris lui donna un gentil coup de poing au bras, et ils se dirigèrent vers la partie principale du campement. Avant que les feux du dîner soient allumés, ils furent affectés à divers travaux de démontage du campement, et quand Tris, une assiette enfin entre les mains, trouva une place auprès d'un feu, il se laissa tomber avec lassitude sur un rondin qui servait de siège.

Harrtuck lui avait juré que la vie sur les routes l'endurcirait, pensa Tris en se massant d'un air contrit un tendon endolori. Depuis qu'ils avaient rejoint la caravane, il avait découvert que des muscles dont il ne soupçonnait pas l'existence pouvaient le faire souffrir au point de l'empêcher de dormir la nuit, à force de charger et décharger les tentes, les équipements et les marchandises, de tirer sur les cordes des abris et de donner des coups de marteau sur les piquets qui les supportaient. Et puis, alors qu'il était exténué, il y avait ses entraînements avec Vahanian. Tris but sa chope de bière et dévora le reste de son ragoût. Toutes ces activités étaient peut-être habituelles pour un homme d'armes, mais elles étaient presque mortelles pour un prince.

Carrovet le rejoignit. Il avait l'air aussi épuisé que lui.

— Je serai mort bien avant que nous arrivions en Dhasson, se plaignit le ménestrel en triturant sa nourriture. Si on ne passe pas la journée à divertir les spectateurs, il y a toujours ces satanés exercices le soir. (Le barde s'étira et grommela.) Es-tu sûr que Vahanian n'essaie pas secrètement de nous tuer ?

— Prêts pour l'entraînement de ce soir ? demanda le mercenaire en se laissant tomber à côté d'eux avec son assiette. (Il sourit quand Tris répondit en grognant.) Quel entrain ! Je dois vraiment faire du bon travail, alors.

— Ne pourriez-vous pas au moins avoir l'air fatigué ? se plaignit Carrovet en finissant sa boisson.

— À quoi bon ? demanda Vahanian, la bouche pleine. Vous n'auriez pas moins de travail pour autant.

— Non, mais ça me ferait drôlement plaisir, rétorqua Tris. Dans quelle direction allons-nous, maintenant ?

— Plus à l'est, répondit une voix de l'autre côté de Tris. Et si vous voulez mon avis, c'est une erreur. (Tris se retourna pour découvrir Kaine, sale et fatigué.) On rencontre que des problèmes, dans l'est. (Kaine avala une rasade de bière.) Forcément : il paraît qu'y a pas mal de types comme ça, là-bas, si vous voyez ce que je veux dire, ajouta-t-il avec un regard plein de sous-entendus vers Vahanian.

— Je ne suis pas sûr de comprendre, non, répondit prudemment Tris.

Kaine fit une grimace.

— D'où vous sortez ? Dhasson est en guerre. Ouais, bien sûr, on le dit pas, mais la guerre, c'est la guerre ; toujours la même chose, poursuivit-il en baissant la voix. Certains passent par ici en en revenant, et ils racontent des histoires drôlement bizarres. Drôlement bizarres, répéta-t-il en prenant une autre lampée.

— Bizarres comment ? l'interrogea Tris en se penchant en avant.

Kaine termina sa boisson et posa sa chope à côté de lui, puis il inclina la tête pour observer son interlocuteur.

— Vous trouvez pas ça bizarre, ces choses contre-nature qui sortent des Terres Désolées, hein ? demanda-t-il. Il paraît que, près de Dhasson, on a aperçu des créatures qui ne sont pas l'œuvre de la Déesse, si vous voyez ce que je veux dire, expliqua-t-il vaguement. C'est un déserteur, en passant par ici, qui nous a relaté des choses à vous faire dresser les cheveux sur le crâne. Il pensait que l'armée de Dhasson allait se prendre une raclée, et il n'aimait pas tellement l'idée de se faire manger, ou pis, alors il s'est carapaté ; enfin, c'est ce qu'il a dit, poursuivit le gréeur en s'essuyant la bouche avec la manche.

— Les mages des tribus n'ont pas pu faire apparaître de tels êtres, commenta Vahanian pensivement.

Alors Tris se retourna. *Par le souffle de la Dame,* pensa-t-il, *on dirait qu'il prend ça au sérieux !*

— Avant, je ne sais pas, mais ce qui est sûr c'est que, maintenant, on dirait qu'ils peuvent, rétorqua Kaine. Et il y avait d'autres histoires. De nuit qui tombe en pleine journée, et d'éclairs qui n'étaient pas de la bonne couleur. De sauterelles sorties de nulle part et disparaissant aussi vite qu'elles étaient venues. Et de plaines complètement desséchées qui se sont changées en boue juste quand l'armée les a traversées, alors qu'il avait pas plu depuis des jours, ajouta Kaine. Alors si ça, ce n'est pas de la magie, qu'est-ce que c'est ?

— C'est sûr, ça m'a tout l'air d'en être, répondit Vahanian.

Il se leva, se rendit à la barrique de bière, et s'en servit une pleine chope.

— Vous êtes du genre sceptique, dit le gréeur à Tris alors que le mercenaire s'éloignait. Beaucoup de gens ne croient pas à la sorcellerie, mais moi je l'ai vue à l'œuvre. J'ai assisté à des choses qu'on peut pas expliquer autrement. Un autre conseil : surveillez vos arrières quand ce gars est dans les parages, dit-il en désignant Vahanian du menton de manière presque imperceptible, tant que celui-ci était éloigné et ne pouvait l'entendre. Impossible de compter ceux qu'il a tués ou trahis. L'armée d'Estmark ne pend pas les hommes à la légère, mais elle l'a condamné à mort. C'est vrai, il a trahi toute une troupe, à Chauvrenne.

— Je ne l'oublierai pas, répondit Tris, comme Vahanian revenait vers eux.

Il fut beaucoup plus préoccupé par les manifestations magiques que par les sinistres mises en garde du gréeur sur le passé de Vahanian. Il était certain que la sorcellerie n'était étrangère à personne dans les Royaumes de l'Hiver. Et le petit-fils de Bava K'aa n'était pas censé être surpris par des actes enchantés, pensa-t-il, en se souvenant de toutes les fois où il avait vu sa grand-mère jeter des sorts, au palais. Certains étaient des tours pratiques, le genre de choses que n'importe quelle ensorceleuse aurait su faire, comme allumer une bougie sans provoquer d'étincelles. Cependant, se rappela Tris, il y avait eu d'autres moments où, étant petit, il se cachait dans les ombres de la salle de guerre de son père, espérant ne pas être vu pour pouvoir observer le remue-ménage si exaltant des préparatifs des conflits. Là, il avait vu la vraie magie de Bava K'aa, lorsqu'elle devinait l'emplacement des ennemis, prédisait le temps qu'il ferait et tirait des informations sur les ennemis à partir d'objets qui leur avaient été dérobés.

Donc la présence de sorcellerie ne devait pas être surprenante, si Dhasson était vraiment en guerre, pensa-t-il. Ce qui était inhabituel, c'était la magie noire à laquelle le gréeur faisait allusion. Il y avait des légendes sur l'époque où ce type de sorcellerie était aussi répandu que les sauterelles, pour le malheur du peuple des Royaumes de l'Hiver. Puis les Mages de la Lumière s'étaient alliés et avaient mené les Guerres des Mages sur les terres peu habitées du grand nord.

Cela s'était passé bien des années auparavant, alors que la grand-mère de Tris n'était encore qu'une jeune femme. Pourtant, aucun de ceux qui s'aventuraient dans les Terres Désolées n'avait de doutes sur le fait qu'une magie puissante y avait été relâchée. On y trouvait des créatures et des plantes qui n'existaient nulle part ailleurs, des choses cauchemardesques qui survivaient sur ces territoires imprégnés de magie, et cette sorcellerie rendait ces lieux impossibles à exploiter longtemps pour des individus normaux. Chaque histoire de monstres des Terres Désolées était le prolongement de celle d'au moins un fou qui, s'y étant aventuré, n'en était jamais revenu. Les rêves de trésors perdus y conduisaient régulièrement des inconscients et alimentaient les légendes.

Une telle magie noire n'était plus censée exister, se disait Tris, en regardant le feu. Après les Guerres des Mages, une société secrète constituée des sorcières les plus puissantes s'était formée sous le nom de Katae Canei. Les Katae Canei avaient combiné leurs pouvoirs afin d'effacer la connaissance de la magie noire, afin de chercher et dénicher tout mage assez audacieux pour essayer de s'y initier ; elles s'évertuaient aussi à détruire les runes et les grimoires des maîtres de la magie noire. Pendant une génération, elles y étaient parvenues. La rumeur prétendait que Bava K'aa avait été à la tête de la Consœurie des Katae Canei.

Qui avait repris le flambeau depuis la mort de sa grand-mère, plusieurs années plus tôt ? Tris ne le savait pas. La Consœurie n'annonçait pas ces choses-là. Et comme la cour de Margolan ne comptait aucun mage, ces informations ne pouvaient guère y parvenir. Une seule chose était certaine : si des créatures ensorcelées se promenaient en liberté dans les Terres du Nord, quelqu'un s'essayait à la magie noire. Et le retour des mages noirs serait une catastrophe, sauf si on réussissait à les arrêter.

À cet instant, Sotérius arriva d'un pas lent et se laissa tomber à côté de Tris en se réchauffant les mains autour d'une tasse brûlante.

— Alors, qu'est-ce que j'ai manqué ?

Tris regarda Kaine, puis Vahanian, et revint à Sotérius.

— Juste une conversation sur le voyage vers l'est. Kaine, ici présent, n'aime pas l'idée de passer par Dhasson.

Carrovet fit un geste dédaigneux.

— Dhasson ne m'inquiète pas. Mais la forêt située sur le chemin de la frontière, c'est une autre affaire, dit-il en avalant une grosse gorgée. Vous savez, les autochtones l'appellent Ruune Videya, ce qui signifie « arbres fantômes », expliqua le ménestrel en s'enflammant pour ce sujet.

» D'après les histoires, raconta-t-il en se penchant en avant, Jaq le Damné y aurait massacré des paysans il y a deux cents ans à la suite d'une rébellion. (Il fit une pause pour boire.) On dit que leurs corps sont enterrés partout, et que c'est pour cela que le bois est aussi luxuriant, ajouta-t-il en dévisageant Kaine et Tris. Il paraît que les esprits errent sans but depuis leur mort injuste, en attendant de se venger. (Il regarda Tris d'un air plein de sous-entendus.) Enfin, ne croyez pas que j'accorde beaucoup de crédit aux histoires de fantômes.

— Bon, puisque vous m'avez l'air foutrement trop paresseux ce soir pour vous entraîner, autant aller nous coucher, lança Vahanian en revenant vers le groupe et en vidant sa chope d'une seule lampée.

Tris hocha la tête et se leva, sans prêter attention au regard d'avertissement de Kaine.

— Si la journée de demain est aussi longue qu'aujourd'hui, je ne suis pas sûr qu'il nous reste assez de temps pour nous reposer avant le solstice d'hiver, répondit Tris. Merci pour les contes, ajouta-t-il en emboîtant le pas à Vahanian.

— Ne les oubliez pas, avertit Kaine d'un air sinistre. Aucun d'eux.

Tris et le mercenaire traversèrent la moitié du campement avant que l'un d'eux se décide à prendre la parole.

— J'ai l'impression que vous vous connaissez déjà, vous deux. Je me trompe ?

Vahanian grimaça.

— On peut dire ça. Ce menteur de Kaine est un fils de chienne, et il l'a toujours été. Je l'ai rencontré voilà très longtemps, alors qu'il venait juste de passer la frontière du Nargi en douce avec un capitaine en colère sur les talons. Il semble que Kaine se soit servi dans l'or de cet homme. Je suis assez surpris qu'il soit encore en vie.

— Il avait l'air un peu étonné de vous voir, lui aussi.

— Je l'espère bien, rétorqua le mercenaire. (Tris perçut de l'inquiétude dans sa voix.) Parce que, sinon, c'est que quelqu'un l'a envoyé ici pour me chercher. Nombreuses sont les personnes qui ont des raisons de vouloir me retrouver, mais il n'y en a qu'une qui ait quelque chose de récent à me reprocher. Il est possible que Kaine ne me poursuive que parce qu'on lui a dit que j'étais avec vous, avança Vahanian en regardant vers l'horizon noir comme s'il s'attendait à y voir d'autres bandits, ou pire.

— Bonne nuit, Jonmarc, lui souhaita Tris quand ils arrivèrent à leurs tentes.

— Dormez bien, répondit le mercenaire. Et gardez votre épée à portée de main.

Toutes les nuits, Vahanian se chargeait personnellement de vérifier les montures de ses compagnons de voyage. Ils étaient partis avec des destriers plus que corrects et, malgré la menace de pendaison qui pesait sur les voleurs de chevaux en beaucoup d'endroits, de nombreuses bêtes disparaissaient toujours. Ce soir-là, quand il se fut assuré de la présence de toutes les montures, Vahanian retourna au campement, en tremblant à cause du froid nocturne. Il se baissa pour entrer dans la tente de Linton et fut ébloui par la clarté. Plusieurs lampes à huile emplissaient l'abri d'une lumière accueillante, et un feu réchauffait le petit espace.

— Tu as bonne mine, Jonmarc, ricana le chef de la caravane qui portait un plateau chargé d'une grosse carafe et de deux verres. Ça te réussit, de vivre sur les routes.

— Je serais mort depuis longtemps, si ce n'était pas le cas, répondit le mercenaire en se calant au dossier de son siège et en posant ses pieds bottés sur un rondin.

— Ta « marchandise » commence enfin à se faire une place, poursuivit Linton en servant une eau-de-vie margolienne avant de poser un verre devant son compagnon. Un jour, il faudra que tu me racontes toute l'histoire. Ça ne te ressemble pas de voler au secours de la noblesse.

Vahanian but une gorgée.

— Les temps changent, répondit-il en dévisageant le chef de la caravane avant de regarder dans le vide. Tu serais étonné.

— Peut-être pas, le contredit Linton en se laissant tomber lourdement dans son fauteuil pliant en cuir.

— Viens-en au fait.

— Le fait est, Jonmarc, reprit-il avant de s'arrêter assez longtemps pour prendre une autre rasade d'eau-de-vie, que je ne suis pas le seul à l'avoir deviné.

— Qui d'autre ?

Linton haussa les épaules.

— Les noms qu'ils ont donnés, comme leurs motivations, sont fabriqués de toutes pièces, j'en suis sûr. Mais tout à l'heure, dans la soirée, deux hommes ont gagné une belle somme à une de nos tables de jeux. Assez importante pour attirer l'attention du maître croupier, et quand celui-ci est allé les féliciter – et vérifier qu'ils n'avaient pas triché – ils ont demandé à voir le chef de la caravane.

» Il me les a amenés. Ils ont prétendu être des marchands de tapis et venir de l'ouest. Ils ont dit qu'ils avaient laissé leurs articles à l'auberge où ils séjournent. Ils ont aussi affirmé qu'ils revenaient de Margolan et que c'était dommage que les choses ne soient plus comme avant.

— Tu m'en diras tant, répondit Vahanian sur un ton ironique avant de boire une grosse gorgée de sa boisson.

Linton recula dans son siège et posa lourdement ses bottes sur une épaisse bûche, puis finit son verre.

— Ils ont continué en disant qu'il y avait un nouveau souverain en Margolan et que les affaires ne marchaient pas. De nouvelles taxes. Et des rumeurs prétendent que tous les membres de la famille du roi Bricen ne sont pas vraiment morts, poursuivit Linton en observant Vahanian d'un œil attentif.

— Et alors ?

— Et alors, j'ai l'impression que mes deux visiteurs se promènent d'une caravane à l'autre, sans compter les auberges, entre Margolan et Dhasson, en racontant toujours la même chose, répondit Linton.

— Pourquoi Dhasson ? demanda le mercenaire.

Linton haussa les épaules.

— Il est bien connu que le roi Harrol est de la famille de Bricen. C'est là que j'irais chercher asile, si j'étais Martris Drayke, ajouta-t-il en dévisageant son interlocuteur d'un regard plein de sous-entendus. Je leur ai répondu que c'était une histoire intéressante, poursuivit Linton. Et je les ai congédiés en leur promettant de les tenir au courant si nous repassions dans la région et avions besoin de tapis.

— Alors, pourquoi me parler de ça ? l'interrogea Vahanian en vidant son verre.

— Parce que l'un des deux hommes ressemblait de façon frappante à Vakkis, répondit Linton en se débarrassant de son verre. Son portrait craché, jusqu'à la boursouflure que tu lui as faite à la joue avec ton couteau.

Le chef de convoi avait réussi à capter toute l'attention de Vahanian. Ce dernier déposa sa coupe vide sur le bureau de Linton.

— En es-tu sûr ? demanda-t-il d'une voix aussi tranchante qu'une lame.

— On ne peut plus certain, répondit Linton. Le responsable de mon casino dit que ce voyageur était exceptionnellement doué aux dés et friand de whiskey, et qu'il n'avait à aucun moment tourné le dos à la porte.

— C'est Vakkis. (Vahanian jura.) Des chances pour qu'il soit encore à ma recherche ?

Linton secoua la tête.

— Il n'en a rien laissé entendre. Mais il était mieux habillé que d'habitude, donc soit il a empoché pas mal de primes dernièrement, soit il est sous contrat avec quelqu'un qui a beaucoup d'argent. Il dépensait l'or de Margolan.

— Peste !

— Jared Drayke est peut-être un salopard de roi, dit Linton en se penchant en avant et en baissant prudemment sa voix rauque, mais c'est un dangereux salopard. Et on dirait bien que ton nom se trouve sur sa liste, Jonmarc.

— Dans quelle direction allait Vakkis ?

Le visage bronzé de Linton se fendit d'un sourire.

— Je savais que tu le demanderais. À l'*Auberge de la Hure*, à Havre-Ouest, pas loin d'ici. Bien sûr, comme il m'a dit où le trouver, il ne devrait pas être vraiment surpris d'avoir de la compagnie…

— Sauf s'il s'attend à me voir, répliqua Vahanian et se mettant debout.

— Jonmarc…

— Ne t'inquiète pas, Maynard, le rassura le mercenaire en reprenant sa cape. Je sais que nous mettons la caravane en danger. Laisse-moi m'occuper de Vakkis, et nous serons partis à l'aube.

— Veux-tu bien t'asseoir et arrêter de penser avec ton épée ? l'interrompit brusquement Linton. T'ai-je à un seul instant demandé de partir ? (Il cracha bruyamment dans un crachoir en bronze qui se trouvait près de son bureau.) Si j'ai réussi à devenir un vieux et riche marchand, ce n'est pas en tremblant dès qu'un chasseur de primes posait les yeux sur moi. Crois-tu être le seul, dans mon convoi, à être recherché par quelqu'un ? Si tu peux t'occuper de Vakkis, tant mieux. Pourquoi penses-tu que je t'ai fait venir, ce soir ? Et si tu ne peux pas, nous ouvrirons l'œil. Il ne sait rien de concret, sinon nous aurions déjà été rattrapés par les troupes du roi Jared, à l'heure qu'il est. Préviens juste les autres de se faire discrets, poursuivit le chef de la caravane en se servant un nouveau verre.

Un léger sourire apparut au coin des lèvres de Vahanian.

— J'ai su que tu étais un homme bien quand j'ai vu que tu ne coupais pas ta bière avec de l'eau, Maynard, dit-il.

— Et j'ai su que tu étais un honnête mercenaire quand j'ai vu que tu la payais, lui renvoya Linton. Maintenant, sors d'ici. Et bonne chasse.

Chapitre 11

La fumée de la bataille et l'odeur du sang emplissaient l'air. Autour d'elle, les épées s'entrechoquaient et les sabots battaient le sol dans un bruit de tonnerre alors que la lutte pour la cité assiégée se poursuivait dans la nuit tombante. Pour Kiara Sharsequin, princesse d'Isencroft, rien n'avait d'importance en dehors de l'homme barbu qui suffoquait au sol.

—Le roi est à terre ! entendit-elle crier.

La nouvelle parcourut le rang. Elle traversa le noyau de soldats entourant son père qui avait chu, et se jeta à genoux auprès de lui en pleurant.

—Kiara, tu dois te sauver, réussit à dire le monarque blessé.

Du sang coula sur ses lèvres quand il s'efforça de lever la main.

Ce simple geste l'épuisait, mais la princesse lui tamponna la bouche avec sa robe.

—Je ne vous abandonnerai pas.

—Il faut que tu partes, murmura-t-il.

Ses yeux se fermèrent, et Kiara, qui ne lâchait pas sa main, ne put réprimer un sanglot. Juste derrière la tête de son père, le drapeau de l'Isencroft trempait dans la boue.

— Votre Altesse, appela un garde d'une voix insistante. Nous devons vous conduire en lieu sûr.

—Je ne le laisserai pas.

—Regardez ! hurla un garde en tendant le doigt.

Kiara leva la tête et regarda dans la direction qu'il indiquait. Juste au-dessus de l'endroit où gisait le roi, l'atmosphère chatoyait. Cet air scintillant prit forme et substance, et la silhouette d'une femme forte à l'aspect sévère apparut. Ses cheveux noirs étaient coupés ras pour permettre le port d'un heaume de combat, et ses bras semblaient assez robustes et musclés pour manier une épée. Kiara, bouche bée, se trouvait à moins d'un pas de Chenne, la Déesse Vengeresse.

—Kiara, appela l'apparition.

—Oui, balbutia la jeune femme, les yeux écarquillés.

—Reprends le drapeau, Kiara. L'heure de ton père n'a pas encore sonné, et la tienne non plus, déclara Chenne en dévisageant la princesse de ses yeux d'ambre. Les ténèbres sont en chemin, et tu détiens une clé qui pourra les chasser. Lève cette épée, ordonna la divinité.

Kiara tendit une paume tremblante vers l'arme ensanglantée de son père et enroula ses doigts autour de son pommeau. Chenne avança son bras sans substance puis toucha la pointe de la lame, projetant une onde de flammes blanches sur toute sa longueur.

Kiara hoqueta. La lame brillait d'une lumière intérieure bleue, comme si elle sortait tout juste de la forge. Chenne retira sa main et observa la jeune femme.

—Brandis cette épée en mon nom et sache que les armées d'Isencroft te suivront partout, tant que ta cause sera juste, déclara la Déesse Vengeresse en transperçant Kiara de son regard d'ambre. Tu comprendras bientôt quel est ton rôle. Il te suffit de croire, poursuivit la Déesse, sa silhouette devenant de plus en plus éthérée sous les yeux ébahis de Kiara. Il te suffit de croire.

L'air se remit à chatoyer, puis l'image disparut, la laissant bouche bée, l'épée en main. Les hommes armés qui l'entouraient s'agenouillèrent en signe d'allégeance, alors même que son père gémissait et perdait connaissance.

—Nous sommes à vos ordres, princesse, déclara avec révérence le garde le plus proche d'elle.

Toujours tremblante, Kiara déglutit, puis serra fermement l'épée dans ses deux mains et la leva bien haut au-dessus de sa tête, en un geste de ralliement. Entre ses paumes, la lame était légère comme une plume et vibrait de puissance ; elle ressemblait davantage à une relique qu'à une arme.

—Au nom de la Déesse, nous repousserons les envahisseurs ! jura-t-elle, en sentant l'épée animée par un feu surnaturel.

Un soldat hissa le drapeau, et deux autres vinrent pour emporter le monarque blessé, tandis qu'un nouvel homme d'armes apportait un coursier à la princesse. Alors, ils se mirent tous à applaudir, à crier le nom de la Déesse et à scander celui de Kiara…

—Votre Altesse, répéta la voix avec plus d'insistance. Je vous en prie, réveillez-vous.

Kiara Sharsequin émergea de son sommeil enchevêtrée dans des draps trempés de sueur, sous les yeux inquiets de Malae, sa dame de compagnie.

—Je suis réveillée, je suis réveillée, réussit-elle à affirmer, toujours éblouie par la lumière et essayant de se convaincre que les souvenirs de son rêve appartenaient au passé.

—Vous devez vous préparer, répéta Malae. L'ambassadeur sera là dans une heure.

Kiara hocha la tête en grommelant, cligna encore des yeux, puis roula au bord de son lit pour se lever, toute pantelante.

—Je n'arrive pas à croire qu'ils envoient un représentant pour ça, dit-elle en secouant la tête.

Comme pour manifester son accord, Jae émit un grincement et siffla avec entrain, puis sauta sur son poignet en gargouillant de contentement quand elle lui caressa les écailles.

— Il sera en bas plus tôt que vous le voudriez, rouspéta doucement Malae.

Elle conduisit la princesse devant une vasque d'eau chaude et la laissa chasser le sommeil en s'aspergeant le visage, puis Jae sauta du bras de Kiara pour se poser sur le bord de la table de toilette.

— Comment va père ? demanda la jeune femme en se redressant pour attraper une serviette.

— Comme d'habitude, répondit tristement Malae. Vous posez la même question chaque matin, et chaque jour la réponse reste similaire.

— Je sais, répondit Kiara en reposant la serviette avant de se diriger vers la garde-robe. Mais chaque matin je garde l'espoir que vous me direz autre chose. (Elle ouvrit en grand les battants de la penderie.)

» Hum ! À votre avis…, reprit-elle en réfléchissant à son choix, que porte-t-on quand on ne veut pas épouser le roi de l'ambassadeur ?

Elle tendit le bras vers une robe, secoua la tête, fit mine d'en prendre une autre, puis changea d'avis et finit par planter ses poings sur ses hanches. Depuis son perchoir sur la table de toilette, Jae siffla pour exprimer sa pensée.

— Quelque chose de sombre, peut-être, suggéra Malae en désignant un vêtement gris qui n'avait jamais fait partie des préférés de Kiara. Comme ceci. Ce n'est pas la plus flatteuse de vos robes.

Kiara s'égaya.

— Parfait. Nous allons me faire une coiffure un peu plus stricte et oublier le fard à joues. Nous jouerons sur tout ce qu'il pourrait craindre d'une « princesse guerrière ». (Elle soupira.) Avec un peu de chance, je serai moins attirante que ce que les histoires ont pu leur faire croire.

Malae gloussa.

— Je ne suis pas sûre qu'il soit si facile de massacrer tout votre charme, Votre Altesse, dit-elle en aidant Kiara à sortir la robe grise de l'armoire. Mais peut-être pouvons-nous gagner encore un peu de temps.

Kiara soupira en retirant sa chemise de nuit.

— Il faut que nous fassions plus que les tenir à distance, Malae, objecta-t-elle en examinant son vêtement. Je veux qu'ils s'en aillent pour de bon.

— Je sais, Votre Altesse, répondit Malae.

Elle tendit une robe à la princesse avant de la conduire à un fauteuil. La dame de compagnie prit une brosse et commença à coiffer les longs cheveux auburn de Kiara.

— Si seulement le roi Jared était un homme plus honorable.

Kiara fit une grimace indigne d'une personne de son rang.

— Honorable ? Jared ? Ces deux mots sont incompatibles. Surtout après ce que nos espions nous ont rapporté.

— Y a-t-il une chance que ces hommes se soient trompés ? demanda Malae avec espoir.

— Aucune. Et je sais exactement pourquoi je l'intéresse. Il veut l'Isencroft. Il pourrait s'emparer de ce qui reste du trésor et engager nos hommes et nos fils pour lever une armée encore plus grande que celle qu'il a actuellement, expliqua-t-elle amèrement. En outre, les bonnes années, nos récoltes peuvent approvisionner des troupes fort nombreuses. Annexer notre royaume serait la solution à ses problèmes.

— Vous devez admettre, Votre Altesse, que ça résoudrait aussi certains de ceux de l'Isencroft, argumenta doucement Malae.

Kiara s'affaissa dans son fauteuil.

— Oui, je sais. Le trésor n'est plus assez rempli pour valoir la peine qu'on s'en empare. Et après trois maigres moissons, nos hommes et nos fils risquent de vouloir quitter leur foyer pour partir à l'aventure.

— Je ne suis pas sûre que nous en soyons là, la contredit doucement Malae. Mais il est certain que vous devez l'empêcher de soupçonner la gravité de notre situation si vous voulez éviter son offre.

— Et je dois faire en sorte qu'il croie toujours que père va bien, ajouta Kiara alors que sa dame de compagnie commençait à tresser et enrouler ses cheveux. C'est la partie la plus difficile. S'il comprend que je dirige seule le pays depuis que père est tombé malade, il en appellera à ses troupes pour m'emmener en Margolan.

— Vous vous sous-estimez, Votre Altesse, la rassura Malae tout en la coiffant de ses mains agiles. Et vous oubliez la loyauté de votre royaume. Vous êtes l'Élue de la Déesse. Chenne vous est apparue. Notre armée vous suivrait partout, ainsi que notre peuple.

C'était la vérité, Kiara le savait. Depuis ce jour où, un an plus tôt, elle avait vu la Déesse Vengeresse sur le champ de bataille et avait rallié les troupes en défaite de l'Isencroft, elle était devenue une légende. Alors que les paysans lui témoignaient une vénération des plus gênantes, les seigneurs eux-mêmes lui montraient un respect qui frisait l'admiration. Évidemment, cela avait été d'une grande aide pour supporter le mal de son père, car aucun d'eux ne posait de questions sur ses capacités à gouverner à la place du roi en attendant sa guérison… s'il devait se rétablir un jour. Les maladies habituelles étaient assez mauvaises, mais les maux magiques étaient bien pires. D'abord la guerre, puis les récoltes décevantes. Les coffres du roi Donelan étaient presque vides, et il n'avait aucune chance de les remplir grâce à son peuple appauvri. Même s'il se remettait, Kiara le savait, l'avenir de l'Isencroft serait en péril.

— Comment allez-vous le repousser, Votre Majesté ? demanda Malae en épinglant les cheveux de la princesse.

— Je vais trouver quelque chose, répondit cette dernière en regardant Malae lui glisser de jolies pinces dans la chevelure. Je commence tout de même à être à court d'excuses. Si ça ne risquait pas de compromettre mon aptitude à régner, je lui aurais déjà dit que j'entrais au service de la Déesse.

Malae eut un petit rire.

— Ce serait une grosse perte pour le royaume, Votre Altesse. Et je doute que la Déesse ait besoin que vous entriez dans les ordres. Elle vous a déjà revendiquée comme sienne.

Allez savoir ce que ça signifie, pensa Kiara d'un air sombre. Elle se regarda dans le miroir. Ces six mois passés à cacher le mal de son père et à supporter en secret le fardeau de la royauté avaient fait des dégâts. D'après ce qu'elle pouvait en juger par son reflet, elle semblait fatiguée et lasse.

Kiara soupira.

— Je pense que je suis prête, annonça-t-elle alors que Jae voletait jusqu'à son épaule. Combien de temps, avant que l'ambassadeur se présente ?

Malae regarda la cour à travers la fenêtre.

— Son carrosse est là, répondit-elle en laissant retomber le rideau. Il devrait annoncer son arrivée d'une minute à l'autre.

Kiara hocha la tête pensivement.

— Nous allons le laisser patienter pendant une bonne chandelle, décida-t-elle. Je ne veux pas avoir l'air de l'attendre. Et je ferai de mon mieux pour paraître grave et autoritaire, car je présume que Jared préférerait s'attacher une petite catin sans cervelle qui le suivrait partout comme un chien. (Elle sourit malicieusement.) Voilà mon plan, du moins pour commencer.

Malae rajusta la robe de Kiara.

— Je suis sûre que vous saurez être très convaincante.

La princesse l'observa droit dans les yeux.

— Je l'espère, Malae, dit-elle avec mélancolie en regardant par la fenêtre. Je l'espère.

L'heure tant redoutée arriva beaucoup trop vite. Kiara s'arma de courage, ramassa ses jupes et s'engagea dans l'escalier, précédée de toute une escorte choisie par sa dame de compagnie en personne pour la rendre plus impressionnante. Kiara arrivait à grands pas dans le couloir qui surplombait les marches quand elle entendit le sénéchal l'annoncer avec autant de titres officiels que possible. Sur son épaule, Jae s'agitait. Au moment de faire son entrée, la princesse leva la tête, carra les épaules et se donna un air sombre et autoritaire, puis elle commença sa descente vers la salle où l'émissaire de Jared l'attendait.

Elle prit son temps, se servant du haut escalier comme prétexte pour examiner les ambassadeurs. L'un des hommes était corpulent et semblait grossier, ressemblant plus à un hercule de foire qu'à un diplomate. Son compagnon en avait plus l'apparence. C'était un gentilhomme distingué de soixante printemps peut-être, mince, aux cheveux blancs. Malgré son raffinement, il semblait nerveux et, pendant un instant, Kiara eut un pincement au cœur en songeant à la ruse qu'elle s'apprêtait à utiliser. Elle se demanda si l'échec pourrait coûter la vie à l'ambassadeur, et supposa, à l'inquiétude qu'elle lut dans ses yeux bleus quand elle les croisa, que ce serait certainement le cas. *Je n'ai pas le choix*, se dit-elle alors qu'elle inclinait la tête pour les saluer. *Et lui non plus. Princesse ou vassal, nous sommes tous deux des pions.* Le sénéchal s'avança pour l'annoncer.

— Estimés visiteurs, entonna Allestyr, permettez-moi de vous présenter Son Altesse royale, Kiara Sharsequin, princesse d'Isencroft.

Kiara regarda impassiblement l'ambassadeur dans les yeux, mais elle l'étudia de près afin d'évaluer sa réaction.

— Votre Altesse, enchaîna le colosse dans une tentative maladroite de courtoisie, laissez-moi vous présenter Catoril, ambassadeur de la cour royale de Margolan.

Catoril s'avança et posa un genou à terre, puis se racla la gorge pour indiquer à son garde d'en faire autant. L'aîné des deux hommes semblait mortifié par l'attitude de son compagnon, mais il ne perdit pas ses moyens.

— Votre Altesse, dit l'ambassadeur. C'est un grand honneur.

— Vous pouvez vous lever, répondit froidement Kiara.

Elle plaignait le diplomate pour ce qu'il allait devoir endurer dans la scène qu'elle allait maintenant jouer.

Il se mit gracieusement debout, alors que son compagnon se redressait lourdement. L'ambassadeur fit une profonde révérence et sortit une petite boîte de la bourse qui pendait à sa ceinture, puis il la tendit à Kiara avec un regard méfiant vers Jae. Celui-ci semblait déterminé à se faire aussi présent que possible et donna presque un coup de bec à la main de l'homme.

— S'il plaît à Votre Altesse, reprit Catoril, voici un présent de la part de Jared, roi de Margolan. (Il ouvrit le coffret pour révéler un rubis de la taille d'une amande qui brillait de l'intérieur.) En simple témoignage de l'estime de notre souverain, précisa l'ambassadeur en offrant le cadeau.

Allestyr fit un pas en avant pour le recevoir à la place de Kiara, qui gardait une expression impassible.

— Son Altesse apprécie le geste, répondit le sénéchal en faisant disparaître l'objet. Votre roi est très généreux.

— Le roi Jared est un puissant monarque, respecté de son peuple, répondit Catoril.

Il sembla à Kiara que l'ambassadeur avait du mal à se retenir de regarder nerveusement le balourd qui se tenait à côté de lui pendant qu'il parlait. *Alors,* songea-t-elle, *le garde est ici pour s'assurer que l'ambassadeur ne parle pas trop. Intéressant!*

Elle observa Catoril en se demandant ce que l'homme pourrait bien révéler qui justifie la présence d'un soldat.

— Nous avons beaucoup de choses à nous dire, annonça la princesse sur un ton formel. Venez, allons dans un lieu plus adapté.

Allestyr les conduisit du hall d'accueil vers un petit salon où un repas pour quatre personnes était déjà servi, ainsi qu'une petite coupe de viande coupée en dés pour Jae. Comme Kiara s'en était assurée dans le protocole de la cour, les mets choisis et leur présentation étaient appropriés au rang de l'ambassadeur, mais ne suggéraient aucune tentative de faire impression.

La jeune femme attendit qu'ils soient tous assis pour s'adresser de nouveau à Catoril.

— Vous arrivez de loin, monsieur l'ambassadeur, dit-elle alors que les domestiques leur versaient du vin et apportaient le premier plat. Parlez-moi de votre voyage.

— Relativement peu mouvementé, Votre Altesse, répondit Catoril. La route de Margolan à l'Isencroft est directe et sûre. Nous ne nous attendions à aucune mésaventure.

C'est peut-être un homme d'honneur, mais ce n'est pas un imbécile, pensa Kiara. *Quoi qu'il pense de son roi, il fait son travail en me rappelant que Margolan est assez proche pour nous causer des ennuis, et qu'il n'existe aucune barrière pour les en empêcher.*

— Quelle chance, répondit-elle impassiblement. Et comment se porte votre souverain ?

À côté d'elle, Jae avalait sa viande. *Avec un peu de chance*, pensa Kiara, *ils croiront peut-être que c'est mon démon familier et rapporteront à leur monarque que je suis une sorcière, donc impropre au mariage... Aucun risque. La seconde épouse du roi Bricen était la fille de Bava K'aa, la sorcière la plus puissante des Royaumes de l'Hiver. Avec la chance que j'ai, Jared aimerait épouser une magicienne.*

Catoril évitait soigneusement de regarder Jae.

— Le roi Jared est en bonne santé, Votre Altesse, répondit-il un peu trop rapidement. Il est assez occupé par la chasse, ces jours-ci. Cela a toujours été un plaisir pour lui. (Il fit une pause.) Il a également demandé des nouvelles de votre père, le roi Donelan. Se porte-t-il bien ?

Ce fut au tour de Kiara de rester impassible.

— Relativement bien, oui, mentit-elle en observant Catoril droit dans les yeux. Lui aussi est assez pris par la chasse. Il vous envoie ses regrets de ne pas être présent pour vous rencontrer, poursuivit-elle. Il est dans les champs à quelques jours de route d'ici, et je crains que même les affaires de l'État passent après un énorme sanglier, poursuivit-elle avec légèreté.

— Je suis certain que le roi Jared considérera cela comme une bonne raison, répondit Catoril. (S'il avait senti de la duperie de la part de Kiara, l'ambassadeur n'en montra rien.) J'espère que la bonne fortune accompagnera le roi Donelan dans sa chasse.

Kiara inclina la tête.

— Je le lui ferai savoir. Il est en général assez chanceux, répliqua-t-elle.

Ce mensonge lui causa un pincement au cœur. En effet, s'il était vrai que Donelan était un excellent chasseur, il était également véridique qu'il n'avait pas été assez en forme pour chasser de toute la saison. Déterminée, Kiara se força à éloigner ces pensées, comme si ses invités pouvaient les lire, et reporta son attention sur Catoril, pour s'apercevoir que le garde la dévisageait. Imperturbable, elle examina ce rustre droit dans les yeux, et celui-ci détourna le regard. Elle but une gorgée de vin. Plus ses visiteurs margoliens partiraient tôt, mieux ce serait.

Les domestiques servirent le premier plat. Un délicieux parfum s'en dégageait, rappelant à la princesse combien elle avait faim. Impudemment, Jae vola un morceau au bord de l'assiette de sa maîtresse.

— Et la famille royale, comment se porte-t-elle ? demanda Kiara en considérant attentivement Catoril.

Un éclair de tristesse sembla traverser ses yeux, malgré l'impassibilité de son visage.

— Vous n'en avez pas entendu parler, Votre Altesse ? Il y a plusieurs semaines, une terrible tragédie nous a frappés. Un incendie a éclaté dans les appartements royaux. J'ai bien peur que personne d'autre que le roi Jared ne s'en soit sorti.

— Quelle chance, marmonna Kiara.

Le garde de Catoril avait l'air clairement mal à l'aise et fronçait les sourcils en surveillant les moindres gestes de l'ambassadeur. Les mains délicates de ce dernier s'agitaient nerveusement pendant qu'il parlait, et il finit par laisser tomber son couteau.

— Mais pour évoquer des choses plus joyeuses, Votre Altesse, poursuivit Catoril en reprenant son sang-froid, je vous apporte des nouvelles du roi Jared. Il vous propose de vous rendre en Margolan en tant qu'invitée de marque. Ce serait un grand honneur de vous recevoir.

— Comme c'est gentil, répondit Kiara. Malheureusement, je dois décliner cette demande jusqu'au printemps, se déroba-t-elle sans quitter Catoril des yeux. Il y a des fêtes religieuses, ici, en Isencroft, auxquelles la première-née du roi doit présider. Mon père serait incommodé si je me voyais dans l'impossibilité d'assumer mon rôle, et notre peuple serait offensé si je choisissais de voyager loin du royaume à cette époque de l'année.

— Le roi Jared sera très déçu, rétorqua Catoril. (Kiara crut voir une lueur de nervosité derrière ce regard d'un bleu glacial.) Il espérait vous montrer les festivités de la mi-hiver, qui sont très impressionnantes en Margolan.

— J'en suis honorée, répondit Kiara. Mais je dois me plier à la volonté de mon peuple.

— Notre princesse joue un rôle vital dans nos propres cérémonies de la mi-hiver, renchérit Allestyr. Notre peuple est très fervent, ajouta le sénéchal en jetant à Catoril un regard entendu. Vous savez que Chenne est apparue à Kiara sur le champ de bataille et qu'Elle lui a donné Sa bénédiction. Le peuple d'Isencroft serait prêt à tout pour sa princesse.

Si Catoril avait noté l'avertissement voilé d'Allestyr, cela ne se vit pas dans l'expression impassible qu'il arbora.

— Effectivement, murmura le doyen de la pièce. Nos coutumes sont quelque peu différentes, mais le roi Jared respecte la dévotion de l'Isencroft à la Déesse. Nous programmerons une visite pour le printemps, et en profiterons pour montrer à la princesse combien Margolan peut être agréable à la floraison.

— Vous êtes fort aimable, répondit Kiara.

Elle sentit son estomac se nouer. Elle avait éludé l'invitation, pour l'instant, mais il lui serait deux fois plus difficile de la refuser au printemps. Elle aurait presque neuf mois pour y penser, se dit-elle en s'apercevant que son appétit l'avait complètement abandonnée quand les domestiques débarrassèrent son assiette intacte et en posèrent une nouvelle, garnie de gibier fumant, devant elle. Le printemps était encore loin.

Et c'est ainsi que la journée se déroula, une partie sondant l'autre par le biais de conversations apparemment agréables et innocentes. Quand Kiara put enfin s'excuser et laisser ses domestiques conduire ses invités dans leurs chambres, elle s'en retourna à ses appartements, épuisée par toute cette comédie. Malae l'y attendait, anxieuse.

— Alors, ma dame, comment cela s'est-il passé ? s'enquit-elle en aidant la princesse à retirer sa robe.

Cette dernière soupira.

— Nous avons repoussé le voyage une fois de plus, mais je crains de finir par manquer d'excuses.

Malae fit claquer sa langue.

— Vous vous êtes offert un sursis, Votre Altesse. Il est précieux en soi. À présent, vous devez avoir confiance en Cam et Carina. Vous faites votre devoir en leur donnant plus de temps, dit doucement la femme âgée en tapotant la main de Kiara. Et qui sait ? Peut-être que d'ici au printemps la Déesse vous aura choisie pour votre Voyage.

Kiara esquissa un sourire fatigué.

— Ça m'épargnerait certainement une visite en Margolan, mais je ne suis pas sûre que ce serait moins une aventure. (Elle s'interrompit.) Te rappelles-tu combien j'étais inquiète, quand j'étais petite et que père partait avec les soldats ? demanda Kiara en se tortillant pour enfiler sa chemise de nuit avant de s'enfoncer sous ses draps.

Malae sourit.

— Comment pourrais-je l'oublier, Votre Altesse ? Vous aviez l'habitude de vous faufiler jusque dans mon lit, et je devais vous raccompagner dans votre chambre, gloussa Malae.

— Je ne pensais pas que je pourrais un jour être plus angoissée pour lui, exposa Kiara avec nostalgie.

— Vous avez dû porter le poids de la couronne très tôt, répondit Malae, comme votre mère. Et je vais vous répéter ce que je lui disais toujours, lorsqu'elle venait dans ma chambre prendre une tasse de thé bien chaud au milieu de la nuit. Ayez foi en la Déesse.

Kiara sourit tristement en pensant à sa mère, la reine Viata, décédée trois ans plus tôt. Viata était l'une des filles du roi d'Estmark, une monarchie ancienne et fière, presque aussi vieille que la Maison de Margolan. Son mariage avec Donelan avait fait scandale. Il n'était que le troisième roi de sa lignée, ce qui témoignait des troubles qui avaient marqué l'histoire de l'Isencroft ; un intrus, du point de vue de l'aristocratie établie de la vénérable Estmark. Pire, c'était un mariage d'amour, même pas une union arrangée. C'était donc avec un consentement forcé que le Estmark avait laissé sa princesse épouser le souverain parvenu d'un royaume frontalier, un endroit où l'on vénérait un étrange aspect guerrier de la Déesse Unique. La cour d'Isencroft s'était tout autant méfiée de sa nouvelle reine, avec ses traits exotiques et son fort accent, ainsi que sa dévotion pour un visage saugrenu de la Déesse. Toutefois, la volonté d'un monarque jeune, déterminé et éperdu d'amour prévalait et, bien que Viata ait des rapports compliqués avec la cour, le sentiment qui les unissait n'avait jamais faibli, même si leur mariage ne leur avait donné qu'un unique enfant, et qui plus est, une fille.

C'était de Viata que Kiara avait appris la technique de combat estmarkienne, avec ses jeux de jambes compliqués et mortels. Dans le miroir, les yeux en amande de Viata regardaient Kiara, et la peau basanée de sa mère s'était mélangée au teint clair et nordique de Donelan, aussi la princesse bronzait-elle dès que le soleil se réchauffait. Indirectement, c'était à cause de l'accueil glacial et douloureux que la cour avait réservé à Viata que Kiara s'était retrouvée promise à Jared de Margolan. Le roi Donelan, soucieux de légitimer la Maison d'Isencroft, avait organisé cette union à la naissance de Kiara. Ce faisant, il savait qu'une alliance avec l'ancestrale Maison de Margolan améliorerait la réputation de sa lignée aux yeux des maisons qui régnaient sur les Royaumes de l'Hiver.

Kiara soupira.

— J'ai conscience de tout ça. Mais les choses ont tellement mal tourné qu'il semble que la Déesse nous ait oubliés.

Malae ouvrit les couvertures et fit signe à la princesse de se coucher, puis elle se pencha au-dessus d'elle et la borda comme une enfant, en lui caressant le front.

— Chenne ne néglige pas son Élue, la rassura la vieille femme.

Kiara prit un moment la main de Malae dans la sienne et la pressa contre sa joue.

— S'il te plaît, reste avec moi jusqu'à ce que je m'endorme.

La dame de compagnie hocha la tête et traversa la pièce vers un fauteuil qui se trouvait auprès du feu.

— Comme vous voudrez, ma princesse, accepta-t-elle en s'installant confortablement dans le siège où elle s'enveloppa bien au chaud dans un couvre-lit. Reposez-vous, à présent.

En dépit du craquement réconfortant du foyer et de la présence de Malae tout près d'elle, il fallut tout de même plus d'une chandelle à Kiara pour tomber dans un sommeil troublé, empli de rêves agités.

Kiara se réveilla en sursaut. Elle cligna des yeux et se redressa sur les coudes. Le soleil était déjà haut, mais Malae avait tiré les épais rideaux pour empêcher la lumière de passer et pour lui permettre de dormir. Jae somnolait sur la tête de lit qui lui servait de perchoir en sifflant doucement. La jeune femme sentit le parfum d'une infusion qui bouillait déjà sur le feu. Elle pensait ne pas avoir fait de bruit en bougeant, mais le temps qu'elle se serve une tasse de thé, Malae était réveillée et auprès d'elle.

— Allestyr s'inquiète pour vous, confia cette dernière en déposant un châle en laine douce sur les épaules de la princesse.

— Je sais, répondit doucement Kiara en observant les flammes dansantes. Tout le monde se fait du souci pour moi. Je suis désolée d'être une telle source d'ennuis.

Malae s'assit à côté d'elle et posa une main réconfortante sur son bras.

— C'est un honneur pour nous de nous occuper de vous, ma princesse, déclara-t-elle. Mais si nous nous alarmons plus ces jours-ci, c'est que beaucoup de choses étranges sont à l'œuvre.

Kiara hocha la tête d'un air sombre.

— Un événement est sur le point de se produire, un événement énorme. Je ne sais pas de quoi il s'agit, mais je peux… le ressentir.

— Vous êtes l'Élue de la Déesse, répondit Malae. Peut-être que la Déesse est prête à vous choisir pour votre Voyage.

D'un air las, Kiara secoua la tête et but une gorgée de thé.

— Cela ne pourrait pas arriver à un pire moment.

Malae lui tapota la main.

— L'Oracle pourrait peut-être vous aider, proposa la femme âgée.

— J'y ai pensé aussi, confessa Kiara. Mais…

— Mais vous vous dites également que votre père n'a jamais été à l'aise avec les prophéties de l'Oracle, finit Malae à sa place.

Kiara hocha la tête et avala son thé.

— Bizarre, non ? J'ai traversé le pays de long en large pour lui pendant des mois, et je suis aussi effarouchée qu'une fille de cuisine quand il s'agit d'aller à l'encontre de ses désirs.

Malae gloussa.

— Pas si étrange que ça, ma princesse. Il est toujours votre père, et toujours le roi. Mais rappelez-vous bien, il n'a rien contre l'Oracle. Il manque simplement de patience face aux circonlocutions de ses prophéties. (Elle sourit.) Votre père est un homme direct. Il ne veut pas avoir à déchiffrer des conseils. Je suis certaine que, si l'Oracle parlait clairement, il le consulterait souvent.

— Je suppose que tu as raison, Malae, reconnut Kiara en serrant sa tasse entre ses mains. J'imagine que j'ai seulement peur de trouver encore plus de questions et aucune réponse.

On gratta discrètement à sa porte, et Kiara invita le visiteur à entrer. C'était Allestyr, qui donnait l'impression d'être réveillé et occupé depuis l'aube.

— Princesse, annonça doucement le vieux sénéchal. Votre père vous fait mander.

Avec un soupir, Kiara finit sa tasse de thé et la reposa. Malae était déjà debout, lui tendant une épaisse robe de chambre en laine.

— Votre père saura peut-être ce que vous devez faire, avança la vieille femme en aidant Kiara à enfiler le vêtement. La magie qui mutile son corps n'a pas atteint son esprit.

La princesse hocha la tête.

— J'essaie de ne pas lui fournir d'autres sources d'inquiétude, répondit-elle.

Jae voleta dans la pièce avec un petit cri et se posa sur son épaule.

— C'est le roi, lui rappela Malae. Les souverains s'inquiètent, que vous le vouliez ou non.

Kiara sourit.

— Je crois que tu as raison, dit-elle avant de suivre Allestyr dans le couloir.

Les appartements de son père, qui avaient toujours été emplis d'une senteur de cuir, de parfum et d'épices, avaient maintenant l'odeur d'une chambre de malade. Ses arcs de chasse préférés pendaient, sans corde, le long du mur. Son équipement de cheval était plié dans son armoire, à côté de ses costumes d'apparat. Même les difficiles casse-tête en bois qu'il aimait tant étaient oubliés sur une table, à présent trop compliqués pour lui.

Kiara avança vers l'énorme lit du monarque, où son père était étendu, calé contre des oreillers, telle une ombre au milieu des draps et des fourrures. À côté de sa couche fumait un pichet de vin chaud mélangé à des remèdes qui maintenaient le souverain en éveil. Le roi Donelan sourit et fit signe à sa fille de s'approcher, tout en lui laissant une place au bord de son lit. Kiara sourit aussi, grimpa et s'assit en tailleur, enveloppée dans une des fourrures de couchage du roi.

— Bonjour, petit oiseau, dit-il avec tendresse.

Kiara lui prit la main et la serra contre sa joue. Il leva les yeux vers Jae, qui sautillait sur l'épaule de la princesse pour attirer l'attention. Donelan leva alors les doigts pour lui gratter la crête.

— Et bonjour, Jae. La chasse a été bonne, ces jours-ci ? demanda-t-il au gyrgon, qui gloussa d'excitation.

— Bonjour, père. Comment vous sentez-vous, ce matin ?

Le roi Donelan toussa et secoua la tête, puis libéra délicatement sa main pour prendre son vin chaud et garda le verre de boisson fumante entre les mains pendant un moment avant de prendre une gorgée de ce remède.

— Comme toujours, je le crains. (Il s'interrompit.) Tu m'as l'air vraiment fatiguée, Kiara, dit-il doucement. Parle-moi de la visite de l'ambassadeur.

La jeune femme raconta en détail l'entrevue avec Catoril et comment elle s'était dérobée, sous l'oreille attentive du roi Donelan. Quand elle eut fini, son père hocha la tête pensivement.

— Tu as bien fait, Kiara. Tu nous as permis de gagner du temps, mais tu as aussi raison de penser qu'il sera encore plus difficile de le dissuader quand le printemps sera venu. Cependant aucune autre réponse n'aurait pu le satisfaire, donc ne te tracasse pas. (Kiara prit son verre pour l'empêcher de le renverser quand une quinte de toux tourmenta le roi souffrant.)

» Merci, ajouta-t-il en acceptant de nouveau la tasse. Maintenant, tu ne m'as pas tout dit, affirma le monarque avec un regard entendu vers sa fille. Tu es trop fatiguée pour avoir seulement dîné avec un ambassadeur. Tu as encore fait une Séance récemment, n'est-ce pas ?

D'un air penaud, Kiara hocha la tête.

— L'avez-vous deviné, ou est-ce Tice qui vous l'a raconté ?

Le roi Donelan sourit.

— Non, Tice a gardé ton secret. Mais je peux ressentir la magie lorsqu'elle est pratiquée par une personne de mon sang, que ce soit en ma présence ou non.

— Je ne sais que faire, père, lâcha Kiara en baissant les yeux vers ses mains. Votre santé ne s'est absolument pas améliorée, malgré tous les mages et les physiciens que nous avons fait venir. S'ils disent vrai, si c'est l'acte d'un sorcier, alors nous ne savons toujours pas duquel il s'agit. Margolan n'abandonnera pas tant que nous ne serons pas en guerre, ou tant que Jared n'aura pas obtenu ma main ; de plus en plus d'espions nous rapportent la présence de sombres créatures à la frontière ouest, de choses contre-nature qui ne devraient pas être, mais qui existent pourtant. Où qu'on se tourne, l'Isencroft est en danger, et il semble que je ne puisse rien y changer. (Elle retint sa respiration, puis poursuivit à toute allure, avec un léger sentiment de soulagement au fur et à mesure que les mots sortaient en pagaille.)

» Et puis, pendant la Séance, j'ai vu que Cam et Carina avaient des ennuis. Ils étaient en danger, et il y avait des flammes… (Malgré elle, une larme coula le long de sa joue.) Ils n'arriveront jamais jusqu'à la Consœurie, dit-elle avec tristesse. Donc nous ne saurons pas si les Sœurs savent comment vous guérir. Et puis, je ne supporte pas l'idée de vivre sans Carina…

— Chut, mon enfant, l'interrompit gravement le roi Donelan. (Pourtant, sa main était douce quand il la tendit pour essuyer la larme de Kiara.) Maintenant, écoute-moi. Pour commencer, souviens-toi que la divination montre ce qui pourrait être, pas ce qui doit être. Par conséquent, ce que tu as vu, bien que troublant, n'est pas certain. Cam et Carina sont assez débrouillards, ajouta le monarque avec un petit rire. À ta place, je ne les exclurais pas encore des événements. (Il fit une pause, songeur.) Mais je suis d'accord, le reste est plutôt inquiétant, même pour un vieux cheval de bataille comme moi. (Ses yeux s'emplirent de tristesse.) Je n'ai jamais voulu que tu sois responsable de tout ça aussi tôt, Kiara. J'espérais qu'il se passerait de nombreuses années avant que tu doives porter ce fardeau, et que tu aurais un compagnon avec qui le partager. Je suis vraiment désolé.

Kiara lui prit la main et la serra entre les siennes.

— Oh ! Père, répondit-elle en reniflant pour chasser ses larmes. Je suis d'une autre trempe que ça. Après tout, ajouta-t-elle avec un léger sourire, je suis votre fille.

Le roi ricana.

— En effet, cela ne fait aucun doute. Mais même le souverain sait se faire aider lorsqu'il est dépassé par les événements. Voici donc ce que tu dois entreprendre, déclara-t-il de la même voix ferme qu'il employait quand il s'apprêtait à énoncer un décret royal. Tu vas aller trouver l'Oracle au temple de Chenne. Quoi qu'elle te demande de faire, il te faut l'accomplir, même si ça implique que tu partes pour ton Voyage.

— Mais père…, protesta Kiara avec étonnement, les yeux écarquillés. Vous n'avez jamais montré aucune patience avec l'Oracle !

Le visage du roi Donelan était grave. Il secoua la tête pour faire taire ses protestations.

— Il n'y a pas de « mais ». Si ça implique que tu quittes le palais, alors c'est ce que tu dois faire. Et si tu es aussi amenée à quitter l'Isencroft, alors qu'il en soit ainsi. S'il est temps pour toi de partir pour ton Voyage, tu iras sans protester. Tice et Allestyr ont assuré la bonne marche du royaume lorsque j'étais en campagnes bien avant ta naissance. Ils ne sont pas vieux au point de ne plus pouvoir s'en occuper, si c'est ce que souhaite la Déesse.

Devant ses yeux résolus, Kiara avala sa salive et hocha la tête.

— Oui, père, répondit-elle en baissant de nouveau les paupières vers ses mains.

Le roi tendit le bras pour lui relever le menton, de sorte qu'elle le regarde face à face.

— Kiara, tu es très courageuse. La Déesse n'est pas venue à toi pour que tu te retrouves enfermée dans un palais à cause de la maladie d'un vieil homme. Dès la première fois que je t'ai prise dans mes bras, j'ai su que tu étais née pour accomplir une grande destinée. L'heure est peut-être venue.

Kiara acquiesça, toutes ses larmes séchées, et serra fermement la main de son père.

— Je ferai ce que vous me demandez, père. J'irai cette nuit.

Le roi Donelan hocha la tête.

— C'est mieux ainsi. (Il se remit à tousser et tendit les doigts vers son vin.) Maintenant, laisse-moi prendre mes remèdes, ma chérie. Et demande-leur de te préparer un meilleur petit déjeuner que ce morceau de fruit que tu grignotes tous les matins. (Il sourit devant son air surpris.) Eh oui, ma chérie ! Le roi sait même cela. (Il agita sa main doucement.) Maintenant, pars. Je sens que je vais faire un petit somme. (Il la suivit du regard alors qu'elle avançait vers la porte.)

» Kiara, l'appela-t-il au moment où elle sortait dans le couloir. (Elle se retourna.) Aie foi en la Déesse.

Chapitre 12

Cette nuit-là, alors que la lune était pleine, Kiara se mit en route. Jae la rattrapa au moment où elle atteignait les écuries. Il se posa sur son épaule et lui adressa des sifflements interrogateurs alors qu'elle préparait sa monture. Elle leva la main et lui gratta les écailles, juste sous la crête qui surmontait sa tête.

Le cheval qu'elle avait choisi, un étalon de nuit, hennit doucement. Cette même intuition qui l'avait poussée à sélectionner le destrier lui suggérait de prendre une selle qui conviendrait pour un long voyage, bien que l'Oracle ne soit qu'à une chandelle de route du palais.

Elle avait rédigé un mot pour Malae, dans lequel elle expliquait qu'elle se rendait chez l'Oracle, et qui contenait un message pour Tice autorisant le sénéchal et Allestyr à exercer la régence à sa place jusqu'à son retour. *Pas vraiment le genre de billet qu'on laisse avant une petite promenade*, pensa-t-elle en grimaçant alors qu'elle sanglait la selle. De toute façon, il était rare qu'une princesse, même en Isencroft, soit prise d'une envie subite de partir au beau milieu de la nuit.

Kiara attrapa sa sacoche et vérifia ses affaires. Son épée et ses dagues pendaient à sa ceinture. Elle portait son plus sobre équipement de cheval et ses bottes les plus confortables, ainsi qu'une épaisse cape. Au fond de son paquetage se trouvait une chevalière sur laquelle était apposé le sceau royal, qui lui ouvrirait toutes les frontières de l'Isencroft et mettrait un terme aux éventuels litiges.

Sous sa pèlerine de voyage, elle avait revêtu le corselet de cuir et de maille légère qu'elle mettait dès qu'elle s'aventurait au-delà des terres du château. Eût-elle été plus fière, elle aurait été contrariée que cet équipement de protection ne lui arrange en rien la silhouette. À cet instant, alors qu'elle entortillait et nouait ses longs cheveux puis les attachait au niveau de sa nuque, elle était contente de ne se tracasser que rarement de ce genre de choses. *Sinon, j'en serais malade, parce que là, je dois plus ressembler à un mercenaire qu'à une princesse*, se dit-elle.

— Votre Altesse.

Kiara leva les yeux vers la voix qui sortait de l'ombre. Rall, le champion de la défunte reine, guida son cheval dans le petit cercle de lumière produit par la lanterne.

— Nous sommes là.

Il était en compagnie de Hastart, un autre des plus fidèles soldats de son père. Elle les avait envoyés chercher tous les deux, en leur demandant de se préparer pour un voyage nocturne et de la retrouver aux écuries à la douzième heure du soir. Elle constata qu'ils avaient suivi ses instructions à la lettre, et qu'ils étaient prêts pour une chevauchée longue et dangereuse.

— Merci d'être venus, dit-elle en sautant en selle. J'ai une question urgente à poser à l'Oracle. Accompagnez-moi jusqu'au temple. Elle aura peut-être un message pour nous.

Les deux hommes s'inclinèrent.

— Vos désirs sont des ordres, princesse, déclara Rall. Nous vous accompagnerons où que vous alliez, aussi longtemps que vous aurez besoin de nous.

Même à cette heure, des voyageurs quittaient le palais et ses terres. Pour ne pas attirer l'attention sur sa quête ou sur son absence, Kiara se glissa devant les gardes sans mot dire et se mêla à un autre groupe assez longtemps pour franchir les portes. Quand ils furent hors de vue des sentinelles, elle pressa son cheval en direction du temple de l'Oracle.

Le bâtiment était niché à la lisière de la forêt, près de la rivière, là où les arbres s'ouvraient pour encadrer le ciel. Son marbre blanc luisait au clair de lune, et des bassins miroitants reflétaient les étoiles et les feux de l'autel. De trois côtés, un ravin consacré à la déesse bordait l'édifice, servant autant de monument que de protection. Des constructions de pierre se dessinaient dans la clairière, érigées en hommage aux héros de guerre, encouragés par Chenne.

Le temple était silencieux quand Kiara attacha son cheval à un arbre et avança sur la terrasse en marbre. Elle fit signe à Rall et Hastart de l'attendre avec les montures, puis elle commença à descendre le sentier qui menait à la grotte. Ils passèrent devant l'allée des faucons consacrés à Chenne la guerrière, et les volatiles battirent des ailes en poussant des cris d'alerte.

— Bien, on a dû nous entendre arriver, maintenant, murmura Kiara à Jae, qui regardait les oiseaux de proie pendant qu'elle tirait légèrement sur ses longes pour le rappeler à l'ordre. Le petit dragon siffla de déception et se reposa sur l'épaule de sa maîtresse en tournant sa tête couverte d'écailles pour chercher d'autres en-cas nocturnes.

Kiara regarda vers l'autel et s'arrêta. Une femme en robe blanche, qui semblait sortir de nulle part, se dressait juste derrière le feu. *L'oracle!* pensa-t-elle. Elle prit une profonde inspiration pour se donner du courage, avala sa salive et avança.

— Prêtresse, veuillez m'excuser de vous déranger ainsi en pleine nuit, commença la princesse sans vraiment savoir comment procéder. Je suis Kiara de la Maison Sharsequin, et je…

— Je sais qui tu es, intervint la femme encapuchonnée. Pourquoi es-tu venue chercher la Déesse ?

— Je suis venue prier pour la santé de mon père, répondit Kiara en espérant que son courage ne l'abandonnerait pas. (Elle marqua une pause.) Et pour demander à la Dame comment sauver notre royaume.

Sous son capuchon, l'inconnue hocha la tête.

— Ton père se meurt, répliqua-t-elle sur le ton de l'évidence. Mais son mal est de nature magique.

— Nous avons découvert qu'un mage noir lui avait envoyé ce mal, ma dame, confirma Kiara.

La prêtresse acquiesça lentement.

— Vous avez envoyé votre meilleure guérisseuse à la recherche d'un remède, n'est-ce pas ?

— Oui, ma dame, mais elle ne reviendra pas avant un moment…

— La Consœurie pourra peut-être retarder la mort de ton père, mais pour détruire le maléfice, tu devras abattre celui qui l'a jeté.

— Votre Grâce, nous ne disposons d'aucun sorcier d'une telle puissance…

— De Margolan viennent et le maléfice et la solution, répondit la prêtresse. La main noire qui a jeté le sortilège et Celui Qui Peut Rétablir. (Sa voix prit une cadence mélodieuse alors qu'elle se balançait, en transe, immatérielle sous sa robe.) Ta route prend une autre direction. Si tu veux sauver ton royaume, alors tu dois laisser les autres défendre ton père. (L'Oracle marqua une pause.) Tu as un rôle à jouer dans la destruction de celui qui a jeté le maléfice. Tu trouveras ce que tu cherches à la Bibliothèque d'Ouestmarche. L'heure de ton Voyage est venue. Tu dois te rendre à Ouestmarche.

— Ouestmarche ! souffla Kiara. Mais cet endroit n'existe pas ! Ce n'est qu'un conte pour les enfants… n'est-ce pas ? demanda-t-elle d'une voix estompée par l'incertitude.

— Voici ma suivante. (Sur ces mots, la prêtresse leva une main et Kiara vit une silhouette, vêtue de la robe brune des mages des terres, sortir de l'ombre d'une colonne de marbre.) Si tu réussis, mon Élue, tu sauveras ton roi et ton royaume, poursuivit l'Oracle, d'une voix plus ferme et plus sûre qui perdait tout caractère chantant. Si tu échoues, les ténèbres s'abattront. (L'espace d'un instant, la princesse perçut dans ses yeux ce même éclat de détachement du monde qu'elle avait vu sur le champ de bataille de son enfance.) Ma bénédiction t'accompagne.

À ces mots, les pupilles flamboyantes s'éteignirent et la silhouette en robe blanche s'effondra avec un gémissement, sa capuche retombant en arrière pour révéler la prêtresse mortelle à travers laquelle la Déesse venait de parler.

— Venez avec moi, Kiara Sharsequin, l'invita le personnage en robe brune depuis les ombres. Tout ira bien pour la prêtresse. C'est un privilège, pour elle, de servir sa Déesse. À présent, c'est votre tour.

— Je dois en informer mes gardes, balbutia Kiara. Je ne peux pas disparaître ainsi.

— Nous leur annoncerons votre Voyage, répondit la silhouette, ainsi qu'à votre père. Il attendait ce moment. Venez.

L'inconnue tendit une main et, le cœur battant, Kiara s'avança, en dépit des sifflements de Jae. À son approche, le personnage déploya ses bras pour l'envelopper dans une cape qui sentait les herbes, la fumée et la mousse humide après la pluie et, l'espace d'un instant, alors que sa tête tournait, Kiara aurait pu jurer que le sol fondait sous ses pieds. Lorsque la magicienne abaissa le vêtement, le temple avait disparu.

— Où suis-je ? s'enquit Kiara en portant sa main à son épée.

— Dans un cloître de la Consœurie, répondit sa guide en robe, dont la capuche tomba en arrière pour révéler une femme âgée de taille moyenne, au visage marqué par le temps mais pourtant beau, dont les yeux bleus brillaient d'amusement devant la confusion de la princesse.

— En Dhasson ? demanda cette dernière en regardant tout autour d'elle. Mais c'est là que j'ai envoyé Carina... c'est à plus de deux mois de route, à cheval !

La femme sourit avec indulgence.

— Nous sommes toujours en Isencroft. La Consœurie possède de nombreux cloîtres. Celui dont vous parlez est l'un des rares que nous permettons aux personnes extérieures à notre ordre de connaître. Depuis toutes ces années, trop de gens ont tenté de nous détruire. Cet endroit est l'un de ceux que nous tenons secrets.

Kiara regarda autour d'elle silencieusement, et leva la main pour tapoter les serres de Jae alors que le gyrgon, qui poussait des cris inquiets, s'accrochait douloureusement à son épaule. Avec un sifflement sans conviction, le petit dragon cessa de s'agiter et dévisagea leur hôte d'un air menaçant.

Avec un sourire, la femme observa le petit être effrayé et lui murmura un mot qui sonna dans les oreilles de Kiara comme le courant de l'eau sur la roche. À la surprise de la princesse, le gyrgon se calma immédiatement.

— Que lui avez-vous dit ?

— Simplement que ni lui ni vous n'aviez de raison d'avoir peur, répondit la Sœur.

— Vous pouvez parler à Jae ?

— Vous avez beaucoup à apprendre, Élue de la Déesse, répondit la sorcière. Venez.

Kiara suivit la femme dans un dédale de couloirs creusés profondément dans la roche. L'air était frais et le chemin poli par l'usure. Sur les côtés, il bifurquait vers des chambres aux lourdes portes en bois. Finalement, le corridor s'ouvrit sur une grande salle. Une lumière magique scintillait dans les cristaux qui habillaient les piliers de pierre de la chambre et, dans l'énorme foyer, un feu sorcier sans fumée chauffait.

Quatre Sœurs étaient assises derrière une lourde table ovale taillée à même la roche. Les femmes ne portaient aucune parure et étaient vêtues de la même robe brune que la compagne de Kiara. Même ainsi, cette dernière pouvait sentir leur puissance.

— Approche, Kiara de la Maison Sharsequin, l'invita l'une des Sœurs, d'une voix qui crépitait comme le feu dans des feuilles mortes. (Plus tard, Kiara se demanda si elle avait vraiment entendu cette voix, ou si elle avait résonné, sans un bruit, dans son esprit.)

» Tu as prié la Déesse pour la santé du roi et la sécurité de l'Isencroft. Elle t'a appris la source du fléau, poursuivit la femme. Es-tu prête à défaire ce maléfice afin de sauver ton royaume ?

Sans hésitation, Kiara hocha la tête.

— Oui, Votre Grâce.

— Es-tu prête à renoncer à tes privilèges, à ton rang, si la Dame l'exige ?

— Oui, Votre Grâce.

— Et ta vie, Kiara Sharsequin ? Ce sortilège n'a pas été jeté par un mortel. Es-tu prête à risquer ta vie ?

Kiara avala sa salive, mais acquiesça une fois de plus.

— Si c'est la volonté de la Déesse, murmura-t-elle, la gorge sèche.

— Il pourrait en être ainsi, mon enfant, répondit la sorcière, ses yeux bleus scintillant dans la lumière magique. Approche encore.

Kiara prit une profonde inspiration et s'avança plus près de l'estrade. Jae était assis sur son épaule, aussi immobile qu'une statue. La femme qui avait parlé la dévisagea, et elle eut le sentiment fugace d'une présence dans son esprit. La Sœur croisa les bras puis recula sur son siège, l'air satisfait.

— Chenne a fait un bon choix, déclara l'inconnue. Cette nuit, ton Voyage commence.

Kiara hocha silencieusement la tête. Le sentiment qu'elle avait eu au palais de suivre un chemin qu'elle ne voyait pas clairement s'intensifia encore, effrayant mais juste.

— À la Bibliothèque d'Ouestmarche, tu trouveras en effet tout ce dont tu auras besoin pour briser ce sortilège, reprit la sorcière. Mais un puissant démon pourrait être libéré avant que cela arrive.

— Votre Grâce, je ne sais pas où trouver la Bibliothèque d'Ouestmarche, répondit Kiara. Je pensais que ce n'était qu'une légende.

La Sœur hocha la tête et regarda ses consœurs. De nouveau, Kiara sentit d'autres présences, comme si une conversation était en train de se tenir juste à la limite de sa perception. Elle présuma que les quatre femmes se concertaient. Finalement, son interlocutrice recula de nouveau sur son siège.

— Ton Voyage n'est qu'une partie d'une histoire beaucoup plus vaste, qui a commencé il y a longtemps, déclara-t-elle.

» Voilà des années, une grande guerre fut menée parmi les mages des Royaumes de l'Hiver, entre ceux qui voulaient exploiter les flux de la magie pour le bien de tous, et ceux qui cherchaient à dévier son cours pour leur propre profit. Dans ce conflit qui faillit tout détruire, les ténèbres furent repoussées, mais pas vaincues. Quand la Grande Guerre fut finie, les Mages de la Lumière étaient trop épuisés pour poursuivre encore les Mages Noirs, et nous espérions leur avoir causé plus de tort qu'ils nous en avaient fait. Nous nous trompions. (Son expression se durcit.) Ils sont de retour. Cette fois, nous devons les arrêter avant qu'ils se soulèvent de nouveau, ou il n'y aura plus de répit. Ni nous ni le monde lui-même ne pourrions supporter un autre affrontement.

— Mais je ne suis pas un vrai mage, protesta faiblement Kiara. Je ne possède que les pouvoirs héréditaires de la lignée des rois d'Isencroft. Je suis capable de si peu de chose... comment cela pourrait-il être utile ?

La sorcière sourit, les yeux distants, comme si elle se souvenait d'une chose très lointaine.

— Il existe des magies oubliées, princesse, peut-être aussi par les Mages Noirs eux-mêmes. (Elle marqua une pause, puis regarda encore Kiara comme si elle prenait la mesure de son âme.) Maintenant, il est temps de te préparer pour ton Voyage. À l'aube, tu devras prendre la route d'Ouestmarche.

Avant que Kiara ait eu le temps de poser les questions qui se bousculaient dans sa tête, sa guide lui toucha le bras.

— Venez avec moi, l'invita la femme en robe brune.

Lorsque la princesse regarda en arrière, son interlocutrice et ses consœurs avaient disparu. Les jambes aussi molles que du coton, Kiara se laissa conduire hors de la salle d'audience.

De toute évidence, elle était attendue. Une pile de nouveaux habits était posée sur le lit : de solides vêtements de voyage dont Kiara sut, sans avoir à le vérifier, qu'ils étaient exactement à sa taille. Un léger plastron de cuir visiblement usé les accompagnait. D'un côté, elle trouva une bourse remplie d'une quantité importante d'or et, au sommet du tas, était posé un parchemin jauni par les années sur lequel était tracée une carte. À côté de tout cela, une dague, simple mais joliment ouvragée, scintillait près d'un sac en velours et d'une pierre ovale banale, en argile, attachée à une lanière où étaient imprimées des runes que Kiara ne reconnut pas.

Elle regarda sa guide, en quête d'explications. La femme désigna du menton l'équipement.

— Voici votre première leçon, princesse, déclara la femme. Que voyez-vous ?

Kiara secoua la tête.

— Un gros équipement, plus important que ce à quoi je m'attendais.

— Conservez-le bien, répondit la guide. Cette cape de voyage cachera votre magie à ceux qui recherchent votre pouvoir, expliqua-t-elle en désignant d'un doigt long et fin le vêtement en laine. Échangez votre plastron avec celui qui est posé sur le lit. (Elle leva une main quand Kiara fit mine de protester.) Il réduira l'effet des armes magiques, comme les poignards ou les flèches ensorcelées, mais n'a pas la capacité de les détourner complètement. Et son pouvoir peut s'épuiser, donc réfléchissez bien avant de vous offrir comme cible. (Kiara retourna la dague entre ses doigts pour en admirer la façon.) Prenez-en soin, princesse, lui recommanda son hôtesse derrière elle. Dans les mains d'un mortel, elle repoussera les non-morts. Dans les mains d'un mage, elle peut détruire l'âme.

— Les non-morts ? demanda Kiara en chuchotant.

— Vous avez beaucoup à apprendre, déclara la guide. Il est des êtres parmi nous qui ne sont ni vivants ni morts. Certains sont des sorciers, qui ont eux-mêmes recherché un tel pouvoir. D'autres sont des enfants échangés qui, de naissance ou par accident, ont perdu leur mortalité. Et d'autres encore servent la Dame Noire sous la forme de vayash moru.

Kiara écarquilla les yeux.

— Mais les vampires n'existent que dans les histoires pour enfants.

— La question n'est pas de croire en eux ou pas. (Elle passa devant Kiara pour prendre l'ovale en argile, le tendit à la princesse, qui l'accepta dans le creux de ses mains.) Prenez-en soin, Kiara, dit-elle gravement. Ne l'utilisez qu'en cas d'extrême nécessité.

Comme la femme le tournait vers la lumière, Kiara put y voir un motif gravé à la surface. Pourtant, quand elle la regarda de plus près pour l'examiner, les traits s'estompèrent, comme s'ils étaient en mouvement.

— Ce cachet est porteur de la magie de la Consœurie, expliqua la sorcière. Cassé en deux, il emmènera son porteur et ceux qui se trouveront à son contact à l'endroit que le porteur visualisera dans son esprit. (Elle le remit précautionneusement dans le sac.) On ne peut y avoir recours qu'une fois. (Elle anticipa les objections de Kiara.) Il n'est pas nécessaire d'être un mage pour utiliser ces objets. Nous connaissons votre don, ainsi que ses limites. (Elle désigna du doigt la bourse remplie de pièces qui attendait sur le lit.) Il y a assez d'or là-dedans pour vos voyages. (De manière inattendue, elle lui adressa un sourire malicieux.) Cela, au moins, n'est rien de plus que ce que vous y voyez. (Elle se tut, remarquant que Kiara gardait le silence.) Vous me cachez quelque chose, Élue de la Déesse.

— C'est juste que… j'ai envoyé ma plus proche parente chez les Sœurs de Dhasson. On nous avait dit que les meilleures guérisseuses de la Consœurie se trouvaient là-bas. Si vous étiez si près de nous, pourquoi…

— Pourquoi ne sommes-nous pas simplement apparues avec des remèdes pour vous aider ? termina la Sœur à sa place avec une pointe d'humour. (Kiara hocha la tête.)

» Nous sommes au courant de la maladie de votre père, répondit prudemment la femme. Et aussi vrai que j'aimerais que ce soit le cas, nous ne possédons pas de « potion magique » capable de défaire le maléfice. Nous avons envoyé un message à nos sœurs des Royaumes de l'Hiver afin qu'elles cherchent un élixir suffisamment puissant pour prolonger la vie de votre père pendant que vous et d'autres détruirez le responsable du sortilège. (Elle s'interrompit.) Les dépêches voyagent lentement, même chez les Sœurs. Et les moyens de transport aussi merveilleux que celui dont vous avez fait l'expérience ne peuvent être empruntés qu'avec modération, pour de courtes distances, et à un grand prix. En dehors de cela, nous sommes aussi dépendantes de l'éloignement et de la vitesse d'un cheval que les non-mages, dit-elle avec un sourire triste. Quant à notre cloître, ce n'est qu'une petite cachette. Nous n'avons aucune guérisseuse ici.

— Mais les Sœurs sont les plus puissantes magiciennes encore en vie, s'étonna Kiara. Pourquoi auriez-vous besoin de vous dissimuler ?

Les yeux de la Sœur s'emplirent de tristesse et se firent distants.

— Ce que les gens ne comprennent pas, soit ils le détruisent, soit ils y vouent un culte, dit-elle tout bas. Tout au long de notre histoire, nous avons malheureusement rencontré les deux cas de figure. Nous ne voulons être ni adorées ni martyrisées. Et les Sœurs ont peur – une peur justifiée – d'être de nouveau une cible, maintenant que Jared Drayke gouverne Margolan.

— Pourquoi ?

La Sœur détourna les yeux.

— Le mage de Jared Drayke, Foor Arontala, est bien connu parmi nous. Maintenant qu'il contrôle le roi et les ressources du royaume, son ambition va s'accroître.

Il nous verra comme une menace, et à raison, car c'est précisément pour éliminer la tache noire que représente sa magie du sang que Bava K'aa et d'autres ont donné leur vie.

— Ne pourriez-vous pas simplement… lui mettre une bonne raclée, ou quelque chose dans le genre ?

La Sœur gloussa.

— J'aimerais que ce soit aussi simple. Peut-être que personne, depuis le Roi d'Obsidienne, ne mérite plus que lui de recevoir une « bonne raclée », comme vous dites. Mais les Sœurs n'interviennent pas directement dans le gouvernement des royaumes ; elles ne le peuvent pas. Cela conduirait à notre destruction. Nous aussi, nous pourrions être séduites par le pouvoir, et ce serait notre perte. Ainsi, nous agissons en coulisses. Nous rendons les choses possibles, nous guidons, nous organisons des coïncidences de manière tout à fait fortuite, expliqua-t-elle avec un sourire entendu. Mais nous ne pouvons ni faire ni défaire les rois. Cela reviendrait à prétendre au rôle de la Dame. Au lieu de ça, nous rendons Son travail possible.

Kiara prit quelques instants pour réfléchir.

— Si les Sœurs n'ont aucune potion, alors le voyage de Carina est vain.

La Sœur secoua la tête.

— Nous n'en savons rien. Nos sœurs de tous les royaumes vont faire des recherches dans leurs archives et elles nous enverront un message si une aide peut nous être fournie, déclara-t-elle. Vous avez raison sur un point : nos guérisseuses de Dhasson font partie des meilleures. Elles pourraient avoir besoin de la durée du voyage de votre parente pour venir à bout de leurs ressources et trouver quelque chose d'utile. Mais je ne crois pas que ce déplacement soit du temps perdu, affirma-t-elle en regardant Kiara dans les yeux. Je pense que leur route est entre les mains de la Dame Elle-même.

Des coups à la porte firent sursauter Kiara, mais son hôtesse s'égaya. Il semblait qu'elle avait attendu cette interruption.

—Entrez, invita-t-elle.

Le battant s'ouvrit pour laisser entrer une autre femme en robe, portant un plateau chargé de nourriture. L'estomac de Kiara gargouilla, lui rappelant que le matin n'était pas loin.

—Vous devez avoir faim, à présent, remarqua la guide. (Bien qu'elle n'ait pas complètement perdu sa réserve, elle était maintenant presque amicale.) Je vous en prie, mangez à votre faim et reposez-vous. Un long voyage vous attend.

—Que se passera-t-il quand je me réveillerai ?

—Quand vous vous réveillerez, vous pourrez prendre la route, répondit la Sœur en se tournant pour partir.

—Attendez ! l'appela Kiara. Comment saurai-je quoi chercher à la Bibliothèque ?

—Ce dont vous avez besoin viendra à vous.

Sans un mot de plus, elle se retourna, laissant Kiara seule avec Jae.

La princesse regarda la porte se refermer, puis se laissa tomber sur le lit. Le petit dragon virevoltait autour de la pièce en sifflant sceptiquement.

—Je sais, je sais, gémit-elle à l'adresse de son compagnon. Je ressens la même chose que toi. Ce n'est pas très bien de partir au beau milieu de la nuit et de se faire désigner pour le Voyage, mais, par la Déesse, nous sommes dans une citadelle de la Consœurie ! s'exclama-t-elle alors que le gyrgon lui répondait par un gloussement. Nous nous trouvons en plein dedans, maintenant, et nous ne pouvons plus faire marche arrière, déclara-t-elle. Même arrêter un mage noir me paraît mieux qu'épouser Jared !

Avec un soupir, Kiara s'assit, encouragée par le parfum des biscuits tièdes et du thé chaud. Un épais potage mijotait sous un couvercle en argent. Elle fut ravie de trouver un bol rempli de morceaux de viande pour le repas de son gyrgon, et Jae s'installa à table face à elle pour banqueter et gargouiller de contentement en gobant sa récompense. Entre deux bouchées, la princesse confia ses pensées au petit dragon.

— Je me souviens d'une légende à propos d'Ouestmarche, murmura-t-elle. Je crois que cette ville était censée se trouver près de la frontière de Dhasson et de l'Estmark, en amont du Nu, se rappela-t-elle en dépliant la carte entre elle et le gyrgon. (Elle fronça les sourcils.)

» Cam et Carina sont partis en direction du cloître des Sœurs de Valiquet, la cité royale de Dhasson. Ils ont plus d'un mois d'avance sur moi. (Ses doigts tracèrent les routes les plus probables.) Ouestmarche est à presque deux mois de cheval d'ici, calcula-t-elle pensivement. Seulement si je prends le chemin le plus court, juste au-dessus de Margolan, à travers les Fronterres, sous la mer. Et prions pour que le temps soit bon. (Elle grimaça.) Je ne sais pas ce qui est le plus dangereux : tenter le coup avec les bandits à travers les Fronterres, ou espérer que Jared ne m'attrapera pas en train de fureter dans son royaume.

Elle réfléchit quelques minutes, puis leva les yeux vers le gyrgon, qui avait terminé son repas et se balançait d'avant en arrière sur ses pattes de derrière en ronronnant de contentement.

— Au plus près, cette route passe à au moins trois semaines au nord du palais de Margolan, dit-elle pensivement. Et pour qu'il me cherche, Jared doit d'abord me soupçonner d'être là. Plus proches nous serons d'Ouestmarche, plus il faudra de temps à ses gardes pour me rattraper, même s'il entend parler de moi. (Elle poussa la carte sur le côté et serra une tasse de thé chaud entre ses mains.)

» Carina trouvera peut-être ce dont elle a besoin auprès des Sœurs, et alors elle repartira pour l'Isencroft avant mon retour, songea-t-elle à voix haute. Ou bien la Consœurie l'enverra à la Bibliothèque, elle aussi. Je ne comprends pas la façon de penser des magiciens ! Pourquoi rien n'est-il jamais simple ? (Elle se leva, s'étira, posa les objets d'un côté du lit et ouvrit les grandes couvertures.)

» Bon, au moins, nous savons que nous sommes en sécurité pour la nuit, dit-elle à Jae. (Elle grimpa sur la couche et le gyrgon s'installa confortablement auprès d'elle, sur une chaise, en enroulant sa queue autour de lui avec un sifflement de satisfaction.) Profites-en, lui recommanda-t-elle d'une voix endormie en éteignant la bougie. Je ne pense pas que nous dormirons bien une autre fois avant de rentrer à la maison.

Chapitre 13

Jonmarc Vahanian prit prudemment le chemin de l'*Auberge de la Hure*. Une clientèle disparate occupait la salle commune. Du côté de l'âtre, quatre marchands buvaient ensemble au-dessus d'écuelles fumantes remplies à ras bord de nourriture. Un petit groupe de prêtres était rassemblé près du mur, plongé dans une conversation calme, autour d'une bouteille de vin. Trois des gardes du baron local riaient bruyamment tout près du feu, hilares sous l'effet d'une plaisanterie et d'un énorme pichet de bière.

Tous aussi ordinaires les uns que les autres, pensa-t-il en examinant l'assemblée. Des paysans et des marchands trinquaient pendant que, près de la cheminée, un barde chantait pour un public restreint. Vakkis était introuvable. Vahanian commanda à manger ainsi que de l'eau-de-vie cartélasienne pour faire passer le tout. Il se surprit à taper du pied, et fronça les sourcils. Il y avait bien longtemps, il avait appris à s'écouter, à écouter l'instinct qui lui avait permis de survivre. Cette nuit, il était aussi nerveux qu'un chat, sans raison valable.

Des yeux d'un bleu saisissant rencontrèrent les siens. Il se figea. L'homme blond n'était pas là la première fois qu'il avait examiné la pièce. Il avait à peu près le même âge que Vahanian, arborait un air noble et des cheveux couleur de lin. Il était mince, d'une pâleur qui suggérait qu'il ne travaillait pas au soleil. Il regardait le mercenaire avec un mélange de curiosité et de lassitude qui lui fit dresser les poils du dos.

— Voici votre eau-de-vie, annonça le barman en servant lourdement la commande de Vahanian. Cinq skrivven, s'il vous plaît, réclama-t-il, puis il poussa une assiette pleine de nourriture fumante près de l'énorme verre.

Vahanian fouilla dans ses poches à la recherche de monnaie et paya l'aubergiste, puis se retourna pour choisir une table.

L'homme aux cheveux de lin avait disparu.

Le mercenaire trouva une place dos au mur, un parfait endroit pour surveiller la clientèle de l'auberge, et il fit un signe de tête aux autres occupants de la table en se glissant à la seule place libre qui restait. Il observa de nouveau l'endroit où l'étranger se tenait quelques instants plus tôt, pour s'assurer qu'il était bel et bien parti. L'inquiétude de Vahanian grandit alors qu'il buvait son eau-de-vie. Il aurait dû voir l'homme sortir. Il se tenait face à l'escalier ; par conséquent, si l'autre était simplement parti se coucher, Vahanian aurait également dû le voir passer devant lui. La porte de la cuisine était derrière le bar, et les grandes fenêtres de l'auberge étaient fermées pour ne pas laisser entrer le froid nocturne. Logiquement, l'inconnu aurait encore dû se trouver dans la salle, mais ce n'était pas le cas.

Se forçant à penser à autre chose, Vahanian examina de nouveau la pièce. Il avait volontairement choisi une table proche du cœur de l'action, de laquelle il pourrait entendre aussi bien que voir. Trois gardes massifs vêtus d'une livrée indescriptible terminaient leur bière près du feu. Le roux de la bande lui semblait familier, mais Vahanian ne parvenait pas à le resituer. Au fil des années, il avait vécu beaucoup trop de prises de bec avec trop d'hommes d'armes dans trop d'endroits. À juste titre, pensa-t-il en buvant son eau-de-vie, la moitié des soldats des Royaumes de l'Hiver lui auraient semblé familiers.

Il laissa ses oreilles se promener d'une conversation à l'autre. Les prêtres de la table voisine venaient du Nargi, mais ils ne se préoccupaient d'aucun problème religieux compliqué. La disparition d'une jeune noble, probablement enlevée par des marchands d'esclaves, alimentait leur conversation en un mélange de spéculations morbides et de ce qui semblait être une inquiétude sincère pour le bien-être de la jeune femme. *Il ne faut pas trop y compter*, songea Vahanian en se coupant un morceau de pain chaud. Il avait déjà eu affaire à des marchands d'esclaves, assez pour s'en souvenir toute sa vie. Ils préféraient les chemins peu empruntés au milieu de territoires disputés, où aucun roi ni aucun noble ne risquait de prendre les armes contre eux. Certains passages de montagne étaient presque impraticables à cause d'eux, pour n'importe qui ne faisait pas partie d'un groupe lourdement armé.

Si les marchands d'esclaves rôdaient de nouveau, il serait peut-être bon de mettre Linton au courant, se dit Vahanian en laissant l'eau-de-vie lui réchauffer la gorge. À travers la pièce, les accords des chansons du barde parvinrent jusqu'à lui ; un air mélancolique à propos d'une jeune femme dont l'amour pour un immortel les avait tous les deux condamnés. C'était une vieille rengaine, qui comptait autant de variantes qu'il existait de tavernes, et quand le rire des gardes engloutit le dernier refrain, Vahanian s'aperçut qu'il pouvait compléter les derniers vers de mémoire.

— C'que j'en dis, c'est qu'il fait plus très bon prendre la route, commenta son voisin de droite. Déjà, y a les bandes de brigands ; comme si on n'avait pas assez des bandits de grand chemin, se lamenta son compagnon de table. Comme si les loups ou les intempéries posaient pas suffisamment de problèmes. Mais maintenant, ça peut vous coûter la vie, de voyager à l'est. Si ce sont pas ces créatures ensorcelées qui vous attrapent, c'est les marchands d'esclaves.

— Peut-être que ces créatures ensorcelées vont s'emparer des marchands d'esclaves et nous épargner cette peine, répondit Vahanian.

Son interlocuteur grogna.

— Hum ! Si vous y pensez, il y a pas mal de bénéfices à se faire. Je veux dire, dès qu'un marchand d'esclaves disparaît, ils sont quatre à prendre sa place. (Il se pencha d'un air conspirateur.) Même si j'ai bien entendu dire qu'on avait retrouvé des restes, là-bas, sur le Col de Joursay, à glacer même le sang des marchands d'esclaves, ajouta-t-il dans un souffle chargé de rhum. Rien que des morceaux de bêtes. Comme si elles s'étaient réduites en pièces en se disputant à coups de crocs les reliquats d'un groupe de pauvres voyageurs malchanceux. 'Paraît que ces êtres ressemblaient à rien de ce qu'on voit dans le coin depuis les Grandes Guerres. Des créatures ensorcelées, par la Mère et l'Enfante, tout droit sorties des contes !

— Ça doit être mauvais pour les affaires, remarqua Vahanian en écoutant à moitié alors qu'il surveillait de nouveau la pièce.

L'endroit était inhabituellement plein, pour une heure si peu avancée de la soirée. Les gens commençaient peut-être à croire aux rumeurs. Si les voyageurs craignaient vraiment les bandes de marchands d'esclaves et les monstres magiques, il n'était pas surprenant qu'ils cherchent refuge aussi tôt. *Remarque,* se dit-il, *ces deux histoires ont peut-être été inventées par les taverniers pour encourager les affaires.* Il avait lui-même fait une chose de ce genre, des années auparavant, à l'époque où il travaillait sur le fleuve. Il avait lancé un bruit prétendant que l'un des affluents était infesté d'anguilles venimeuses, et avait fait en sorte que quelques morts soient rejetés sur la berge près de là. Le temps que la peur soit apaisée, Vahanian était parvenu à voler le marché de la plupart de ses rivaux basés en amont, sur la rivière frappée de malchance… et le hasard n'y était pour rien. Évidemment, la révélation de cette manigance avait débouché sur un déménagement en urgence, mais c'étaient les risques du métier.

— Vous avez raison, c'est un trop gros problème pour un seul homme, poursuivit le compagnon de table de Vahanian, sans se laisser décourager par le manque d'enthousiasme de ses réponses. M'est avis que ce vieux Vakkis a eu les yeux plus gros que le ventre, cette fois.

L'attention de Vahanian fut brusquement ramenée au présent.

— Pourquoi dites-vous ça ? demanda-t-il, l'air de rien, en baissant les yeux vers son assiette pour cacher son vif intérêt.

Il pouvait sentir son cœur commencer à tambouriner.

— Eh ben ! Il a vendu ses services au roi Jared, là-bas, en Margolan, pour débarrasser la frontière des marchands d'esclaves et ramener le mage qui a créé les monstres, répondit le négociant sur un ton qui laissait entendre à Vahanian que cette nouvelle n'était plus très fraîche. Il dit que c'est le même sorcier qu'a tué le roi Bricen, la Déesse ait son âme, et peut-être même qu'aurait kidnappé cette jeune dame de bonne famille pour un horrible sacrifice maléfique. (Il secoua la tête et sauça son assiette avec du pain.) Celle-là, elle est morte à coup sûr, c'est un fait, dit-il avec regret en fourrant le pain dans son énorme bouche. Bien dommage, parce que le roi de la Principauté a offert une belle petite somme pour qu'on la retrouve.

Du Vakkis tout craché, pensa Vahanian en sentant ses poings se serrer sous la table. Il ne faisait aucun doute que le chasseur de primes se servait des rumeurs de l'est pour cacher que c'était Tris qu'il poursuivait. En reliant Tris à la magie noire et à la disparition de la jeune aristocrate, Vakkis empêchait le mercenaire et ses compagnons de compter sur l'aide des maisons nobles qu'ils croiseraient sur la route. *Que la Dame Noire l'emporte!* jura Vahanian dans sa barbe. Maintenant, ils devraient être doublement vigilants. *Quelle que soit la somme qu'ils voulaient me payer, je veux le double, qu'ils vainquent Arontala ou non*, songea-t-il en finissant son dîner. Ce n'était pas la première fois qu'il repensait à sa décision de conduire le groupe en Dhasson.

« Il dispose d'un roi, cette fois-ci, Jonmarc, pas seulement d'un général comme à Chauvrenne », avait dit Harrtuck. Vahanian ferma les yeux. Une décennie ne lui avait pas suffi pour venir à bout des souvenirs de ces horreurs, ni pour oublier de quelle terrible façon un mage noir était capable de manipuler un homme de pouvoir et le mal qui pouvait en découler. Il ne lui en fallut pas plus pour entendre les cris des villageois dans sa mémoire, pour se rappeler leur terreur. Les parfums de feu de cheminée et de viande grillée de la taverne étaient tellement proches de l'odeur des huttes en flammes et de la chair en train de brûler, qu'il dut réprimer un haut-le-cœur. Il lutta pour repousser ses souvenirs, certain qu'il ne passerait pas une nuit sans rêves. Les réminiscences et l'occasion de remettre les compteurs à zéro avec Arontala étaient trop présentes pour qu'il puisse leur tourner le dos, même maintenant, même s'il avait renoncé aux causes perdues il y avait bien longtemps, à Chauvrenne.

Pas encore prêt à quitter la lumière et la chaleur de la taverne, Vahanian s'y attarda le temps d'une chandelle, à écouter des histoires du même genre que celle qu'il venait d'entendre et à regarder l'étrange mélange de voyageurs. Finalement, il se leva.

— Faites bon voyage, souhaita Vahanian à ses compagnons de table.

Il avait eu ce qu'il était venu chercher. À présent, il devait retourner vers la caravane avec son cheval et mettre au point leur stratégie pour aller vers l'est… Il lui faudrait aussi insister encore plus auprès de ses employeurs à propos d'Arontala et de son emprise sur Jared Drayke.

Les trois gardes vidèrent leurs pichets de bière et prirent maladroitement la direction de la sortie au moment où Vahanian se levait. Ils se frayèrent un chemin à travers les tables vers la porte, et bousculèrent le mercenaire à l'instant où il se dressait sur ses pieds. Ce fut si violent que Vahanian regarda d'un nouvel œil le garde roux qui l'avait poussé. Il fronça les sourcils. Il avait de nouveau une sensation étrange. Dans son métier, les soldats étaient un élément incontournable pour le bon fonctionnement des affaires, et cela impliquait de les soudoyer ou de leur échapper. Quoi qu'il en soit, par pure précaution, Vahanian se rassit sur son siège sous prétexte de commander une dernière bière et attendit la moitié d'une chandelle, afin de laisser les hommes d'armes prendre de l'avance ; puis il s'aventura hors de la taverne.

La ruelle qui faisait face à l'auberge était calme lorsque Vahanian quitta finalement l'établissement. D'un œil exercé, il vérifia l'étroit passage. D'un côté, un mendiant s'appuyait sur son bâton, et choisissait des loques dans un tas. Dans l'ombre d'une porte sur sa droite, le mercenaire entendit une prostituée en plein rendez-vous. Le long de la rue, les étals sombres des marchands locaux annonçaient le marché du matin, des filets de faux fruits suspendus au-dessus de chaque étal vide, et des tas de chariots immobiles attendaient leur cargaison. Prudemment, il s'engagea dans l'escalier. Son cheval était attaché juste à l'entrée de la venelle. Vahanian laissa tomber sa main sur la garde du poignard qu'il portait à la ceinture. Quelque chose n'allait pas. Il avait un mauvais pressentiment. Plus vite il aurait atteint son cheval et partirait pour la caravane, mieux ce serait.

Les portes sombres restèrent silencieuses à son passage. Devant lui, le vagabond traînait les pieds et chantait doucement pour lui-même. Quand la route principale ne fut plus qu'à quelques pas de lui, Vahanian commença à se sermonner. *Tu perds la main. Voilà ce qui arrive à ceux qui commencent à jouer les guides au lieu de faire un vrai travail.*

Pour seul avertissement, le mercenaire entendit le sifflement du bâton du mendiant avant qu'il l'abatte de toutes ses forces sur ses omoplates. La canne le frappa si violemment qu'il tomba à genoux. Derrière lui, Vahanian entendit l'homme s'esclaffer. Comme il se relevait en titubant, le couteau à la main, deux des gardes de l'auberge apparurent à l'entrée de la ruelle, bouchant la sortie. Vahanian pivota et trouva le « mendiant » en train de se débarrasser de ses loques ; le soldat roux de la taverne apparut alors, le regardant d'un œil mauvais, alcoolisé, tout en faisant passer son gourdin d'une main dans l'autre.

— Écoutez, je n'ai aucun problème avec vous, haleta Vahanian en s'efforçant de reprendre son souffle. Laissez-moi passer et nous n'aurons qu'à dire que rien de tout ça n'est arrivé.

Le garde aux cheveux roux secoua la tête.

— Je vous avais dit qu'il ne s'en souviendrait même pas, cria-t-il à ses amis. (Il plissa les yeux.) Mais moi, je n'ai pas oublié.

Les deux hommes d'armes avançaient lentement, obligeant leur adversaire à reculer dans le passage. Il regarda derrière eux, vers sa monture qui l'attendait. Facile à atteindre, s'il trouvait une ouverture. Il n'avait pas serré les longes de son cheval, un détail important dans les affaires qui nécessitaient un départ précipité.

— Quel que soit le problème, vous vous trompez de personne, lança Vahanian pour essayer de gagner du temps, laissant les deux gardes s'avancer juste un peu plus.

D'un geste vif, il s'accroupit et roula, sa jambe gauche décrivant un grand arc de cercle en une exécution presque parfaite du tacle d'Estmark. En plein mouvement, il eut le souffle coupé par une douleur qui se propagea dans sa jambe d'appui ; celle-ci lâcha sous son poids. Alors, il se saisit du couteau enfoncé jusqu'à la garde dans sa cuisse.

— Pas d'entourloupe, cette fois, Vahanian, lui cria le garde roux d'une voix rauque alors que le mercenaire s'efforçait de se redresser. Je vais récupérer l'argent que tu m'as volé, ou alors j'irai me servir à ma convenance dans ta cachette inutile.

Vahanian réussit à se remettre debout, mais il lui était impossible d'utiliser sa jambe droite autrement que pour garder l'équilibre.

— Écoutez, je ne sais pas de quoi vous parlez, haleta-t-il.

Il avait eu beaucoup trop de « clients insatisfaits » depuis toutes ces années, dans trop d'endroits et dans trop d'affaires.

— Laisse-moi te rafraîchir la mémoire, proposa l'homme aux cheveux roux. Une partie de cartes à Jalwar, il y a cinq ans.

— Des rubis, répondit Vahanian, la gorge sèche. Je vous ai payé avec des rubis.

Le garde abattit de nouveau son bâton, qui s'écrasa sur les côtes de Vahanian.

— Du verre, siffla-t-il alors que Vahanian suffoquait et reculait en titubant. Tu m'as donné du verre sans valeur. Quand j'ai utilisé tes « rubis » pour payer mes dettes, ce sale collecteur d'impôts m'a arrêté pour fraude. (Le visage du garde saoul se durcit.) À cause de toi, j'ai dû travailler dans ses champs – dans ses saloperies de champs – pour m'acquitter de mon dû !

— Écoutez, quoi que vous vouliez, je suis sûr que nous pouvons trouver un arrangement, balbutia Vahanian.

Il n'était plus question de fuir, même s'il réussissait à échapper aux deux amis du soldat. Il n'était pas certain de pouvoir retourner à l'auberge. S'il appelait à l'aide, il n'obtiendrait aucune réponse des clients, trop habitués aux rixes nocturnes pour y prêter attention.

Les gardes essayaient de le faire reculer dans l'un des étals, où ils pourraient lui infliger une correction sans être dérangés. Comme Vahanian reculait vers le stand du vendeur de melons, il distingua le filet de faux fruits qui se balançait au-dessus de sa tête. *Ce serait parfait*, pensa-t-il en ralentissant sa retraite pour laisser ses agresseurs se rapprocher un peu.

De toute la force de sa jambe valide, Vahanian bondit droit sur le filet, et le décrocha d'un coup de couteau. Pendant que les faux melons tombaient, il prit son élan pour bondir vers l'étal et, au moment où il s'écrasait dessus et basculait de l'autre côté, il le redressa puis se dirigea tant bien que mal vers le petit chariot qui attendait à trois pas de là. Tout en serrant l'une des planches dotées de roues contre ses côtes douloureuses, Vahanian plongea dans un claquement d'os et percuta le sol dur de la rue si violemment qu'il en perdit presque connaissance. Le chariot s'éloigna en toute liberté alors que ses agresseurs se battaient contre le filet et la grêle de faux fruits. Encore un peu plus loin, murmura Vahanian dans sa barbe quand des bruits de pas résonnèrent. Encore un peu plus loin.

Il entendit un cri derrière lui lorsque l'un des gardes bondit pour le saisir à bras-le-corps ; il tomba au ras du chariot, mais réussit à attraper les deux chevilles de Vahanian et le tira vers lui. Le deuxième homme d'armes les rejoignit, hissa violemment Vahanian sur ses pieds et lui immobilisa les coudes dans le dos. Le soldat roux se planta devant lui en jonglant avec son bâton, le regard noir.

— Pas si facile, cette fois, voleur, railla-t-il. (Celui qui se trouvait derrière le mercenaire lui tira les bras d'un coup sec, lui arrachant un hoquet alors que ses côtes cassées protestaient.) Cette nuit, tu vas mourir.

— Écoutez, j'ai de l'argent. On peut s'arranger, négocia Vahanian pendant que le garde le poussait vers l'ombre des étals.

Son cœur battait à tout rompre. La situation était en train de virer rapidement pour devenir vraiment désespérée.

— Je me suis moi-même fait avoir, avec ces rubis. C'était une erreur honnête.

Se sortir de situations dangereuses était sa spécialité, mais cette fois aucune ouverture ne se présentait à lui. Comme ils avançaient vers l'ombre, Vahanian craignit que la prédiction du garde soit sur le point de se réaliser.

— Trop tard, voleur, répondit l'homme d'armes sur un ton neutre. Notre semaine a été très mauvaise et tu vas nous permettre de nous défouler.

Vahanian sentit un courant d'air froid en provenance de l'ombre. Il perçut un vague mouvement, puis quelque chose saisit le garde qui se tenait sur sa droite et plaqua son énorme masse contre le mur comme une vulgaire poupée. Les deux autres soldats pivotèrent, épée à la main, pour faire face aux ténèbres.

— Quel est donc ce piège, Vahanian ? cria l'homme aux cheveux roux en fouillant les ténèbres, le corps en position de combat.

Le courant d'air troubla de nouveau la nuit, et le garde situé à gauche du mercenaire poussa un gémissement de terreur. Il y eut un instant de silence, puis des bruits de pas résonnèrent alors qu'une silhouette émergeait de l'ombre, tenant le garde mort par sa gorge écrasée avec une facilité effrayante.

— Quel démon êtes-vous donc ? hurla le soldat roux aux ténèbres, d'une voix cassée sous l'effet de la terreur.

Le personnage avançait toujours vers eux, jusqu'à ce que la lune éclaire son visage.

C'était l'homme aux cheveux de lin de la taverne.

La joie que Vahanian avait ressentie à l'idée de son sauvetage mourut dans le nœud qui se forma au creux de son estomac. Aucun être humain n'aurait pu soulever ce garde d'une seule main. Isolé de la rue, le dernier soldat avait les yeux exorbités de peur, son épée tremblait entre ses doigts et sa peau pâle était d'une blancheur spectrale à la lumière de la lune.

— N'approchez pas, qui que vous soyez ! menaça-t-il en brandissant sa lame, d'une voix tremblante. Cette arme a été bénie par une prêtresse. Elle résiste à la magie, alors n'approchez pas, je vous préviens.

L'inconnu jeta le deuxième garde sur le côté. Un air froid et amusé apparut au coin de ses lèvres alors qu'il marchait inexorablement vers l'homme d'armes. Vahanian, pour qui toute fuite était impossible, se savait une proie facile dans la situation actuelle, aussi s'enfonça-t-il encore plus dans l'ombre, espérant que l'étranger serait rassasié par son troisième meurtre.

Le garde s'acharna à coups d'épée sur l'homme blond, pour le tenir à distance. Pourtant, celui-ci avançait toujours, et finit par arracher la lame de la main de son adversaire en un coup aussi vif que l'éclair. Les yeux exorbités de terreur, suppliant l'homme à gros sanglots pour qu'il l'épargne, le roux tomba à genoux. Son ennemi se dressa devant lui, son visage noble dépourvu d'émotion. Puis il tendit une main fine et incroyablement forte pour saisir le soldat par le col et le remettre sur ses pieds, avant de le prendre dans ses bras. Le malheureux se tut et Vahanian vit avec horreur les lèvres de l'homme blond se retrousser pour révéler des dents anormalement pointues. En quelques instants, il eut fini de se nourrir, et le vayash moru lâcha le mort comme un déchet. L'homme aux cheveux de lin se tourna vers les ombres où se cachait Vahanian.

— Vous êtes en sécurité, à présent, déclara-t-il avec un léger accent que Vahanian ne sut identifier.

— Ah ?

Le mercenaire sortit de sa cachette et avança à la lumière de la lune, conscient qu'il n'avait aucune chance contre cet adversaire.

Un sourire glacial se dessina sur les lèvres de l'étranger.

— Je m'appelle Gabriel, se présenta-t-il avec une assurance que, pour une raison ou pour une autre, Vahanian ne s'attendait à trouver que chez un immortel. J'ai un message pour vous de la part de la Consœurie. (Il se passa la langue sur les lèvres.) Je pensais vous trouver à la taverne, mais la pression de… tous ces corps… est devenue gênante. Quand j'ai décidé de vous attendre à l'extérieur, j'ai entendu le plan des gardes. Il a donc fallu que… j'intervienne.

— Vous avez un message pour moi ?

— Martris Drayke ne doit pas aller en Dhasson. De la magie noire l'attend là-bas. Ce que vous espérez trouver à l'est se présentera à vous sur la route. Il ne doit pas passer la frontière.

— Je ne sais pas de quoi vous parlez.

Vahanian prit son expression de défi la plus convaincante, une belle prouesse si l'on tenait compte de son cœur qui battait si fort qu'il pouvait à peine respirer.

Gabriel sourit, en une grimace glaciale qui fit ressortir ses dents.

— Oui, ma maîtresse m'a informé que vous pourriez être difficile.

— Et de qui s'agit-il donc ? rétorqua Vahanian en réussissant à donner une note de provocation à sa voix.

— Je suis le serviteur de la Dame Noire, répondit Gabriel, sans le moindre soupçon de sarcasme. Tout comme vous.

— La seule déesse que je sers est Chance.

Les yeux de Gabriel s'animèrent d'un amusement froid.

— Peut-être. Ou peut-être la connaissez-vous sous un autre nom. (Il marqua une pause, une expression indescriptible dans les yeux, et sa langue lécha les dernières gouttes de sang qui restaient sur ses lèvres.) Maintenant, partez. Et ne sortez pas des sentiers battus. Je ne suis pas le seul à pouvoir sentir le sang dans l'obscurité.

— Oui, bien sûr, répondit Vahanian, mal à l'aise. Tout ce que vous voudrez.

Il regardait en arrière pour s'assurer que son cheval l'attendait toujours, et quand il se retourna vers l'endroit où s'était tenu Gabriel, l'homme blond avait disparu. Vahanian frissonna. Cette nuit, il l'avait vraiment échappé belle, songea-t-il en boitant vers sa monture. Apparemment, il avait sérieusement sous-estimé les enjeux de cette aventure.

Chapitre 14

— Carina ! souffla Tris derrière le rabat de la tente. (Il savait que sa voix tremblait, et pas uniquement à cause du gel, alors qu'il patientait à l'extérieur de l'abri de la guérisseuse.) Carina ! répéta-t-il d'une voix enrouée à peine plus forte qu'un murmure.

Carina repoussa le rabat en chancelant. Elle resserra une couverture autour d'elle pour se protéger du froid et se frotta les yeux.

— Tris ? Qu'est-ce qui ne va pas ? Nous sommes au beau milieu de la nuit.

— J'ai besoin de votre aide, répondit Tris d'une voix qu'il parvint à peu près à contrôler. S'il vous plaît, je ne peux pas attendre le matin.

Avec un hochement de tête, Carina fit un pas de côté et indiqua à Tris de la suivre. Elle alluma deux bougies puis lui fit signe de s'asseoir.

— Vous avez une mine affreuse.

— Voilà plusieurs nuits que je ne dors pas, confessa Tris. Chaque fois que je m'assoupis, les rêves reviennent, et je n'arrive pas à les en empêcher.

— Quels rêves ? demanda Carina, à présent bien réveillée et alerte alors qu'elle reprenait son rôle de guérisseuse.

Tris détourna les yeux.

— Ma famille a été assassinée, dit-il à voix basse, la gorge serrée. J'ai euh… essayé d'appeler leurs fantômes, admit-il.

Je n'arrive pas à les atteindre. Je peux sentir leur présence, très loin, mais c'est comme s'ils étaient derrière un mur, et comme s'ils voulaient venir, mais cela leur est impossible. Il y a quelque chose qui les retient, qui les garde prisonniers, finit-il sans conviction.

» Je continue à rêver de Kait, ajouta-t-il presque en chuchotant. Ma sœur. Elle est terrorisée, elle m'appelle, et je ne peux pas la rejoindre ni la faire venir à moi. Tout ce que je parviens à voir, c'est son visage, appuyé contre une barrière ; elle crie mon nom, expliqua-t-il avec un frisson, les paupières fermées.

Carina posa une main sur son bras.

— Rien de ce que je vous ai enseigné ne peut vous aider ? demanda-t-elle avec douceur.

Ils avaient réussi à s'octroyer quelques heures au cours de cette dernière semaine pour aider Tris à apprendre à se protéger, pour qu'il sache comment ne pas être accablé par les esprits qu'il sentait autour de lui.

Tris secoua la tête.

— Pas avec les rêves. Cela maintient les autres esprits loin de moi, mais ne fonctionne pas avec les songes. J'ai essayé. J'ai tout essayé. Il y a deux nuits, je suis même allé boire avec Sotérius et Vahanian jusqu'à en être malade. Et cela ne m'a pas aidé, dit-il tristement. Je ne pouvais pas m'empêcher de voir son visage. (Il leva les yeux et les planta dans ceux de Carina avec le sentiment qu'elle pouvait lire en lui.) Je l'ai abandonnée une fois, Carina, quand je n'ai pas pu lui sauver la vie. Je ne peux pas la laisser encore. Je lui ai juré que je viendrais à son secours, où qu'elle soit, mais je n'y arrive pas.

La guérisseuse mâchonnait le bout d'une mèche de ses cheveux tout en réfléchissant, toutes traces de sommeil envolées.

— Essayons encore ce que je vous ai enseigné, décida-t-elle en levant une main pour rejeter une objection de Tris. Je dois voir ce qui se passe. (Ses yeux s'adoucirent, et elle posa les doigts sur son bras.) Il y a forcément un moyen de faire cesser ces rêves, Tris, dit-elle sérieusement. Je vais vous aider à le trouver.

Tris soutint son regard.

— Je ne l'abandonnerai pas, Carina, répéta-t-il. Et j'ai peur de perdre le lien que j'ai avec elle, si je détruis ces songes. Pouvons-nous… (il prit un instant pour chercher ses mots) les atténuer, comme nous l'avons fait avec ma façon de percevoir les fantômes, pour que je puisse choisir d'y prêter attention ou non, plutôt que de les effacer complètement ?

Carina se rassit et le regarda un moment.

— Je suis une guérisseuse, dit-elle finalement, pas une magicienne. Nous avons besoin d'Alyzza, décida-t-elle. Attendez ici.

Quelques minutes plus tard, elle revint avec la vieille voyante sur ses talons. Cette dernière n'était pas plus ébouriffée ainsi, en pleine nuit, qu'en pleine journée.

— De mauvais rêves, bonhomme ? demanda-t-elle d'une voix rauque en s'installant par terre en tailleur à côté de lui avec une agilité surprenante.

Tris hocha la tête. Alyzza prit la main de Carina pour attirer la guérisseuse auprès d'eux, sur le sol.

— Tu crois qu'une vieille femme peut t'aider, hein ? ricana-t-elle. Tu dois vraiment faire de mauvais cauchemars. (Elle s'assit plus confortablement.) Voyons ce que nous pouvons entreprendre.

Patiemment, Carina et Alyzza aidèrent Tris à invoquer ses sorts de protection et d'appel. Elles l'observèrent pendant qu'il dressait ses barrières mentales – ses boucliers, comme les appelait Alyzza – qui interdiraient le passage aux pensées non désirées et aux intrusions. Lorsque ses défenses et ses boucliers furent en place, Alyzza testa Tris en essayant de passer au travers. Encore et encore, il la maintint à l'écart alors que Carina déployait ses sens de guérisseuse pour percevoir les énergies et la nervosité qui habitaient le corps de Tris.

C'était presque l'aube lorsque Tris se rassit, frustré.

— Ce n'est pas votre faute, les rassura-t-il. Je crois que cela ne mène nulle part. Je fais tout ce que vous m'avez appris, mais ça ne suffit pas.

— Et si vous essayiez de dormir ici, où nous pouvons vous surveiller ? suggéra Carina. Peut-être que vos boucliers fonctionnent quand vous êtes éveillé, mais que vous ne pouvez pas les maintenir quand vous dormez.

Tris secoua la tête en signe de frustration.

— Le matin est presque là. Nous ne pourrons plus dormir quand le campement se réveillera. Tout ça sort peut-être juste de mon imagination.

— Non, le contredit Alyzza d'une voix râpeuse. Ce n'était pas un accident, et pas non plus ton imagination. Il y a un pouvoir en toi, un grand pouvoir.

— S'il y a un si grand pouvoir, rétorqua brusquement Tris, exaspéré, où est-il quand j'en ai besoin ?

— Tu l'as à portée de main, comme tu as pu le voir, répondit la vieille sorcière, absolument pas déroutée par le ton qu'il avait employé. Il est indompté, et pour l'instant c'est lui qui te maîtrise. Tu dois apprendre à le placer sous ton contrôle.

Tris se rassit sur le tapis et se passa les mains dans les cheveux.

— Je ne comprends pas, dit-il d'une voix fatiguée. S'il vient quand j'en ai besoin, quand je suis en danger, n'est-ce pas suffisant ?

Alyzza secoua la tête.

— Plus tu utiliseras ton pouvoir, plus il affluera en toi. Il est impossible de ne pas tenir compte de lui. Tous les mages doivent mener une bataille permanente pour empêcher leur pouvoir de les contrôler.

— Et les mages noirs ? demanda Tris, en considérant du regard le cercle de bougies posées sur le sol de la tente.

— Les mages noirs vivent dans l'illusion, répondit Alyzza. Consumés par leur propre pouvoir, ils croient qu'ils en ont le contrôle. Mais ils ne sont que les serviteurs de ténèbres plus puissantes.

— Je suis prêt à réessayer, soupira Tris en s'asseyant sur ses talons.

— Concentrez vos pensées, l'encouragea Carina. Voyez le feu, voyez les bougies s'illuminer, sentez cette lumière qui vient de vous, dit-elle doucement alors que Tris fermait les yeux et tendait la main.

Dans son esprit, Tris distingua les bougies et perçut le flux du pouvoir en lui. Spontanément, il vit le visage de Kait dans son rêve, l'entendit crier son nom, partagea sa douleur. Il sentit le pouvoir affluer et ouvrit les paupières alors qu'une flamme jaillissait de sa main tendue, allumant non seulement les premières bougies, mais crépitant aussi le long du cercle qu'elles dessinaient jusqu'à ce que tout prenne feu et soit presque consumé. Carina poussa un cri aigu et s'écarta en titubant, mais la vieille femme bondit en avant pour obliger Tris à baisser le bras.

Tout tremblant, Tris regarda d'abord Alyzza, puis Carina.

— Que s'est-il passé ? demanda-t-il, en observant les flammes dansantes des bougies avec des yeux écarquillés. J'essayais si fort, et je n'arrivais à rien, raconta-t-il à voix basse, et puis j'ai pensé à Kait, et j'ai senti quelque chose de très puissant m'envahir…

— La magie noire, expliqua la vieille. Facile et puissante, et son usage rend encore plus dépendant que l'herbe à rêves. C'est ta colère qui l'a appelée.

— Si elle pouvait être domptée, contrôlée…

— Il est impossible de la contrôler ! s'écria Alyzza. Dès l'instant où tu invoques la magie noire, ton âme est en danger. Même les plus grands mages ont été attirés par elle. Il n'y a jamais eu de sorcier aussi puissant que le Roi d'Obsidienne, poursuivit la vieille femme d'une voix qui n'était plus qu'un murmure, et même lui n'a pas pu contrôler les ténèbres. Elles l'ont consumé et ont fait de lui leur esclave.

— Vous voulez dire que le Roi d'Obsidienne a un jour été un mage de la Lumière ? demanda Tris en regardant ses mains comme s'il tenait une épée ensanglantée.

— Il y a très longtemps, oui, répondit la vieille. Certains prétendent qu'il a été possédé par l'esprit d'un démon plus puissant que lui. C'est ce que croyait la plus grande des magiciennes, Bava K'aa. (Elle ne sembla pas remarquer le sursaut de Tris à la mention de sa grand-mère.) D'autres imaginent qu'il pensait que la magie noire pouvait être domptée pour faire le bien, soumise à sa volonté, épurée. Si c'était le cas, il se trompait. C'est elle qui l'a dressé, au fil des années, et qui a engourdi son esprit de sorte qu'il ne pouvait pas voir les changements qui s'opéraient en lui. Bava K'aa elle-même n'a pas pu le persuader d'abandonner, poursuivit-elle. Voilà comment un homme bon devient le pire démon que le monde ait jamais porté.

Tris se sentit trembler.

— Je pensais à ma famille, dit-il tout bas. À la façon dont ses membres sont morts. Et à celui qui les a tués… À le traduire en justice.

— Ce n'est pas à la justice que tu réfléchissais, renifla Alyzza. C'est à la vengeance. Plus que tout, tu veux être l'instrument de sa mort.

— Oui, murmura Tris en fermant les yeux et en baissant la tête. Vous avez raison. La Déesse me pardonne, c'est vrai.

— Tu dois choisir, dit Alyzza avec condescendance. Rien de bon ne peut naître de la vengeance. Si c'est ce que tu recherches, alors la magie noire te consumera et tu feras tant de mal que leur disparition sera insignifiante, en comparaison, dit-elle pendant que ses mains tripotaient nerveusement sa robe. Mais il y a une autre solution.

— Expliquez-moi, supplia-t-il en levant la tête.

— Ne pense plus à ta famille, siffla Alyzza. Même toi, tu ne peux pas la ramener. (Elle posa une main sur ses épaules et sa manche caressa la gorge de Tris.) Un plus grand mal est à l'œuvre dans les Royaumes de l'Hiver, pire que leur trépas. Combats-le. Si tu te laisses envahir par les ténèbres, elles te consumeront.

Carina les observait avec de grands yeux, et Tris enfouit son visage entre ses mains.

— Déesse Lumière, jura-t-il. Aidez-moi. J'ai tellement envie de le punir… Par la Vierge et la Putain, si vous aviez vu comment ils sont morts ! (Il passa sa manche sur ses yeux.) Et maintenant, l'esprit de Kait…

— Alyzza, est-ce vraiment nécessaire ? commença Carina, mais la vieille la fit taire d'un geste.

— Pour toutes choses, il y a un temps pour réfléchir, dit-elle d'une voix râpeuse, ses lèvres touchant presque l'oreille de Tris. Toutes les routes qui s'offrent à toi partent de cet instant. Choisis.

— Au nom de la douce Mère et de l'Enfante, aidez-moi, haleta Tris. Je ne peux pas… je ne serai pas… comme ça.

— Très bien. Tu dis la vérité, déclara Alyzza en se redressant.

Puis elle retira son bras des épaules de Tris, et il vit étinceler la lame d'un couteau dans sa main.

— Quoi ? s'exclama Carina, choquée, alors que Tris écarquillait les yeux. Vous teniez ça sous sa gorge ?

Alyzza hocha la tête calmement, et rangea son couteau dans les grands plis de sa robe.

— Oui. Et même le mage le plus puissant n'aurait pu m'empêcher de lui trancher le cou d'une oreille à l'autre.

— Pourquoi ? haleta Carina.

— Parce que je n'aurais pas pu le laisser vivre s'il avait choisi les ténèbres, répondit Alyzza sur le ton de l'évidence. Maintenant, reprenons nos leçons, décida-t-elle en ajustant son vêtement autour d'elle.

Chapitre 15

— Qui va là ? demanda Sotérius aux ténèbres, alors que des bruits de sabots se rapprochaient du périmètre du campement.

— Par la Putain ! jura Vahanian en arrêtant son cheval juste dans son champ de vision. Laissez-moi juste aller dormir ! (Il descendit de selle et tituba, prêt à tomber.) Laissez-moi passer ! grogna-t-il quand Cam et Sotérius accoururent auprès de lui.

Le mercenaire savait qu'il ne pouvait pas cacher ses blessures. Sa jambe droite était maculée de sang, qui s'échappait d'un bandage improvisé. Il avait le visage contusionné, les lèvres ouvertes, et l'un de ses yeux commençait à rougir. À la douleur qu'il ressentait à chaque respiration, Vahanian devinait que le bâton du garde lui avait cassé quelques côtes.

— Je vais chercher Carina. Accompagnez-le à sa tente, proposa Cam avant de désigner une autre sentinelle pour le remplacer à la surveillance, pendant que Sotérius glissait son épaule sous le bras de Vahanian.

— Non, ne faites pas ça…, protesta le blessé sur un ton qui se mua en un faible juron lorsque Cam disparut.

— Pas trop peur de vous faire soigner, Jonmarc ? ricana Sotérius.

Vahanian grommela et se résigna à son destin en acceptant l'aide que lui offrait Sotérius.

— Ça ne me dérangerait pas si ces soins n'étaient pas accompagnés d'un jugement, murmura-t-il d'un air sinistre.

— Vous savez, Carina n'est pas comme ça avec tout le monde, répondit Sotérius. Je l'ai trouvée plutôt agréable. Et elle s'entend très bien avec Tris, ajouta-t-il. Très bien.

— Ah ouais ? Et qu'est-ce qui me vaut cette chance ?

— Aucune idée. Peut-être qu'elle vous aime bien.

— Vous avez vraiment le sens de l'humour, rétorqua Vahanian en essayant de ne pas boiter, puis il renonça à cet effort. C'est aussi probable qu'une visite de la Déesse en personne.

— On a vu des choses plus étranges se produire, s'esclaffa Sotérius. Bien sûr, il est toujours possible que vous l'ennuyiez à mourir.

— Il y a plus de chances que ce soit ça, répondit Vahanian. Beaucoup plus de chances.

Ils arrivèrent à la tente de Vahanian, et celui-ci s'installa sur son lit. Sotérius trouva une lanterne et, rapidement, le mercenaire eut assez de lumière pour examiner ses blessures.

— Vous avez croisé un vieil ami ? demanda Sotérius.

Vahanian changea de position et tressaillit.

— Une ancienne relation de travail, si vous voulez savoir, répondit-il.

En s'aidant de ses deux mains, il tendit sa jambe blessée et tira le bandage pour révéler la profonde entaille que le couteau lui avait infligée. Sotérius versa de l'eau dans un pichet et prit un linge propre. Il l'essora puis le tendit à Vahanian, qui entreprit de tamponner avec précaution sa plaie pour nettoyer le plus gros du sang coagulé.

Il y a des moyens plus simples de régler ses comptes, répliqua Sotérius en s'adossant à un piquet de la tente. Comme changer de nom, pour commencer.

— Très drôle, riposta Vahanian d'un ton ironique.

Il retira le tissu de sa blessure et recommença à la tamponner. Sotérius tendit la main sous le lit de camp et fouilla jusqu'à ce qu'il trouve une flasque d'eau-de-vie et une tasse ; il en servit une bonne rasade à Vahanian.

— Comment avez-vous su qu'elle était là ? s'étonna le mercenaire en léchant la forte eau-de-vie qu'il avait sur les lèvres.

Sotérius haussa les épaules.

— Je suis parti du principe que vous ne voyagiez jamais sans elle, et comme je ne l'ai pas vue ailleurs, où pouvait-elle être, à part là ?

Vahanian ricana.

— Est-ce qu'on vous a déjà dit que vous étiez plus malin que vous le paraissiez ? se moqua-t-il.

— C'est marrant, j'ai entendu la même chose à propos de vous.

À l'extérieur de la tente, ils perçurent des bruits de pas et la voix de Carina.

— C'est pour ça que tu nous as interrompus, Cam ? protesta la guérisseuse en s'arrêtant devant la tente. Qu'est-ce qui s'est passé ? Une bagarre à la taverne ? Il a vendu de la mauvaise eau-de-vie à un barde ? Une dame de ses amies lui a planté un couteau dans le dos ?

— Écoute, il est salement blessé, plaida Cam sur son ton le plus convaincant.

Sans même les voir, Vahanian pouvait se figurer le guerrier lancer à Carina son regard d'enfant pour essayer de l'amadouer. Il n'avait pas besoin d'être face à Carina pour imaginer sa réponse.

— Je parie que Jonmarc t'a envoyé parce qu'il savait ce que je répondrais s'il venait tout seul, dit Carina d'un ton sinistre. Pas vrai ?

— Allez, Carina, insista Cam d'une voix cajoleuse. Je sais que vous n'êtes pas toujours sur la même longueur d'ondes, tous les deux, mais vois les choses comme ceci : tu soignerais un cheval, même s'il te mordait, n'est-ce pas ?

— Ça va trop loin, marmonna Vahanian. J'ai survécu à bien pire, et sans l'aide de personne, lança-t-il avec une mine renfrognée.

Il reporta son attention sur sa jambe et versa quelques gouttes d'eau-de-vie sur sa blessure, puis se raidit en serrant les dents avec une expression qui fit glousser Sotérius.

— Laissez tomber, Jonmarc, dit ce dernier. Plus rien ne peut vous sauver, maintenant.

Ils entendirent des pas précipités quand une troisième personne rejoignit Cam et Carina.

— Que s'est-il passé ? demanda Maynard Linton, essoufflé. Le garde a envoyé un message disant que Jonmarc était revenu dans le même état que s'il s'était fait rouler dessus par une charrette. Ah ! C'est bien, Carina. Tu es déjà là. Venez.

Sur ces mots, le chef de convoi entra dans la tente en tirant Carina par le poignet, Cam sur ses talons, un sourire perplexe sur le visage.

— Jonmarc ! Par la Déesse de Lumière ! s'exclama Maynard en secouant la tête quand il constata l'état de Vahanian. Quels ennuis es-tu encore allé chercher ?

— Juste une petite conversation entre amis, répondit Vahanian ironiquement.

Même la désapprobation de la guérisseuse s'adoucit lorsqu'elle examina l'étendue des dégâts.

— Allongez-vous, demanda-t-elle sèchement.

Il grimaça en s'appuyant sur ses coudes, puis étendit son dos sur le lit. Carina fronça les sourcils en examinant l'entaille qu'il avait à la jambe, et fit signe à Cam de rapprocher la lanterne. Ce dernier lui tendit le sac de remèdes et d'onguents, qu'il avait rapporté de sa tente. Elle fouilla dedans, puis en tira une poignée d'herbes et une fiole remplie d'un liquide bleu.

— Que s'est-il passé, Jonmarc ? demanda Linton alors que Carina commençait à soigner la jambe de Vahanian.

— Comme je le disais, je suis tombé sur quelqu'un que je connaissais depuis longtemps... Aïe ! lança Vahanian, qui se raidit quand Carina versa quelques gouttes du liquide bleu sur sa plaie. Qu'est-ce que c'est que ce truc ? Du feu ?

— Rien qui puisse troubler un mercenaire de votre renommée, répondit froidement Carina.

Linton étouffa un ricanement.

— Peu importe, poursuivit Vahanian. Il était... mécontent des affaires que nous avions faites. Et quand il est tombé sur moi, à la taverne, lui et ses amis ont décidé de rétablir la situation.

— As-tu appris des choses, là-bas... à part qu'il faut éviter les vieux clients ? l'interrogea Linton.

Vahanian hocha la tête et commença à répondre, mais à cet instant la guérisseuse plaça ses paumes au-dessus de sa plaie et Cam leur fit signe de se taire. Le colosse avança pour poser une main sur l'épaule de Carina, et elle hocha légèrement la tête pour le remercier de sa présence. Elle ferma les yeux, et son visage se détendit alors qu'elle entrait en transe. Progressivement, une faible lueur bleue se mit à briller autour de ses mains, au-dessus de la blessure. Vahanian grimaça un instant, puis se détendit, et Carina retira ses paumes pour révéler une plaie refermée, comme après plusieurs semaines de soins.

— Comment... ? s'étonna Vahanian, très sérieux, pour une fois.

Cam lui fit signe de se taire et guida Carina vers les côtes du blessé en ouvrant ce qui restait de sa chemise en lambeaux. Vahanian tressaillit lorsqu'elle toucha la peau qui recouvrait ses côtes, et la faible lueur bleue brilla de nouveau. Sotérius vit le mercenaire se détendre alors que la magie pénétrait dans ses os cassés. Même Linton laissa échapper un long sifflement admiratif, et Sotérius se rapprocha tout près d'eux pour mieux voir.

Carina commençait à fatiguer, mais Cam guida délicatement sa main vers la blessure la plus grave restante : le nez de Vahanian, qui avait sérieusement enflé. Celui-ci essaya de regarder, puis abandonna et ferma les yeux, alors que la lueur bleue brillait de nouveau, réduisant le gonflement et commençant à ressouder les os brisés. Finalement, Carina s'adossa contre Cam, épuisée.

— Je suis désolée, mais je crois que vous allez devoir attendre que cette lèvre guérisse à l'ancienne, avec une compresse bien froide, murmura-t-elle d'une voix fatiguée. Mais pour le reste, tout devrait aller mieux.

— Merci, dit Vahanian sans aucun sarcasme dans la voix, cette fois.

Carina hésita.

— Il n'y a pas de quoi, répondit-elle en regardant ses mains. Je peux vous aider à dormir maintenant, si vous voulez.

— Pas possible, pas encore, refusa Vahanian. Quelque chose à dire à Maynard.

— Quoi que ce soit, ça peut attendre le matin, Jonmarc, le réprimanda doucement le chef de la caravane.

Le mercenaire secoua la tête avec détermination.

— Non. La route de l'est est dangereuse. Des marchands d'esclaves. Et des histoires de « monstres magiques » qui ont vraiment l'air fondées.

— Nom d'un chien ! C'est hors de question, cria une voix en colère à l'extérieur de la tente.

Un instant plus tard, Kaine s'engouffrait à l'intérieur en traînant un gros sac derrière lui.

— Linton, je dois vous voir, demanda Kaine.

Le chef de convoi se retourna vers lui d'un air las.

— Pas maintenant, Kaine. Quoi que ce soit, ça peut attendre jusqu'à demain matin.

— Non, il faut qu'on parle maintenant.

— Vous pouvez bavarder ailleurs, les interrompit Carina.

Kaine baissa les yeux sur Vahanian et lâcha un rire gras.

— Génial, cet aide que vous avez engagé, Linton. Surprenant qu'il n'ait pas été trop saoul pour retrouver son chemin. (Il émit un petit sourire narquois et condescendant en réponse au regard désapprobateur de Carina.) Linton et moi devons parler affaires. Vous pouvez disposer.

Cam grogna et fit un pas en avant, alors que Sotérius portait la main à son épée. Les doigts de Vahanian, quant à eux, tombèrent sur le couteau qu'il avait à la ceinture.

— Je te conseille de présenter tes excuses à la dame, avertit Vahanian.

— Assez ! aboya Linton. Jonmarc, range ce couteau. Cam, Sotérius, ça suffit. Quant à toi, Kaine, quoi que ce soit, nous pourrons en discuter demain matin.

— Au matin, j'emmène la moitié de la caravane au Col de Karstan, rétorqua le gréeur avant de sourire d'un air suffisant devant la réaction de Linton. Vous m'avez bien entendu. Ces histoires de forêt hantée ne sont pas que des contes pour enfants. Il y a des êtres contre nature qui s'y promènent.

— Ces créatures sont une pure et absurde invention des bardes, répondit Linton.

— Et ça, c'est assez réel pour vous ? répliqua Kaine en plongeant sa main dans le sac.

Il en sortit la tête arrachée d'un monstre à la mâchoire aussi énorme que celle d'un poisson des fonds marins, aux yeux protubérants, et pourvue de fentes à la place des oreilles. Vahanian détourna le regard en se souvenant d'une époque lointaine où une créature semblable lui avait infligé la cicatrice qui descendait de son oreille jusque sous son col.

Stupéfait, Linton retint son souffle.

— Où as-tu trouvé cette… chose ?

Kaine replaça la tête dans son sac et croisa les bras sur sa poitrine.

— C'est un des éclaireurs qui l'a trouvée à moins d'une heure d'ici. Qu'un tel monstre existe, c'est déjà inquiétant, mais… où est la créature qui l'a tué ? demanda-t-il en se penchant vers Linton. C'est pour ça que la moitié de votre caravane va passer par le col.

— Mais le col nous éloigne de la frontière de Dhasson, protesta Carina. Et certains d'entre nous doivent s'y rendre.

— Madame, Dhasson est en guerre, rétorqua Kaine. Le royaume est infesté d'êtres comme celui-ci, dit-il en montrant son sac. Et pour aller là-bas, il faut traverser une forêt que même les mages évitent. Ce sera sans moi. Réfléchissez-y, Linton. Dirigez-vous vers Dhasson, et vous arriverez avec la moitié de votre caravane. Venez avec nous, et vous la garderez entière.

À présent, le visage de Linton était tellement rouge de colère que le petit homme semblait prêt à exploser.

— Hors de ma vue, Kaine, rugit-il. Et emmène ces fils de chienne sans cervelle avec toi, si c'est ce qu'ils veulent. C'est mon convoi, et c'est moi qui choisirai le chemin qu'il prendra. Je l'ai conduit à travers le blizzard et les déserts, et sous le nez de lignes de soldats. Que la Dame Noire m'emporte si je me laisse impressionner par des contes de bonne femme, ou par des types comme toi !

Kaine leva la main en un geste faussement apaisant.

— Comme vous voudrez. Mais vous ferez de bien maigres profits, avec la moitié de vos stands en moins.

— J'ai fondé cette caravane sans toi, et je pourrai le refaire, s'il le faut, espèce de sale voleur ! Fils de chienne ! fulmina Linton. Maintenant, hors de ma vue et réjouis-toi que je ne te jette pas en pâture à une de ces maudites bestioles, ajouta-t-il en montrant le sac du menton.

Cam fit un pas de plus vers le gréeur, dont le regard se promenait entre la silhouette menaçante du guerrier, l'épée de Sotérius et le couteau de Vahanian et finit par se poser sur le visage apoplectique de Linton. Kaine ramassa son sac et partit, vexé, vers la porte.

— Écoutez-moi bien, Linton : vous le regretterez, le menaça Kaine en poussant le rabat de la tente. Vous verrez.

Il baissa la tête juste à temps pour éviter le verre que Linton venait de saisir et de lui jeter à la figure. Après le départ du gréeur, les membres du groupe se regardèrent en silence.

— N'y pense même pas, Jonmarc, grommela Linton.

— Je ne vois pas du tout de quoi tu parles, répondit Vahanian en feignant l'innocence.

Carina fronça les sourcils et se pencha de nouveau au-dessus de lui.

— Assez discuté pour cette nuit, ordonna-t-elle en dévisageant Linton. C'est aussi valable pour vous. Il doit se reposer. Je n'ai pas l'intention de le soigner encore juste parce que vous ne l'aurez pas laissé tranquille. Maintenant, ouste ! commanda-t-elle en tendant le doigt vers l'entrée de l'abri.

Linton ouvrit la bouche, comme pour protester, mais la referma sans dire un mot et sortit avec raideur. Cam alla se placer devant le rabat de la tente et croisa les bras, formant ainsi une porte humaine.

— Merci pour votre galanterie, dit Carina en examinant une dernière fois les blessures fraîchement soignées de Vahanian. Ça aurait pu être très impressionnant… si vous aviez pu vous lever. (Elle lui décocha un surprenant sourire malicieux.) Nous n'aurons qu'à dire que c'est notre petit secret. Cam et Sotérius n'en parleront à personne, n'est-ce pas ?

Cam n'essaya même pas de cacher son sourire et échangea un regard complice avec Sotérius.

— Nous ? Jamais. Votre secret sera bien gardé.

— Merci beaucoup, répondit Vahanian. Et j'aurais pu vous étonner, dit-il d'une voix fatiguée. J'ai déjà reçu des raclées pires que celle-ci… plus d'une fois.

— Et bizarrement, vous n'avez jamais pensé à revoir vos méthodes de travail, renchérit Carina en rangeant ses affaires avant de jeter son sac sur son épaule. J'ai fait ça pour Maynard. D'habitude, je ne soigne pas les blessures causées par des bagarres de comptoir. Ça ne fait que les encourager.

Elle prit la direction de la sortie.

— Carina ! l'appela Vahanian.

Elle se retourna. Pour une fois, le visage du mercenaire était sérieux.

— Ne changez pas d'avis à propos du détour que veut faire Kaine. Je n'ai pas confiance en lui, depuis le début. Il a raison au sujet des dangers qui nous attendent sur la route. Mais j'ai la désagréable impression qu'il ne nous dit pas tout, qu'il nous cache une chose bien pire sur le col.

Carina eut l'air de s'apprêter à rétorquer quelque chose, puis de changer d'avis.

— Merci pour l'avertissement, dit-elle. J'ai eu la même sensation, ajouta-t-elle en refermant son châle avant de se glisser hors de la tente.

— Ça s'est plutôt bien passé, pour vous deux, remarqua Cam en gardant un œil attentif sur Carina qui traversait le campement.

Vahanian ferma les yeux et grommela.

— Je ne me retrouve pas plus amoché qu'au départ, donc je suppose que vous avez raison. On ne vous a jamais dit que votre sœur pouvait faire se retourner les morts dans leur tombe ?

Cam éclata de rire.

— Elle est vraiment agréable avec la plupart des gens, Jonmarc. Vous révélez ce qu'il y a de pire en elle.

— Je fais cet effet à beaucoup de gens, remarqua le mercenaire, pince-sans-rire. C'est grâce à ça que j'en suis là, aujourd'hui.

— Je m'en doutais un peu, répondit le guerrier évasivement.

— Vous êtes très malin, pour un portier, répondit Vahanian. Oh ! Pardon ! Vous êtes très malin, pour une porte.

— Merci pour le compliment, ricana Cam. J'ai peut-être de l'avenir, là-dedans.

» Allez vous coucher, ajouta-t-il à l'adresse de Sotérius. Je me charge de monter la garde. C'est presque l'aube.

— Sotérius, appela Vahanian. (Le soldat se retourna.) Dites à Tris que j'ai un message pour lui, un avertissement… de la part d'un ami.

L'air surpris, Sotérius hocha la tête.

— Je vais transmettre, accepta Sotérius avant de sortir.

Vahanian ouvrit les yeux et aperçut la tente de Carina dans l'entrebâillement du rabat. À la lumière des bougies, il put distinguer la silhouette des compagnons de la guérisseuse sous son abri – Tris et la vieille ensorceleuse – et il se demanda au milieu de quoi Cam avait bien pu les interrompre. *Des chasseurs de primes et des mages*, pensa-t-il ironiquement. *Les deux choses que j'aime le moins. Ça ne pourrait pas être pire*, songea-t-il. Pourtant, alors que le rabat retombait et que l'air froid de l'automne le faisait frissonner, il fut pris d'un doute.

Chapitre 16

Kiara Sharsequin lança son cheval en avant d'un coup de talon et resserra sa cape autour d'elle pour se protéger du froid de l'automne. La partie la plus dangereuse du voyage, la traversée périlleuse des plaines du nord de Margolan, était maintenant derrière elle.

Kiara évitait les tavernes, préférant dormir dehors plutôt que de courir le risque de rencontrer des hommes de Jared. Cependant, même en restant éloignée de ces établissements, elle n'avait pu éviter de croiser d'autres personnes. En effet, les voies grouillaient de marchands et de paysans, avec leurs chevaux, leurs mules, leurs charrettes ; les épaules chargées de toutes leurs possessions, ils essayaient de fuir la main de fer du nouveau roi de Margolan.

Il était impossible, en restant sur la route, d'éviter ces réfugiés. Ils étaient fermiers ou commerçants et parlaient peu, pour la plupart, avançant aussi vite que possible vers la frontière nord-est et la liberté. D'autres menaient un troupeau et une procession d'enfants sales, pressant les mules récalcitrantes ou traînant leur propre chariot chargé. Kiara ne savait toujours pas si elle était plus en sécurité en dehors de la foule ou cachée au milieu d'elle. Cependant, elle doutait que quiconque, parmi ces gens dépossédés, aime assez Jared Drayke pour lui livrer cette étrangère en robe brune et son gyrgon.

Pourtant, la jeune femme savait que, lorsque les intérêts étaient importants, les espions pouvaient être partout. Par conséquent, elle se tenait à l'écart, ne s'approchait des feux de camp pour dîner que lorsque la plupart des émigrants étaient partis se coucher, et dormait d'un sommeil léger, jamais loin de son cheval, ni de son épée. Il lui était difficile d'échapper aux narrations des réfugiés qui l'entouraient. Elle captait des bribes de conversations entre eux ; ils se confiaient les mauvais traitements qu'ils avaient subis. Si seulement le tiers de ce qu'elle entendait était vrai, alors Jared Drayke avait vraiment réussi, depuis sa récente montée au pouvoir, à devenir l'un des rois les plus infâmes de toute l'histoire des Royaumes de l'Hiver.

Elle ne pouvait nier ce qu'elle voyait. Un groupe avait traversé un village réduit en cendres, dont les survivants fouillaient dans les débris à la recherche de leurs biens. D'après eux, tout avait été brûlé par les troupes de Margolan, sur ordre du roi, mécontent de leurs impôts. Un jour, elle s'était arrêtée au bord de la route pour manger et, alors qu'elle s'installait par terre, elle avait découvert des os qui ressortaient d'une tombe peu profonde et creusée à la hâte. Puis, deux jours plus tard, les compagnons étaient tombés sur un taillis dont les branches remuaient bizarrement. En se rapprochant, ils avaient compris : les arbres étaient des gibets auxquels une dizaine de malheureux étaient pendus et se balançaient dans le vide. Un simple coup d'œil leur avait suffi pour reconnaître la griffe de militaires. Les nœuds des cordes étaient trop bien faits pour être dus à un lynchage local. Il ne leur en fallut pas davantage pour imaginer que les soldats de Margolan s'étaient vengés d'un quelconque méfait, réel ou imaginaire.

Plus que les autres, la rencontre de la veille resterait à jamais gravée dans sa mémoire. Ils avaient aperçu une femme portant un bébé dans ses bras, sur le bas-côté, et l'avaient invitée à se joindre à eux. Alors seulement ils avaient remarqué la folie dans son regard et s'étaient rendu compte qu'elle ne portait pas un nourrisson, mais une bûche recouverte d'une couverture en loques. Elle délirait à propos de la venue de soldats, d'un incendie et de la mise à mort de sa famille. Même les enfants, pleurait-elle ; tous, sauf son tout-petit, avait-elle déclaré en serrant farouchement la bûche. Quand le flot des réfugiés était passé devant elle, elle ne s'était pas jointe à eux, mais s'était cloîtrée dans sa peine et sa folie, ne s'arrêtant que pour placer tendrement la bûche sur ses épaules ou, avec une douce caresse, contre sa poitrine.

Kiara ne s'était pas préparée à être aussi profondément bouleversée par les réfugiés, ni à sentir sa méfiance envers Jared se muer d'abord en dégoût, puis en une colère bouillonnante. En tant qu'héritière du trône d'Isencroft, elle avait appris à gouverner avec fermeté, mais avec le souci sincère de ses sujets. Bien que son éducation lui ait permis de ne passer que peu de temps avec les gens qui n'étaient pas de la noblesse, elle imaginait la paysannerie comme travaillant de façon acharnée sans avoir beaucoup de possessions, mais pas comme vivant dans la misère que connaissaient les pauvres âmes au service de Jared.

Le but de ton Voyage est de trouver une solution pour protéger l'Isencroft, pas pour sauver le monde, se rappela-t-elle froidement. Pourtant, plus elle passait de temps avec les émigrants, plus elle était émue par leur situation. Une partie d'elle-même avait hâte de voir Jared destitué, même si elle savait que les affaires de Margolan ne la regardaient pas.

Elle pensait en permanence à Cam et Carina, et à la vision effrayante qu'elle avait eue en Isencroft. S'était-elle réalisée ? Cam et Carina avaient-ils survécu ? Et si ce n'est pas le cas ? *S'ils ne sont pas de retour pour l'Isencroft avec un remède, père vivra-t-il assez longtemps pour voir la fin de mon Voyage ?*

Le soleil était sur le point de se coucher quand elle atteignit les collines qui marquaient la frontière nord-est de Margolan. *De l'autre côté de cette énorme barrière de pierre,* se dit-elle, *un danger au moins sera derrière moi.* Toutefois, son soulagement fit place à l'inquiétude quand le groupe au milieu duquel elle se trouvait se mit à ralentir, puis s'arrêta, et quand les conversations des réfugiés commencèrent à bourdonner. Kiara se dressa sur ses étriers pour mieux voir, puis elle jura et se laissa retomber sur sa selle. Deux gardes de Margolan bloquaient la route et extorquaient de l'argent aux voyageurs pour leur accorder le droit de passage.

Pendant presque une chandelle, le flot disparate d'émigrants défila devant les sentinelles, satisfaisant à leurs exigences en leur donnant des objets de valeur pour obtenir le droit de passage. Kiara prépara deux skrivven d'or, qui égalaient largement la paie hebdomadaire d'un garde, et les conserva dans sa main gantée.

L'humeur des soldats se gâta à la suite d'une altercation avec un vieillard. Ils en vinrent presque aux mains, mais le vieux marchand courbé finit par leur laisser deux pierres précieuses qu'il sortit de l'ourlet de sa robe déguenillée. À présent, les gardes semblaient décidés à s'en prendre à la pauvre famille qui suivait, pour se défouler.

— S'il vous plaît, messire, suppliait un fermier. Je vous ai donné tout mon argent. Pour l'amour de la Dame, je vous en prie, laissez-nous passer.

Derrière lui, son épouse squelettique et leur demi-douzaine d'enfants mal habillés se blottissaient les uns contre les autres. Contrairement à la plupart des réfugiés qui possédaient des chevaux ou des mules chargés de paquetages ou harnachés pour tirer des charrettes, ces personnes semblaient voyager avec, pour seuls bagages, les vêtements qu'elles avaient sur le dos.

— Vous êtes sûr que vous n'avez pas enterré tout votre argent dans votre champ ? persifla l'un des gardes en se rapprochant de l'homme en haillons. Tout le monde sait que les fermiers cachent leurs biens. Vous m'avez donné juste assez pour faire passer sept personnes.

— Au nom de la Déesse, messire, c'est tout ce que je possède, plaida le fermier.

L'un des gardes avançait déjà en direction du petit groupe que constituait sa famille.

— Comme vous n'avez pas l'argent nécessaire, nous pouvons vous troquer votre droit de passage, lui lança-t-il avec un regard concupiscent.

Puis il saisit l'aînée des filles, une enfant de douze printemps, peut-être. La fillette cria de terreur quand le soldat lui appuya un couteau contre la gorge.

— Je vous en supplie, messire, lâchez-la !

Le fermier se jeta à genoux et la mère de l'enfant tomba à plat ventre aux pieds du second homme d'armes alors que la petite commençait à pleurer.

— Relâchez-la !

Kiara leva son épée et la foule s'écarta de son cheval de guerre pendant qu'elle avançait vers les gardes.

Le capitaine la dévisagea avec un sourire narquois.

— Regardez ça ! Une catin sur un destrier, avec un bout de ferraille. Occupez-vous de vos miches, jeune fille. Bien sûr, ajouta-t-il, je serais ravi que vous vous occupiez des miennes aussi.

— Relâchez-la, répéta Kiara.

Elle avança jusqu'à ce qu'Ombre se retrouve entre les gardes et le pauvre fermier et, malgré ses railleries, le soldat ne put s'empêcher de remarquer qu'elle montait un cheval de guerre.

Le garde tira son épée.

— Ce ne sont pas vos affaires. Allez-vous-en !

— J'en fais mon affaire, répondit Kiara en espérant que la fillette aurait le réflexe de s'enfuir si l'occasion s'en présentait. Maintenant, lâchez cette petite et laissez-nous passer.

— Nous ne faisons rien de plus qu'un échange, déclara le garde en avançant, son arme dressée en une position menaçante. Maintenant, partez, avant d'être blessée.

— Vous voulez faire du troc ? rétorqua Kiara. Eh bien troquez ceci !

Son épée étincela au soleil quand elle tira brusquement sur les rênes d'Ombre, si fort que le cheval se cabra. D'un signe de la main, la princesse commanda à Jae de s'élancer dans les airs pendant qu'elle envoyait son destrier au galop, droit sur les gardes.

Le petit dragon plongea sur le soldat qui retenait l'enfant, et ses serres lui lacérèrent le visage, y laissant huit profondes entailles sanguinolentes. Jurant de douleur et de colère, l'homme relâcha sa prise sur la fillette. Elle s'éloigna alors en titubant, prit la main de son père et courut comme une perdue vers sa famille. Kiara fit faire un pas de côté à son cheval vers les gardes, sachant à quel point Ombre pouvait être impressionnant et combien son entraînement au combat apparaîtrait évident à un militaire. L'animal fit son effet sur les deux soldats, qui reculèrent d'un pas. Derrière elle, les réfugiés l'encourageaient et se pressaient en avant en agitant leurs bâtons et leurs outils, mus par la colère.

— Allez-vous-en, femme ! ordonna un garde d'un ton bourru. Ce ne sont pas vos affaires. Passez votre chemin, et estimez-vous heureuse que nous ne vous jetions pas aux fers pour ce qu'a fait votre démon de dragon !

Kiara ne bougea pas.

— À ce que je vois, vous êtes en minorité, dit-elle d'une voix égale. Je pense que c'est vous qui feriez mieux de partir !

Jae poussa un cri d'avertissement juste au moment où sa maîtresse aperçut du coin de l'œil le scintillement d'une lame. Elle se jeta sur le côté, déviant la dague de sa trajectoire à l'aide de son épée, et jura en réponse à la coupure à l'épaule que lui infligea le poignard.

Le capitaine leva son épée, imaginant une victoire facile. Il ne s'attendait pas à la rapidité du coup de Kiara, ni à la puissance avec laquelle elle abattit son arme. Pris par surprise, l'homme resta bouche bée lorsque sa lame lui échappa pour atterrir dans la poussière. Son camarade regardait Jae avec méfiance, alors que le gyrgon décrivait des cercles au-dessus d'eux, poussait des cris menaçants et plongeait vers les deux gardes pour les frôler de son bec acéré et de ses longues griffes.

Pour ajouter au spectacle, Kiara fit ruer son cheval encore une fois. Ses sabots passèrent à quelques centimètres de la tête des gardes et auraient facilement pu écraser le crâne d'un des hommes sous le poids de ses fers. Les réfugiés reprirent leurs hurlements de colère et se resserrèrent autour d'eux. Ils brandissaient maintenant leurs bâtons et leurs sarcloirs comme pour frapper.

— La Putain t'emporte ! cracha le capitaine en rampant pour récupérer son épée avant de la baisser en signe de défaite et de reculer avec son compagnon. Tu nous le paieras, sale chienne. J'en fais le serment.

En réponse, Jae plongea à pleine vitesse vers la tête du chef des gardes. Avec un cri, le malheureux fit demi-tour et partit en courant sur les talons de son camarade. Le petit dragon se lança à leur poursuite, plongeant et criant, jusqu'à ce que les deux soldats soient presque hors de vue. Puis il revint vers Kiara en voletant d'un air satisfait et se percha sur son épaule, où il se lissa fièrement les écailles.

Les réfugiés se pressèrent autour de la jeune femme avec des exclamations de gratitude. Mal à l'aise, consciente qu'elle avait perdu tout espoir de demeurer inaperçue, elle soupira et accepta leurs remerciements avec simplicité, espérant passer la frontière sans plus d'incidents et poursuivre sa route aussi vite que possible. Comme le groupe survolté recommençait à avancer, un homme se fraya un chemin en direction de Kiara, et elle reconnut le fermier qu'elle avait secouru.

— Je vous demande pardon, mademoiselle, commença-t-il, son chapeau usé entre les mains, mais je vous suis très reconnaissant pour ce que vous venez de faire. Nous n'avions plus rien à donner, mais je n'aurais pas supporté de perdre Tessa, déclara-t-il en désignant du menton la fillette qui le suivait en écarquillant les yeux d'admiration devant le cheval et l'épée de Kiara.

— Êtes-vous une guerrière ? souffla-t-elle sur un ton admiratif.

En dépit du sérieux de la situation, Kiara se surprit à sourire.

— Pas exactement, dit-elle en laissant retomber sa cape sur son fourreau. Là d'où je viens, tout le monde apprend à se battre, dès que nous sommes capables de tenir une épée, pour ne jamais avoir à subir des imbéciles comme eux, expliqua-t-elle avec un mouvement de tête dans la direction qu'avaient prise les deux gardes.

— Nous n'avons aucun objet de valeur, reprit le fermier, mais mon frère nous attend au campement qui se trouve juste de l'autre côté de la frontière, en Principauté. Comme vous êtes de sang noble et tout, je n'ai pas le droit de vous le demander, mais peut-être que nous pourrions partager un repas avec vous, si vous avez faim. Ainsi, vous dormiriez tranquille, avec nous, en sécurité, avant de reprendre votre route. (Il sourit timidement.) Vous trouveriez quelqu'un pour soigner cette plaie, aussi, ajouta-t-il en regardant l'épaule de Kiara.

La jeune femme avait presque oublié sa blessure, mais elle tâta le tissu déchiré et fut contrariée de constater qu'il était trempé de sang. Au moins, ce n'était pas grave, jugea-t-elle en touchant doucement la plaie. Elle en avait connu de pires pendant ses entraînements. Toutefois, l'onguent d'un guérisseur pourrait toujours apaiser sa douleur et empêcher la blessure de s'infecter.

Kiara sourit au fermier nerveux et à sa fille admirative.

— Je serais honorée de manger avec vous, annonça-t-elle.

Alors, le visage de l'homme s'illumina d'incrédulité devant tant de chance. Timidement, la fillette tendit la main pour flatter Ombre et eut un mouvement de recul lorsque le grand cheval noir posa son œil sombre sur elle. Puis elle prit un peu d'assurance et caressa le destrier avec douceur.

— Tu as été très courageuse, tout à l'heure, dit gentiment Kiara à la fillette, qui sourit avec gratitude et détourna les yeux.

— Merci, répliqua-t-elle tout bas.

— Je t'en prie, répondit Kiara en essayant de ne pas penser au nombre de jeunes filles que les soldats avaient croisées et pour qui aucun protecteur n'avait surgi de nulle part.

La princesse se fraya lentement un passage à travers la foule à la suite du fermier, qui était presque devenu une célébrité. Devant elle, les réfugiés se rangeaient sur le côté avec une déférence qui l'intimidait, et se rejoignaient dans son dos en faisant des commentaires sur Jae, sur son cheval de guerre ou sur son épée.

En son for intérieur, Kiara soupira, partagée entre la contrariété de s'être autant fait remarquer, et la conscience qu'elle n'aurait pas pu laisser la fillette se faire violenter. *Voilà ce que tu récoltes avec cette maudite manie de te prendre au sérieux*, se dit-elle. À présent, tous les bardes de la Principauté auraient une nouvelle histoire à raconter, et tous les gardes-frontières de Margolan une nouvelle cible. Elle se trouvait à des semaines du palais de Margolan ; peut-être donc que cet incident n'y serait pas rapporté. *Je vous en prie*, implora-t-elle silencieusement la Déesse. *La dernière chose dont j'ai besoin, c'est que la garde margolienne soit à mes trousses*, pensa-t-elle. Ni elle ni le fermier ne parlèrent plus pendant que le groupe avançait, jusqu'à ce qu'ils soient loin de la frontière et que les feux du camp de réfugiés apparaissent.

Le campement était en réalité un amas d'appentis en ruine faits de débris de poutres et de tentes improvisées avec des draps usés. Plus de cinquante brasiers y brûlaient, et Kiara estima, à la rumeur qui en montait, qu'autour de chacun d'eux se pressaient au moins dix ou quinze réfugiés. L'endroit sentait les ordures et les animaux, la viande grillée et les oignons. Des chiens et des porcs passaient devant elle en courant, et seul le froid de l'automne empêchait le sol de se changer en une mare de boue fétide. Elle était contente de ne pas avoir à supporter les odeurs de ce lieu en plein été, et se réjouissait que les mouches des steppes soient endormies pendant l'hiver. Elle poussa un soupir en parcourant du regard le campement de fortune. Si on n'arrêtait pas Jared, et rapidement, de plus en plus de gens connaîtraient la misère des camps. Le roi de Margolan finirait par devoir réprimer le flux des émigrants, ou les nations voisines seraient obligées de fermer leurs frontières.

Le fermier, qui portait le nom de Lessel, guida Kiara à travers la foule du campement jusqu'à ce qu'ils retrouvent son frère, une réplique brune de lui-même, qui les accueillit chaleureusement et les invita auprès de son feu. Après avoir attaché Ombre, la jeune femme suivit Lessel autour du brasier, bousculée au passage par sa dizaine de neveux et nièces qui se pressaient auprès d'elle pour voir la « dame bretteuse ». Au grand soulagement de Kiara, Lessel et son frère ne posèrent aucune question, heureux de pouvoir lui prouver leur gratitude.

— Tous ces gens, demanda-t-elle quand elle eut fini son bol de ragoût, viennent-ils de Margolan ?

Tadrie, le frère de Lessel, hocha gravement la tête.

— Oui, m'dame. Et jusqu'à la mort de Bricen, nous en étions fiers. Mais il y a quelque chose de mauvais qui plane sur Margolan, répondit-il. Et tous ceux qui le peuvent s'enfuient, comme le ferait n'importe quel homme sain d'esprit.

Kiara fronça les sourcils.

— Comment les choses ont-elles pu dégénérer autant en si peu de temps ? interrogea-t-elle.

Comme Tice l'avait souvent souligné au cours de ses interminables leçons d'histoire, les paysans vivaient souvent dans la misère pendant des générations sans jamais se plaindre, même sous le règne des rois les plus durs. Quel niveau l'oppression avait-elle dû atteindre, se demanda-t-elle, pour pousser autant de personnes à abandonner leurs terres et leur existence ?

— C'est presque trop compliqué à expliquer, dit Tadrie. (L'une des enfants grimpa sur ses genoux et un chien se rapprocha du feu en grattant la poussière pour déterrer un débris.) Je ne saurais pas dire si c'est à cause du nouveau roi ou de son fils de chienne de mage, mais aucun homme sensé ne peut plus rester en Margolan et vivre sa vie en paix bien longtemps. (Il marqua une pause et caressa les cheveux de sa fille d'un air absent.) Il n'y a pas que les impôts, m'dame, reprit Tadrie en regardant le feu. Ça, on en a l'habitude. Et on sait bien que les souverains les augmentent toujours quand ils montent sur le trône, même si on n'a plus rien à donner. Et il n'y a pas que les soldats, qui nous volent nos porcs et saccagent un chariot ou deux pour nous faire payer.

(Il secoua la tête, mais ses yeux restaient gravement rivés au brasier alors que des souvenirs lui revenaient en mémoire.)

» Jamais, de tout le règne du roi Bricen, ou de son père, ou de son grand-père, les soldats margoliens n'ont enlevé les femmes de nos villages pour leur usage personnel, raconta-t-il d'une voix durcie par la colère. Pas une seule fois nos maisons ni nos récoltes n'ont été brûlées, nos bêtes massacrées, nos hommes pendus. Et jamais nous n'avions vu ces créatures maléfiques qui peuplent les bois aujourd'hui. Quelles qu'elles soient, que la Déesse les emporte, dit-il avec un frisson.

— Des créatures maléfiques ? répéta Kiara.

Soudain, elle eut froid. Inconsciemment, sa main tomba sur la dague que la Consœurie lui avait donnée. *« Elle repoussera les non-morts*, lui avait dit la Sœur. *Dans les mains d'un mage, elle détruira l'âme d'un Immortel. »*

— Ouais, acquiesça Tadrie. Je les ai entendues, aperçues, mais aucun de ceux qui les ont vues de près n'a survécu pour en parler. Un jour, j'en ai trouvé un morceau, déclara-t-il avec un frisson. Même si je n'ai aucune idée de ce qui peut tuer une de ces choses, ajouta-t-il en secouant la tête. Oh ! Les gardes nous ont bien raconté que c'étaient les vayash moru, mais ce n'est pas vrai.

— Comment pouvez-vous en être si sûr ? s'enquit Kiara en se penchant en avant, alors que la femme de Lessel s'approchait timidement, tenant une tasse fumante de bière diluée, qu'il lui mit entre les mains avec une courtoisie hésitante avant de s'enfuir.

Lessel et Tadrie secouèrent de nouveau la tête.

— Parce que, en Margolan, on n'a jamais craint les vayash moru, expliqua-t-il. (Kiara essaya alors de cacher son étonnement devant l'évidence avec laquelle les deux hommes parlaient de la présence des non-morts parmi eux.) Oh ! Il paraît qu'en d'autres lieux ils chassent la population pour se nourrir, mais du temps de mon père, et de son père et du père de son père avant lui, ils n'ont jamais blessé personne. Le fait est, poursuivit-il, qu'ils semblent savoir qui sont les méchants, et s'ils s'en prennent à un homme, c'est qu'il allait se faire couper la tête pour vol, ou pire. En général, je suppose qu'ils se nourrissent d'animaux, mais bien sûr, on ne les voit que très rarement. (Il fit un demi-sourire.) Ils ne se mélangent pas à nous autres, sauf s'ils y sont obligés.

— Vous en avez rencontré ?

Tadrie hocha la tête gravement.

— Ouais. C'est une race solitaire. Celui que j'ai aperçu ne m'a pas fait peur du tout. Peut-être que je ne l'ai pas croisé quand il avait faim, glousssa-t-il, et Lessel rit avec lui, puis Tadrie reprit son sérieux. Mais ceux de leur race ont la vie dure, ces derniers temps, en Margolan, poursuivit-il. On les accuse de commettre les forfaits des soldats. N'importe quel bonhomme doué d'un minimum de bon sens devrait savoir que ce ne sont que des mensonges, mais ceux qui ont un jour été effrayés par des vayash moru ont vu dans la possibilité de répandre ces bruits l'occasion de se venger, je suppose. Les gardes se sont mis à les brûler, à les empaler et à les jeter à la lumière du jour, et même pis. (Il soupira.) Les hommes d'armes ne sont pas très méticuleux, quand ils chassent, si vous voyez ce que je veux dire. Pas mal de gens normaux sont morts dans les flammes, si on en croit les rumeurs. (Il secoua de nouveau la tête.) Ça va mal, m'dame.

Kiara avala pensivement sa boisson. Si ce qu'il disait était vrai, songea-t-elle, alors deux théories étaient possibles : soit les vayash moru allaient se rebeller contre Jared et se venger, soit ils renonceraient à la paix avec leurs voisins mortels et leur rendraient la pareille. Elle frissonna. Dans tous les cas, Tadrie avait raison. Il ne faisait pas bon être en Margolan en ce moment.

À cet instant, Lessel se pencha en avant et posa doucement sa main sur l'épaule de Kiara, juste au-dessus de sa plaie.

— Nous devons vous conduire auprès d'un guérisseur, déclara-t-il.

— Il y en a un qui vient au campement, annonça Tadrie en se levant. D'où, je ne sais pas. Ce n'est pas l'un des nôtres. Venez. Nous allons le chercher.

Kiara se mit debout et suivit les frères. Ils slalomèrent à travers la foule, entre les tapis de couchage improvisés et les feux couverts, contournant les ordures, les chiens et les poulets, et avançant avec précaution au milieu des groupes d'enfants endormis et des adultes inactifs. Kiara aurait été incapable de savoir comment Tadrie réussissait à se repérer. Finalement, ils arrivèrent à une tente qui se trouvait juste en bordure du campement. Plusieurs petites marmites fumaient au-dessus du brasier, dégageant un parfum d'herbes et de plantes grasses, et d'autres végétaux séchaient sur des râteliers improvisés avec des bâtons. Un homme mince aux joues creuses était penché au-dessus du feu et remuait le contenu d'un des récipients.

— Je vous demande pardon, l'interrompit respectueusement Tadrie.

L'homme leva le regard vers eux et dévisagea Kiara de ses grands yeux noirs et perçants, comme s'ils pouvaient lire dans son âme. Le guérisseur se leva, et la jeune femme vit que son épaisse robe cachait un corps frêle, mais ses avant-bras témoignaient d'une ossature solide et ses mains trahissaient son expérience des travaux difficiles. Ses cheveux raides et ternes tombaient sur ses épaules avec une légère ondulation et plusieurs amulettes pendaient à son cou. Juste au moment où il s'apprêtait à parler, il fut pris d'une quinte de toux qui inquiéta Kiara.

— Que puis-je faire pour vous ? demanda le guérisseur quand sa toux se calma enfin.

— Cette femme a aidé mon frère sur la route de Margolan, expliqua Tadrie. Elle a empêché deux soldats de faire du mal à sa fille. Elle a été coupée à l'épaule, précisa-t-il avec un geste. S'il vous plaît, pouvez-vous l'aider ?

L'homme hocha la tête. Tadrie fit signe à Kiara d'approcher.

— Je vous présente Sakwi. Il va bien s'occuper de vous. (Tadrie se retourna vers le guérisseur.) Merci, dit-il. Nous devons retourner auprès de notre famille, maintenant, annonça-t-il à Kiara, mais vous êtes la bienvenue parmi nous pour la nuit. Vous pourrez dormir tranquille. Ici, personne ne permettra qu'il vous arrive quoi que ce soit.

— Je vous remercie, répondit Kiara. Gardez-moi une place, ajouta-t-elle.

Tadrie et Lessel hochèrent la tête et poursuivirent leur chemin à travers la foule.

— Maintenant, regardons ce bras, décida Sakwi en se rapprochant.

Il souleva délicatement la chemise de la jeune femme et fronça les sourcils, puis alla à une marmite près du feu et y trempa un morceau de tissu. Il revint auprès d'elle en essorant l'étoffe fumante.

— D'abord, nettoyons ça, dit-il en tamponnant doucement la blessure jusqu'à être satisfait du résultat.

Puis il ouvrit une petite boîte en cuir dans laquelle il se mit à fouiller. Il en sortit une fiole et trempa un second tissu dans une autre marmite, l'aspergea avec le contenu du flacon et le manipula entre ses mains jusqu'à ce qu'une pâte en recouvre la surface. Il revint vers Kiara et appliqua le bandage sur son épaule. La chaleur du cataplasme lui fit du bien, soulageant la douleur de sa coupure. L'odeur âcre des herbes lui éclaircit les idées.

— Comment se fait-il qu'une femme se déplace seule à travers Margolan ? demanda Sakwi.

Kiara tourna la tête en direction du feu.

— Je suis en voyage pour mon père, répondit-elle.

Sakwi la regarda dans les yeux et l'examina.

— Montrez-moi votre épée.

Kiara réfléchit un instant, puis elle haussa les épaules, tira son arme et la tint par le plat de la lame pour qu'il l'étudie à la lumière du feu, qui miroita sur les gravures de fines roses entremêlées d'épines.

Le guérisseur retint son souffle.

— C'est vous ! s'exclama-t-il.

Puis il recommença à tousser, comme s'il avait trop longtemps retenu sa respiration. Cette toux profonde mit son corps frêle au supplice.

— On dirait que vous auriez aussi besoin d'un guérisseur, remarqua Kiara tout en rengainant son épée.

Sakwi secoua la tête.

— C'est une chose qui ne pourrait être soignée. J'ai bien peur que ce soit le fait de la Déesse, peut-être pour me rappeler à l'humilité, dit-il avec un demi-sourire. Cela pourrait me conduire à elle, un jour, hein ? Mais pas encore, je pense. Pas encore. Venez, installez-vous près du feu avec moi. J'ai quelque chose pour vous.

Curieuse, Kiara le suivit sur une bûche à côté du brasier et s'assit quand il lui fit signe de le rejoindre. Jae voleta et atterrit à côté d'elle. Sakwi plongea les yeux dans les flammes.

— Il y a une quinzaine de jours, j'ai rêvé de la Déesse. Elle tenait une épée autour de laquelle étaient enroulées des roses, et elle m'a dit de porter quelque chose en Margolan.

Elle m'a demandé d'attendre, parmi ses enfants perdus, la personne à qui le message était destiné. J'ai trouvé ce camp, expliqua-t-il avec un geste vers les réfugiés déguenillés qui les entouraient, et j'ai patienté ici. C'est l'arme de mon rêve, donc le message doit être pour vous.

— Et quel est-il ? demanda Kiara avec circonspection.

— Ceci, répondit Sakwi en plongeant la main sous sa robe pour en tirer une gemme en forme d'étoile scellée dans de l'argent, presque de la même taille que la paume de main de Kiara.

Le pendentif était accroché à une solide chaîne.

— Qu'est-ce que c'est ? demanda-t-elle dans un souffle.

Les yeux noirs et profonds de Sakwi semblaient plus vieux qu'il comptait d'années.

— On me l'a confiée il y a très longtemps. On m'a dit de ne la montrer à personne tant que la Déesse en personne ne m'aurait pas ordonné le contraire. À présent, vous êtes là. C'est à la Bibliothèque d'Ouestmarche que vous trouverez ce que vous cherchez. (Dans sa main, l'amulette aux arêtes tranchantes palpitait d'une lueur chaleureuse, comme un cœur battant.) La Bibliothèque d'Ouestmarche est protégée par un sortilège contre les intrus, poursuivit Sakwi. On m'a dit que cet objet vous permettrait d'y entrer.

Sakwi fit signe à Kiara de pencher la tête, et il lui passa délicatement la chaîne au pendentif étoilé autour du cou. Une fois de plus, la gemme brilla puis s'assombrit.

— Que savez-vous de la Bibliothèque ?

— Pour les envoyés de la Déesse, elle est toujours debout, répondit énigmatiquement Sakwi. Et pour les autres, elle n'existe pas du tout. Pour vous, elle dévoilera ses secrets.

Kiara souleva avec précaution le lourd bijou et le rangea soigneusement sous sa tunique.

— Pouvez-vous m'en dire plus ?

Sakwi secoua la tête.

— À propos de la Bibliothèque, non. Mais regardez, ajouta-t-il avec un signe du menton à peine perceptible. On dirait que quelqu'un vous cherche.

Kiara leva les yeux et sentit son cœur se serrer. De l'autre côté de la foule, à peine visibles à la lumière des feux, se trouvaient les gardes de Margolan. *Par la Déesse, qu'ai-je fait ?* grommela intérieurement la jeune femme qui savait que les hommes d'armes étaient là pour elle. Ou pis, peut-être prévoyaient-ils des représailles contre le campement et ses habitants démunis.

— N'ayez pas peur, la rassura Sakwi à voix basse sans détacher son regard des soldats. Il va leur falloir pas mal de temps pour faire le tour du camp. Ils n'oseront pas le traverser. Ces réfugiés n'ont rien à perdre. (Il se retourna vers elle.) Allez là-bas, lui conseilla-t-il en désignant des fourrés de l'autre côté du feu, où quelques buissons épars poussaient sous un saule pleureur. Cachez-vous.

— Là ? s'étonna Kiara à voix haute. Même un lapin ne pourrait pas s'y terrer !

— Je vous dissimulerai, répliqua le guérisseur.

Son assurance parfaite, ajoutée à quelque chose dans sa voix, triompha de la méfiance de Kiara. Sans se redresser, elle se rendit dans les fourrés et se recroquevilla, tout en gardant une main près de son épée et une dague dans l'autre.

Les soldats firent lentement le tour du camp, sous l'œil méfiant et silencieux des émigrants. Même depuis sa cachette, Kiara sentait la tension monter et observa un mouvement délibéré des fugitifs qui indiqua que la moindre action des gardes conduirait à un combat.

Douce Chenne, faites que ces gens ne meurent pas à cause de moi ! Elle se crispa alors que les hommes d'armes approchaient. Sakwi entretenait son feu sans prêter attention aux nouveaux venus. Pourtant, la jeune femme perçut un changement autour d'elle. Plus les gardes avançaient vers son abri, plus les buissons paraissaient épais, et plus le feuillage de l'arbre était bas et abondant.

— Toi, là-bas, lança un soldat en direction de Sakwi. (Le guérisseur se leva sans précipitation, s'étira et regarda vers lui d'un air absent.) Nous cherchons une femme, une guerrière. Elle a été blessée. Tu l'as vue ?

Sakwi ne dit mot et fit un signe de tête à peine perceptible. Le garde fronça les sourcils.

— Bon, on va jeter un coup d'œil, reprit-il d'une voix brusque.

L'homme fit un pas vers l'endroit où Kiara se cachait. À cet instant, une nuée de chauves-souris surgit, comme un nuage noir et vivant. Des dizaines de bêtes foncèrent droit sur les soldats. Ceux-ci levèrent les bras pour se protéger en poussant des jurons et reculèrent rapidement, trébuchant dans la précipitation. Ils blasphémaient toujours en arrivant à leurs chevaux et partirent au galop dans la nuit, percutant quelques chauves-souris qui volaient plus bas que les autres.

Kiara ne bougea pas avant que Sakwi lui ait fait signe de se lever. Elle regarda sa cachette avec étonnement. Les buissons étaient de nouveau épars et presque nus, et le saule pleureur maigre comme avant ; un bien pauvre abri pour un renard, alors pour une fugitive…

— Vous êtes un mage, s'étonna-t-elle.

— Un mage de la Terre, répondit Sakwi. J'avoue que je ne suis pas vraiment un guérisseur, poursuivit-il avec un sourire emprunté. Ma magie m'aide à faire pousser les herbes, mais ce que je sais, je l'ai appris pour me soigner, raconta-t-il.

Puis il se remit à tousser, si fort que ses lèvres se teintèrent de sang. Il plongea la main dans sa robe, en sortit une petite feuille pliée qui contenait de la poudre et en versa un peu sous sa langue. Au bout de quelques instants, sa toux se calma et il leva les yeux.

— De la capsaïcine et de l'ail, expliqua-t-il en jetant le papier vide. Ça arrête les saignements des poumons. En tout cas, pour l'instant.

— Je vous remercie, dit Kiara. Je vais vous laisser à votre travail, poursuivit-elle, mais encore une chose : pouvez-vous me dire où nous sommes, afin que je puisse me repérer sur la carte ?

Sakwi sourit et la regarda d'un œil troublant qui semblait lire en elle.

— Je peux faire mieux que ça, déclara-t-il avant d'émettre un son grave et étrange du fond de la gorge.

Des ténèbres au-delà du campement sortit un renard gris foncé, la tête haute et la queue flottant derrière lui en panache, indifférent au bruit des humains et aux feux qui crépitaient. La bête s'arrêta à un pas de Kiara.

— Voici votre guide, présenta Sakwi. Son nom est imprononçable pour vous, mais vous pouvez l'appeler Gris-Pied.

— C'est vous qui l'avez fait venir ? demanda Kiara avec étonnement, en regardant l'animal majestueux que son intérêt semblait amuser.

Sakwi sourit.

— C'est l'un de mes dons, avoua-t-il. Il connaît la route la plus sûre qui mène à la frontière, et il est le plus rusé parmi les siens. Ainsi, il ne vous conduira pas dans des embuscades et ne vous mettra pas en danger.

Jae poussa un gloussement de protestation depuis son perchoir, non loin de là, et en réponse Gris-Pied émit un petit bruit du fond de sa gorge. À la surprise de Kiara, le gyrgon et le renard échangèrent quelques grognements à la fin desquels Jae se remit à se lisser les écailles, et Gris-Pied eut l'air assez fier de lui.

— C'est presque comme s'ils pouvaient…, balbutia-t-elle.

— Tout est possible, jeune dame, répondit le mage. Communiquez avec Gris-Pied comme vous le faites avec Jae, poursuivit Sakwi. Il vous comprend et il peut se faire comprendre de vous. Faites-lui confiance, et il vous conduira à la frontière.

Kiara s'apercevait de plus en plus qu'il y avait un certain nombre de choses auxquelles Tice ne l'avait pas préparée. Elle hocha la tête. Le fait que le renard ait clairement l'initiative de la communication, étant donné le peu de compétences de Kiara en la matière, était pour elle une leçon d'humilité.

— Je comprends, dit-elle finalement. Je vous remercie, ajouta-t-elle en regardant d'abord Sakwi, puis Gris-Pied, qui inclina la tête. Il va falloir que je m'y habitue, reconnut-elle d'un air penaud.

Sakwi acquiesça.

— La Déesse a choisi votre quête avec justesse, dame bretteuse. Maintenant, reposez-vous. Vous serez en sécurité, ici, cette nuit. Demain matin, cherchez Gris-Pied, et il vous mènera sur votre route.

Kiara le remercia encore, puis elle suivit Jae à travers les dédales du campement pour retrouver le feu de Lessel et Tadrie. Elle fut émue de constater que le fermier, dans sa reconnaissance, lui avait même réservé le meilleur coin au plus près du feu, et lui avait fait un lit de branchages de sapin recouverts d'un drap usé. Aucun membre de la famille, pas même les enfants, ne se laissa convaincre d'échanger sa couche avec la sienne ; ils insistèrent tous pour qu'elle prenne la place d'honneur. Touchée par leur gratitude, la princesse accepta leur générosité avec dignité, mais prêta sa cape à la femme hagarde de Lessel afin qu'elle en couvre ses deux benjamins pauvrement vêtus. Puis, avant de se voir accorder plus de faveurs, Kiara se coucha et trouva le sommeil presque immédiatement.

Chapitre 17

Tris avait la gorge serrée.

— Je pense que ça suffira pour aujourd'hui.

— Il nous reste très peu de temps, répondit Alyzza. Nous devons l'exploiter au maximum. Carina, apporte-nous la boule de cristal qui se trouve dans mon sac. (La vieille femme mit l'objet entre les mains de Tris.) Voyons ce que tu peux faire avec ça.

Tris la retourna. Il se rappela la précision des prédictions qu'avait apportées une boule comme celle-ci pendant les fêtes de Margolan, et le futur sombre qu'elle lui avait prédit.

— Mais je ne connais rien à la divination, protesta-t-il.

— Tu peux apprendre, rétorqua Alyzza pour éluder son hésitation. Les mages de tous les clans ont le don de double-vue, certains plus que d'autres. Pose-la devant toi, lui indiqua-t-elle. Fais le vide dans ta tête. Concentre-toi. Dis-moi ce que tu vois.

Tris prit une profonde inspiration et obéit à Alyzza. La sphère resta noire.

— Cela ne fonctionne pas.

— Tu n'es pas concentré. Essaie encore.

Carina se pencha en avant et regarda dans le cristal sombre. Tris respira encore profondément et ferma les yeux. Il tenta de faire abstraction des bruits de la caravane à l'extérieur de la fine toile de tente et de la douleur sourde de ses muscles, causée par l'entraînement de Vahanian.

Il s'imagina la boule de cristal, repoussant toute autre pensée, et rechercha le calme en lui. Comme il faisait ce travail mental, dans son esprit, l'objet se mit à luire, d'abord faiblement, puis plus fort, d'une pâle lumière jaune. Hésitant, il ouvrit les paupières pour découvrir que la sphère brillait entre ses mains comme dans sa tête.

Soudain, la boule de cristal flamboya comme un rayon de soleil emprisonné, et une toute petite image se forma en son fond. Un homme trapu d'une cinquantaine d'années apparut, ses cheveux bruns parsemés de gris.

— Mon oncle, murmura Tris. (L'image changea, et Tris vit une femme dont la ressemblance avec Bricen lui noua la gorge.) La sœur de mon père, chuchota-t-il.

La boule de cristal noircit.

Tris leva des yeux interrogateurs vers Alyzza en lui tendant l'objet redevenu sombre.

— Qu'avez-vous vu ?

Il regarda de nouveau dans la sphère comme si elle allait encore s'animer d'un flamboiement.

— Un aperçu de l'avenir, répondit la diseuse de bonne aventure. Beaucoup plus que ce à quoi je m'attendais. Tu possèdes vraiment un pouvoir, déclara-t-elle avec une pointe d'estime dans sa voix râpeuse. Tu connaissais cette personne ?

— Mon oncle, répondit Tris en posant délicatement la boule de cristal. Celui chez qui je me rends.

— Intéressant, dit pensivement Alyzza. La plupart des apprentis ont de la chance s'ils arrivent tout juste à faire briller la boule de cristal à la première tentative. Certains réussissent à voir une image, mais bien souvent elle est trop floue pour être comprise. Comment se peut-il que toi, tu puisses non seulement y faire apparaître quelque chose, mais que tu y voies un parent dès ton premier essai ? s'interrogea-t-elle. (Elle se pencha en avant jusqu'à ce que son visage ridé ne soit qu'à quelques centimètres de celui de Tris, et que l'odeur de bière de son haleine lui emplisse les narines.) Très intéressant. Essaie encore.

Tris accepta de nouveau la boule de cristal et laissa ses mains glisser sur sa surface lisse et chaude. Il ferma les yeux et recommença le rituel de concentration, s'enfonçant dans une légère transe. Il dirigea ses pensées sur la boule et les déploya dans l'obscurité.

Quelque chose toucha immédiatement son esprit. Cette présence inconnue l'ébranla, lui faisant presque lâcher l'objet. Contrairement à la chaleur que Tris avait perçue plus tôt, la présence qui l'effleurait était froide et malveillante. Tris s'efforça de rompre le contact en lâchant la boule et en reculant maladroitement. Il sentit la présence le suivre. Alyzza s'élança vivement vers lui et le prit dans ses bras à la fois maigres et forts.

— Il faut que tu te libères, Tris ! siffla-t-elle. Romps le contact !

Sans prévenir, la présence disparut. Un violent mal de tête la remplaça. Lorsque Alyzza le relâcha, Tris tomba en arrière en se couvrant les yeux d'une main. Carina se pencha au-dessus de lui, inquiète.

— Que s'est-il passé ? demanda-t-elle.

— Quelque chose était à sa poursuite, répondit la vieille sorcière. Une chose maléfique et très puissante.

Carina toucha le front du jeune homme et soulagea sa douleur. Tris cligna des yeux avant de les ouvrir totalement, et il put lire l'inquiétude sur le visage de la guérisseuse.

— Qui te recherche, mage ? demanda Alyzza d'une voix râpeuse. Et pourquoi un être doué d'un tel pouvoir travaille-t-il comme mercenaire dans une caravane ? Je me le demande..., s'interrogea-t-elle.

Pourtant, au ton qu'elle employait, Tris devina qu'elle n'attendait pas de réponse.

— Qu'est-ce que c'était ? s'enquit-il, la main toujours posée sur son front.

— Je ne sais pas, répondit Alyzza en psalmodiant, preuve qu'elle avait la tête ailleurs. Une chose puissante, je pense. Oui. Une chose maléfique, extrêmement maléfique. Une chose qui sait que tu as disparu et qui espère te trouver ? avança-t-elle. (Il n'y avait aucune gaieté dans son sourire édenté.) Comment cacher un mage pendant son apprentissage ? Voilà le problème, dit-elle pensivement. Sans entraînement, tu es un danger pour nous tous. Mais cette chose va rechercher ton pouvoir. C'est un souci, marmonna-t-elle. Peu importe. Il faut que tu t'exerces. Tu dois continuer et espérer que tu auras assez de temps.

Tris promena son regard entre Carina et Alyzza.

— Cette « chose » peut-elle me détruire ?

— Nom d'une pipe ! lâcha la sorcière, c'est la moindre de tes préoccupations ! (Ses yeux glissèrent sur Tris, comme si un souvenir lui revenait en mémoire.) Cette chose n'a pas l'intention de tuer. D'abord, elle te consumera. Elle s'emparera de ton pouvoir et l'utilisera pour faire le mal. Si tu es assez fort, tu tueras son maître pour faire cesser la douleur, mais elle t'aura perverti bien avant.

— Il ne reste personne pour assumer ma responsabilité, dit Tris en considérant la boule de cristal noir. Je dois continuer.

— Oui, tu dois continuer, siffla Alyzza. Et je t'aiderai autant que mes faibles compétences le permettront. Mais il faut que tu trouves un professeur adéquat.

— Où ?

— À la Bibliothèque d'Ouestmarche, murmura la jeune femme. (Tris se tourna brusquement vers Carina lorsque celle-ci sursauta.) Tu découvriras ce que tu cherches là-bas, si elle existe encore quelque part.

— Mais comment…

— Assez ! interrompit soudain Alyzza avant de se hisser sur ses pieds. Je suis fatiguée. Demain, quand les feux du dîner seront allumés, rejoins-nous. Nous travaillerons sur une autre leçon.

— Et si… cette chose… revient me chercher ?

— Fuis, siffla la vieille femme entre ses dents cassées. Sauve-toi.

À la lisière de la forêt, les bruits de la nuit entouraient Tris qui se frayait un chemin à travers le sous-bois, juste à l'extérieur du campement. Il s'installa sur une pierre et s'engagea sur la voie de la transe. Les sons nocturnes se firent de plus en plus forts à mesure qu'il se concentrait sur les pulsations de la forêt. Il pouvait entendre les grattements des petites créatures, le léger froissement des ailes des chauves-souris, le frémissement des feuilles. Il déploya davantage ses sens, prenant conscience des animaux les plus proches et du rythme de la respiration de ceux qui se cachaient au fond de leur nid et de leur terrier. *Si loin, si agréable.*

Carina et Alyzza travaillaient avec lui presque toutes les nuits, improvisant un rituel de protection qui servait – la plupart du temps – à faire abstraction du cycle constant de la naissance et de la mort dans le monde qui l'entourait. Plus Tris contrôlait sa façon de ressentir la mort, plus il réussissait à se protéger de la procession interminable des âmes perdues qui le cherchaient, certaines pour trouver le repos, d'autres simplement attirées par son pouvoir comme des papillons de nuit par une flamme. Par expérience, il était devenu adepte des simples sorts de bannissement et des rituels de « passage dans l'au-delà » longtemps attendus. Il semblait que toujours des âmes errantes rechercheraient son aide, et il savait ne pas pouvoir toutes les satisfaire sans s'épuiser.

Voilà ce qui arrivait quand il n'y avait pas eu d'Invocateur pendant plus de cinq ans. Depuis la mort de sa grand-mère, aucun mage spirite n'avait réconcilié les morts et les vivants, donné le repos aux disparus ou fait poursuivre leur route aux esprits, dans ces régions. Et aucun intercesseur n'avait résorbé les vieux griefs qui liaient les âmes au monde, songea-t-il. Grâce à la Déesse, tous les esprits n'avaient pas besoin d'aide pour passer dans l'au-delà.

Son rêve ne s'était pas répété depuis la nuit où il avait demandé du secours à la guérisseuse, mais son souvenir ne le quittait jamais et la voix plaintive de Kait résonnait constamment dans ses pensées. Carina et Alyzza ne souhaitaient pas retenter une séance de divination depuis qu'elles avaient vu quel pouvoir avait surgi de Tris lors de leur dernière expérience. Pourtant, Tris ne voulait pas en rester là. Cette nuit, pensait-il gravement, il réessaierait d'atteindre le passé, quelle que soit la barrière qui retenait Kait prisonnière, et il retenterait d'amener sa sœur à lui pour faire cesser sa douleur.

Par habitude, il dressa un cercle autour de lui pour le rituel. Lorsque ses boucliers furent prêts, il s'assit sur une pierre et ferma les yeux, déployant ses sens vers le plan des esprits.

— *Kaitie, tu es là ?*

L'image surgit en lui si rapidement qu'il en fut ébranlé. Le visage de Kait, collé à la barrière, ses pleurs assourdis par une épaisse cloison, un désespoir évident dans ses yeux.

— *Tris, aide-moi !*

Avant qu'il ait pu répondre, l'obscurité tomba autour de lui, voilant la figure de Kait et étouffant ses cris. Les ténèbres ne produisaient aucun son, mais Tris les reconnut immédiatement, reconnut le silence maléfique qui l'avait pourchassé lors de la séance de divination, et s'enfuit à toutes jambes. De plus en plus vite, la noirceur s'intensifia derrière lui, de sorte qu'il put en ressentir le froid et la malveillance. Il procédait purement et simplement par instinct, poursuivant sa course dans l'intention désespérée de distancer les ténèbres qui étaient sur ses talons, envahi par une terreur primaire et indescriptible. Il sentait son pouvoir grand ouvert, tous ses sens en alerte. La concentration de Tris se dissipa quand un mulot détala devant lui, poursuivi par un faucon qui poussait des hurlements perçants. L'attention du jeune homme se reporta sur l'esprit du rongeur, dont il sentit les battements accélérés du cœur, et la minuscule étincelle de vie qui l'habitait.

Dans un cri et un bruissement d'ailes, l'oiseau tomba du ciel, droit sur sa proie. Tris perçut la panique du mulot comme un choc brutal, et manqua de tomber en arrière, frappé par l'empathie, lorsque les serres du rapace frappèrent. Le cœur de Tris s'emballa quand il lutta pour rompre le contact avant que la terreur du petit animal lui fasse perdre la raison. Il ressentit la peur du rongeur quand le faucon prit de la hauteur, ainsi que l'horrible étreinte et la douleur soudaine et aiguë au moment où ses griffes s'enfoncèrent dans la chair du mulot. Puis, avec la même impression déchirante que celle qu'il avait eue pendant la bataille, Tris sentit l'esprit de la petite créature frémir et s'envoler en tremblotant.

— Non !

Le mot lui déchira la gorge, profond et guttural ; ce fut un hurlement plus qu'un cri raisonné. Surpris, le faucon lâcha le mulot mort, mais Tris sentit son pouvoir s'emballer de son propre chef. Il vit l'animal s'écraser au sol et y rester, inanimé. Puis, à son grand étonnement, son corps mutilé se remit à remuer. Il tendit la main juste au moment où une lourde botte s'abattait sur le rongeur réanimé, éteignant la lueur de vie avant que Tris ait pu réagir, et rompant le contact qui s'était établi entre lui et l'animal avec une violence qui lui coupa le souffle.

Alyzza se tenait devant lui, le visage empreint d'un mélange de sévérité et de peur.

— Pourquoi ? s'exclama Tris d'une voix rauque, partagé entre l'intensité de l'expérience et son échec inqualifiable.

— Tu sais ce que tu viens de faire ? lança la vieille d'une voix râpeuse.

Et, au clair de lune, Tris prit conscience qu'elle tremblait, mais il n'aurait su dire si c'était de frayeur, de froid ou de colère.

Sans voix, il secoua la tête et observa l'endroit où gisait le mulot.

— Je sais peu de chose à propos de la magie spirite, mais ça, je le sais, siffla Alyzza. Il ne faut jamais retenir un esprit qui désire vraiment partir. Il ne faut jamais réanimer un mort. Et il ne faut jamais rappeler les défunts contre leur volonté.

La gorge de Tris se serra, alors qu'il cherchait toujours à retrouver son équilibre après la dissipation soudaine et violente de sa transe.

— Mais… je ne comprends pas…, balbutia-t-il.

Les mots sortirent de sa bouche tandis qu'Alyzza le regardait silencieusement. Puis elle hocha la tête quand il eut fini.

— Une âme qui souhaite rester peut être liée à ce monde sans que ton esprit en souffre, expliqua la vieille ensorceleuse, ses yeux vairons intensément rivés sur Tris. De même qu'une âme qui désire vivre peut demeurer attachée à son corps jusqu'à ce que la brèche soit refermée, si tu as le pouvoir de le lui permettre, poursuivit-elle. Et les morts qui ne sont pas libres de quitter ce monde peuvent être invoqués, tant que tu ne cherches pas à les soumettre à ta volonté ou à entraver leur âme. Mais, siffla-t-elle en se penchant vers lui pour souligner ce qu'elle allait dire, aucun mage de la Lumière ne doit réanimer un cadavre, ni lui imposer un esprit qui n'est pas le sien. C'est interdit.

— Pourquoi ? interrogea Tris alors qu'Alyzza retirait son pied et regardait tristement le corps mutilé du mulot.

— Je ne détiens pas le secret de ces mystères, répondit la vieille femme. Mais je sais qu'en défiant la Dame, tu risques ton âme. Le Roi d'Obsidienne a insufflé un nouvel esprit dans le corps des morts et a fait d'eux ses esclaves.

— Vous avez connu le Roi d'Obsidienne ?

La vieille ensorceleuse gloussa.

— Ceux qui, comme moi, ont fait la guerre contre lui, ne l'oublieront jamais, même dans leurs rêves, dit-elle, une ombre de douleur passant sur son visage. Pensais-tu vraiment que j'étais devenue folle pour moins que ça ?

— Vous êtes folle ?

Alyzza eut un rire saccadé.

— Oh oui ! Pas qu'un peu !

À cet instant, à la lisière de la forêt, ils entendirent un cri et le bruit sourd d'un corps heurtant le sol. Ne voulant pas prendre le risque d'utiliser sa vision d'Invocateur, Tris essaya de regarder, tant bien que mal. Il distinguait tout juste les ombres de deux hommes en train de se battre, mais il pouvait entendre leurs grognements d'efforts et le claquement mat des poings contre la chair. En l'espace d'un instant, l'une des deux silhouettes l'emporta et s'agenouilla sur le dos de sa victime, la plaquant face contre terre.

— Étant donné que vous êtes là, Tris, pourriez-vous me donner un coup de main ? lança la voix sardonique de Vahanian à travers les ténèbres.

Tris tira son épée et courut, heureux de quitter Alyzza. Il aida Vahanian à maintenir son prisonnier au sol pendant qu'ils lui liaient les poings, puis redressa l'homme sur ses pieds.

— Que s'est-il passé ? souffla Tris alors qu'ils commençaient à traîner le captif vers la caravane.

— J'ai chopé un espion, répondit le mercenaire d'un ton brusque. Il n'a rien à faire là, à fouiner autour du campement, et j'aime autant ne pas savoir qui lui paie ses informations, ajouta-t-il en poussant l'étranger vers la tente de Linton. Je peux vous demander ce que vous faisiez seul dehors, dans les bois, en pleine nuit ? demanda-t-il d'une voix tendue.

Tris détourna les yeux.

— Je…

— Oh ! peu importe, l'interrompit Vahanian. Il vaut peut-être mieux que je ne le sache pas. Voilà la tente de Linton, dit-il brusquement. Voyons ce que notre visiteur a à dire pour sa défense.

Le petit chef de la caravane rondouillard grommela lorsque Vahanian le réveilla en sursaut par un beuglement. Linton fouilla pour allumer une chandelle.

— Jonmarc, tu as intérêt à ce que ce soit une bonne nouvelle, jura le marchand en se dirigeant gauchement vers le rabat de la tente.

Puis il se tut à la vue du prisonnier.

— J'étais de garde quand j'ai trouvé ça en train de rôder autour du campement, expliqua Vahanian en poussant l'homme. (Le mercenaire tira un tabouret devant lui et bouscula l'inconnu pour qu'il s'asseye dessus.) Maintenant, reprit-il en tirant de sa ceinture une dague qu'il laissa briller à la lumière de la bougie avant de la faire tourner entre ses doigts, voyons ce qu'il a à dire pour sa défense.

Leur prisonnier les regarda l'un après l'autre, puis remua les lèvres pour parler, mais les mots qui en sortirent furent inintelligibles. Avec un juron, Linton se retourna vers Vahanian.

— Superbe travail, Jonmarc ! Tu lui as cassé la mâchoire.

— On peut peut-être le soigner juste assez pour entendre son histoire. Où est Carina ?

— Je ne pense pas qu'il existe de pire manière de se la mettre à dos. Tu ferais mieux de me laisser la prévenir, se résigna Linton. Je suppose que je ne dormirai plus cette nuit.

Tris et Vahanian patientèrent pendant que le chef de convoi allait chercher la guérisseuse. Leur prisonnier était assis solennellement sur sa chaise. Les marques de sa bagarre avec Vahanian commençaient à apparaître sur son visage : un œil enflait rapidement et sa joue rougissait. Après ce qui leur parut une éternité, ils entendirent Linton et Carina approcher en se disputant.

— Eh bien ! Voilà qui devrait mettre un peu d'ambiance, marmonna Vahanian dans sa barbe au moment où Linton tendait la main vers le rabat et l'ouvrait pour la guérisseuse.

— Je sais que c'est inhabituel de te demander une telle chose, Carina, mais je te serais reconnaissant de…, disait Linton.

Sa voix s'éteignit quand ils arrivèrent devant le prisonnier. La jeune femme posa son regard sur l'homme ligoté, puis sur Vahanian et enfin, d'un air réprobateur, sur Tris.

— Laissez-moi deviner, déclara-t-elle en levant le menton et en avançant avec défi. Vous voyez quelqu'un que vous ne connaissez pas, vous le réduisez en bouillie, lâcha-t-elle en pointant brusquement le menton vers l'étranger, et après, vous voulez que je vous aide à l'interroger ?

Tris vit des éclairs de colère dans les yeux de Vahanian.

— Je n'ai pas besoin de votre aide pour l'interroger. Ce dont j'ai besoin, corrigea-t-il laconiquement, c'est que vous guérissiez sa mâchoire pour qu'il puisse nous dire pourquoi il espionnait notre campement.

— Comment savez-vous qu'il épiait ? argumenta-t-elle. Je suis étonnée que vous ne l'ayez pas directement embroché et questionné ensuite.

Un muscle de la joue de Vahanian se contracta alors qu'il s'efforçait de rester poli.

— J'y ai pensé, répondit-il d'une voix égale. Il a été envoyé par quelqu'un, et je voudrais savoir pourquoi.

Avec un coup d'œil qui signifiait clairement que le débat n'était pas clos, Carina avança pour examiner le prisonnier. Après quelques instants, elle secoua la tête.

— Vous lui avez cassé la mâchoire, diagnostiqua-t-elle en relevant les yeux vers Vahanian.

— Ça, je le sais, rétorqua ce dernier. Vous pouvez la réparer ?

Carina regarda Linton.

— Je ne vais pas soigner cet homme pour laisser votre tas de muscles le tabasser encore.

— Tu sais que nous ne te demanderions jamais une chose pareille, Carina, répondit Linton d'un ton apaisant. Mais c'est important. S'il te plaît, essaie, l'implora-t-il.

— Bien sûr, vous comprenez que je ne peux pas ressouder un os à neuf comme ça, dit-elle en claquant des doigts. Je peux accélérer la guérison, mais quand j'aurai terminé, il ne pourra peut-être pas reparler avant un moment.

— Génial, marmonna Vahanian dans sa barbe, et Carina le dévisagea.

— Écoutez, si vous vouliez l'interroger, il fallait le frapper ailleurs.

— Au moins, essayez, demanda Vahanian d'une voix égale. S'il vous plaît.

Carina le regarda, puis tourna de nouveau les yeux vers Linton.

— Très bien, accepta-t-elle finalement. Faites-moi un peu de place.

Après presque une chandelle, fatiguée, Carina s'écarta de son patient et Linton lui fourra une tasse de kérif chaud entre les mains, qu'elle accepta volontiers. Leur prisonnier regardait par terre, toujours silencieux. Tris remarqua qu'en plus des soins que Carina avait apportés à l'homme, elle avait également réussi à réduire le gonflement de son œil noirci et à soigner sa joue meurtrie. Pendant qu'elle s'occupait de lui, Vahanian était appuyé contre un piquet de la tente, les bras croisés, le visage grave.

— C'est le mieux que je puisse faire, dit finalement Carina.

— Il peut parler ? demanda Vahanian d'une voix rauque.

Carina décocha au mercenaire un regard furieux.

— Vous n'avez qu'à essayer, répliqua-t-elle.

— Merci, Carina, dit Linton en se plaçant entre eux deux et en prenant le bras de la jeune femme. Laisse-moi te raccompagner à ta tente, proposa-t-il en l'entraînant doucement vers l'ouverture. Nous avons beaucoup de chance d'avoir une guérisseuse comme toi parmi nous, et je te présente mes excuses pour t'avoir dérangée ainsi en plein milieu de la nuit…

Insensible à ses flatteries, Carina s'arrêta à l'entrée de son abri pour lancer un regard d'avertissement à Vahanian.

— Laissez-le en un seul morceau, ordonna-t-elle. Je ne veux pas avoir à refaire ça.

— Je ne promets rien, répondit le mercenaire d'une voix égale, en posant les yeux sur le prisonnier. Je surveille le campement, quoi que ça implique.

— Quoi que ça implique, répéta Carina en secouant la tête.

Si elle avait eu l'intention d'ajouter quelque chose, elle en décida autrement et préféra se retourner pour accepter le bras de Linton et se diriger vers sa tente. Le chef du convoi jeta un coup d'œil par-dessus son épaule, pour avertir clairement Vahanian de rester tranquille, puis il laissa tomber le rabat de la tente derrière lui, abandonnant Tris et Vahanian seuls avec l'étranger.

— Maintenant, annonça Vahanian en avançant pour avoir le prisonnier à portée de main, essayons de reposer nos questions, dit-il d'une voix menaçante. Et il faut que tu saches, prévint-il, que je n'ai pas l'habitude d'écouter les femmes. Donc il serait plus prudent pour toi de me dire tout ce que je veux savoir.

L'inconnu raconta son histoire sans obliger le mercenaire à causer plus de dommages. Il cherchait de la nourriture et un butin qu'il pourrait transporter. Tris devina à l'attitude de Vahanian que ce dernier soupçonnait davantage mais, après un interrogatoire qui dura une chandelle, il finit par reculer avec un juron en secouant la tête.

— Satisfait, Jonmarc ? demanda Linton depuis le coussin où il était assis pour observer la scène, les bras croisés.

— Non, mais c'est tout ce que j'obtiendrai de lui, répondit Vahanian laconiquement.

À cet instant, Cam passa la tête par le rabat de la tente.

— Excusez-moi, Maynard, commença le gaillard avec un regard vers Tris et Vahanian, il y a des personnes qui désirent vous voir.

— Notre ami allait justement partir, répondit le mercenaire en mettant le prisonnier sur ses pieds pour le mener vers la porte. Pouvez-vous vous donner la peine de le reconduire à l'extérieur du campement, Cam, et de l'orienter loin de là où nous allons ?

Le guerrier hocha la tête et prit le prisonnier par le bras.

— Je m'en occupe. J'ai entendu dire que vous aviez passé une nuit agitée, dit-il évasivement en observant Vahanian d'un air entendu.

— Je ne vois pas qui a pu vous raconter ça, répondit Vahanian.

Il regarda derrière Cam, là où trois hommes attendaient à cheval, vêtus des robes des commerçants mussas. Derrière leurs montures suivaient trois mules, chacune chargée des deux côtés d'un panier plein à ras bord de ceintures de soie soigneusement emballées dans de la toile.

Linton passa devant Cam et Vahanian et alla à la rencontre des négociants.

— Bienvenue, amis marchands, les accueillit le chef de la caravane d'un air affairé en réussissant à cacher les traces de sa nuit blanche. Bienvenue dans notre convoi. Que puis-je faire pour vous ?

— Je ne sais pas ce que vous en dites, mais je ne dirais pas « non » à un peu de nourriture et de repos, murmura Tris. Allons-y.

Vahanian secoua la tête sans quitter les nouveaux venus des yeux.

— Pas tout de suite. Je n'aime pas ça. Il y a quelque chose qui cloche. Je veux rester dans les parages.

Les marchands descendirent de selle et confièrent leurs rênes à deux des gréeurs. Ils suivirent Linton dans sa tente sans se retourner, Tris et Vahanian sur les talons. Tous deux pénétrèrent à l'intérieur puis se postèrent discrètement le long de la paroi.

Linton fit signe aux négociants de s'asseoir et alla leur servir une tasse de kérif qui bouillait dans une marmite au-dessus du feu.

— Alors, mes amis, que vendez-vous ?

— Nous sommes des marchands de soie de Mussa, répondit le plus grand. (L'homme était robuste, portait la barbe, et sa peau bronzée témoignait d'une vie passée à voyager.) Nous nous rendons au sud, mais nous sommes sur la route depuis quelque temps, et nous apprécierions l'hospitalité d'une caravane pour la nuit, avant de reprendre notre chemin.

— Parlez-moi de la route de l'est, demanda Linton en ajustant un coussin sans faire attention à Tris et Vahanian. Nous avons entendu beaucoup de choses.

Le grand homme se mit à rire.

— Je veux bien le croire. La route était déserte, le temps horrible, comme d'habitude, et les femmes contentes d'avoir de la soie toute neuve.

Linton fronça les sourcils.

— La route était déserte ?

— Eh bien ! oui, répondit son interlocuteur. Aussi bonne que possible pour cette époque de l'année.

— Vous n'avez rien trouvé… d'inhabituel… pendant votre voyage ?

Le grand marchand secoua la tête.

— Non. Pourquoi cette question ?

Linton haussa les épaules.

— Nous avons entendu des rumeurs parlant de « choses étranges » qui auraient été vues sur la route de l'est.

Le grand marchand éclata de rire, révélant plusieurs dents en or.

— Je voyage depuis des années, mes amis, et j'ai vu beaucoup de choses étranges, mais rien d'exceptionnel en venant ici.

— Vous êtes les bienvenus pour la nuit, déclara Linton, mais nous nous remettrons en route au matin. Nous espérons arriver en Dhasson avant que les intempéries de l'hiver rendent le cheminement plus difficile.

— Une sage initiative, acquiesça le grand marchand. Nous avons déjà voyagé près d'ici en hiver, pas volontairement évidemment, mais parce que nous avions trop traîné avant les orages. Nous avons connu des hivers plus agréables. (Il se leva et ses compagnons l'imitèrent.) Si vous voulez bien nous mener à un endroit où nous pourrons nous reposer, nous n'allons pas vous déranger plus longtemps.

— Je vais vous faire conduire à la tente des marchands, répondit Linton. Nous remballons le campement aujourd'hui, donc elle ne servira pas. Vous pourrez y dormir, au moins en attendant que les gréeurs la démontent.

— Vous êtes bien aimable, remercia le grand marchand avec une révérence.

Tris attendit que les hommes aient quitté la pièce et soient hors de portée de voix pour regarder Vahanian, mais le mercenaire était déjà dans l'ouverture et suivait des yeux les hommes qui s'éloignaient.

— Il faut vraiment que je te demande pourquoi tu es resté pour si peu, Jonmarc, dit Linton d'une voix fatiguée. Les bonnes manières, ça n'a jamais été ton fort, mais tu as l'air décidé à être odieux.

— Ils mentaient, répondit Vahanian avec conviction. Si c'est un marchand mussa, moi je suis un prêtre nargi.

Linton regarda Vahanian un moment avant de répondre.

— Pourquoi ?

— J'ai fait du trafic de soie de Mussa pendant des années, expliqua Vahanian. Les commerçants ne voyagent pas à cette époque de l'année, parce qu'ils participent à une sorte de fête en l'honneur des vers à soie. Cette étoffe est leur gagne-pain et ces réjouissances sont très importantes pour eux.

— Peut-être que ces marchands-là ne sont pas pratiquants, objecta Linton.

— Et sa description de la route, poursuivit Vahanian avec ténacité. Tous les autres voyageurs nous ont raconté des histoires à faire dresser les cheveux sur la tête à propos de créatures magiques. Ce marchand voulait te faire croire qu'il ne comprenait même pas ta question.

— Il n'est peut-être pas superstitieux, rétorqua brusquement Linton. Honnêtement, Jonmarc, tu as toujours été prudent, mais je ne vois pas l'intérêt…

— Il y a quelque chose qui cloche. Je n'aime pas ça.

— Tu peux t'inquiéter autant que tu veux, conclut le chef de convoi d'un air fatigué. Je retourne me coucher.

Chapitre 18

Vahanian ne décrocha pas un mot lorsqu'il sortit avec Tris, mais le mercenaire retourna d'un pas décidé à la tente qu'il partageait avec Harrtuck.

— Et maintenant ? demanda Tris après avoir essayé en vain d'arracher quelques paroles à son compagnon pendant toute la durée du trajet.

— Nous partons, décida Vahanian. Linton peut être aussi têtu qu'une mule. Cet espion ne cherchait pas seulement des poulets, et je trouve bigrement louche que ces « marchands » fassent leur apparition juste après lui. (Il secoua la tête.) Allez faire vos bagages, ordonna-t-il quand ils arrivèrent à l'entrée de la tente. Nous quittons les lieux.

— Qu'est-ce que c'est que ces histoires de bagages ? demanda la voix de Harrtuck.

Vahanian entra dans la tente, et Tris l'y suivit.

— J'ai attrapé un espion cette nuit, raconta Vahanian d'un ton brusque. Et ce matin, voilà qu'une bande de « marchands mussas » veut passer la nuit ici. Il y a quelque chose qui ne va pas, donc je veux que nous partions d'ici.

Harrtuck échangea un regard avec Tris, qui haussa les épaules. En serrant la mâchoire, l'huissier d'armes fit un pas vers Vahanian.

— Jonmarc…

— Écoute, l'interrompit le mercenaire en se tournant vers lui, vous m'avez engagé pour vous protéger. C'est ce que je fais. Je crois que nous avons encore été pistés par des bandits, ou peut-être pire. Je ne suis pas entièrement convaincu que Kaine ne nous cachait pas un coup fourré quand il a décampé avec une partie du groupe. Ça sent mauvais, Tov, et je n'aime pas ça.

— Nous t'avons engagé pour nous protéger, certes, répondit Harrtuck d'une voix égale, insensible à la mauvaise humeur de Vahanian. Mais nous avons aussi été enrôlés pour défendre la caravane. Tu as l'intention de te soustraire à ça ?

— Oui, répondit Vahanian sans une once de scrupules dans la voix, en commençant à plier ses couvertures.

— Eh bien, pas moi ! rétorqua Harrtuck en plantant ses pieds dans le sol et ses poings sur ses hanches. J'ai fait une promesse, et je compte bien la tenir, au moins jusqu'à la frontière de Dhasson.

— Heureux de t'avoir connu, lâcha Vahanian. Parce que, d'après le vayash moru qui m'a sauvé la vie la nuit où je me suis fait rosser, Tris est attendu par de la magie noire à la frontière de Dhasson. Genre : « Ce dont vous avez besoin se présentera à vous sur la route de l'est », dit-il en continuant à fourrer ses affaires dans une sacoche.

— Et c'est tout ? s'étonna Tris sur un ton accusateur. Vous partez ? Comme ça ?

Vahanian se retourna pour le regarder.

— C'est vous, qui voulez rester. Venez avec moi, et je vous ferai traverser le fleuve. De là, vous pourrez choisir d'aller en Dhasson ou en Principauté. Je vous y conduirai. Mais je ne resterai pas ici pour servir de cible.

— Pour l'amour de la Déesse, Jonmarc ! As-tu oublié ce qui est en jeu ? plaida Harrtuck. Tris est la meilleure chance que le monde ait eue depuis dix ans pour arrêter Arontala. Ça peut valoir la peine de sauter sur l'occasion, surtout pour toi.

Vahanian détourna le regard.

— Dix ans, c'est long, marmonna-t-il furieusement en se remettant à faire ses bagages. Ce qui se passe en Margolan ne me concerne pas.

— Non, mais ce qui est arrivé à Chauvrenne, oui, aboya Harrtuck. Des hommes sont morts pour toi, là-bas, à cause d'Arontala. À moins que ces dix années t'aient effacé la mémoire…

Vahanian se retourna vers son interlocuteur si vite que Tris vit l'instant où le mercenaire allait frapper le soldat.

— Non, répondit Vahanian d'une voix grave et assassine. Peut-être que j'ai laissé cette histoire derrière moi.

— Vraiment ? rétorqua Harrtuck. Et ça vaut pour Shanna, aussi ?

Cette fois, Vahanian frappa, abattant un puissant coup de poing qui fit ployer l'huissier d'armes en arrière mais ne fit pas quitter sa place au mercenaire. Harrtuck ne le lui rendit pas, mais se frotta la mâchoire d'un air approbateur.

— Sapristi ! Joli coup, dit-il. Sacré coup. Je t'ai trop bien formé.

Vahanian dévisagea Harrtuck solennellement en se frottant le poing.

— Par la Putain, Tov, tu l'as bien cherché !

— Et si Carina ne venait pas de te soigner, je te remettrais les idées en place aussi, répliqua Harrtuck. Bandits ou non, Jonmarc, nous sommes plus en sécurité dans un groupe que seuls sur la route, et tu devrais le savoir. Tu ne fuis pas ces brigands, le provoqua-t-il en relevant le menton comme pour le mettre au défi de le frapper encore. Tu fuis Arontala. Maintenant, veux-tu saisir ta chance de te venger de lui, ou pas ?

Pendant ce qui sembla une éternité, les deux hommes se dévisagèrent. Finalement, Vahanian détourna les yeux en jurant et fonça tête baissée vers le rabat de la tente.

— Où vas-tu ? demanda Harrtuck.

— Ferrer les chevaux, aboya le mercenaire par-dessus son épaule. Si nous sommes assez fous pour rester ici, je veux qu'ils soient prêts à partir d'un moment à l'autre.

Tris ne dit rien avant que les pas de Vahanian soient loin, puis il se tourna vers Harrtuck.

— C'est la deuxième fois que vous mentionnez Chauvrenne, dit-il. Il est peut-être temps que vous me disiez ce qui s'y est passé.

Harrtuck prit une profonde inspiration et détourna le regard.

— J'ai pour règle depuis longtemps de ne pas parler de Jonmarc, en tout cas, pas beaucoup, répondit-il en se frottant la mâchoire.

— Vous savez ce qui est en train de se jouer, répliqua Tris. Je veux savoir à quoi nous avons affaire.

Harrtuck tourna de nouveau les yeux vers Tris, comme pour le jauger.

— Vous commencez à ressembler à un roi, mon prince, dit-il tout bas. Peut-être que la route vous réussit. (Il marqua une pause, puis pinça les lèvres en prenant sa décision.)

» J'ai rencontré Jonmarc il y a dix ans. Nous nous étions tous les deux engagés dans l'armée d'Estmark, à la frontière avec Dhasson. Nous étions jeunes et doués à l'épée. C'était une bonne situation, dit-il avec un soupir, du moins ça l'a été pendant quelque temps.

» Au bout d'un an environ, un nouveau commandant est entré à la tête de l'armée. Et à ses côtés, il avait un mage du Clan du Feu. Vous savez ce que pensent les soldats des sorciers, rappela-t-il en regardant Tris d'un air contrit.

— Oui, je le sais.

— Le commandant, un homme très honoré à Cartélasie, a commencé à changer, raconta Harrtuck. Il s'est mis à utiliser l'armée pour son propre compte. Jonmarc était capitaine, et tout ça ne lui plaisait pas. Et puis un jour, sa section a reçu l'ordre de collecter les impôts dans un village qui refusait de payer. Il n'était pas d'accord, mais il y est allé, se rappela Harrtuck. Les villageois se sont entêtés. L'arrivée des soldats chez eux ne les a pas intimidés. On lui a alors demandé de les brûler, dit-il. Jonmarc a refusé, et ses hommes l'ont suivi.

— Que s'est-il passé ? demanda Tris à voix basse.

— Ils ont été pourchassés et capturés par leur propre armée, mis aux fers et traînés devant la cour martiale, répondit amèrement Harrtuck. C'est le commandant en personne qui les a jugés, avec Arontala juste dans son dos. Il a fait exécuter la section tout entière pour trahison sous les yeux de Jonmarc, et puis il l'a conduit dans le hameau, auquel il a lui-même mis le feu. Il y a laissé Jonmarc pour qu'il meure avec les villageois. (Il se tut un moment.) D'une manière ou d'une autre, il a réussi à s'échapper. Et depuis ce jour, il est en fuite. (Il s'interrompit de nouveau.) C'est pour ça que j'ai voulu que Jonmarc soit notre guide. Ce n'est pas seulement le meilleur bretteur que j'aie jamais rencontré, mais il a autant de raisons que vous, Tris, de vouloir la chute d'Arontala.

— Mais alors, pourquoi…, commença Tris.

Harrtuck secoua la tête en devinant sa question.

— Pourquoi ne se jette-t-il pas sur cette petite chance de revanche ? Peut-être parce que la seule personne à qui il en veuille plus qu'à Arontala, c'est lui-même. Je ne sais pas. Tout ce que je sais, c'est qu'il a un jour été le plus fin stratège de l'armée d'Estmark, et qu'il a gâché une grande partie de ces dix dernières années à faire du trafic de soie et d'eau-de-vie sur le fleuve. J'imagine qu'il a juste baissé les bras.

— S'il est aussi bon que vous le prétendez, et qu'il a flairé quelque chose de louche, peut-être devrions-nous le prendre au sérieux. (Tris leva une main avant que Harrtuck ait eu le temps de répondre.) Je suis d'accord avec vous sur le fait de demeurer avec la caravane, au moins pour traverser la forêt. Mais peut-être que nous devrions rester sur nos gardes.

Harrtuck se mordilla la lèvre, puis hocha la tête.

— Oui, nous n'avons rien à perdre à ouvrir l'œil. Je parlerai à Ban et à Carrovet.

— Et à Cam, ajouta Tris après réflexion. J'ai l'impression étrange que lui et Carina sont liés à tout ça d'une certaine façon.

— Priez la Dame que Jonmarc soit simplement trop prudent, répondit Harrtuck. Il ne fait pas bon avoir des ennuis dans les bois.

Tris se dirigea vers l'ouverture de la tente.

— Où allez-vous ? demanda Harrtuck.

— Ferrer les chevaux, répondit Tris sans se retourner. Juste pour le cas où.

Il trouva Vahanian au travail dans les écuries de fortune, en train de ferrer les chevaux, de vérifier leur harnachement et de leur préparer des provisions ; son épée et son arbalète se trouvaient à proximité. Si les garçons d'écurie remarquèrent leur soudaine agitation, ils ne dirent rien et les laissèrent à leurs occupations. Pendant plusieurs heures, Tris et Vahanian travaillèrent en silence et ne s'arrêtèrent que tard dans la matinée, pour aller déjeuner et rattraper un peu de sommeil sur les meules de foin. Il fallut attendre que le soleil étire les ombres de la fin d'après-midi et que les garçons d'écurie aillent se coucher pour que Vahanian prononce enfin autre chose qu'un ordre expéditif.

— Alors, dit-il sans lever les yeux du sabot qu'il était en train d'examiner. J'imagine que Harrtuck vous a raconté pour Chauvrenne.

Il s'agissait plus d'une affirmation que d'une question. Après réflexion, Tris hocha la tête. Vahanian jura dans sa barbe.

— On dirait que je ne l'ai pas frappé suffisamment fort.

— Vous l'avez frappé assez violemment pour abattre un cheval.

— Ça doit être ça, alors.

— Il y a juste une chose que je voudrais savoir, reprit Tris en baissant les yeux vers l'animal dont il s'occupait et en lui mettant un nouveau fer.

— Qu'est-ce que c'est ?

— Votre ami, le vayash moru, dit qu'il ne faut pas que j'aille en Dhasson. Alors que se passera-t-il quand nous aurons passé la frontière et que nous serons en Principauté ?

Vahanian garda le silence pendant quelques instants, puis il répondit sans le regarder.

— Vous enverrez un message à votre oncle, et j'aurai ma paie.

— Et ensuite ?

Il y eut un autre blanc, plus gêné, cette fois, et Vahanian recommença à ferrer son cheval.

— Écoutez, Tris, je sais ce que vous voulez. Vous désirez que je m'engage dans cette grande croisade. Eh bien, le temps des croisades est fini, pour moi. Si mes calculs sont exacts, avec ce que vous me devez, je pourrai acheter une franchise de soie en Nargi. Ça doublera mes bénéfices et je pourrai prendre ma retraite en homme riche. Aller sur le fleuve, me trouver un bateau, faire un peu de commerce légal pour changer, arrêter de me faire tabasser…

— Baisser les bras, ajouta Tris.

L'espace d'un instant, avant que l'expression de Vahanian reprenne son masque familier, Tris crut voir un éclair différent traverser son visage, mais le regard du guerrier se raffermit.

— Ouais, répondit-il avec brusquerie. Je crois que vous pouvez appeler ça ainsi. C'est ce que pense Harrtuck. Ça ne change rien pour moi.

— Harrtuck prétend que ça n'a pas toujours été le cas.

— Je suis passé à autre chose.

— Vraiment ? Est-ce possible ? insista Tris en reposant le sabot du cheval au sol et en s'appuyant contre le mur de l'écurie.

— Je m'en sortais très bien jusqu'à ce que Harrtuck m'engage pour sauver vos royales miches, rétorqua Vahanian. Et je n'ai pas l'intention de me faire tuer en me battant contre quelque chose que vous serez incapable de vaincre.

— Il faut que quelqu'un essaie, répliqua Tris. Parce qu'il voudra tout : les sept Royaumes. Vous n'imaginez pas qu'Arontala s'arrêtera à Margolan, tout de même ? poursuivit-il. Où fuirez-vous, alors ? (Il marqua une pause.) Pour moi, cette option est exclue, déclara Tris. J'ai perdu ma famille.

— Vous n'êtes pas le seul.

Tris regarda le dos de Vahanian pendant un moment sans rien dire quand celui-ci se rendit au cheval suivant et se mit à examiner ses sabots.

— Shanna... était une parente ? demanda Tris à voix basse.

Cette fois, Vahanian garda le silence assez longtemps pour que Tris pense que le mercenaire ne répondrait pas.

— C'était ma femme, avoua-t-il finalement sans regarder son interlocuteur.

— Et Arontala... l'a tuée ?

À ces mots, Vahanian leva les yeux, le visage animé par un mélange de colère et de douleur.

— Vous posez beaucoup de questions.

— Ce sont les réponses qui importent.

Encore une fois, il y eut un long silence, puis un juron et un profond soupir, avant que Vahanian se lève et se retourne.

— Je suppose que vous les obtiendrez auprès de Harrtuck, de toute façon, dit-il en se passant une main dans les cheveux. Oui, j'en veux à Arontala, confirma-t-il à voix basse et la gorge serrée. J'étais plus jeune que vous, je n'étais pas encore entré dans l'armée. Ma vie était tranquille, ou du moins, je m'en sortais en forgeant et en récupérant les bijoux mortuaires des grottes des Fronterres, dans des tombes dont tout le monde avait oublié l'existence.

» Une nuit, un mage est arrivé et s'est présenté sous le nom de Foor Arontala. Il m'a offert plus d'argent que j'aurais pu imaginer pour un talisman qui, selon lui, se trouvait dans les cavernes. Tout ce que j'avais à faire, poursuivit Vahanian sur un ton amer et ironique, c'était aller le chercher et le lui rapporter.

Tris attendit en silence, se demandant si Vahanian allait poursuivre. Le regard de ce dernier était lointain.

— J'ai obéi, dit-il tout bas. Je l'ai trouvé exactement là où le sorcier l'avait annoncé, dans une tombe que je n'avais jamais vue auparavant. Et je l'ai rapporté. Je l'ai attaché à un cordon et passé autour de mon cou pour être sûr de ne pas le perdre. Sauf que, cette nuit-là, les Créatures sont venues.

— Des Créatures ?

À ce souvenir, la gorge de Vahanian se serra.

— Des créatures. Comme les « monstres ensorcelés » dont vous entendez toujours parler. Elles sont réelles. Et elles sont maléfiques. Elles sont sorties de nulle part, et tout ce qu'elles cherchaient, c'était la mort. (Il s'interrompit, et sa main monta inconsciemment à une cicatrice qui courait de son oreille à sa clavicule et disparaissait sous sa chemise.) Nous les avons combattues avec tout ce que nous avions. Je leur ai passé mon épée au travers du corps, je les ai coupées en morceaux, rien n'y faisait. À l'aube, il ne restait plus rien du village, plus personne, à part moi. Et les Créatures sont parties en fumée avec les premières lueurs du matin. (Il se retourna vers Tris, les yeux brillant au souvenir de son chagrin.) C'est le talisman qui les a appelées. C'est moi qui les ai attirées dans le hameau. Et quand elles sont venues, je n'ai rien pu faire.

— Pourquoi n'avez-vous pas péri, vous aussi ? demanda Tris tout bas.

Vahanian secoua la tête.

— Tout ce que j'ai pu en déduire, c'est que le talisman protégeait son porteur. Arontala le savait probablement aussi.

— Que s'est-il passé, ensuite ?

— Ensuite, j'ai rapporté cette maudite saleté dans les grottes où je l'avais trouvée, j'ai brûlé le village dans un bûcher funéraire, et j'ai fui aussi loin que possible. Et je n'ai jamais revu le mage, jusqu'au jour où il est réapparu, un an plus tard, aux côtés de mon commandant à l'armée d'Estmark. (Vahanian inclina la tête et s'appuya contre le cheval.) Cette histoire vous suffit-elle, mon prince ? demanda-t-il sans essayer de cacher l'amertume dans sa voix. (Quand il vit que Tris ne répondait pas, Vahanian se retourna vers lui et secoua la tête.)

» Vous ne comprenez pas ? demanda-t-il avec lassitude. Toutes les guerres du monde ne me les ramèneront pas. Et si je ne peux pas les faire revenir, alors à quoi me sert la vengeance ?

— Il faut que quelqu'un l'arrête.

Vahanian fit un grand geste des bras en signe de désespoir.

— L'arrêter ? Vous auriez plus vite fait d'obscurcir la lune. De dompter les vayash moru. De soulever les morts. C'est impossible. Vous aurez trépassé avant, et Arontala gagnera.

— Je dois essayer.

— Allez-y, foncez, marmonna sombrement Vahanian en vérifiant les provisions de son cheval. Je demanderai aux bardes de me raconter vos histoires. Les causes perdues font d'excellents contes dans les tavernes.

À l'extérieur des écuries, ils entendirent un son mat et des pas sourds. Avant que Tris ait eu le temps de répondre, Vahanian avait éteint la lanterne, attrapé son épée et son arbalète, et plongé sur le sol en tirant Tris auprès de lui.

— Qu'est-ce que vous fichez ? grogna Tris, mais Vahanian lui fit signe de se taire et de dégainer son épée.

Ils se relevèrent prudemment puis avancèrent tous les deux vers la fenêtre ouverte des écuries.

— Regardez, chuchota Vahanian en serrant son arbalète. Là-bas.

Tris aperçut plusieurs ombres noires qui se frayaient un chemin dans l'obscurité vers le campement endormi.

— Des bandits, constata-t-il.

Vahanian secoua la tête d'un air grave.

— Non. Des marchands d'esclaves.

— Comment… ?

— Voyez comme ils se déplacent, murmura Vahanian. Ils sont trop organisés pour des brigands. Et ce bruit sourd, c'était un carreau d'arbalète. Trop cher pour la plupart des bandits. Nous sommes dans de sales draps.

— Nous devons prévenir les autres.

— Retournez au campement, dit Vahanian en commençant à passer par-dessus le rebord de la fenêtre. Réveillez Harrtuck et Sotérius… Et puis zut ! Tous ceux que vous trouverez. Je vais les prendre à revers et voir combien je peux en avoir ainsi.

Tris dévisagea le mercenaire d'un œil interrogateur, et celui-ci se renfrogna, comme s'il pouvait lire dans les pensées du jeune homme.

— Non, je ne vais pas vous laisser tomber. Si je ne me trompe pas, vous allez avoir besoin de toute l'aide que vous pourrez trouver. Maintenant, allez-y, abrégea-t-il brusquement, et Tris partit vers la porte. Hé, fiston ! murmura Vahanian d'une voix rauque et grinçante. Faites-vous tout petit.

Chapitre 19

Sur les conseils de Vahanian, Tris resta dans les broussailles, attentif au fait que d'autres rôdaient entre les écuries en ruine et le campement. Quand il entendit des bruits de pas sur sa droite, le jeune homme porta la main à sa ceinture, vers sa dague. Immobile, le visage collé aux feuilles humides, il vit les bottes de l'étranger passer à deux doigts de sa cachette. Il avait l'impression que son cœur battait si fort que l'autre pourrait l'entendre, mais le marchand d'esclaves passa son chemin.

En adressant une prière silencieuse à la Déesse, Tris se redressa sur ses genoux, son poignard au poing, et avança vers le campement en restant accroupi. Il remercia le destin d'avoir placé la tente de Sotérius à côté des écuries, et se fondit dans les ombres jusqu'à en être assez près pour s'élancer à l'intérieur.

— Ban, réveille-toi ! siffla Tris d'un ton insistant.

— Il ne t'entend pas, répondit une voix moqueuse derrière lui.

Tris sentit la pointe d'un couteau entre ses omoplates. Comme il s'habituait à l'obscurité de la pièce, il vit Sotérius, ligoté et bâillonné, qui le regardait avec des yeux écarquillés de peur.

Tris leva les mains en signe de reddition, laissant tomber son couteau. Puis, alors que le marchand d'esclaves s'approchait derrière lui pour ramasser l'arme, Tris lui envoya son pied derrière le dos, en priant pour réussir, pour une fois, à reproduire le jeu de jambes de Vahanian.

Aussi maladroite que soit sa tentative, elle prit son agresseur par surprise, et celui-ci recula en titubant avec un juron. Tris se jeta sur l'homme, le clouant au sol, et le frappa assez fort au menton pour l'assommer. Après s'être saisi d'une lanière de cuir de l'équipement de cheval de Sotérius, Tris attacha les mains et les pieds de son ennemi inconscient et le bâillonna avec un chiffon. Il récupéra son couteau puis se dirigea vers Sotérius, qui le remercia par des bruits confus à travers son bâillon.

— Au nom de la Dame, Tris, tu es arrivé au bon moment ! s'exclama son ami à voix basse en se frottant les poignets. Que se passe-t-il ?

— Des marchands d'esclaves, répondit Tris d'un ton égal en se retournant vers leur prisonnier. Jonmarc va les prendre à revers, mais nous en avons vu au moins une dizaine s'introduire dans le campement. Nous devons réveiller les autres.

À cet instant, ils entendirent les fers s'entrechoquer dans l'espace découvert entre les tentes.

— On dirait que la fête a commencé, constata Sotérius avec un sourire nerveux, en tirant son épée avant de se diriger vers la porte de la tente au pas de course. Ne les faisons pas attendre.

Tris leva son épée et murmura une rapide prière de protection quand ils se jetèrent dans la bataille.

Les agresseurs s'étaient dissimulés dans l'obscurité pour attaquer, mais quelqu'un, ami ou ennemi, avait mis le feu à deux meules de foin proches de l'abri principal de la caravane, éclairant ainsi le ciel nocturne. Avant d'arriver au cœur de l'action, les deux compagnons furent séparés et, pendant que Tris affrontait deux marchands d'esclaves, il aperçut Sotérius provoquer un homme énorme, presque deux fois plus grand que lui.

Une flamme verte éblouissante traversa le ciel noir, explosant en un million de fragments scintillants avec un craquement semblable à la foudre. Sautant sur l'occasion que lui offrait la surprise de son adversaire, Tris abattit le malchanceux marchand d'esclaves avant qu'il puisse reprendre ses esprits. Tris pouffa de rire quand il vit une autre fusée, rouge, éclater dans le ciel, reconnaissant un tour de passe-passe de Carrovet.

— Continue, Carrovet, murmura-t-il en abattant un nouvel adversaire.

Il leva les yeux, et aperçut le barde qui se faufilait d'un fourré à l'autre pour pouvoir lancer ses feux d'artifice sans être dérangé.

Le nombre des ennemis, estimé par Vahanian à une dizaine, se révéla être au moins trois fois plus élevé, comme le constata amèrement Tris. Même si les membres convoi assiégé se battaient bravement, ils avaient déjà perdu la moitié de leurs compagnons – dont beaucoup de gardes – dans le groupe que Kaine avait emmené au col. En constatant combien cela rendait la caravane vulnérable, Tris se demanda si la dispute de Kaine et Linton était vraiment une coïncidence.

L'adversaire de Tris le frappa violemment, lui entaillant l'épaule. Le jeune homme se sentait faiblir, mais la bataille était loin d'être terminée. À la lumière du feu, il vit les dents de son attaquant se découvrir en un sourire victorieux. Puis le combattant se raidit juste au moment où il prenait son élan pour frapper encore, et chancela vers l'arrière. Un filet rouge se forma à la base de la dague qui s'était plantée entre ses côtes. Sans un mot, le marchand d'esclaves tituba et s'effondra en serrant sa poitrine, puis Carrovet surgit de l'ombre.

— C'est la nuit idéale pour ça, hein, Tris ? cria le ménestrel en retournant le cadavre pour récupérer son poignard.

Deux autres adversaires s'approchaient d'eux au pas de course. Alors, Carrovet fit un petit mouvement de la main et envoya un éclair d'argent à travers les lumières nocturnes. L'un des marchands d'esclaves plongea pour l'éviter, et Tris avança pour l'affronter, couvrant Carrovet pendant que ce dernier tirait sa propre lame.

— Exactement ce que je prévoyais de faire, répondit Tris.

Au loin, il vit Carina défendre la petite tente qui lui servait d'hôpital, mais elle n'était pas de taille à affronter ses deux ennemis bien décidés à y entrer. Au moment où Tris parait l'attaque de son adversaire, il vit l'un des marchands d'esclaves s'approcher de Carina avec une épée, immobilisant le bâton de la guérisseuse alors que l'autre homme lançait de toutes ses forces une planche cassée, frappant la jeune femme au niveau des omoplates, ce qui la fit tomber à genoux. Mû par la rage, Tris fendit l'offensive de son antagoniste, déterminé à venir en aide à Carina, mais l'opposant du barde repoussa ce dernier jusqu'à ce que Tris et Carrovet se retrouvent à combattre dos à dos.

— J'ai bien peur d'être à court de tours, haleta Carrovet entre deux parades.

Tris, qui peinait à maintenir son propre adversaire à distance, vit les marchands d'esclaves saisir violemment Carina et la soulever au moment où une silhouette masquée par une capuche surgissait des ombres, une boule de lumière blanche projetant ses rayons depuis les plis de ses manches. *Alyzza !* pensa Tris avec espoir quand les agresseurs de la guérisseuse reculèrent d'un pas incertain. Malheureusement, cet espoir disparut lorsque deux autres marchands d'esclaves s'élancèrent vers la vieille sorcière vêtue d'une épaisse cape, atterrissant lourdement sur elle et l'immobilisant si fermement que Tris se demanda si Alyzza n'étoufferait pas.

— Je crains que nous soyons tous à court, répondit Tris en contrant de justesse un coup de son adversaire.

Cam, Sotérius et Harrtuck étaient hors de vue dans le chaos où les hurlements paniqués des caravaniers se mêlaient aux cris de combat des assaillants. Autour d'eux, des tentes brûlaient, embrasant le sol dans un jeu d'ombres et de lumières.

Au moment où Tris rassemblait toutes ses forces pour repousser son opposant, il entendit un bruit sec près de sa botte et un carreau d'arbalète s'enfonça dans la terre au ras de ses orteils. Son ennemi profita de cet instant de distraction et projeta son arme avec une furie meurtrière sur l'épée de Tris, la brisant en deux. L'espoir que Vahanian vienne à leur secours s'évanouit quand le jeune homme leva les yeux et se vit encerclé par une demi-douzaine de marchands d'esclaves au regard froid, armés d'arbalètes encochées et pointées droit sur Carrovet et lui.

— Lâchez vos armes, cria le plus grand des hommes. D'ici, nous ne vous raterons pas. Je vous assure que vous valez plus pour nous vifs que morts.

Avec un haut-le-cœur, Tris lâcha ce qui restait de sa lame et, un instant plus tard, il entendit le bruit celle de Carrovet qui glissait sur le sol. Quatre des marchands d'esclaves accoururent et forcèrent les deux compagnons à s'agenouiller en leur arrachant ce qu'il leur restait d'armes. Tris échangea un regard solennel avec son ami, dont la pâleur reflétait sa sombre vision de la situation. Au bout d'un moment, la bataille fut terminée et les assaillants rassemblèrent leurs prisonniers dans les décombres de la partie principale du campement. Carina, qui se débattait toujours, fut traînée à côté de Tris, où elle tomba sans grâce contre terre. Avec un juron étouffé, la guérisseuse réussit à assener un brusque coup de pied aux chevilles de son agresseur. L'homme lâcha un cri et se retourna pour la frapper, mais un de ses compagnons lui aboya un reproche.

— Personne n'amoche les prisonniers avant l'arrivée du capitaine, lança le grand marchand d'esclaves.

Celui qui avait voulu battre Carina s'arrêta net et, avec un grognement et un regard qui lui promettaient deux fois plus d'ennuis, il s'en alla en boitant.

— Monsieur, haleta un étranger qui arriva au pas de course et s'arrêta en chancelant à un pas du grand marchand d'esclaves. Nous avons des nouvelles du col. L'autre groupe a été maîtrisé.

Le grand homme sourit froidement et hocha la tête.

— Bien, répondit-il avec satisfaction. Très bien. Kaine a mérité sa paie, précisa-t-il. Ordonnez-leur de nous rejoindre ici. On livre la marchandise aux acheteurs aujourd'hui.

— À vos ordres.

Le messager partit en bordure du campement et le grand marchand d'esclaves se remit à surveiller ses prisonniers.

— Je crois que nous sommes dans le pétrin, chuchota Carrovet à Tris.

— On dirait qu'il va nous falloir un peu plus de temps que prévu, pour arriver en Principauté.

— Toi, là-bas ! aboya le grand marchand d'esclaves à Tris. Silence !

Les assaillants sécurisèrent le périmètre du campement avec une efficacité professionnelle. Le moral de Tris dégringola lorsqu'il parcourut du regard les prisonniers enchaînés, pieds et poings liés. Sur les cinquante qui étaient restés avec Linton, il ne restait plus qu'une quarantaine de personnes. Les autres, supposa Tris, étaient plus probablement tombés en protégeant le convoi qu'en essayant de fuir les agresseurs. Avec une amère déception, il constata que Cam, Sotérius, Harrtuck et Vahanian comptaient parmi les disparus.

— Ils sont tous là. Du moins, tous ceux qui respirent encore, rapporta un petit marchand d'esclaves au visage variolé.

— Et le chef de la caravane ? s'enquit le grand.

L'homme à la figure variolée secoua la tête.

— Son cœur n'a pas supporté, répondit-il en faisant claquer sa langue. Je l'ai retrouvé mort dans son lit.

— Que ces hommes sont maladroits ! reprocha le grand marchand d'esclaves en regardant le désordre du camp. Ils en ont trop tué. Ça fait des bénéfices en moins. La prochaine fois, chaque prisonnier abattu sera déduit de leur ration de bière.

— Ouais, Tarren, répondit l'autre. Ça les motivera.

Tarren observa de nouveau les prisonniers. De la fumée planait au-dessus du campement en un nuage noir et nauséabond. Derrière les chariots, des cris de peur se mêlaient aux rires grossiers des gardes, révélant l'emplacement des survivantes féminines de la caravane. Tris serra la mâchoire et tira sur les cordes qui lui liaient les poings, mais après quelques efforts il comprit que ses ravisseurs s'étaient assurés qu'il ne puisse pas s'échapper.

— Qu'est-ce que nous avons là ? lança Tarren en marchant vers Carina, assise à un pas de Tris.

Les cheveux ébouriffés de la guérisseuse et sa robe noire de suie et déchirée témoignaient de sa lutte acharnée. Elle n'avait pas relevé les yeux depuis que les gardes l'avaient traînée à cet endroit, et Tris soupçonnait que la disparition de son frère était la cause de son désespoir, plus que leur situation désastreuse.

— Parle, femme. Tu es guérisseuse ?

Carina leva les yeux et le dévisagea.

— Oui, répondit-elle d'un ton neutre.

— Je me demande..., reprit Tarren en regardant son allure débraillée. Les guérisseurs rapportent pas mal. Tu as peut-être juste volé cette ceinture à un guérisseur. Je dois m'assurer que ce n'est pas le cas, dit-il en plissant les yeux. Sinon, je suis sûr que tu as d'autres... talents... utiles, ajouta-t-il.

Comme en réponse, un nouveau cri de terreur perça la nuit derrière les chariots.

— Tarren, nous l'avons trouvé, s'écria un marchand d'esclaves en rejoignant le cercle des feux.

Comme il se rapprochait, Tris vit qu'il portait sur ses épaules une silhouette ballante.

— Vivant ? demanda Tarren en fronçant les sourcils.

— À peine, répondit le nouvel arrivant. Il était juste au bord du campement. Au milieu d'une dizaine d'hommes à nous avec des flèches dans le dos comme preuves de sa culpabilité, ajouta-t-il en rejoignant son compagnon à la lumière du feu.

D'un coup d'épaule, comme s'il se débarrassait d'un sac de farine, le marchand d'esclaves lâcha le corps aux pieds de son chef.

Tris retint sa respiration. Vahanian gisait par terre, pâle et immobile.

Tarren regarda à tour de rôle les formes silencieuses de Vahanian et Carina.

— La récompense est bonne si on le ramène mort, mais elle est plus élevée s'il vit assez longtemps pour... être interrogé, dit-il. Guérisseuse, appela-t-il brusquement. Un marché. Prouve-moi ton talent sur ce contrebandier, et tu resteras sous ma protection. (Il eut un sourire carnassier.) Échoue, et je te confie à l'œil attentif de mes fidèles gardes.

Tris sentit son cœur s'emballer. Vahanian était beaucoup plus pâle que d'habitude, et un léger bleu teintait déjà ses lèvres. La respiration du mercenaire était superficielle, et une vilaine tache écarlate marquait sa tunique sous ses côtes. Tarren fit un pas en avant, puis tira sa dague ; Carina se ratatina en arrière par réflexe. Le marchand d'esclaves se pencha vers elle et coupa ses liens.

— Bon, reprit Tarren en croisant les bras. S'il vit, toi aussi. S'il meurt… je connais plein de maisons de passe qui seront contentes de t'avoir.

Tris prit une expression aussi rassurante que possible. Carina s'agenouilla à côté de Vahanian et fit glisser sa main droite sur toute la longueur du corps du contrebandier. Elle bougeait lentement, commençant par sa tête et, comme sa paume passait au-dessus de son visage, les marques superficielles dues au combat – une lèvre ouverte, une contusion rouge sur sa joue, une coupure peu profonde le long de sa mâchoire – disparurent. Tarren observait attentivement et remarquait les changements avec un sourcil levé.

Tris ralentit sa respiration et se laissa tomber en transe. Comme suspendu entre deux mondes, il avait vaguement conscience du campement, des marchands d'esclaves, mais il voyait aussi les Plaines des Esprits et ressentait les soins que dispensait Carina à un différent niveau de force vitale. Tris et Carina avaient découvert qu'il était possible, dans cet état de transe, d'avoir des échanges limités.

— *Tris, aidez-moi !* l'appela Carina.

Le jeune homme prit une profonde inspiration et concentra tous ses sens sur la force vitale de Carina, canalisant sa propre énergie vers elle comme il l'avait déjà fait dans la tente de la guérisseuse. Lorsqu'il frôla son esprit, il sentit combien ses forces étaient ébranlées par les soins qu'elle prodiguait.

Les paumes de la jeune femme arrivèrent à l'abdomen de Vahanian et elle blêmit en déchirant la chemise du guerrier de ses deux mains pour révéler une profonde plaie sur son ventre. Tris laissa la scène s'estomper devant lui, dans l'intention d'atténuer ses propres émotions et de canaliser plus d'énergie en direction de Carina.

— *Il meurt, Tris! Je crois que je ne pourrai pas le guérir à temps!*

Tris déploya encore plus ses sens magiques. Il s'humecta les lèvres avec concentration, se voulant complètement immobile, jusqu'à ne plus pouvoir sentir la fumée, ni entendre les cris des prisonniers, jusqu'à ce que plus rien n'existe du tout en dehors des ténèbres derrière ses yeux fermés.

Puis il perçut un mince filament de lumière évanescent, si faible qu'il brillait à peine dans les ténèbres. La lueur vacilla et, instinctivement, Tris plongea vers elle, s'étirant au maximum de ses possibilités pour atteindre le filament éclatant. Il regarda en arrière et se vit sous la forme d'un second filament de lumière intense, comme si sa force vitale pouvait être entièrement rassemblée dans ce simple fil brillant. Par réflexe, il consolida le filament ténu de Vahanian avec le sien, s'imaginant en train de s'accrocher de toute son âme à une corde glissante, et espérant pouvoir partager son énergie avec Carina assez longtemps pour qu'elle termine ses soins.

Sans prévenir, l'avertissement d'Alyzza dans la clairière lui revint à l'esprit. «*Jamais, jamais tu ne dois retenir un esprit qui ne veut pas rester*», l'avait prévenu la vieille ensorceleuse. Tris s'agrippa de toutes ses forces au fil vacillant, n'ayant aucune envie que l'esprit s'en aille.

Il attendit une éternité dans les ténèbres, suspendu dans une nuit sans fin. Le filament qui représentait la vie fragile de Vahanian oscillait toujours, mais ne faiblissait plus, au grand soulagement de Tris. Celui-ci ne ressentit pas non plus la séparation déchirante qu'il avait vécue à la mort de Kait. En effet, ce n'était pas la vie de la jeune fille, mais son esprit qu'il avait forcé à rester. Peut-être, songea-t-il, cela voulait-il dire qu'il faisait ce que Carina attendait de lui, en retenant Vahanian pendant qu'elle travaillait, et en lui prêtant ses capacités pour soutenir à la fois la guérisseuse et son patient.

La tension commençait à épuiser Tris alors qu'il s'efforçait de rester concentré. À un moment, le filament flageola dangereusement, et Tris se jeta dessus avec toute sa volonté. Il se le représenta en train de se tendre vers lui en réponse, et il s'accrocha à l'espoir de ce faible signe de vie. Le temps ne signifiait rien dans cette obscurité où il était privé de tout ce que ses sens pouvaient lui donner en dehors de la présence de cette lumière bleu clair. Progressivement, Tris sentit une chaleur croissante naître juste à la limite de sa perception, réchauffant l'air glacial des ténèbres qui progressaient résolument.

— *Encore un peu*, lui demanda Carina. Elle semblait fatiguée, mais ferme. Il redoubla d'efforts, faiblissant, et découvrit avec soulagement que le filament scintillant de Vahanian ne vacillait plus, mais palpitait d'un bleu léger et stable.

Après ce qui lui sembla une éternité, le jeune homme entendit de nouveau la voix de Carina.

— *Rompez le contact*, le pressa-t-elle.

Tris se représenta en train de relâcher doucement le fil bleu à présent plus fort, se laissant glisser à travers les ténèbres, puis il ouvrit les yeux, constatant avec douleur que ses deux pieds étaient engourdis et que son dos était sous l'effet d'une crampe gênante.

Vahanian grommela et prit une profonde inspiration. Tris risqua un coup d'œil vers le mercenaire. Sa respiration était calme et profonde, et son visage avait repris des couleurs.

— Bien joué, guérisseuse, la félicita Tarren avec respect. Vous, là-bas, lança-t-il à deux de ses hommes qui se trouvaient parmi le petit attroupement de spectateurs venus assister à la guérison, attachez-le et assurez-vous qu'il soit maîtrisé, ordonna-t-il en désignant Vahanian du menton.

Les marchands d'esclaves reculèrent d'un pas, le visage empreint de terreur.

— Vayash moru, chuchotèrent-ils, et ce murmure se répandit chez les spectateurs.

Tarren les regarda avec mépris.

— Balivernes ! Rien que des histoires de bonnes femmes ! (Il regarda de nouveau les deux hommes froidement, et ceux-ci semblèrent fondre sur place, déchirés entre leur peur de Vahanian et celle de leur commandant.) Maintenant, attachez-le, et fermement, répéta Tarren d'une voix plus effrayante que la vengeance de n'importe quel non-mort.

Pâles, mais obéissants, les deux personnages firent ce qu'on leur demandait et ligotèrent Vahanian à un piquet planté entre Tris et Carina. À la droite de Tris, Carrovet hocha la tête en signe d'approbation. À la gauche de Carina, Alyzza, toujours encapuchonnée, se balançait d'avant en arrière en fredonnant un air obsédant.

Quand Tarren et les autres partirent, Tris jeta un regard à sa voisine. La guérisseuse s'effondra contre le pieu auquel elle était attachée, les yeux baissés.

— Vous avez été fantastique, la félicita-t-il. Je n'ai jamais cru aux miracles, mais vous venez presque d'en accomplir un.

La jeune femme réussit à peine à lui adresser un faible sourire de reconnaissance.

— Je n'aurais jamais pu y arriver sans vous. Vraiment, dit-elle dans un murmure.

La vie avait déserté sa voix, la laissant monocorde et fatiguée. Il supposait qu'elle pensait à Cam et qu'elle ressentait son absence plus intensément qu'avant, ayant perdu son partenaire de guérison en même temps que son frère.

— Nous ne sommes sûrs de rien quant à Cam et aux autres, déclara-t-il avec autant d'espoir qu'il put en rassembler. Ban et Tov sont pleins de ressources. Ils ont peut-être réussi à s'échapper, pour aller chercher du secours, suggéra-t-il même si, au fond de lui, il craignait le pire.

Carina secoua la tête.

— Je veux y croire, chuchota-t-elle d'une voix entrecoupée. Mais à mon avis, nous nous voilons la face. Et nous étions si près de Dhasson.

— Nous y arriverons, d'une manière ou d'une autre, promit Tris. (Pourtant, malgré toute sa fermeté, il n'avait pas la moindre idée de la manière dont il allait respecter ce serment.) Il le faut. Je dois y parvenir.

Carina leva les yeux et soutint son regard pendant un long moment, comme si elle le voyait sous un nouveau jour.

— Je ne devrais pas espérer, murmura-t-elle finalement. Mais j'aimerais y arriver.

Entre eux, Vahanian se redressa puis s'installa sur le dos, cherchant inconfortablement le repos.

— Comment va-t-il ? demanda Tris avec inquiétude.

Il savait combien Vahanian avait été près de la mort. Toute tentative d'évasion dépendrait de la guérison du mercenaire.

— Je ne sais pas, répondit honnêtement Carina. Nettement mieux qu'avant, toutefois il était dans un sale état. Je n'ai ressenti aucun dommage permanent, mais après tout je n'ai pas eu beaucoup de temps

Tris hocha la tête. Carrovet se pencha vers lui en s'approchant autant que possible et siffla entre ses dents pour attirer son attention.

— Quel est le plan ? demanda-t-il dans un murmure tout en gardant un œil attentif sur les gardes qui se tenaient plus loin.

Tris grimaça.

— Observer et attendre, pour l'instant, répondit-il en haussant les épaules autant que ses liens le lui permettaient. Et espérer qu'une occasion se présentera.

— Nous ne sommes plus très nombreux, remarqua Carrovet avec pondération. Moins de monde à secourir, mais d'un autre côté, moins de monde pour aider en cas de combat.

— Je sais, répondit Tris en fermant les yeux alors que les bleus et les plaies de la journée commençaient à le faire souffrir sérieusement. Nous devrons faire avec.

À l'aube, le reste des marchands d'esclaves les rejoignit. Des chariots de provisions roulèrent bruyamment au milieu des décombres de la caravane, suivis par des mules chargées et deux charrettes remplies d'une dizaine d'esclaves menottés. Ceux-ci regardèrent les nouveaux prisonniers avec un désintérêt étudié, évitant le contact visuel.

Ils se sont résignés, pensa Tris. *Pas un seul d'entre eux n'a l'air prêt à se battre.* Encore une chose qui laissait présager que, s'ils devaient bénéficier d'une grâce, il leur faudrait se l'accorder par leurs propres moyens. Tris ferma les yeux pour se recentrer calmement sur lui-même et réviser la dernière leçon de Carina. Cette fois, il devait être prêt, se dit-il. Quand le moment viendrait, il aurait besoin de maîtriser ses pouvoirs, si nouveaux soient-ils. Il jeta un coup d'œil à la silhouette ramassée de Vahanian. *Dormez bien, mon ami*, songea Tris. *Il va me falloir du temps.*

Tris passa la matinée suivante à observer leurs ravisseurs. La bande n'avait pas l'air de compter plus d'une trentaine d'individus. Ils avaient établi le campement de façon efficace et étaient bien approvisionnés. Le moral du jeune homme dégringola. Il était peu probable que ces marchands d'esclaves leur laissent facilement l'occasion de s'évader.

Celle qu'il vit en premier, au petit déjeuner, était la jeune fille qui se faufilait rapidement au milieu des hommes en les évitant comme une fille de cuisine expérimentée. *Seulement quelques années de moins que Kait*, pensa Tris, mais elle avait une lueur dans les yeux qui dénotait une plus grande expérience que sa sœur. Ses cheveux châtains étaient sales et emmêlés, attachés avec un bout de ficelle. Sa robe usée avait dû être de bonne qualité, mais elle était maintenant beaucoup trop déchirée et tachée pour lui procurer plus qu'une protection à peine efficace contre le froid.

Cependant, il y avait une rapidité dans ses mouvements qui induisait une certaine intelligence, se dit Tris avec curiosité, même si, pendant les deux chandelles où il l'observa, la fille sembla être d'une maladresse désastreuse. Elle renversa du kérif brûlant sur un marchand d'esclaves, récoltant au passage une gifle, qu'elle encaissa sans un mot. Elle fit tomber du charbon et un petit tas d'herbe dans le feu, interrompant le petit déjeuner, ce pour quoi elle s'excusa platement, s'évitant une autre volée.

Toutefois, lorsqu'elle trébucha sur une corde de tente et fit tomber par terre le repas de Tarren, Tris eut l'occasion de croiser le regard de la fille. À sa surprise, il vit ce qui était sans nul doute un clin d'œil avant qu'elle se jette à genoux pour nettoyer les dégâts. *Pas si maladroite*, songea-t-il en réprimant un sourire. *Volontairement destructrice, et un humour espiègle.* Avant qu'il ait eu le temps d'en deviner plus, elle avait disparu dans la tente du cuisinier.

Juste avant que les feux du petit déjeuner soient allumés, Vahanian s'agita.

— Avec quoi m'a-t-on frappé ? demanda-t-il à personne en particulier.

Il s'efforça d'ouvrir les paupières, cligna des yeux et loucha à la lumière du soleil.

— Étant donné le sang, je dirais avec un glaive, répondit Tris flegmatiquement.

Vahanian bougea, sembla prendre conscience de ses liens pour la première fois et lutta brièvement, puis renonça et s'appuya de nouveau contre le piquet qui le retenait.

— Laissez-moi deviner, murmura-t-il. On a perdu.

— Hum, répondit Tris.

À cet instant, la fille apparut avec une miche de pain sous le bras et un pichet ainsi qu'une tasse dans l'autre main. Elle commença à traverser la rangée de prisonniers attachés, leur donnant à chacun une épaisse tranche de pain et leur tenant le récipient pour qu'ils boivent. Elle croisa le regard de Tris d'un air entendu, comme s'ils partageaient un secret, puis elle avança vers Vahanian.

— Comment avez-vous eu la chance qu'on vous laisse nourrir les prisonniers ? demanda le mercenaire en se passant la langue sur les lèvres.

La fille sourit d'un air satisfait.

— Eh bien, pour commencer, ils m'ont envoyée pour voir si vous étiez vraiment un vayash moru, répondit-elle. Je suppose que, si j'y survis, ils s'y essaieront peut-être. Ou peut-être pas, ajouta-t-elle en haussant les épaules.

Vahanian but goulûment son eau.

— Je ne comprends pas, dit-il.

Elle posa une bouchée de pain entre ses lèvres.

— La moitié du campement est persuadée que vous revenez d'entre les morts, expliqua-t-elle dans un murmure, avec un regard furtif par-dessus son épaule. Les hommes ont parié que vous alliez disparaître dans un nuage de fumée à l'aube.

Vahanian déglutit, et mordit de nouveau dans le pain.

— On m'a accusé de beaucoup de choses, répondit-il, mais ça, c'est nouveau.

— Faites-moi une promesse, demanda la jeune fille en se penchant comme pour mettre une autre bouchée de nourriture dans sa bouche. Je sais qui vous êtes. Je les ai entendus évoquer la récompense, poursuivit-elle avec des yeux verts étincelants. Quand vous vous enfuirez, emmenez-moi avec vous.

À ces mots, Vahanian ouvrit un peu plus grand ses yeux.

— Hier, j'étais mort, dit-il en buvant l'eau qu'elle lui offrait. Qu'est-ce qui vous fait dire que je vais partir où que ce soit ?

— J'ai entendu Tarren parler de vous, répondit-elle. Vous allez le faire.

Vahanian dévisagea Tris, puis de nouveau la fille.

— D'accord. Comment vous appelez-vous ? demanda-t-il.

— Berrie, répondit la jeune fille en donnant à Vahanian le dernier morceau de sa ration. Je dois y aller, dit-elle tout à coup après avoir regardé par-dessus son épaule.

Sur ces mots, elle avança vers Carina, mais ne dit plus rien en nourrissant les autres prisonniers.

Les marchands d'esclaves restèrent sur le site de la caravane en ruine pendant deux jours. Le matin du second jour, un cavalier approcha et, quand il leva les yeux, Tris vit l'homme sombre au visage fin entrer dans le campement à dos de cheval.

— Nous avons de la compagnie, chuchota-t-il à ses compagnons.

Vahanian leva la tête puis se raidit, le visage crispé de colère.

— Vakkis, murmura-t-il en donnant à ce nom l'accent d'une malédiction.

— Vous le connaissez ?

Vahanian acquiesça d'un air sévère.

— Trop bien. Un chasseur de primes. C'est à son sujet que j'avais mis Linton en garde ; c'est lui que j'ai vu à la taverne. Sauf que, cette fois, ce n'est pas moi qui suis en haut de sa liste, dit-il en jetant un regard entendu à Tris. C'est vous.

Le jeune homme digéra cette nouvelle sans rien dire, en observant l'étranger qui approchait. Tarren sortit personnellement à la rencontre de Vakkis, et à la façon qu'avait le grand marchand d'esclaves de garder de la réserve en s'efforçant de satisfaire le nouveau venu, il était clair, même hors de portée de voix, que celui-ci était son supérieur. Après une brève conversation, Vakkis et Tarren prirent la direction de l'endroit où les prisonniers étaient rassemblés, accompagnés par deux de leurs hommes qui les suivaient avec les chevaux. Ils regardèrent Vahanian d'un air soupçonneux, craignant clairement le contrebandier, qui sourit méchamment en s'assurant que ses lèvres se retroussaient pour laisser apparaître ses dents. Les marchands d'esclaves reculèrent, et le mercenaire pouffa de rire.

Vakkis s'arrêta en face de Vahanian, qui leva la tête et regarda le chasseur de primes dans les yeux d'un air de défi.

— Bien, bien, bien ! exulta Vakkis. Voyez ce que nous avons attrapé. Je n'étais pas dans le coin pour toi, Jonmarc, mais je ne dirais pas non à une prime de plus.

— La Démone t'emporte.

En réponse, Vakkis envoya un revers à Vahanian, et Tris vit du sang perler à la commissure des lèvres du mercenaire.

— La Démone m'emportera peut-être, comme tu dis, Jonmarc, rétorqua le chasseur de primes en se frottant le dos de la main, mais je peux t'assurer que tu la rejoindras avec moi. (Vahanian ne répondit rien, mais ses yeux s'empreignirent d'un froid assassin quand Vakkis fit un pas pour s'approcher de Tris.)

» Ah ! Bien ! Vous avez suivi mes instructions, Tarren, constata Vakkis. C'est exactement celui que je cherchais. (Vakkis le regarda de la tête aux pieds, et Tris eut l'impression désagréable d'être une marchandise dont on évaluait la valeur pour la vendre.) Nous avons un… ami commun… qui sera fort heureux de vous revoir, déclara Vakkis. Vous avez pas mal de comptes à rendre.

— Je surveillerais mes arrières, si j'étais vous, répliqua Tris d'une voix égale, malgré les martèlements de son cœur. (Il espérait reproduire l'attitude de mépris de Vahanian.) Après tout, j'ai vu de quoi votre… ami… était capable. N'espérez pas vivre assez longtemps pour dépenser votre argent.

Tris crut que Vakkis allait le gifler, lui aussi, pour son insolence, mais le chasseur de primes sembla changer d'avis et croisa simplement les bras.

— Je ne m'inquiète pas, répondit-il. Mais vous, vous devriez. Mieux vaut être le traqueur que la proie.

— Nous n'en avons pas terminé.

— C'est ce qu'on va voir, rétorqua Vakkis. (Il tourna les yeux vers Tarren.) Surveillez-les bien. Doublez les gardes postés ici. Conduisez-les à Shekerishet, et votre troupe sera riche. Échouez, et vous êtes tous des hommes morts.

La menace ne sembla pas atteindre Tarren.

— C'étaient les termes de notre marché, répondit-il. Ils iront au palais.

— Bien, acquiesça Vakkis en parcourant le campement des yeux pour la première fois. Maintenant, venez avec moi. On a beaucoup de choses à se dire.

Tris regarda les deux hommes s'éloigner et attendit qu'ils soient hors de vue pour se tourner vers Vahanian.

— Nous connaissons vraiment du beau monde, on dirait.

Son compagnon réussit à esquisser un sourire de travers.

— Ouais, vous vous rendez compte ? Vous pouvez considérer comme un honneur que votre frère ait envoyé Vakkis à votre recherche, ajouta le mercenaire. C'est le meilleur sur le marché. Ça fait déjà quelques années que je suis la seule ombre à son tableau de chasse, dit-il. Je suppose qu'il y a une fin à tout.

— Voilà un tableau de chasse que j'aimerais voir rester incomplet, commenta Tris.

Bientôt, Berrie reprit sa tournée de pain et d'eau parmi les prisonniers.

— C'est vous, que Tarren recherchait, n'est-ce pas ? demanda-t-elle à Vahanian en donnant de la nourriture à Tris et en lui tenant une tasse pour qu'il boive.

— On dirait bien, répondit Vahanian. Alors, que faites-vous ici ?

Berrie haussa les épaules.

— Au mauvais endroit, au mauvais moment. Une embuscade.

— Les avez-vous entendus dire où nous irions ensuite ? demanda Tris entre deux bouchées.

Berrie hocha la tête.

— En Margolan, en direction du palais. La nuit dernière, Tarren s'est disputé avec un de ses lieutenants à propos du chemin à suivre. Vakkis souhaite qu'ils aillent tout droit, mais cette route longe la forêt de Ruune Videya. Tarren s'en moque ; néanmoins les hommes sont superstitieux, ajouta-t-elle, alors que Tris finissait son pain et acceptait volontiers un peu plus d'eau. Ils ne veulent pas passer près du bois.

— Alors quelle voie allons-nous emprunter ? demanda Tris pensivement.

Berrie avança pour offrir un croûton à Vahanian.

— Celle que Vakkis veut prendre. Mais ça ne veut pas dire que les marchands d'esclaves en soient contents.

— C'est peut-être l'occasion rêvée, pour nous, siffla Carroyet. Vous savez ce que disent les histoires.

— Quelque chose d'autre ? insista Tris.

Berrie secoua la tête.

— Non. Je vais continuer à écouter. En attendant, prenez ceci, chuchota-t-elle.

À cet instant, elle sembla trébucher. Comme elle se rétablissait, Tris la vit laisser tomber un objet dans les mains liées de Vahanian.

— Ce n'est pas grand-chose, dit-elle. (Tris vit du métal étinceler avant que Vahanian le cache dans son poing.) Mais c'est coupant.

— Merci, répondit le mercenaire. On vous emmène.

Berrie sourit.

— Bien, répliqua la jeune fille. Oups ! lâcha-t-elle soudain. Je dois y aller.

Et elle avança vers Carina en regardant par-dessus son épaule.

Le lendemain, les ravisseurs réveillèrent les prisonniers à l'aube. Le campement était en ébullition dans l'air froid du matin, les marchands d'esclaves s'emparant de toutes les possessions des caravaniers et se préparant à la marche. Tris et les autres captifs furent détachés de leurs piquets, hissés sur leurs pieds et liés en rang d'oignons avec une longue corde, puis on les fit monter en groupes dans des chariots, auxquels fut noué chaque bout de la corde.

Avec le ciel gris de l'aube, une sensation de froid s'était installée dans le cœur de Tris. Le serment qu'il avait fait à Kait et à la Dame sonnait creux dans sa mémoire, et la possibilité de le respecter lui semblait aussi inaccessible que les Monts des Confins. *Peut-être que Harrtuck a vu juste*, pensa le jeune homme. La route et ses épreuves avaient finalement commencé à transformer en roi le prince surprotégé qu'il avait été. Tris leva son visage au vent et pria la Dame pour que ces leçons ne lui aient pas été données trop tard pour sauver ses amis, son royaume et l'âme de sa sœur.

— J'ai toujours aimé voyager en chariot, marmonna Vahanian à personne en particulier.

Carina le dévisagea, mais ne dit rien.

— Ça ne promet rien de bon, chuchota Carrovet derrière Tris. Je ne suis pas pressé de retourner à Shekerishet.

— Surtout pas de cette manière, répondit Tris.

Ils avancèrent jusqu'au crépuscule. Quand le campement fut dressé, un cavalier fut escorté directement à la tente où Tarren et Vakkis menaient leurs affaires. Lorsque les feux du dîner furent éteints, Tris entendit un bruissement dans leur dos, et aperçut Berrie du coin de l'œil.

— Vous devez fuir quand nous atteindrons la forêt demain soir, chuchota cette dernière avec empressement depuis les ombres.

— Pourquoi ? demanda Vahanian dans un souffle.

— J'ai entendu Vakkis et Tarren parler avec le cavalier qui vient juste d'entrer, murmura Berrie. Un message des acheteurs. Ils ne paieront que pour les jolies femmes et les hommes forts. (Elle marqua une pause.) Et bien sûr, pour vous et votre ami, ajouta-t-elle en désignant Tris du menton.

— Et alors ? répondit Vahanian.

— Ça signifie que Tarren tuera tous les autres dès que nous aurons traversé les plaines, demain, chuchota Berrie avec une peur évidente dans la voix. Il a besoin d'aide pour emmener ses chariots de l'autre côté des marécages. Mais il ne voudra pas gaspiller ses provisions pour conduire la « marchandise » de l'autre côté de la forêt s'il n'est pas payé pour.

Vahanian fronça les sourcils.

— Et la guérisseuse ? demanda-t-il en regardant vers Carina.

— Rien de bon, souffla Berrie avec empressement. Tarren a dit qu'il ne pourrait pas la vendre car personne ne ferait confiance à une guérisseuse qu'on retiendrait sous la menace. Elle ne se donnerait pas à fond, je suppose. Ils commenceront à tuer tout le monde dès que nous entrerons dans la forêt, répéta Berrie. J'espère que vous avez un plan.

— Bien sûr que oui, répondit Vahanian, sûr de lui. Ne nous perdez pas de vue.

— Il nous reste un peu de temps, ajouta Berrie avec un petit ricanement de satisfaction. J'ai ajouté quelques champignons sauvages à leur ragoût, ce soir. Je ne pense pas qu'ils dormiront bien, expliqua-t-elle.

Et au loin, Vahanian entendit un homme qui vomissait.

— Berrie ! appela le mercenaire.

— Oui ?

— Je suis content que vous soyez de notre côté.

— Ouvrez l'œil ! leur recommanda-t-elle avant de disparaître dans l'ombre.

Vahanian tourna les yeux vers Carina. La guérisseuse était calme et distante, comme si, en se taisant assez longtemps, elle pouvait entendre Cam l'appeler.

— C'est le moment idéal pour réciter quelques prières, prêtresse.

Carina l'observa, mais pas dans les yeux.

— Je ne suis pas une prêtresse, marmonna-t-elle. Je ne peux pas vous aider.

— C'est peut-être le moment de penser à une reconversion, répondit Vahanian avec esprit.

Pourtant, la jeune femme détourna le regard, refusant de se laisser entraîner dans ses plaisanteries.

— Parlez-moi donc de ce plan, chuchota Tris.

Vahanian se renfrogna.

— Nous entrons dans la forêt et vous utilisez vos « esprit es-tu là ? » pour les faire tous disparaître.

— C'est ça, votre idée ? demanda Tris, sceptique.

— Vous avez mieux ? rétorqua Vahanian.

— Tu sais, intervint Carrovet d'une voix à peine audible, ça pourrait marcher.

Tris se retourna autant que possible vers le ménestrel.

— Et comment, d'après toi ?

Carrovet réfléchit un instant.

— Je ne sais pas exactement où nous sommes, mais je sais qu'à certains endroits la forêt est bordée de falaises truffées de grottes. Ça pourrait empêcher les marchands d'esclaves de nous suivre, quand nous nous serons échappés.

— Hum ! Vous oubliez une chose importante, répondit Vahanian. La partie où nous nous enfuyons.

— Demandons leur aide aux esprits, répondit le barde. Ils écouteraient Tris. Les fantômes de la Ruune Videya ont été assassinés par un roi tyrannique. (Carrovet haussa les épaules.) Ils seront peut-être compréhensifs.

— Ou nous pourrions finir aussi morts que les marchands d'esclaves si les spectres ne sont pas disposés à écouter, en supposant que je parvienne à attirer leur attention, marmonna Tris.

— Laissez-moi deviner, chuchota Vahanian. Notre seul espoir de nous sortir de là, c'est que notre cher Fantômet rameute une bande de revenants, qu'il les monte contre les marchands d'esclaves, et que nous priions la Démone pour qu'ils ne se retournent pas contre nous par la même occasion ?

— Vous avez compris l'essentiel, répondit Carrovet.

Le mercenaire grogna et s'appuya contre son piquet.

— Fantastique, marmonna-t-il. Et le pire, c'est que je n'arrive pas à trouver mieux.

Tris ferma les yeux.

— *Grand-Mère. J'ai besoin de vous. S'il vous plaît,* demanda-t-il aux esprits. *Montrez-moi ce que je dois faire.*

« *Suis ton instinct*, résonna le souvenir de la voix de Bava K'aa. *Quand le moment sera venu, tu sauras quoi faire. Si tu doutes, tout est perdu.* »

— *Mais comment saurai-je ?* demanda-t-il.

— *Tu sauras,* répondit la voix de la vieille sorcière, *quand tu seras trop effrayé pour entreprendre autre chose.*

Chapitre 20

Comme Berrie l'avait annoncé, les marchands d'esclaves se mirent en marche vers la forêt dès le lendemain. Le Marais de Hanson s'étendait entre la route de Dhasson et celle de l'ouest, plus directe, qui retournait vers Margolan. Les chariots commencèrent à ralentir à partir du moment où ils quittèrent la route de Dhasson et, au bout de deux chandelles, les hommes vidèrent les charrettes de toutes les marchandises capables de marcher.

À midi, la terre du chemin était si molle que les prisonniers et leurs ravisseurs durent fréquemment pousser les véhicules pour les forcer à avancer dans la boue. Tris sentit son humeur s'assombrir. Comme Berrie l'avait suggéré, l'aide de tous serait vraiment nécessaire pour qu'ils parviennent à atteindre la route de l'ouest. Quand ils y seraient, les marchands d'esclaves pourraient facilement se débarrasser des marchandises invendables et alléger leur chargement pour le dangereux périple à travers le bois. Et l'heure tournait.

Depuis qu'ils avaient pénétré dans le marécage, Tris essayait d'évaluer la véracité des contes de Carrovet à propos des âmes errantes de la forêt. Un plan désespéré pour gagner leur liberté avait commencé à se former dans son esprit, mais ses tentatives pour entrer en relation avec des esprits, pacifiques ou non, avaient été vaines. Il commençait donc à craindre que ces histoires ne soient que des fables imaginées pour empêcher les plus jeunes de s'aventurer au loin. Toutefois, alors qu'ils approchaient de la partie la plus reculée du marais, les fantômes commencèrent à l'appeler.

Le premier contact l'ébranla, le faisant presque tomber. Carina l'aida à se redresser en le regardant d'un air inquiet, comme si elle soupçonnait que la seule boue glissante n'était pas responsable de sa perte d'équilibre.

— *Qu'êtes-vous venus faire ici?* hurlait une cacophonie de voix dans sa tête.

Tris renforça son bouclier mental, conscient que sans l'entraînement d'Alyzza et de Carina ces présences l'auraient submergé.

— *Je suis prisonnier*, répondit-il aux voix criardes. *Qui êtes-vous, et qui servez-vous?*

— *Nous sommes les disparus, et nous sommes les serviteurs de la vengeance!* lancèrent les voix.

Maintenant, grâce à sa vision magique, il pouvait sentir leur présence dans la clairière.

— *Qui êtes-vous?*

— *Le descendant et l'héritier de Bava K'aa*, répondit Tris en s'efforçant de pousser le chariot afin de ne pas attirer l'attention des marchands d'esclaves.

Il lui était de plus en plus difficile de se concentrer sur plusieurs choses à la fois, la férocité des esprits lui demandant de garder un contrôle vigilant sur ses boucliers.

— *Bava K'aa… Bava K'aa… Bava K'aa.* (Le nom résonna, repris par des centaines de voix, jusqu'à ne devenir qu'une plainte semblable au bruit du vent.) *Libérez-nous, descendant de Bava K'aa*, gémirent-elles. *Vengez-nous!*

Tris sentit la colère que les revenants avaient accumulée depuis leur assassinat et depuis la trahison qu'ils avaient subie bien longtemps auparavant; il perçut leur jalousie à l'égard des vivants, ainsi que leur profond désir de rétablir le tort qui leur avait été causé des générations plus tôt. Cependant, il ne ressentait rien de maléfique, même si les spectres exprimaient leur chagrin avec une telle intensité qu'ils semblaient vouloir se venger sur tous les êtres vivants qui entraient sur leur territoire.

— *Vous êtes un Invocateur!* reprirent les voix. *Rendez-nous justice. Vous pouvez entrer dans la forêt, mais les autres ne sont pas les bienvenus.*

— *Mes amis et moi sommes prisonniers*, répéta Tris, en espérant que la ruse qui commençait à germer dans son esprit fonctionnerait. *Nous avons été pris par des marchands d'esclaves. Nous n'avons pas d'autre choix que de pénétrer sur votre territoire.*

— *Marchands d'esclaves… marchands d'esclaves… marchands d'esclaves.* (Chacune des voix reprit ces mots, et Tris sentit leur colère s'intensifier.) *Donnez-nous les marchands d'esclaves!*

— *Libérez-nous d'eux, promettez-moi que les prisonniers passeront sans danger,* demanda Tris, *et quand nous atteindrons la forêt, je vous accorderai le repos.*

— *Le repos…* (Les voix firent durer l'écho en un hurlement long et sifflant.) *Nous ne pouvons reposer en paix.*

— *Donnez-moi votre parole qu'aucun mal ne sera fait aux prisonniers. Libérez-nous, et je vous aiderai à passer dans l'au-delà*, marchanda Tris.

— *Le repos…*, reprirent les voix. *Nous acceptons votre marché, descendant de Bava K'aa. Mais notre pouvoir réside dans la forêt. Venez à la lisière du bois, et nous vous libérerons.*

— *Promettez-le-moi*, répéta Tris. *Faites-moi le serment qu'aucun mal ne sera fait aux prisonniers.*

— *Nous ne voulons que les marchands d'esclaves*, hurlèrent les voix. *Libérez-nous, et vous traverserez la forêt sans danger. Mais si vous ne nous envoyez pas à la Dame, vous et vos amis nous rejoindrez pour l'éternité.*

C'était un marché follement dangereux, pensa Tris, mais il leur réservait un sort moins certain que celui que leur destinaient les marchands d'esclaves à la nuit tombée.

—*Marché conclu*, promit-il.

—*À la lisière de la forêt… quand les ténèbres seront tombées*, chuchotèrent les esprits en s'éloignant.

Leur départ soudain lui fit perdre l'équilibre, comme s'il avait lutté contre un vent fort qui serait tombé d'un seul coup. Ses boucliers, renforcés contre un pouvoir désormais absent, flamboyèrent dans sa vision d'Invocateur quand il essaya de les dissiper.

—Toi, là-bas, pose ton dos là-dessus ! aboya un marchand d'esclaves en abattant violemment son fouet sur l'échine de Tris.

Déjà déséquilibré, il fut projeté sur les genoux par le coup, et lutta pour ne pas crier de douleur.

Carrovet l'aida à se relever avec un regard inquiet, et Tris reprit sa part d'effort en poussant l'énorme chariot.

—Tout va bien ? demanda le barde dans un murmure en gardant un œil sur le marchand d'esclaves qui avait frappé.

—Pas vraiment, répondit Tris à travers ses dents serrées. (Le coup de fouet le brûlait, et il sentait le sang se mêler à sa sueur le long de son dos.) Mais je crois que j'ai un plan.

—Nous allons en avoir besoin.

—Fais-le savoir aux autres. À la tombée de la nuit, je vais appeler les esprits.

—C'est ça, ton plan ? siffla Carrovet. Nous nous faisons tuer par les spectres plutôt que par les marchands d'esclaves ?

—Nous avons un… accord. Je crois, répondit Tris tout bas. Quoi que vous voyiez, quoi qu'il arrive, allez juste vous cacher. Laissez-moi m'occuper des fantômes.

—Avec plaisir, marmonna le ménestrel. Mais ce n'est pas exactement le genre de programme que j'imaginais.

— Nous ne trouverons pas mieux, dit Tris, qui espérait ne pas s'être trompé sur les intentions des esprits.

— Encore un peu, et il n'aura servi à rien que Carina ait soigné Jonmarc, chuchota Carrovet.

Tris suivit son regard. Vahanian n'avait, de toute évidence, pas complètement récupéré de ses blessures. À deux reprises, le contrebandier trébucha et tomba. Seule la peur des marchands d'esclaves quant à la nature vayash moru de Vahanian lui évitait leurs coups. Cette crainte commençait à se dissiper, songea Tris, effacée par celle de devoir pénétrer dans la forêt.

Tris grogna en poussant la charrette sur une flaque de boue particulièrement poisseuse. À côté de lui, Carrovet faisait preuve de créativité dans les jurons qu'il poussait dans tous les dialectes de la cour de Margolan. Au coin opposé, Vahanian et Carina luttaient contre la fange. L'effort faisait pâlir le mercenaire, et Tris remarqua que, malgré leurs fréquentes querelles, la jeune femme étendait son attitude farouchement protectrice envers ses patients au contrebandier blessé. Elle se glissa sous l'épaule de ce dernier et le rétablit à la force de sa mince silhouette.

— D'une minute à l'autre, Tarren va envoyer une de ses petites brutes pour voir pourquoi nous n'avançons pas, siffla Carrovet.

Il gardait un œil méfiant sur les marchands d'esclaves, qui s'acharnaient sur un autre groupe de prisonniers dont le chariot, empêtré jusqu'aux essieux, refusait de bouger. L'un des ravisseurs, deux fois plus costaud que tous les captifs en plein effort, fouetta vicieusement avec une cravache l'homme le plus proche, mais n'ajouta pas sa propre force au travail.

— Je sais, murmura Tris. Essayons de le faire bouger, cette fois.

Alyzza, toujours crainte des marchands d'esclaves, était assise dans la charrette, attachée, la capuche baissée. Elle n'avait pas fait un geste depuis le début du voyage, mais à présent la vieille ensorceleuse se glissait lentement au bas du chariot pour se rapprocher de l'endroit où Tris et les autres luttaient avec le véhicule embourbé. Guidée par leur voix, elle s'arrêta à portée de bras de Tris et de Carrovet, et se mit à fredonner doucement, en se balançant au rythme de la mélodie.

— Regarde ! souffla Carrovet.

Au son de la chanson de la sorcière, le chariot commença à se soulever, juste assez pour passer l'obstacle. Carina et Vahanian échangèrent des regards avec Tris et Carrovet, puis s'appuyèrent contre la charrette pour profiter de cette aide. Avec une embardée, le véhicule empêtré se libéra, roulant presque sur eux comme ils se démenaient pour rattraper les autres. Alyzza cessa de fredonner.

— Merci, murmura Tris pendant qu'ils poussaient le chariot sous le nez du marchand au fouet.

Alyzza pencha la tête, presque indistinctement, en signe de reconnaissance.

Deux fois encore avant la nuit, Tris et ses amis durent se faire aider de la vieille femme pour faire bouger le véhicule qui se prenait obstinément dans les ornières de la route défoncée. Au coucher du soleil, le pire du marais était derrière eux, et Tris sentit un froid glacial l'envahir, qui n'avait rien à voir avec la fraîcheur du soir. La fin des terres marécageuses signifiait la fin de l'utilité des prisonniers, pensa-t-il, alors que leurs ravisseurs allumaient les feux et attachaient les captifs au bord du campement. Si la mise en garde de Berrie était justifiée, l'heure du massacre sonnerait bientôt.

Les marchands d'esclaves s'installèrent à l'orée de la forêt, là où les arbres poussaient contre une immense paroi rocheuse verticale piquetée de grottes peu profondes et de pierres branlantes. Pendant que les hommes s'agitaient dans les préparatifs du souper, Tris ferma les yeux et essaya de se concentrer.

Quand les ténèbres seront tombées, descendant de Bava K'aa. Quand les ténèbres seront tombées.

Tris regarda l'organisation du dîner avec un nœud à l'estomac. Les messes basses des marchands d'esclaves et leurs regards furtifs ne firent que confirmer l'avertissement de Berrie. Tris jeta un coup d'œil à Vahanian, qui luttait avec la petite lame que la jeune fille lui avait donnée, dans l'espoir d'affaiblir les cordes qui liaient ses poignets.

Il savait que la journée avait été difficile pour tout le monde, avec cette marche forcée et les efforts qui les avaient physiquement épuisés. Cela semblait avoir été plus éprouvant pour Vahanian. Avant le périple, le mercenaire aurait pu s'enfuir lors d'une courte bataille. À présent, Tris doutait qu'il soit capable de se sortir de plus qu'une simple escarmouche.

Carina semblait perdue dans ses pensées. Aussi ennuyeuses qu'aient été les querelles constantes entre la guérisseuse et Vahanian pendant le voyage de la caravane, maintenant que la jeune femme ne lui répondait plus, ce silence semblait peser au mercenaire. Le double choc de la disparition de son frère et de leur propre revers de fortune semblait trop lourd à supporter pour Carina.

Carrovet était celui chez qui la nervosité était la plus évidente. Si l'avertissement de Berrie était vrai, alors, parmi eux cinq, lui-même, Carina et Alyzza allaient mourir. En observant ses compagnons, Tris comprit que le barde se préparait aussi à la bataille. Dans les plis de sa tunique, il avait caché une petite dague que les marchands d'esclaves n'avaient pas trouvée. Il jouait avec le poignard entre ses doigts engourdis. Il surprit le regard de son ami et lui renvoya un sourire audacieux. S'il fallait se battre, le ménestrel offrirait un beau combat à leurs ennemis.

Au crépuscule, alors que les feux du dîner s'éteignaient, Tarren et ses hommes avancèrent vers les prisonniers. Le lieutenant hocha la tête.

— Vous êtes sûr qu'on ne peut pas trouver d'acheteurs pour les autres ? demanda-t-il en s'efforçant de concilier les ordres avec son sens des affaires. Ce ne sont pas les meilleurs qu'on ait attrapés, mais il y a des mines à l'est qui prendraient tout le paquet sans poser de questions, du moment qu'ils respirent.

Tarren secoua la tête.

— Je sais. Je sais, dit-il. Je ne peux pas non plus dire que ça me plaît, mais nous allons devoir nous préoccuper de la forêt, ce qui m'enchante encore moins.

Le lieutenant regarda de nouveau les arbres et acquiesça.

— Ouais, ce n'est pas moi qui dirais le contraire. Bon, alors mieux vaut en finir avec ça, puisqu'on ne peut pas y couper. (Il s'approcha de l'endroit où Tris et les autres étaient attachés, et Tris le regarda parcourir la rangée à grands pas.) Celui-ci, dit le marchand d'esclaves en pointant son épée sur Tris, c'est celui que Vakkis nous a envoyés chercher, confirma-t-il alors que Tarren hochait la tête. Et celui-ci, poursuivit-il avec un sourire jubilatoire en se tournant vers Vahanian, c'est la cerise sur le gâteau. (Il observa de nouveau Tarren.) Les autres ?

Tarren secoua la tête.

— Le maigrichon, répondit-il en désignant Carrovet du menton, ne tiendrait pas une journée dans les mines. Les autres ne valent rien. Tue-les.

Le lieutenant tapota pensivement sa lame du bout des doigts tout en faisant un pas de plus vers les captifs. Il s'arrêta tout près de Carina et, seulement à cet instant, la guérisseuse leva des yeux noirs impassibles.

— Je vais peut-être commencer par toi, jolie dame, ricana froidement le marchand d'esclaves. Je pense que tu ne t'en souviens pas, mais tu m'as frappé assez méchamment avec ton bâton. Il est temps de me le payer, annonça-t-il en avançant alors que Carina se ratatinait contre son piquet.

Les poignets de Vahanian étaient éraflés, mais la solide corde s'effilochait.

— Non ! s'écria-t-il d'une voix râpeuse.

Comme le lieutenant se penchait, la lame prête à frapper, les liens du mercenaire cédèrent et il bondit tel un serpent pour saisir l'homme à bras-le-corps et bloquer la main qui tenait le couteau.

Vahanian immobilisa le lieutenant entre ses genoux, lui faisant lâcher l'arme avant de la jeter dans les ténèbres. Puis, de toutes ses forces déclinantes, il abattit ses poings serrés sur la mâchoire du marchand d'esclaves, jusqu'à ce que celui-ci perde connaissance. Des bruits de pas l'avertirent de la présence d'un autre adversaire. Alors Vahanian tira l'épée du lieutenant hors de son fourreau, se jeta à terre et roula pour se retrouver en position accroupie.

Tris s'élança en avant, luttant contre ses liens, avec un seul mot à l'esprit. *Maintenant!* cria-t-il aux présences sombres qui attendaient juste en bordure de la forêt. Un vent glacé balaya la clairière, et les cordes qui retenaient ses poignets tombèrent ; il s'y empêtra les pieds et tomba au sol alors qu'un épais brouillard les enveloppait soudain, de tous les côtés à la fois.

— Je te couvre ! siffla Carrovet en frottant ses poignets tout juste libérés.

La force dégagée par la rage des revenants souffla Tris comme une tempête invisible au moment où il se hissait sur ses pieds et luttait pour garder le contact avec les fantômes qui tournoyaient autour d'eux en une brume compacte recouvrant la clairière.

— Allez à l'abri ! hurla Tris au-dessus du vent.

Le campement tomba dans le chaos. Du coin de l'œil, Tris aperçut Vahanian visant un adversaire alors que le brouillard tourbillonnant commençait à prendre des formes humaines, tordues, tourmentées, aux bouches béantes : des personnages cauchemardesques. Tris dut puiser dans toutes ses forces pour maintenir son lien avec les spectres et, comme leur nombre augmentait, leurs hurlements funèbres se firent de plus en plus pressants ; il sentit le contrôle lui échapper.

Protégez-nous ! cria-t-il dans sa tête, invoquant les esprits qui l'entouraient. Il pouvait percevoir leur colère, leur vengeance si longtemps interdite, et cette malveillance gonflait comme des nuages de tempête. Carrovet se battait avec une épée volée, repoussant les marchands d'esclaves qui se jetaient sur Tris. Vahanian, qui se taillait la part du lion dans la bataille, fatiguait rapidement. L'homme qui l'affrontait sembla sentir sa faiblesse et redoubla ses attaques, le poussant contre la falaise à force de coups assez violents pour fendre quelqu'un du cou jusqu'à la taille.

Son opposant infligea une coupure superficielle à Vahanian au niveau de l'épaule. Certain d'avoir le dessus, il s'élança de toutes ses forces en avant, obligeant le mercenaire à parer furieusement pour sauver sa vie. Puis, juste au moment où Tris pensait que Vahanian ne pourrait plus retenir son adversaire, une pierre de la taille d'un melon tomba lourdement de la saillie au-dessus d'eux, frappa le marchand d'esclaves par surprise sur le haut du crâne ; il tomba sans un mot. Au-dessus de Vahanian, sur la falaise, un petit rire espiègle retentit, et Tris vit Berrie sauter d'une corniche à l'autre, esquivant les flèches des marchands d'esclaves. Elle lança une pluie de roches et de grosses pierres sur leurs têtes.

Tris se retourna vers les esprits avec un déchirement violent ; il fit face à la malveillance grandissante du nuage noir. Il voulait que les fantômes de la forêt repoussent leurs ennemis, mais à mesure que les revenants se pressaient autour de lui, il comprit qu'ils en avaient décidé autrement. Le vent d'hiver fouettait la clairière dans un grondement glacé, le gelant jusqu'aux os et faisant voler ses cheveux comme des fouets dans ses yeux. À côté de lui, Carina s'était emparée d'un des piquets et s'en servait de bâton, tenant à distance un marchand d'esclaves qui s'élançait vers Tris, à moitié fou de terreur.

Vahanian revint auprès d'eux en courant, pâle et à bout de souffle.

— Je vais vous aider à le couvrir, déclara-t-il en prenant la relève de Carina. Un de ces jours, il faudra que vous vous mettiez à l'épée.

— Impossible, souffla-t-elle en utilisant son bâton pour faire un croc-en-jambe à un homme qu'elle frappa lourdement à la tête. Les guérisseurs n'utilisent jamais de lames.

— Règle idiote, répondit Vahanian dans un cri.

Puis il engagea le combat avec un marchand d'esclaves qui courait vers Carrovet, permettant ainsi au barde de projeter une dague et d'abattre son poursuivant.

— Il doit y avoir un paquet de guérisseurs morts.

— Je ne m'attendais pas que vous compreniez.

— Un jour, il faudra que vous m'expliquiez en quoi il est mieux d'assommer un homme que de lui passer simplement l'épée au travers du corps, rétorqua Vahanian.

Tris s'efforçait de rester concentré, alors que cela le vidait de ses forces et commençait à l'épuiser. Il était presque impossible de voir à travers le brouillard, qui avait presque obscurci la lune. Cette nuit, même cet astre semblait ensorcelé, brillant d'une lumière étrange que les ténèbres commençaient à voiler, lui donnant ainsi des couleurs sinistres. Du plus profond de la brume, Tris entendait les cris d'effroi de leurs ennemis et le fracas de la bataille. Les autres prisonniers, libérés par les esprits, prirent les armes ou s'enfuirent. Peu d'entre eux échappèrent au brouillard spectral pour courir dans les ombres de la forêt, et leurs hurlements sinistres témoignèrent qu'un danger bien plus grand que les spectres attendait ceux qui reproduiraient leur folie.

La brume bouillonnait, ponctuée de temps à autre par des boules de feu sorcier envoyées par Alyzza aux quelques marchands d'esclaves qui se battaient encore. Un fourmillement instinctif dans la nuque de Tris l'avertit d'un danger. Le brouillard était de plus en plus épais et les revenants de plus en plus visibles. Leurs visages tordus hanteraient ses cauchemars dans les jours à venir, il en était certain et, alors que le vent hurlait plus fort, il sut qu'il ne maîtrisait plus la situation.

— Mettez-vous à l'abri ! cria-t-il à ses amis. Je ne les contrôle plus ! (À leur mine livide, Tris comprit que ses compagnons s'en étaient doutés.) Allez-y ! hurla-t-il au-dessus du vent. Je vais les tenir à distance. Courez vers les grottes !

Vahanian et Carrovet agrippèrent Carina par le bras et partirent vers le fragile abri que fournissait la falaise. La guérisseuse se dégagea.

— Et Tris ? Que faisons-nous de lui ? s'écria-t-elle dans la tempête.

— Partez d'ici ! cria Tris en levant les mains pour se protéger d'une rafale qui le fit presque basculer.

Il sentait la malveillance des esprits, et il puisa au fin fond de son pouvoir pour maintenir une aura protectrice autour de ses amis.

— Tris peut s'occuper de lui-même, assura Vahanian en l'entraînant avec lui vers la falaise. (Il s'arrêta juste sous les saillies.) Berrie, sautez ! la pressa-t-il en tendant les bras.

Sous le poids de la jeune fille, il tomba presque à genoux, puis il entraîna les deux femmes vers une crevasse dans la roche. Il y poussa d'abord Berrie, puis Carina, malgré ses protestations, et enfin Carrovet ; il ferma ensuite l'entrée avec son corps. Dans sa main droite, son épée était prête à frapper et, instinctivement, il se servit de son bras gauche comme d'un bouclier pour se protéger de la rage meurtrière des fantômes.

Tris s'ouvrit aux esprits, rassemblant tout son pouvoir fléchissant et toute son âme pour maintenir un léger bouclier bleu autour de la crevasse où ses compagnons s'étaient réfugiés.

Puis soudain, la lune devint noire.

Tris connaissait les bruits des batailles rangées, il avait entendu les cris des hommes agonisants, mais ce qui surgit autour de lui dans cette clairière n'avait rien d'humain, et les tourments infligés par les esprits aux marchands d'esclaves dépassaient de loin tout ce que les artistes pouvaient imaginer de l'Antre des Ténèbres. D'un froid mordant, les fantômes vengeurs chassaient leurs proies, jouant avec les malfrats désespérés. Les cris des mourants se mêlaient à des hurlements barbares, au point que Tris avait une envie irrésistible de plaquer ses mains à ses oreilles pour ne pas perdre la tête. L'air était chargé de l'odeur du sang, et des dents spectrales écorchaient Tris. Il tremblait de tout son corps, alors que les revenants passaient au-dessus et à travers lui. Il était involontairement lié à leur vengeance sanguinaire, incapable de se tirer de cette force qui était bien décidée à balayer la clairière et à prendre sa revanche.

Les ténèbres semblèrent durer une éternité. Et finalement, Tris sentit les esprits s'éloigner, rassasiés par leur massacre. Il risqua un regard vers le ciel pour voir la lune masquée par une sphère noire, qui glissait progressivement sur le côté jusqu'à ce qu'enfin, après un long moment, l'astre brille de nouveau. Puis le brouillard s'enroula de mauvaise grâce vers la forêt.

Nous avons respecté notre part du marché, descendant de Bava K'aa, hurlèrent les voix. *Aucun mal n'a été fait à ceux qui étaient prisonniers. Maintenant, accordez-nous le repos.*

Tris rassembla ses dernières forces et tendit les bras dans un geste de bénédiction. Alors qu'il commençait à murmurer les puissantes paroles, il sentit les esprits qui tourbillonnaient autour de lui ; ils étaient emplis de nostalgie, de chagrin et de solitude. Il puisa de l'énergie dans la compassion qui montait en lui face au long exil de ces fantômes, à la trahison dont ils avaient été victimes, à leurs privations et à leur peine, et il projeta cette énergie dans son ultime bénédiction, puis procéda au rituel de passage dans l'au-delà. Dans les Plaines des Esprits, seulement visibles des mages, Tris vit les âmes qui attendaient d'être relâchées et, au loin, à la limite des ténèbres, il perçut la présence de Celle Qui Règne sur la Nuit.

L'appel qu'elle lança aux revenants égarés fut la chose la plus douce qu'il ait jamais entendue, bien qu'il lui soit impossible de le reproduire dans le langage mortel. Même sa propre âme était attirée vers cet appel, alors qu'elle était ancrée à son corps, incapable de le suivre.

Maintenant, reposez en paix, dit Tris quand les spectres commencèrent à se libérer des liens qui les retenaient dans la forêt. *Pour l'éternité.*

Comme une forte poigne libérant son emprise, les esprits l'abandonnèrent, et Tris tomba à genoux, trop exténué pour sentir le sol le percuter. Tout devint noir autour de lui.

Lorsque Vahanian osa ouvrir les yeux, la clairière était calme. Les fantômes de la Ruune Videya s'étaient bien vengés. Éparpillés dans le campement comme des pantins désarticulés, les marchands d'esclaves gisaient en des tas difformes, le visage tordu de terreur. Les lourds chariots étaient renversés comme des jouets au milieu des tentes en lambeaux. Tris gisait face contre terre dans cette pagaille, immobile. Des prisonniers, il ne restait aucune trace, excepté Alyzza, qui titubait en direction de Tris, les yeux brillants de folie.

Prudemment, le mercenaire fit signe aux autres de sortir de leur cachette, et il entendit Carina hoqueter quand elle vit Tris. La guérisseuse alla le rejoindre en courant puis le retourna doucement.

— Est-il…, commença Vahanian.

— Vivant, termina Carina en hochant la tête, les larmes aux yeux. Je ne sais pas ce qu'il a fait, ni comment il l'a fait, et je ne suis pas sûre de vouloir le savoir, mais ça l'a terriblement épuisé, déclara-t-elle. Il va avoir un mal de tête de tous les diables, quand il reviendra à lui.

— Et les autres prisonniers, sont-ils morts, comme les marchands d'esclaves ? s'interrogea Vahanian lorsque Carrovet et Berrie arrivèrent au milieu des corps.

— Vous n'avez pas à vous inquiéter pour eux, répondit une voix derrière eux. (Vahanian fit volte-face, l'épée à la main, et dévisagea avec étonnement l'homme aux cheveux de lin qui émergeait des ténèbres.) Ils sont en sécurité. Ils se sont dispersés, mais rien de ce que votre ami a invoqué ne leur fera de mal, promit le nouvel arrivant en se rapprochant. Il semblait planer au-dessus du sol.

Cet homme à l'apparence noble s'arrêta à un pas de Vahanian devant qui il fit une profonde révérence en marque de respect.

— Qui êtes-vous ? demanda Carina, même si Vahanian aurait parié que la guérisseuse avait deviné la nature de leur visiteur.

— Je m'appelle Gabriel, répondit le vayash moru. Je suis un serviteur de la Dame Noire, notre maîtresse, ajouta-t-il comme s'il s'agissait d'une formule habituelle de présentation. On m'a envoyé à vous.

— Pourquoi ? demanda Vahanian avec méfiance.

— Les esprits de la forêt ont obéi au commandement de votre ami, répondit Gabriel d'une voix douceâtre. Mais le bois est empli d'autres créatures, moins naturelles, au service des Ténèbres. Ma Dame m'a envoyé pour vous mener sans danger à un endroit où vous pourrez passer la nuit et pourvoir à vos besoins.

— Oh, Jonmarc ! intervint Carrovet sans quitter Gabriel des yeux. Tris et moi n'avons vraiment pas eu de chance la dernière fois qu'un fantôme nous a trouvé un lieu pour dormir...

— Ça vous arrive souvent ? demanda Vahanian.

Gabriel tourna son regard impassible vers lui.

— La Dame protège les siens, répliqua-t-il.

— Vous le connaissez ? demanda Carina.

Berrie, les yeux écarquillés, se blottit entre Vahanian et Carina, méfiante mais fascinée.

— Hum, nous nous sommes croisés, répondit le mercenaire.

Un léger sourire se dessina sur les lèvres fines du vayash moru.

— Vos compagnons sont connus de ma maîtresse, répliqua-t-il sur un ton courtois. Leur quête Lui est familière.

— Ça se voit : c'est tellement facile depuis le début..., marmonna Vahanian.

Derrière eux, au cœur de la forêt, il y eut un bruissement, puis un hurlement. Vahanian ne put imaginer aucune créature capable d'émettre un tel son.

— Venez, les invita Gabriel. L'aube est proche. Suivez-moi.

Le mercenaire se baissa, souleva le corps immobile de Tris comme s'il s'était agi d'un enfant endormi, et l'emporta à vive allure sans le moindre effort.

Ils suivirent silencieusement le vayash moru sur un sentier à l'ombre des épais branchages des arbres. De leur propre chef, les membres du groupe restèrent tassés les uns contre les autres au milieu de la piste. C'était comme si la forêt elle-même les observait, songea Vahanian. Il fut aussi soulagé que les autres lorsqu'ils trouvèrent finalement, à la croisée de plusieurs chemins, les lanternes accueillantes d'une auberge. Gabriel les accompagna en haut de l'escalier de derrière, dans une chambre assez grande pour le groupe, et étendit Tris sur l'un des lits.

— Je vais négocier avec l'aubergiste. Vous serez en sécurité, ici, annonça le vayash moru.

— Et c'est tout ? demanda Vahanian. Vous allez nous laisser ici ?

Son interlocuteur hocha la tête.

— Nous nous reverrons. Un long voyage vous attend avant la fin de votre quête. Mais je suis porteur d'un message de la Consœurie : Tris ne doit pas passer la frontière de Dhasson. Arontala l'a ensorcelée et a fait apparaître les créatures qui terrorisent le royaume de l'est. C'est un maléfice spécial. Si Tris essaie d'entrer en Dhasson, les monstres se rassembleront. Il n'y survivra pas.

Sans prévenir, les souvenirs de ces êtres revinrent à Vahanian, beaucoup trop réels.

— Alors où…

— Vous devez vous rendre à la Bibliothèque d'Ouestmarche, répondit Gabriel.

— J'étais censé recevoir ma paie en Dhasson, dit posément le mercenaire.

Gabriel fit glisser une chevalière d'un doigt de sa main gauche et la lui donna.

— À lui seul, ce bijou suffit à vous payer pour le dérangement, déclara le vayash moru d'un ton égal. Considérez-la comme un acompte. Quand Tris aura obtenu ce qu'il voudra à la Bibliothèque, vous irez à la ville de Principauté. Là, mes coffres – et ceux du roi Harrol – nous permettront amplement de vous régler ce qui vous a été promis.

— Nous n'étions pas en route pour Principauté, objecta nerveusement Vahanian.

— Vraiment ? demanda Gabriel avec un sourire troublant qui découvrit la pointe de ses longues incisives. La prime qui pèse sur vous en Margolan rivalise avec la récompense que le roi d'Estmark offre contre votre vie, répondit-il. Et vous n'êtes… disons pas le bienvenu en Nargi. La frontière de Dhasson grouille de créatures ensorcelées. Où vous cacheriez-vous, Jonmarc, à part en Principauté, parmi tous ses trafiquants et ses mercenaires ? (Devant les yeux immobiles de Vahanian, Gabriel gloussa.) Ne vous étonnez pas d'être connu de la Consœurie. Pour l'instant, au moins, le chemin de Tris et le vôtre sont les mêmes. (Vahanian se retourna en jurant, avant de passer la chevalière à un doigt de sa main gauche. Gabriel regarda les autres.)

» Je vous aiderai autant que possible. Mais pour le moment, reposez-vous. Vous n'avez plus rien à craindre des marchands d'esclaves.

— Messire, s'exclama soudain Carina à l'adresse de Gabriel. Permettez-moi d'ajouter quelque chose, s'il vous plaît. Je m'appelle Carina Jesthrata, et mon frère et moi nous dirigions vers Dhasson pour une mission urgente, poursuivit-elle d'un ton enflammé. Nous sommes partis de l'Isencroft, où j'étais… où je suis… la guérisseuse du roi Donelan. Le souverain est soumis à un sort débilitant, et il se meurt. Kiara Sharsequin, son héritière, nous a envoyés à la recherche d'une solution. Nous savons que la Consœurie possède une grande citadelle en Dhasson, près de Valiquet, où on dit que se trouvent certaines de ses meilleures guérisseuses. Nous nous rendions là-bas pour voir si elles avaient un remède.

Gabriel avait l'air pensif.

— Effectivement, la Dame Noire contrôle cela aussi, murmura-t-il. Ma dame, dit-il respectueusement, je suis désolé, mais je ne peux pas vous faire entrer en sécurité à Valiquet. (Il s'interrompit.) Cependant, la Consœurie possède une plus petite propriété à Principauté. Si vous voyagez avec le groupe, les Sœurs pourront peut-être vous conseiller. (Carina eut une mine déconfite.)

» Il y a autre chose à prendre en compte, poursuivit Gabriel. La Bibliothèque d'Ouestmarche est connue pour ses ouvrages. Vous pourriez y acquérir quelques connaissances médicales.

Carina hocha lentement la tête.

— Si la Bibliothèque est contrôlée par les Sœurs, peut-être y trouverai-je quelqu'un qui pourra m'aider, ou me conduire chez les Sœurs de Dhasson.

— Encore une chose, poursuivit Gabriel. Les créatures battent la forêt entre ici et Ouestmarche. (Gabriel regarda Vahanian avec des yeux qui laissaient entendre plus que ce que le mercenaire aurait voulu savoir.) Elles ne craignent que le feu. Prenez de la poix et fabriquez des torches et des flèches que vous pourrez enflammer à tout moment. Ce sera l'unique moyen de vous débarrasser de ces monstres.

— Facile à dire, pour vous, marmonna Vahanian d'un ton acide.

— Merci, répondit Carina.

Puis Gabriel disparut.

— Ça change quelque chose, si je vous dis que tout ça ne me plaît pas du tout ? râla Carrovet.

Berrie bondit auprès de Vahanian, qui s'émerveilla du fait que, après tout ce à quoi ils venaient de survivre, la jeune fille réussisse encore à sautiller.

— Vous vous rendez compte ? s'exclama-t-elle. Un vrai vayash moru, et il connaissait Jonmarc, et il ne nous a pas mangés ni rien !

Son enthousiasme non dissimulé parvint même à décrocher un sourire fatigué au mercenaire.

— Restez avec nous, Berrie, et vous serez étonnée, dit-il avec esprit.

Pourtant, son sourire s'évanouit quand il regarda la forme immobile de Tris.

« Qu'allez-vous faire, l'avait raillé Vahanian peu de temps auparavant. Obscurcir la lune ? Dompter les vayash moru ? Soulever les morts ? »

Cette nuit, c'était exactement ce que Tris avait entrepris. Lorsqu'ils arriveraient à Principauté, cette histoire l'obligerait à prendre une décision. Si, comme il l'avait juré tant de fois, Vahanian souhaitait réellement se venger d'Arontala, il pourrait jurer fidélité au jeune mage en exil, ce qui donnerait à Tris une chance de plus dans son combat. Le mercenaire détourna les yeux, pas encore prêt à faire son choix. On ne pouvait passer outre la volonté de la Déesse, et cela valait directement pour lui et tous ses compagnons, songea-t-il sombrement.

Chapitre 21

Jared Drayke remit son étalon au pas, tirant si brusquement sur le mors que l'animal rua. Par cet après-midi d'hiver, la fumée du village en flammes flottait autour d'eux en une brume légère et, dans la cour, les feux qui brûlaient encore loin au-dessus des ruines dégageaient une chaleur insoutenable.

— C'est le dernier, Votre Majesté, rapporta le capitaine avec une brève révérence.

— En êtes-vous certain ? demanda Jared qui supervisait la destruction.

— Oui, Votre Majesté, répéta le capitaine. Plus aucun vayash moru de ce hameau ne nous tourmentera, vous pouvez en être sûr, affirma-t-il avec un sourire satisfait.

Jared regarda le toit de chaume d'un bâtiment s'effondrer en une pluie d'étincelles.

— Bon travail, capitaine.

— Merci, Votre Majesté, répondit le soldat en s'inclinant de nouveau. Des ordres, Votre Majesté ?

— Vous savez ce que vous devez chercher, répondit Jared, las de la comédie qu'il était obligé de jouer. Brûlez ces monstres et tous ceux qui leur viendront en aide.

Le capitaine hocha la tête.

— Oui, Votre Majesté, répondit-il.

Puis il se retourna pour rassembler ses hommes éparpillés, pendant que le roi faisait pivoter son cheval et rejoignait ses gardes du corps.

— Une bonne journée de travail, n'est-ce pas, Votre Majesté ? demanda son compagnon, un baron récemment nommé à ce titre.

— Rien qu'une goutte d'eau dans la mer, rétorqua Jared avec mauvaise humeur alors qu'ils partaient vers Shekerishet. Vous devriez entendre tous ceux qui viennent me supplier pour que je les aide, dit-il en regardant du coin de l'œil le noble crédule. Ces infects monstres voleurs d'enfants massacrent le bétail et ravagent des villages entiers. Et tout cela avec l'aide de cette obscure Consœurie, ajouta-t-il.

— Je ne leur ai jamais fait confiance, déclara le baron avec ferveur. À tous les coups, ce sont elles qui enlèvent les enfants pour des sacrifices ou d'autres rituels de ce genre.

— Aimeriez-vous assister à l'interrogatoire de l'une d'elles ?

— Une Sœur ? hoqueta le baron. Vous en avez capturé une ?

— Je l'entendrai dès que je serai de retour au palais. Ça vous dirait de vous joindre à nous ?

Jared adora le regard profondément angoissé qu'exprima le visage grassouillet de l'homme, partagé entre la peur et l'envie d'accepter la proposition du souverain.

— Si cela plaît à mon roi, céda finalement le baron, les bajoues tremblotantes.

Le monarque se retourna pour cacher l'amusement qui lui tordait les lèvres.

— Vous devriez trouver ça… instructif, déclara-t-il en éperonnant son cheval afin que ses gardes soient obligés d'accélérer pour le suivre.

Le baron suivit Jared avec hésitation dans les écuries, et resta à autant de distance que le protocole l'exigeait alors qu'ils s'engageaient dans le raide escalier qui descendait en zigzag dans la partie la plus basse du palais. Creusée dans la pierre, surplombée par de solides rochers saillants, Shekerishet avait été construite dans la falaise, et ses donjons plongeaient en de profondes grottes sous la montagne. Depuis presque cinq cents ans, la forteresse troublante et silencieuse dominait Margolan, et aucun ennemi n'avait jamais réussi à l'atteindre.

C'était dans sa partie la plus profonde que Jared emmenait à présent le baron, dans le domaine qu'Arontala avait fait sien. C'était là que les prisonniers les plus utiles étaient conduits pour être interrogés : ceux que l'on soupçonnait de sorcellerie, les malchanceux les plus susceptibles d'être de vrais vayash moru.

Le baron replet était blême de peur et ses mains tremblaient si fort qu'il fut obligé de coincer ses pouces dans sa ceinture. Jared dut reconnaître qu'il avait plus qu'une vague idée du malaise qu'il pouvait ressentir. Beaucoup plus, pensa-t-il, puisque lui seul savait exactement à quel point Arontala était devenu puissant, de plus en plus fort chaque fois qu'il torturait et tuait un pauvre diable. Le mage adorait étouffer les pouvoirs de ses prisonniers, préférant la plupart du temps les droguer avec de la spigélie : une potion qui dissolvait leur puissance.

La captive les attendait. À genoux, pieds et poings liés, pliée en avant de sorte que son front touchait presque le sol, elle se reposait ou dormait, ou était peut-être simplement intoxiquée au point de ne plus pouvoir se tenir droite. Ses cheveux châtains emmêlés s'échappaient de sa capuche, et la robe marron qui la désignait comme l'une des Sœurs était déchirée et trempée de boue, signe que sa prise ne s'était pas passée facilement. *Ni sans pertes*, songea Jared avec une grimace en se rappelant combien de gardes étaient morts en essayant de pénétrer la forteresse des magiciennes.

Arontala, qui les attendait et les accueillit d'un simple hochement de tête, aurait presque pu se fondre dans les ombres qui dansaient sur les murs de pierre froide à la lumière éclairant la pièce. Autour d'eux, des appareils de torture jonchaient les bancs et les tables, noircis par le sang des victimes passées. Un autre personnage, le bourreau, attendait en silence, redoutable dans sa tunique noire. Jared vit le petit baron replet déglutir de peur et reculer jusqu'à ce que l'épais mur de pierre lui bloque la route. *Celui-là n'a pas besoin qu'on le menace pour savoir où est sa place*, pensa Jared avec un sourire. Un seul regard d'Arontala suffirait à le faire ramper pour demander une mort rapide.

— Prêt, Votre Majesté ? s'enquit le sorcier avec une assurance qui en disait long à Jared sur l'intérêt de pure forme qu'il portait au rang et au pouvoir d'un roi mortel.

— Oui, répondit le souverain sur un ton suffisamment empreint d'ennui pour impressionner le malheureux baron, qui serrait le mur de si près qu'il ressemblait à une tapisserie.

— Alors commencez, ordonna Arontala au bourreau, tandis que celui-ci avançait vers la victime et la redressait brusquement.

Le noble s'évanouit.

En tout et pour tout, l'interrogatoire dura plus de deux chandelles, et même Jared fut étonné par la ténacité de la captive. Battue plus que de raison, marquée dans sa chair par les outils de son tortionnaire, la Sœur restait muette et dévisageait Arontala d'un regard insistant qui mettait le mage noir en fureur.

— J'ai l'impression que vous ne parvenez à rien, remarqua Jared, moqueur, alors que le bourreau essayait un autre instrument de sa panoplie, infligeant en vain une douleur mortelle à la Sœur qui, si elle poussa des cris, ne parla pas.

— Elle est têtue, ragea Arontala.

Amusé par la frustration du mage, Jared cacha un sourire.

— Peut-être est-ce la première vraie magicienne que vous interrogez, répondit-il. Ce n'est pas l'une de ces vulgaires ensorceleuses avec lesquelles vous aimez tant vous amuser.

— Même les sorciers ont des limites, répliqua Arontala en serrant les dents et en faisant signe au bourreau d'essayer de nouveaux outils.

— Et peuvent échouer, précisa Jared, savourant sa première occasion de l'emporter sur le mage noir depuis un moment.

— Tout comme les rois, répondit Arontala d'une voix égale. Votre Majesté, ajouta-t-il, à peine soucieux de masquer le sarcasme dans sa voix.

— Le fait est que vous devez encore trouver et détruire les restes de Bava K'aa, souligna Jared. Tant que ce ne sera pas fait, nous courrons des risques.

— Nous avons anéanti toutes les citadelles entre ici et la frontière de la Principauté, et vers l'ouest jusqu'en Isencroft, répondit Arontala d'une voix tendue.

— Vous n'avez simplement pas assez bien regardé, rétorqua Jared en enjambant le baron étendu face contre terre pour s'en aller vers l'escalier. Je me suis assez amusé pour aujourd'hui, dit-il froidement. Je serai dans mes appartements.

— Comme vous voudrez, sire, répondit Arontala d'une voix pincée qui contenait à peine sa colère.

Comme le souverain bifurquait au premier tournant de l'escalier, il vit le mage se retourner vers la malchanceuse prisonnière, envoyer valser les outils de l'inquisiteur et se ruer sur la magicienne droguée. Les cris de la suppliciée résonnèrent dans la cage de l'escalier tortueux.

Jared était à peine arrivé au grand hall que le capitaine de la garde le rattrapa.

— Si Votre Majesté me permet, commença-t-il en s'inclinant.

— Je ne vous permets pas, rétorqua le roi avec irritation. (L'homme revenait visiblement d'une longue chevauchée, et ses habits étaient éclaboussés de boue et salis par la terre de la route.) Eh bien ? grogna-t-il. Qu'avez-vous à me dire ?

— C'est à propos de la frontière avec la Principauté, Votre Majesté, répondit le capitaine, troublé. On rapporte qu'une femme avec une épée, montée sur un grand coursier, a mis à elle seule deux de nos gardes en déroute et qu'elle a fait passer un groupe de paysans en Principauté.

Jared fronça les sourcils.

— Une femme ? Avec une épée ?

Le capitaine hocha la tête.

— Oui, Votre Majesté. Et pas une amatrice, en plus, si l'on en croit le rapport. Une fine lame, entraînée.

Jared jura.

— Qu'ont encore pu vous dire vos hommes, après avoir prouvé qu'ils étaient incapables de garder la route ? demanda sèchement Jared. Je suis étonné qu'ils n'aient pas inventé un géant de dix pieds de haut !

Le capitaine remua, clairement mal à l'aise d'être porteur d'une mauvaise nouvelle.

— Je ne sais pas, Sire, répondit-il nerveusement. Mais ils sont restés fidèles à leur histoire, malgré les moqueries que leur ont infligées leurs camarades pour s'être laissé battre par une catin. Ils ont affirmé qu'elle était plutôt jolie, même si ses vêtements de voyage auraient mieux convenu à un homme.

— À quoi ont-ils dit qu'elle ressemblait ? s'enquit Jared, de plus en plus suspicieux.

Le capitaine déglutit.

— Les cheveux auburn, un peu ondulés et attachés en une queue-de-cheval. Un joli visage, si elle n'était pas décidée à vous couper en deux, ajouta-t-il.

— Sur un cheval de guerre, vous dites ? demanda prudemment Jared.

De nouveau, le capitaine nerveux hocha la tête.

— Oui, Votre Majesté. Un grand destrier, entraîné à donner des coups et à ruer, et elle le montait bien, ont-ils ajouté. Il les a presque décapités avec ses sabots, vraiment, avant de les faire fuir.

Jared plissa les yeux.

— Envoyez vos meilleurs hommes à sa recherche en Principauté, ordonna-t-il. Qu'ils partent deux par deux, avec des arcs, et qu'ils abattent le cheval en premier. Mais je veux la femme vivante, compris ? aboya-t-il.

— Oui, Votre Majesté, acquiesça le capitaine avec hésitation. Mais envoyer des troupes, en Principauté… Imaginez qu'on les découvre. Une guerre…

— Je ne vous ai pas demandé votre avis, je vous ai ordonné de trouver cette traînée et de me l'amener pour qu'elle soit interrogée, gronda Jared. Croyez-vous pouvoir vous en charger, ou dois-je envoyer quelqu'un d'autre ?

À cet instant, les cris d'agonie de la magicienne résonnèrent de nouveau, et le visage du capitaine blêmit à la lumière de la lune.

— Oui, Votre Majesté, haleta le malheureux. Comme vous voudrez, Votre Majesté.

— Et faites vite, ajouta Jared d'un ton brusque.

Puis il se retourna, d'une humeur encore plus massacrante que lorsqu'il avait quitté les catacombes.

— Oui, Votre Majesté, répéta l'homme d'une voix qui faiblit à mesure que le roi gravissait le large escalier principal menant à ses quartiers.

Le rapport du capitaine ne pouvait signifier qu'une chose, Jared le savait. Kiara Sharsequin s'était soustraite à un voyage avec son émissaire, uniquement pour filer loin de l'Isencroft, en passant par Margolan. Pour lui, cette trahison n'avait aucune valeur sentimentale. Il l'avait rencontrée une fois, un an auparavant, et n'était pas intéressé par une épouse, excepté pour assurer sa descendance. Pour cette fonction, reconnut-il, une partenaire plus soumise serait certainement source de moins d'embêtements car elle serait plus susceptible de rester à sa place. Non, l'unique raison pour laquelle il acceptait de supporter les caprices de la princesse d'Isencroft, c'était le territoire qui constituerait sa dot, ces terres fertiles et cultivables qui agrandiraient plus de deux fois ses propres possessions.

Quand le mariage aurait été célébré et un héritier fourni, si sa reine devait mourir en couches, eh bien ! c'étaient des choses qui arrivaient. Et ce serait fort commode. Toutefois, Kiara avait ajouté une provocation à son rejet voilé, en se glissant à travers les terres de Jared et en faisant fuir ses soldats comme des garçons de course. Qu'une poignée de paysans ait réussi à passer en Principauté ne le dérangeait pas le moins du monde. Le plus gênant, se dit-il une fois arrivé dans ses appartements en fermant derrière lui la porte en fer forgé, c'était l'idée que ce geste pouvait en convaincre d'autres que les troupes et, par conséquent, le roi de Margolan étaient faciles à vaincre. Pour cela, se renfrogna Jared en se servant un grand verre d'eau-de-vie, elle devait être punie.

Dans l'âtre, le feu s'était réduit à des braises avant qu'Arontala le rejoigne. Le monarque était habitué à l'approche silencieuse du mage.

—Alors ? demanda-t-il sans détourner les yeux de la cheminée.

La boisson commençait à faire effet, alors qu'il se réchauffait en la sirotant et en se prélassant à la lumière du foyer.

— La sorcière est morte.

— Et qu'avez-vous appris ?

— Que les magiciennes de la Consœurie ne sont pas faites de pierre, répondit le ténébreux sorcier d'une voix égale, refusant de mordre à l'hameçon. Qu'on peut les tuer même si on ne peut les briser.

— Donc vous avez échoué.

En un clin d'œil, Arontala traversa la pièce, pour s'appuyer à l'énorme cheminée et dévisager Jared de ses yeux vides de toute expression.

— L'échec dépend du but recherché, Sire, répondit-il en aparté sans essayer de cacher son mépris. Une deuxième Sœur est morte. Le message ne passera pas inaperçu au sein du groupe. Une autre de leurs citadelles a été abandonnée. On dit que le roi du Nargi serait plus qu'heureux de prêter ses troupes s'il nous fallait une forte poigne pour calmer les révoltes qui ont lieu sur le fleuve. Dhasson est trop occupé par les créatures qui peuplent sa frontière pour venir en aide au traître. Et j'ai fait… un bon repas, ajouta-t-il en passant sa langue au coin de ses lèvres qui s'étirèrent juste assez pour dévoiler ses longues dents. Notre cause progresse.

— Progresse ! rugit Jared, bondissant sur ses pieds en projetant à terre dans un grand fracas la table qui se trouvait à côté de lui. Mon frère est toujours en liberté, malgré vos « meilleurs » efforts. Cette catin de Sharsequin est passée à travers les mailles du filet. Quant à la Consœurie, que vous êtes si fier de détruire, elle est tout simplement entrée dans la clandestinité. Et tout ça, dites-moi que ce ne sont pas des échecs !

Arontala le regarda d'un œil impassible, son teint cireux brillant presque à la lumière du feu.

— La partie n'est pas encore assez avancée pour qu'on le sache, répondit-il en s'écartant de l'âtre d'un coup d'épaule. Vous êtes sur le trône. Vos coffres n'ont jamais été aussi pleins. Et quoi que le peuple pense de vos méthodes, il craint maintenant moins les vayash moru que son roi. (Il sourit.) Nous avons donné à vos sujets un ennemi commun, et avons éliminé mes rivaux, pour le plus grand bien de Margolan. Plutôt ingénieux, ne pensez-vous pas ?

Ivre, Jared pivota vers le maigre sorcier et lui décocha un coup de poing. Il aurait manqué de loin un homme mortel, mais le vayash moru traversa la pièce avant que le bras s'abatte, et regarda le roi chanceler.

— Du calme, Jared, gloussa Arontala. Je n'aimerais pas avoir à vous rappeler les termes de notre partenariat, dit-il doucement en tournant autour du souverain, juste hors de sa portée. Mais s'il le faut, je… comment dire ?… j'étoufferai dans l'œuf cette attitude, sourit-il, ses dents lui donnant un sourire carnassier.

Avec un rugissement de colère, le monarque fit un mouvement brusque vers le mage, mais tomba à plat ventre sur le sol de la chambre alors qu'Arontala prenait une pose ennuyée contre le mur opposé.

— Vraiment, Jared. Cela n'a pas de sens. Que pensez-vous faire, si vous mettez la main sur moi ? Hein ? Allez-vous me tuer ? railla-t-il. Vous arrivez trop tard. Quelqu'un l'a déjà fait à votre place il y a longtemps. Et vous oubliez une chose très importante.

— Quoi donc ? lança Jared d'un ton hargneux.

Il s'était relevé avec difficulté et jetait un regard mauvais et impuissant au sorcier plein de suffisance.

— Dans quelques mois seulement, ce sera la Lune d'Aubépine, répondit Arontala. Quand ce moment sera venu, rien d'autre n'aura d'importance. J'ai emprisonné dans l'orbe l'esprit des mages que nous avons tués, avec ceux de Kait, de Serae et de plus d'un fantôme du palais, en offrande, expliqua-t-il d'une voix pleine d'autosatisfaction. Ils serviront de repas au Roi d'Obsidienne lorsqu'il sortira de son sommeil. Le plus grand mage qui ait jamais existé me fera renaître, poursuivit-il, et vous, ajouta-t-il avec une pointe d'acidité dans la voix, vous me devez votre pouvoir. Nous avons tous les deux ce que nous voulons, n'est-ce pas, Sire ?

— Sortez ! hurla Jared, tremblant sous l'effet de la rage mêlée à la peur. Ne revenez pas tant que vous n'aurez rien fait de plus. Apportez-moi le corps de Bava K'aa, ou la tête de mon frère, ou cette traînée d'Isencroft enchaînée. Je ne tolérerai pas qu'on se moque de moi ! beugla-t-il en balançant un pichet au mage, qui se mut sur le côté à une vitesse incroyable et regarda avec un air désapprobateur le contenu du récipient se déverser sur le sol de pierre.

— Comme vous voudrez, Votre Majesté, répondit Arontala, absolument pas troublé. (En un clin d'œil, il se retrouva à la porte de la chambre.) Et je vais envoyer quelqu'un pour nettoyer ceci, déclara-t-il alors que le battant se refermait derrière lui sur d'autres insultes tonitruantes accompagnées d'une explosion de vaisselle.

Hors d'haleine et la voix cassée par ses cris, Jared s'appuya sur ses cuisses puis considéra l'endroit où s'était tenu le mage. Quelque part, d'une manière ou d'une autre, songea-t-il, la situation avait radicalement commencé à lui échapper. Et quand la Lune d'Aubépine serait là, cela n'irait pas en s'améliorant.

Chapitre 22

Martris Drayke se réveilla… et le regretta. Il avait un marteau dans la tête et chaque muscle de son corps protestait. Décidé, il ouvrit les yeux pour se retrouver face à un étrange plafond. Encore un effort, et il réussit à s'asseoir, puis grimaça et referma les paupières : sa tête le lancinait et la scène semblait tourner autour de lui.

— Contente de te revoir, lança la voix rauque d'Alyzza, près de lui.

Elle lui mit une tasse de thé fumant entre les mains et l'aida à la porter à ses lèvres. Pendant quelques instants, il ne se concentra sur rien d'autre que le parfum du liquide chaud, qu'il sentit descendre le long de sa gorge. Puis il rouvrit les yeux et vit qu'il était le centre de l'attention du petit groupe rassemblé dans une banale taverne. Vahanian était assis dans un fauteuil près du feu, son épée à portée de main, et n'avait pas l'air d'aller beaucoup mieux que lui. Berrie, installée à une table, les jambes croisées sous sa chaise, faisait une partie de jeu de tarle avec Carina, sous le regard amusé de Carrovet.

— Où sommes-nous ? demanda Tris d'une voix qui grinça étrangement dans sa gorge sèche.

Il prit une autre gorgée dans la tasse qu'Alyzza lui tendait, puis refusa de se rallonger, mais la sorcière dut le caler avec des oreillers pour l'empêcher de basculer.

— Vous êtes juste sur la rive du fleuve qui se trouve face à Principauté, répondit Vahanian. Un peu au nord de la forêt et un peu à l'est de l'endroit où nous avons laissé les marchands d'esclaves. À quelques jours du Col de Dhasson. (Il marqua une pause.) C'est Gabriel qui nous a amenés ici. Et il nous a encore prévenus qu'un sortilège avait été jeté sur la frontière de Dhasson : si vous essayez de la traverser, ça fera venir toutes ces créatures envoûtées. Maintenant, vous êtes censé vous rendre à la Bibliothèque d'Ouestmarche, puis à la ville de Principauté… et nous sommes tous du voyage.

Des bribes de leur combat avec les marchands d'esclaves revinrent à la mémoire de Tris, de même que le frisson qu'il avait ressenti quand son pouvoir l'avait envahi, et sa terreur lorsque les esprits en colère avaient déchaîné leur vengeance tant attendue sur leurs ravisseurs. Excepté cela, Tris ne se souvenait de rien.

— Vous allez devoir me rafraîchir la mémoire, déclara-t-il, dépité. Je ne me souviens de rien après le départ des fantômes de la forêt.

— Pas grand-chose à dire, répliqua Vahanian. Gabriel nous a trouvés dans les bois et nous a amenés ici… On dirait qu'il a passé un accord avec la taverne pour subvenir à tous nos besoins. Ça fait deux jours que vous dormez. Et je ne suis pas le dernier à avoir sauté sur l'occasion pour me reposer. Carina a gagné un peu d'argent pour le voyage en soignant un pauvre malheureux, Carrovet a récolté de la monnaie en jouant dans la salle commune, et nous nous sommes tous fait battre à cette saleté de tarle par Berrie, résuma-t-il alors que la jeune fille souriait de satisfaction.

Qu'en est il des autres prisonniers ? interrogea Tris en buvant son thé.

— Nous n'avons rien vu de nos propres yeux, répondit Carrovet avec pondération. Gabriel nous a affirmé qu'ils avaient tous fui. Ils n'étaient pas parmi les morts dans la clairière, et pourtant, je ne saurais dire comment ils ont réussi à s'en sortir s'ils sont partis dans les bois.

Tris hocha la tête.

— J'ai passé un marché… avec les esprits, expliqua-t-il tout bas. Leur vengeance en échange de nos vies… de celles de tous les prisonniers. J'espère qu'ils ont… tenu parole, poursuivit-il d'une voix râpeuse.

Il termina sa boisson et rendit la tasse à Alyzza ; celle-ci fila jusqu'à la bouilloire qui chauffait près du feu pour lui en servir une autre.

— Prends ça, insista-t-elle. Tu t'es épuisé plus que de raison, là-bas. Au-delà de ce qu'un seul mage peut endurer sans mourir de fatigue, le réprimanda-t-elle. Maintenant tu comprends pourquoi même les sorciers les plus forts doivent se reposer après avoir invoqué une telle magie, caqueta-t-elle.

Tris lut une nouvelle forme de respect dans ses yeux, et cela l'effraya. *Douce Chenne, songea-t-il, qu'ai-je fait, là-bas ? Et je n'ai pas pu le contrôler, alors comment pourrai-je un jour affronter Arontala ?* Ce qu'impliquait cette dernière question était beaucoup trop difficile à admettre à cet instant. Il se concentra donc avec détermination sur la tasse fumante qu'il tenait entre ses mains.

— Comment allez-vous, tous ? demanda Tris en parcourant le groupe du regard.

Vahanian haussa les épaules.

— J'ai connu pire, répondit le guerrier. Je n'ai pas récolté d'autres blessures, donc je suis prêt à partir dès que vous voudrez.

Tris observa les visages les uns après les autres et reçut des hochements de tête ou des haussements d'épaules qui indiquaient que tout le monde était prêt. Il n'avait aucun souvenir clair de ce qui s'était produit après qu'il avait invoqué les esprits dans la clairière. Il se rappelait l'éclat du couteau d'un marchand d'esclaves, les cris de Vahanian puis le hurlement des fantômes, relâchés pour exercer leur vengeance. Et l'afflux des émotions des revenants : une tristesse, une nostalgie et une rage insoutenables. Il y avait également de la terreur, se rappela Tris ; sa propre terreur lorsque les vents des vengeances s'étaient déchaînés autour de lui, totalement incontrôlables. Il entendait toujours les cris des marchands d'esclaves et sentait l'odeur piquante du sang, et la honte d'avoir été à l'origine de cette horreur lutta dans son âme contre le soulagement d'avoir gagné leur liberté.

Ils savent que j'ai appelé les esprits, comprit Tris en regardant les visages de ses compagnons. *Et que j'ai perdu le contrôle.* Il y avait quelque chose de différent dans leurs yeux, exactement comme chez Alyzza. Ce n'était peut-être pas de la peur, mais ils ne semblaient pas non plus à l'aise, même Carrovet. *Comme si,* se dit Tris, *votre cheval de voyage devenait un jour sans prévenir un destrier de combat, ou même une monture démoniaque capable de voler au clair de lune et de tuer d'un simple coup d'œil. Ils ne savent pas ce que je suis devenu*, pensa Tris, mal à l'aise. *Ce n'est pas tout à fait ce à quoi ils s'attendaient. Peut-être viennent-ils tous de prendre conscience de l'effroyable réalité des choses*, songea-t-il encore.

— Bon, commença-t-il, conscient qu'ils attendaient sa décision. Si vous pensez tous que vous êtes prêts à reprendre la route, alors partons demain matin. Plus vite nous serons à Ouestmarche, plus vite nous nous reposerons un peu plus confortablement.

— Venez, Berrie, dit Carina. Pourquoi ne nous aideriez-vous pas à préparer les chevaux pour le voyage et à faire nos paquetages ?

Berrie accompagna volontiers la guérisseuse, et Tris soupçonna que c'était plus par ennui que pour une quelconque autre raison. Alyzza les suivit, tirant la lourde porte derrière elle.

— L'aubergiste a facilement accepté de nous faire une ardoise, déclara Carrovet, perché sur le coin de la table. Pour quelqu'un qui ne mange pas… du moins, pas de nourriture normale… votre ami Gabriel nous a trouvé un endroit où la table est bonne. (Il fit un large sourire.) Le meilleur, c'est que l'établissement n'est pas parti en fumée quand nous nous sommes réveillés, et j'en suis bien content.

— Vous avez une étrange manière de choisir une auberge, répondit Vahanian en se retournant vers le feu.

— Je crois que plus jamais rien ne me paraîtra étrange, déclara Carrovet avec ferveur. Mais lorsque nous serons en sécurité – peu importe quand – je n'aurai que l'embarras du choix parmi les cours et les maisons nobles, avec ces histoires. (Son sourire s'élargit.) Merci, Tris.

Ce dernier leva les yeux au ciel.

— Il n'y a pas de quoi.

Il finit son thé et se rallongea sur le dos. Il fut surpris de s'apercevoir qu'il avait faim.

— Alors, si on mange si bien ici, où est la nourriture ?

Carrovet sauta sur ses pieds et fit une révérence exagérée.

— Vous n'avez qu'à demander, déclara le barde en se redressant. Je vais vous laisser comploter tous les deux sur la route de l'est. Je vais voir aux cuisines ce que mon amie Shaia a sur le feu pour ce soir, annonça-t-il en levant les sourcils d'un air entendu.

— Quoi que ce soit, voyez s'ils peuvent diluer la bière un peu moins qu'hier, lança Vahanian par-dessus son épaule pendant que le barde se dirigeait vers la sortie.

— Tout ce que vous voudrez, répondit Carrovet en se glissant dehors avant de refermer la porte derrière lui.

Après le départ de Carrovet, il y eut un silence gêné. Tris était allongé et regardait le plafond craquelé de l'auberge. Vahanian ne quitta pas sa place au coin du feu. Finalement, le mercenaire prit la parole.

— Que s'est-il passé, là-bas ? demanda-t-il d'une voix durcie par le temps humide. Vous les avez appelés ?

Tris prit un instant avant de répondre.

— Oui.

Un autre silence, brisé seulement par les craquements et les sifflements des bûches dans la cheminée.

— Et qu'est-ce qui s'est passé… vous les avez maîtrisés ?

Cette fois, Tris réfléchit plus longuement.

— Au début, oui, répondit-il avec honnêteté. Ensuite, je ne crois pas.

Vahanian pivota dans son fauteuil pour regarder Tris.

— Vous ne croyez pas ? répéta-t-il, incrédule. Ces démons voulaient tuer tout ce qu'ils trouveraient de vivant, et vous n'êtes pas sûr qu'ils vous écoutaient ?

Tris avala sa salive.

— Ce n'étaient pas des démons.

— Ils en avaient l'air.

— Ce n'en étaient pas, répondit Tris. Premièrement, aucun mage de la Lumière n'appellerait des démons.

— Du moins, pas volontairement.

— Et deuxièmement, je ne saurais pas comment faire, même si j'en avais envie, poursuivit Tris sans tenir compte de la réflexion de Vahanian.

— Donc ce que vous dites, c'est que, autant que vous sachiez, ces choses-là n'étaient pas des démons et que vous êtes presque sûr de les avoir maîtrisées, au moins pendant un moment.

Tris soupira.

— Je suppose que oui, admit-il. Mais ça sonne moins bien quand vous le présentez comme ça.

— Vous n'avez pas vu ce que vous avez appelé.

— Non, reconnut Tris. Je crois que non. Mais nous sommes libres.

Vahanian vida le fond de sa chope.

— Ça, c'est sûr, répondit-il. Et il me tarde vraiment d'arriver à Principauté.

Plusieurs heures plus tard, Vahanian en eut fini avec les chevaux et les préparatifs du départ pour le matin. Carrovet tint sa promesse et leur apporta un repas copieux. Tout le monde semblait tendu. Berrie attendit patiemment, mais elle finit par s'endormir sur la cape de Carina, auprès de la cheminée. Quand ils étouffèrent le feu, la guérisseuse dut aller chercher une poudre dans les sacoches de son cheval pour soulager les maux de tête de Tris, et Vahanian consentit de mauvaise grâce à l'escorter jusqu'aux écuries.

— Vous pourriez marcher un peu moins vite, se plaignit Carina, qui pressait le pas pour le rattraper.

La cape qu'elle avait empruntée la recouvrait presque entièrement, et elle devait en relever le bas pour lui éviter de traîner par terre.

— Écoutez, c'est vous qui aviez besoin de cette fichue potion, grommela Vahanian en ralentissant légèrement. Pourquoi ne demandez-vous pas simplement à la Déesse de remplir la bouteille pour vous ?

Carina lui jeta un regard froid.

— Il me semble vous l'avoir déjà dit : je ne suis pas une prêtresse.

— Ah oui ! C'est vrai, répliqua Vahanian avec un regard de travers. Vous frappez juste les pauvres diables sur la tête au lieu de les blesser pour de vrai avec une épée.

— Vous êtes insupportable, rétorqua-t-elle en le bousculant pour entrer dans la relative chaleur des écuries.

Leurs chevaux, curés et nourris, hennirent doucement en la reconnaissant.

— J'ai entendu de pires insultes, remarqua-t-il. Il y a beaucoup trop de coïncidences à mon goût. Tris allait en Dhasson, et maintenant à la Bibliothèque. Mais les vieilles sorcières sont là-bas, et il se trouve, comme par hasard, que ça pourrait vous être utile aussi.

Carina haussa les épaules.

— Les désirs de la Déesse sont des ordres, répliqua-t-elle.

Vahanian la regarda d'un air revêche.

— Dites-moi, prêtresse, qui êtes-vous… en réalité ?

Carina se figea brusquement et le dévisagea, puis elle baissa la tête et se remit à fouiller le contenu de sa sacoche.

— Je ne vois pas de quoi vous voulez parler.

— Vraiment ?

Le mercenaire fit quelques pas vers elle et s'appuya contre le mur. Dans l'air humide de la nuit, l'écurie embaumait l'orge, les pommes à moitié mangées, et l'odeur chaude et douce des chevaux.

— Je crois que si. N'essayez jamais de tromper un homme qui a passé sa vie à risquer sa peau. Ce nom que vous avez donné, « Jesthrata », c'est un mot des montagnes. « Vagabond », c'est bien ça ? insista-t-il. Pas un nom de famille. Plutôt un patronyme d'emprunt, le genre de nom qu'on se donne quand on est pressé de laisser quelque chose derrière soi.

— Vous avez l'air de bien vous y connaître en la matière, marmonna Carina, apparemment absorbée par sa tâche. C'est une théorie fascinante.

— Il me suffit de me demander pour quelle raison une guérisseuse royale peut bien donner un nom d'emprunt, poursuivit Vahanian, parfaitement conscient de son malaise. Ce n'est pas que j'en sache beaucoup sur les coutumes de la cour, mais j'ai toujours imaginé que la plupart de ces personnes étaient les jeunes frères et sœurs inutiles dont les autres maisons royales n'avaient plus besoin.

— Très intéressant, observa Carina d'un ton acide, sans lever les yeux. Poursuivez donc.

— Je sais tout en matière de vagabondage, enchaîna Vahanian sans tenir compte de son sarcasme. Et vous êtes un peu trop bien élevée pour pouvoir vous en réclamer.

— Vous avez une imagination débordante, pour un guide, rétorqua Carina en levant finalement les yeux, lui jetant un regard furieux. Pourquoi ne vous contentez-vous pas de considérer que je fais partie du voyage, et de vous occuper uniquement de nous guider ?

— Eh bien, il y a juste un petit problème, répondit Vahanian avec un geste désinvolte de la main. Vous voyez, après je me fais tabasser par des personnes qui savent qui vous étiez, et je n'aime pas ça. Donc, comme je l'ai dit à votre ami Tris, je préfère connaître toute l'histoire, ou je ne vous emmène pas.

— Très bien, rétorqua Carina en rassemblant sa cape et sa potion. Ne nous emmenez pas. Allez nous attendre à Principauté. Nous trouverons bien ce que nous cherchons sans vous.

— Peut-être que oui, dit le mercenaire sur le même ton. Peut-être que non. Mais bon, ce n'est pas une façon très correcte de régler les choses, alors que je vous ai sauvé la vie…

— Pardon ? s'exclama Carina, les yeux flamboyants de colère. Espèce de sale ingrat ! Vous seriez mort il y a une semaine si je ne vous avais pas soigné !

— Et vous auriez péri aussi, si je n'avais pas frappé ce cher marchand d'esclaves, répondit Vahanian. Donc nous sommes quittes. Maintenant, poursuivit-il en faisant un pas de plus en avant de sorte à ne se placer qu'à quelques centimètres la guérisseuse furieuse, je vais vous le demander de nouveau. Qui êtes-vous, en réalité ?

Elle était si près de lui qu'elle dut incliner la tête pour le dévisager et, pendant un instant, il crut qu'elle allait le frapper. Puis soudain, quelque chose recouvrit les éclairs de ses yeux, et elle se retourna.

— D'accord, se résigna-t-elle d'une voix monocorde. Vous avez gagné. (Elle se tut, puis prit une profonde inspiration.)

» Mon père est un petit seigneur des montagnes, à la frontière est de l'Isencroft. C'est un cousin du roi, dit Carina à voix basse. C'est loin de la ville, les gens ont leurs propres coutumes, là-bas, et des idées bien à eux. Il n'y a qu'une chose qu'ils aiment moins que les jumeaux, expliqua-t-elle presque sans voix. C'est la magie, sous toutes ses formes.

Vahanian fronça les sourcils.

— Tout le monde a besoin de guérisseurs.

Carina secoua la tête.

— Pas là-bas. C'est un pays rude, et on n'y supporte rien de ce qui est faible. « Plutôt mourir que rester en arrière du troupeau », cita-t-elle avec douceur. Les guérisseurs ne font que ralentir les autres. (Une nouvelle pause, plus longue, cette fois.) Ils auraient pu supporter les jumeaux de leur seigneur, juste parce que c'était leur seigneur. Mais même lui n'a pas toléré la magie, lorsqu'il l'a reconnue. (Elle leva les yeux vers lui, et des larmes de colère perlèrent dans ses yeux.) J'ai découvert que je pouvais soigner à l'âge de douze ans. Et lorsqu'il m'a surprise en train de le faire, un an plus tard, il a décidé de nous « placer » ailleurs, Cam et moi.

Seulement, il n'a jamais voulu que nous revenions. (Elle le regarda d'un air de défi.) Alors j'ai pris un nom que j'avais choisi moi-même, puisque je n'avais ni famille ni foyer. Cam et moi, nous nous en sommes sortis en allant d'un groupe de mercenaires à un autre, jusqu'à ce que Kiara nous retrouve et nous offre des postes pour que nous vivions en Isencroft. Voilà. C'est mon histoire. Vous avez eu ce que vous vouliez ?

Vahanian soutint son regard.

— Ouais, acquiesça-t-il finalement, alors qu'elle se retournait. C'est bon. (Il marqua une pause.) Alors comme ça, ils n'aiment pas les guérisseurs, hein ? (Il secoua la tête.) Ce doit être la chose la plus absurde que j'aie jamais entendue, à part le fait de cogner sur la tête des gens avec un bâton.

— Vous êtes vraiment insupportable, répéta-t-elle, mais cette fois sa voix manquait de son tranchant habituel.

Vahanian prit soudain conscience de la chaleur qui avait envahi l'écurie. Carina se tenait à quelques centimètres de lui et, enveloppée dans sa cape trop grande, elle lui semblait petite et vulnérable. Il sentait le parfum des herbes accrochées à sa robe, tout à coup conscient que son cœur battait la chamade dans sa poitrine. L'attirance qu'il éprouvait n'était pas nouvelle ; elle était apparue il y avait déjà plusieurs semaines, malgré les piques qu'il lui lançait. Le danger qu'ils avaient couru dans le camp des marchands d'esclaves n'avait servi qu'à la renforcer, bien que jusqu'à maintenant Vahanian ait réussi à la chasser de son esprit. Cependant, à cet instant précis, seul avec elle et assez près d'elle pour la toucher, il ressentait pleinement cette attirance, suffisamment pour en reconnaître le risque.

— C'est ce qu'on dit, déclara Vahanian en se retournant dans un effort et en feignant de s'intéresser aux sangles d'une selle qui pendait au mur. Venez, lança-t-il un peu plus brutalement qu'il l'aurait voulu. La nuit va être courte. Allons dormir un peu.

Elle le suivit dans l'auberge sans dire un mot et, tout au long du chemin, Vahanian se maudit de n'être qu'un imbécile.

Ces marchands d'esclaves ont dû t'embrouiller le cerveau quand ils t'ont embroché, le fustigea une voix intérieure. *Pour commencer, tu es assez fou pour accepter un travail sans en voir l'argent. Ensuite, tu ne les lâches pas alors qu'ils sont encore plus spéciaux que tu le pensais. Et maintenant, tu commences à t'intéresser à une cliente qui te paie. Exilée ou pas, c'est une noble, et tu n'es pas du même monde qu'elle. Ne te fais pas d'illusions, Jonmarc*, l'avertit la voix dans sa tête. *Aussi amicaux que soient devenus tes clients, ils se souviendront de leur rang dès qu'ils seront de retour en ville, et ils reconnaîtront le tien. Ils te paient pour ton aide, ne l'oublie pas.*

Le temps qu'ils arrivent à leurs appartements pour y trouver les autres endormis ou somnolents auprès du feu, il s'aperçut que son humeur, tout d'abord aigre, avait considérablement empiré. Une demi-bouteille d'eau-de-vie y remédia agréablement, et il s'installa une chandelle plus tard pour profiter de la dernière nuit qu'il allait passer en lieu sûr avant au moins une quinzaine de jours.

Chapitre 23

Le matin trouva le groupe d'une humeur étonnamment bonne. Gabriel avait déjà tout réglé auprès de l'aubergiste. Alyzza les informa qu'elle partirait dans une autre direction, et les quitta juste après le lever du soleil. La bourse du vayash moru suffit largement à payer chevaux et harnachements pour tous, et le tavernier, content d'avoir des clients qui réglaient leur ardoise, trouva des vêtements pour remplacer leurs loques. Simples, rêches et de couleur unie, ils les protégeraient du froid et leur permettraient de passer inaperçus au milieu des autres voyageurs. Leurs déguisements de la nuit de Revenante étaient usés depuis longtemps, et ils avaient cessé de se teindre les cheveux ou de changer d'apparence, à mesure qu'ils s'étaient éloignés de Shekerishet. La chevelure blond platine de Tris était la plus susceptible d'attirer l'attention. Par conséquent, il l'attacha en une queue-de-cheval et la couvrit avec un chapeau.

Ils prirent donc la route du nord, évitant le chemin que la caravane et les marchands d'esclaves avaient emprunté. Ainsi, ils échapperaient aux embuscades et atteindraient Ouestmarche avant que les premiers gels rendent les routes impraticables. Les chutes de neige étaient de plus en plus fortes d'heure en heure et, sur le chemin qui serpentait vers le nord, des rafales remplissaient les fossés et délimitaient les champs. Depuis la fête de Revenante, un mois plus tôt, les jours avaient raccourci et les vents s'étaient refroidis. Si loin à l'est, les neiges tombaient beaucoup plus tôt et restaient plus longtemps que dans les Plaines de Margolan, plus à l'ouest. Bien que la Bibliothèque se situe dans la même direction que Principauté, elle se trouvait plus loin au nord-est, sur les contreforts des montagnes. L'hiver avait davantage de chances d'arriver tôt en cette région, et Tris se demandait s'ils seraient en mesure de quitter facilement la Bibliothèque.

Il fallut plus d'une heure avant que Carina se mette à parler, et l'humeur de Vahanian resta mauvaise encore un moment. Sur les conseils de Gabriel, chacun d'eux s'était équipé d'un paquet de torches imbibées de poix et d'un briquet à amadou, ainsi que d'un seau rempli d'un mélange liquide et épais à base de poix, qui s'enflammerait à la moindre étincelle. Tris découvrit qu'il pouvait produire une flammèche au creux de sa main aussi vite qu'avec un silex, et accepta de porter plus de flambeaux que les autres pour en faciliter l'allumage, s'ils venaient à croiser les créatures.

— Combien de skrivven pour me dire à quoi tu penses ? demanda Tris à Carrovet, à côté duquel il chevauchait.

Vahanian avançait en tête depuis une heure, Carina et Berrie au milieu, et Tris fermait la marche. Toutes les deux ou trois chandelles, Tris et ses compagnons échangeaient leurs places, prenant chacun un tour de garde.

Carrovet sourit d'un air penaud.

— Si tu veux savoir, admit-il, j'avais en tête les repas qu'on sert à Shekerishet à cette époque de l'année. Du rôti de mouton, des pommes de terre, des poireaux et des tartes bien chaudes. (Il soupira.) Et ces fêtes de fin de saison à la cour, avant que les nobles venus d'ailleurs repartent sur leurs terres pour l'hiver, tous ces événements pour lesquels on a besoin d'un barde et pendant lesquels je suis bien nourri pour mes services !

Tris sourit, savourant ces souvenirs pendant un moment. Il avait vite appris à se contenter de biscuits secs et de saucisson pendant ce voyage vers l'est, et à se réjouir lorsqu'ils n'étaient pas moisis ou truffés de vers. Le souvenir de la salle des banquets pleine de mets délicats concoctés dans les cuisines royales ressemblait de plus en plus à un rêve à moitié oublié.

— Tu devrais trouver le calendrier des fêtes un peu changé, maintenant que Jared est au pouvoir, remarqua Tris en s'extirpant de sa rêverie. Et puis Arontala gâche tous les événements dès qu'il passe la porte. Je ne suis pas sûr que les nobles aient toujours autant envie de participer aux divertissements, depuis que Jared est roi.

— Parfois, je me demande ce qui restera, le temps que nous rentrions chez nous, déclara gravement Carrovet. (Il observait la ligne d'arbres gris et secs qui marquait l'horizon indistinct.) Que nous passions l'hiver à la Bibliothèque d'Ouestmarche ou à Principauté, nous devrons nous installer quelque part pendant les mois les plus durs. Si la Consœurie t'envoie à la Bibliothèque, c'est qu'il doit y avoir quelque chose, là-bas, dont tu as besoin. Peut-être des livres, ou des formules magiques, ou qui sait quoi.

— Je me suis posé la question, moi aussi, dit Tris. Je vais devoir m'entraîner beaucoup plus, avant de pouvoir espérer vaincre Arontala. Mais je n'ai pas des années devant moi… tout au plus quelques mois.

— Et puis il y a le problème de lever une armée et de l'équiper, renchérit Carrovet. Ça ne se fera pas à la Bibliothèque. Il va nous falloir passer du temps à Principauté – des mois. Ça ne sera pas donné non plus. C'est une bonne chose que tu disposes du trésor de ton oncle, là-bas ; et qu'il se porte garant pour toi. Ensuite, il faudra que nous repartions pour Margolan… pas une mince affaire.

— Avant la Lune d'Aubépine, l'été prochain, ajouta Tris, qui se sentait désespéré. L'esprit de Grand-Mère m'est apparu en rêve, expliqua-t-il tout bas. Elle m'a dit qu'Arontala avait l'intention de faire appel à la magie, à la Lune d'Aubépine, pour libérer l'esprit du Roi d'Obsidienne de l'endroit où il a été enfermé à la fin de la Grande Guerre. S'il y parvient, et gagne encore plus de pouvoirs…

— Nous n'aurons aucun moyen de l'arrêter sans une autre grande guerre, pire que la première, termina Carrovet à sa place. Ça ne nous laisse pas beaucoup de temps, Tris.

— Je sais, répondit celui-ci. Crois-moi, je le sais.

Le temps se refroidissait, avec un ciel gris et sombre qui ne présageait rien de bon pour les jours à venir. Tris prit la relève à l'avant, laissant Carrovet et Carina discuter de la légende de la Bibliothèque et de ce que la guérisseuse pourrait y trouver d'utile.

Il tenta de chasser l'humeur maussade qui s'était installée en lui avec l'arrivée de l'automne et de ses intempéries. Il réfléchit aux échéances qu'il avait évoquées avec le barde. Quelle que soit sa manière d'agir – et même sans ce détour imprévu par la Bibliothèque – il ne lui restait que peu de temps, et ce temps était précieux.

Je ne peux pas affronter Arontala de la même façon que j'ai appelé les esprits dans la forêt, pensa-t-il. *Arontala est un vayash moru… La Déesse seule sait depuis combien de temps il pratique la magie. Entre le peu que grand-mère m'a enseigné et ce que j'aurai le temps d'apprendre, comment puis-je espérer vaincre un tel sorcier ?*

Pourtant, l'esprit de Bava K'aa lui avait affirmé que ses leçons lui reviendraient en mémoire au bon moment. Il n'imaginait pas meilleur instant que celui qu'il vivait alors, mais il avait beau essayer de se souvenir des enseignements oubliés, aussi bien éveillé qu'en état de transe, rien d'autre que les tours les plus basiques ne lui revenait en tête. *Comment pourrai-je demander à une armée de me suivre, s'il est aussi évident que je n'ai aucune chance ?* Il avait plus de questions que de réponses et, comme les nuages s'obscurcissaient et que la journée avançait, il vit son humeur s'assombrir jusqu'à ce qu'ils trouvent un endroit plat et abrité pour dresser leur campement.

Ils s'installèrent sur le bord de la route, près d'un puits délabré et, cette nuit-là, ils ne s'éloignèrent pas du feu, à l'affût d'ennemis, humains autant que magiques. La neige cessa de tomber, mais le vent devenait plus cinglant et, sous leurs pieds, le sol était déjà gelé. L'aubergiste les avait généreusement approvisionnés en pain croustillant, en viande séchée et salée, en parts de fromage et en outres de vin ; cela leur permettrait amplement d'avancer pendant plusieurs jours.

— Bon alors, où se trouve la Bibliothèque ? demanda Vahanian en remuant les charbons du feu du bout de sa botte.

Tris se pencha en avant, les yeux plongés dans les braises rougeoyantes.

— Je ne suis pas vraiment sûr. La légende prétend qu'elle est située en amont du Nu, là où les eaux pleurent.

— Là où elles pleurent, hein ? répéta sceptiquement le mercenaire. Fantastique ! Superbes indications. Autre chose d'utile ?

— Si la Bibliothèque est près du fleuve, alors, en le remontant, nous finirons par la trouver, suggéra Carina.

— Bon, maintenant que nous nous sommes occupés de ça, je vais aller dormir un peu, déclara Vahanian en se levant avec raideur. Réveillez-moi quand ce sera mon tour de faire le guet.

Les rêves de Tris furent loin d'être apaisants. Les visages fantomatiques de la forêt hurlaient autour de lui, puisant dans sa vie et échappant à son contrôle. Puis, au milieu de leur mélopée funèbre, il entendit la voix de Kait, distante et plaintive. *Tris, à l'aide!* Il l'aperçut de nouveau, le visage appuyé contre une barrière transparente, les yeux emplis de terreur et de désespoir, une main tendue. Il s'élança vers elle, mais comme ses doigts allaient toucher les siens, l'image s'évanouit, la voix se fit de plus en plus basse, à mesure que le souvenir des apparitions de la forêt se refermait encore autour de lui. L'instant d'après, les faucons de sa jeune sœur les remplacèrent, poussant des cris de colère et fondant sur lui de tous les côtés, leurs serres ouvertes et leurs becs acérés, assoiffés de meurtre. Il les repoussait, mais ils continuaient à affluer, leurs ailes levant une tempête autour de lui, et leurs griffes lui déchirant la peau.

Tris se réveilla en tremblant, pour se retrouver assis, droit comme un piquet, ses couvertures éparpillées. Il calma sa respiration et ferma les yeux, mais son rêve était terminé.

— *Messire, puis-je vous dire un mot, s'il vous plaît?* demanda une voix alors qu'un froid soudain l'entourait.

Il fallut quelques instants à Tris pour comprendre qu'il n'avait entendu ces mots que dans sa tête. Il ouvrit les paupières et vit l'esprit d'une jeune femme, debout devant lui. Elle était belle et ne semblait même pas âgée de vingt ans. Elle avait de longs cheveux noirs et une silhouette fine. Tris n'aurait su dire ce qui le troubla le plus, de la tristesse de ses yeux ou du profond respect qu'elle lui témoignait. Il la prit en pitié. Un regard alentour lui confirma qu'il était bien réveillé. Vahanian faisait le guet, ignorant la visite fantomatique que recevait Tris.

— *Dites-moi ce qui vous trouble*, demanda-t-il en silence.

— *Vous êtes un Invocateur,* dit le spectre.

Tris hocha la tête. L'esprit sourit et frappa dans ses mains.

— *Alors c'est le jour que j'ai tant attendu! S'il vous plaît, messire, écoutez mon histoire. J'étais fiancée à un jeune homme du village voisin, mais mon père nous refusait son accord pour le mariage. Une nuit, nous avons décidé de nous enfuir, alors j'ai volé ma dot et je me suis faufilée dehors pour retrouver mon amant ici, au puits.* (Le visage de l'esprit se troubla, et Tris lut de la colère dans ses yeux, derrière la tristesse.) *Lorsque mon amant est arrivé, il avait bu, et il s'est fâché en voyant que la dot était si maigre. Nous nous sommes disputés, puis il m'a frappée contre la margelle. Je suis tombée, et en mourant je l'ai entendu rire pendant qu'il ramassait la dot*, raconta tristement la revenante.

— *Je peux vous accorder la paix, et libérer votre esprit afin qu'il aille auprès de la Dame*, proposa Tris, touché par cette histoire.

— *Vous êtes un Invocateur. Faites-moi revenir*, insista la jeune femme, les yeux brillants d'espoir. *Permettez-moi de me venger de celui qui m'a tuée et de faire la paix avec mon père.*

Tris secoua la tête.

— *Je ne peux pas*, répondit-il. *Il est interdit de ramener des morts à la vie.*

— *Interdit par qui ?* objecta le fantôme, et Tris comprit que l'étincelle qui faisait vivre son regard n'était pas animée par l'espoir, mais par le désir de vengeance. *Vous êtes un Invocateur. Je peux sentir votre pouvoir. Il m'appelle. Donnez-moi ce qui m'est dû !*

De nouveau, Tris secoua la tête. Plus il passait de temps en la présence de l'esprit, plus il se sentait mal à l'aise. Des ténèbres habitaient cette jeune femme, qui lui glaçaient le sang.

— *Je suis sûre que ce n'est pas si difficile pour un mage de votre stature*, supplia-t-elle. *Je suis morte il y a à peine deux jours. Regardez, mon corps gît sous la neige juste à côté du puits. Mon père est un homme riche. Il vous récompensera généreusement si vous lui ramenez son unique fille.* (Elle le regarda d'un air suppliant.) *La nuit dernière, ma mère est passée par ici en m'appelant. Je n'avais pas la force de répondre, alors elle est repartie. Ils me pleurent, messire. Aidez-moi à rentrer chez moi.*

— *Seule la Déesse en personne peut réanimer un corps*, répondit Tris. *Ça m'est interdit.*

Les yeux du fantôme le foudroyèrent de colère.

— *Vous ne valez pas plus que mon amant*, lança-t-elle avec mépris. *Je vous ai supplié, je vous ai imploré, et vous me tournez le dos.*

Les ténèbres dont le spectre avait seulement été teinté jusqu'ici soulignaient à présent ses traits, et Tris eut le réflexe de faire apparaître un bouclier autour de lui et de ses amis, rejetant le fantôme à l'extérieur du cercle.

— *Comment osez-vous !* lança l'esprit dans un hurlement assourdissant qui résonna dans l'esprit du jeune homme. *Vous allez voir ce que vous allez voir, exactement comme lui !* jura-t-elle. *Je trouverai un moyen de revenir, même si je dois vendre mon âme à la Croulante elle-même !*

L'image se dissipa devant lui en un tourbillon de brume, mais le froid qu'il ressentait ne le quitta pas, même lorsqu'il recula hors de son bouclier pour s'assurer qu'il avait fait tout son possible pour protéger ses amis. Finalement, l'épuisement le submergea, et il glissa dans un sommeil agité.

Un cri de Berrie les réveilla tous une chandelle plus tard, dans l'obscurité qui précédait l'aube. Elle se tenait en bordure de la sphère de protection, le doigt tendu.

En se relevant maladroitement, Tris vit Carina à côté du puits. Elle était raide et immobile, à l'extérieur du bouclier que Tris avait fait apparaître. Vahanian se leva d'un bond, l'épée tirée, alors que Carroyet accourait de son poste de surveillance.

— Je croyais que vous étiez préposé au guet, gronda Vahanian.

— C'est ce que je faisais, je le jure, souffla le barde, les yeux écarquillés. J'ai entendu un bruit, là-bas, expliqua-t-il en désignant la direction opposée, et je suis allé voir. Il n'y avait rien, raconta-t-il, et quand je me suis retourné, j'ai aperçu Carina à côté du puits. Je me suis dit qu'elle devait avoir envie de boire, mais elle marchait comme si elle était encore endormie ; je m'apprêtais à la suivre quand Berrie a crié.

— Il y a quelque chose ici, dit Vahanian en allant de l'autre côté de la margelle.

Il désigna la dépouille d'une jeune femme, à moitié ensevelie sous un tas de neige. Elle avait une marque sombre à la tempe et, autour de son cou, les traces d'une ceinture ou d'une corde. Une main ressortait du monticule, crispée comme une serre, dans une dernière tentative pour s'accrocher au puits. Toutefois, ce fut le visage de ce corps qui retint l'attention de Tris, car, bien qu'il soit distordu par la frayeur et la colère, les traits de la jeune défunte étaient ceux du fantôme qui avait recherché son aide.

Il se retourna vers Carina et l'appela doucement par son nom. Les yeux de la guérisseuse étaient vitreux, son expression étonnée, et elle était toujours aussi raide que la mort.

— Qu'est-ce qu'elle a ? demanda Carrovet, sans essayer de cacher la peur qui teintait sa voix. (Il tendit le bras vers elle, mais Tris le retint par le poignet.) Que fais-tu ? protesta le ménestrel.

— C'est le corps de Carina, expliqua Tris à voix basse en déployant ses sens magiques, mais c'est un autre esprit qui le contrôle.

— Bon sang ! Mais qu'est-ce que vous racontez ? lâcha Vahanian, la main sur le pommeau de son épée.

— Cette nuit, quand Jonmarc était de garde, un spectre m'est apparu, raconta Tris en considérant la silhouette immobile de Carina.

— Je n'ai vu aucun revenant, le contredit Vahanian.

Tris secoua la tête, sans quitter la guérisseuse des yeux.

— Elle n'était pas assez forte pour que quelqu'un d'autre que moi puisse l'apercevoir, dit-il tout bas.

— Elle ? répéta Carrovet dans un souffle, en jetant un coup d'œil vers le cadavre. Cette « elle »-là ?

Tris hocha la tête et leur raconta l'histoire de la fille.

Vahanian le regarda d'un air sceptique.

— Donc ce fantôme pensait qu'il vous suffisait de claquer des doigts pour la ramener d'entre les morts ? résuma-t-il, incrédule.

Muette, une question semblait suspendue dans l'air : « Et auriez-vous pu le faire ? » Tris savait qu'ils se la posaient, même s'ils n'osèrent pas la formuler, et, se rappelant son échec avec Alyzza et le mulot, il fut heureux qu'ils ne lui demandent pas cela.

— Même si j'en étais capable, expliqua Tris, c'est interdit par la Dame. J'ai dû la repousser, raconta-t-il. C'est là qu'elle a juré qu'elle trouverait une solution pour revenir par ses propres moyens, ajouta-t-il d'une voix à peine plus forte qu'un murmure. J'ai fait apparaître un bouclier autour de nous. Je pensais que nous serions en sécurité.

— Ouais, eh bien ça n'a pas marché, lança Vahanian.

— La protection a été percée, répondit Tris. Carina est sortie du cercle. Le fantôme a dû l'appeler.

— Pouvez-vous faire revenir Carina ? chuchota Berrie en serrant une dague dans son poing.

En réponse, Tris posa une main sur l'épaule de la guérisseuse et ferma les yeux. Il fit appel à tous ses sens, à la recherche de la force vitale de la jeune femme, ce filament de lumière qu'il avait ressenti la nuit où ils avaient sauvé la vie à Vahanian. À son grand soulagement, il brillait en elle – faiblement, mais bien présent –, néanmoins ce ne fut pas l'esprit de Carina qui vint à sa rencontre.

À sa place, un rire d'exultation le salua.

— *Je vous avais bien dit que je trouverais une solution*, ricana le fantôme. *Regardez ce que je peux faire !*

— Regardez ce que je peux faire !

La voix de Carina le tira de sa transe. Tris ouvrit brusquement les paupières et vit les lèvres de Carina remuer, ses yeux regardant toujours fixement devant elle ; il entendit sa voix monocorde et inexpressive.

Sous leurs regards horrifiés, la silhouette de Carina commença à trembler, puis elle eut un mouvement brusque du bras, qui resta suspendu, comme maintenu par le fil d'un marionnettiste. Il retomba sur le côté quand l'autre bras se souleva et, maladroitement, la guérisseuse avança en traînant les pieds, se cogna au puits sans réagir et se retourna vers eux sans les voir.

Vahanian, le visage déformé par la rage, fit un pas en avant, l'épée dressée.

— Par la Putain ! s'écria-t-il. Laissez-la !

— Que comptez-vous faire avec cette arme ? remarqua Carrovet à voix basse. C'est toujours le corps de Carina.

Prenant son courage à deux mains, Tris alla bloquer la silhouette qui marchait d'un pas traînant.

— Par toutes les faces de la Dame et tous les pouvoirs de la Déesse, jura-t-il d'une voix basse et insistante. Ramenez son esprit et allez-vous-en.

— Pas encore, répondit une voix qui émanait de la bouche de Carina. (Ce n'était plus celle de la guérisseuse et ses lèvres ne bougeaient plus.) Pas tant que je n'aurai pas eu ce pour quoi je suis venue.

— Vous ne pouvez pas prendre ce corps, répondit Tris fermement, sans lâcher prise. Il ne vous appartient pas.

Un rire à glacer le sang perça la nuit sans lune.

— Il est à moi, maintenant.

Tris se jeta brusquement en avant et serra fort Carina dans ses bras alors que l'esprit commandait à l'organisme de la guérisseuse de ruer et de se débattre. Par réflexe, le jeune homme tint bon pendant qu'il rassemblait son énergie et soufflait une prière à la Dame Noire, avant de fermer les yeux et de plonger dans les ténèbres.

Il s'immergea, toujours plus profondément, exactement comme la fois précédente, lorsque Vahanian était à l'agonie, et que Carina et lui avaient fait ce même voyage. Le corps de la guérisseuse convulsait dans ses bras, essayant de s'extirper de son emprise, alors que son esprit continuait à l'entraîner avec résolution. Au moment où Carina fut tout près de se dégager de son étreinte, Tris sentit des bras puissants les encercler tous les deux.

— Je ne sais pas ce que vous fichez, mais nous ne la laisserons pas s'échapper, jura la voix de Vahanian, distante, alors que le mercenaire et Carrovet serraient plus fort.

Avec un cri de rage, le corps de Carina se ramollit et Tris plongea encore, à la poursuite de l'esprit de sa visiteuse fantomatique.

— *Relâchez-la*, ordonna-t-il en fendant les ténèbres des sentiers magiques.

— *Prenez-la si vous pouvez, Seigneur des morts*, persifla le fantôme. *Elle est à moi, maintenant.*

Tris eut l'impression que le spectre et lui atteignirent au même instant le filament de vie lumineux et, dans un soudain éclair d'horreur, il comprit que la revenante n'avait pas l'intention de rompre ce fil fragile, mais d'y intégrer sa propre présence, en repoussant l'esprit de Carina pour le remplacer par le sien.

— *Dame des Ténèbres, entendez-moi !* cria Tris en prenant un risque désespéré.

Une fois déjà, il avait puisé dans la clarté de son propre filament pour maintenir Vahanian en vie. À présent, Tris se jeta sur le fil de lumière bleu, le recouvrant de celui de sa propre vie et, de toute sa volonté, il repoussa le fantôme dans les rayons de son propre éclat.

— *Non !* cria la fille, et le corps de Carina se contorsionna sauvagement.

En s'accrochant à chaque soupçon de pouvoir qu'il pouvait invoquer, Tris se suspendit à l'image des deux filaments de lumière, tout en sentant les bras de ses amis se resserrer autour de lui, tenant bon, alors que Carina convulsait et les martelait de ses poings. La clarté devint plus forte, repoussant les ténèbres, et finalement, au moment où un cri déchirant sortait de la gorge de la guérisseuse et transperçait l'esprit de Tris, il rejeta l'obscurité loin d'eux, ne laissant que la lueur derrière lui.

Le temps d'un battement de cœur, tout fut silencieux. Puis Tris sentit l'éclat de la vie de Carina palpiter plus vigoureusement et, délicatement, il recula, soulagé et étonné, pour voir le filament de lumière de la guérisseuse briller seul et avec force. Comme Tris revenait à lui, la jeune femme s'affaissa sur lui et elle serait tombée, sans le soutien des bras qui les entouraient tous deux. Tris sentit ses genoux faiblir. Ce ne fut que grâce à sa volonté qu'il resta debout, la fatigue le submergeant et le laissant plus qu'exténué.

Seul le craquement de la neige qu'ils entendirent les avertit, et Carroyet chancela lorsque quelque chose le frappa par-derrière. Tris aperçut une main griffue qui enserrait l'épaule du barde. Alors Vahanian le lâcha et porta ses doigts à son épée.

— Re… gar… dez… moi…

Les mots grincèrent dans la bouche du cadavre qui s'accrochait à Carrovet. Le ménestrel, les yeux écarquillés de terreur, repoussa la forme vacillante et trébucha dans sa hâte de s'en libérer. Vahanian s'approcha, l'arme tirée, et s'interposa entre le corps réanimé et Tris et Carina, qui s'effondrèrent tous les deux dans son dos.

— La Dame Noire a mon âme, souffla le mercenaire. Reculez !

Encore une fois, la créature se jeta sur lui. Juste au moment où les premières lueurs de l'aube embrasaient l'horizon, l'épée de Vahanian s'abattit, étincelant dans les rayons roses du matin.

— Non ! Je vous en prie !

Ce cri étranglé résonna depuis la bouche immobile de la jeune morte quand la lame la frappa avec un bruit écœurant et fendit le cadavre en un coup puissant, alors que le soleil scintillait sur la neige. Le corps tomba aux pieds du mercenaire, de nouveau silencieux et sans vie.

— Que s'est-il passé ?

La voix qui venait de briser le silence était celle de Carina et, au regard confus de la guérisseuse, Tris fut certain qu'elle n'avait aucune idée de ce qui avait eu lieu, ni de la raison pour laquelle elle se trouvait dans ses bras.

— De quoi vous souvenez-vous ? demanda Carrovet en les rejoignant.

Il avait le visage blême et les yeux écarquillés.

Carina s'écarta un peu du jeune homme, puis un épuisement total traversa son visage, et elle n'essaya plus de se dégager.

— J'ai entendu quelqu'un m'appeler, dit-elle en regardant Tris d'un air inquisiteur. J'ai peut-être rêvé, mais ça avait l'air si réel. Je me suis levée et je suis allée jusqu'à la margelle, mais il n'y avait personne. (Elle frissonna à ce souvenir.)

J'ai jeté un coup d'œil dans le puits, et j'ai vu un visage qui me rendait mon regard. (Elle s'interrompit.) C'est tout ce que je me rappelle, conclut-elle en s'appuyant lourdement contre Tris quand Carrovet les aida à se relever.

Instinctivement, Tris mit son bras autour d'elle et lui tapota les cheveux, comme s'il consolait un petit enfant. Un regard étrange traversa le visage de Vahanian juste avant que celui-ci se retourne.

—Allons-nous-en d'ici, dit-il brusquement.

—Tris, que s'est-il passé ? demanda de nouveau Carina en reculant et en l'observant d'un œil interrogateur.

Berrie courut vers la guérisseuse, jeta ses bras autour de son cou et enfouit son visage dans la robe de Carina.

Tris détourna les yeux, ne sachant trop comment répondre.

—C'est un fantôme qui vous a appelée, commença-t-il, avant de raconter l'histoire aussi fidèlement que possible, Berrie intervenant de temps à autre pour combler les blancs.

Vahanian et Carrovet chargèrent les chevaux pendant qu'ils parlaient, refusant fermement de se tourner vers le cadavre morcelé qui gisait à la lumière du matin. Un regard horrifié traversa la figure de Carina, qui contempla à tour de rôle Tris et le corps de la jeune femme, et enfin le puits ; puis elle se tut quelques instants.

—Mais comment..., commença-t-elle avant de s'arrêter. Comment son corps est-il revenu à la vie ?

Tris se força à examiner la dépouille.

—Je n'en suis pas certain, admit-il. Quand j'ai repoussé son esprit, je ne me suis inquiété que de le projeter au loin, expliqua-t-il d'une voix étouffée. Il paraît qu'à l'aube, le monde des esprits est plus proche du nôtre. Peut-être l'était-il assez pour lui permettre d'essayer de reprendre son propre corps, et suffisamment aussi pour que Jonmarc puisse l'abattre.

— Merci, finit-elle par dire en regardant d'abord Tris, puis les autres. Merci du fond du cœur.

— C'est la routine, répondit Vahanian sarcastiquement. Maintenant, pouvons-nous ficher le camp d'ici ?

Tris fit un pas vers le campement, sentit ses genoux faiblir, et trébucha. Carrovet le rattrapa alors que sa tête tournait, martelée par une migraine due à l'utilisation de ses pouvoirs.

— Qu'y a-t-il de bon dans cette satanée magic si on se sent comme une loque dès qu'on l'utilise ? jura Tris dans sa barbe en luttant pour marcher, soutenu par son ami.

— Si ça peut te consoler, Carina n'a pas l'air mieux. Peux-tu monter à cheval ? s'enquit le barde.

— Donne-moi une tasse de kérif et le temps d'une chandelle pour rassembler mes esprits, demanda Tris quand Carrovet l'aida à s'asseoir près du feu. Ensuite, nous reprendrons la route, même si pour ça vous devez m'attacher à mon destrier.

Vahanian alla calmer leurs montures, et le ménestrel mit une tasse remplie d'une boisson forte et amère entre les mains de Tris, puis fit en sorte que Carina ait une cape chaude et une tasse. Le jeune homme sentait la manière dont ses compagnons le dévisageaient, comme s'il était tout à coup devenu une créature aussi étrange et effrayante que le cadavre dans la clairière derrière eux. Carrovet alla aider Vahanian, et Carina s'installa à côté de Tris, sans rien dire pendant un moment.

Par bonheur, la guérisseuse ne lui posa pas la question à laquelle il savait qu'elle pensait. Avec le mal de tête qui lui martelait le crâne, Tris ne pensait pas pouvoir répondre autrement que par monosyllabes. Il ne plaisantait qu'à moitié lorsqu'il avait suggéré qu'on l'attache à son cheval. Contrairement à Vahanian, qui devait avoir pris l'habitude de monter au retour des batailles, plus mort que vif, Tris était aussi épuisé que s'il revenait d'une dure journée de travail sans manger et sans une nuit de repos.

Douce Dame, si ce sont les effets de la vraie magie, alors j'ai intérêt à réussir du premier coup quand je m'attaquerai à Arontala, parce que je devrais avoir du mal à y survivre, pensa-t-il. Pour la première fois, il se dit qu'il pourrait mourir à cause de son art, et non au combat, avant d'avoir pu s'emparer de la couronne. *Même si je ne vis pas assez longtemps pour être roi, on aura du mal à trouver pire que Jared*, songea-t-il avant que ses maux de tête rendent trop douloureux le simple fait de réfléchir.

Personne ne mentionna l'incident de toute la matinée, mais ils chevauchèrent plus lentement que d'habitude, d'un commun accord. Tris réussit à rester assis sur sa monture sans être sanglé à sa selle, mais douta simplement qu'il lui soit possible de galoper. Carina vacillait trop pour ne pas être aidée. Elle accepta donc de partager son cheval avec Vahanian, sans lui lancer ses piques habituelles. Ils voyagèrent autant qu'ils purent, impatients de mettre le plus de distance possible entre eux et le puits hanté.

En fin de matinée, quand Carrovet termina son tour en tête de file, il laissa sa monture reculer et s'adapter à l'allure de celle de Tris. Ils chevauchèrent côte à côte en silence pendant un moment, puis le barde prit finalement la parole.

— Est-ce que tout va bien ? s'inquiéta-t-il maladroitement. Tu n'as vraiment pas l'air très frais.

Son ami réussit à lui faire un sourire hagard.

— Je m'en remettrai.

Le ménestrel eut l'air de vouloir dire quelque chose, mais il se ravisa et recommença.

— Tris, reprit-il, avant de mourir… ta grand-mère t'a-t-elle jamais dit que tu étais…

— Son héritier mage ? termina Tris avec une pointe d'aigreur dans la voix. Non. Mais de temps en temps, je vois des choses en rêve, des charmes que j'ai produits avec elle et dont je ne me souvenais pas du tout. (Il réfléchit, les yeux baissés sur ses mains.)

» La magie est-elle innée ou acquise ? poursuivit-il. Tu sais, je peux apercevoir les fantômes au palais, parler avec eux – pas seulement pendant Revenante, mais tout au long de l'année – depuis aussi longtemps que je me souvienne. Mais ceci…

Sa voix s'éteignit ; il était à court de mots.

— Ta grand-mère était la plus grande Invocatrice de notre ère, répondit Carrovet pensivement. Je me suis toujours demandé pourquoi personne, parmi ses descendants, ne semblait posséder son don. Je crois que nous avons notre réponse.

La tête de Tris le faisait toujours souffrir, mais il sentait que son ami avait besoin d'une explication.

— Quand j'étais petit, grand-mère me laissait traîner autour d'elle et la regarder produire ses sorts. Lorsque j'ai grandi, j'ai eu le droit de l'aider pour des choses simples, comme faire apparaître une flamme pour allumer une bougie ou un feu de cheminée, de petits charmes. Il y en a même certains pour lesquels elle t'a laissé l'assister, ajouta-t-il, et Carrovet hocha la tête.

» J'ai toujours pensé que c'était sa manière de me transmettre quelque chose de spécial, comme j'étais le fils puîné. (Tris fit un sourire de travers.) Tout le monde sait que les puînés ne sont que des pièces de rechange, ajouta-t-il. Quand elle nous faisait jurer de garder le silence, je pensais que c'était parce que Jared piquerait une crise s'il apprenait que j'étais impliqué dans des choses auxquelles il n'avait pas accès.

Tris marqua une pause, attendant d'être libéré d'une crise de douleur dans sa tête.

— Et puis, juste avant que je sois placé pour mon éducation chez mon oncle, elle s'est mise à te faire participer plus souvent, et il nous est même arrivé de jeter des sorts compliqués. Quand je suis revenu de mon apprentissage, grand-mère était malade. (À ce souvenir, il observa l'horizon.) Tu ne te rappelles pas ? Elle a demandé que ce soit moi qui prenne soin d'elle. J'imagine qu'on n'avait pas de meilleure occupation pour moi, donc on m'a laissé faire. J'étais avec elle quand elle est morte.

— Est-ce que quelque chose… d'inhabituel… s'est produit ? insista doucement Carrovet.

Tris le regarda, les sourcils froncés sous l'effet de ses maux de tête et de ses trous de mémoire.

— Je ne me souviens pas. C'est justement le problème. Je ne m'en étais jamais aperçu avant, mais on dirait que j'ai oublié des épisodes entiers. Par la Déesse, j'ai essayé de m'en souvenir ! Mais je n'y arrive pas. (Il baissa les yeux sur les rênes qu'il tenait entre ses mains.) Lorsque nous étions avec la caravane, Carina et Alyzza m'ont aidé à acquérir les bases. Grand-Mère m'est apparue en rêve, et m'a dit que je me rappellerais les leçons qu'elle m'avait fait oublier – pour mon bien – le jour où j'en aurais besoin. (Il eut un rire aigu et sans joie.) Eh bien, je ne vois pas comment je pourrais en éprouver davantage la nécessité que maintenant, mais pour l'instant je ne parviens toujours pas à m'en souvenir.

Carrovet écoutait en silence, comme s'il pesait prudemment les mots de Tris.

— Peut-être, dit-il finalement, que les choses te paraîtront plus claires quand nous serons à la Bibliothèque.

— J'espère que tu as raison, répondit son ami avec ferveur en fermant les yeux sous l'effet d'un nouvel élancement, parce que les enjeux sont beaucoup trop grands pour que nous puissions nous permettre d'essayer d'arranger les choses avec les moyens dont nous disposons à l'heure actuelle.

Ils prirent un petit déjeuner froid sans descendre de cheval, et ils auraient fait de même pour le déjeuner si Carina ne les avait pas priés de s'arrêter. Pour une fois, elle et Vahanian ne se disputèrent pas de toute la matinée. L'affrontement du matin faisait peser un épais nuage au-dessus de leurs têtes, pensa Tris en s'asseyant auprès du petit foyer. Il fut heureux que le soir arrive sans apporter de nouvelle surprise et, cette nuit-là, ils campèrent sans faire de feu, à seulement quelques jours de route du point où le fleuve marquait la frontière entre Dhasson et la Principauté.

Chapitre 24

Tris et le reste du groupe chevauchaient en silence sur la route qui les menait en direction d'Ouestmarche. Une pluie froide tombait. C'était au tour de Tris d'ouvrir la marche ; il se sentait nerveux et irritable. Ni Carina ni Carrovet ne parlaient et, à deux reprises, Vahanian fit signe au groupe d'avancer pendant qu'il attendait, l'épée tirée, ayant perçu une présence qui ne se matérialisa pas. Au moins, songea Tris avec morosité, il n'était pas le seul à avoir ce pressentiment.

Ouestmarche se situait près des frontières de trois royaumes : la Principauté, Margolan et Dhasson. Attentif à l'avertissement de Gabriel à propos des créatures ensorcelées, le groupe choisit un trajet qui lui fit faire un léger crochet au nord, et les éloigna le plus possible de la frontière de Dhasson. Malheureusement, le vayash moru n'avait pas précisé jusqu'où s'étendait le sortilège qu'avait lancé Arontala sur la frontière. Bien qu'il fasse encore jour, chacun portait une torche. Un seau de poix pendait à chaque selle. Carrovet portait deux carquois pleins de flèches à la pointe recouverte de tissu et trempées dans la poix. Carina avait enveloppé le bout de son bâton dans une étoffe imbibée de poix, et Tris comptait sur sa propre aptitude à allumer du feu. Berrie, qui chevauchait à côté de la guérisseuse, avait son arme à elle. Elle avait réadapté la recette des boulettes que le barde faisait partir en fumée de toutes les couleurs pour accompagner ses contes. Avec quelques petites modifications dans les proportions, dorénavant les petites boules prendraient feu au moment de l'impact. Armée d'un lance-pierres, la jeune fille savait étonnamment bien viser.

Vahanian, le seul à avoir déjà rencontré les créatures, était de toute évidence le plus nerveux. Il tenait une lance rudimentaire, taillée dans un solide piquet, dont les deux extrémités étaient enrobées de chiffons trempés dans la poix. Elle était plus longue que le bâton de Carina, et plus pointue. À l'expression grave du mercenaire, Tris sut qu'ils avaient le même pressentiment. Plus ils avançaient, plus l'humeur de Vahanian s'assombrissait et plus il était soupe au lait.

À ce rythme, nous serons tous des épaves avant d'arriver à Ouestmarche, pensa Tris. D'un commun accord, ils voyageaient aussi vite que leurs chevaux pouvaient le supporter, ne s'arrêtant que lorsque les animaux devaient se nourrir, boire ou se reposer.

— Vous entendez ça ? demanda Vahanian.

Tris fronça les sourcils.

— Quoi ?

— Précisément, dit le mercenaire en préparant sa lance. C'est trop calme. (Ils n'avaient croisé personne sur cette route qui aurait dû être très empruntée par les marchands et les fermiers.) Je n'aime pas ça.

Carrovet rapprocha son cheval des montures de ses compagnons.

— Je n'ai pas entendu ce que vous avez dit, déclara le barde, mais c'est bigrement trop tranquille, ici.

Tris fit un sourire pincé.

— On dirait que nous pensons tous la même chose.

Son cheval hennit, lui rappelant qu'il avait bien mérité un arrêt et un peu d'eau. Le jeune homme soupira et flatta le cou de sa monture.

— Les bêtes ont besoin de repos, déclara-t-il en regardant autour de lui d'un air inquiet. Seul problème : où s'arrêter ?

— Là-bas, dit Carrovet en désignant un village sur la crête de la colline voisine. Je sens d'ici l'odeur des fourneaux du dîner. Nous pourrions peut-être nous offrir un repas chaud et acheter un peu de nourriture pour les chevaux.

— Ouvrez l'œil, les avertit Vahanian.

Ils approchèrent prudemment du hameau. Comme ils arrivaient plus près, il devint clair que les fourneaux n'étaient pas la source de la fumée. Le lieu n'était que ruines et cendres encore chaudes, et ses bâtiments des ombres noircies.

— Là ! s'exclama Carrovet en désignant quelque chose.

Un corps ratatiné gisait à côté d'une taverne brûlée. Tris poussa son cheval plus près puis descendit de selle, l'épée tirée. Il fit rouler le cadavre du bout du pied. Quelle que soit la cause de la mort de cet homme, ce n'était pas le feu. De longues balafres lui déchiraient le visage et laissaient sa gorge béante.

— Quel genre de créature chasse de cette manière ? s'interrogea Carina en tirant sur ses rênes.

— Il y a quelque chose par ici que vous devriez venir voir, les appela Carrovet.

Tris et Vahanian le rejoignirent, le mercenaire fermant la marche et examinant les rues avec méfiance, son arme prête à frapper. Le barde tendit le doigt vers une masse proche de la porte d'un des bâtiments brûlés. Tris s'aperçut que ce corps n'était pas humain. Il fit rouler la forme et ce qu'il vit le mit hors d'haleine.

La créature, plus grande qu'un homme, présentait de robustes pattes arrière, et des bras fins qui se terminaient par de vilaines griffes. Ses cuisses puissamment musclées témoignaient de la vitesse qu'elle pouvait atteindre, et ses épaules carrées attestaient une force surhumaine.

Pourtant, c'est en voyant son visage, si on pouvait l'appeler ainsi, que Tris eut le souffle coupé. Le visage à la peau grise du monstre était effrayant. D'énormes yeux s'enfonçaient sur les côtés de sa tête, au-dessus d'un gros museau, et sa bouche était remplie de rangées de dents brillantes. Tris avala sa salive. La créature était clairement calcinée, et un signal d'alarme retentit dans l'esprit du jeune homme. Peut-être n'étaient-ce pas ces êtres, qui avaient brûlé le hameau, pensa-t-il. Il était possible que ce soit l'œuvre de villageois désespérés qui, même en sacrifiant leurs maisons, n'avaient pas réussi à sauver leurs propres vies. Vahanian ne disait rien, mais pour la première fois Tris crut voir une étincelle de peur dans les yeux du mercenaire.

— Prenons cette eau et fichons le camp d'ici, proposa Carrovet en sautant sur le dos de son cheval.

— Je crois que c'est une bonne idée, répondit Tris.

Il se retourna, puis s'arrêta net. Au milieu de la rue, entre eux et le puits du village, se tenait un homme.

L'arc du barde était dressé, pointé sur le cœur de l'inconnu, quand Tris fit un pas en avant.

— Nous ne vous voulons aucun mal, annonça-t-il en approchant, les mains en l'air.

— Vous êtes venus à cause du feu ? demanda l'étranger.

Il était âgé, avec des cheveux blancs en bataille qui encadraient un visage émacié, couvert de poussière et de sang, et sillonné par la salive qui coulait à la commissure de ses lèvres. Une barbe de plusieurs jours assombrissait son visage. Des guenilles déchirées pendaient sur son corps, qui portait les traces d'un affrontement avec les créatures. En effet, les marques des longues griffes zébraient son torse à partir d'une épaule : elles ressemblaient à s'y méprendre à la cicatrice de Vahanian.

— Vous êtes venus à cause du feu ?

— Que s'est-il passé ? s'enquit Tris.

Derrière lui, le mercenaire jura dans sa barbe.

L'homme fit un grand geste du bras.

— Les esprits sont venus, dit-il en faisant un tour sur lui-même pour englober tout le village dans son geste. Ils sont venus nous rendre visite, mais nous n'avons pas été sages. Non, poursuivit-il en secouant la tête, nous n'avons pas été sages, donc ce n'étaient pas de bons esprits. Des esprits des Ténèbres, voilà ce que c'était, avec des ailes de feu.

Tris regarda son interlocuteur avec un mélange d'horreur et de pitié.

— Le feu, répéta-t-il lentement, en essayant de passer outre la folie de l'homme pour obtenir des réponses. Qui a déclenché le feu ?

Le visage de l'étranger s'éclaira.

— Oh ! C'est nous, répondit-il. Pour mieux les voir. Parce que les flammes les renvoient chez eux. Vous ne le saviez pas ?

— Comment avez-vous survécu ? insista Tris.

Le vieil homme éclata de rire.

— Je vais vous confier un secret, murmura-t-il en plongeant des doigts crasseux et difformes sous sa tunique.

Vahanian et Carrovet bandèrent leurs armes, mais lorsque l'inconnu ressortit la main, il ne tenait qu'une amulette accrochée à un lacet de cuir usé. Derrière lui, Tris entendit Vahanian cracher une bordée de jurons.

— Je voulais mourir, mais ceci m'a protégé. (La peine le submergea et il se mit à sangloter comme il arrachait le talisman qui pendait à son cou et le jetait aux pieds de Tris.) J'ai essayé. Je les ai attaqués avec ma main valide, je me suis jeté sur eux avec des épées, j'ai marché au milieu des flammes, sanglota-t-il d'une voix monocorde. Mais cette chose les a empêchés de me prendre, et désormais je suis tout seul, répéta-t-il. (Sa main glissa à sa ceinture et en tira une dague, qu'il leva d'un air décidé.) Mais maintenant, je m'en vais, déclara-t-il. (Ses intentions étaient clairement lisibles dans ses yeux fous.) Je rentre chez moi, dit-il.

Avant qu'aucun des trois compagnons ait pu bouger, il enfonça profondément le poignard dans sa poitrine. Un sourire éclaira ses traits ravagés et il se raidit.

— Il n'y pas de feu, pas de feu du tout, chuchota-t-il d'une voix rauque avant de tomber mort. Sa main glissa du manche du couteau.

— Laissez ce maudit truc et décampons, cria Vahanian au moment où Tris se penchait pour ramasser le talisman.

L'objet était simple et petit, façonné dans un métal gris bruni sur lequel étaient gravées des parallèles et des perpendiculaires entremêlées d'un cercle. Comme ils couraient vers leurs chevaux, Tris le glissa dans sa poche.

— Regardez ! avertit Carina alors que les créatures arrivaient en vue.

Tris grimpa tant bien que mal sur sa monture et Carrovet se mit en position, son arc bandé. Trois des monstres gris surgirent juste derrière le puits, la tête penchée pour renifler le sang frais. Carrovet attendit qu'elles arrivent tout près, puis il enflamma une flèche qu'il envoya. Il visa parfaitement et frappa dans le mille. La chose hurla alors que ses griffes labouraient sa propre poitrine et qu'un liquide sombre coulait de sa bouche béante. Elle tomba en avant, morte. Un cri de Carina alerta ses compagnons.

— Carina et Berrie, restez entre nous, cria Vahanian alors que le groupe reculait.

Leurs chevaux hennirent, terrifiés par l'odeur des créatures. Carrovet en abattit une de plus. Carina et Vahanian enflammèrent leurs armes, et Tris lança une boule de feu vers la bête qui avançait en tête. Deux autres sortirent des décombres en titubant et se dirigèrent vers eux.

— Nous ne pourrons pas les retenir longtemps, hurla Carrovet en lâchant un nouveau projectile.

Il toucha trois des créatures, mais deux autres encore surgirent de l'ombre et les remplacèrent.

— Au galop ! ordonna Tris. Je vais les retenir le plus longtemps possible, mais partez d'ici !

Carina fit pivoter son cheval et les autres la suivirent, leurs montures paniquées martelant la rue du village pendant que Tris lançait des boules de feu.

Derrière lui, il entendit le cri terrifié d'un cheval et un hurlement de Berrie.

— Berrie ! s'écria Carina.

La monture de Berrie rua et s'emballa, projetant la jeune fille sur la route.

— Ils gagnent du terrain ! hurla Carrovet en tirant deux flèches enflammées.

Vahanian se pencha sur son cheval et lui pressa les flancs, pour l'élancer en direction de Berrie, sa lance dressée. De sa main gauche, il saisit la jeune fille par la cape et elle se hissa derrière lui, en s'agrippant fermement.

Un cri guttural perça le crépuscule quand deux nouvelles créatures apparurent, bloquant le chemin de Carina. Alors que Tris lançait des boules de feu et que Carrovet tirait des flèches enflammées, les monstres commencèrent à les encercler.

La guérisseuse poussa un hurlement lorsque l'un d'eux s'élança vers son cheval. Elle le transperça en pleine poitrine avec son bâton embrasé, mais sa monture rua et manqua de la faire tomber. Avec un cri de guerre, Vahanian leva sa lance puis s'avança au grand galop vers la bête. Berrie baissa la tête et s'accrocha solidement à son dos.

L'arme de Vahanian frappa d'un coup net le monstre le plus proche de Carina. Sa lance embrocha la créature, qui se tordit de douleur, l'enveloppant de flammes alors qu'elle hurlait en se carbonisant avec une âcre puanteur.

— C'étaient mes dernières flèches, haleta Carrovet.

— Je vais ouvrir un passage, cria Tris au-dessus du vacarme. Galopez vers la route et ne vous retournez pas.

Sur ces mots, il enfonça ses talons dans les flancs de sa monture, se ramassa contre elle et chargea vers le centre du village ensorcelé. Le cœur battant, il comprit que les bêtes suivaient son déplacement soudain, soit par instinct de prédateur, soit à cause du sort d'Arontala.

— Maintenant ! hurla-t-il, alors que les créatures – pas loin d'une dizaine – se lançaient à sa poursuite.

Au son de leurs griffes labourant la terre derrière lui, il sut qu'il avait sous-estimé leur vitesse. Sa ruse ne leur ferait gagner que quelques secondes. Il entendit le bruit tonitruant des sabots et comprit que les autres arrivaient à la route. Juste devant les monstres, Tris fit soudain pivoter sa monture.

Le jeune homme s'ouvrit à son pouvoir, et son esprit forma une image avant que les mots aient pu atteindre ses lèvres. Tout en faisant apparaître un bouclier autour de lui et de son cheval, il invoqua un rideau de feu qui surgit du sol et les enveloppa. Même à l'intérieur du rempart, il pouvait entendre les cris d'agonie des créatures consumées par les flammes.

Ce fut terminé aussi vite que cela avait commencé. Tris et son cheval restèrent au milieu d'un cercle noirci et des restes des bêtes ensorcelées.

Un cri brisa le silence. Tout d'abord, Tris crut qu'il s'agissait de Carina, puis il comprit que le son provenait d'un bosquet voisin, de l'autre côté du village, à l'opposé de la direction qu'avaient prise ses amis. Il fit pivoter sa monture vers le bruit. Malgré les tremblements de cette dernière, celle-ci obéit et l'emmena à la croisée des chemins.

Un voyageur solitaire était pourchassé par l'un des monstres, qui commençait à le rattraper. Il était doué à l'épée, mais la bête s'acharnait, et Tris comprit qu'il ne lui restait que peu de temps pour intervenir.

— Écartez-vous ! hurla-t-il en lançant son cheval au triple galop vers l'étranger.

Il lui était impossible de faire tomber un rideau de feu à cet endroit : dans cette zone boisée, ils mourraient en même temps que l'animal. Tris tendit la main et l'image de la lance de Vahanian lui vint à l'esprit. Comme son cheval réduisait la distance, il fit appel à la force et aux flammes, et un trait de feu partit de sa paume ouverte. Il frappa la créature en pleine poitrine et l'engloutit. Les flammes crépitèrent dans le taillis sec.

— Sortez de là ! cria Tris au voyageur. (Ce dernier descendit de cheval et courut dans le bosquet pour en ressortir quelques instants plus tard avec un petit ballot, avant de sauter sur le dos de son énorme étalon.) Par ici ! indiqua Tris.

L'inconnu mena alors sa monture dans sa direction en regardant plusieurs fois en arrière vers le corps inanimé de la créature.

Ensemble, ils descendirent vers la route dans un grondement de tonnerre jusqu'à ce que la fumée du village soit loin derrière eux. Quand ils ralentirent enfin, Tris se rendit compte que le reste du groupe – si ses compagnons avaient survécu – était à l'autre bout du village. Un mauvais mal de tête commençait à poindre en réaction à la magie, et il s'efforça de s'éclaircir les idées. Il décida de demander à Carina un peu de son thé contre les migraines, partant du principe que ses amis s'en étaient également sortis.

— Vous allez bien ? demanda-t-il, essoufflé, en freinant son cheval.

Le voyageur l'imita et rengaina l'épée qu'il serrait toujours dans sa main.

— Merci, répondit-il.

À cet instant, sa lourde capuche tomba et dévoila une femme, d'un âge proche de celui de Tris, aux cheveux auburn attachés en une tresse. Une étincelle scintilla sous le col de sa cape, révélant une cotte de maille.

— Nous n'avions aucune chance, poursuivit-elle d'un air contrit. Cette… chose… est sortie de nulle part. Je n'ai pas pu la tenir à distance.

— Nous ? demanda Tris en entendant une note de tristesse dans sa voix.

— J'avais un renard apprivoisé, et un gyrgon de chasse, dit-elle d'un air affligé. Le renard a essayé de se battre, quand nous avons été surpris. Je l'ai vu mourir. Le dragon est grièvement blessé, poursuivit-elle.

Alors seulement Tris vit le ballot qu'elle tenait devant elle sur sa selle. Il aperçut la tête de son gyrgon qui pendait d'un côté. Il rapprocha son cheval du sien et fouilla dans son paquetage. En sortant un morceau de tissu, il le tendit à la femme.

— Ça sent le fromage, dit-il avec un sourire. Mais vous pourriez en faire une écharpe pour le porter.

— Je vous remercie, dit-elle avec une note de surprise.

Ce ne fut que lorsqu'elle tressaillit en tendant le bras pour prendre l'étoffe que Tris remarqua la profonde entaille à son épaule.

— Il est dangereux de voyager seul la nuit, déclara-t-il. Mes compagnons doivent être de l'autre côté de ce petit village. Nous sommes aussi tombés dans une embuscade, mais nous avons repoussé les créatures, raconta-t-il en omettant juste de mentionner comment ils y étaient parvenus. Il y a une guérisseuse parmi nous. Elle pourra peut-être regarder votre blessure. (Il lut la méfiance dans les yeux de la voyageuse.)

» Vous êtes la bienvenue dans notre campement pour la nuit, proposa-t-il. Vous reprendrez la route demain matin. Nous serons plus en sécurité avec une épée supplémentaire, ajouta-t-il en désignant du menton l'arme qu'elle avait rengainée. Je doute qu'un seul d'entre nous réussisse à s'endormir ce soir. (Il marqua une pause.)

» Au fait, je m'appelle Tris.

Que ce soit pour les soins qu'il lui avait promis ou par peur de camper seule, elle sembla se décider, et un léger sourire se dessina sur ses lèvres.

— Je m'appelle Kiara. (Elle s'arrêta quelques instants.) J'ai été désignée par la Prêtresse pour le Voyage, expliqua-t-elle en laissant son cheval prendre le pas de celui de Tris, et en regardant avec méfiance les buissons, en quête d'un signe d'autres créatures. C'est un… rite de passage… chez les miens. Un test pour savoir de quoi on est fait, je suppose.

— Ça m'a tout l'air d'un excellent moyen de se faire tuer.

La jeune femme sourit.

— Vous avez peut-être raison. (Ses yeux se perdirent à l'horizon.) J'avais le choix entre ça et un mariage arrangé, donc, pour être honnête avec vous, j'ai préféré courir le risque.

— Il y en a un qui doit être déçu.

Kiara le regarda comme pour essayer de mesurer la sincérité de cette réflexion.

— En colère, oui, soupira-t-elle. Déçu… pas vraiment. (Elle installa le gyrgon dans son écharpe improvisée.) Il a deux ou trois choses en commun avec cette… créature… que vous venez de tuer, à vrai dire, dit-elle avec dégoût.

— Alors j'espère que ce Voyage sera une réussite.

Elle l'observa comme pour l'évaluer.

— Ce que vous avez fait, là-bas… vous êtes un mage ?

Après ce qu'il venait de montrer au petit carrefour, il serait inutile de protester, songea Tris.

— Un « apprenti mage » serait plus approprié, répondit-il avec gêne. (Il s'arrêta et se dressa sur ses étriers pour prendre ses affaires.) Pour l'instant, j'aimerais savoir si cette route croise de nouveau celle qui passe de l'autre côté du village, déclara-t-il. (Un croissant de lune brillait dans le ciel, ce qui leur évitait d'avoir à allumer une torche, mais les collines rendaient le terrain difficile à jauger.) Je n'ai aucune envie de traverser encore ce hameau.

— J'ai une carte, proposa Kiara.

Elle la tira de son paquetage, et son mouvement la fit grimacer. Tris soupçonnait sa plaie d'être plus profonde qu'elle le laissait deviner.

Lorsque Kiara déplia la carte, le jeune homme fit apparaître une boule de feu froid dans le creux de sa main. Il fut impressionné de constater que Kiara n'était pas effrayée par son pouvoir. Qu'elle soit capable de se défendre contre l'une des créatures, même brièvement, l'intriguait encore plus. Il risqua un nouveau coup d'œil dans sa direction. À sa façon de se tenir en selle et à son maintien – autant qu'au stoïcisme avec lequel elle supportait sa blessure –, il supposa qu'elle avait reçu un entraînement militaire. Ses yeux marron étaient intelligents, et ses manières témoignaient de sa bonne éducation et de son rang. Elle ne portait aucun bijou ; sa cape et sa tunique étaient celles d'un homme. À la pâle lueur de son feu, ce fut son visage qui attira son attention. *Comment se fait-il qu'une jolie femme – exercée à la guerre ou non – erre seule dans la nature pour échapper à un époux non désiré ?*

— Regardez, dit Kiara en montrant un point sur la carte. Si nous nous trouvons ici, alors les routes ne devraient pas se croiser loin.

Tris hocha la tête.

— Allons-y. Plus vite nous trouverons mes amis, plus vite nous serons en sécurité.

Kiara chevauchait en silence. Elle ressentait profondément l'absence de Gris-Pied, mais elle ne trouvait ni les mots ni la force pour partager cette perte avec son compagnon de route, qui aurait pu la trouver folle de pleurer un renard. Tout en avançant, elle jeta un coup d'œil dans sa direction. Ses cheveux blonds longs jusqu'aux épaules étaient attachés en une queue-de-cheval. Ses manières et son parler laissaient soupçonner un rang que ses mains calleuses contredisaient. *Pourquoi un mage se promène-t-il en pleine campagne ?* se demanda-t-elle. Bien que reconnaissante pour son intervention, elle se méfiait de sa soudaine venue à son secours. *Par la Dame et l'Enfante ! Ça pourrait m'attirer encore plus d'ennuis, mais je ne crois pas que je survivrais longtemps en voyageant seule !*

Jae s'agitait dans son écharpe. Elle lui caressa les écailles ; la gentillesse inattendue que Tris avait affichée la poussa à le regarder de nouveau. Bien que proche de son âge, songea-t-elle, il avait l'air las, comme s'il était sur la route depuis un bon moment. Sa cape était taillée dans un tissu commun, et ses hauts-de-chausses étaient simples. Pourtant, ses yeux bleus avaient un air hagard, et elle se demanda à quoi il pouvait bien chercher à échapper, en dehors des créatures. Quelque chose dans son visage, ses pommettes et son profil lui semblait familier.

Elle n'avait pas eu à voyager longtemps pour apprendre que là, dehors, tout le monde fuyait quelque chose. *Il cache un secret*, pensa-t-elle. Elle ne se sentait pas menacée par lui, ce qui était rare avec tous les soldats qu'elle avait croisés sur la route. Il n'avait pas eu l'air de s'inquiéter de son habileté évidente à l'épée, ni de son cheval de guerre. *Je me demande où va ce groupe*, se dit-elle. *Ils bifurqueront peut-être avant que je me dirige vers le nord, en direction d'Ouestmarche. Je n'aimerais pas avoir à expliquer pourquoi je me rends dans une bibliothèque qui n'existe plus !*

Ils chevauchaient depuis à peine une demi-chandelle quand un homme vêtu d'une culotte de cheval en cuir sortit d'un buisson. La main de Kiara tomba sur son épée, mais Tris tira sur les rênes de sa monture.

— Vous m'attendiez ? lança Tris, qui semblait connaître l'homme.

L'inconnu à l'épée, mince et musclé, hocha la tête.

— Vous en avez mis, du temps. J'allais justement repartir à votre recherche, répondit le nouveau venu sur un ton à la fois rassuré et agacé.

— Je suis tombé sur une autre de ces sympathiques petites bestioles, répondit Tris avec sarcasme. Et je me suis occupé d'elle avant qu'elle puisse dévorer une voyageuse, ajouta-t-il en désignant Kiara.

À cet instant, Jae sortit la tête de l'écharpe et fit claquer sa langue. L'expression de l'homme à l'épée passa de l'agacement à l'inquiétude, puis à la résignation.

— Vous ramassez les animaux égarés ? demanda-t-il comme s'il cherchait à lancer une pique à Tris.

— Elle a reçu une mauvaise blessure et elle a besoin de soins. Et son gyrgon aussi.

L'inconnu s'entêta un instant, puis il secoua la tête et fit demi-tour.

— Enfin, c'est vous le maître de cérémonie, dit-il en leur tournant le dos et en s'engageant sur la route. Plus on est de fous, plus on rit.

L'évidente divergence d'opinions entre ces deux personnes poussa Kiara à se poser encore plus de questions sur son nouveau compagnon. L'homme d'armes était clairement habitué aux responsabilités, et il semblait se considérer comme le chef de l'expédition. Cependant, il y avait un air de commandement chez Tris qui l'emportait sur ce personnage têtu. Ils n'avaient pas parcouru beaucoup de chemin quand l'homme d'armes leur fit signe de descendre de cheval, et Kiara glissa à côté d'Ombre du mieux qu'elle put sans écraser le gyrgon, qui protesta avec mauvaise humeur. Tris prit ses rênes et conduisit le destrier vers un petit bosquet, où il l'attacha avec les autres montures. Le fait que Tris ne l'insulte pas en essayant de l'aider à descendre de selle ne fit que renforcer sa bonne impression.

— Faites attention en partageant la nourriture. Il y a une bouche de plus à nourrir, lança l'homme d'armes quand ils approchèrent du campement.

— Content de te revoir en un seul morceau, s'exclama un personnage grand et brun qui se leva en quittant la chaleur du feu.

Il était d'une beauté saisissante, avec les cheveux d'un noir bleuté qui encadraient son visage. Lorsqu'il bougea, ce fut avec la grâce d'un danseur plus qu'avec la foulée d'un guerrier.

— Moi aussi, répondit Tris en attachant son cheval.

Derrière eux, une brunette mince était penchée au-dessus du brasier, et une jeune fille coupait soigneusement une miche de pain avec un couteau.

— Elle a été blessée, expliqua Tris alors qu'ils se rapprochaient. Je lui ai dit qu'il y avait une guérisseuse avec nous.

À ces mots, la femme leva les yeux et se figea quand son regard rencontra celui de Kiara. Celle-ci sentit l'air lui manquer comme si on l'avait assommée, au moment où elle reconnut ces yeux avec émotion.

Elle n'était même pas sûre d'avoir laissé échapper le nom de Carina, que déjà la guérisseuse aux cheveux noirs était dans ses bras, et qu'elles se retrouvèrent toutes deux en train de parler et de pleurer à l'unisson.

— Vous aussi, vous avez eu droit à cet accueil ? demanda l'homme d'épée, pince-sans-rire, alors que les autres les regardaient avec étonnement.

Kiara se passa la manche sur les yeux.

— Je suis désolée, s'excusa-t-elle en retrouvant sa voix. C'est juste que, par la Déesse ! Nous sommes cousines, et Carina est sur la route depuis si longtemps…

L'homme brun s'avança vers elles.

— Alors vous devez être Kiara Sharsequin.

— Comment…

— Ne t'inquiète pas, Kiara, intervint Carina, qui se ressaisit en prenant une profonde inspiration et en essuyant ses larmes. Ce sont des amis. Viens. Je vais regarder cette épaule et Jae. Nous avons beaucoup de temps à rattraper.

Carina présenta Carrovet, Vahanian et Berrie, puis alla chercher son sac de médecine dans les sacoches accrochées à son cheval. Pendant ce temps, Berrie mettait dans les mains de Kiara une miche de pain ainsi que des morceaux de viande et de fromage. La tête de Jae sortit brusquement de l'écharpe et surprit la jeune fille, qui éclata de rire et tendit la main vers le gyrgon. Sa maîtresse s'attendit à un sifflement d'agacement, mais à son grand étonnement, le petit dragon accepta la douce caresse de la jeune fille. Kiara retira prudemment l'écharpe, laissant son compagnon enveloppé dans le tissu, et le tendit à Berrie, qui mit une marmite d'eau sur le feu et s'installa en tailleur à un endroit où elle pourrait entendre l'histoire de Kiara tout en donnant de petits morceaux de fromage au gyrgon.

Quand la guérisseuse en eut fini avec son épaule, Kiara s'aperçut qu'elle ne sentait plus la douleur. Jae siffla en signe de reconnaissance lorsque Carina le prit doucement des bras de Berrie et le laissa lui lécher la main pour la remercier. Quelques instants plus tard, la coupure sur le ventre de Jae semblait presque effacée. Entre deux soins, Carina prépara un thé qu'elle offrit à Tris, qui avait l'air souffrant. Il accepta volontiers l'infusion.

La nuit tomba avant que la guérisseuse ait fini de raconter comment ils avaient fui les marchands d'esclaves, et les détails qu'elle donna à propos du rôle de Tris dans leur libération confirmèrent que le jeune mage avait beaucoup plus de pouvoirs qu'il l'avait laissé entendre. Elle expliqua comment les circonstances leur avaient fait changer de destination, les dirigeant tous vers la Bibliothèque d'Ouestmarche alors qu'ils devaient au départ se rendre en Dhasson. Carina réussit même à parler de la disparition de Cam avec une relative maîtrise d'elle-même, et Kiara ne ressentit aucune honte à verser quelques larmes à ce moment du récit. De l'histoire des autres, Carina n'apporta que peu de détails. Pendant qu'elle parlait, Tris et Carrovet fabriquaient des torches et des flèches en jonc pour remplacer celles qu'ils avaient utilisées, et Vahanian remplissait les seaux de poix, se préparant à une nouvelle rencontre.

— Désolé de couper votre récit, déclara-t-il depuis le tronc d'arbre contre lequel il s'appuyait, mais si nous voulons prendre la route demain, nous devons avoir une idée de l'endroit où se trouve votre Bibliothèque.

Il se contorsionna pour décrocher d'une chiquenaude un petit morceau d'écorce qui pendait, avant de regarder le groupe une nouvelle fois, dévisageant Tris et Carina l'un après l'autre.

— Ça vous aiderait, si je vous donnais ma carte ? proposa Kiara.

Elle expliqua brièvement sa quête, ainsi que les instructions de l'Oracle, qui lui indiquaient de rechercher la légendaire bibliothèque.

— Voilà, nous arrivons à quelque chose, répondit Vahanian en acceptant le vieux document.

» Si cette relique dit vrai, reprit-il après l'avoir examinée quelques instants, alors nous sommes à une journée de route à cheval de cet endroit. Bien sûr, si l'on part du principe que la Bibliothèque est toujours là. Fantômet, ici présent, ajouta-t-il en désignant Tris du menton, vous dira que je suis plutôt du genre à ne croire que ce que je vois.

— Nous devrions peut-être dormir un peu, intervint soudain Tris. Demain, nous aurons l'occasion de savoir si la Bibliothèque existe ou pas.

Kiara hocha la tête, tout d'un coup consciente de son état d'épuisement.

— Je vais t'aider à trouver un endroit pour ton couchage, proposa Carina. Nous restons près les uns des autres. (Elle esquissa un sourire fatigué.) Nous avons décidé de renoncer à un peu de notre intimité pour rester hors d'atteinte des marchands d'esclaves.

— Bonne idée, acquiesça Kiara. (Elle regarda Tris, puis Vahanian et Carrovet.) J'ai bien l'intention d'avoir mon tour de garde, annonça-t-elle.

— Vous en êtes dispensée pour la première nuit, sourit Carrovet. Demain, vous pourrez prendre votre tour, et le mien aussi, si vous voulez, dit-il.

Kiara s'occupa d'Ombre, puis emmena ses couvertures là où Carina lui avait dégagé de l'espace. Après tant de temps passé seule sur la route, elle fut étonnée de s'apercevoir combien il était confortable de s'endormir dans le bruit d'autres personnes.

Le matin arriva trop vite. Carrovet réchauffa du gruau sur le petit feu, qu'ils arrosèrent avec l'eau d'une source qui coulait de l'autre côté de la colline. Le petit groupe voyageait depuis assez longtemps pour avoir ses habitudes avant de prendre la route, remarqua Kiara. Et, aussi fatigués qu'ils étaient, ils plièrent le campement en un temps record.

La jeune femme sentit le picotement de l'excitation l'envahir quand ils partirent. Trouver la Bibliothèque était devenu une quête en soi, et elle ressentait la même impatience chez les autres. Pendant un moment, elle chevaucha auprès de Carina, se réjouissant de sa compagnie familière. Jae voletait de son épaule à celle de Berrie, laissant la jeune fille lui caresser les écailles et pépiant de satisfaction. En milieu de matinée, Kiara se retrouva à voyager aux côtés de Carrovet, et prit plaisir à écouter ses chansons et ses histoires. À leurs taquineries bon enfant, elle comprit que ses contes étaient familiers aux autres. Le barde lui expliqua alors qu'il avait souvent gagné de quoi payer leurs nuits dans les tavernes en animant ainsi les soirées.

Le temps qu'elle passa en compagnie de Tris fut encore plus intéressant. Tout d'abord taciturne, il s'ouvrit un peu lorsqu'elle lui révéla ses capacités magiques limitées. Ils parlèrent alors de la magie, autant de celle dont ils avaient fait l'expérience que de celle dont ils avaient entendu parler. Elle fut surprise que Carina la prenne à part quand ils établirent le campement ce soir-là.

— De quoi parliez-vous, avec Tris, pour être aussi absorbés par votre conversation ? demanda la guérisseuse.

Sa cousine haussa les épaules.

— Nous avons surtout échangé des idées à propos de la magie, comparé les quelques mages que nous avons rencontrés, ce genre de choses.

— Je suis étonnée que tu sois aussi ouverte avec lui, avoua Carina. Étant donné la situation.

Kiara fronça les sourcils.

— Quelle situation ?

Carina la regarda d'un œil prudent.

— Tu n'es pas au courant, n'est-ce pas ?

— Au courant de quoi ? demanda Kiara. Tu veux bien arrêter de parler par énigmes ?

— Je ne te l'ai pas présenté parce que je pensais que vous aviez déjà réglé tout ça, répondit Carina. T'a-t-il dit qui il était, et ce qu'il faisait ici ?

Kiara secoua la tête.

— Ce n'est jamais vraiment venu sur le tapis. Sur la route, j'ai pris l'habitude de ne pas poser ce genre de question. J'ai présumé que tu lui faisais confiance.

Carina hocha la tête.

— C'est le cas. Complètement. Mais il faut que tu saches quelque chose. Tris et ses amis ont assisté au meurtre du roi Bricen, et l'assassin veut leur mort. On a affirmé à Tris qu'il trouverait des réponses à Ouestmarche.

— Tu ne me dis pas tout.

Carina la regarda droit dans les yeux.

— Kiara, c'est Martris Drayke. De Margolan. Le frère cadet de Jared Drayke.

Kiara laissa échapper un soupir et se retourna vers le jeune homme, qui se tenait près du feu et parlait avec Vahanian.

— Douce Chenne, dit-elle.

La ressemblance qu'elle avait remarquée prenait maintenant tout son sens, pensa-t-elle en regardant Tris au loin. Jared était aussi brun que Tris était clair de peau, mais ils avaient un air de famille : le contour des yeux, les pommettes hautes, même si la courbe des lèvres de Tris était plus sympathique que celle de son frère, et si son maintien ne dégageait rien de l'arrogance désinvolte de Jared. Son dégoût et sa colère contre ce qu'elle avait vu sur la route de Margolan affluèrent de nouveau en elle, de même que la peur de ce que pourrait signifier un mariage avec un tel roi, pour son peuple et pour elle-même. Deux frères pouvaient-ils être si différents ? Cependant, elle appréciait sincèrement Tris et était plus à l'aise avec lui qu'avec la plupart des hommes. Il ne ressentait pas le besoin de la défier à l'épée ou de la traiter avec condescendance. Il ne lui avait jamais demandé quel était son rang, pas plus qu'il n'avait fait allusion à son propre sang royal.

— Il a l'intention de trouver un moyen de détrôner Jared, poursuivit Carina. Le roi Harrol de Dhasson doit se préparer à lâcher une petite fortune pour ça. (Ses yeux noirs étaient inquiets.) Il va y avoir une guerre, Kiara, et nous sommes en plein milieu.

Peut-être plus que ce que tu crois, cousine, pensa Kiara en regardant Tris de nouveau. Il valait mieux qu'elle garde ses pensées pour elle encore un peu et, par la même occasion, qu'elle mette un peu de distance entre elle et Tris, au moins pour l'instant.

— Merci de m'avoir prévenue, dit-elle de sa voix la plus désinvolte. Comme ils sont en train de chercher de quoi manger pour le dîner, pourquoi ne m'apprendrais-tu pas ce qu'il me manque à propos des autres ? À commencer par lui, proposa-t-elle en désignant du menton Vahanian.

Chapitre 25

Ils se levèrent plus tôt qu'à l'accoutumée, impatients de repartir. Ils quittèrent la route principale une chandelle plus tard et s'engagèrent sur des pistes à peine praticables. Cette zone était pleine de chaumières et de granges en ruine qui se firent de moins en moins nombreuses à mesure qu'ils avançaient vers le nord, jusqu'à ce qu'il n'y ait plus aucun signe de vie récente.

Ces terres étaient rocheuses, sans plantations de qualité ni pâturages, et leurs coteaux n'offraient ni minéraux ni pierres précieuses. À cet endroit, les affluents du Nu coulaient faiblement le long de la montagne, trop peu profonds pour permettre le commerce. Ils voyagèrent sans croiser âme qui vive. Mieux encore, se dit Tris, ils ne rencontrèrent plus de créatures, même s'ils avaient toujours leurs torches et de la poix à portée de main.

Ils passèrent une bonne partie de la matinée à suivre un chemin qui les conduisit à un mur de roche. Une autre piste ancienne les mena à un champ vide. Couverts de poussière, affamés et nerveux, ils suivirent un troisième sentier à peine visible. Vahanian descendit de selle pour débarrasser le passage des broussailles. Quand le soleil eut atteint son zénith, ils arrivèrent à un petit ruisseau.

— Bon, nous devrions y être, remarqua le mercenaire en tenant la carte devant lui.

— Je ne vois rien, dit Kiara en rejoignant Vahanian.

Tris nota que leur nouvelle camarade, si amicale la veille, était de plus en plus renfermée à mesure qu'ils avançaient.

— Là-bas, indiqua Carrovet en montrant les ruines recouvertes d'herbes d'un bâtiment en pierre.

— Ça ne ressemble pas vraiment à une bibliothèque, mais allons voir, répondit Vahanian en poussant son cheval en avant.

Au milieu des arbres broussailleux et des petits buissons, les restes d'une tour sortaient du sol. De la vigne vierge et des ronces s'entremêlaient, assombrissant le bâtiment. Des ardoises brisées conduisaient à ce qui avait un jour été un majestueux escalier d'honneur. Une grille en fer et une solide porte bloquaient l'entrée. Bien que lourdement endommagé, le mur était toujours intact.

— Nous ne pouvons pas être au bon endroit, souffla Kiara d'une voix étouffée. Les Sœurs et Sakwi… ils avaient l'air tellement sûrs d'eux…

Elle se laissa gagner par la lassitude, en étudiant la scène avec déception. Carina, qui arrivait derrière elle, semblait tout aussi navrée.

Tris sauta au bas de son cheval et commença à traverser les broussailles vers la grille. Carrovet descendit également de selle et le rejoignit au moment où il se dirigeait vers les ruines.

— Que croyez-vous trouver ? leur lança Vahanian alors que les autres attachaient leurs chevaux.

— Aucune idée, rétorqua Tris. Peut-être rien.

Ça allait de travers, pensa Tris tout en avançant vers les vestiges. Ce n'était rien de dangereux, mais il y avait quelque chose d'étrange, comme si ses sens se heurtaient à un mystère dont sa vision intérieure avait conscience. Ce lieu recelait une magie ancienne et puissante. Il se sentit poussé à faire demi-tour. *Par un sortilège ?* se demanda-t-il. *Capable de créer assez de malaise pour inciter de simples promeneurs à choisir une autre route ?*

— Les vestiges sont trop hauts pour qu'on les escalade, observa Tris.

— Regarde un peu par ici, l'appela Carrovet.

Tris leva les yeux vers la vigne vierge que soulevait le ménestrel ; elle recouvrait un énorme sceau apposé sur la grille de fer, révélant une inscription.

— Qu'est-ce qui est écrit ? demanda Tris.

Carrovet fit courir doucement ses doigts sur la sombre surface métallique, et plissa les yeux.

— C'est une langue que je ne reconnais pas, répondit-il en se penchant plus près. Et il y a une rature, ici, ajouta-t-il en touchant un creux. Quelque chose a été arraché.

— Faites-moi voir, demanda Carina. (Carrovet s'écarta, et Carina s'inclina pour examiner le sceau puis se redressa.) C'est du nargi, conclut-elle.

— Pouvez-vous le lire ? l'interrogea Tris en se rapprochant.

— Je vais essayer, répondit la guérisseuse qui se baissa de nouveau vers la plaque. « *C'sque nu osir, a'tesyr ja kescue* », lut-elle lentement.

— « *Kuscue* », corrigea Vahanian en se retournant vers eux. « *A'tesyr ja kuscue* », répéta-t-il dans un nargi parfait. Ça signifie : « Je clos cette grille. »

Surprise, Carina leva les yeux.

— Le nargi n'est pas une langue facile. Voulez-vous y jeter un coup d'œil ?

Vahanian traversa les broussailles. Tris et Carrovet firent un pas en arrière, et le mercenaire retira un peu de poussière du sceau.

— « *Ib vossir, e diselon, vi fosset a'ysse, c'sa.* » (Vahanian lisait avec facilité, et il poursuivit sur plusieurs lignes de cette langue étrange et mélodieuse.) « De ma main, je clos cette grille… » Il y a une date, ici, qui remonte à une cinquantaine d'années, je pense.

— Les Guerres des Mages, commenta Tris en levant les yeux.

— « Que nul ne dépouille ce lieu de la connaissance », traduisit Vahanian. « Seul le sceau de la Dame passera. »

Carina regarda le mercenaire.

— Les Nargis n'enseignent pas leur langue aux étrangers, dit-elle, sceptique. Où l'avez-vous apprise ?

Vahanian haussa les épaules et se retourna.

— Restez prisonnière chez eux pendant deux ans, et vous verrez ce que vous apprendrez.

— Le sceau de la Dame, murmura Kiara. Le pendentif en forme d'étoile, dit-elle en passant la main sous sa tunique pour en sortir le bijou qui se mit à luire à l'air libre, brillant dans sa main.

Elle s'avança et plaça l'étoile dans le creux.

Autour d'eux, tout se transforma.

De l'autre côté de la grille se dressait un énorme bâtiment de pierre, haut de quatre étages, avec une tour qui s'élevait vers le ciel. Les broussailles de vigne vierge et de ronces avaient complètement disparu à l'intérieur à la clôture. Les pelouses de la Bibliothèque, bordées par de vieux arbres, étaient soigneusement tondues et un petit jardin bien entretenu bordait un bassin à la surface calme et miroitante. La grille de fer pivota vers l'intérieur en faisant grincer ses énormes gonds, et la porte d'entrée de la tour s'ouvrit. Un homme fringant aux cheveux blancs apparut presque en dansant dans l'ouverture, les bras grands ouverts en signe de bienvenue.

— Venez, entrez, les accueillit-il. Vous êtes en retard, pas mal en retard, même, mais nous vous attendions. (Puis, brusquement, comme s'il avait été interrompu par une tape sur l'épaule, il se tourna de côté avec mauvaise humeur pour s'adresser au vide.) J'en ai assez de vos bêtises. J'ai eu ma dose pour la journée. Maintenant, allez-vous-en ! (Il regarda Tris et les autres.) Ne vous inquiétez pas à cause de lui, dit-il avec une expression de parent embarrassé. Il n'est pas méchant. Allez, entrez.

Tris avança, mais Vahanian lui posa la main sur l'omoplate.

— Je ne suis pas sûr que « pas méchant » soit le terme, le mit-il en garde. Il parle avec le vide.

— Pas tout à fait, gloussa Tris. Il y a un fantôme, juste sur sa droite. Il n'a pas arrêté de lui tapoter l'épaule. Plutôt empoisonnant.

L'homme qui se tenait dans l'encadrement de la porte s'égaya.

— Déesse de Lumière ! Quelqu'un d'autre peut le voir ! Je vous en prie, s'il vous plaît, entrez, implora-t-il en leur faisant un geste de bienvenue. Je suis Royster, l'un des Gardiens de la Bibliothèque.

Tris prit la tête du groupe méfiant et se dirigea vers la sombre entrée. Jae poussa des cris nerveux depuis l'épaule de Kiara, qui lui servait de perchoir. Comme ils pénétraient dans le lieu, des torches s'enflammèrent de chaque côté du passage et illuminèrent la pièce. Des silhouettes en robe marron se rassemblèrent dans l'entrée, jusqu'à ce qu'un groupe d'une vingtaine de personnes soit réuni devant eux.

— Voici mes frères et sœurs, présenta Royster, avant d'éclater de rire. Non, non ! Pas des frères de sang. Nous sommes des acolytes de la Consœurie, et notre rôle est de protéger et d'entretenir tout ceci, expliqua-t-il avec un grand geste de la main. Nous sommes les Gardiens.

Tris s'inclina en signe de salutation.

— Je suis Martris Drayke, petit-fils de Bava K'aa la sorcière, se présenta Tris. Et voici mes compagnons, ajouta-t-il avant de tous les présenter un par un. Je suis venu pour trouver un moyen de vaincre un mage noir qui a tué ma famille. Carina est à la recherche d'un remède pour guérir le roi Donelan du maléfice dont il est affligé. Kiara vous parlera elle-même de son Voyage, mais c'est la Consœurie qui l'a envoyée ici. Pouvez-vous nous aider ?

Comme en réaction à une chiquenaude, Royster sursauta et jeta un regard mauvais vers le vide sur sa gauche.

— Maintenant, arrêtez de nous interrompre ! gronda-t-il le fantôme. Ils vont y venir. Ne soyez pas si impatient ! (Exaspéré, il reporta son attention sur Tris.) Possible, répondit-il avec un sourire malin. Vous êtes un mage, pas vrai ? demanda-t-il en dévisageant le jeune homme.

— J'apprends encore, reconnut Tris.

— Ne l'écoutez pas, il vous fait marcher, marmonna Vahanian dans sa barbe. S'il n'en est qu'à l'entraînement, je ne voudrais pas être dans le coin quand il pratiquera pour de vrai.

— À la porte, vous avez pu voir Kessen, dit Royster. Vous êtes un mage spirite ?

Tris hocha la tête.

— La Consœurie et l'esprit de ma grand-mère pensent que vous pouvez m'aider à m'entraîner.

Royster se frotta la barbe.

— Restez en dehors de ça, aboya-t-il au fantôme. Vous l'aimez bien uniquement parce qu'il peut vous distinguer. Eh bien, permettez-moi de vous dire que ce n'est pas un cadeau de vous voir. (Il se retourna vers Tris avec ses yeux bleus pétillants.)

» Je parie que je peux vous aider, dit-il avec entrain. Faites comme chez vous, déclara-t-il avant de se retourner en sautillant et de leur faire signe de le suivre. Il y a plein de chambres pour tout le monde. D'abord une chambre et un lit, ensuite vous mangerez un morceau, et après, nous aurons tout le temps pour les livres. Vous, chut ! lança-t-il en aparté au revenant.

— Est-ce que vous voyez quelque chose ? demanda Berry à Vahanian comme ils suivaient le fringant bibliothécaire plus avant dans l'énorme bâtiment.

Les autres Gardiens se fondirent dans les ombres aussi silencieusement qu'ils en avaient émergé et, sans sa vision magique, Tris se serait demandé s'ils n'étaient pas aussi des fantômes. Royster, en revanche, était indéniablement mortel. C'était un homme menu, à peine plus grand que Carina, aux cheveux blancs indisciplinés et à la barbe fournie. Ce qui lui manquait en taille et en corpulence, il le compensait par son énergie. En effet, il semblait en perpétuel mouvement et se déplaçait avec une gaieté et un dynamisme qui le faisaient paraître plus jeune, alors que Tris ne le pensait pas loin de son soixantième printemps.

— Seulement des ennuis, admit Vahanian. J'ai déjà vu assez de spectres pour une vie entière.

— Moi aussi, reconnut Berrie. Vous croyez qu'il y a des vayash moru, ici ?

— Quelle idée agréable, répondit Vahanian d'un air sombre.

Les pièces sur lesquelles débouchait l'entrée étaient faiblement éclairées et profondes, remplies de hautes étagères couvertes de vieux ouvrages, de livres aux reliures de cuir, de paquets de rouleaux soigneusement attachés et de liasses de parchemins aplatis. *Tout le savoir des mages*, pensa Tris avec admiration. *Caché depuis une éternité.* Sa curiosité l'attirait vers ces anciens volumes, et Kiara, Carrovet et Carina avaient l'air aussi excités que lui, alors que Vahanian semblait franchement mal à l'aise. Berrie, quant à elle, sautillait d'enthousiasme.

Royster les conduisit à un ensemble de chambres semblable à un dortoir ; chacune d'entre elles était équipée d'un lit dur, d'une chaise, d'une table de chevet, d'une cheminée et d'une petite table d'étude. Elles étaient assez nombreuses pour eux tous, mais Berrie accepta volontiers l'invitation de Carina à partager la sienne.

Lorsque Tris retourna dans le couloir après s'être lavé, la guérisseuse s'engageait justement dans l'escalier qui menait vers l'entrée.

— Vous avez perdu votre langue ? demanda-t-elle en lui emboîtant le pas.

Tris sourit.

— Je crois que je suis juste impressionné par tout ceci.

— Moi aussi. Comparée à celle-ci, la bibliothèque de l'Isencroft est un salon, commenta Carina.

— Vous venez ? les appela Carrovet, quelques marches plus bas. Sauf erreur de ma part, c'est de la nourriture, que je sens. De la bonne nourriture.

Le sourire de Tris s'élargit.

— Je repense à la première auberge dans laquelle nous nous sommes arrêtés. Elle avait l'air si solide, et au matin, elle avait disparu. Aujourd'hui, nous sommes arrivés à la Bibliothèque qui n'avait pas l'air de se trouver là et, en fin de compte, elle s'est révélée bel et bien consistante.

— Tant que le repas est réel, railla Carrovet. J'ai appris à faire sans, pendant ce voyage, mais j'aimerai toujours la bonne chère et les foules prêtes à écouter des histoires.

Le parfum d'un ragoût tout juste cuit les conduisit à la cuisine de la tour et à la salle à manger. Des rangées de tables et de chaises remplissaient cette gigantesque pièce. Plusieurs Gardiens en robe marron s'activaient à préparer le souper. Royster, penché au-dessus d'un grand chaudron, leva les yeux quand Tris s'approcha.

— Nous n'avons pas souvent des invités pour le dîner. La soupe doit être prête, et il y a assez de pain et de fromage. (Royster regarda sur le côté avec irritation.) Chut ! Vous êtes un fantôme, et les fantômes ne mangent pas, alors de quoi vous mêlez-vous ? dit-il à son invisible compagnon.

— Tout ça m'a l'air délicieux, admit Tris avec reconnaissance. Ça fait un moment que nous nous contentons de nourriture sèche.

— Apportez-moi tous vos assiettes, les invita Royster en faisant signe aux autres.

Royster s'assit en face de Tris et de Carrovet. Carina et Kiara prirent place avec eux, alors que Vahanian emportait son couvert de l'autre côté de la table, où Berrie le suivit. Jae trouva un perchoir au bord de la table, y étala confortablement ses ailes de cuir et piocha un morceau de fromage. Chacun à leur tour, les voyageurs racontèrent leur histoire au bibliothécaire. Quand ils eurent fini, Royster hocha la tête.

— Si le savoir que vous recherchez existe quelque part, c'est ici que vous le trouverez, déclara-t-il. C'est pour ça que la Consœurie a pris tant de soin pour cacher ce bâtiment. Entre de bonnes mains, les connaissances emmagasinées ici peuvent faire de grandes choses. (Il marqua une pause.) Après la Guerre des Mages, la Consœurie n'a pu se résoudre à détruire la Bibliothèque, alors elle l'a dissimulée, afin que ses secrets ne soient pas violés. (Il regarda autour de lui, comme s'il imaginait l'endroit grouillant d'étudiants.)

» Seules les plus anciennes et les plus fidèles des Sœurs y ont accès, expliqua Royster. On ne donne pas ce pendentif à la légère. Très rares ont été ceux qui, en dehors de la Consœurie, ont eu cet honneur. Quant aux Sœurs, poursuivit-il, elles viennent le plus souvent grâce à un sort de transport.

À cet instant, Kiara frissonna.

— Non merci, dit-elle en reposant son verre. Les Sœurs qui m'ont envoyée faire ce Voyage ont utilisé un enchantement de ce genre pour m'emmener d'un endroit à un autre. C'était… dérangeant.

Royster sourit avec indulgence.

— C'est une question d'habitude. Heureusement, ce sont les Sœurs qui viennent à nous, de sorte que nous, les Gardiens, n'avons pas besoin de nous déplacer. (Il termina son assiette et sauça les dernières gouttes avec un morceau de pain.) Des vayash moru connus depuis longtemps par la Consœurie nous apportent des provisions et des nouvelles de l'extérieur, poursuivit-il. Certains d'entre eux ont étudié à la Bibliothèque pendant des centaines d'années. Leur loyauté envers la Dame est absolue. (Il se tut un instant.) On m'a dit d'attendre les Sœurs. Elles sentiront votre arrivée. Je crois qu'au matin vous rencontrerez le premier de vos nombreux professeurs, messire Invocateur.

— Les Sœurs ne courent-elles pas un risque, en vous laissant ici ? demanda Vahanian en se carrant dans sa chaise. Je veux dire, vous avez l'éternité devant vous. Qu'est-ce qui vous empêcherait de devenir le prochain Roi d'Obsidienne ?

Royster rit doucement.

— J'imagine que ces chères Sœurs ont eu la même idée. (Il sursauta, comme si on lui avait donné un coup de coude, et regarda sur sa droite d'un œil mauvais.) Oui, bien sûr, j'y viens, se renfrogna-t-il. Taisez-vous. (Il se retourna vers Tris et les autres.) C'est pour ça que je crois avoir été choisi, autant pour ce que je ne suis pas que pour ce que je suis. Et je ne suis pas un mage.

Vahanian regarda Royster d'un air sceptique.

— Laissez-moi résumer. Nous avons fait tout ce chemin pour que Tris puisse apprendre la magie auprès d'un bibliothécaire ?

Royster ricana.

— En gros… oui.

— Vous voulez peut-être vous charger de son entraînement à l'épée, pendant que vous y êtes ?

— Nan. Mais vous oubliez quelque chose.

— Et quoi ? demanda Vahanian, agacé.

— On ne pourra jamais être certain qu'un sorcier n'essaie pas d'acquérir du pouvoir pour son propre profit, avec autant de savoir et de connaissances à sa disposition. C'est pourquoi la Consœurie n'a permis qu'à si peu de personnes d'entrer. Mais moi, dit-il en haussant les épaules, je ne peux pas m'emparer de la magie, et je ne pourrais pas l'utiliser. (Il plissa les yeux, comme un joueur de cartes s'apprêtant à parier gros.) D'un autre côté, nous avons passé une éternité au milieu de ces livres. Nous les connaissons tous. Chacun de nous, précisa-t-il en faisant un geste pour inclure ses silencieux compagnons qui faisaient la queue pour prendre leur dîner, a une spécialité, maîtrise particulièrement un domaine de la magie qu'il a étudié toute sa vie durant. La guérison, dit-il en hochant la tête vers Carina qui leva brusquement les yeux, la magie de guerre, poursuivit-il en plantant son regard dans celui de Vahanian, la magie spirite, ajouta-t-il en se tournant vers Tris. Aussi bien que vous savez mettre un pied devant l'autre ou réciter l'alphabet. Nous en avons aussi appris pas mal par cœur.

Vahanian secoua la tête.

— Je ne comprends pas. Pourquoi apprendriez-vous par cœur quelque chose que vous ne pouvez pas utiliser ?

Royster se pencha en avant et tapota le front du mercenaire.

— La connaissance. Voilà pourquoi.

— Parce que tout est là, marmotta Vahanian en roulant des yeux.

— Exactement, rétorqua Royster avec un sourire satisfait, en se rasseyant lourdement. Et pour une autre raison. Ces chères Sœurs craignaient que la Bibliothèque soit un jour détruite. Le travail de ma vie a été de mémoriser les livres autant que de les protéger.

— Mais comment avez-vous fait pour devenir le bibliothécaire ? intervint Berrie. Les Guerres des Mages ont eu lieu il y a très longtemps. Vous n'avez pas l'air si vieux.

Royster rit avec indulgence, puis regarda brusquement à côté de lui et se renfrogna.

— Vous, taisez-vous, aboya-t-il à l'adresse du fantôme. C'est une gentille petite et ce n'est pas ce qu'elle a voulu dire. Espèce de vieux chnoque ! lança-t-il à son invisible persécuteur. (Reprenant son sourire, il se tourna vers Berrie.)

» Oh ! Je suis assez vieux, mais pas tant que ça, admit-il hardiment. Mais vous avez raison, les Guerres des Mages ont eu lieu il y a longtemps. Dommage, dit-il en s'arrêtant pour retirer un petit morceau de nourriture coincé entre ses dents. Pas un seul chroniqueur valable dans le lot. Pas moyen de trouver un compte-rendu de tout le conflit, qui vaille la peine d'être lu. (Il s'interrompit quelques instants.)

» Ah ! Mais vous aviez posé une question, reprit-il avec un large sourire. Lorsque j'avais cinq ans, Kessen est venu dans mon village. Il a fait passer un examen à tous les enfants. Il leur a raconté une histoire, et ils devaient la répéter. De tous, dit-il avec une pointe de fierté, j'ai été le seul à pouvoir la réciter mot pour mot. (Il haussa les épaules.) J'étais orphelin, donc Kessen m'a pris avec lui le jour même. Je vis à la Bibliothèque depuis ce jour. (Il regarda ses compagnons en robe autour d'eux.) C'est ainsi que ça s'est passé pour chacun d'entre nous, expliqua-t-il. En ce moment même, l'un de nos membres voyage avec une Sœur pour faire la même chose. Être un Gardien, c'est avoir reçu un appel de la Dame.

— Kessen… c'est le fantôme qui vous embête ? s'enquit Berrie.

Royster ricana, puis tapota du doigt dans le vide, à côté de lui.

— Vous avez entendu ça ? provoqua-t-il. Elle a dit « qui vous embête ». « Embête », espèce de vieil esprit embrumé ! Et elle est polie, vous savez, ajouta-t-il avant de sourire tendrement à Berrie. Oui, Kessen le fantôme était Kessen mon professeur, confirma-t-il.

— Mais pourquoi ? interrogea Berrie.

— Pourquoi s'accroche-t-il à cet endroit, pour m'empoisonner la vie jour et nuit ? précisa Royster avec emphase et exaspération. Je vais vous le dire. Parce que je n'ai jamais su ranger ces fichus livres assez bien pour lui. « Royster, me disait-il toujours, je m'assurerai que tu piges le truc, même si je dois attendre le jour de ma mort ou encore après. » Et quand ce vieux chnoque est décédé, je ne le faisais toujours pas assez bien à son goût. (Il renifla.) Il m'est bien utile. Grâce à lui, je peux retrouver tout ce dont j'ai besoin. Mais il a décidé de me pourrir la vie, par la même occasion. (Il se pencha en avant comme pour confier un secret, et Berrie s'avança pour l'entendre.) Vous savez quoi ?

— Quoi ? chuchota-t-elle sur le ton de la conspiration.

— En fait, je m'en fiche. Ça devient un peu trop calme, ici, au bout de cinquante ans. Mais ne le dites pas à Kessen, l'avertit-il. Ça lui monterait à la tête. (Berrie fit mine de fermer sa bouche à clé, et Royster lui tapota la main.) Gentille petite, dit-il.

Pendant que l'homme parlait, Tris ferma les yeux et se concentra sur le bibliothécaire fantôme. Il fit apparaître son image dans son esprit, voyant ses traits de plus en plus distinctement. Quand il ouvrit les paupières, le spectre de Kessen était clairement visible.

— Regardez ! Il est là ! haleta Berrie.

Le bibliothécaire se mit à ricaner.

— Bien fait pour vous, espèce de vieux chnoque ! Maintenant, vous ne pourrez plus vous faufiler derrière les gens sans vous faire remarquer. (Royster s'interrompit et regarda Tris.) C'est vous qui avez fait ça, n'est-ce pas ?

Le jeune homme hocha la tête.

— Et je suis désolé, mais il ne pourra pas rester ainsi, répondit-il. C'est difficile à expliquer. Je ne suis pas sûr qu'il aime ça. Mais ça ne le gêne pas que nous ayons fait sa connaissance, ajouta-t-il.

— Faites ce qu'il voudra, approuva Royster. C'est bon de savoir que quelqu'un d'autre a pu le voir, ajouta-t-il avec mélancolie. Ça fait si longtemps que je suis le seul, j'ai parfois eu peur d'être fou.

Tris ferma les yeux encore une fois. Le soulagement de Kessen l'envahit quand le revenant disparut.

— Vous connaissez tous ces livres ? demanda Kiara, reprenant le fil de la conversation.

Elle avait l'air nerveuse, et Tris prit conscience que c'était la première fois qu'elle était témoin de sa magie, en dehors de sa capacité à allumer des feux.

Royster hocha la tête.

— Chacun d'eux. (Il gloussa.) C'est moi qui en suis l'index. Après le dîner, je vous présenterai les spécialistes.

— Est-ce qu'ils parlent ? demanda Vahanian irrévérencieusement, en avalant son pain avec une pleine gorgée de bière.

Royster éclata de rire, et ils entendirent un murmure d'amusement passer parmi les personnages assis aux autres tables.

— Oh oui ! Nous parlons, répondit-il. Mais après tant d'années passées ensemble, nous avons peu de nouvelles choses à nous raconter. Faites attention à ce que vous demandez : maintenant que nous avons des invités, notre curiosité pourrait nous apporter plus de questions que vous aimeriez qu'on vous en pose !

— Pouvez-vous nous montrer les guides de guérison ? demanda Carina. Plus particulièrement ceux qui traitent des maux causés par des sortilèges ? Oh ! J'aimerais voir tous les textes ! (Elle regarda Kiara avec des yeux brillants.) Quelle chance !

— Je serais heureuse d'aider Carina, fit remarquer sa cousine, mais l'Oracle m'a envoyée ici pour trouver un moyen de sauver l'Isencroft. Je ne sais pas vraiment ce que je dois vous demander, confessa-t-elle. Les servantes de la Dame ont dit que je trouverais ce dont j'avais besoin ici.

Royster réfléchit quelques instants à sa requête.

— Il faut peut-être commencer par l'histoire d'Isencroft et les récits sur ses rois. Vous pourriez y trouver quelque chose d'utile.

— À tout hasard, vous n'auriez pas des manuels d'histoire ? demanda Carrovet en levant les yeux alors qu'il finissait son dîner. Quelques bons livres écrits à des époques intéressantes ? (Il regarda Tris avec un haussement d'épaules contrit.) Non pas que tu ne m'aies pas donné assez de matière pour écrire des chansons, mais comme l'a dit Carina, c'est une chance à saisir.

Les yeux de Royster pétillèrent.

— Vous êtes barde ? (Lorsque Carrovet hocha la tête, Royster eut un large sourire.) J'ai des livres qui racontent des histoires dont vous n'avez jamais entendu parler, sur des guerriers mages dont les ritournelles sont tombées dans l'oubli. Des instruments de musique, aussi, ajouta-t-il, et les yeux de Carrovet s'illuminèrent. Vous apprendrez que de nombreux Gardiens sont des musiciens et des conteurs émérites. Nous avons beaucoup de temps à tuer, et de longues soirées d'hiver. Vous aurez vos chansons, barde, je vous le promets.

— Je peux venir avec vous ? demanda Berrie avec entrain. J'aimerais entendre certaines de ces histoires. (Elle regarda Royster.) Y en a-t-il qui parlent de princesses ? J'aime les histoires de princesses. Surtout sur celles qui ont des ennuis et que l'on vient sauver.

Royster eut un sourire paternel et rit doucement.

— Oui, vous en trouverez plus d'une. Je me chargerai personnellement de vous trouver les meilleures... si vous savez lire, dit-il en plissant les yeux d'un air interrogateur. (Berrie hocha résolument la tête, et le visage de Royster s'éclaira.) Brave petite ! C'est rare pour une fille. (Il se retourna vers Vahanian.) Et pour vous ?

Vahanian leva une main.

— J'ai vu toute la magie que je voulais pour un bon moment. Donnez-moi juste une pièce bien vide et laissez-moi préparer les armes. Vous n'auriez pas, par hasard, une petite salle d'armes et une forge, ici ? (Lorsque Royster hocha la tête, Vahanian sourit.) Eh bien alors, ça change tout. J'aimerais y jeter un coup d'œil. Je préférerais ne pas travailler dans la neige, et je vais avoir du pain sur la planche avec nos chevaux et nos armes.

Royster se retourna vers Tris.

— Vous n'avez rien dit, fiston. Que puis-je trouver pour vous ?

— Je ne sais pas vraiment, répondit-il. S'il y a des livres sur l'invocation et les mages spirites, peut-être y découvrirai-je pourquoi la magie fonctionne et ce que je fais réellement. (Il sourit d'un air penaud.) Pour l'instant, c'étaient plutôt des essais et des erreurs, admit-il. J'ai fait des rêves, j'ai eu des visions de ma grand-mère. Elle me dit que je me souviendrai de ses enseignements quand j'en aurai le plus besoin, expliqua-t-il en ouvrant les mains dans un haussement d'épaules. Mais je n'arrive à me rappeler aucune de ses leçons. (Il marqua une pause.) Et le Roi d'Obsidienne, reprit-il, si vous avez des récits sur lui et sur ce que ma grand-mère a fait pour le vaincre. (Il réfléchit, un peu plus longuement, cette fois.) Nous pourrions avoir à l'affronter de nouveau.

— À votre service, messire, dit Royster très sérieusement. J'ai la vague impression que c'est pour cette raison que nous nous sommes préparés toute notre vie. Je trouverai ce dont vous avez besoin. (Il fit un signe vers un homme à la barbe grise assis à la table voisine.) Dévìn est notre expert en Invocation. Maire, dit-il en désignant du menton une femme aux cheveux blancs, sait tout sur la signification des rêves et sur le recouvrement des souvenirs qui se refusent à nous. Et moi, conclut-il avec des yeux pétillants, j'ai un faible pour les histoires sur le Roi d'Obsidienne, donc je travaillerai avec vous sur ce sujet.

— Je vous remercie, répondit Tris.

— Je suppose que ce sont les invités que vous attendiez ? intervint une voix derrière Tris, faisant sursauter tout le monde à l'exception de Royster.

Tris se retourna et aperçut un homme mince et brun, qui lui sembla à peine plus vieux que lui… du moins jusqu'à ce qu'il voie ses yeux. Plusieurs vies, et non deux simples décennies, hantaient ces pupilles qui ressortaient sur la pâleur d'un visage aux traits fins. Le nouveau venu avait le maintien d'un soldat, et ses cheveux noirs étaient coupés court, comme pour le port d'un casque.

Royster sourit.

— Tout à fait. Mikhail, permettez-moi de vous présenter Martris Drayke et ses amis, déclara-t-il en les présentant tous un par un. (Royster se retourna vers Tris.) Voici Mikhail, de la cour du roi Harrol.

Mikhail fit une révérence élégante.

— C'est un honneur, dit le vayash moru. Le roi Harrol m'a envoyé à Ouestmarche depuis que les frontières de Dhasson sont devenues un passage… difficile… pour les mortels.

— Nous avons vu ça, marmonna Vahanian.

— J'ai été délégué pour apprendre comment chasser les créatures qui tourmentent Dhasson, poursuivit Mikhail. Le roi m'a aussi demandé de m'occuper de vous, si le destin devait vous conduire à Ouestmarche. Je vais avoir le plaisir de rendre compte de la réussite de ces deux missions.

— Vous avez trouvé une solution pour les monstres ? demanda Tris.

Mikhail secoua la tête.

— Malheureusement, tous les indices pointent vers l'œuvre d'un seul mage : Foor Arontala. Je ne saurais dire s'il a créé ces bêtes, mais il apparaît avec certitude qu'il les a invoquées. Tant qu'il ne sera pas détruit – ou vous, mort – elles ne s'en iront pas.

— Gabriel nous a avertis que la frontière avait été ensorcelée pour que je ne puisse pas la traverser, répondit Tris. Sinon, nous serions allés à Valiquet. Harrol a-t-il d'autres nouvelles ?

Mikhail sortit une bourse de sa poche et la tendit à son interlocuteur. À l'intérieur se trouvaient une lettre et un sceau. Tris parcourut rapidement le courrier, puis leva les yeux.

— Il s'engage à mettre à ma disposition toute l'aide militaire que Dhasson pourra fournir, en tenant compte du siège des créatures. Et il m'a donné son sceau comme obligation de son trésor, pour nous aider à lever une armée… et à payer nos dettes, dit-il en jetant un regard à Vahanian, qui haussa les épaules.

— Je suis certain que le roi Harrol s'attendait que mes découvertes ici confirment ses soupçons. Il croit que, pour vaincre les créatures, le pouvoir de celui qui les a envoyées doit être brisé, expliqua Mikhail. Cela implique Dhasson dans les problèmes de Margolan, tant que le mage Arontala ne sera pas détruit.

— Bonne chance, murmura Vahanian d'un air sinistre.

— Et maintenant, pouvons-nous avoir les histoires ? interrompit Berrie.

Ils pouffèrent tous de rire en se levant de table. Comme ils s'apprêtaient à sortir, un courant d'air passa près d'eux et la vaisselle se souleva, pièce par pièce, suspendue dans le vide.

— Kessen, soupira Royster. Ça l'agace au plus haut point quand je ne débarrasse pas la table dans la minute où je la quitte. (Il planta ses mains sur ses hanches.) Laissez ces couverts ! cria-t-il vers la pièce inoccupée. Ça fait cinquante ans que vous vous en inquiétez. Le petit-fils de Bava K'aa vient pour s'entraîner, et vous ne pensez qu'à la vaisselle !

Il le congédia d'un geste, se retourna et fit signe aux autres de le suivre. Derrière eux, les assiettes s'écrasèrent au sol.

— Il a toujours eu mauvais caractère, chuchota Royster sans regarder en arrière vers le tas de vaisselle cassée.

Chapitre 26

Quand ils se réveillèrent le lendemain matin, une visiteuse en robe marron les attendait. Une femme grande au visage maigre, aux cheveux blancs coupés court et aux yeux bleus se tenait dans l'entrée principale. Elle fit quelques pas pour se placer devant Tris, et l'observa comme pour l'évaluer et jauger son âme.

— Vous êtes Martris Drayke ?

— Oui, c'est moi.

— Que cherchez-vous ici, fils de Bricen ?

Tris soutint son regard fixement.

— À comprendre mon pouvoir et à le contrôler. Je dois trouver un moyen de vaincre Arontala et de détrôner Jared.

La Sœur le toisa.

— Très bien. Nous avons peu de temps, et c'est une lourde tâche. Quand la Lune d'Aubépine sera venue, Arontala aura recours à une magie puissante – la magie du sang – pour libérer l'âme du Roi d'Obsidienne. S'il réussit, nous assisterons à un conflit plus grand qu'au temps de la Grande Guerre, et à la venue de ténèbres plus profondes, aussi.

— La Consœurie ne peut-elle pas l'en empêcher ? demanda Tris. Je veux dire, vous êtes des magiciennes chevronnées…

— Seul un Invocateur peut l'arrêter. (Elle planta ses yeux dans ceux du jeune homme.) Et vous êtes le seul Invocateur de tous les Royaumes de l'Hiver.

Elle se tut.

— Apprenez-moi, demanda Tris posément. Nous sommes venus ici pour découvrir comment déjouer les ténèbres, en Margolan, en Isencroft et en Dhasson.

— Ce sont les mêmes ténèbres, et il s'agit de la même quête, répondit-elle. Vos chemins sont tissés du même fil par les doigts de la Déesse. Je suis venue pour être votre premier professeur. Je suis sœur Taru.

Tris commença ses leçons avec sœur Taru et Maire juste après le petit déjeuner. Lorsque Vahanian prit la direction de la salle d'armes, et que Carina, Kiara et Carrovet – Berrie sur ses talons – se joignirent à des Gardiens pour s'enfoncer dans les profondeurs de la Bibliothèque, Taru conduisit Tris dans un bureau peu meublé. Maire alluma un feu et mit de l'eau à bouillir dans une théière. Enfin, Taru fit signe au jeune homme de s'asseoir. Elle et Maire s'installèrent face à lui.

— Ainsi, vous êtes le petit-fils de Bava K'aa, commença Taru. Mes Sœurs pensent que vous êtes son héritier mage. Qu'en dites-vous ?

Tris la regarda droit dans les yeux.

— J'ai toujours su parler aux esprits, les appeler, les voir, même quand les autres en étaient incapables. Pas seulement à Revenante. Je me souviens de quelques leçons avec grand-mère, quand j'étais petit. De simples tours, des sorts de protection, de la magie de base. Mais depuis les meurtres…, commença-t-il, et sa gorge se serra. Depuis les meurtres, répéta-t-il en s'efforçant de maîtriser sa voix, je ressens un pouvoir que je n'avais jamais ressenti avant… en moi, et autour de moi. Parfois, comme avec les marchands d'esclaves, il me submerge et dépasse ce que je peux contrôler.

Taru et Maire écoutèrent le récit que Tris fit de leur voyage, à propos des fantômes qu'il avait rencontrés et de ceux qu'il avait libérés et, finalement, des spectres de la Ruune Videya.

Quand il eut terminé son histoire, Taru et Maire échangèrent un regard.

— Ces dernières années, depuis que Bava K'aa nous a quittés, commença doucement Taru, des mages ont été envoyés dans la Ruune Videya pour calmer les esprits. Nul n'y a jamais réussi, et nul n'en est jamais revenu. Et pourtant vous, du haut de vos vingt printemps, un novice, vous n'avez pas succombé. Vous avez plié les fantômes de la forêt à votre volonté, vous avez négocié pour la survie de vos amis, et enfin vous leur avez donné le repos !

Tris rougit et baissa les yeux.

— Je sais que c'est difficile à croire.

— Sauf que nous en avons eu la confirmation, reprit Taru d'une voix égale. La Ruune Videya n'est plus hantée. Je crois que n'importe quel mage assez puissant a pu sentir les flux de la magie déferler cette nuit-là. Je les ai moi-même perçus, même si je n'en connaissais pas la source. Une magie sauvage, presque hors des limites de la Lumière, ajouta-t-elle en dévisageant Tris.

— Je me suis senti affreusement mal pendant un moment, admit le jeune homme d'un air penaud. S'il vous plaît, pourriez-vous m'apprendre à ne pas m'évanouir chaque fois que je fais appel à une magie puissante ? Je ne pourrai pas affronter Arontala si je continue ainsi.

Un léger sourire se dessina sur les lèvres de Taru.

— Bien des sorciers expérimentés sont morts, dans ce genre de tempête, déclara-t-elle. Mais vous, non.

— Aidez-moi, demanda Tris. J'agis par pur instinct, et ça ne suffit pas. Si Carina et Alyzza ne m'avaient pas montré comment me protéger, quand nous étions avec la caravane, les spectres m'auraient rendu fou, à l'heure qu'il est. Cette nuit-là, dans la forêt, mes boucliers ont failli céder. J'ai cru que…, commença-t-il, avant de s'interrompre de peur de mettre des mots sur une chose qu'il n'avait que ressentie. J'ai cru, reprit-il, que j'allais y laisser mon âme. C'était comme si… j'étais écartelé… par le pouvoir, et par les esprits.

Taru le regardait fixement.

— Votre intuition est bonne, dit-elle. Vous étiez plus près de la mort – et de la destruction de votre âme – que vous pouvez l'imaginer. Un mage inexpérimenté n'aurait pas réussi ce que vous avez accompli. Ce n'est pas de l'instinct, corrigea-t-elle en se penchant en avant. Et ce n'est pas du talent. Ça demande de l'entraînement, un entraînement intense que quelqu'un a voulu que vous oubliiez.

— Regardez-moi, Tris, intervint Maire.

Tris se retourna alors sur sa chaise. Des plis de sa cape, son professeur sortit une gravure de cristal représentant les quatre images de la Dame.

— Je veux que vous vous concentriez là-dessus, reprit-elle d'une voix apaisante. Nous allons vous hypnotiser, et je vais vous renvoyer dans vos souvenirs lointains. Ça vous semblera aussi réel que lorsque ces événements se sont produits. Ce ne sera peut-être pas facile.

— Je suis prêt, accepta Tris.

Taru les entoura d'un bouclier, puis, à l'intérieur de ce cercle protecteur, elle en plaça un second séparant Tris de Maire et d'elle-même.

— Il m'est impossible de prévoir vos réactions, expliqua la Sœur. C'est autant pour votre défense que pour la nôtre.

— Je comprends.

Maire posa l'icône sur la table, devant lui.

— Quand vous rappelez-vous avoir fait de la magie pour la première fois avec votre grand-mère ?

Tris réfléchit un moment.

— Grand-mère m'a toujours laissé l'assister. Elle m'a appris à produire une flamme dans ma main l'été où j'ai commencé mes études. J'avais cinq ou six ans, se rappela-t-il. Je ne crois pas l'avoir aidée pour ses sorts avant l'âge de huit ou neuf ans.

Taru hocha la tête.

— C'est l'âge auquel un élève qui a des prédispositions commencerait à recevoir un enseignement sérieux. Renvoyez-le à ses dix ans, commanda-t-elle à Maire. Et voyons ce qu'il savait.

Maire le regarda dans les yeux.

— Concentrez-vous sur l'icône, Tris, dit-elle, et écoutez ma voix. Représentez-vous l'icône dans votre esprit. Mémorisez-la. Ayez-en une image précise, comme si vous la teniez dans vos mains. Sentez son poids. Prenez conscience de sa texture, du froid de son contact, et sentez comme elle est lisse. Voyez comme elle brille. Humez l'encens qui s'en dégage. Aspirez cet encens dans votre bouche. Quand tout deviendra réel, retenez cette image. Retenez-la. Maintenant, faites-la disparaître. Accrochez-vous au vide. N'entendez rien d'autre que ma voix. Accrochez-vous au vide de l'espace. Fermez les yeux. Respirez profondément. Encore. Vous habitez maintenant ce vide. Vous avez dix ans, et vous êtes avec votre grand-mère, dans son laboratoire. Que voyez-vous ?

Tris ouvrit les paupières et regarda autour de lui, les appartements de Bava K'aa à Shekerishet. Le parfum familier de ses bougies se mêlait à l'odeur du feu de bois et de l'encens. Le soleil d'été rayonnait à travers les fenêtres à meneaux, projetant un parterre d'ombres sur le sol. Sur la table étaient disposés les instruments pour un sortilège : un morceau de parchemin, son athamé, une bougie et quelques herbes. Près de lui, sa grand-mère s'affairait, s'agitant entre la table et le feu, où une petite marmite chauffait dans l'âtre. Il sentait l'énergie du bouclier qu'elle avait dressé autour du tapis tressé lui servant de périmètre de travail, et cela lui procura un sentiment de sécurité. Tris s'entendit décrire toutes ces choses à voix haute, comme dans un rêve, suffisamment détaché de lui-même pour ne pas s'interroger à ce sujet.

— Que savez-vous de la magie, Martris Drayke ? lui demanda une voix distante.

Bava K'aa poursuivait son travail, comme si on ne s'était adressé qu'à lui seul. Là, derrière le bouclier, il ne craignait pas cette voix.

— J'ai terminé le premier niveau des protections et le deuxième niveau des sortilèges, répondit-il d'une voix aiguë qui se cassait sur certains mots, comme un garçon à l'aube de l'âge adulte. Je n'ai pas encore droit à un athamé. Je peux invoquer les fantômes et les chasser. J'ai observé la manière dont grand-mère bénissait leur passage dans l'au-delà, et je l'ai accompagnée dans les Plaines des Esprits pour ressentir comment elle faisait. Nous nous entraînons tous les jours pendant des heures.

— Bien, très bien, le félicita la voix. Maintenant, fermez les yeux. Une année a passé. Vous avez onze ans. Que savez-vous, Martris Drayke ?

Le garçon regarda l'atelier familier autour de lui, les coupes et les bougies à moitié consumées, le mortier et le pilon usés, les fioles et les boîtes.

— Grand-mère dit que nous devons nous dépêcher, répondit-il. De temps en temps, Carrovet nous aide. J'ai dressé des boucliers et utilisé la boule de cristal de grand-mère. Nous sommes allés à la crypte et nous avons invoqué les esprits de mes pères et, une fois, nous avons chassé un démon. (Le garçon frissonna.) Il est apparu déguisé en spectre et nous a demandé une faveur. Il voulait que du mal soit fait aux vivants, ce qui est interdit. J'ai refusé, alors il a montré sa vraie nature. Je l'ai combattu et je l'ai expulsé sans l'aide de grand-mère, mais de justesse. J'ai été malade pendant trois jours, et mère a craint que j'aie attrapé la fièvre. (Il se tut un instant.) Nous en sommes au troisième niveau des protections et au quatrième niveau des sortilèges.

— Vous êtes un garçon intelligent, répondit la voix. Maintenant, refermez les yeux. C'est l'été, juste avant votre départ pour votre apprentissage chez votre oncle. Vous avez quatorze ans. Qu'en est-il de vos études de mage, à présent ?

La voix du garçon était plus profonde, plus adulte.

— Je suis allé parmi les vayash moru et je peux jeter des sorts du cinquième niveau. J'ai aidé grand-mère pour des enchantements de combat, et j'ai invoqué des esprits. Je me suis interposé entre les vivants et les morts, et j'ai aidé ceux qui souhaitaient retrouver la Dame à passer dans l'au-delà. Grand-mère est inquiète.

— Pourquoi ?

— Parce que je pars en apprentissage, et elle n'a pas fini de me former. Nous travaillons de l'aube jusqu'au coucher du soleil. Je suis fatigué. Elle a obtenu de mère que mon départ soit repoussé deux fois, sans lui expliquer la véritable raison de sa demande. Elle ne peut plus convaincre père. Elle dit que je ne dois pas montrer mes pouvoirs, même pas à mère. Mais elle a aussi peur de me laisser partir.

— Pourquoi ?

Le garçon réfléchit.

— Elle s'inquiète pour moi. Elle craint que Jared me fasse du mal.

— Tris, appela une voix. Revenez. Respirez.

En un clin d'œil, la scène disparut. Cette fois, les souvenirs restèrent : ceux de Bava K'aa et des sortilèges.

Maire et Taru le regardaient avec appréhension. Maire servit à Tris une tasse de thé chaud, qu'il accepta avec des mains tremblantes.

— Si je savais comment utiliser la magie à cette époque, demanda le jeune homme d'une voix mal assurée mais de nouveau sienne, pourquoi ne m'en suis-je pas servi contre Jared ? Par la Dame et la Putain ! Si j'avais les moyens de recourir à mon art, pourquoi ne l'ai-je pas fait ?

Taru réfléchit quelques instants alors qu'il s'efforçait de calmer ses nerfs.

— Je crois que votre grand-mère connaissait votre situation et qu'elle s'est arrangée pour organiser les « accidents fortuits » qui se sont produits en votre faveur. Mais Bricen n'écoutait pas ce qu'elle avait à dire au sujet de Jared. Pour vous protéger, votre grand-mère a profondément enfoui vos souvenirs de vos entraînements. Dites-moi, vous rappelez-vous des détails de tout ce temps que vous avez passé avec elle, avant ce sortilège ?

Tris se concentra et réfléchit.

— Seulement qu'elle me voulait près d'elle, et que j'étais heureux d'y être. (Il fronça les sourcils.) Je sais que ça m'occupait beaucoup, mais avant aujourd'hui, je n'aurais pas pu vous dire comment.

Maire hocha la tête.

— Je soupçonne Jared d'avoir été sous l'influence d'Arontala bien avant qu'il le fasse venir à Shekerishet. Bava K'aa a dû le sentir. Elle devait savoir que, si Jared – et Arontala – vous soupçonnaient d'avoir des pouvoirs, ils vous tueraient. (Elle marqua une pause.) Peut-être savait-elle aussi que ses propres jours étaient comptés. Elle ne pouvait plus vous protéger longtemps ; du moins, pas en tant que magicienne vivante. Cacher vos entraînements était son plus grand espoir de vous préparer à protéger Margolan un jour.

— Alors pourquoi ai-je commencé à me servir de mes pouvoirs après les meurtres ?

— Parfois, les personnes douées de magie n'ont pas connaissance de leurs pouvoirs avant de vivre un gros choc, une peur si profonde et si intense qu'elle ouvre les canaux et libère ce qui bloque le courant de leur pouvoir, expliqua lentement Taru. Je ne sais pas quel déclencheur votre grand-mère avait envisagé, ajouta-t-elle. Peut-être que votre pouvoir devait se déclarer à un certain âge ou à un certain endroit. Mais la douleur, la peur et la colère que vous avez ressenties la nuit des assassinats étaient assez fortes pour vous permettre d'utiliser votre instinct de survie le plus primaire. (Elle marqua une pause.) Dans votre cas, ça revenait à réveiller votre don. (Elle s'installa au fond de sa chaise et dévisagea Tris.) De quoi vous souvenez-vous, à présent ?

Tris réfléchit un moment en observant le thé dans sa tasse.

— De beaucoup de choses, dit-il doucement. C'est comme si quelqu'un avait ouvert une porte sur une pièce de mon esprit dont je n'avais jamais soupçonné l'existence.

Taru hocha la tête.

— Votre grand-mère vous a entraîné durement. D'après vos dires, vous étiez devenu un apprenti de cinquième niveau. Ce sont des bases solides.

— Mais Arontala est un sorcier accompli ! protesta Tris. Et le Roi d'Obsidienne était le plus grand mage de son époque. Comment puis-je espérer les vaincre ?

Taru réfléchit encore et répondit prudemment.

— Avec la maîtrise vient l'arrogance. Ça jouera en votre faveur, s'ils sous-estiment la puissance de votre pouvoir. Votre don est très grand, dit-elle, mais je ne suis pas encore sûre que vous puissiez le contrôler. Ça signifie qu'il pourrait vous être arraché et utilisé contre vous, ou…

— Ou quoi ? l'interrompit Tris. Ce n'est pas encore assez grave ?

— Ou il pourrait vous submerger, comme il l'a fait dans la forêt, exploser dans un canal incapable de le contenir et détruire à la fois vous et tout ce qui vous entoure. (Elle se tut un instant.) D'abord, nous devons vous préparer à reprendre l'épée de votre grand-mère à l'esprit du roi Argus qui la garde, ici, dans les catacombes sous la Bibliothèque. Vous n'êtes pas venu à Ouestmarche pour rien.

— Je ne comprends pas, répondit Tris. Qui est le roi Argus ? Et pourquoi ai-je besoin de prendre sa lame pour vaincre le Roi d'Obsidienne ?

Taru et Maire se regardèrent.

— Le roi Argus régnait sur Principauté pendant les Guerres des Mages. Il s'est battu aux côtés de votre grand-mère contre le Roi d'Obsidienne.

— C'était un ami de ma grand-mère ?

Taru fronça les sourcils.

— Il serait plus juste de dire un « allié ». Argus était avant tout dévoué à la Principauté. Il pouvait être un ennemi impitoyable. Il ne dévoilait rien de ses pensées, et n'avait confiance en personne, sauf peut-être en Bava K'aa. Mais une chose ne faisait aucun doute : il était l'ennemi juré du Roi d'Obsidienne. « Juré » au sens propre, puisqu'aux derniers jours des Guerres des Mages, aux moments les plus sombres, quand tout semblait perdu, Argus a conclu le Pacte d'Istra, selon lequel il donnerait sa vie en échange de celle du Roi d'Obsidienne. La Dame a exaucé son vœu. Et c'est l'épée Tueuse de Mage, ensorcelée par un grand pouvoir lorsqu'elle fut forgée, que brandirent Argus et Bava K'aa pour assener le coup mortel au Roi d'Obsidienne. (Elle s'arrêta un instant.)

» Même si votre formation de sorcier était terminée, certains membres du Conseil continueraient à penser que vous n'arriveriez à rien sans Tueuse de Mage. C'est pourquoi nous devons prendre le risque de la récupérer.

— Le risque ?

Taru le regarda posément dans les yeux.

— La réputation de Tueuse de Mage était si grande – et peut-être aussi son pouvoir – que Bava K'aa et Argus ont décidé de la placer sous surveillance. Certains prétendaient qu'elle devait être détruite, mais votre grand-mère craignait peut-être qu'un nouveau danger nous menace un jour. Alors Argus, qui était lui-même un Invocateur – bien que moins puissant que Bava K'aa –, a accepté de devenir le gardien de Tueuse de Mage, dans une crypte qui se trouve sous ce bâtiment. (Elle prit une profonde inspiration.) Nul n'entrera en possession de l'épée, sauf si elle est gagnée en combat singulier. Celui qui échoue en devient le gardien aux côtés d'Argus. L'esprit de ce dernier est retenu ici par une puissante magie, car il est tombé à moins d'une journée de route de ces murs, aux pieds du Pont de la Potence.

— Nous n'avons que jusqu'à la Lune d'Aubépine.

Taru secoua la tête.

— Moins que ça. Vous devez arriver à la ville de Principauté avant les premières neiges, au moment où vous pourrez constituer les meilleures troupes possibles. Et nous sommes trop près de la frontière avec Margolan pour que vous puissiez rester ici.

— Jared pourrait-il vraiment nous retrouver ici, dans la Bibliothèque ? N'est-elle pas ensorcelée ?

Taru hocha la tête.

— Vous n'avez rien à craindre de son armée tant que vous demeurerez entre ces murs. Mais nous ne pouvons pas le laisser vous barrer la route de Principauté, et chaque jour qui passe accroît ce risque. Nous avons peu de temps.

Chapitre 27

Kiara fut la première à investir la salle d'armes, le matin suivant. La lumière de l'aube commençait juste à emplir la grande pièce. Jae alla se percher sur un chevalet. La princesse commença à s'échauffer, d'abord à petites foulées, puis à grandes enjambées et avec de hauts coups de pied.

C'est bon de faire quelque chose de familier, pensa-t-elle. Elle tournoya et s'arqua dans des kadas de débutant, puis continua selon la progression des niveaux, en réalisant des figures de plus en plus complexes et potentiellement mortelles. Puis elle vit Vahanian, appuyé contre un mur, en train de l'observer.

— Vous êtes douée, dit-il avec sincérité. Vous voulez essayer contre un vrai adversaire ?

— Épées ou juste petites lames ?

Vahanian leva un sourcil, comme s'il ne s'était pas attendu à un tel défi.

— Petites lames, si vous pensez en être capable. Les règles de la rue.

— Marché conclu, accepta-t-elle.

Elle prit un couteau de combat dans chaque main, se redressa et fit face à Vahanian alors que le soleil levant qui filtrait à travers les fenêtres projetait un enchevêtrement de lumières et d'ombres sur le plancher de la salle. En une position défensive, ils se mirent à décrire des cercles. Elle étudia le jeu de jambes de son adversaire et sa façon de se tenir. *La technique de l'Estmark,* pensa-t-elle, *comme Derry, et comme mère.* C'était peut-être bon signe.

Kiara plongea en premier, et Vahanian para, bloquant sa lame avec la sienne et la repoussant en arrière. Il pivota, rapprochant son arme, mais elle se pencha loin de lui, évitant gracieusement son coup, et profita de sa vitesse pour passer derrière lui et lui entailler l'épaule.

—Arrêtez ça!

—Que j'arrête quoi?

—Arrêtez de vous la couler douce avec moi.

En réponse, Vahanian plongea en avant et, cette fois, sa lame coupa la manche de son adversaire, lui causant une petite coupure. Jae poussa un cri depuis son perchoir, mais n'intervint pas alors que les deux combattants tournaient en rond et paraient leurs attaques respectives. Le raclement et le fracas de leurs lames résonnaient dans la salle vide au rythme des coups qu'ils échangeaient, et Kiara sentit un changement dans l'attitude de Vahanian: à la force de ses attaques, elle comprit qu'il la considérait comme une adversaire à part entière.

Il lui envoya un haut tacle d'Estmark, qu'elle bloqua, même si la puissance de l'offensive lui coupa presque la respiration. Cela en valait la peine, pensa-t-elle, rien que pour contempler la surprise sur son visage. Elle profita de sa vitesse pour se retourner et lui décocher un coup de pied; sa botte lui érafla l'oreille. Elle vit alors une étincelle dans les yeux de son opposant, annonçant que le combat ne faisait que commencer. Elle prit à peine conscience que les autres entraient dans la salle, observant le combat silencieusement en restant le long du mur. Vahanian frappa de nouveau et elle lui attrapa le genou, retournant sa force contre lui. Il tomba par terre, mais lui faucha les jambes pour l'entraîner dans sa chute. En un battement de cœur, la pointe de son couteau était sous la gorge de Kiara.

—Vous vous rendez ?

Quand sa propre lame vint se poser sous le sternum du mercenaire, elle vit dans ses yeux qu'il avait compris la situation.

—Match nul.

Un sourire réticent pointa au coin de ses lèvres, et il l'aida à se relever. Ils eurent tous d'eux l'air un peu gênés par les applaudissements de Tris et des autres, qui attendaient pour leur entraînement du matin.

Vahanian se pencha en avant, les mains sur les cuisses, pour reprendre son souffle, et Kiara remarqua avec satisfaction qu'il transpirait.

—Vous êtes douée, admit le mercenaire. Sacrément douée. Où avez-vous appris tout ça ?

Hors d'haleine, Kiara, en dégageant une mèche de cheveux rebelle de son visage avec son avant-bras, s'aperçut qu'elle saignait.

—Mon maître d'armes venait de l'Estmark. Il en est parti au moment des Troubles. Ma mère est aussi née en Estmark et y a grandi. En Isencroft, tout le monde doit faire deux années de service militaire, même les membres de la famille royale.

Vahanian remarqua la coupure superficielle sur l'avant-bras de la jeune femme et alla chercher une bande de tissu et un peu de baume. La blessure qu'elle lui avait infligée saignait à travers sa chemise, mais il ne sembla pas s'en apercevoir.

—Je pense que vous pouvez aller retrouver Carina pour qu'elle vous soigne ça, si vous voulez, dit-il avec un sourire cynique. Elle ne vous servira sûrement pas le sermon qu'elle me réserve quand elle s'occupe de moi. (Les autres se regroupèrent autour d'eux avec des commentaires approbateurs, jusqu'à ce que Vahanian lève la main pour demander le silence.)

» Maintenant que nous avons une salle, et pas une misérable clairière perdue au milieu des bois, déclara-t-il, il est temps de nous mettre à de vrais entraînements. Nous nous exercerons aussi avec l'arc et l'arbalète. Ce ne serait pas un luxe que notre barde, ici présent, précisa-t-il en désignant Carrovet du menton, nous éclaire sur le lancer de couteaux. Je vais continuer à vous faire travailler l'épée. Et comme certains jeux de jambes ont l'air importants, ajouta-t-il avec un regard vers Kiara, peut-être que Kiara pourrait m'aider à les améliorer avec ceux que ça intéressera. (Il rajusta sa tunique.) Inclure tout ça revient à doubler les exercices, dit-il. (Kiara gloussa en voyant la réaction des autres.) Si vous devez déclarer la guerre, vous allez avoir besoin d'autant d'entraînements que possible.

Une chandelle plus tard, Kiara plongeait une tasse dans le seau posé près de la fenêtre, quand Tris approcha.

— Je suis impressionné, dit-il.

Elle chercha une trace de sarcasme dans son expression, mais n'en trouva aucune. Elle sentit alors avec dépit le rouge lui monter aux joues.

— Merci, murmura-t-elle. Je suppose que ça fait partie des bonnes choses que m'apporte mon Voyage, poursuivit-elle en croisant son regard avant de détourner les yeux. Je peux vraiment mettre mon entraînement en application, ici. Je n'en avais pas tellement l'occasion, avec les dames de la cour.

— Les dames de la cour sont surfaites, répondit Tris d'une voix égale. Du moins, c'est ce que j'ai toujours pensé.

Kiara se retourna pour l'observer. Ses yeux étaient des plus sérieux, et elle ne décela rien dans son attitude qui trahisse le moindre dégoût pour son habileté. Elle lui offrit une tasse d'eau.

— Je pensais être la seule à ne pas m'intéresser à la cour.

— Vous deux, au seau d'eau ! Si vous êtes cuits…, les interrompit Vahanian pour les rappeler vers le groupe.

Tris lui décocha un regard mauvais et rejoignit les autres d'un pas nonchalant. Kiara lui emboîta le pas, perdue dans ses pensées.

Après avoir travaillé le maniement des armes, Tris trouva sœur Taru qui l'attendait. Elle était en compagnie du Gardien Dévìn, un homme d'une quarantaine d'années aux cheveux blancs tonsurés et à la barbe poivre et sel. Ses yeux marron foncé désagréablement pénétrants et son teint basané laissaient deviner des origines nargies ou trévathes. Tris les suivit dans une salle d'étude et fut heureux d'y trouver un goûter constitué de pain, de fromage et de fruits secs sur une table. Taru lui servit une tasse de thé qui bouillait dans la cheminée. Le feu réchauffait à peine l'air frais de l'automne.

— J'ai raconté à Dévìn ce que nous avons appris hier, commença Taru. Il a beaucoup de questions à vous poser.

Tris prit un siège à côté de l'âtre.

— Je voudrais comprendre ce… don. Et j'aimerais ne plus avoir l'impression d'être complètement à plat dès que j'utilise un sortilège important.

Dévìn rit doucement.

— Tel est le prix de la magie, j'en ai peur. Mais avec l'entraînement et l'habileté vient la résistance. Maintenant, parlez-moi des esprits de Shekerishet et des expériences que vous avez vécues pendant votre voyage.

Il fallut à Tris le temps d'une chandelle pour répondre à Dévìn. Le Gardien le fit revenir sur ses entrevues avec les spectres depuis son départ de Margolan, le questionnant sur ce qu'il ressentait lorsqu'il utilisait son pouvoir et, plus particulièrement, sur ce qu'il faisait dans chaque situation. Ce qui intéressa le plus Dévìn fut la rencontre avec le mauvais esprit qui avait possédé Carina et avec les fantômes de la Ruune Videya. Finalement, quand Tris n'eut plus rien à lui raconter, Dévìn ferma les yeux.

Après un long moment, il se tourna vers Taru.

— En effet, il est l'héritier de Bava K'aa. Un mage spirite ayant moins de pouvoir n'aurait pas survécu à ces épreuves.

— Cela n'a tenu qu'à un fil, répondit Tris. Encore maintenant, je peux sentir les revenants, ceux qui attendent une intercession, ou que justice soit faite, ou simplement ceux qui espèrent être libérés pour passer dans l'au-delà. Comment puis-je les empêcher de me rendre fou ?

Dévìn réfléchit en silence pendant quelques instants.

— C'est l'un des fardeaux des Invocateurs, dit-il finalement. Vous êtes le médiateur entre les vivants et les morts. Quand votre pouvoir sera connu, les vivants vous chercheront aussi, dans l'espoir de recevoir une dernière bénédiction – ou le pardon – de la part des morts, pour calmer la colère des fantômes ou pour chasser des esprits malins. Seigneur des morts et des non-morts n'est pas un titre d'apparat. Il vous confère toutes les responsabilités, dans le royaume des ombres, qu'un roi vivant doit porter dans le celui du jour. Il est nécessaire de maintenir l'équilibre entre ces deux royaumes.

— Si c'est aussi important, pourquoi y a-t-il si peu de mages spirites ?

— Les sorciers naissent selon la volonté de la Dame, répondit Taru. Peut-être y a-t-il des époques où les Invocateurs sont plus répandus. De nos jours, la magie de la terre et de l'eau est un don plus commun, et heureusement pour nous, que celle du feu.

— Arontala est un mage du Clan du Feu, murmura Tris.

— Arontala rêve de devenir Invocateur, répliqua Dévìn. Il croit qu'en libérant le Roi d'Obsidienne, s'il permet à son esprit d'utiliser son corps, il obtiendra en échange les pouvoirs de ce même esprit. Ces pouvoirs réunis conduiraient au chaos.

Taru hocha la tête.

— Nous pouvons vous aider à gagner l'endurance nécessaire pour renforcer votre magie. Il va vous falloir travailler dur.

— Je suis prêt.

— Je vais vous apporter les textes des mages spirites, promit Dévìn. Deux journaux du Roi d'Obsidienne se trouvent ici, à la Bibliothèque. Le troisième a disparu il y a de nombreuses années. Il est sage de connaître son adversaire.

» La magie spirite est le plus exceptionnel des dons, poursuivit Dévìn, et le plus dangereux. Seuls les mages spirites, les nécromanciens, peuvent estomper la limite qui sépare les morts des vivants. C'est le domaine de la Déesse en personne. À chaque génération, rares sont ceux qui reçoivent ce pouvoir, et pourtant, sans un intercesseur entre les morts et les vivants, nous ne serions pas au complet. De nombreux mages spirites ont été détruits parce que la tentation qui accompagne leur don est la plus forte qui soit.

— Comme des papillons de nuit, intervint Taru, votre pouvoir attire les morts et les non-morts. Beaucoup passent sans l'aide d'un médiateur dans le royaume de la Dame. Mais ceux qui sont retenus par la culpabilité – la leur ou celle des vivants –, ceux qui n'ont pas accompli un dessein, et ceux qui n'ont pas pu se venger, ceux-là restent. Ce sont ces âmes qui vous recherchent, certaines pour des raisons honnêtes, d'autres moins.

» Beaucoup de réponses aux mystères sur les mages spirites sont mortes avec Bava K'aa et le Roi d'Obsidienne, poursuivit-elle. Ne croyez jamais que les intentions des esprits sont ce qu'elles semblent être.

— Je ne comprends pas.

Taru haussa les épaules.

— Les fantômes voient beaucoup plus de choses que ce que les vivants peuvent imaginer. Ils ont les moyens de découvrir les faiblesses des vivants pour les retourner contre eux.

Tris ferma les yeux. Il ne put contrôler l'image de Kait qui lui était apparue en rêve.

— Je donnerais tout pour sauver l'esprit de ma sœur, chuchota-t-il.

— Alors c'en est fini de vous, rétorqua Dévìn. Car quel mal pouvez-vous infliger à Arontala, qui retient son âme ? (Tris ne répondit rien et considérait les ombres.) Pour vaincre ce sorcier, vous devez être capable de renoncer à ce que vous avez de plus cher, insista Dévìn. Vos compagnons, l'esprit de votre sœur, ceux que vous aimez par-dessus tout. Votre grand-mère en a été incapable, dit tristement Dévìn. C'est pour ça que le Roi d'Obsidienne risque de se réveiller et de nous menacer de nouveau.

— Mais pourquoi se serait-elle retenue face à un tel démon ?

— Le Roi d'Obsidienne n'a pas toujours été mauvais, répondit Taru. Autrefois, c'était un homme bon. Certains prétendent qu'il n'a plus supporté les méthodes de la Dame et qu'il s'est aigri face aux caprices du destin. Bava K'aa pensait qu'il était possédé par un démon ancien et maléfique. Il a commencé à manipuler le cours de la vie et de la mort, pour punir et pardonner. Il s'est pris pour un dieu, raconta Taru. Et le pouvoir a séduit son âme.

— Mais si grand-mère le connaissait, pourquoi ne l'a-t-elle pas arrêté ? interrogea Tris.

Taru secoua la tête.

— Elle a essayé à de nombreuses reprises. Vous savez, avant qu'elle soit une sorcière, et lui un magicien, ils s'aimaient. Mais elle a vu l'aigreur grandir en lui ainsi que sa soif de pouvoir. Elle a été la dernière à croire qu'il était vraiment devenu mauvais, et sa loyauté a bien failli coûter sa liberté à notre monde, poursuivit-elle. Votre grand-père et elle, qui avaient un jour été les amis les plus proches du Roi d'Obsidienne, ont dû l'emprisonner, dit-elle tristement. Et même à ce moment, elle n'a pas pu se résoudre à le détruire complètement.

» Votre route est périlleuse, poursuivit Taru. N'enfermez jamais une âme qui rêve de liberté. Ne ramenez jamais un mort à la vie. Et ne soumettez jamais un esprit à votre volonté. Jamais, même si ça semble être le meilleur moyen de servir le bien, le mit-elle en garde. N'oubliez jamais ça, ou nous sommes perdus.

» Je vais vous aider à mieux vous défendre quand vous utilisez la magie, poursuivit sœur Taru. Le temps est bientôt venu pour vous de partir pour Principauté, où se trouve une citadelle de la Consœurie. Vous pourrez poursuivre votre entraînement là-bas.

Tris la regarda dans les yeux, conscient qu'elle comprenait les enjeux de ce départ.

— Je ferai tout ce qui est en mon pouvoir pour libérer Margolan, jura-t-il.

— Je sais que vous dites vrai, Martris Drayke. Prions la Dame pour que ce soit suffisant.

Chapitre 28

Derrière les épais murs de pierre de la Bibliothèque, les voyageurs n'avaient aucune notion du temps. Absorbés qu'ils étaient par leurs études, armés de parchemins, d'encre et de plumes, il fallait souvent leur rappeler – tâche habituellement accomplie par Berrie – l'heure qui tournait et le moment des repas.

Vahanian passait ses journées à la salle d'armes. Comme on le lui avait promis, il avait trouvé l'atelier du forgeron derrière la Bibliothèque, et avait allumé la forge pour remettre leur équipement en état. Alors que les journées d'automne raccourcissaient, il s'activait à réparer leurs armures et leurs selles, à ferrer leurs chevaux, à faire courir les montures et à garder leurs armes affûtées. Les autres ne se seraient jamais aventurés en dehors de la Bibliothèque si Vahanian n'avait pas insisté pour ajouter aux exercices à l'épée des leçons de tir à l'arc. Quand le premier entraînement de la journée était terminé, les chercheurs disparaissaient dans la Bibliothèque jusqu'à l'heure de celui du soir. Vahanian semblait content de se fondre dans le décor.

Après avoir manié les armes le matin, Tris se rendait à sa leçon avec Taru, Dévìn et Maire. Après son entraînement du soir à l'épée et le souper, il se plongeait dans les livres poussiéreux qu'on lui avait confiés pour ses études. Il trouvait un siège au calme dans la Bibliothèque et s'installait avec un paquet de fromage et de pain. Cependant, de toutes ses lectures, il n'en dénicha aucune mentionnant le Happeur d'Âmes.

Tris remarqua aussi que Kiara gardait ses distances avec lui. Elle restait près de Carina, ne lui laissant aucune chance de la questionner sur son soudain éloignement après la sympathie qu'elle lui avait manifestée sur la route. Il s'aperçut que ses conversations avec elle lui manquaient plus qu'il l'aurait cru, et il décida de trouver une occasion de l'interroger.

Cette possibilité se présenta plus vite que prévu. Comme il se préparait pour un entraînement à l'épée aux premières lueurs du jour, Tris sortit de la Bibliothèque pour prendre une bouffée d'air frais. L'air matinal, froid et piquant, le réveilla vivement… et le changea agréablement de l'odeur de renfermé des vieux volumes de cuir et de la Bibliothèque poussiéreuse.

Dans le jardin, il aperçut Kiara. Elle était assise seule sur un petit banc, enveloppée dans sa cape et plongée dans ses pensées.

— Bonjour.

— Oh ! Bonjour, Tris, répondit-elle. Je ne vous ai pas entendu arriver.

— Carina a-t-elle trouvé un moyen de faire retrouver ses forces à votre père ? s'enquit Tris en prenant place à l'autre extrémité du siège.

Kiara secoua ses cheveux, et sa tresse auburn retomba de sa capuche sur son épaule.

— Je ne crois pas. Pas encore.

Elle détourna les yeux.

— Carrovet m'a dit que vous cherchiez d'autres moyens d'aider votre royaume.

Kiara repoussa une mèche de cheveux.

— Voilà longtemps que l'Isencroft va mal, répondit-elle à voix basse. Si nous n'entreprenons rien rapidement, l'Isencroft ne survivra pas.

— Mikhail projette de demander aux conseillers de mon oncle toute l'aide qu'ils pourront offrir, dit Tris. (Elle leva alors la tête vers lui.) Je ne peux pas promettre que je vivrai assez longtemps pour monter sur le trône, mais si j'y arrive, vous n'aurez rien à craindre de Margolan.

Il vit des larmes perler dans ses yeux, et elle détourna le regard.

— Merci, dit-elle avec douceur.

— Ça m'a manqué, de parler avec vous, déclara Tris après une pause.

— J'avais beaucoup de choses en tête.

— Je ne crois pas que ce soit la vraie raison, la contredit doucement Tris. Ai-je dit quelque chose qui vous a offensée ?

— Non, pas du tout.

— Alors qu'est-ce qui ne va pas ?

Kiara baissa les yeux vers ses mains et resta silencieuse pendant un moment si long que Tris craignit qu'elle ne réponde pas.

— Vous souvenez-vous de ce que je vous ai raconté, quand nous nous sommes rencontrés ? finit-elle par demander. À propos des raisons qui m'ont fait quitter l'Isencroft ?

Tris hocha la tête.

— Pour votre Voyage.

— Et autre chose, ajouta-t-elle.

Tris réfléchit.

— Vous vouliez éviter un mariage arrangé.

— Vous êtes-vous jamais demandé avec qui ?

Oh si ! pensa Tris. *Bien souvent.* Il était étonné de voir à quel point il appréciait la compagnie de Kiara. En Margolan, il disposait d'un large choix de compagnes. Il en avait trouvé très peu qui soient capables de discuter de choses captivantes, et encore moins qui soient à même de soutenir une conversation intéressante plus d'une fois. Ennuyé par leur présence, et fatigué des bêtises de Jared, Tris était resté seul, pour la plus grande consternation des pères ambitieux de la cour. Kiara était différente. Sa fuite le touchait plus qu'il l'aurait cru.

— En quoi est-ce important ? demanda le jeune homme. Vous n'êtes pas en Isencroft.

— Je dois y retourner, répondit-elle doucement.

— Vous l'aimez ?

— Non ! protesta-t-elle. Et je ne le pourrai jamais.

— Votre père est-il du genre à vous marier de force ?

Kiara secoua la tête.

— Père ne fera jamais ça. Mais les circonstances pourraient m'y obliger. Si père meurt, nous serons vulnérables. Encore une maigre récolte, et je n'aurai pas le choix. Je devrai accepter cette alliance, simplement pour continuer à nourrir mon peuple.

— Est-ce un étranger, ou réellement un méchant homme ? demanda gentiment Tris.

Avec la faible lumière, le visage de Kiara était plongé dans l'ombre. Même son épaisse cape ne pouvait pas cacher totalement ses fortes épaules et sa musculature. Son indépendance intriguait Tris, tout comme son habileté à l'épée. Il était pleinement conscient que ce voyage ne laissait pas la place à l'attirance, et qu'il avait peu de chances de survivre à sa quête. Toutefois, il aurait été inutile d'essayer de nier ce trouble qui naissait en lui, pensa Tris, même si ce qu'il pouvait espérer de mieux était l'amitié de Kiara.

La jeune femme l'observa quelques instants avant de reprendre la parole, et il put lire la lutte dans ses yeux.

— Je suis promise à Jared Drayke de Margolan.

Tris reçut ces mots comme un violent coup de poing.

— Non !

Kiara détourna le regard.

— C'est un vieil accord, signé il y a longtemps. Père voulait assurer la sécurité de l'Isencroft. Il appréciait votre père et avait confiance en lui. Il lui semblait logique d'unir nos royaumes, donc ils ont ratifié un pacte selon lequel j'épouserais l'héritier du trône de Margolan.

— Vous ne pouvez pas vous unir à Jared, protesta Tris. Il n'honorera jamais l'accord. Il anéantira l'Isencroft pour nourrir Margolan et abandonnera les restes aux bandits.

Cependant, l'image qu'il avait en tête n'avait rien à voir avec les rois et leurs traités. C'était celle de Jared, la nuit du coup d'État, et du viol que Tris avait interrompu. Et quand son esprit remplaça le visage de la jeune domestique terrifiée par celui de Kiara, son sang se glaça.

— Vous croyez que je ne le sais pas ? s'écria la princesse. J'ai déjà échappé deux fois à son ambassadeur. Et si j'avais le moindre doute à l'époque, je n'en ai plus aucun aujourd'hui. Pas après avoir voyagé à travers Margolan.

— S'il vous plaît, dites-moi ce que vous avez vu.

Kiara lui raconta les épisodes des réfugiés et la façon dont elle avait échappé aux gardes-frontières. Tris sentit sa colère monter alors qu'elle lui décrivait les villages en ruine, les meurtres et les gardes saccageant tout. Quand Kiara eut terminé, ils restèrent assis en silence, le poids de ses mots planant entre eux.

Finalement, Tris reprit la parole.

— Vous savez que je vais devoir le tuer.

— Oui, je le sais.

Tris tendit le bras pour lui prendre la main.

— Écoutez-moi, poursuivit-il. Si je vis assez longtemps pour régner sur Margolan, je vous jure que jamais rien ne sera exigé de l'Isencroft au moyen de la force. Vous avez ma parole.

— Je vous remercie, répondit-elle si bas que ses mots se perdirent presque dans le vent. (Elle pressa sa main contre la sienne avant de la retirer.) Vous ne pouvez pas imaginer ce que ça représente. (Ils se turent quelques instants.)

» Où irez-vous, quand le moment viendra de quitter cet endroit ? demanda-t-elle.

Tris détourna les yeux vers l'horizon froid où les premières lueurs du jour commençaient à perdre leurs couleurs.

— Pour commencer, à Principauté. C'est là que se trouvent les coffres de mon oncle Harrol. Nous en aurons besoin pour payer Vahanian. Et puis il y a Berrie. J'espérais que Carina lui trouverait un endroit sûr auprès des guérisseuses.

» Ensuite, nous lèverons une armée et programmerons notre assaut, poursuivit Tris tout bas.

— Vous devrez d'abord tuer le mage de Jared, n'est-ce pas ?

— Je ne sais pas si j'en serai capable, admit Tris. Mais j'ai juré à la Dame, sur les esprits de ma famille, que je le ferais, et je tiendrai ma promesse.

Kiara sourit amèrement.

— Alors vous trouverez un moyen.

— Sacrée mission, pour un prince qui ne voulait pas être roi, vous ne trouvez pas ? pensa Tris à voix haute. Je crois qu'on a raison de dire que c'est la Déesse qui choisit notre voie.

— C'est vrai, acquiesça Kiara avant de lui raconter la vision qu'elle avait eue sur le champ de bataille. Depuis ce jour, reconnut-elle doucement alors que son souffle partait en buée dans l'air glacé, je sais qu'Elle projette quelque chose pour moi. (Elle haussa les épaules.) Seulement, je ne sais toujours pas de quoi il s'agit, admit-elle. Peut-être est-ce la raison pour laquelle Elle m'a désignée pour ce Voyage.

Des pas dans les feuilles mortes les firent sursauter tous les deux, et ils se retournèrent pour faire face à Vahanian.

— Vous êtes donc là, lança-t-il en plantant ses mains sur ses hanches comme un maître d'école. On a mis la Bibliothèque sens dessus dessous pour vous retrouver. C'est l'heure de l'entraînement.

Quand les exercices furent terminés, Tris repartit, soucieux de retourner à ses études. Ses muscles douloureux lui confirmèrent que Vahanian venait de lui donner une leçon particulièrement éreintante. À l'intérieur, le parfum du ragoût et du pain en train de cuire les accueillit, preuve que Royster s'activait déjà en cuisine. Tris prit avec lui un plateau de pain, de fruits, de viande séchée et de fromage, ainsi qu'une carafe d'eau, et monta l'escalier de la tour pour se rendre à son cours avec Dévìn et Taru. Ils travaillaient toujours quand Berrie arriva en gambadant, des heures plus tard, pour lui rappeler son entraînement du soir et le dîner.

Le temps que Tris et ses compagnons aient fini leurs exercices dans la salle d'armes avec Vahanian, Royster et les autres étaient déjà rassemblés dans la salle à manger. Le groupe commençait à s'habituer aux mains invisibles de Kessen, qui aidaient à dresser la table du dîner. Royster continuait à plaisanter en aparté avec le fantôme tout au long des repas, qui se terminaient toujours par le fracas d'une coupe quand un commentaire acerbe de Royster faisait perdre toute modération à l'esprit.

— J'aimerais pouvoir voir Kessen tout le temps, déclara Berrie en tendant la main pour prendre un autre morceau de pain chaud. Je n'ai jamais rencontré de revenants, à part les mauvais qui ont emporté les marchands d'esclaves.

Elle mordit une grosse bouchée de pain et la mâcha goulûment.

— Royster, appela Mikhail. Y a-t-il des livres que je n'aie pas encore trouvés, à propos des créatures ? (Il s'interrompit.) À moins de réduire le monde en cendres, on dirait qu'il n'y a rien sur la façon de les chasser.

Royster vida ce qui lui restait de bière.

— Eh bien, répondit-il en se léchant les babines, la seule façon de s'en débarrasser, c'est de détruire le mage qui les a envoyées. (Le vieux bibliothécaire avait l'air songeur.) La dernière fois, il y a dix ans, c'était la même chose.

— Il y a dix ans ? demanda Vahanian en se penchant en avant avec un intérêt soudain. Où ça ?

Royster tira pensivement sur sa barbe.

— Au nord, à la frontière entre l'Isencroft et Margolan, juste sous la grande mer. Des choses terribles ont été libérées là-bas.

— Et que savez-vous à ce sujet ? insista Vahanian.

Royster réfléchit de nouveau tout en gardant les yeux rivés sur le plafond.

— Je n'y ai pas pensé depuis des années, dit-il, songeur. J'ai un peu perdu le fil de l'histoire, ici, à la Bibliothèque. (Il fronça les sourcils dans sa réflexion.) Ah oui ! poursuivit-il en s'égayant. Il y avait un mage noir qui se faisait appeler Lustari « le redoutable », raconta-t-il. Il a fait appel aux créatures pour tenir ses rivaux à l'écart. Elles ont commis d'horribles dégâts, jusqu'à ce qu'il soit anéanti.

— Mais les Sœurs ? demanda Vahanian d'un air absorbé.

Royster secoua la tête.

— Non… Non, c'est ce qui est étrange dans cette histoire, se rappela-t-il. Fallon prétend que les Sœurs n'avaient trouvé aucun moyen de le détruire. Mais quelqu'un d'autre y est parvenu, poursuivit Royster en hochant la tête. Je crois qu'il avait sous-estimé l'un de ses rivaux.

— Royster, avez-vous déjà vu ceci ? demanda Tris en glissant la main sur la table, vers le vieux bibliothécaire.

Quand il la souleva, le talisman en métal terni se trouvait devant le vieil homme.

— Pourquoi avez-vous apporté cette maudite chose avec nous ? le questionna Vahanian.

— Un vieux fou me l'a donnée dans un village dévasté par les flammes, expliqua Tris à Royster.

Il lui raconta l'histoire ; le mercenaire l'écouta, les poings serrés et les lèvres pincées.

— C'est ce truc qui appelle les monstres, dit Vahanian d'une voix brusque. Vous auriez dû le laisser avec le vieux fou.

Tris secoua la tête.

— Il a repoussé les créatures, il ne les a pas appelées. (Il s'interrompit et regarda successivement Mikhail et Royster.) Mais aurait-il été assez puissant pour me permettre de passer la frontière de Dhasson ?

— Rien ne chasse ces choses, rétorqua Vahanian. Rien d'autre que le feu.

— Tris a raison, Jonmarc, répondit calmement Royster. Attendez. Laissez-moi vous montrer. (L'homme aux cheveux blancs bondit de sa chaise et disparut dans les rayonnages pour en ressortir quelques minutes plus tard avec un livre poussiéreux relié de cuir.) Regardez ici, dit-il alors qu'ils se rassemblaient autour de lui. (Ses doigts noueux s'activèrent au fil des pages de parchemin jauni, le long des lignes soigneusement manuscrites dans une langue que Tris ne reconnut pas.)

» C'est un vieux volume estmarkien, expliqua Royster, répondant à la question silencieuse de Tris, d'avant les jours du Roi d'Obsidienne. Il décrit l'ascension et la chute d'un mage noir, et tous les dommages qu'il a causés. Mais regardez ici, dit-il en indiquant une illustration.

Il fit glisser le talisman métallique sur la page jusqu'à le placer au-dessus du dessin. Ils correspondaient parfaitement.

— Écoutez, demanda-t-il avant d'entreprendre la lecture du texte qu'il traduisit au fur et à mesure. « Cependant, quand les jours de la bataille finale arrivèrent, le mage façonna un objet de métal qui protégerait son porteur des créatures nées de la magie. Le roi prit le talisman, et aucune bête ne lui fit de mal. Le monarque châtia les monstres à l'aide du feu, et ils furent anéantis. » (Il leva les yeux.) Vous voyez, maintenant, dit-il avec un haussement d'épaules. Il ne les appelle pas. Il défend son porteur. Pratique. (Il réfléchit un instant.) Pour ce qui est de traverser la frontière... je ne sais pas si je tenterais le coup, si le maléfice d'Arontala a fait apparaître des centaines de ces créatures. Les amulettes ont leurs limites. Et rien ne protège le reste du groupe. Moi, je ne prendrais pas le risque.

— J'ai du travail avec les chevaux, marmonna Vahanian avant de sortir de la pièce avec un hochement de tête à peine visible à l'attention des autres.

Royster le regarda s'éloigner.

— Bizarre, commenta-t-il pensivement.

— Vous savez comment sont les guerriers, dit Tris en essayant de cacher son inquiétude. Je ne sais pas s'il en existe qui se sentent à l'aise avec la magie.

— Tant que nous en sommes à comparer nos bijoux, intervint Kiara d'un ton moqueur, avez-vous déjà vu quelque chose qui ressemble à ceci ? demanda-t-elle à Royster.

Elle sortit de la bourse qu'elle gardait sous sa tunique le petit morceau de céramique ensorcelé. Royster prit délicatement le rond de terre cuite et le tourna face à la lumière. Tris se pencha en avant pour mieux voir. Il pouvait sentir la magie présente dans ce simple objet, mais il eut beau essayer de déchiffrer les runes imprimées dessus, il n'y parvint pas.

Royster fit signe à l'une des Gardiennes, une femme d'une quarantaine d'années, aux cheveux courts. L'érudite rondelette se pressa de les rejoindre et échangea un regard plein d'enthousiasme avec Royster.

— Voici Ystra, experte en talismans, présenta Royster.

— La Consœurie s'est vraiment prise d'affection pour vous, commenta la nouvelle venue en appréciant l'objet. Je n'en avais encore jamais vu un en vrai. Juste des croquis dans des livres.

— À quoi ça sert ? demanda Berrie en s'appuyant sur ses coudes.

— La Sœur m'a dit que ça pouvait transporter les gens d'un endroit à un autre, répondit prudemment Kiara en le remettant dans sa bourse.

— Il peut déplacer ses utilisateurs par magie, confirma Ystra. Une telle magie coûte cher à celui qui lance le sort, ajouta-t-elle. Les Sœurs ne donnent pas un objet si puissant à la légère. Ne l'utilisez que si rien d'autre ne peut suffire. Une magie si forte a des conséquences, prévint-elle.

Quand le groupe se fut dispersé et que Tris fut certain que personne ne le suivait, il se dirigea vers les écuries pour y rejoindre Vahanian. Il trouva le mercenaire en train de travailler ses coups de pied contre des balles de foin, sautant et se retournant au point d'embuer l'air froid de la nuit et de tremper sa chemise de sueur. Tris attendit quelques instants en silence, puis Vahanian s'arrêta finalement et s'appuya contre les meules pour reprendre son souffle.

— Qu'est-ce que vous voulez ? s'enquit-il.

— Je suis venu pour discuter.

— J'ai assez parlé pour cette nuit.

— Et si je vous prouvais que Royster a raison, à propos du talisman ? proposa Tris en se rapprochant.

— Comment voulez-vous démontrer ça ?

— Il est peut-être temps pour vous d'arrêter de vous rendre coupable d'une chose que vous n'avez pas commise.

Ces mots restèrent en suspens entre eux deux pendant quelques instants, puis Vahanian reprit la parole.

— Que me proposez-vous ?

— Laissez-moi appeler l'esprit de Shanna, annonça Tris en regardant Vahanian dans les yeux sans ciller. Royster a raison. Votre village s'est trouvé pris dans une guerre entre deux mages. Je crois que c'est Arontala qui a détruit Lustari. C'est pour ça qu'il voulait le talisman. Seulement Lustari a frappé avant qu'Arontala ait pu s'en emparer. Vous vous êtes retrouvé en plein milieu. Mais ce n'était pas votre faute.

Jamais encore le regard du mercenaire n'avait ainsi cloué Tris sur place, et le jeune homme se demanda si d'autres hommes avaient déjà survécu à cette colère qui brûlait dans ses yeux.

— Qu'est-ce qui vous dit que vous pouvez faire ça ? grogna Vahanian.

— Je le sais, répondit Tris. Je crois que votre sentiment de culpabilité la retient ici. Je peux peut-être vous libérer tous les deux.

La gorge de son compagnon se serra et le doute envahit ses pupilles, puis il hocha la tête.

— Faites-le, si vous en êtes capable, consentit-il tout bas. (Il regarda Tris.) Mais je jure sur la Dame Noire que, si c'est un piège, je vous arracherai le cœur.

— Pas de piège, Jonmarc. Je le jure.

Au signe de tête de Vahanian, Tris ferma les paupières et se concentra sur sa magie. Puis il se laissa flotter hors de son corps, cherchant parmi toutes les âmes perdues et troublées qui erraient dans des endroits reculés, jusqu'à ce qu'un esprit réagisse à son appel. Il ouvrit les paupières et vit un fantôme devant lui, une jeune femme blonde qui aurait pu être jolie si la tristesse n'avait habité ses yeux. Un regard vers Vahanian lui confirma qu'il avait réussi. Le mercenaire était aussi pâle que la mort et ne soufflait mot.

— Bonjour Jonmarc, dit le spectre. Tu m'as manqué.

— Tu m'as manqué aussi, répondit Vahanian d'une voix étranglée. Oh Shanna ! Je suis tellement désolé !

La revenante fit un pas en avant.

— Tu t'es bravement battu, Jonmarc. Tu n'avais peur de rien.

— J'aurais voulu mourir avec toi.

L'esprit secoua la tête.

— La main de la Dame est sur toi. Ton heure n'était pas venue.

Elle se rapprocha en planant et Vahanian tendit la main, paume en avant. L'image de la jeune femme s'arrêta et fit de même, avançant le bras vers et à travers lui.

— Tu n'es pas responsable de ce qui s'est passé, affirma Shanna avec sérieux. Tu n'aurais rien pu faire de plus.

— J'aurais pu te donner le collier, répondit Vahanian sans se soucier des larmes qui coulaient le long de son visage. J'aurais dû te sauver.

L'esprit sourit tristement.

— Tu as essayé, mon amour. Maintenant, je t'en prie, laisse moi reposer en paix. Laisse-moi partir.

Son image vacilla et s'estompa.

— Reste avec moi, supplia Vahanian d'une voix rauque.

— Je ne peux pas, sauf dans ta mémoire. S'il te plaît, si tu m'aimes, pardonne-toi et laisse-moi reposer en paix. (L'image se voila.) Je t'aimerai toujours, murmura-t-elle, la main levée en signe d'adieu. Au revoir.

Vahanian voulut répondre, mais sa voix l'abandonna quand le fantôme se troubla et disparut. Tris murmura le rituel de passage dans l'au-delà, et il sentit la présence s'évanouir.

Il revint brutalement à lui. Quand le fantôme eut disparu, le jeune homme commença à avoir mal à la tête.

Tris attendit un moment en silence, regardant le mercenaire en larmes avec compassion, puis il laissa Vahanian seul avec son chagrin et sortit doucement des écuries, utilisant un soupçon de magie pour fermer le verrou derrière lui afin que personne ne vienne le déranger.

Il était à peine revenu sur le chemin de la Bibliothèque qu'il croisa Carina.

— Où étiez-vous ? demanda-t-elle. Kiara et Royster m'ont envoyée à votre recherche. Ils pensent avoir trouvé quelque chose dans un livre. Venez ! dit-elle, avant de froncer les sourcils et de regarder derrière lui. Jonmarc est-il avec vous ?

Tris secoua la tête.

— Il a pas mal de travail dans les écuries. Il nous rejoindra bientôt.

Carina le regarda d'un air sceptique.

— Je suppose qu'il avait déjà vu ce bijou avant, je me trompe ? (Tris prit une profonde inspiration et, refusant de mentir, hocha la tête.) Je suis étonnée qu'il gagne si souvent aux cartes s'il cache aussi mal son jeu, répondit-elle ; cependant sa remarque manquait de son tranchant habituel. Vous n'êtes pas obligé de répondre, mais étant donné sa réaction, et son attitude au village, je serais prête à parier qu'il n'a pas eu beaucoup de chance la dernière fois qu'il a combattu ces créatures. (Tris hésita encore, puis acquiesça.) Pensez-vous qu'il partira vraiment, quand nous arriverons à Principauté ?

Tris haussa les épaules.

— C'est ce qu'il prétend, et c'est un homme de parole. (Il regarda Carina.) Je pensais que vous seriez contente de vous débarrasser de lui.

Elle haussa les épaules à son tour.

— Il se bat bien, répondit-elle évasivement. Et pour l'avoir remis sur pied deux fois, je n'aime guère penser à ce qu'il pourrait se faire en repartant seul.

Tris rit doucement.

— Vous n'avez peut-être pas tort sur ce point. Mais vous et Kiara retournerez en Isencroft quand nous arriverons à Principauté.

— Je sais, répondit-elle. Et même si j'ai le mal du pays, je n'attends pas ce moment avec impatience.

Chapitre 29

Quand Tris et Carina arrivèrent au troisième étage de la Bibliothèque, ils trouvèrent Kiara et Royster penchés avec enthousiasme sur un énorme livre. Les pages jaunies étaient poussiéreuses et fragiles, et il fallait une lanterne lumineuse pour distinguer la fine écriture à l'encre vieillie.

— Tris ! Il faut que vous lisiez ça ! l'appela Kiara avec excitation.

Elle lui fit signe de venir près d'elle, et il s'inclina au-dessus de son épaule pour suivre son doigt qui parcourait les lignes pendant que Royster lisait.

— « Depuis trois jours et trois nuits, la lutte magique faisait rage entre le Roi d'Obsidienne et la sorcière Bava K'aa. "Rends-toi ! ordonna le Roi d'Obsidienne. Et je t'accorderai une mort sans souffrance."

» "Je ne me rendrai que quand tu seras mort", répondit la sorcière.

» Se croyant mortellement blessée, Bava K'aa lança son dernier sort, le plus puissant qu'elle connaisse : de la magie grise qui emprisonnerait leurs âmes à tous les deux. Le Roi d'Obsidienne avait fait apparaître une sphère magique s'ouvrant sur les Abysses, qui lui permettait de piéger des âmes et ainsi de renforcer son pouvoir. Bava K'aa voulait enfermer le Roi d'Obsidienne dans les Abysses, même si elle devait y rester comme gardienne pour l'éternité.

» Alors que la sorcière prononçait la formule de claustration, une grande lumière surgit, et l'image de la Dame se matérialisa à l'intérieur de la sphère, entre les deux combattants. Ainsi, quand les derniers mots de la formule furent prononcés, l'esprit du Roi fut jeté dans l'orbe de cristal, mais la Dame ne permit pas à celui de Bava K'aa de passer. Nous clignâmes des yeux, et quand nous les rouvrîmes, la lumière ainsi que la Dame avaient disparu. Bava K'aa tomba à terre. Nous la relevâmes et l'emmenâmes. Ses blessures, bien que profondes, n'étaient pas mortelles. La sphère fut confiée à la surveillance des fils de Havre Sombre, où elle se trouve encore à ce jour. »

— C'est ça, souffla Tris. Le Happeur d'Âmes.

Kiara le regarda, perplexe.

— Le Happeur d'Âmes ?

Tris lui parla de l'orbe palpitant qu'il avait vu dans les appartements d'Arontala.

— Je craignais que le sorcier ait trouvé un moyen d'emprisonner l'esprit de Kait, dit-il. Je continue à la voir en rêve, appuyée contre une paroi de verre, en train de m'appeler.

Royster était plongé dans ses réflexions.

— Havre Sombre est une forteresse située à la frontière entre la Principauté et Margolan, dit-il pensivement. Foor Arontala vient de là-bas.

— Il était l'un des fils de Havre Sombre, intervint une voix familière depuis l'obscurité. (Ils levèrent les yeux et virent Gabriel, debout sous les rayons de la lune qui se déversaient à travers les fenêtres à meneaux.) Il nous a trahis en dérobant l'orbe.

Tris sentit un courant d'air froid qui n'avait rien à voir avec la nuit d'hiver.

— Peut-il libérer l'esprit du Roi d'Obsidienne ?

— Il va essayer, répondit Gabriel. À la Lune d'Aubépine. Son pouvoir est grand, et la magie du sang à laquelle il a fait appel l'a rendu encore plus fort. Vous devez l'arrêter.

— Il me reste la moitié de l'année, répliqua Tris. C'est au solstice d'été.

— Le moment où la frontière entre notre monde et celui des esprits est très mince, expliqua calmement Royster.

— Je me souviens de la misère que ce mage noir a engendrée. Cette terre ne pourrait supporter encore une fois un sorcier aussi démoniaque que lui, répondit Gabriel.

— Vous avez connu ma grand-mère ? s'enquit Tris.

Le vayash moru hocha la tête.

— C'était une grande dame, dit Gabriel. Et une amie fidèle.

— Qui sont les fils de Havre Sombre ? demanda Kiara.

Gabriel la regarda de ses yeux noirs et pétillants qui ressortaient sur sa peau livide.

— Les fils de Havre Sombre sont Ceux Qui Arpentent la Nuit, répondit-il. Depuis longtemps, Havre Sombre est un refuge pour ceux de mon espèce. Depuis plus longtemps encore, le temple qu'il abrite dans ses collines en l'honneur de la Dame Noire est un sanctuaire.

— Si Arontala était l'un des fils de Havre Sombre, commença Kiara, alors c'est un…

— C'est un vayash moru, confirma Gabriel.

— Mais ça n'a aucun sens, protesta la jeune femme. Les réfugiés m'ont dit que Jared Drayke essayait d'exterminer tous les vayash moru.

— C'est la vérité, répondit Gabriel. Arontala est un traître à son espèce, car il nous craint. Il croit que, si nous agissions ensemble, nous pourrions l'emporter sur lui. Il reste une chose qui l'effraie encore plus, poursuivit Gabriel en regardant Tris. Il sait à présent que vous êtes un mage spirite. Il a dû, lui aussi, sentir la puissance que vous avez soulevée dans la Ruune Videya. Arontala craint que nous vous suivions, si vous vous dressez contre lui.

— Et le feriez-vous ? demanda Tris innocemment.

— Je crois que oui, répondit Gabriel. Mon peuple n'a jamais fait allégeance à aucun souverain mortel. Nous sommes des êtres solitaires, expliqua-t-il en se léchant les lèvres. Mais je me suis rendu en Margolan, et j'ai vu les corps brûlés et les têtes décapitées de ceux de mon espèce. J'ai vu des mortels dont l'assassinat avait été maquillé pour faire croire à des crimes commis par les vayash moru et nourrir la peur des hommes à leur égard. Si certains d'entre eux survivent jusqu'à votre retour, je suis certain qu'ils vous suivront, messire.

— Je pensais que Havre Sombre était abandonné, dit Kiara.

Gabriel haussa les épaules.

— Quand Arontala a volé l'orbe, il a détruit les fondations du grand hall. Le seigneur de Havre Sombre a péri dans le chaos. Depuis ce jour, le grand hall est vide, en attendant un signe de la Dame Noire. Mais que représentent dix années au milieu de plusieurs siècles ? répondit-il. Il y aura un autre seigneur.

— Qu'est-ce qui vous amène à Ouestmarche ? l'interrogea Tris.

— Je suis venu parler à Mikhail d'une affaire qui concerne Havre Sombre.

— Et j'imagine que vous allez vouloir vous plonger dans la lecture de quelques livres de votre côté, supposa Royster avec un sourire.

Gabriel sourit à son tour en une expression troublante qui fit ressortir ses dents pointues.

— Jadis, je pensais que l'immortalité m'apporterait toutes les réponses que j'attendais, dit-il d'une voix teintée d'ennui. Aujourd'hui, je m'aperçois qu'elle ne fait que réfuter mes explications et les remplacer par d'autres questions.

— Si les vayash moru sont immortels, intervint lentement Carina, comment peut-on les détruire ?

— Le mot « immortel » est relatif, dame guérisseuse, répliqua-t-il. Les années à elles seules ne peuvent pas nous détruire. La maladie non plus. Mais l'immortalité n'est pas la même chose que la divinité. Ceux de mon espèce et moi-même pouvons être anéantis, par le feu, par un pieu et par la magie : ceux à qui la Déesse accorde l'immortalité ont des faiblesses. Sans ça, ils seraient de vrais dieux.

— Donc Arontala peut être vaincu, conclut Carina.

Encore une fois, Gabriel haussa les épaules.

— C'est ce que je crois. Je sais sans le moindre doute que c'est un vayash moru. Mais je suis incapable de dire de quoi sa magie le rend capable, ou quelle protection ses rites de sang lui ont fournie. Je suis certain d'une chose : le pouvoir de la magie du sang ne vient qu'au prix de terribles sacrifices. Ceux qui l'utilisent pour gagner en puissance deviennent souvent assez vulnérables, à condition qu'un mage trouve leur faille.

— Avant que nous partions d'ici, je m'assurerai que vous ayez vu tous les textes qui pourraient vous être utiles, messire, dit Royster à Tris.

— « Nous » ? répéta Kiara.

Royster sourit.

— Bien sûr. Voilà cinquante ans que j'attends qu'un tel événement se produise. J'ai bien l'intention de lui donner des leçons à Principauté. (Il se tourna vers Tris.) Je ne suis ni un mage, ni rien qui y ressemble, donc je ne vous serai pas très utile dans la bataille, dit-il d'un air contrit. Kessen m'a bien choisi : je ne suis pas fait pour les travaux qui fatiguent le cœur. Mais la tête, dit-il en se tapotant le front, c'est mon domaine. J'ai toujours eu un faible pour les histoires de Bava K'aa, reconnut-il. J'ai servi de scribe à toutes les Sœurs qui ont souhaité ajouter des éléments aux registres depuis des années. Donc m'emmener avec vous, c'est comme emporter toute une partie de la Bibliothèque, et je suis beaucoup plus facile à transporter qu'elle, ajouta-t-il avec un clin d'œil.

— Nous serions honorés de vous avoir parmi nous, répondit Tris. Mais je ne peux pas vous promettre que le voyage vers Principauté sera sans danger.

— C'est peu dire, marmonna Carina.

— Je dois prendre congé, déclara Gabriel avec une révérence courtoise. Je vous reverrai. Mikhail est un serviteur de la Dame ; il vous sera d'une aide précieuse. Mais je vous avertis, dit-il avec gravité, il y a des traîtres parmi les miens. Ne faites confiance à aucun vayash moru auquel je ne vous aurais pas conduits. L'influence d'Arontala est grande. Ceux qu'il a créés et ceux qu'il a asservis obéiront à sa volonté. Ne voyagez pas de nuit à la légère.

Puis, dans un souffle d'air, il disparut.

Au début de leur deuxième mois à la Bibliothèque, un soir où Tris parcourait un rayon d'ouvrages dans l'étude du troisième étage, il leva les yeux sur la porte qui s'entrouvrait. À sa surprise, Kiara se glissa dans la pièce, une théière dans une main et un petit paquet en tissu dans l'autre.

— Je peux entrer ?

Tris sourit et mit son livre de côté.

— Je vous en prie, l'invita-t-il en lui indiquant un fauteuil près du feu.

La jeune femme en approcha la théière, puis posa sur la table le paquet, dont s'échappèrent une miche de pain croustillant, un morceau de fromage et une grosse tasse.

— Carina m'a envoyée avec un peu de son thé contre les maux de tête, expliqua Kiara. Comme je passais par ici, Royster a ajouté la nourriture… On dirait qu'il a eu une dispute avec Kessen dans les cuisines, donc nous dînerons tard, ce soir, ajouta-t-elle en gloussant. (Elle tomba avec gratitude dans le fauteuil et refusa la collation qu'il lui proposait.)

» Non merci. J'ai déjà mangé un morceau quand j'étais aux cuisines, avoua-t-elle. En revanche, je prendrais bien une gorgée de thé… J'ai lu jusqu'à en loucher ! (Elle marqua une pause.)

» Sœur Taru affirme que Cam et deux de vos amis sont arrivés dans une citadelle de la Consœurie au nord de Margolan.

— Ils sont vivants ? C'est la meilleure nouvelle que j'aie entendue depuis longtemps, s'exclama-t-il.

— Carina était si soulagée que j'ai cru qu'elle ne s'arrêterait jamais de pleurer. (Elle s'interrompit.) Taru dit qu'ils nous retrouveront à Principauté, ajouta Kiara. Elle les y a envoyés pour qu'ils commencent à recruter des troupes. Cam est parti pour l'Isencroft avec un élixir qui empêchera le mal d'empirer. Mais ils ne pourront pas guérir père tant que le mage qui a jeté le maléfice vivra.

— Savez-vous qui a lancé ce sortilège ?

Kiara le regarda dans les yeux.

— Arontala. Il veut la mort de père. Ainsi, nous n'aurons d'autre choix que d'allier l'Isencroft à Margolan pour survivre.

— Je suis désolé, répondit Tris.

Elle détourna les yeux.

— Vous faites tout ce que vous pouvez. L'élixir va nous faire gagner du temps. Carina a trouvé d'autres choses dans les livres, qui pourraient aussi soulager sa douleur et lui redonner des forces en attendant…

— En attendant que je sois capable de détruire Arontala, termina Tris.

Elle le regarda droit dans les yeux, puis baissa les paupières et hocha la tête.

— Oui. (Elle se tut un long moment.) Je veux procéder à une séance de divination, annonça-t-elle finalement. Pour voir si Cam est arrivé sain et sauf et si père va mieux.

Tris remplit une tasse de thé et la fit glisser vers elle. Elle en prit quelques gorgées, puis ferma les yeux.

— Je n'ai jamais eu l'occasion de vous poser des questions sur votre magie, dit Tris en l'observant à la lumière du feu.

Jae descendit de son épaule en voletant, et Tris lui offrit un morceau de fromage. Le petit dragon happa le cadeau avant de se rouler en boule au bord du bureau.

Kiara haussa les épaules.

— Ce n'est pas vraiment un talent digne d'une sorcière, admit-elle. C'est un don très limité. De la voyance, un peu de divination de guerre… des choses directement liées à la sécurité du royaume, expliqua-t-elle. Ma magie ne me montre que des bribes d'informations, hors contexte. (Elle soupira.) Sur l'avenir de l'Isencroft, elle est restée muette.

Tris but une gorgée de thé, qui commença tout de suite à soulager la tension qu'il ressentait dans les épaules et la migraine qui battait dans ses tempes.

— Peut-être que le futur n'est pas fixé d'avance, dit-il doucement. Peut-être que nous le modifions, même en ce moment, par nos actes.

— Probablement, dit-elle. J'aimerais le croire.

Tris offrit un autre morceau de fromage à Jae, qui le goba et s'étira paresseusement puis roula sur le côté pour l'inviter à lui gratter le ventre.

— Il ne fait pas ça avec n'importe qui, remarqua Kiara. Vous vous êtes fait un ami.

— Je l'espère, répondit Tris en la regardant dans les yeux. (Elle détourna le regard, ses joues se colorant légèrement, comme si elle avait saisi tout ce que cette remarque sous-entendait.) Je vous remercie, reprit-il. Pour le thé. Et pour votre compagnie. C'est trop calme, ici.

— Il n'y a pas de quoi, dit-elle en osant un coup d'œil vers lui.

Elle tendit une main, et Jae se dandina vers elle avec un gloussement de protestation en se posant sur son épaule.

— Kiara, reprit sérieusement Tris. S'il vous plaît, n'entreprenez pas cette séance de divination sans moi. Juste un pressentiment… Taru est repartie à la citadelle pour rendre compte de la situation, Gabriel nous a quittés. J'aimerais que vous y réfléchissiez.

Kiara secoua la tête.

— Comment pourrions-nous être plus en sécurité qu'ici, derrière toutes les barrières magiques de la Consœurie ? Carina a hâte de revoir Cam, et je suis aussi impatiente de voir père qu'inquiète de savoir comment il va.

Tris soupira.

— Nous sommes sûrement plus protégés ici que nous le serons jamais. Mais s'il vous plaît, attendez-moi.

— D'accord, accepta-t-elle. Marché conclu.

Après le souper, Carrovet leur fit le plaisir de conter de nouvelles histoires ; puis trois Gardiens se joignirent à lui, et ils jouèrent de la musique de chambre pendant toute une chandelle. Tris but une autre tasse de vin chaud et respira profondément, profitant de la moindre occasion de se détendre. Il se réjouissait de la compagnie de Kiara autant que du spectacle, et il remarqua que Carrovet se régalait de cette occasion de profiter du luth que les Gardiens lui avaient donné.

Quand leur représentation fut finie, au son de la dixième cloche, tout le monde félicita Carrovet et les autres musiciens. Comme le groupe sortait de la pièce, une poignée de personnes resta derrière lui.

— Que se passe-t-il ? demanda Vahanian en passant à côté de Tris.

— Kiara veut faire une séance de divination pour voir comment se porte son père, répondit Tris. Elle va avoir besoin de quelques-uns d'entre nous pour maintenir le cercle, mais nous sommes assez nombreux, vous n'êtes pas obligé de vous joindre à nous.

Vahanian le regarda de travers.

— Je crois que je vais rester dans le coin, en dehors du cercle, et surveiller vos arrières, si vous n'y voyez pas d'inconvénient, Fantômet, décida-t-il. Après tout, si votre royal postérieur se fait réduire en miettes par un tour de magie raté, nous gagnerons tous un aller simple pour la potence.

— Je veux regarder, pépia Berrie.

— Non, refusa Tris.

— Hors de question, renchérit Carina.

— N'est-il pas un peu tard pour que vous soyez encore debout ? demanda Vahanian.

Berrie eut l'air contrarié.

— Je n'ai pas de couvre-feu, déclara-t-elle. Je n'ai jamais assisté à une séance de divination. Ce sera amusant.

— Ça peut être dangereux, lui dit Tris.

Berrie éluda cette remarque d'un geste qui ressemblait étrangement à l'une des mimiques de Vahanian.

— Je n'ai pas peur. Je me suis battue contre des marchands d'esclaves, et j'ai vu des fantômes et des vayash moru.

— C'est vrai qu'elle se débrouille bien, au combat, remarqua le mercenaire avec désinvolture, et le visage de

Berrie s'épanouit en un large sourire. Bon… Je vais vous laisser regarder derrière moi, mais à une condition.

— D'accord ! accepta la jeune fille avec enthousiasme.

Vahanian la regarda droit dans les yeux.

— Quoi qu'il arrive, ne me gênez pas.

Berrie lui jeta un regard suffisant.

— Bien sûr que je ne vous ennuierai pas. Ça ne vous a pas embarrassé, dans la forêt, quand je lançais les pierres. Vous allez me dire que si ?

— Vous pourriez bien être du même acabit, tous les deux, remarqua Tris d'un ton moqueur alors qu'ils suivaient Kiara dans le petit salon.

Des torches neuves brûlaient sur les appliques, et un feu flambait dans l'âtre. Au centre de la pièce, une petite table était entourée de six chaises, et, sur le guéridon, une boule d'ambre de la taille d'un melon était posée sur un support représentant des dragons de bronze entremêlés.

— C'est beau, commenta Kiara en tendant la main vers la sphère, mais elle recula ses doigts avant qu'ils touchent sa surface lisse.

Sur son épaule, Jae battit nerveusement des ailes et siffla.

— Cette idée ne me plaît toujours pas, dit Carina. En Isencroft, tu avais la chambre, et elle était protégée par des sorts. Quand Alyzza et Tris ont tenté une séance de divination dans la caravane… quelque chose… a poursuivi Tris, raconta-t-elle avec un frisson.

— Vous vous trouvez dans une forteresse de la Consœurie, l'interrompit Royster. Cet endroit aussi est protégé. (Il bondit, comme piqué dans le dos, et planta son regard dans le vide.) Est-ce qu'on vous a demandé votre avis ? aboya-t-il.

Tris vit Kessen tirer sur la chemise de Royster, dans un geste pour une fois dénué de malice.

— Je crois qu'il essaie de vous dire quelque chose, intervint le jeune homme. Je ne pense pas qu'il soit en train de plaisanter.

N'ayant pas l'habitude que d'autres voient son compagnon fantôme, Royster s'arrêta avec étonnement.

— D'accord, dit-il brusquement au spectre. Alors quoi ?

— Qu'a-t-il dit ? demandèrent en chœur Carina et Kiara.

— Est-ce que vous venez de lui parler, Tris ? demanda Berrie avec enthousiasme.

Tris hocha la tête.

— Il pense que ce n'est pas une bonne idée.

— Il faut que je sache, s'entêta Kiara. Tout ira bien.

— Mais Kiara…, protesta Carina.

— Je vais le faire… même seule, s'il le faut.

Sa cousine finit par hocher la tête.

— D'accord. (Elle se tourna vers ses compagnons.) Quand tout le monde sera assis, je commencerai à mettre en place les sorts de protection, annonça Carina.

Vahanian et Mikhail se placèrent à côté de la porte, pendant que l'assistance s'installait. Kiara s'installa devant la boule, une chaise à sa droite pour Carina et une autre à sa gauche pour Tris. Dévìn était à côté de ce dernier, puis Maire et Royster venaient compléter le cercle. Kiara ferma les yeux et se tut pendant un long moment pour se préparer. Carina parcourait lentement la pièce pour dresser les boucliers. En silence, Tris répétait dans sa tête le rituel de protection pour joindre sa force à la leur.

— Pouvoirs tout-puissants, entendez-moi ! Déesse de la Lumière, écoutez ! récita Kiara, les paupières toujours fermées. Je suis l'Élue d'Isencroft, l'héritière du sang. Nous sommes rassemblés pour invoquer les anciens Pouvoirs.

» Esprits de la terre, entendez-moi ! poursuivit Kiara en posant une main sur la boule d'ambre et son support de dragons ailés. Vents du nord, obéissez ! Eaux des terres du sud, pliez vos courants à la volonté de l'Élue. Feux du soleil de l'est, soumettez-vous à mes ordres. Par le droit des héritiers d'Isencroft, j'exige que vous révéliez ce qui est caché et que vous trouviez ce qui nous est cher. Ainsi soit-il !

Au centre du globe, un éclat apparut, et une brume se répandit en tourbillonnant depuis le plus profond de son cœur. Lentement, la lueur se mit à briller de plus en plus intensément. Les yeux de Kiara étaient plongés dans ses profondeurs.

— Là ! Regardez ! chuchota Carina en se penchant aussi près qu'elle pouvait sans lâcher les mains de ses voisins et rompre ainsi le cercle.

Tris laissa sa sensibilité magique réagir favorablement à cette union de forces.

— Père, souffla Kiara. Sainte Dame, il a l'air d'aller mieux. Tu vois, Carina ?

La guérisseuse hocha la tête, les yeux écarquillés, et sourit joyeusement.

— C'est vrai, il a l'air d'être en meilleure forme, même s'il n'est pas redevenu complètement lui-même. Oh ! Kiara, regarde ! s'écria-t-elle en resserrant douloureusement sa main autour de celle de sa cousine. Cam est avec lui !

» Attends, l'image change encore, dit Carina.

Le brouillard se referma sur le globe comme un ciel orageux. Tout d'un coup, la température de la pièce dégringola et, depuis les profondeurs de la boule, une lueur rouge sang commença à colorer la brume, jusqu'à ce qu'un rayon éblouissant de lumière écarlate jaillisse de son cœur et frappe Kiara en pleine poitrine.

La jeune femme s'écroula sur les genoux.

— Romps le cercle ! lui siffla Carina. Il faut que tu rompes le cercle !

Kiara regardait fixement devant elle, et son corps était raide.

— Vent et Feu, Terre et Mer, je vous libère ! ordonna Carina d'une voix tremblante de panique.

— Ce n'est pas à vous de commander à ces pouvoirs, tonna une voix profonde sortie de la bouche ouverte de Kiara.

— Kiara ! hurla Vahanian en plongeant vers la princesse.

Mikhail le tira en arrière.

— Vous ne pouvez rien y faire, dit-il. Laissez ça à Tris.

Le jeune homme lâcha les mains de ceux qui étaient à ses côtés et fit le tour de la table en direction de Kiara.

— Relâchez-la, dit-il d'une voix calme.

La lumière palpita. Kiara frémit et son visage se tordit de douleur, alors que Carina et Berrie poussaient un cri.

— Relâchez-la ! ordonna de nouveau Tris en concentrant son pouvoir et sa volonté. Que cherchez-vous ?

— Je cherche Martris Drayke, grinça la voix, arrachant ces mots à la gorge de Kiara. J'ai un marché à lui proposer.

— Quel marché ?

— Rendez-vous, et je ne tuerai pas vos amis.

— Nous avons nos propres comptes à régler, grogna Vahanian. Il n'y a pas de transaction qui tienne.

Tris fit un pas en avant.

— C'est moi que vous voulez, dit-il d'une voix posée. Me voici. Relâchez-la.

— Nous l'avons recherchée dans tout Margolan pour sa trahison, grinça la voix. Elle nous appartient.

— Elle n'appartient qu'à elle-même. Relâchez-la.

— Je vais la relâcher, tonna la voix. Dans les bras de la Dame Noire.

Une explosion de lumière jaillit de l'orbe et Kiara se tordit de douleur, suspendue en l'air par la clarté rouge sang.

— Pas si je vous en empêche, rétorqua Tris d'une voix râpeuse en plongeant vers le globe. (Il haleta sous les coupures que lui infligea la lumière écarlate.) Bouclier ! cria-t-il pour invoquer son pouvoir.

À ces mots, une lueur bleue s'éleva et l'enveloppa, interdisant à l'éclair ennemi d'atteindre sa cible.

Derrière lui, Kiara s'effondra à terre. Carina accourut auprès d'elle, plaçant son propre corps entre sa cousine et le globe.

— Vous avez gagné en puissance, tonna la voix. J'aurais dû vous tuer quand j'en avais l'occasion. Abandonnez tout de suite votre stupide quête, et je pourrai mettre un terme au tourment de votre sœur, le tenta-t-elle.

Le visage de Kait, déformé par la peur et la souffrance, était appuyé contre l'intérieur de la boule.

— Que la Putain vous emporte ! grogna Tris en invoquant tout son pouvoir afin de repousser une fois pour toutes la lumière écarlate et la forcer à reculer vers le centre de la sphère.

Un cri, celui de Kait, résonna dans la pièce quand Tris fit un dernier effort, rassemblant toute sa puissance pour contrer l'éclair rouge.

Le globe flamboya comme un soleil aveuglant. La boule explosa et retomba en une pluie d'éclats brillants comme la braise. Tris bascula en avant, et la lueur bleue s'évanouit, alors que ses compagnons se rassemblaient autour de lui.

— Je crois que nous sommes tous d'accord : plus de divination, avança Vahanian en passant son épaule sous le bras de Tris et en l'aidant à s'asseoir dans un fauteuil.

— Accordé, répondit Carina de l'endroit où elle, Dévìn et Royster étaient agenouillés autour de Kiara.

Elle gisait immobile à terre et, comme tous les autres, elle saignait à cause des éclats de la boule.

— Ce n'est pas moi qui vous contredirai, dit faiblement Tris en s'enfonçant dans son siège alors que sa tête commençait à le tourmenter. Comment va Kiara ? réussit-il à demander, fier d'être toujours conscient.

Carina leva les yeux.

— Vivante. Évanouie. Je voudrais l'emmener dans son lit pour qu'elle puisse récupérer. (Elle regarda Tris.) C'était Arontala, n'est-ce pas ?

Tris acquiesça, puis cessa de bouger quand sa migraine se mit à lui marteler le crâne si fort qu'il faillit défaillir.

— C'est la même chose que ce que j'avais ressenti à la caravane. (Il réfléchit.) Jared veut Kiara, dit-il à voix basse. Elle lui a désobéi, et il le sait. Il ne renoncera pas tant qu'il ne l'aura pas sous son contrôle.

L'inquiétude, dans les yeux de Carina, montrait qu'elle en avait tiré la même conclusion.

— Alors nous n'avons vraiment pas le choix, n'est-ce pas ? demanda Carina. Nous ne pourrons pas annuler le sort débilitant qui pèse sur le roi Donelan tant qu'Arontala vivra. Kiara ne sera en sécurité nulle part aussi longtemps que Jared régnera. Nous devons vous aider à les vaincre, ou l'Isencroft et sa princesse ne connaîtront plus jamais la paix.

— Je suis d'accord, déclara Mikhail. Pour détruire les créatures qui tourmentent Dhasson, nous devons détruire Arontala. (Il regarda Tris dans les yeux.) Même Havre Sombre n'est plus un endroit sûr, dit-il. Je vous aiderai.

— Je vous remercie, murmura Tris qui sentait ses dernières forces l'abandonner.

Mikhail se baissa pour prendre Kiara dans ses bras. Carina donna à Dévìn et Berrie une liste d'herbes et d'ingrédients à aller chercher en cuisine.

— Je vais emmener Kiara dans sa chambre, annonça Mikhail. On dirait qu'il vous reste tout juste assez de forces pour remonter là-haut, ajouta-t-il en constatant l'état de Tris.

— Tenez, appuyez-vous sur moi, proposa Vahanian quand le jeune homme réussit à se lever en vacillant. Carrovet, venez de l'autre côté, il va avoir besoin d'aide.

Maire regarda Tris avec inquiétude.

— Je vais vous apporter un peu de thé bien chaud et quelque chose pour nettoyer ces coupures.

Tout en se dirigeant vers la porte derrière Mikhail, Carina se retourna vers Tris.

— Je monterai dès que je me serai occupée de Kiara, promit-elle.

— Je vais envoyer Seldon, annonça Royster, offrant l'aide de l'herboriste.

Le bibliothécaire avait l'air effrayé.

Carina pivota vers Vahanian.

— Et vous ?

— Que voulez-vous dire ?

— Qu'allez-vous faire ? Arontala doit savoir que vous êtes avec nous. Vous ne croyez pas qu'il va vous laisser vous en sortir plus facilement que nous autres ?

— Pour l'instant, mon travail est de vous conduire à Principauté en vie. Si nous respirons jusque-là, je m'en inquiéterai, répondit Vahanian.

Carina tourna sur ses talons et suivit Mikhail.

— J'aurais dû rester en Margolan, marmonna Tris alors que Vahanian et Carrovet l'aidaient à monter l'escalier. Si j'avais tué Jared à ce moment-là, rien de tout ça ne serait arrivé.

— Nous t'avons fait sortir sur un brancard, lui rappela Carrovet. Tu as oublié ce détail ? Nous étions trop peu nombreux. Nous serions tous morts, à l'heure qu'il est. Il n'y aurait plus personne pour arrêter Jared.

— Je vais y aller seul. C'est moi que veut Arontala…

— Vos amis ont de bonnes raisons de décider de vous accompagner, l'interrompit Royster derrière eux. Leur quête est aussi importante que la vôtre.

— C'est exactement le genre d'exploits contre lesquels je vous avais mis en garde, grommela Vahanian alors qu'ils grimpaient l'escalier. Je ferais bien de vous enfermer quelque part dans une cellule afin de m'assurer que vous vivrez assez longtemps pour retourner en Margolan.

Tris s'aperçut qu'il était trop épuisé pour répondre. Il réussit à rester debout assez longtemps pour refuser davantage d'aide quand ils accédèrent à sa chambre, mais il n'avait pas encore atteint son lit que sa vue se troubla, et la dernière chose dont il se souvint fut qu'il s'accrochait à une chaise pour amortir sa chute.

Chapitre 30

Tris ouvrit lentement les yeux. La migraine le faisait tant souffrir que tout ce qu'il voyait était entouré d'un halo de lumière. Même le feu de cheminée était beaucoup trop éblouissant. La peau de ses mains et de son visage le brûlait comme si on l'avait frottée avec des orties, et il avait l'impression de s'être fait rouer de coups.

— Contente de vous revoir.

La voix de Taru sortit de l'ombre à côté de son lit. Il réussit à tourner la tête pour la voir. L'effort fit couler la sueur sur son front.

— Je suis arrivé jusqu'à ma chambre sans m'évanouir.

Taru renifla.

— Dès que vos amis vous ont lâché, vous êtes tombé par terre la tête la première. (Elle sourit légèrement.) Au moins, ils vous ont retiré vos bottes avant de vous mettre au lit, ajouta-t-elle. Mais vous avez raison. Vous êtes resté conscient après avoir jeté le sort, vous avez gravi l'escalier sans qu'on vous porte – d'après ce qu'on m'a dit – et vous n'êtes resté inconscient que quelques heures. Votre entraînement est payant.

Tris ferma les yeux.

— Pas assez.

Taru se rapprocha et posa une main sur son épaule.

— Non, pas encore, reconnut-elle un peu plus doucement. Mais il vous reste des mois avant de devoir affronter Arontala. C'est prometteur.

— Comment va Kiara ? demanda le jeune homme en s'apercevant que, s'il murmurait, cela ne lui faisait pas si mal d'entendre sa propre voix.

— Elle dort, répondit Taru. Carina m'a raconté qu'elle avait toujours eu autant de mal à se remettre des séances de divination. L'attaque était volontairement effrayante et épuisante. Si vous n'étiez pas intervenu, elle n'aurait pas survécu. (Elle se tut un instant.) À ce propos, ajouta-t-elle, avec un accent d'irritation, qu'est-ce qui vous a pris d'entreprendre ça alors que je n'étais pas là ?

Tris soupira.

— Kiara a dit qu'elle l'avait souvent fait, et comme ce n'était pas moi qui procédais à la divination, je ne pensais vraiment pas que ça attirerait l'attention. Nous avons eu tort.

— Vous auriez aussi bien pu allumer un feu de joie.

Elle remua quelques objets sur la table de chevet, et le jeune homme rouvrit les paupières. En tendant les mains, il vit qu'elles étaient couvertes de fines coupures.

— Voilà, dit Taru en prenant sa main.

Elle étala un onguent sur ses lésions, ce qui réduisit la douleur qu'elles provoquaient. Tris l'autorisa volontiers à faire la même chose sur son cou et son visage.

— Faire reculer de force le pouvoir dans un objet cassant n'est pas la chose la plus efficace, commenta la Sœur. Vous avez eu de la chance. Si le pouvoir ne s'était pas concentré dans le canal ouvert par son détenteur, mais bien dans la boule elle-même, vous auriez provoqué une belle explosion, en plus des éclats de verre que vous avez pulvérisés à travers la pièce.

— C'est compris, répondit Tris, confus.

L'expression de Taru se radoucit.

— Ne soyez pas trop dur avec vous-même. Vous avez fait ce qu'il fallait, d'une manière peu conventionnelle. Ça a fonctionné. Toutefois, nous avons de bonnes raisons de vous enseigner certaines méthodes. Ce sont des mages qui les ont apprises à leurs dépens, en faisant exploser des boules de cristal, par exemple. Je vais m'entretenir avec Dévìn. À cette étape de votre apprentissage, la puissance de votre pouvoir constitue un danger qui n'aurait dû présenter un risque que beaucoup plus tard. Nous devons réétudier la question.

— Nous ne pouvons pas rester ici beaucoup plus longtemps, protesta Tris pendant que Taru l'aidait à s'asseoir et lui mettait entre les mains une tasse du thé de Carina contre les maux de tête.

— Non, vous avez raison, admit-elle. Vous ne pouvez pas vous permettre d'être retenus ici par la neige. C'est une des raisons pour lesquelles je suis allée rencontrer mes sœurs. Elles ont suivi de loin votre apprentissage. Elles sont d'accord sur le fait que vous avez accompli presque tout ce qui était possible ici, à la Bibliothèque. (Elle marqua une pause.) Tout, sauf le combat contre Argus. Maintenant, il y a un nouveau danger, ajouta-t-elle en tirant une chaise pour s'asseoir.

Elle se servit une tasse de thé et, à sa façon de boire, Tris comprit qu'elle aussi devait reprendre des forces.

— À cause de ce qui s'est passé cette nuit ? Jared peut-il nous atteindre ? Nous ne sommes pas en Margolan.

Taru secoua la tête.

— C'est vrai. Mais nous ne sommes pas assez loin dans la Principauté pour permettre aux troupes du roi de quadriller sérieusement la zone. Arontala n'a pas une idée précise de l'endroit où nous nous trouvons, mais il doit avoir deviné dans quel secteur nous sommes. Les vayash moru nous ont dit qu'il y a déjà de petites patrouilles de soldats margoliens, habillés en civil, aux frontières de la Principauté. S'ils ratissent les lieux, la route qui mène vers la ville de Principauté sera encore plus dangereuse pour vous. (Elle s'interrompit encore, plongée dans ses pensées.)

» La partie la plus périlleuse sera votre première journée de voyage, entre ici et le Pont de la Potence. Au-delà du croisement, les soldats du roi gardent la rive du fleuve. Je ne pense pas que Jared oserait envoyer des troupes aussi loin sur le territoire d'un autre souverain. Cela reviendrait à une déclaration de guerre.

» Royster vous accompagnera. Étant donné les circonstances… inhabituelles, la Consœurie nous a autorisés à emporter des textes avec nous, pour que vous les utilisiez dans le cadre de vos entraînements. Mais il vous reste une chose à accomplir.

Tris s'enfonça dans son oreiller, sous le poids de la fatigue accumulée au cours de ces dernières longues semaines.

— Tueuse de Mage.

— C'était aussi une des raisons de mon entretien avec mes Sœurs, expliqua Taru. Nous sommes d'accord : vous êtes le porteur légitime de cette épée. Mais il vous faut toujours la gagner.

— Qu'est-ce qui vous fait penser que je peux y arriver ?

— Aucun de ceux qui ont défié Argus n'était Invocateur.

Tris réfléchit à cette réponse pendant un moment.

— Le jeu en vaut-il la chandelle ? Comme Jonmarc l'a souligné, si je me fais tuer avant les événements les plus importants, cela ne nous avancera à rien, dit-il avec un sourire en coin en repensant aux termes exacts qu'avait employés Vahanian.

Taru dut s'apercevoir qu'il le paraphrasait, car elle esquissa un sourire.

— Votre ami est plus malin qu'il le laisse paraître, et la Dame a de bonnes raisons de l'avoir choisi pour cette mission.

— N'allez pas lui dire ça, remarqua Tris en buvant le fond de sa tasse. Il pense être le seul maître de ses décisions.

Taru eut l'air amusée.

— La Dame nous laisse nous fourvoyer ainsi lorsque cela sert Ses desseins, répondit-elle. Mais pour répondre à votre question, nous croyons que oui. J'ai soulevé ce point avec la Consœurie, et il y a eu un… débat, s'autorisa-t-elle à raconter. Bien que, en règle générale, je ne croie pas beaucoup dans les talismans et les amulettes, il ne serait pas sage de sous-estimer leur pouvoir. Ils se suffisent rarement à eux-mêmes ; pourtant, dans la main d'un être choisi par la Dame, le bon instrument devient une arme puissante. Nous pensons que Tueuse de Mage a un rôle à jouer dans votre quête. D'après mes Sœurs, vous avez de plus grands risques d'échouer en Margolan que de chances de vaincre Argus. (Elle se tut un instant.) Mais…

— Mais ?

— Il ne serait pas prudent de sous-estimer le danger. Dès que vous aurez repris des forces, il sera temps de passer à l'action. Si tout se passe bien, dit-elle, nous partirons pour Principauté à votre retour.

Si tout se passe bien, se dit Tris, en pensant à tout ce que Taru ne disait pas. *Tout ça ne lui plaît pas beaucoup*, songea-t-il en la regardant. *Elle n'est toujours pas sûre que je sois prêt, mais le temps presse. Nous pourrions aller en ville, nous entraîner un peu plus, mais nous risquerions de ne pas pouvoir revenir ici. Et si nous ne pouvons pas continuer sans en passer par là, alors nous n'avons pas le choix*. Il observa Taru pendant qu'elle buvait son thé. *Elle commence à se sentir coincée, et les Sœurs n'aiment pas qu'on leur force la main. Bienvenue dans mon monde.*

— S'il vous plaît, ne parlez pas aux autres du danger, demanda Tris en s'appuyant sur ses oreillers sous l'effet d'une vague de vertige. Quoi qu'il arrive, ils n'auront pas les moyens de s'interposer. Ils sont arrivés si loin, ils ont tant risqué… Je ne veux pas qu'ils s'inquiètent.

Taru le débarrassa du surplus de coussins afin qu'il puisse s'allonger.

— J'en ai déjà parlé à Carina et à Dévìn. Nous pourrions avoir besoin de leur aide. Mais j'honorerai votre requête, même si je soupçonne vos amis de tout deviner tout seuls.

Peut-être parla-t-elle encore, mais Tris fut incapable de lutter plus longtemps contre le sommeil, et il le laissa l'emporter, espérant qu'il serait sans rêves.

Le lendemain soir, Kiara et Carina prirent leur dîner dans la salle des apprentis. La princesse avait encore des forces à récupérer à la suite de la séance de divination, qui l'avait méchamment épuisée. Taru était partie chercher des herbes pour le baume avec lequel Carina apaisait les coupures causées par l'explosion de l'orbe. En l'attendant, les deux jeunes femmes buvaient leur thé, perdues dans leurs pensées.

Finalement, Kiara prit la parole.

— Taru dit que le moment est bientôt venu pour nous de quitter la Bibliothèque. Donc je suppose que nous partons pour Principauté. (Elle vit comme une gêne traverser le visage de sa cousine.) Je sais que tu préférerais éviter ce lieu, si c'était possible, poursuivit-elle calmement.

Carina hésita, puis hocha la tête.

— C'est juste que… ça me rappelle des choses dont je préférerais ne pas me souvenir, expliqua la guérisseuse d'une petite voix. Ça fait sept ans que Ric est mort. Je devrais avoir tourné la page, à l'heure qu'il est, murmura-t-elle.

— Tu sais, répondit doucement Kiara, même après tout ce temps, tu ne m'as jamais vraiment raconté ce qui s'était passé.

Carina se tut un moment, les yeux plongés dans le feu. Finalement, elle reprit la parole, presque trop bas pour que sa cousine l'entende.

— Quand nous avions seize ans, Cam et moi nous sommes engagés dans une troupe de mercenaires estmarkiens. Il était si grand que personne ne nous a demandé notre âge. Ils avaient besoin d'une guérisseuse et ils étaient bien contents de profiter de Cam par la même occasion. Nous menions une vie tranquille. (Elle sourit légèrement, le regard lointain.)

» Ric était le capitaine. La meilleure lame du groupe. Il avait cinq ans de plus que nous. C'était un petit voyou, ricana-t-elle tristement. Il s'est bien occupé de nous. Il transgressait beaucoup de règles, mais il prenait soin de ses hommes. Nous aurions donné notre vie à la Croulante, pour lui. (Elle se tut de nouveau, plus longtemps.) Je suis tombée amoureuse. L'hiver suivant, il m'a demandé de l'épouser. J'ai accepté. Et puis le bruit a commencé à courir qu'il y avait des problèmes à la frontière de Dhasson. Des bandits. C'était censé être une simple escarmouche. Mais ça ne l'a pas été, dit-elle en baissant les yeux.

» Ils ont ramené Ric avec une vilaine blessure au ventre. J'ai essayé de le sauver, précisa-t-elle d'une voix lourde de culpabilité. Je suis passée outre tout ce que j'avais un jour appris sur la guérison, sur le fait d'aller trop loin, et je me suis trop accrochée. Quand il est mort, j'ai failli périr avec lui. (Elle regarda Kiara, des larmes perlant dans ses yeux.) Et après ça, je ne me souviens de rien jusqu'à mon réveil à la citadelle de la Consœurie de Principauté, dit-elle.

» Plus tard, Cam m'a affirmé j'avais été comme morte et vivante à la fois. Il m'a assuré que je n'entendais rien, que je ne parlais pas et que je ne voyais rien. Il était désespéré, raconta-t-elle en baissant de nouveau les paupières. Le seul endroit auquel il a pensé, c'est la Consœurie, et il a supplié ses membres de me laisser entrer. (Elle haussa les épaules.) Il a dit qu'elles l'avaient renvoyé en lui disant qu'elles le retrouveraient si elles réussissaient à me soigner.

Kiara connaissait la suite de l'histoire. N'ayant nulle part où aller, Cam avait pris la route de l'Isencroft, où Donelan l'avait accueilli. Un an plus tard, les Sœurs avaient rappelé le jeune guerrier à Principauté. Carina était guérie, mais son frère la trouvait différente, plus distante. C'était pour cette raison que Kiara soupçonnait sa cousine d'avoir réussi à repousser tous ses prétendants… du moins, jusqu'à Jonmarc Vahanian.

— C'était il y a longtemps, dit doucement Kiara. Les choses ont changé, à présent. Tu n'es pas seule. Tu sais que nous ferons en sorte que rien ne t'arrive… surtout Jonmarc. (Elle marqua une pause.) Ne me dis pas que tu n'as pas remarqué sa façon de te regarder.

Carina rougit et se retourna.

— Tu sais, répondit-elle, dans le camp des marchands d'esclaves, quand on m'a amené Jonmarc et qu'il était proche de la mort, c'était comme si tout recommençait. S'il n'y avait pas eu Tris, je l'aurais perdu. Je le sentais m'échapper. Tris l'a retenu. J'ai eu peur qu'il aille trop loin pour retenir Jonmarc. Je les aurais perdus tous les deux.

— Ce n'est pas arrivé.

— Mais j'aurais pu les perdre, répondit Carina d'une voix douce. C'est tellement plus simple de ne pas s'attacher aux gens.

Kiara se leva et traversa la pièce pour regarder par la fenêtre en silence pendant un moment. Le ciel était gris et les arbres dépouillés. Il y aurait bientôt de grosses chutes de neige. Elles se turent quelques instants, toutes deux perdues dans leurs pensées.

— Je n'arrive pas à croire que je suis arrivée aussi loin pour échouer dans mon Voyage, dit Kiara à voix basse.

— De quoi parles-tu ?

— L'Oracle m'a envoyée à la Bibliothèque d'Ouestmarche pour découvrir comment sauver l'Isencroft. Tous les autres ont trouvé ce qu'ils étaient venus chercher. Tu as appris que Cam était retourné auprès de père avec l'élixir des Sœurs, et tu t'es procuré d'autres informations pour aider père à guérir. (Elle but une gorgée de thé.)

» Tris semble avoir trouvé ce dont il avait besoin, même s'il va devoir étudier avec les Sœurs pendant le reste de l'hiver. Mikhail en a appris plus sur les créatures, Carrovet a eu ses contes, ses chansons et ses légendes, même Berrie a lu les histoires qui l'intéressaient. Jonmarc dispose d'une vraie salle d'armes pour entraîner tout le monde et d'un peu de temps loin des routes. Mais moi, je suis aussi près de sauver l'Isencroft que quand j'en suis partie, dit-elle en regardant le paysage décharné à travers la fenêtre.

Elles entendirent la clenche cliqueter alors que Taru refermait la porte derrière elle.

— Dites-moi, Kiara Sharsequin, qu'avez-vous appris en cheminant, depuis que vous avez quitté l'Isencroft ? l'interrogea la Sœur.

Kiara fut gênée que la magicienne l'ait entendue se plaindre.

— J'ai vu le sang qui a coulé en Margolan et les fermiers privés de leurs biens, dit Kiara d'une faible voix en se rappelant son voyage. J'ai vu quel genre de roi était Jared Drayke. J'ai rencontré des vayash moru et j'ai combattu des monstres ensorcelés, puis j'ai découvert que la Bibliothèque existait.

— Et vos compagnons ? Que vous ont-ils apporté ?

Kiara réfléchit plus longtemps, cette fois.

— Ce qui est sûr, c'est que Jonmarc a sacrément rafraîchi mes notions du combat à l'épée ! s'exclama-t-elle avec un sourire contrit. Mikhail m'a promis de demander au roi Harrol de s'entretenir avec ses conseillers. (Elle se tut un instant.) Il a aussi proposé de me présenter au roi Staden, et de m'aider à négocier l'aide de Principauté.

— Et Martris Drayke ? insista Taru.

Kiara baissa les yeux sur sa tasse tout en réfléchissant à sa réponse.

— Tris m'a promis que, s'il s'emparait du trône, l'Isencroft n'aurait rien à craindre de Margolan, dit-elle doucement. Et qu'il nous enverrait toute l'aide qu'il pourrait.

Taru hocha de nouveau la tête.

— Vous n'avez pas complètement répondu à ma question. Qu'avez-vous appris de Martris Drayke lui-même ?

Kiara rougit et détourna les yeux.

— C'est un homme d'honneur, courageux ; un homme de parole. Il ferait un bon roi.

La Sœur jeta à Kiara le regard mesuré d'un professeur.

— Auriez-vous cru toutes ces choses possibles de la part du frère de Jared Drayke, si vous n'aviez pas voyagé avec lui ?

— Non, je ne crois pas.

Taru la jaugea d'un coup d'œil.

— Et qu'en est-il de l'autre raison pour laquelle vous avez entrepris ce Voyage ? Votre raison secrète ?

Embarrassée, Kiara échangea un regard avec Carina.

— Vous voulez dire, pour éviter le mariage arrangé ?

— Oui.

— Je sais avec certitude quel démon habite Jared Drayke, et quelles forces se lèvent contre lui, dit doucement Kiara. Tris m'a promis que rien ne serait exigé de force de l'Isencroft.

— Que pensiez-vous trouver ici, Kiara d'Isencroft ? demanda Taru en un doux reproche. Vous attendiez-vous à un talisman ou à un livre magique ? (La princesse devint écarlate et ne répondit rien.) Vous obtenez des promesses d'alliance et de protection pour votre royaume de la part de Dhasson et de Margolan, et presque de la Principauté. Vous êtes au cœur de l'action qui vise à faire tomber Jared Drayke et à vaincre Arontala, ce qui pourrait sauver votre père. Et vous avez gagné un espoir de liberté, aussi bien pour l'Isencroft que pour vous-même. (L'expression de Taru se radoucit.)

» Je ne suis pas étrangère au langage des rois. Il reste un élément auquel vous devez réfléchir. L'accord qui vous ennuie tant peut se référer à Kiara et Jared, mais, selon les termes du contrat, le mariage concerne la fille de Donelan et l'héritier du trône de Margolan. Lorsque Jared aura été détrôné, c'est Martris Drayke qui deviendra cet héritier, expliqua-t-elle avec des yeux amusés face à la surprise de Kiara. Vous êtes maintenant libre d'écouter votre cœur.

— En fait, nous sommes seulement amis, balbutia la jeune femme, gênée par ce qu'insinuait Taru.

— L'Oracle vous a dit que la source et la solution venaient de Margolan, n'est-ce pas ?

— Seulement, je n'ai jamais pensé que les rencontres et les expériences que je ferais pendant le Voyage compteraient plus que ce que je trouverais à la fin, admit Kiara.

— Vous n'êtes pas à la fin, même si votre séjour à la Bibliothèque touche à son terme, répondit Taru. La Consœurie s'accorde sur le fait que la Dame doit avoir un rôle à vous faire jouer dans la défaite d'Arontala. Plusieurs signes laissent supposer que ce sera plus difficile – voire un échec total – si vous ne tenez pas votre place.

— Douce Chenne, murmura Kiara. Je songeais à poursuivre jusqu'en Margolan avec Tris et les autres… Carina avait décidé que c'était son devoir. Je n'étais pas sûre de pouvoir laisser l'Isencroft aussi longtemps.

— Votre royaume ne peut pas se permettre de vous empêcher d'accomplir cette mission, rétorqua Taru.

— J'ai entendu Mikhail et Jonmarc parler avec Tris, dit Carina à Kiara. Ils veulent prendre la route avant que la neige commence à tomber. Mikhail dit qu'il y a des troupes margoliennes à seulement quelques chandelles d'ici, en petits groupes. Des assassins.

Kiara frissonna.

— Nous allons être pris au piège. Je suis étonnée que nous ne soyons pas partis plus tôt.

— Tris a encore une chose à accomplir, avant que nous puissions quitter les lieux, expliqua Taru. Il est prêt à entrer dans la tombe du roi Argus. L'épée d'Argus, Tueuse de Mage, doit être gagnée en combat singulier.

— Taru m'a demandé d'être là lorsqu'il y descendra, ajouta Carina.

— Pour le remettre en un seul morceau s'il échoue ?

— S'il échoue, il ne reviendra pas, Kiara. C'est le prix à payer, répondit la guérisseuse. Aucun de ceux qui ont voulu s'emparer de l'épée n'est jamais revenu. Taru veut que je sois présente parce que nous ne savons pas dans quel état il ressortira s'il réussit.

Kiara ne sut quoi répondre. Elle regarda donc de nouveau par la fenêtre. Les paroles de Carina résonnèrent dans sa tête, même après que la guérisseuse et la sorcière lui eurent souhaité bonne nuit et l'eurent laissée à ses pensées.

Chapitre 31

Tris n'avait rien dit à ses compagnons au sujet de Tueuse de Mage, mais il soupçonnait Carina d'avoir vendu la mèche. Le jour où il devait se rendre à la crypte, ses amis traînèrent à table avec lui, comme s'ils ne savaient que dire. Berrie l'embrassa sur la joue pour lui porter chance. Carrovet prit un air grave en lui donnant une tape à l'épaule et le recommanda à la Dame. Carina le rassura en lui affirmant qu'elle attendrait avec Royster, puis elle alla rassembler ses remèdes.

Kiara resta en arrière, tout comme Vahanian.

— Carina nous a dit... pour Tueuse de Mage, confessa la jeune femme en évitant son regard. Je vous en prie, soyez prudent.

Tris osa lui prendre la main, sur laquelle il déposa délicatement un baiser.

— J'ai beaucoup de raisons de revenir, répondit-il, les yeux rivés dans les siens.

Elle rougit et lui murmura une bénédiction avant de s'en aller.

Il y eut un moment de silence entre Tris et Vahanian.

— C'est la chose la plus stupide que j'aie jamais entendue ! Un duel sans emmener de second ! finit par dire Vahanian. Mon rôle de garde du corps n'aura pas beaucoup de sens, d'ici.

Tris sourit timidement.

— J'ai un service à vous demander, annonça-t-il en fouillant dans sa poche. (Il en sortit la bourse qui contenait le sceau du roi Harrol et, au grand étonnement de Vahanian, il le tendit au mercenaire.) Si je ne reviens pas, je compte sur vous pour conduire les autres en lieu sûr, dit-il avec pondération. Vous devez me promettre que vous vous assurerez qu'ils arrivent sains et saufs.

Le mercenaire retourna l'objet dans sa main.

— Qu'est-ce qui vous fait croire que je ne vais pas juste ramasser ma paie et m'en aller ?

Tris le regarda dans les yeux.

— Vous ne ferez pas ça.

Vahanian se tut quelques instants.

— Vous avez ma parole, accepta-t-il finalement. Mais vous avez intérêt à revenir en un seul morceau, l'avertit-il.

Tris pouffa.

— Croyez-moi, j'en ai bien l'intention. (Puis il tendit la main à Vahanian et ils se firent l'accolade des frères d'armes.) Je vous remercie, dit-il.

— Nous avons encore une longue route devant nous. Vous me remercierez quand nous l'aurons parcourue.

Ensuite, le jeune homme se rendit à la petite chapelle de la Bibliothèque, consacrée à l'aspect de la Déesse préféré de la Principauté : l'Amante, ainsi que son reflet, la Putain. Comme il avait vu Sotérius le faire la veille des batailles, il offrit son épée à sa bénédiction devant les cierges vacillants de l'autel, et il se recueillit. Même si, en dépit de tout, il espérait que la Dame le gratifierait d'un signe, comme cela avait été le cas dans la foule la nuit du coup d'État, aucune présence surnaturelle n'entra en contact avec sa sensibilité magique.

Douce Dame, pria-t-il. *Honorez ma quête et permettez-moi de gagner l'épée. Mais si vous ne le permettez pas, alors répondez aux pleurs de vos enfants disparus en Margolan, et rendez-leur justice.*

Il patienta, mais hormis le bruit de sa propre respiration, aucun son ne se fit entendre dans la chapelle. Finalement, il rengaina sa lame et fit le signe de la Dame en se relevant, espérant dormir quelques heures avant qu'il soit temps d'y aller.

Lorsque 11 heures sonnèrent, Tris, Taru et Royster se rendirent dans l'un des petits salons du premier étage de la Bibliothèque. Le bibliothécaire attacha une corde à un anneau scellé dans la grande cheminée de pierre, puis la laissa tomber avant de se diriger vers la droite de l'âtre. Sa main glissa le long d'une plaque de bois, et ils entendirent un petit déclic. Un panneau s'ouvrit à l'intérieur du mur, révélant un escalier qui plongeait dans le noir.

À la lumière de leurs torches, ils descendirent les marches raides et irrégulières jusqu'au bas des degrés, dans une petite antichambre, à l'extrémité de laquelle se dressait une énorme porte barricadée avec une barre de fer. Les ténèbres sentaient le tissu moisi et la terre humide, et des restes de magie ancienne fourmillaient dans la nuque de Tris.

— Voici l'entrée de la tombe du roi Argus, annonça Royster. Nous ne pouvons pas aller plus loin. (Il marqua une pause.) Il y aura toujours l'un de nous pour vous surveiller, à tout instant. Si vous ne réussissez pas à revenir par l'escalier, tirez sur la corde. Nous viendrons vous chercher.

La Sœur leva la main en signe de bénédiction et murmura une prière à la Dame.

— Allez-y, maintenant, dit-elle. Et si Argus vous en juge digne, revenez avec l'épée.

Royster et Taru firent demi-tour et remontèrent les marches. Tris déposa sa torche dans une applique vide et fit apparaître un feu sorcier dans sa paume, laissant le flambeau éclairer le chemin du retour. La corde de Royster gisait au pied des marches. La crypte dégageait une odeur de décomposition. Derrière la porte, Tris put à peine distinguer deux appliques murales et, devant lui, une forme massive et sombre.

— Feu, murmura-t-il, ordonnant aux torches de s'enflammer.

Il se trouvait dans la tombe d'un roi guerrier. Sur sa droite, une armure délicatement forgée attendait son propriétaire pour l'éternité. Sur sa gauche, une selle joliment ouvragée était posée sur le dos d'un cheval de bois grandeur nature. Au centre de la pièce se dressait un catafalque décoré d'une statue d'Argus étendue pour un repos éternel. Alors qu'il avançait vers l'endroit où reposait le roi, le cœur de Tris se mit à cogner.

Seuls un bruit dans son dos et un frémissement de sa sensibilité magique lui donnèrent l'alarme. Tris fit volte-face, l'épée tirée, alors qu'un être d'os et de tendons sortait des ténèbres et fonçait sur lui en le menaçant de sa lame. Le combattant mort-vivant frappa si fort que, sous le coup, Tris faillit lâcher son arme. Faisant fi de sa terreur, il contra l'attaque, et vit un deuxième guerrier squelette surgir d'un tas de tissu moisi près du mur.

Quelle magie grise est-ce là ? se demanda Tris en parant leurs offensives musclées. Il était clair qu'Argus ne respectait que ses propres règles. Un autre détail était douloureusement évident, pensa-t-il alors qu'un troisième adversaire avançait péniblement vers eux : ses forces de simple mortel s'épuiseraient longtemps avant que ces guerriers implacables abandonnent le combat. Tris abattit son épée sur le premier soldat, pour voir ses os éparpillés se diriger les uns vers les autres en raclant le sol de pierre, et les tendons les attraper par magie pour les remettre en place.

Un quatrième puis un cinquième squelette arrivaient du mur opposé. À ce rythme, songea Tris, le souffle court, le combat serait terminé avant même d'avoir commencé. La sueur coulait le long de son dos dans le froid de cette chambre. L'un de ses adversaires rompit sa garde et lui infligea une douloureuse entaille. Puis, alors que le jeune homme abattait de nouveau son épée sur sa cible, fendant le mort-vivant de l'épaule jusqu'à la hanche, les paroles de Taru résonnèrent dans son esprit.

« Aucun n'était Invocateur. »

— Halte ! cria Tris, qui avait l'impression que son bras venait de se briser sous la force d'un coup d'épée. Arrière ! (Tout en parlant, il fit appel à son pouvoir, de sorte qu'il put apercevoir les guerriers avec sa vision magique, dans les Plaines des Esprits, où ils avaient l'apparence d'hommes vivants mortellement blessés.) Par le pouvoir de la Dame, reculez ! ordonna-t-il.

Les squelettes baissèrent leur épée et commencèrent à s'éloigner. En silence, ils prirent une posture de garde contre le mur, leur lame baissée. Toutefois, Tris pouvait sentir une autre forme de magie qui saturait l'atmosphère de la crypte, une autre présence qui menaçait de surgir.

À cet instant, les torches clignotèrent et s'éteignirent, le laissant dans une obscurité totale. Derrière lui, la porte du caveau claqua, alors qu'il lui avait fallu déployer toutes ses forces pour l'ouvrir. Une mélopée funèbre s'éleva petit à petit, jusqu'à résonner dans la chambre de pierre, pendant que la température chutait au point que Tris fut sûr d'expirer de la buée.

Il ralluma les flambeaux par magie mais, aussitôt, un autre pouvoir les souffla. Tris ferma les yeux pour s'en remettre à sa vision magique, percevant une présence forte et dangereuse qui se glissait auprès de lui. Son cœur battait à tout rompre quand le revenant se retourna vers lui. Il aperçut alors une horrible bouche pleine de dents, comme celles des créatures ensorcelées.

Celle-ci se jeta sur lui, et il sentit son essence froide glisser sur et à travers lui, alors que la mélopée devenait assourdissante, à crever les tympans. La mâchoire claqua près de son cou, et il entendit des griffes gratter la pierre. Malgré son cœur qui battait la chamade et tous ses sens qui lui dictaient de fuir ou de lutter, Tris s'efforça de rester concentré.

— Protection ! commanda-t-il.

Ses boucliers se dressèrent en produisant une pâle lueur bleue dans la crypte noire comme de l'encre et repoussèrent la bête fantôme. Elle recula hors du périmètre défensif, plus hideuse encore à la lumière qu'il l'avait imaginée dans le noir.

— Pars ! Tu n'as aucun pouvoir ici. Par la Dame, va-t'en !

La créature se jeta contre les boucliers de Tris, dont l'éclat bleu flamboya. Les dents du monstre étaient si proches de lui qu'il sentait son souffle sur son visage, ses serres griffaient en vain les protections, et ses cris étaient si stridents que le jeune homme crut que ses tympans allaient exploser. Puis, soudain, le spectre disparut. Trempé de sueur, l'estomac au bord des lèvres, Tris s'efforça de reprendre son souffle tout en abaissant avec prudence son bouclier et en ordonnant aux torches de se rallumer.

— Tu ne m'auras pas avec tes petits tours, mon frère.

Tris fit volte-face et sa bouche s'assécha quand il vit une silhouette familière sortir de l'ombre. Jared se tenait à quelques pas seulement, son épée en main, et son bras gauche dans le dos.

— Tu ne peux pas être ici, souffla Tris en levant son épée.

Jared rit froidement.

— Pourtant je suis là. Je suis venu finir ce que j'ai commencé… ce que j'aurais dû terminer depuis longtemps.

(Il avança lentement.) Et je vais m'amuser. (Il lui jeta un regard mauvais.) Je pourrais toujours te botter les fesses, dit-il en faisant un autre pas en avant, mais je vais m'assurer que tu auras tout le temps de comprendre à quel point il était stupide de me défier, déclara Jared d'une voix rauque. Tout le temps de l'agonie. Tu croyais pouvoir prendre ma couronne, mon royaume… et mon épouse. Mais je garderai ce qui m'appartient. Tu es peut-être le seigneur des morts, mais moi, je suis la mort, grinça Jared tout en retirant sa main gauche de son dos.

Il tenait par les cheveux la tête coupée de Kiara, figée dans une expression de douleur et de terreur. Toutes les fibres du corps et du cœur de Tris voulurent se jeter sur Jared, malgré le cri qui lui déchira la gorge. Jared ricana.

— Je suis aussi réel que tes cauchemars, mon frère, dit-il en laissant le trophée se balancer.

Aussi réel que mes cauchemars, qui n'ont rien de réel.

— Disparais ! hurla Tris, qui entendit sa propre voix se serrer de terreur alors qu'il s'accrochait au noyau de son pouvoir. Tu… n'es… pas… réel. Va-t'en !

Et, en un clin d'œil, l'image de Jared clignota et disparut.

Sans prévenir, des mains invisibles tirèrent Tris en arrière si violemment qu'il tituba. Un brouillard se forma au-dessus du catafalque, jusqu'à ce qu'un homme solide et robuste apparaisse au pied de la tombe.

— Que faites-vous ici ? tonna la voix du spectre.

Tris s'inclina respectueusement.

— Je suis Martris Drayke, fils de Bricen de Margolan, petit-fils de la sorcière Bava K'aa.

— Approchez, ordonna le fantôme d'Argus. Oui, marmonna-t-il après avoir examiné Tris pendant quelques instants. Je vois votre père en vous. Pourquoi venez-vous troubler mon repos ?

— Avec votre permission, messire, répondit le jeune homme, je suis venu pour Tueuse de Mage.

— Tueuse de Mage ne peut être donnée, rugit le fantôme. Elle ne peut être gagnée qu'en combat singulier.

À cet instant, la force de l'attaque du revenant fit tomber Tris à genoux. Des bras solides comme des bandes de fer lui encerclèrent le buste, l'empêchant de respirer. Tris se débattit, essaya de se libérer, alors que le fantôme riait et resserrait son étreinte.

— Trop facile, l'entendit-il dire derrière son oreille pendant que la pression augmentait. Vous ne pouvez pas être le petit-fils de Bava K'aa.

Haletant, Tris s'efforça de ne pas tenir compte de la réflexion du spectre. Il relâcha son corps tout en invoquant ses pouvoirs, puis se rejeta de toutes ses forces en arrière contre le revenant, qu'il distinguait à présent clairement grâce à sa vision magique.

— Bien, voilà qui est mieux, gloussa le fantôme en se dirigeant de nouveau vers lui.

L'esprit d'Argus était aussi solide et réel pour Tris que n'importe quel adversaire mortel. Le jeune homme contourna prudemment le catafalque.

Son opposant s'élança au-dessus de la tombe en un bond impossible à accomplir pour un vivant, projetant Tris à terre et lui coupant le souffle.

— Il va falloir faire mieux que ça, mon garçon, déclara Argus.

Tris serra la mâchoire, se jeta en avant à la force de sa magie et fit chanceler le fantôme.

Ils se battirent pendant ce qui sembla une éternité. Tris savait qu'Argus possédait une chose que lui n'avait pas : la force inépuisable d'un immortel. Le jeune homme esquivait et feintait, essayant de faire abstraction du martèlement dans sa tête et de la fatigue écrasante qui rendaient chacun de ses mouvements douloureux.

Quand Argus bondit sur lui et les projeta tous deux au sol, Tris ne put rien faire d'autre que saisir le fantôme à bras-le-corps, ce qui empêchait Argus de prendre la main, même si Tris n'avait pas la force de se libérer.

— Admettez-le, mon garçon. Vous avez perdu, railla Argus en le secouant pour lui faire mal.

— Je ne partirai pas sans Tueuse de Mage, répondit Tris d'une voix râpeuse entre ses lèvres couvertes de sang.

— Vous ne partirez pas du tout !

Puis, si clairement que Tris eut du mal à croire qu'il n'y avait pas pensé plus tôt, la solution s'imposa à lui et, avec une certitude motivée par le désespoir, il ferma les yeux et bondit sur le sentier magique, en lui, dans la pénombre du monde des esprits. Il plongea de plus en plus profondément, comme il l'avait fait au puits quand l'âme de Carina était en danger et, avant cela, quand Vahanian était mourant au camp des marchands d'esclaves. Cette fois, le chemin lui était familier, et Tris y avança à toute vitesse avant qu'Argus puisse resserrer son étreinte, accélérant comme un faucon en pleine chasse vers le filament vivant de lumière bleue représentant Argus. Sans se soucier des conséquences de son acte, Tris se représenta le filet lumineux de sa propre âme et commença à l'enrouler autour de celui de son opposant en un tissage complexe et brillant.

— Hé là ! Que faites-vous ? rugit Argus.

— Si je ne peux pas partir avec Tueuse de Mage, je ne resterai pas pour vous servir, hurla Tris. Nous passerons l'éternité ensemble, liés par l'âme, plus proches que des frères. Vous ne penserez à rien sans moi, et je ne rêverai de rien sans vous.

Il continuait à entremêler les filets de vie qui brillaient et scintillaient.

— Arrêtez !

— Ah bon ?

Argus relâcha sa prise.

— Je n'ai pas besoin d'une autre voix infernale dans ma tête.

— Nous sommes dans une impasse, répondit Tris. Je ne me rendrai pas, mais vous finirez par gagner car mon corps mortel va se fatiguer. Et si je dois rester avec vous, j'imposerai mes conditions.

Argus relâcha Tris en jurant.

— Prenez cette maudite épée, pesta-t-il. En cinquante ans, personne ne m'a combattu ainsi, déclara-t-il. (À la lueur dans ses yeux, il était évident qu'il abandonnait la lutte.) Vous avez raison, c'est vrai, le jeu n'est pas équitable. Mais je perds parce que je me rends, et je ne supporte pas plus l'idée d'avoir quelqu'un dans ma tête que celle de revenir parmi les vivants.

Sur ces mots, le lourd couvercle du catafalque glissa tout seul, et la porte de la crypte s'ouvrit.

— Prenez l'épée, dit Argus, debout à côté de la tombe, et recevez la bénédiction du roi Argus.

Aussi prudemment qu'il avait tissé les nœuds, Tris démêla les filets scintillants jusqu'à ce que les deux filaments brillent séparément. Puis, étirant son esprit, il repartit sur la voie sombre pour se redresser avec un sursaut. Il s'efforça de faire abstraction du martellement dans sa tête et de son corps douloureux, puis il se releva péniblement, sentant chacun de ses muscles lutter durement. Il chancela jusqu'à la tombe et, encouragé par un hochement de tête d'Argus, il plongea sa main à l'intérieur. L'acier froid rencontra ses doigts, et il tira une épée d'une facture incomparable, sa poignée finement ouvragée incrustée de pierres précieuses représentant les armoiries de la Maison de Principauté.

— La bénédiction de la Dame soit avec vous, dit Argus en levant une main en signe d'adieu alors que son image commençait à s'estomper et à disparaître.

— Je peux vous donner le repos, proposa Tris, malgré ses lèvres enflées qui déformaient ses mots.

Argus secoua la tête.

— Pas encore. J'ai fait la promesse, quand j'étais mortel, que je donnerais ma vie pour vaincre le Roi d'Obsidienne. Il n'est pas encore détruit. Tant que ce ne sera pas le cas, je ne connaîtrai pas le repos. (Il leva la main pour le saluer.) Vous avez gagné mon épée, et aussi ma bénédiction. Mon corps et mon armée sont enterrés près du fleuve. Nous sommes à votre service, bien que nous soyons contraints de rester sur ces terres isolées.

Le fantôme disparut en scintillant. Les malheureux soldats, un par un, miroitèrent alors qu'une rafale glacée balayait la tombe, envoyant les ombres libérées à travers les murs. Tueuse de Mage brillait dans les mains de Tris, préservée par tant d'années passées dans la crypte, et, de sa lame gravée de runes, il put sentir son pouvoir vibrer profondément dans son acier ensorcelé.

— Que la Dame accorde le repos à vos âmes, murmura Tris.

Après un instant de réflexion, il souffla les torches, referma le couvercle du catafalque et sortit de la pièce en chancelant. Il ressentit une pointe de fierté pour ne pas être tombé à genoux avant d'atteindre le bas de l'escalier. Puis la dernière chose dont il se souvint fut qu'il tira sur la corde et entendit le son d'une cloche.

Quand il rouvrit les yeux, il était étendu sur un divan dans le petit salon de la Bibliothèque. Tueuse de Mage était posée à côté de lui et, près d'elle, la bourse du roi Harrol. Royster somnolait dans un fauteuil, mais il se réveilla en sursaut et fit un large sourire à Tris.

— Je savais que vous pouviez le faire ! s'exclama-t-il en se dressant sur ses pieds.

— Du calme, du calme, murmura Tris. (Parler le faisait souffrir, et il rêvait d'un bain chaud et d'un lit douillet.) Je n'arrive pas à croire que vous n'ayez pas pu rester éveillé.

Royster fredonna un air irrévérencieux.

— Oh ! Je suis resté éveillé longtemps, très longtemps, rétorqua-t-il en dansant carrément d'excitation pour fêter la victoire de Tris. Mais après une nuit blanche, mes vieux os avaient besoin d'un peu de repos.

Tris trouva la force de le regarder, bouche bée, avec étonnement.

— Une nuit blanche ? répéta-t-il.

Royster gloussa.

— Ouais. Vous êtes resté en bas une nuit et un jour, vous ne le saviez pas ? Il a fallu que je menace Jonmarc d'appeler la colère de la Dame elle-même pour empêcher ce fou furieux de courir à votre aide, poursuivit-il. Et vous êtes resté dans les pommes une journée entière depuis que nous vous avons remonté. Mais je savais que vous pouviez le faire, mon garçon. Je le savais !

Tris parcourut la pièce du regard. Éparpillés parmi les fauteuils et les bancs de la Bibliothèque, ses compagnons dormaient tous dans le petit salon. Avec un cri, Jae les réveilla brusquement, et ils se pressèrent autour de Tris.

— Attendez ! cria Royster. Laissez-lui de la place. Il aura tout le temps de vous raconter ce qui s'est passé, dit-il. Vous, là, appela-t-il Carina. Je le soupçonne d'avoir un sacré mal de tête contre lequel vous pourriez intervenir. Tous les autres, retournez dans vos chambres.

Comme un maître d'école, Royster les chassa jusqu'à ce que Carina reste seule.

Tris put lire un millier de questions muettes dans les yeux de la guérisseuse quand elle se pencha pour le soigner, faisant glisser ses mains fraîches sur son front afin de soulager sa douleur.

Quand elle eut terminé, Royster aida Tris à se lever. Il s'appuya lourdement sur le bibliothécaire, et Carina se glissa sous son autre bras. Ensemble, ils se rendirent à la chambre du jeune homme, et la guérisseuse fit chauffer une tasse de thé dans la cheminée. Malgré ses faibles protestations, ils lui retirèrent ses bottes, le traînèrent tout habillé dans son lit où Royster le borda comme un enfant malade, et lui mirent une tasse de thé fumant entre les mains.

— Dormez, lui recommanda sérieusement Carina en s'assurant que Tris buvait bien son thé.

La boisson sentait les herbes et le miel, et sa fumée adoucissait ses maux de tête. Tris tendit à la jeune femme sa tasse vide et s'allongea. Le sommeil le surprit, et il ne se réveilla que le lendemain.

Chapitre 32

Trois nuits plus tard, Tris et ses compagnons se préparèrent pour un départ précipité. Alors qu'ils sanglaient leurs selles et attachaient leurs quelques possessions, les chevaux fumaient dans l'air froid. Vahanian ajouta un seau de poix aux provisions de chaque cavalier, prenant la lance torche avec lui et répartissant les arcs et les flèches entre les autres. Quand ils furent prêts, Mikhail et Gabriel sortirent de l'ombre.

— Rappelez-moi encore une fois pourquoi il est plus sûr que nous voyagions de nuit sous le nez des créatures et des assassins ? ronchonna Vahanian.

Une pointe d'amusement tordit les lèvres de Gabriel.

— Parce que, de nuit, nous voyageons avec vous, répondit le vayash moru.

Derrière, dans les ombres, Tris vit d'autres silhouettes remuer.

— Excusez-moi de le souligner… mais vous n'êtes pas si nombreux, répliqua Vahanian d'un ton irrité.

Gabriel haussa les épaules.

— Ceux-là sont de ma famille. Leur loyauté est absolue. Et ils comprennent que, dans cette histoire, nous avons des intérêts.

— Et ils savent bien qui est avec nous, et qui ne l'est pas, n'est-ce pas ?

Le sourire troublant de Gabriel dévoila ses incisives.

— Parfaitement.

— À quoi ressemble la route entre ici et le pont ? demanda Tris, espérant que sa nervosité ne s'était pas ressentie dans sa voix.

Sa monture hennit et piétina le sol, comme si elle sentait à la fois les non-morts et le danger imminent.

— Dégagée quand nous sommes passés, répondit Mikhail. Mais nous avons aperçu des éclaireurs à une chandelle d'ici.

— Si vous les avez vus, pourquoi ne les avez-vous pas simplement mangés ? grogna Vahanian.

— Ça n'aurait servi qu'à révéler notre présence, non ? répliqua Mikhail d'un ton égal.

— Et les créatures ? s'enquit Kiara.

Derrière elle, Berrie rapprocha son cheval de celui de Carina. Les yeux de Royster s'agrandirent, et il serra plus fort ses rênes.

— Aucune en vue.

— La neige s'épaissit, déclara Gabriel pendant que deux vayash moru ouvraient les portes de l'écurie. Nous ferions mieux de partir.

Une fois qu'ils furent sur la route, les vayash moru se glissèrent dans l'ombre. Vahanian voyageait en tête, sa lance fixée à sa selle et son épée prête à être dégainée. Tris le suivait, alors que Kiara fermait la marche. Berrie, Carina, Carrovet et Royster étaient au centre. Chacun d'eux avait une arme à portée de main ; même Royster, qui s'était perfectionné au maniement du lance-pierres avec l'aide de Berrie.

— Il nous suffit d'atteindre le pont, dit Carina à Berrie pour la rassurer.

— Pourquoi l'appelle-t-on le Pont de la Potence ? interrogea Berrie.

— Parce que beaucoup d'hommes y ont été pendus, répliqua Royster d'un air absent. (En réponse aux gros yeux que lui firent tous les autres, il haussa les épaules.) Pardon, mais c'est la vérité.

— S'il continue à neiger, nous devrons nous dépêcher et faire la route en une nuit, annonça Vahanian, d'une voix revêche. Avancez vite, mais ne vous éloignez pas les uns des autres.

Tris talonna son cheval pour suivre l'allure, content qu'il fasse noir. Il espérait que l'obscurité masquerait sa fatigue aux yeux de ses amis. S'ils avaient su combien son affrontement avec Argus lui avait coûté, et à quel point il était encore épuisé en dépit des plus gros efforts de Carina, il était certain qu'ils auraient repoussé leur voyage. Toutefois, les rapports des espions envoyés en Margolan semblaient inquiéter Taru elle-même, qui les avait pressés de partir aussi vite que possible.

Tueuse de Mage, la plus belle épée qu'il ait jamais possédée, pendait à son côté. *La plus belle épée avec laquelle je me sois jamais associé*, se corrigea-t-il, car la lame ensorcelée était comme empreinte d'une présence, et il ne lui manquait que la sensibilité. Taru avait eu peu de temps pour le former aux armes magiques, mais il avait pu retenir trois choses à propos de l'épée. Premièrement, elle augmenterait sa puissance lors d'un combat magique. Deuxièmement, elle possédait quelques pouvoirs protecteurs contre le poison, le venin et les objets ensorcelés, même si Taru ne connaissait pas exactement l'étendue de ces capacités et l'avait mis en garde contre la tentation de se reposer sur la protection de l'épée. Et troisièmement, elle avait été forgée de main de maître et était parfaitement équilibrée, ce qui faisait luire l'envie dans le regard de Vahanian, même si personne d'autre que Tris n'osait se saisir de l'objet.

Ils chevauchaient en silence, guidés par le clair de lune, allant aussi rapidement qu'ils pouvaient sur les routes enneigées. Il n'y avait aucun autre voyageur dans les parages à cette heure, et les auberges étaient rares dans cette région peu peuplée de la Principauté. Comme le temps s'écoulait sans incident, Tris commença à se demander s'ils ne s'étaient pas inquiétés pour rien.

— Ce n'est plus très loin, déclara Vahanian avec lassitude une heure avant l'aube.

Ils distinguaient la rive du fleuve et, au loin, le Pont de la Potence. L'imagination de Tris lui fit voir des corps qui se balançaient, mais il savait que ce n'était que l'oscillation des branches. Un petit hameau se dressait d'un côté de la route, près d'un coude du cours d'eau. À leur approche, le toit de chaume d'une maison s'enflamma. Ils sursautèrent et reculèrent d'un pas devant le souffle brûlant.

— Attention ! cria Carrovet quand des flèches volèrent depuis les maisons plongées dans l'obscurité.

— Une embuscade ! hurla Vahanian. Tous au pont ! Au galop !

Tris sentit une flèche traverser sa cuissarde et lui couper la cuisse. Un jet de feu déferla depuis l'obscurité, et ils l'évitèrent au dernier moment, quand Tris dressa ses boucliers, juste à temps. Quelque chose allait vraiment de travers, se dit le jeune homme alors que le rythme de son cœur commençait à accélérer et son sang à cogner dans ses tympans. Les flammes étaient de plus en plus lumineuses, et Tris luttait pour rester assis sur son cheval. Le feu vrombit, et Tris se débattit, plus par réflexe que volontairement, sans même savoir quel pouvoir il avait actionné. Une explosion secoua la nuit, projetant loin dans le ciel une pluie d'étincelles, et la lumière bleue des boucliers disparut.

— Fuyez ! hurla Kiara comme des cavaliers sortaient des arbres du hameau.

Pris d'un vertige, Tris tomba en avant sur sa monture à la crinière de laquelle il s'accrocha. Il entendit le fracas de l'acier et des bruits de lutte, alors que, rapide comme l'éclair, son destrier galopait à travers la neige derrière ceux de ses compagnons.

À la clarté de la lune, Tris sentit plus qu'il vit des formes sombres qui se déplaçaient trop vite pour être suivies à l'œil nu. Il entendit le cri étranglé de l'un des archers, puis le hurlement paniqué d'un cheval dont le cavalier était arraché à sa selle.

— Ne regardez pas en arrière ! cria Carina avant d'agripper les rênes de Royster et d'entraîner avec elle la monture effrayée du bibliothécaire.

Désorienté, à bout de souffle, Tris s'accrochait à son destrier de ses mains glissantes de sueur, avec l'impression que sa vue et sa sensibilité magiques étaient déformées, comme par un vin très alcoolisé. Alors qu'ils approchaient du pont, il vit les esprits s'élever derrière eux, et il comprit qu'il s'agissait d'Argus et de ses hommes, tombés jadis à cet endroit, qui s'étaient réveillés pour mener une dernière bataille. Les cris de terreur des quelques poursuivants encore présents lui confirmèrent que les fantômes n'étaient pas le fruit d'un soudain délire. Il tenta de lever une main pour se protéger, essaya de lancer un simple sort pour couvrir ses amis, mais son pouvoir était trop difficile à atteindre et refusait de répondre à son commandement.

Le vent d'hiver leur fouettait les cheveux et leur piquait le visage alors qu'ils chevauchaient vers les arcades de pierre du pont. Les sabots de leurs chevaux résonnaient sur la route, au-dessus des eaux sombres et glaciales du Nu. Lorsqu'ils atteignirent le tablier, et bien que leurs poursuivants et leurs protecteurs soient restés en arrière, aucun des compagnons ne ralentit. L'aube se levait quand Vahanian, toujours en tête, tira finalement sur les rênes de sa monture écumante. Les autres encouragèrent leurs chevaux épuisés à le rejoindre. Le mercenaire se dressa sur ses étriers et compta les têtes.

— Tout le monde est là, conclut-il d'une voix clairement fatiguée. Trouvons un endroit où dormir.

Le bruit sec et saccadé de carreaux frappant le sol retentit dans l'air matinal. Une rangée de flèches, tirées de près par des arbalètes, leur coupa la route. De derrière les buissons sortirent des soldats portant la livrée de la Principauté.

— Lâchez vos armes, ordonna leur capitaine d'une voix râpeuse.

Par réflexe, Vahanian porta la main à son épée et hurla lorsqu'un projectile lui entailla l'épaule.

— C'est dans votre cœur que le prochain se plantera, avertit le soldat. Lâchez vos armes.

En jurant, Vahanian laissa tomber sa lame. Tris et ses compagnons se regardèrent d'un air inquiet, mais firent de même pendant que d'autres soldats venaient les encercler, leurs arbalètes prêtes à tirer. Deux des archers avancèrent et rassemblèrent leurs armes.

— Nous avons une affaire urgente à régler, déclara Tris en espérant masquer sa fatigue.

Il avait besoin de toute sa concentration uniquement pour rester en selle, et la fièvre le gagnait. Quand Tueuse de Mage lui tomba des mains, il se sentit soudain encore plus mal. Son pouvoir semblait toujours inaccessible, et cela lui laissait un vide déchirant qui provoquait en lui un malaise physique.

— Je n'en doute pas, ricana le capitaine. Le roi fait surveiller l'arrivée d'un groupe comprenant deux hommes d'armes, un barde et une guérisseuse, dit-il en désignant du menton la ceinture verte de Carina et le sac en forme de luth que transportait Carrovet. Vous parlerez de votre affaire urgente au général.

Ils chevauchèrent en silence pendant une chandelle, encerclés par des hommes d'armes. La plaie que Tris avait à la cuisse le brûlait, et il commençait à trembler. À un moment, il vit Carina le regarder avec inquiétude. Les soldats les conduisirent à un petit fort, à quelques heures de route du Pont de la Potence. Le capitaine leur fit signe de mettre pied à terre, et Tris glissa de son cheval, mais réussit à se maintenir debout.

— Vous allez attendre ici jusqu'au retour du général, annonça le capitaine en les conduisant dans une grande cellule peu meublée.

Quatre soldats gardèrent leurs arbalètes pointées sur le groupe tant que les portes ne furent pas verrouillées, et deux autres restèrent pour les surveiller quand le capitaine partit.

Tris s'appuya contre le mur puis glissa au sol, et Carina accourut auprès de lui.

— Que s'est-il passé ? Êtes-vous blessé ? demanda-t-elle.

Le jeune homme se demanda s'il était aussi pâle qu'il en avait l'impression.

— Il y a quelque chose qui ne va pas, murmura-t-il. La magie… est hors de portée.

— Que veut-il dire par là ? chuchota Vahanian, au moment où Carina trouvait la plaie sur la cuisse de Tris.

Elle fronça les sourcils et appuya un doigt sur la blessure, puis le porta à son nez.

— De la spigélie, dit-elle. (Puis elle fouilla dans les bourses accrochées à sa ceinture, que les soldats lui avaient permis de garder.) La pointe des flèches était empoisonnée.

— De la spigélie ? interrogea Vahanian. Ça ne pousse nulle part, dans le coin. Et puis, ça donne tout au plus des maux d'estomac…

— Parce que vous n'êtes pas un mage, répondit Carina à voix basse. J'ai entendu des histoires, quand Cam et moi étions avec les mercenaires, ici, en Principauté. Elles disaient que, pour arrêter un sorcier, il fallait utiliser de la spigélie. Il paraît qu'à forte dose, sur une période assez longue, ça peut tuer un mage ou le rendre fou.

— Pouvez-vous l'aider ? s'enquit Carrovet, inquiet.

Royster surveillait les gardes, qui ne bougeaient pas de leur poste et ne prêtaient pas attention à leurs prisonniers.

— Je vais essayer, répondit-elle. Mais je n'ai jamais su quel était l'antidote contre la spigélie. Je sais juste qu'elle peut se dissiper avec le temps. Je vais tenter avec de la fleur de cire, décida-t-elle en fouillant dans sa bourse. Ça peut être utile contre certains poisons qui embrouillent l'esprit. La plaie n'est pas profonde, donc il n'a pas dû en absorber beaucoup.

— On dirait que son état s'est aggravé quand nous nous sommes fait capturer, pensa Kiara à voix haute. En fait, il a failli tomber au moment ils nous ont demandé de lâcher nos armes.

— Est-il possible que Tueuse de Mage ait aspiré un peu des effets du poison ? demanda Carrovet.

— Tout à fait, répondit doucement Royster. Ce n'est pas un pouvoir inhabituel pour un objet magique, et ce serait très utile pour l'arme d'un mage.

Carina fit rouler Tris sur le dos et déchira la jambe de son pantalon pour exposer plus largement la blessure. Avec le bord de sa cape, elle nettoya la plaie du mieux qu'elle put puis confectionna une pâte avec des feuilles séchées prises dans sa bourse et la vieille eau que Carrovet trouva dans un seau au coin de la pièce. Après une demi-chandelle, la douleur brûlante cessa et Tris sentit les tremblements s'arrêter.

— Je vous remercie, murmura-t-il à Carina, qui soignait à présent l'épaule de Vahanian.

— Content que vous vous sentiez mieux, chuchota le mercenaire d'une voix rauque. Et maintenant, comment sortons-nous d'ici ?

— Ne trouvez-vous pas étrange que l'armée nous ait littéralement attendus juste de l'autre côté du pont ? intervint Carrovet. Vous croyez que le général est de mèche avec Jared ? Réfléchissez-y un instant, dit-il d'une voix ferme. Sur l'autre rive, de nuit, au moins nous avions les vayash moru et Argus. Nous avons perdu ces deux alliés à l'aube, dès que nous avons traversé le fleuve. Et c'est là que l'armée nous attendait.

Tout en réfléchissant au scénario que venait d'exposer le barde, ils échangèrent des regards inquiets.

— Mais le roi Staden est un bon roi ! protesta Berrie. En tout cas, c'est ce que tout le monde prétend, ajouta-t-elle quand ils la regardèrent.

— Staden n'a peut-être rien à voir avec tout ça, rétorqua Vahanian en grimaçant pendant que Carina lui soignait l'épaule. Ce général nous emmènera en ville, et il est impossible de prévoir ce qu'il fera de nous. Il est facile de désobéir aux ordres.

Kiara montait la garde près de la haute fente qui constituait l'unique fenêtre de la cellule.

— Oh oh ! fit-elle. On dirait que le général arrive.

Avec l'espoir d'avoir meilleure mine, Tris se redressa en position assise. Le capitaine de l'armée principalienne entra, ouvrant le chemin à un homme aux cheveux sombres vêtu d'une cape.

— Voici les étrangers que nous avons arrêtés, général, annonça le capitaine en faisant un pas de côté pour permettre à son chef de voir derrière les barreaux. Ils ont traversé le Pont de la Potence comme si la démone elle-même était à leurs trousses. Il y a deux personnes de plus qu'annoncé, mais quatre d'entre eux correspondent à la description.

Tris entendit Carina hoqueter. Kiara jeta un regard à sa cousine, qui avait blêmi et reculait vers le fond de la pièce.

Kiara fit un pas en avant.

— Messieurs, dit-elle en esquissant une révérence. La nuit dernière, mes compagnons et moi avons été attaqués par des bandits de grand chemin. Voilà la raison de notre hâte. Deux de mes amis sont blessés. Nous nous rendions à la ville de Principauté pour un voyage d'affaires. Nous n'avons fait de mal à personne. S'il vous plaît, laissez-nous reprendre notre route.

Le général observa le groupe. Il était de taille moyenne, avec des cheveux châtain foncé et un regard intelligent. Sans sa bouche pincée et la dureté de ses yeux bleus, on aurait pu le trouver beau. Le fait qu'il ne soit apparemment pas plus vieux que Vahanian et pourtant déjà au rang de général témoignait de ses compétences, et Tris supposa, à sa façon de bouger, qu'il était maître dans le maniement de l'épée qui pendait à sa ceinture.

— Je crains que ce ne soit pas possible, m'dame. Je ne reçois mes ordres que du roi. Je ne sais pas ce qu'il vous veut, et ça ne m'intéresse pas. Dans une chandelle, nous partirons pour la ville. Vous pourrez plaider votre cause là-bas.

Il était sur le point de partir, quand Carina s'avança.

— Grégor, appela-t-elle doucement.

Le général se retourna et écarquilla les yeux en voyant la guérisseuse, comme s'il se trouvait face à un fantôme.

— Toi ? souffla-t-il. Mais je t'ai vue mourir… avec Ric… quelle est cette magie ?

Carina inclina la tête et se rapprocha des barreaux.

— Ce n'est pas un piège, Grégor. Cam m'a conduite chez les Sœurs. Elles m'ont ramenée des bras mêmes de la Dame.

Les traits de Grégor se durcirent.

— Tu n'as pas pu en faire autant pour mon frère.

Carina rougit.

— Je t'en prie, Grégor, écoute-moi. Notre mission est urgente. S'il te plaît, laisse-nous partir.

— J'ai des ordres.

— Alors libère au moins la fille et le vieil homme, supplia la jeune femme. Envoie-les chez les Sœurs. Le roi n'a rien dit pour eux.

— Comment oses-tu me demander une faveur ? rétorqua Grégor. Pourquoi le ferais-je ?

Carina leva les yeux vers lui, et son visage était baigné de larmes.

— Pour l'amour de Ric, dit-elle tout bas, en mémoire du passé. S'il te plaît, Grégor. S'il te plaît.

L'homme la regarda en silence pendant quelques instants. Son visage était impassible. Puis il se retourna en jurant.

— Emmenez l'enfant et le vieil homme à la Consœurie, ordonna-t-il au capitaine. Assurez-vous qu'ils y restent jusqu'à ce que Sa Majesté me donne l'autorisation de les libérer. (Il se retourna vers Carina et l'observa froidement.)

» Nous sommes quittes, déclara-t-il.

Sa voix était venimeuse, aussi Vahanian s'avança-t-il vers les barreaux, mais Kiara posa une main sur son épaule pour le mettre en garde, et il resta à sa place. Tris sentit sa propre colère monter, et vit le regard de Carrovet s'embraser.

Carina baissait les yeux sur le sol.

— Merci, murmura-t-elle.

— La plupart des gens traitent les guérisseurs avec respect, remarqua amèrement Vahanian depuis l'endroit où il se tenait.

Sa main tomba par réflexe sur le fourreau vide où aurait dû se trouver son épée.

Grégor lui décocha un coup d'œil glacial, puis dévisagea la jeune femme.

— En voilà un du même acabit, hein, Carina ? dit-il d'un ton caustique, et la guérisseuse vira à l'écarlate. (Grégor se tourna vers Vahanian.) J'avais le plus profond respect pour la fiancée de mon défunt frère, avant qu'elle échoue à le sauver. Je pensais qu'elle avait péri en essayant de le soigner, et cela me rendait ce souvenir plus supportable. Maintenant que je sais qu'elle a survécu alors que lui, non, c'est totalement différent. (Il regarda le groupe.) J'ignore ce que vous veut le roi, mais je serai volontiers l'instrument de la justice.

À ces mots, le général tourna sur ses talons et partit.

La porte de la cellule s'ouvrit, et le capitaine fit signe à Royster et à Berrie. Carina serra la jeune fille dans ses bras.

— Tout ira bien, Carina. Vous verrez, la rassura Berrie avec la certitude d'une enfant.

La guérisseuse esquissa un sourire.

— Vous serez en sécurité, auprès des Sœurs, dit-elle d'une voix tendue.

Royster posa une main sur l'épaule de la guérisseuse.

— Je m'occuperai de la petite, promit-il. Merci.

Carina hocha la tête au moment où ils étaient tous les deux emportés hors de sa vue. Les gardes retournèrent à leur poste, et la jeune femme enfouit son visage entre ses mains. Kiara s'agenouilla auprès de sa cousine et fit signe aux autres de s'éloigner, puis elle enroula ses bras autour des épaules de Carina, qui sanglotait. Vahanian se retourna vers les barreaux de la cellule en lançant un violent juron, puis donna un coup de pied dans la pierre. Carrovet s'assit à côté de Tris.

— Au moins, nous allons dans la bonne direction, observa le barde avec autant d'espoir qu'il pouvait en rassembler.

Tris ferma les yeux et s'adossa au mur.

— La question est de savoir si nous allons rester.

— La ville est à presque deux jours à cheval, dit Carrovet à voix basse. Tu crois que… cette nuit… Gabriel… ?

Tris secoua la tête.

— J'en doute. Leur combat, ils le mènent contre Jared, pas contre ce roi. Et les vayash moru sont seuls maîtres de leurs plans. En principe, nous ne sommes pas en danger… du moins, pas encore. Ils ne prendront pas le risque de s'attirer des ennuis ici en tuant des mortels.

— Si ces vieilles sorcières sont aussi malignes qu'elles en ont l'air, elles remarqueront peut-être que quelque chose ne va pas, quand Royster et Berrie frapperont à leur porte, avança Vahanian en s'appuyant contre le mur. Même si elles n'accourent pas souvent au secours des gens. (Il jura de nouveau.) Conclusion : nous sommes seuls.

Le capitaine revint une chandelle plus tard avec six hommes armés qui les conduisirent à leurs chevaux pour les emmener en ville. Il se planta devant Vahanian, les poings sur les hanches. Le mercenaire plissa les yeux et cracha juste à côté de la botte du capitaine.

— On va vous emmener pour vous interroger, annonça ce dernier. Soyez coopératifs, et aucun mal ne vous sera fait, conseilla-t-il. Avancez.

Ils passèrent la nuit sous bonne garde dans un autre avant-poste, et se réveillèrent à l'aube pour prendre la route de la ville de Principauté. Le chemin s'élargissait à mesure qu'ils avançaient vers le château. Des marchands et des mendiants se rangèrent sur le côté pour les laisser passer. Au pied de la forteresse, ils se retrouvèrent devant une entrée aux lourdes portes et, quand ils la franchirent, l'énorme herse de fer se remit en place en grinçant derrière eux.

— Je n'aime pas ça, marmonna Vahanian.

— Pour une fois, je crois que je suis d'accord avec vous, murmura Carina.

Pendant qu'ils marchaient, Tris imagina de nombreuses possibilités, toutes aussi désagréables les unes que les autres. Quand ils atteignirent le palais, il s'attendait à voir les membres de son groupe séparés, fouillés, débarrassés du reste de leurs armes, et enfermés – voire enchaînés – dans des cachots, en attendant qu'on les reconduise en Margolan.

Dans la cour intérieure, les gardes du souverain vinrent à la rencontre du capitaine.

— À partir d'ici, nous nous occupons des prisonniers, déclara l'un d'eux.

— Le général Grégor m'a ordonné de les livrer personnellement, riposta le capitaine de l'armée.

— Vous lui transmettrez les remerciements du roi, mais maintenant, nous allons nous charger des prisonniers.

Le mécontentement du capitaine de l'armée était évident, mais il s'inclina et fit signe à ses hommes de se retirer.

— Vous allez nous accompagner, déclara le chef de la garde sur un ton neutre.

Les hommes d'armes en livrée formèrent une colonne des deux côtés des prisonniers. Le capitaine de la garde les fit passer devant les cellules, et Vahanian et Tris se regardèrent d'un air médusé quand ils gravirent un escalier tournant qui montait vers les plus hauts étages du palais. Ils émergèrent derrière une lourde porte en bois, dans une pièce joliment aménagée.

— Vous allez attendre ici, déclara le capitaine.

Il tira une dague de sa ceinture et rompit les cordes qui liaient leurs poignets, puis fit une rapide révérence avant de se retirer, laissant juste assez d'hommes pour bloquer toutes les issues. Les prisonniers échangèrent des regards méfiants.

— Connaissez-vous ce roi, Tris ? s'enquit Kiara.

— Je ne l'ai jamais rencontré, mais peut-être n'est-ce pas le cas de Jared, répondit le jeune homme.

La salle de réception, même si elle n'était pas somptueuse, était plutôt confortable, et un feu brûlait dans la cheminée. Un énorme portrait sévère jetait un regard noir par-dessus son manteau. Ce monarque bien bâti était représenté dans sa tenue de chasse, un renard se balançant, tel un trophée, au bout de son bras, et son pied botté prenant triomphalement appui sur le corps d'un cerf. Les autres murs de la pièce étaient couverts de tapisseries finement tissées.

— Nous ne sommes pas très avancés, dit Vahanian en se frottant les côtes. Quelque chose m'échappe. D'abord, ils nous traînent ici comme si le gibet nous attendait, et maintenant on dirait qu'ils vont nous servir le dîner.

— C'est peut-être ce qu'ils vont faire, répondit Carrovet, mal à l'aise.

— Reste à savoir si nous sommes sur la liste des invités ou au menu.

À cet instant, la porte s'ouvrit brusquement. Un éclair de brocart vert, le bruissement du taffetas et des pas précipités les prirent tous par surprise quand leur visiteur fonça sur Vahanian, le poussant presque en arrière. Prise de court par les vifs réflexes du mercenaire, la nouvelle arrivante, une jeune fille aux yeux pétillants et dont la cascade de cheveux auburn était tressée de perles et de fils d'or, leur sourit de toutes ses dents.

— Je vous avais dit que tout irait bien pour moi ! s'exclama Berrie.

Et, avant que Vahanian ait pu réagir, elle lança ses bras autour de son cou puis l'embrassa sur la joue.

— Je vois que je n'ai pas besoin de vous demander lequel d'entre vous est Vahanian, lança une profonde voix de baryton depuis la porte.

Le groupe, stupéfait, découvrit un homme barbu et robuste qui les regardait, ses bras puissants croisés sur la poitrine, avec une expression joyeuse et bienveillante qui n'avait plus rien de la sévérité du portrait au-dessus de la cheminée.

Berrie lâcha Vahanian et courut avec une joie désinvolte pour saluer chacun des voyageurs. Sa tunique déguenillée avait laissé place à une jupe en brocart mussa qui lui tombait jusqu'aux chevilles et à un corsage galonné de petites gemmes et de perles. Ses boucles rebelles étaient coiffées en une élégante natte auburn qui chatoyait à la lumière du feu grâce à l'or dont elle était tressée. Propre, parfumée et poudrée, une belle jeune fille – trop exaltée par les retrouvailles avec ses invités pour se préoccuper de ses atours – avait remplacé le garçon manqué.

— Et voici Carina, conclut Berrie après avoir présenté tout le monde.

— J'ai beaucoup entendu parler de chacun de vous, déclara le roi en avançant vers eux. Veuillez pardonner cet accueil… peu commun, s'excusa-t-il avec un sourire et une légère révérence. Je suis Staden, roi de Principauté. Je crois que vous connaissez déjà ma fille, Berwyn.

Derrière Staden, Sotérius et Harrtuck se frayèrent un passage dans la salle des retrouvailles, suivis par Royster. Ils accueillirent Tris et les autres avec de chaleureuses acclamations.

Tris s'avança.

— Enchanté, gracieuse majesté, salua Tris avec une révérence. Veuillez pardonner notre surprise, mais nous ne savions pas…

Le roi gloussa.

— Oui, Berwyn m'a parlé de sa ruse. J'ai bien peur qu'elle ait hérité de l'amour de sa mère pour les farces, dit-il avec des yeux pétillants. Et je pense que son petit jeu a bien pu lui sauver la vie, car ses ravisseurs auraient pu la traiter plus durement s'ils avaient su la vérité, ajouta-t-il en reprenant son sérieux. C'est également pour cette raison que nous n'avons pas dévoilé que la demoiselle capturée était ma fille, quand le groupe avec lequel elle voyageait a été attaqué par des bandits.

— La jeune noble, commenta Vahanian. (Le roi Staden confirma d'un hochement de tête.) Celle dont les voyageurs de la taverne disaient qu'elle avait été enlevée par des marchands d'esclaves.

— Nous savions qu'elle ne révélerait pas ses origines, répondit le roi, mais nous espérions lui éviter d'être retenue en otage. (Ses yeux se firent plus sérieux.) Quand Berwyn m'est revenue, la nuit dernière, elle m'a parlé de votre capture. Veuillez me pardonner d'avoir fait appel à mes gardes, s'excusa-t-il en désignant les soldats, qui sortaient maintenant de la pièce, relevés de leurs fonctions. Mais vos amis ici présents, expliqua-t-il en montrant du menton Sotérius et Harrtuck, m'avaient averti que vous ne répondriez pas à mes appels d'une autre manière. (Staden sourit.)

» Mon royaume et moi sommes vos débiteurs, déclara-t-il. (Il avança parmi eux et s'arrêta devant Vahanian.) Oui, vous ressemblez bien à l'aventurier qu'avait décrit Berwyn, dit-il avec un sourire en tendant la main vers le mercenaire, qui la serra d'un air dubitatif. Elle m'a dit que vous étiez son champion personnel, avoua-t-il. Cette nuit, il y aura un banquet en votre honneur, proclama-t-il. Pour vous tous, et pour la bravoure avec laquelle vous avez ramené ma fille à son foyer. Demandez-moi ce que vous voudrez, et ce sera fait.

— Votre majesté..., commença Tris.

Alors le roi Staden se tourna vers lui, prit sa main en un geste de salutation et lui fit une tape sur l'épaule.

— Berwyn m'a parlé de votre situation, prince Drayke, répondit le souverain. J'ai partagé beaucoup de parties de chasse avec votre père, et je le trouvais de fort agréable compagnie. Je comprends l'urgence de votre voyage.

— Je vous suis reconnaissant de votre hospitalité, le remercia Tris. Mais je crains qu'un accueil officiel place votre royaume dans une situation dangereuse.

D'un geste de la main, Staden éluda la mise en garde du jeune homme.

— Demain nous parlerons, et vous pourrez disposer des ressources de mon royaume, de mes meilleurs hommes d'armes et de mes plus grands stratèges militaires, déclara-t-il. Je ne porte pas dans mon cœur les bandits margoliens qui sévissent à l'intérieur de mes frontières, et j'ai entendu des rumeurs sur des réfugiés qui se rassemblent dans mes villages frontaliers. Nous nous porterons tous mieux quand Margolan obéira à un bon souverain.

» Toutefois, cette nuit, poursuivit-il, festoyons. Je ne pensais pas revoir ma fille un jour, mais vous me l'avez ramenée. Rien ne compte plus que cela. Venez, nous devons nous préparer, déclara-t-il en frappant dans ses mains. (Des domestiques émergèrent des portes, se rassemblèrent autour de Tris et des autres et les entraînèrent vers les sorties.) Mes serviteurs vont vous aider à vous préparer, lança le roi derrière eux, en enlaçant Berrie.

Chapitre 33

Tris fut conduit dans une chambre qui rivalisait avec la plus confortable de celles de Shekerishet. Un domestique fit couler un bain fumant, parfumé aux huiles musquées, pendant qu'un autre disposait sur le lit des vêtements propres, et qu'un troisième lui préparait un en-cas constitué de vin, d'une salade de fruits et de pain. La présence de Berrie lui permit de baisser sa garde. Il retira ses vêtements de voyage tachés et déchirés, et se glissa dans son bain chaud.

Je commence à trop bien connaître la première leçon qu'il ne faut jamais oublier quand on est roi, pensa-t-il alors qu'il se forçait à se détendre en prenant une gorgée de vin. *Où que j'aille, je m'attends à me retrouver avec un couteau entre les omoplates.*

Que ce soit grâce à l'antidote de Carina ou grâce aux quelques jours qui s'étaient écoulés, Tris se sentait presque guéri de l'empoisonnement à la spigélie. Il frissonna en se rappelant la sensation de vide qu'il avait éprouvée quand son pouvoir était hors de portée. Son absence lui avait donné l'impression qu'un élément vital avait été arraché à la moelle même de ses os, et il ne doutait pas de la remarque de Carina affirmant que l'administration prolongée d'une forte dose de ce poison pouvait tuer ou rendre fou un mage. Il décida d'en discuter avec les Sœurs dès qu'il en aurait l'occasion.

Il valait mieux que ça m'arrive maintenant, tant que je peux envisager calmement une solution, que plus tard, quand je me battrai contre Jared.

Il sortit de son long bain, à l'évidente satisfaction des domestiques chargés de ses soins. Tris se demanda à quel point Berrie avait insisté pour que le personnel subvienne à ses moindres besoins. En effet, bien qu'il ait grandi entouré de valets et de serviteurs, il ne se rappelait pas avoir été bichonné avec autant d'attention, même dans son propre royaume.

Les cloches de la tour de la cour sonnèrent l'heure du souper au moment où le jeune homme ajustait sa tunique et entrait dans la salle de réception, où il attendit ses compagnons. Les domestiques de Staden avaient remarquablement bien choisi ses vêtements, qui lui allaient parfaitement. Ainsi, il attendit le banquet vêtu d'une tunique grise et d'un pantalon en satin des plus précieux. À sa grande déception, le costumier avait insisté pour qu'il complète sa tenue avec ce qu'il appelait une « cape de sorcier ». Tris jeta un coup d'œil dans un miroir, et il dut admettre qu'il ressemblait à un Invocateur, un mage spirite portant les couleurs des ombres.

Carrovet et Sotérius arrivèrent ensemble. Il était évident que Carrovet appréciait cette première occasion qu'ils avaient depuis presque trois mois de s'habiller pour la cour. Le barde portait une tunique flamboyante de soie aussi luisante que des pierres précieuses, à manches longues et aux couleurs vives. Sotérius n'aurait pu paraître plus différent que dans cette tenue de chasse d'un vert doux, dénuée de parure, seulement remarquable par le luxe de son brocart et son ajustement parfait. À leur grande surprise, Gabriel arriva quelques instants plus tard, vêtu de la tête aux pieds d'un costume bleu nuit.

— Les Sœurs m'ont dit que je pourrais vous trouver ici, dit le vayash moru d'un air détaché pour expliquer son apparition inattendue.

— Non ! Je ne ferai pas ça ! Vous pouvez toujours me supplier. Déjà que je ne peux pas prendre mon épée, ça suffit. Laissez-moi !

Tov Harrtuck fit son entrée en se disputant avec le valet qui lui avait été attribué. Il était catégorique : il continuerait à porter sa veste de cuir usé par-dessus un ensemble de précieux brocart brun.

Le costumier tirait sur le vêtement râpé, essayant de le lui arracher de force, mais Harrtuck le regardait d'un œil mauvais et ne lâchait pas prise, comme un chien de terrier avec ses os, ce qui provoqua les gloussements de Tris et des autres.

— S'il vous plaît, messire, vous n'y pensez pas ! Vous êtes les invités du roi, ce soir ! Vous devez pouvoir faire une exception…

— J'aime cette veste, rétorqua Harrtuck. Et vous m'avez déjà fourré dans ces… choses, dit-il en désignant ses précieux habits.

Tris s'aperçut alors que, au cours de toutes les années pendant lesquelles il avait côtoyé le maître d'armes, pas une seule fois, quelle qu'en ait été l'occasion, il n'avait vu Harrtuck dans une autre tenue que celle de l'armée.

— Messire, je vous en prie…

Le costumier était presque en larmes, mais Harrtuck n'en démordait pas. Pourtant, l'impassible soldat semblait avoir bien profité du bain ; il avait aussi essayé d'ajuster ses cheveux indisciplinés et d'arranger sa nouvelle barbe naissante.

— Non, non et non ! Maintenant, partez, répondit-il en chassant ses valets d'une tornade de bras agités. Allez habiller Vahanian. Il faudra une demi-douzaine d'entre vous juste pour qu'il se sépare de son épée, lança-t-il en poussant hors de la pièce les domestiques complètement déconcertés.

Il ferma bruyamment la porte derrière lui, et resta planté là, les mains sur les hanches, comme prêt à affronter les serviteurs s'ils revenaient. Il se retourna vers Tris et les autres en grommelant et en se grattant la barbe.

— Par la Dame et la Putain ! s'exclama-t-il. Quel est l'intérêt de mettre quelqu'un dans un état aussi lamentable, juste pour une fête ? Je vous le demande ! poursuivit-il avec une affliction si évidente que Tris et Carrovet éclatèrent de rire.

» Mais oui, allez-y, rigolez bien, dit-il alors que Sotérius se joignait à eux. Je vois que notre petit paon a enfin retrouvé ses atours, ajouta-t-il pour se moquer gentiment de Carrovet. Et notre cher Ban n'avait que les dames en tête, quand il s'est habillé.

— En fait, ce n'est pas si mal, répondit Tris en essayant de retenir le rire qui menaçait de s'emparer de sa voix. Je crois qu'ils s'en sont plutôt bien sortis avec moi.

Harrtuck réfléchit et considéra le jeune homme de la tête aux pieds.

— Oui, Majesté, vous avez raison. Quiconque vous verrait saurait que vous êtes un magicien, et un roi, commenta-t-il avec un sérieux inattendu. (Puis il secoua la tête et s'apitoya de nouveau sur son sort.) D'un autre côté, c'est gâcher de beaux vêtements que d'habiller les gens comme moi, ajouta-t-il en se renfrognant quand Sotérius acquiesça vigoureusement.

Quoi qu'ils aient pu ajouter, cela se perdit dans le fracas des portes qui s'ouvrirent sur le reste de leurs compagnons.

Royster entra le premier dans la pièce avec un large sourire et une démarche légèrement sautillante. Ses cheveux blancs comme la neige et ébouriffés avaient été coiffés, domptés sous une toque d'érudit, et le maigre petit homme arborait fièrement la robe de savant qui remplaçait son équipement de cavalier. Il fredonnait une chansonnette de taverne et exécuta une vive pirouette pour ses spectateurs.

— Pas mal, vous ne trouvez pas ? lança-t-il avec un large sourire. Oh ! Ça me fait presque regretter que Kessen ne soit pas là ! (Il regarda rapidement Tris.) Je ne vous demande pas de l'appeler, attention, mais ça le ferait bondir de me voir là-dedans ! Une tenue d'érudit ! Vous vous rendez compte ? J'espère que nous pourrons les garder, confia-t-il d'un air malicieux. Je vais en prendre soin jusqu'à mon retour à la Bibliothèque, et je la porterai tous les jours, rien que pour le contrarier !

Kiara et Carina firent leur entrée ensemble, la princesse d'Isencroft ouvrant le chemin, Jae tournoyant au-dessus de sa tête. Disparus, le pantalon en cuir et le plastron de Kiara, ses épaisses bottes et sa cape grossièrement tissée. À leur place, une robe de soie couleur cuivre soulignait l'auburn de ses cheveux et mettait en valeur ses formes musclées grâce à sa coupe ajustée. Tris croisa son regard depuis l'autre côté de la pièce et, quand un sourire se dessina sur le visage de la princesse, il rougit en prenant conscience que son expression trahissait son sentiment. Jae se posa avec légèreté sur l'épaule de sa maîtresse, et Tris s'aperçut que le petit gyrgon portait à présent une fine chaîne en or autour du cou.

Carina entra derrière elle. Une robe verte en soie de Mussa remplaçait sa robe de guérisseuse, et un bandeau de perles retenait ses courts cheveux noirs. Mais là où Kiara semblait à l'aise, plaisantant avec les autres et acceptant chaleureusement leurs compliments, Carina restait en retrait. Tris comprit alors que la guérisseuse du roi était embarrassée, une fois sortie de son rôle de physicienne et privée de la barrière que sa robe lui permettait de maintenir.

— Vous présentez bien, dit Vahanian derrière elle.

La jeune femme devint écarlate.

— Au moins, c'est vert, parvint-elle à répondre, pour une fois à court de mots.

Vahanian ricana.

— Je me suis toujours demandé ce que portaient les guérisseuses sous leur robe, murmura-t-il. (Carina feignit de lui décocher un coup de poing outré, que le mercenaire esquiva facilement.) Eh ! Doucement. Je voulais juste dire que vous faisiez concurrence à Kiara, avec cette robe.

— Vraiment ? répondit-elle avec un coup d'œil vers sa cousine qui taquinait Carrovet à propos des couleurs vives de son gilet.

— Absolument, confirma Vahanian en s'inclinant courtoisement sans une once de plaisanterie.

Il était entièrement vêtu de velours noir, une simple touche d'or éclairant son col et ses manchettes. Cela s'accordait parfaitement avec ses cheveux et son teint, et Tris conclut que Berrie avait dû s'occuper personnellement du choix de leur garde-robe. Les seules fausses notes étaient les bottes noires éraflées de Vahanian et l'absence de baudrier autour de sa taille.

Le mercenaire tira sur son col.

— Je me demande encore qui a décrété qu'on ne pouvait pas prendre son épée. Cette règle est idiote, si vous voulez mon avis.

— On ne peut pas porter d'arme en présence du roi, répondit Carina. Tout le monde le sait.

— Je suis désolé, rétorqua Vahanian, revenant à leurs chamailleries habituelles, mais tout le monde ne passe pas sa vie à la cour. Je ne vais nulle part sans mon épée.

— Là où vous allez, c'est sûrement une bonne idée.

— Il reste une toute petite chose dont nous ne nous sommes pas occupés, intervint Tris avec un regard vers Vahanian.

Nous avons un compte à régler. (Il se rendit à une table sous laquelle se trouvait un coffre orné de cuivre, tellement lourd qu'il fit trembler la table sous son poids lorsqu'il tira.) J'ai promis de vous payer dès que nous arriverions à Principauté, rappela-t-il à Vahanian. Voilà.

Tris détacha le fermoir et ouvrit la boîte pour révéler un monceau d'or de Dhasson. Plus qu'il en fallait à un homme pour vivre tranquillement jusqu'à la fin de ses jours. Tris regarda le mercenaire ; une question muette restait en suspens entre eux.

Le contrebandier ne fit pas un geste et, alors que sa posture laissait entendre qu'il avait remarqué le défi dans la voix de son interlocuteur, ses yeux étaient impassibles, et il resta silencieux un moment en observant le coffre.

— Je vais en Margolan, répondit-il. Pourquoi ne mettriez-vous pas ça en lieu sûr jusqu'à mon retour ?

Tris éclata de rire et donna une tape dans le dos à son ami pendant que Kiara et les autres se rassemblaient autour du mercenaire, ravis de sa décision. Gêné par tant d'attentions, Vahanian haussa les épaules et sourit de plaisir face à leur approbation.

— Le festin vous attend, honorables invités, annonça un domestique depuis les portes principales.

Ils défilèrent dans le couloir, et Tris s'aperçut que, malgré l'assurance de la présence de Berrie et la promesse d'aide de son père, il retenait sa respiration pendant que les grandes portes s'ouvraient.

Dans la salle de banquet, des tables chargées de mets les attendaient. Le serviteur les conduisit à la table d'honneur, où ils seraient rejoints par Staden et la reine. Un feu flamboyait dans l'énorme cheminée ; un parfum de viande rôtie et de bière chaude et épicée les accueillit à mesure qu'ils avançaient parmi la foule. Quatre musiciens entonnèrent un air joyeux à la lyre, à la flûte, au tympanon et au tambour, pendant que des artistes en costume divertissaient le groupe et que des serveurs leur versaient de la bière.

— Voilà enfin un vrai banquet, se réjouit Carrovet.

Ils prirent place à table là où on le leur indiqua, et Tris fut ravi de se retrouver à côté de Kiara. À sa gauche, Carina découvrit Vahanian, et Tris en conclut que Berrie avait dû donner ses instructions à l'intendant pour essayer de jouer les marieuses. La jeune princesse s'était réservé la place restante à côté du mercenaire. Quant au roi Staden et à la reine, ils seraient assis en face de leur fille. À gauche de la place qui reviendrait à la reine se trouvaient Gabriel, Sotérius et Harrtuck, avec Carrovet et Royster en bout de table, au plus près des musiciens.

Avec une fanfare majestueuse de trompettes, les portes s'ouvrirent à l'extrême opposé de la salle de banquet, et une demi-douzaine de musiciens en livrée sonnèrent l'entrée du roi. Staden resplendissait de rouge et or. La reine, dont Berrie était une réplique plus jeune, marchait à ses côtés. Derrière eux, Berrie avançait la tête haute. Sa robe verte du matin avait laissé place à du satin lie-de-vin. Tris surprit un regard malicieux de la jeune fille, et tout le monde se leva à mesure que le monarque avançait dans la salle.

Staden prit place à la table et regarda l'assemblée.

— Mes seigneurs, gentes dames, honorables invités, commença-t-il. Il ne peut y avoir de fête assez grande pour accueillir ma fille, Berwyn, saine et sauve, annonça-t-il. (Il s'interrompit quand des acclamations s'élevèrent de la foule.) Pour son retour, remercions la Déesse, ainsi que ces personnes, nos invités, déclara-t-il en désignant Tris et les autres, qui l'ont ramenée chez elle au péril de leur vie. (Il s'interrompit encore une fois quand les applaudissements retentirent.) Rendons grâce à notre chance, et que le festin commence ! conclut-il en ouvrant grand ses bras avec le sourire malicieux que Tris avait vu si souvent sur le visage de Berrie.

Carina applaudit poliment, mais ses pensées étaient ailleurs. Tris remarqua que Vahanian semblait décidé à venir à bout de l'inattention de la guérisseuse.

— Je suis désolée, murmura la jeune femme. Je ne suis simplement pas d'humeur festive, dit-elle alors que la tentative de plaisanterie de Vahanian tombait à plat. Je ne veux gâcher la soirée de personne. Vous avez le droit de faire la fête. C'est juste que… revenir ici…

— Je ressens la même chose avec les Fronterres, répondit calmement Vahanian, inhabituellement sérieux. Je n'y suis pas retourné depuis dix ans, depuis que j'ai enterré mon épouse.

Carina le regarda de nouveau, surprise par cet aveu. Il se pencha vers elle, baissa un peu plus la voix, et posa sa main sur la sienne.

— Les morts nous pardonnent. Je le sais, à présent. Ils veulent que nous allions de l'avant.

Carina se tut un moment, mais ne détourna pas les yeux.

— Je voudrais y croire, murmura-t-elle.

— J'aimerais que vous y arriviez. (Un silence resta en suspens entre eux pendant quelques instants, puis Vahanian égaya l'atmosphère en glissant sa coupe devant elle.) En attendant, le meilleur moyen de vous joindre à la fête, c'est de boire du vin bien fort, conseilla-t-il en faisant un signe à l'intendant, qui remplit leurs deux verres.

» Je dois vous prévenir que je ne me tiens jamais de façon exemplaire, murmura le mercenaire à Berrie, en essayant délibérément de faire sourire Carina.

— Je crois que c'est pour ça qu'elle m'a assise à côté de vous, répondit Carina. Ce serait impoli de sa part de vous calmer avec son verre d'eau, si vous aviez une attitude déplacée. Moi, en revanche… le mit-elle en garde d'une voix de plus en plus basse, en pointant un doigt menaçant vers son verre.

— Je suis sûr qu'il ne s'agit pas du tout de ça, répliqua Vahanian de bonne grâce, avec un coup d'œil conspirateur à l'adresse de Berrie. Elle a remarqué combien vous étiez éprise des histoires que Harrtuck a racontées à propos de mes aventures, et donc…

— Éprise ? répéta Carina en commençant à se lever.

Vahanian l'attrapa par le poignet et la força à se rasseoir sur sa chaise.

— Des histoires, ajouta-t-il sur le ton de la plaisanterie en souriant face à son regard noir. Souriez. Tout le monde vous regarde.

— Vous êtes insupportable.

— Ah ! Vous commencez à comprendre.

Tris vit Kiara retenir un sourire.

— Vous voulez parier sur une bagarre ? chuchota-t-elle.

Tris ricana.

— Ça ne tient qu'à un fil.

— C'est un peu contradictoire, mais d'une certaine manière je crois que Vahanian serait bien, pour elle, répondit Kiara en goûtant sa soupe. Jamais elle n'a remarqué quelqu'un au point de se disputer avec lui.

— Alors peut-être qu'une bagarre serait une bonne chose, concéda Tris avec un sourire. Même si je ne sais pas comment nous pourrions expliquer ça à la cour.

Des plats de plus en plus copieux se succédèrent, chacun précédé d'un divertissement. La Principauté, légendaire pour ses riches mines d'or, ne devait pas faire de dépenses excessives au quotidien, pensa Tris, mais son roi prouvait qu'il n'était pas opposé aux exceptions. Berrie applaudit avec entrain les danseuses voilées de Trévath qui, avec leurs vêtements de soie chatoyante et leurs articulations parées de clochettes, donnèrent un spectacle étonnant et exotique. Suivirent des chanteurs et des musiciens, des magiciens et des bouffons, chacun essayant de surpasser ceux qui les avaient précédés. Tris songea que Carrovet ne devait se retenir de les rejoindre qu'au prix d'un gros effort.

Tris fut surpris de se sentir à l'aise pour la première fois depuis leur fuite de Margolan. Il se refusait catégoriquement à penser aux préparatifs plus solennels qui commenceraient au matin, et se concentra plutôt sur l'occasion d'entamer une conversation avec Kiara. Elle aussi semblait vouloir laisser de côté les sujets sérieux, et c'est ainsi qu'ils se lancèrent dans d'agréables badinages, comparant leurs expériences respectives de l'enfance à la cour, les intrigues et les remarques qui allaient de pair avec la vie de château surprotégée, bien que surexposée.

Lorsque le dernier plat fut servi, Staden se redressa et leva les mains pour demander le silence. Avec force cérémonie, il quitta la table pour se rendre à son trône, où Berrie se plaça à ses côtés.

— Avant que nous nous perdions complètement dans les festivités, tonna-t-il, je me dois d'honorer ma dette envers nos invités, et de les récompenser pour le service qu'ils nous ont rendu en nous ramenant Berwyn. Bien que rien ne vaille la vie d'une princesse, pour leur bravoure, je les prie de bien vouloir accepter ce présent, et de se le partager comme il leur siéra, déclara-t-il alors que quatre gardes entraient en tirant un lourd chariot recouvert du drapeau de la Principauté. Quand ils arrivèrent à l'avant du grand hall, ils s'arrêtèrent et, au signal de Staden, retirèrent l'étendard d'un geste ample du bras.

Tris eut le souffle coupé, et il entendit ses compagnons murmurer de stupéfaction. Un énorme coffre était posé dans le chariot, ouvert sur ce qui n'était autre qu'une rançon royale d'or et de joyaux. Il y avait assez pour élever un homme au rang de noble, se dit Tris, ou pour acheter des troupes afin de mener une guerre. La générosité de Staden n'échappa pas non plus à ses invités, car le brouhaha éclata devant tant de richesses, à tel point que le souverain dut hurler pour demander le silence.

— Je vous remercie, dit-il simplement en se tournant vers Tris et les autres. La Principauté est votre débitrice. (Son regard s'arrêta sur Vahanian.) Une autre bénédiction doit être accordée ce soir, déclara-t-il avec un sourire. Berwyn m'a parlé du courage particulier dont l'un d'entre vous a fait preuve dans son sauvetage et, pour cette bravoure, j'appelle Jonmarc Vahanian.

Du coin de l'œil, Tris vit Carina donner un coup de coude à Vahanian pour qu'il se lève de sa chaise, alors que, dans la salle, un léger bourdonnement démontrait que, là aussi, le nom du mercenaire n'était pas complètement inconnu. Vahanian carra les épaules et se dirigea vers le roi d'un pas nonchalant, en une attitude qui prouvait à quiconque aurait pu en douter que, même sans ses armes, il demeurait une fine lame et un homme de guerre.

— Ma fille m'a informé que vous n'aviez juré allégeance à aucun roi. Est-ce la vérité ? demanda Staden.

— C'est la vérité, répondit Vahanian d'un ton neutre.

— Aujourd'hui, en remerciement de votre vaillance, je vous nomme seigneur de Havre Sombre, maître de ses terres et de son manoir. En échange, ajouta Staden avec méfiance, avec l'expression d'un homme qui connaît bien son jeu, je ne vous demande pas allégeance, déclara-t-il, provoquant un hoquet de surprise dans l'assistance. (Il leva une main pour rétablir le silence.) En échange, reprit-il, je vous demande juste d'accepter d'être le protecteur de ma fille, Berwyn de Principauté, si elle devait un jour avoir besoin de votre épée pour sauver sa vie. Que répondez-vous, Jonmarc Vahanian ?

Tris vit le mercenaire regarder Berrie silencieusement pendant un long moment, droit dans les yeux, comme pour fouiller son âme. Puis, quand l'assistance sembla prête à laisser exploser toute la tension accumulée, le mercenaire hocha la tête.

— J'accepte. Mais uniquement pour sa défense, dit-il à Staden. Ni pour des terres, ni pour un royaume, ni pour des richesses.

— Il ne manquait plus que Jonmarc négocie avec le roi, murmura Kiara à Tris, qui pouffa.

— Ça vous surprend ?

— Je crois que non. Quoi qu'en dise Carina, je dois reconnaître que je l'aime bien.

— Bien, gloussa Tris. Moi aussi.

La consternation que causèrent les négociations de Vahanian ne parut pas inquiéter Staden. *À moins que,* se dit Tris, *Berrie ait bien mis en garde son père.*

— Marché conclu, annonça le roi. À présent, veuillez recevoir ma bénédiction en vous agenouillant, pas pour moi, mais pour Berwyn.

Vahanian réfléchit encore et, pendant un instant, Tris crut que le fier mercenaire allait se dérober. Puis, avec raideur, il posa un genou à terre et inclina la tête. Staden prit la main droite de l'homme entre les siennes, et Berrie déposa une cape en satin sur leurs mains serrées.

— Au nom de la Déesse et par tous les pouvoirs de ses visages, je vous nomme seigneur Vahanian, maître de Havre Sombre et champion de la princesse Berwyn, déclara Staden, et la salle entière applaudit.

» Levez-vous, Jonmarc Vahanian, tonna Staden avec un sourire. Que la main de la Dame Noire vous protège.

Vous pouvez disposer. La bénédiction de notre royaume et notre royale gratitude vous accompagnent. Que tout le monde salue le seigneur Vahanian, maître de Havre Sombre ! s'exclama Staden quand Vahanian se releva.

Un tonnerre d'applaudissements et d'acclamations retentit parmi les invités.

Vahanian revint à sa place au milieu d'une cohue d'admirateurs, et se laissa tomber sur sa chaise avec un sourire satisfait. Il se retourna vers Carina.

— Allez-y. Dites-le.

— Que je dise quoi ?

— Je ne sais pas, ricana-t-il. Mais vous avez toujours quelque chose à dire.

Carina sourit d'un air entendu.

— Attendez-vous juste à voir plus souvent Gabriel, répondit-elle avec douceur.

Vahanian fronça les sourcils en la regardant avec circonspection.

— Gabriel ? Pourquoi ?

— Il faudra demander ça à Royster. Il nous a raconté quelques légendes à propos de cette région, et c'était fascinant.

— Ah ! Vraiment ? répondit Vahanian, sceptique. Il va falloir que je vérifie ça.

— Faites donc, dit-elle avec un sourire plein de malice.

— Vous voulez toujours avoir le dernier mot, n'est-ce pas ?

— Moi ? Non, gloussa la guérisseuse, qui commençait à beaucoup s'intéresser à son vin. Jamais.

— Vous continuez.

Carina détourna les yeux d'un air innocent.

— Je continue quoi ?

— Vous n'avez pas besoin d'aller prier, ou je ne sais quoi ?

Kiara se pencha vers Tris.

— Combien de temps pensez-vous qu'ils pourront continuer ainsi ? demanda-t-elle dans un chuchotement complice.

Il haussa les épaules.

— Sûrement toute la nuit. Vous voulez parier ?

Elle pouffa.

— Certainement. Vous n'avez qu'à prendre un peu de ma part dans ce tas, dit-elle en désignant du menton leur trésor.

Les festivités se poursuivirent fort tard, toutes formalités oubliées dès que Staden eut pris congé, accompagné à contrecœur par Berrie, quand minuit sonna à l'horloge de la tour. Carrovet avait glissé de sa chaise pour rejoindre les ménestrels, et commençait à gagner le respect de ses confrères bardes grâce à une habile démonstration de jonglerie. Harrtuck et Sotérius allèrent traîner à la table des gardes, à l'extrême opposé de la salle et, à leurs éclats de rire répétés, Tris devina que Harrtuck ne lésinait pas sur la bière, et encore moins sur ses histoires. Tris fut amusé de constater que Royster était devenu la coqueluche excentrique de ces dames, et qu'il passait la soirée au milieu d'un cercle de femmes de la cour, qui se disputaient le droit de s'asseoir à ses pieds et d'écouter ses histoires de passion et de bravoure. Jae, qui s'était gavé des mets délicats que Berrie lui avait offerts, avança en se dandinant vers Royster, au coin du feu, et se glissa aussi près que possible de la chaleur de l'âtre, puis se mit à ronfler avec contentement en se laissant délicatement caresser le dos par l'une des plus aventurières dames de la cour.

Les musiciens entonnèrent des airs entraînants et, à la surprise de Tris, Kiara lui proposa de danser ; elle insista pour l'accompagner dans les quadrilles enflammés et les rondes qui occupaient maintenant toute l'assistance. Il ne s'était jamais considéré comme un danseur hors du commun, bien que les devoirs de la cour l'aient obligé à apprendre les pas de base. Kiara, en revanche, était une excellente danseuse, et il se laissa entraîner par son enthousiasme.

Il échangea un regard avec sa compagne lorsque Vahanian tira Carina dans la ronde qui se formait.

— Je vous assure, demandez à Kiara, protesta Carina. Je ne sais pas danser.

— Moi non plus, rétorqua Vahanian. Du moins, pas à jeun. Mais on ne peut pas vraiment appeler ça de la danse.

— Ah non ?

— Non, non. C'est exactement comme marcher sur un bateau, mais sur la terre ferme. Et après avoir bu un peu de bière. Comme ça, dit-il en la traînant dans le cercle.

Il glissa alors son bras autour de sa taille et Kiara, avec un large sourire, passa son bras autour des épaules de sa cousine. La musique commença, tout d'abord lentement, puis accéléra pendant que la ronde ondulait et s'enroulait au rythme des pas qui se répétaient. Le cercle se dispersa, et des couples de danseurs se mirent à tournoyer deux par deux sur les mêmes pas, ne gardant l'équilibre qu'en se tenant l'un à l'autre.

Tris comprit que son excitation avait peu à voir avec le rythme de la musique. Kiara semblait apprécier sa compagnie autant que lui aimait la sienne. Et même s'il ne se faisait aucune illusion sur l'avenir de sa quête, en cet instant, elle paraissait aussi heureuse que lui de profiter de cette soirée. La musique résonnait autour d'eux, entraînant les danseurs de plus en plus vite. Carina elle-même semblait portée par l'ardeur de la mélodie et, une fois que celle-ci l'envahit, elle se mit à fort bien danser, pour le plus grand plaisir de Vahanian. L'habileté naturelle du bretteur lui était aussi utile dans la salle de bal que dans la salle d'armes et, bien que n'ayant jamais appris les enchaînements compliqués de pas, il les assimila rapidement et tournoya avec Carina sur la musique qui allait *crescendo*.

Hors d'haleine, Tris rattrapa Kiara sur le dernier pas de danse, la tenant par la taille d'un côté, et par la main de l'autre. Leurs regards se croisèrent, et elle s'appuya sur lui pour ne se tenir qu'à un souffle de ses lèvres.

— Une autre ! Plus rapide ! s'écria la voix d'une jeune fille.

Tris détourna les yeux à contrecœur pour découvrir Berrie en train d'applaudir avec enthousiasme. La princesse portait une simple chemise et de confortables pantoufles qu'elle avait certainement empruntées à sa domestique après avoir échappé à son père pour se joindre aux festivités.

— Je suis à bout de souffle, murmura Kiara en se laissant glisser hors de ses bras.

— Moi aussi, reconnut Tris.

Du coin de l'œil, il vit Carina refuser poliment la danse suivante pour se laisser tomber sur sa chaise, épuisée. Berrie intervint, attrapant Vahanian par la main et tirant le mercenaire pour qu'il retourne danser alors que les musiciens entonnaient un nouvel air entraînant.

— Un peu d'air frais ne me ferait pas de mal, proposa Tris.

— D'accord, accepta Kiara avant de le suivre.

Ils empruntèrent la porte de derrière et se glissèrent dans le long couloir éclairé de torches.

Ils marchèrent un moment en silence côte à côte, appréciant la fraîcheur relative du corridor par rapport à l'atmosphère qui régnait dans le grand hall bondé. Ils se promenèrent pendant plus d'une chandelle, profitant de cette occasion de vivre pleinement l'instant présent. Au bout de l'aile ouest, ils trouvèrent un petit temple consacré à la Déesse.

— N'est-ce pas magnifique ? chuchota Kiara pendant qu'ils le visitaient.

L'aube perçait à travers deux énormes vitraux sur la façade de la petite salle octogonale. Quatre cierges rouges brûlaient sur l'autel, un pour chacune des faces lumineuses de la divinité. Au-dessus d'eux se dressait une splendide statue de marbre à quatre visages représentant la Mère, l'Enfante, l'Amante et la Guerrière. La statue surplombait un bassin miroitant, dans lequel les quatre faces obscures lui renvoyaient son regard.

Les couleurs des vitraux reprenaient le même thème. Du rouge pour le feu de la Guerrière Vengeresse, de l'ambre pour la Mère, du bleu profond pour l'Amante et du vert intense pour l'Enfante filtraient la lumière en un arc-en-ciel qui irradiait dans la petite nef. À droite de l'autel, sur un piédestal, une vasque servait pour les prédictions d'un oracle, et à gauche, un orbe de cristal parfait était présenté sur un socle d'or.

— Malgré l'accueil de Staden, je ne sais pas si je pourrai un jour me sentir de nouveau en sécurité, murmura Kiara.

— Ce serait dommage, répondit Tris. J'aimerais pouvoir y faire quelque chose.

— Il se pourrait que vous en soyez capable.

Le cœur de Tris battait tellement fort qu'il se dit que Kiara devait l'entendre au moment où il se pencha sur ses lèvres. Elle hésita un instant, puis s'appuya contre lui et glissa ses bras musclés autour de son cou alors qu'il l'attirait contre lui. Quelques instants plus tard, le souffle court, il recula et la regarda d'un air interrogateur.

— Tu n'as pas peur que je te change en grenouille ? plaisanta-t-il avec douceur. Je suis un magicien, tu sais.

Elle rit doucement.

— Ça ferait plaisir à Jae. Et toi, tu n'as pas peur que je te provoque en duel ? Je suis une « dame bretteuse », tu sais.

Ce fut au tour de Tris de glousser.

— Ça me plairait bien, dame bretteuse, répondit-il affectueusement. Tu veux essayer ? demanda-t-il en entortillant ses doigts dans ses cheveux.

Elle sourit.

— Je ne m'étais pas amusée depuis si longtemps que je commençais à croire que j'avais oublié comment faire.

— Je ne te laisserai pas oublier.

— C'est promis ? demanda-t-elle en levant la main pour lui caresser la joue.

— Promis, jura-t-il en la prenant dans ses bras.

Ils se turent un moment, la joue de Tris posée sur le front de Kiara, le visage de Kiara enfoui dans le torse de Tris, pendant que l'aube grandissait à travers la vitre. Le jeune homme leva les yeux vers la lumière qui se déversait à travers les visages de la Dame, puis il se figea. Scintillant dans les rayons du soleil levant, Chenne parut s'animer, et ses yeux d'ambre le dévisagèrent avec une précision qui sembla percer son âme.

Ne doute pas, résonna une voix. *Je chevauche à tes côtés.*

Puis, soudain, l'apparition s'évanouit.

— Tris, qu'est-ce qui ne va pas ? l'interrogea Kiara en s'écartant de lui avec inquiétude.

Tris essaya de parler, mais il avait la gorge trop sèche pour émettre plus qu'un croassement. Sa poitrine se serra, et il examina le vitrail, qui n'était plus de nouveau que du simple verre, puis il retrouva la parole.

— Je crois que j'ai besoin de repos, dit-il sans conviction, gêné. Je commence à avoir des visions.

— Quel genre de visions ? demanda Kiara d'un air suspicieux. (Comme il ne répondait pas, elle fronça les sourcils de plus belle.) Tu L'as sentie, n'est-ce pas, juste à l'instant ?

Sans dire un mot, Tris hocha la tête, les yeux toujours rivés sur le vitrail inanimé.

— J'ai cru voir Chenne, murmura-t-il, et ces mots lui semblèrent incroyables, même à lui. Mais il n'y a plus rien là-haut, maintenant.

— Tu l'as bien aperçue, confirma Kiara avec conviction en s'appuyant contre lui et en l'enlaçant pour le rassurer. Je n'ai rien entendu, mais j'ai perçu… quelque chose. Je connais cette sensation, dit-elle timidement. J'ai éprouvé la même chose le jour où Elle m'a approchée. (Elle s'interrompit.) Qu'a-t-elle dit ?

— De ne pas douter, répéta Tris pensivement. Qu'Elle chevaucherait à mes côtés.

— Moi aussi, déclara Kiara d'une voix résolue. Tu le sais, n'est-ce pas ? Je viens avec toi en Margolan.

Tris la regarda droit dans les yeux, submergé par des émotions contradictoires. De l'exultation, car par miracle elle partageait ses sentiments. De la joie, car elle l'accompagnerait dans sa quête. De la peur, pour les risques qu'elle pourrait courir pendant leur voyage.

— Je ne veux pas qu'il t'arrive malheur, dit-il tout bas. Je crois que je ne le supporterais pas.

Elle sourit.

— Je ne pensais pas que tu essaierais de me dorloter, le rabroua-t-elle doucement. Ne me déçois pas. Je me bats aussi bien que toi… voire mieux, tu l'as dit toi-même. Et je ne dormirai pas sur mes deux oreilles tant qu'Arontala ne sera pas mort. Tant que ce moment ne sera pas arrivé, je ne serai jamais libre, et l'Isencroft non plus, dit-elle fermement. Cette quête est la mienne autant que la tienne, maintenant. (En souriant, elle tendit un doigt et le posa sur les lèvres de Tris.) Ce n'est pas discutable, ajouta-t-elle doucement. Ma décision est prise.

Il l'embrassa de nouveau, plus longtemps et plus intensément, et puis, finalement, ce fut elle qui recula. La lumière du matin emplissait l'air sacré qui les entourait, rappelant à Tris combien de temps venait de s'écouler.

— Je pense que Carina va envoyer des troupes à ma recherche si je ne me dépêche pas de rentrer, dit-elle avec un sourire.

Tris sourit également.

— Possible. Cela dit, Jonmarc avait l'air décidé à la faire veiller tard.

Kiara gloussa.

— D'une certaine manière, je suis contente de voir Carina aussi troublée par Jonmarc. D'habitude, elle a le fichu don de se maîtriser ! C'est le premier qu'elle n'a pas réussi à faire fuir.

— Je ne crois pas qu'il soit facile à renvoyer, répliqua Tris en la prenant par la main alors qu'ils s'éloignaient du temple.

Il jeta un coup d'œil par-dessus son épaule, mais l'image de la Dame n'était plus que du simple verre.

— Tu ne trouveras aucune réponse logique, Tris, dit Kiara, devinant ses pensées. Cesse d'en chercher.

Il sourit et soupira, alors qu'ils entraient dans le couloir.

— Je suppose que tu as raison, admit-il. C'est amusant comme, il n'y a pas si longtemps, je pensais qu'il n'existait aucun mystère. Et maintenant…

— Maintenant, tu es un « mâtin de la Déesse », finit-elle.

Il la regarda d'un air interrogateur.

— Pardon ?

Elle haussa les épaules.

— J'ai lu ça quelque part, dans un livre à propos d'une sorcière des temps anciens. Elle se disait « mâtine de la Déesse » parce qu'elle accourait dès que la Dame l'appelait et faisait tout ce que la Dame lui disait.

— Un mâtin de la Déesse… ? pensa Tris à voix haute.

Il songea à la route qui l'attendait, à ses chances de réussite, et à ses amis qui comptaient jouer leur vie sur sa magie.

Une meute de chiens pourrait venir à bout d'un puissant ennemi, comme un cerf ou un ours. Le lendemain, ils se réuniraient avec Staden pour parler de guerre, et le prince qui n'avait jamais voulu devenir roi recruterait une armée pour venger sa famille et reconquérir son royaume. Le lendemain.

Cette nuit, pensa-t-il en serrant la main de Kiara, il avait déjà gagné plus que ce qu'il avait jamais espéré. C'était tout ce dont il avait besoin, pour l'instant. Le lendemain viendrait bien assez tôt.

Replongez sans attendre dans l'univers de la saga
Chroniques du Nécromancien de Gail Z. Martin,
avec le début du tome suivant :

LE ROI DE SANG

Traduit de l'anglais (États-Unis) par Claire Kreutzberger

Chapitre premier

Martris Drayke, prince de Margolan en exil, leva brusquement la tête lorsque la porte du cabinet de stratégie s'ouvrit et que Staden, roi de Principauté, entra dans la salle du conseil.

— Aujourd'hui, nous parlons de guerre, lança le souverain tandis que les personnes assemblées se levaient pour lui témoigner leur déférence.

Un homme à la démarche raide, dont la posture toute militaire indiquait clairement la vocation, ainsi qu'un personnage nerveux, qui ne cessait de parcourir la pièce des yeux, l'accompagnaient.

— Prince Drayke, je vous ai donné ma parole que vous auriez accès à mes meilleurs stratèges, dit fièrement le roi. Les voici. Je vous présente (il désigna celui qui, même au repos, semblait au garde-à-vous) le général Darrath, et (il montra l'autre personne) Hant, mon attrapeur de rats en chef. S'il est possible de planifier une campagne victorieuse, alors ils le feront.

Tris Drayke s'inclina en réponse.

— Merci, Votre Majesté. Je vous suis redevable.

Un jour seulement s'était écoulé depuis que ses compagnons et lui avaient été capturés par la garde du roi Staden, à la frontière, alors qu'ils fuyaient l'embuscade tendue par les assassins qu'avait envoyés Jared de Margolan. Après leur avoir confisqué leurs armes, on les avait emmenés sous lourde escorte ; Tris était alors persuadé qu'ils allaient être livrés à Jared, tels des jetons que l'on marchande dans une partie de contre-dés aux enjeux élevés. Au lieu de cela, Staden les avait reçus en héros, heureux qu'il était de retrouver sa fille Berrie saine et sauve. La veille au soir, un banquet avait été organisé pour célébrer le retour de la princesse et honorer Tris et ses amis. Ils avaient obtenu une large récompense en or et en gemmes ; Jonmarc Vahanian avait été nommé seigneur de Havre Sombre pour sa bravoure. L'argent acquis suffirait à lever une armée de mercenaires afin de reconquérir Margolan. Staden, que les menaces de Jared ne décourageaient pas, avait accueilli Tris et ses compagnons à bras ouverts. Voilà comment celui-ci s'était retrouvé à la table des principaux stratèges de la Principauté, pour commencer à préparer la guerre qui libérerait Margolan de Jared.

— Sottises, tonna Staden. Nous n'allons pas recommencer à parler de cela. Je vous ferai porter vos repas. Prenez tout le temps dont vous avez besoin. J'ai à faire ailleurs. (Il se dirigea sans tarder vers les massives portes en bois.) Joignez-vous à moi pour le dîner, en revanche, lança-t-il par-dessus son épaule.

Puis il tira le battant, qui se ferma derrière lui avec un « bang ».

— Vous êtes donc Martris Drayke ? demanda Darrath d'une voix râpeuse.

— Oui, répondit Tris.

— Approchez, mon garçon. (Le général lui fit signe de l'un de ses longs doigts.) Je veux vous voir. (Tris s'exécuta, mais Darrath réitéra son geste.) Assez pour que je puisse vous regarder dans les yeux. Je veux savoir de quelle trempe vous êtes.

Tris dominait d'une tête le général aux traits anguleux. Ce dernier l'examina froidement d'un regard qui, semblait-il, pénétrait jusque dans ses os et, l'espace d'un long et embarrassant moment, leurs yeux se croisèrent. Le jeune prince eut la sensation que l'on mesurait sa valeur.

— Vous êtes conscient que, si nous vous soutenons, la Principauté sera en guerre contre votre contrée natale, dit enfin le général.

— J'en ai conscience.

— Et vous vous rendez compte, poursuivit-il, que beaucoup d'hommes vont mourir pour vous mettre sur le trône de Margolan. D'aucuns pourraient dire que ce ne sont pas nos affaires.

— La Principauté est d'ores et déjà impliquée, répondit Tris. Les troupes envoyées par Jared ont franchi vos frontières pour traquer Kiara, persécuter la Consœurie et me chercher, moi. Il a conclu un marché avec des marchands d'esclaves qui ont enlevé votre princesse et ont fait des prisonniers à une journée de marche de vos frontières, où s'amassent des réfugiés margoliens. Ce qu'Arontala n'a pas encore pris, il s'en emparera une fois la Lune d'Aubépine passée. Les ennuis de Margolan sont déjà ceux des Principaliens.

Darrath l'observa en silence un moment avant de hocher la tête.

— Bien dit, prince Drayke. Et pourtant, c'est une immense faveur que vous demandez. Je m'interroge : avez-vous la bravoure nécessaire pour vous dresser contre le roi Jared et son mage noir ? Vous n'avez pas plus de vingt printemps.

— Je ne suis pas un petit garçon. Je suis mage. Et Invocateur. Et si la Dame le veut, je débarrasserai Margolan de Jared et de son sorcier, ou alors je mourrai en essayant.

Darrath hocha de nouveau la tête.

— Vous êtes prêt à donner votre vie. Êtes-vous aussi enclin à offrir celle de vos amis ?

— Je la donnerais volontiers pour les sauver, répliqua Tris. Je ne leur ai pas demandé de venir avec moi. Ils ont leurs propres raisons de vouloir libérer Margolan de ses ténèbres. Le choix leur appartient.

— Tris parle en notre nom à tous, intervint Kiara Sharsequin.

On ne pouvait contester à la princesse d'Isencroft, vêtue d'une tunique et d'un pantalon de soldat, comme elle l'avait été sur la route, sa qualité de guerrière.

— Il ne nous a pas demandé de le suivre. Mais aucun de nous ne peut laisser Foor Arontala obtenir le pouvoir du Roi d'Obsidienne.

À côté d'elle, Jae, son gyrgon, chuinta. Tris échangea un regard avec ses compagnons : Jonmarc Vahanian, un combattant dont les aventures – et les activités illégales – étaient légendaires ; Ban Sotérius, ancien capitaine de la garde du roi Bricen ; Tov Harrtuck, maître d'armes du même souverain ; le barde Carrovet qui, avec Sotérius et Harrtuck, avait aidé Tris à fuir Shekerishet subrepticement, à la suite du coup de force de Jared ; et Carina Jesthrata, ralliée à sa cause pour briser la malédiction placée par Arontala sur la tête de Donelan, roi d'Isencroft. Leur murmure d'assentiment et l'expression de leurs visages manifestaient clairement leur solidarité. Tous étaient d'improbables rebelles ; chacun avait rejoint la quête de Tris pour ses propres raisons et tous, désormais liés par le danger qu'ils partageaient et l'amitié farouche qu'ils ressentaient les uns pour les autres, se préparaient à combattre Jared l'usurpateur afin de détruire le Roi d'Obsidienne.

Darrath demeura un instant silencieux, comme s'il pesait les paroles de Kiara.

— Très bien, finit-il par dire en faisant signe à tout le monde de s'asseoir. Commençons.

Le soir les trouva toujours tellement absorbés par leur discussion que Staden se joignit à eux et pria un serviteur d'aller leur chercher à dîner. Mikhail les rejoignit au coucher du soleil.

— Je gage que notre cuisine était bien fournie en sang de daim frais ? lui demanda le roi.

Une légère rougeur qui atténuait la pâleur habituelle de Mikhail indiquait que le vayash moru s'était nourri peu de temps auparavant.

— Votre cuisinier s'est montré on ne peut plus généreux. J'ai fort bien dîné.

Quoique de silhouette et de visage il ne paraisse guère avoir plus de vingt ans, Mikhail, l'un des non-morts, avait été l'homme lige du roi Hotten, l'ancêtre de Tris, il y avait deux cents ans de cela. Il s'était désormais voué, comme les autres, à renverser Jared Drayke.

Lorsque les cloches du soir sonnèrent, le groupe avait passé en revue les caractéristiques de chaque compagnie de mercenaires de la Principauté. Célèbre pour ces contingents qui opéraient en son sein, le royaume compensait grâce à eux largement la faiblesse de son armée, de taille relativement réduite. Les mines d'or au nord du territoire, petites bien que prospères, étaient renommées pour leurs filons importants. Trois cents ans auparavant, la distraction des grandes puissances, tout à leurs chamailleries, avait permis à un chef de guerre de prendre le pouvoir, et la Principauté avait conquis son indépendance.

À cette époque, Algor le Haut entretenait des relations avec les meilleures compagnies de mercenaires, grossissant ainsi les rangs de la maigre armée composée par la peu nombreuse population principalienne. En échange de la possibilité qui leur avait été donnée d'opérer librement dans le royaume, ces hommes avaient affirmé leur volonté de protéger le petit pays – à défaut de lui prêter véritablement allégeance – et avaient juré de ne jamais louer leur épée à un employeur hostile à la Principauté. Cet arrangement se révélait profitable. Les troupes basées dans le royaume étaient parmi les plus fiables, dans ce commerce incertain, et les grandes puissances considéraient qu'il ne valait pas les ennuis que son attaque susciterait.

Pendant plus d'une chandelle, Harrtuck et Vahanian débattirent avec fougue des mérites d'une compagnie ou d'une autre, discussion qui fut ponctuée par les affirmations péremptoires de Sotérius et les opinions plus modérées de Mikhail. Kiara intervint plus d'une fois, révélant une connaissance des mercenaires et de leurs tactiques de combat qui impressionna Tris. Carina et Carrovet, qui avaient insisté pour être présents et étaient assis à l'extrémité de la table, gardaient le silence et écoutaient attentivement. Royster, le bibliothécaire de la forteresse de la Consœurie à Ouestmarche, consignait les débats pour la postérité.

Tris était penché, à l'affût de chaque mot, pleinement conscient du fait que sa position de fils cadet du roi Bricen lui avait rendu la vie facile. D'un geste las, il repoussa une mèche rebelle, d'un blond si pâle qu'il tirait sur le blanc, qui lui tombait dans les yeux. Tout à son empressement d'apprendre, il cédait volontiers la parole aux guerriers professionnels. Darrath présidait les débats avec la tolérance du soldat aguerri et ajoutait ses impressions personnelles au sujet des compagnies qui hivernaient dans les environs.

Ils décidèrent que Harrtuck prendrait le commandement des troupes de mercenaires et avalèrent leur repas tout en étudiant la meilleure manière de contenir Jared et son armée. Hant parlait peu, observant la scène avec un mutisme troublant, comme s'il analysait la nature des personnes réunies. Ses yeux sombres les passaient en revue, à mesure qu'elles prenaient la parole. Il leva finalement la main pour obtenir le silence.

— Avez-vous envisagé le fait qu'il existe une alternative à la prise de Margolan ? commença-t-il sur un ton qui indiquait clairement qu'en réalité ce qu'il suggérait n'avait pas été abordé.

Harrtuck se rembrunit et se cala au fond de son siège en croisant les bras.

— Que proposez-vous ? Que nous nous avancions et demandions gentiment à Jared de s'écarter ?

Un sourire froid papillonna aux coins de la bouche de Hant.

— Quelque chose dans ce genre-là, quoique avec un peu moins de civilité. Je suggère que les armées s'affrontent, mais que nous ne pénétrions pas en Margolan.

— Et qu'est-ce que cela pourrait bien nous valoir ? demanda instamment Ban en passant la main sur ses cheveux brun-roux coupés ras.

— Vous étiez le capitaine de la garde, n'est-ce pas ? (Hant tourna son regard froid vers Sotérius, qui acquiesça d'un signe de tête.) Vos troupes étaient-elles composées de tueurs sans merci ?

Sotérius parut troublé.

— L'armée de Margolan était une force disciplinée. Mais ses soldats n'étaient pas des monstres.

Hant, songeur, porta les doigts à sa tempe.

— Connaissez-vous personnellement ces hommes ?

Sotérius opina du chef.

— Beaucoup d'entre eux. Et j'en connais encore davantage de vue, même si j'ignore leurs noms.

— Alors, à supposer qu'ils ne soient pas ensorcelés, certains d'entre eux accepteraient-ils de mettre un terme au mal qui croît dans votre pays natal, s'ils pensaient avoir une chance de gagner ? demanda Hant.

Sotérius s'interrompit pour réfléchir, et il y avait de la solennité dans ses yeux sombres.

— Je le crois, répondit-il. Sauf si Jared a tué les hommes bons et les a remplacés par des gens comme lui. (Il se tut un moment.) Le plus dur sera certainement de déterminer qui a participé aux tueries et aux pillages ; que ce soit par initiative personnelle ou sur ordre de Jared.

— Instructions ou non, chaque soldat est responsable de ses propres choix. (Vahanian s'exprimait avec l'amertume de celui qui en avait fait l'expérience.) Les hommes que vous voulez sont devenus des hors-la-loi, au moment où nous parlons. S'ils n'ont pas été pendus. Ceux qui portent toujours l'uniforme sont l'ennemi.

— Je n'ai aucune envie de voir la Principauté et Margolan s'engager dans une guerre qui pourrait durer des années, dit Darrath. Je crois que je vois où veut en venir Hant. Si vous vous infiltriez en Margolan et recrutiez des troupes contre Jared, alors il ne serait peut-être jamais nécessaire de payer des soldats pour marcher contre votre peuple. Êtes-vous prêt à prendre ce risque ?

Là encore, Sotérius garda le silence un moment. Puis il regarda Tris, avant de reporter son attention sur le général.

— Je le suis.

— J'irai avec lui, proposa Mikhail.

Tous furent surpris, mais il ne parut pas s'émouvoir de leur réaction.

— Je serai content de vous avoir à mes côtés, répondit Ban.

— Et en ce qui concerne les merc' ? demanda Harrtuck sur un ton pressant.

— Les compagnies serviraient de deuxième ligne de défense pour tenir les frontières, dit Darrath. (Il se pencha, ayant compris l'esprit du plan de Hant.) Vous pouvez contenir Jared à la limite de Margolan, près du fleuve, et patrouiller dans la zone frontalière. (Il s'interrompit pour regarder la carte des Royaumes de l'Hiver dépliée sur la table.) Les bêtes envoyées par Arontala pour empêcher le prince Drayke d'atteindre Dhasson devraient barrer l'accès à l'est à Jared jusqu'à ce que le mage dissipe le sortilège.

— Nous ignorons ce qui se passe en Isencroft, ajouta Kiara. Cam, le frère de Carina, aurait certainement demandé à père de soutenir Tris, mais il n'y a aucun moyen de savoir ce qu'il sera en mesure de faire.

— Peut-être que si, dit Staden depuis le seuil de la pièce.

Achevé d'imprimer en janvier 2014
Par CPI Brodard & Taupin - La Flèche (France)
N° d'impression : 3003015
Dépôt légal : février 2014
Imprimé en France
81121124-1